Relic

Über die Autoren:

Douglas Preston, geboren 1956, arbeitete am Naturhistorischen Museum in New York und verfasste Sachbücher zu wissenschaftlichen Themen. Als er eines Nachts den befreundeten Verlagslektor Lincoln Child, geboren 1957, auf eine mitternächtliche Führung durchs Museum einlud, entstand die Idee zu *Relic*, ihrem ersten gemeinsamen Thriller. Seither setzte das Team seine erfolgreiche Zusammenarbeit fort. Der eine liefert den exakten wissenschaftlichen Hintergrund, der andere arrangiert die Spannungsbögen. Weitere Informationen rund um das Autorenduo Douglas Preston und Lincoln Child und ihre Thriller finden Sie im Internet: www.preston-child.de

Douglas Preston Lincoln Child

RELIC

Museum der Angst

Thriller

Aus dem Amerikanischen von
Thomas A. Merk

Weltbild

Die amerikanische Originalausgabe erschien 1994 unter dem Titel
Relic bei St. Martin's Press (Tor Books), New York.

Besuchen Sie uns im Internet:
www.weltbild.de

Genehmigte Lizenzausgabe für Weltbild GmbH & Co. KG,
Ohmstraße 8a, 86199 Augsburg

Ein Imprint der Verlagsgruppe Droemer Knaur GmbH & Co. KG, München
Übersetzung: Thomas A. Merk
Umschlaggestaltung: *zeichenpool, München
Umschlagmotiv: shutterstock / © Marian Bulacu
Satz: Datagroup int. SRL, Timisoara
Druck und Bindung: CPI Moravia Books s.r.o., Pohorelice
Printed in the EU
ISBN 978-3- 98507-159-3

Für Charles Crumly
D. P.

*

Für Luchie –
du hast dich auf die Geschichte eingelassen.

Und zum Andenken an Nora und Gaga.
L. C.

Danksagung

Die Autoren danken folgenden Personen, die ihnen großzügig ihre Zeit und/oder ihr Fachwissen zur Verfügung gestellt haben, damit *Museum der Angst* zu dem werden konnte, was es jetzt ist:

Ken Goddard, Tom Doherty, Bob Gleason, Harvey Klinger, Anna Magee, Camille Klein, Dennis Kelly, Georgette Piligian, Michael O'Connor, Lou Perretti und Harry Trumbore.

Einleitung

1

Im Amazonasbecken, September 1986

Als am Mittag die Wolken um den Gipfel des Cerro Gordo aufrissen und verschwanden, konnte Whittlesey hoch über sich sehen, wie das Sonnenlicht den Blätterkronen des Urwalds eine goldene Färbung verlieh. Irgendwelche Tiere – vermutlich Klammeraffen – tobten und schrien über seinem Kopf und ein Makao flatterte obszön kreischend herab.

Whittlesey blieb neben einem umgestürzten Jaranda-Baum stehen und wartete, bis Carlos, sein schwitzender Helfer, zu ihm aufschloss.

»Hier halten wir«, sagte Whittlesey auf Spanisch. »*Baja la caja.* Setz die Kiste ab.«

Whittlesey ließ sich auf dem Stamm des umgestürzten Baumes nieder und zog seinen rechten Stiefel und Socken aus. Dann zündete er eine Zigarette an und machte sich mit der Glut über die vielen kleinen Zecken her, die ihm wie ein dunkler Pelz Schienbein und Knöchel überzogen.

Carlos stellte ein altes Armeetragegestell ab, auf das umständlich eine hölzerne Kiste gebunden war.

»Öffne sie bitte«, sagte Whittlesey.

Carlos löste die Stricke, machte ein paar kleine Messingverschlüsse auf und nahm den Deckel der Kiste ab.

Innen war sie mit den Fasern einer einheimischen Pflanze gut ausgepolstert. Whittlesey entfernte eine Lage dieses Packmaterials und brachte zwei Gegenstände zum Vorschein, eine kleine, hölzerne Pflanzenpresse und ein in fleckiges Leder gebundenes Tagebuch. Er zögerte einen Augenblick, dann nahm er aus der Tasche seiner Feldjacke eine kleine, aber wunderschön geschnitzte hölzerne Tierfigur. Einen Augenblick lang hielt er das Kunstwerk in der Hand und bewunderte noch einmal, wie meisterhaft gearbeitet und unnatürlich schwer es war. Dann legte er es widerstrebend in die Kiste zurück, bedeckte alles mit den Fasern und befestigte den Deckel.

Danach holte Whittlesey aus seinem Rucksack ein leeres Blatt Papier, legte es sich auf die Knie und begann mit einem abgewetzten vergoldeten Kugelschreiber, den er aus der Brusttasche seines Hemdes zog, zu schreiben:

Oberlauf des Xingú
17. Sept. 1986

Montague,
ich habe mich entschlossen, Carlos mit der letzten Kiste zurückzuschicken und die Suche nach Crocker allein weiterzuführen. Carlos ist vertrauenswürdig und ich will nicht riskieren, dass die Kiste verloren geht, falls mir etwas zustoßen sollte. Besonders solltest du die Schamanenrassel und die anderen Ritualobjekte beachten. Sie scheinen einzigartig zu sein. Die kleine Holzfigur aber, die ich in einer verlassenen Hütte hier in der Nähe gefunden habe, ist der Beweis für das, wonach ich gesucht habe. Schau dir bloß die übertrieben großen Krallen an, die reptilischen Merkmale, die Haltung des Tieres, die darauf hindeutet, dass es auf

zwei Beinen geht. Die Kothoga existieren und die Mbwun-Legende scheint keine bloße Erfindung zu sein. Alle meine Aufzeichnungen befinden sich in meinem Tagebuch, das darüber hinaus eine umfassende Darstellung der Vorfälle enthält, die zum Auseinanderbrechen dieser Expedition geführt haben, von dem du natürlich schon erfahren haben wirst, wenn diese Zeilen dich erreichen.

Whittlesey schüttelte den Kopf und dachte an die Szene, die sich am Tag vorher abgespielt hatte. Dieser idiotische Bastard Maxwell! Nur daran interessiert, seine dummen Proben, über die er durch Zufall gestolpert war, so rasch wie möglich zurück ins Museum zu bringen. Whittlesey lachte leise vor sich hin. Uralte Eier, dachte Maxwell. Dabei waren sie nichts weiter als irgendwelche wertlosen Samenkapseln. Maxwell hätte vielleicht eher Paläobiologe als Anthropologe werden sollen. Was für eine Ironie, dass die anderen ihr Zeug eingepackt hatten und gegangen waren, als sie nur wenige Kilometer von *seiner* Entdeckung entfernt gewesen waren.

Nun, jedenfalls war Maxwell jetzt fort und die anderen ebenfalls. Nur Carlos und Crocker und zwei eingeborene Führer waren bei ihm geblieben. Und jetzt war nur noch Carlos da. Whittlesey wandte sich wieder seinem Schreiben zu.

Verwende mein Tagebuch und die Kunstgegenstände nach deinem Gutdünken und sieh zu, dass du damit meinen guten Ruf beim Museum wiederherstellen kannst. Vor allem aber kümmere dich um die kleine hölzerne Figur. Ich bin mir sicher, dass sie für die Anthropologie von unschätzbarem Wert sein wird. Wir haben sie gestern durch Zufall gefunden. Sie scheint mir das Herzstück des Mbwun-Kultes zu sein, obwohl nirgendwo in der Nähe der Fundstelle Zeichen von weiteren menschlichen Behausungen zu finden waren. Das kommt mir merkwürdig vor.

Whittlesey hielt inne. Er hatte die Entdeckung der Figur in seinem Tagebuch nicht beschrieben und selbst jetzt sträubte sich sein Gehirn, sich daran zu erinnern.

Wenn Crocker sich nicht vom Weg entfernt hätte, um einen Jakamar besser beobachten zu können, hätten sie niemals den verborgenen Pfad entdeckt, der zwischen glitschigen, moosbewachsenen Felswänden steil bergab führte. Dann tauchte in dem feuchten Tal, in das fast kein Tageslicht mehr drang, verborgen unter uralten Matamata-Bäumen diese krude hingebaute Hütte auf ... Die beiden Botocudo-Führer, die ständig auf Tupian miteinander geschwatzt hatten, wurden plötzlich still. Als Carlos sie fragte, was los sei, murmelte einer von ihnen etwas vom Wächter der Hütte und einem Fluch, der jeden treffen würde, der es wagte, ihre Geheimnisse zu verletzen. Whittlesey hörte zum ersten Mal, wie sie das Wort Kothoga sagten. *Kothoga.* Die Schattenmenschen.

Whittlesey war skeptisch. Natürlich hatte er schon mal von diesem oder jenem ähnlichen Fluch gehört – mit schöner Regelmäßigkeit meistens dann, wenn die Träger mehr Bezahlung herausschinden wollten. Aber als er um die Hütte herumgegangen war, waren die beiden Führer spurlos verschwunden.

... und dann diese alte Frau, die aus dem Urwald gestolpert kam. Sie war vermutlich eine Yanoama, auf jeden Fall keine Kothoga. Aber sie kannte die Kothoga. *Sie hatte sie gesehen.* Auch sie brabbelte etwas von einem Fluch ... und als sie gleich darauf wieder verschwand, schien sie mit dem Wald zu verschmelzen wie ein einjähriger Jaguar und nicht wie eine uralte Frau.

Danach wandten sie ihre Aufmerksamkeit der Hütte zu.

Die Hütte ... Ganz behutsam erlaubte sich Whittlesey, sich daran zu erinnern. Sie war flankiert von zwei Steintafeln, auf denen das gleiche, auf seinen Hinterläufen sitzende Tier eingemeißelt war. Es hielt etwas in seinen Klauen, aber die Tafeln waren zu verwittert, um zu erkennen, was es war. Hinter der Hütte lag ein verwilderter Garten, eine bizarre Oase von leuchtenden Farben vor der grünen Eintönigkeit.

Der Boden der Hütte war etwa einen Meter in die Erde eingelassen, sodass Crocker sich fast den Hals gebrochen hätte, als er hinunterfiel. Whittlesey folgte ihm vorsichtig, während Carlos am Eingang kniete und wartete. Im Inneren war es dunkel und kühl und es roch nach verrotteter Erde. Whittlesey knipste seine Taschenlampe an und bemerkte die hölzerne Figur, die auf einem großen Erdhaufen in der Mitte der Hütte stand. Zu ihren Füßen lagen etliche flache, scheibenförmige Steine, in die merkwürdige Zeichen eingeritzt waren. Und dann richtete Whittlesey das Licht der Taschenlampe auf die Wände der Hütte.

Sie bestanden praktisch aus menschlichen Schädeln. Als Whittlesey sich ein paar davon in seiner unmittelbaren Nähe genauer ansah, bemerkte er tiefe Kratzer im

Knochen, deren Herkunft er sich nicht erklären konnte. An der Oberseite der Schädel gähnten gezackte Löcher und bei vielen war auch der Hinterkopf zerschmettert und der hintere Teil der Schädeldecke nicht mehr vorhanden.

Whittleseys Hand zitterte und die Taschenlampe ging aus. Bevor er sie wieder anschaltete, sah er, wie das Tageslicht durch Tausende von Augenhöhlen hereindrang und Staubflöckchen träge durch die dicke Luft schwebten.

Als sie die Hütte wieder verlassen hatten, sagte Crocker, er wolle einen kurzen Spaziergang machen – er müsse jetzt eine Weile allein sein. Aber er kam nicht mehr zurück.

Die Vegetation hier ist höchst ungewöhnlich. Die Zykadazeen und die Farne erscheinen mir fast urzeitlich, als hätte es sie schon vor dem Übergang von der Kreidezeit zum Tertiär gegeben. Schade, dass ich nicht mehr Zeit habe, um sie genauer zu untersuchen. Eine besonders faserige Art davon haben wir als Packmaterial für die Kisten verwendet. Wenn Jorgensen daran interessiert ist, kannst du ihn gerne einen Blick darauf werfen lassen.
In einem Monat werde ich hoffentlich mit dir im Explorer's Club sitzen und unseren Erfolg mit ein paar trockenen Martinis und einem guten Macanudo feiern. Bis dahin, das weiß ich, kann ich dir dieses Material und meinen guten Ruf getrost anvertrauen.

Dein Kollege Whittlesey

Er packte den Brief noch mit in die Kiste.

»Carlos«, sagte er dann, »ich will, dass du diese Kiste zurück nach Pôrto de Mós bringst und dort auf mich wartest. Wenn ich in zwei Wochen nicht zurück bin, dann verständige Colonel Soto. Sag ihm, dass er diese und die anderen Kisten wie vereinbart per Luftfracht ans Museum schicken soll. Er wird dir auch dein Geld auszahlen.«

Carlos sah ihn an. »Ich verstehe nicht, Señor«, sagte er. »Wollen Sie denn allein hierbleiben?«

Whittlesey lächelte, zündete sich eine weitere Zigarette an und fuhr mit dem Töten der Zecken fort. »Jemand muss die Kiste zurückbringen. Wenn du dich beeilst, müsstest du Maxwell eigentlich noch vor dem Fluss einholen können. Ich möchte noch ein paar Tage weiter nach Crocker suchen.«

Carlos schlug sich aufs Knie. »*Es loco!* Ich kann Sie nicht allein lassen. *Si te dejo atras, te moririas.* Sie werden hier im Urwald sterben, *Señor,* und die Brüllaffen werden mit Ihren Knochen spielen. Wir müssen zusammen zurückgehen, das ist am besten.«

Whittlesey schüttelte ungeduldig den Kopf. »Gib mir das Jod und das Chinin und das getrocknete Rindfleisch aus deinem Sack«, sagte er, während er sich seine schmutzige Socke wieder anzog und den Stiefel zuschnürte.

Carlos packte inzwischen, immer noch protestierend, aus. Whittlesey schenkte ihm keine Beachtung, kratzte gedankenverloren an den Insektenstichen an seinem Nacken herum und starrte hinauf zum Cerro Gordo.

»Maxwell wird sich wundern, Señor. Er wird denken, ich hätte Sie im Stich gelassen. Das wäre sehr schlecht für mich«, sagte Carlos nervös, während er die gewünschten Dinge in Whittleseys Rucksack verstaute. »Die Cabouri-Fliegen werden Sie bei lebendigem Leib auffressen«, fuhr er fort, ging zu der Kiste und verschloss sie wieder. »Sie werden wieder Malaria bekommen und dieses Mal werden Sie daran sterben. Ich bleibe bei Ihnen.« Whittlesey betrachtete den schneeweißen Haarschopf, der teilweise an Carlos' schweißnasser Stirn klebte. Noch gestern, bevor Carlos in die Hütte geblickt hatte, war dieses Haar tiefschwarz gewesen. Als Carlos Whittleseys Blick bemerkte, schlug er die Augen nieder.

Whittlesey stand auf. »Adios«, sagte er und verschwand im Urwald.

Am späten Nachmittag bemerkte Whittlesey, dass die dichten, tief liegenden Wolken um den Cerro Gordo wieder da waren. Die letzten paar Meilen war er einem Weg ungewisser Herkunft gefolgt, der als ein schmaler Trampelpfad durchs Unterholz führte, aber sicher durch die Fiebersümpfe am Fuße des *Tepui,* des feuchten, dschungelüberzogenen Plateaus, auf das er jetzt zusteuerte. Es musste ein von Menschen angelegter Pfad sein, dachte Whittlesey, denn er führte irgendwie logisch auf irgendein noch verborgenes Ziel zu. Tierpfade verliefen oft kreuz und quer, mal in diese oder jene Richtung. Außerdem kam Whittlesey auf diesem Pfad einer steilen Schlucht in der Wand des *Tepui* immer näher. Diesen Weg musste Crocker genommen haben.

Whittlesey blieb stehen und nahm unwillkürlich seinen Talisman in die Hand – ein Amulett aus zwei gekreuzten

Pfeilen, der eine golden, der andere silbern, das er schon seit seiner Kindheit um den Hals trug. Whittlesey und seine Leute hatten seit mehreren Tagen keine menschliche Behausung mehr gesehen, außer einer lange verlassenen Ansiedlung von Wurzelsammlern – und dann die Hütte, natürlich. Nur die Kothoga konnten also diesen Pfad angelegt haben.

Als Whittlesey sich dem Plateau näherte, konnte er erkennen, dass ein paar Rinnsale an dessen steilen Flanken herabflossen. Diese Nacht würde er hier unten biwakieren und dann am Morgen die gut tausend Höhenmeter in Angriff nehmen. Der Anstieg würde steil, schlammig und möglicherweise gefährlich werden. Und wenn Whittlesey dabei auf die Kothoga stieß – nun, dann saß er ganz schön in der Falle.

Aber er hatte eigentlich keinen Grund zu der Annahme, dass der Stamm der Kothoga nicht friedlich sein sollte. Schließlich war es Mbwun, eine rätselhafte Kreatur, der die einheimischen Mythen alles Böse und Mörderische zuschrieben. Angeblich war er ein seltsames Lebewesen, das von den Kothoga unter Kontrolle gehalten wurde und das noch nie ein Außenstehender zu Gesicht bekommen hatte. *Sollte es diesen Mbwun am Ende wirklich geben?*, fragte sich Whittlesey. Ein kleiner Rest einer unbekannten Tierart konnte vielleicht wirklich in diesem riesigen Regenwald über Jahrmillionen hinweg überlebt haben; schließlich war dieses Gebiet von den Biologen praktisch unerforscht. Nicht zum ersten Mal wünschte sich Whittlesey, dass Crocker ihm nicht seinen Revolver weggenommen hätte.

Am wichtigsten war es jetzt für Whittlesey, dass er zuerst einmal Crocker fand. Danach erst konnte er sich auf die Suche nach den Kothoga machen und beweisen, dass sie nicht, wie allgemein behauptet wurde, seit Hunderten von Jahren ausgestorben waren. Er würde berühmt werden – der Entdecker eines uralten Volkes, das tief im Amazonasbecken in einer Art Steinzeitidylle auf einem Plateau hoch über dem Dschungel lebte. Irgendwie erinnerte das an Conan Doyles Roman *Die vergessene Welt.*

Es gab keinen Grund, die Kothoga zu fürchten. *Bis auf diese Hütte ...*

Auf einmal drang ein scharfer, ekelerregender Geruch in seine Nase und Whittlesey blieb stehen. Es gab keinen Zweifel – da musste ein totes Tier liegen, und zwar ein ziemlich großes. Nach etwa einem Dutzend weiterer Schritte wurde der Geruch intensiver. Vor Erwartung schlug Whittleseys Herz jetzt rascher: Vielleicht hatten die Kothoga in der Nähe ein Tier erlegt. Möglicherweise war an der Stelle noch etwas zu finden, Werkzeuge oder vielleicht sogar irgendwelche Kultgegenstände.

Langsam pirschte sich Whittlesey an. Der süßliche, widerwärtige Geruch wurde stärker. Durch eine Lücke im Blätterdach drang etwas Tageslicht, ein untrügliches Zeichen dafür, dass sich in der Nähe eine Lichtung befinden musste. Whittlesey blieb stehen und zog die Riemen seines Rucksacks stramm. Für den Fall, dass er fliehen musste, sollte ihn sein Gepäck so wenig wie möglich behindern.

Der schmale, vom Unterholz gesäumte Pfad lief jetzt flach dahin und gab nach einer überraschenden Biegung den Blick auf eine kleine Lichtung frei. Dort, an der gegenüberliegenden Seite, lag das tote Tier unter einem Baum, in dessen Stamm jemand eine rituelle Spirale geritzt hatte. Auf dem ausgeweideten, fettig-braun schimmernden Brustkasten des Kadavers lag ein Büschel hellgrüner Papageienfedern.

Erst als Whittlesey sich dem toten Tier weiter genähert hatte, bemerkte er, dass es in einem kakifarbenen Hemd steckte.

Eine dichte Wolke von Fliegen summte und brummte über dem offenen Brustkasten. Nun sah Whittlesey, dass ein einzelner, abgetrennter Arm mit einem faserigen Seil an den Stamm des Baumes gebunden war. Die Handfläche war aufgerissen. Um die Leiche herum lagen mehrere leere Patronenhülsen. Und dann entdeckte Whittlesey den Kopf. Er lag, mit dem Gesicht nach oben, unter der Achsel der Leiche. Der Hinterkopf war nicht mehr vorhanden und die Augen, die über aufgedunsenen Wangen ins Leere starrten, waren von einem trüben Film überzogen. Whittlesey hatte Crocker gefunden.

Instinktiv zog er sich zurück, und während er noch rückwärts stolperte, sah er, dass scharfe Krallen Crocker mit obszöner, unmenschlich erscheinender Kraft zerschunden hatten. Es sah so aus, als wäre die Leichenstarre bereits eingetreten. Vielleicht – wenn Gott Whittlesey gnädig war – waren die Kothoga bereits wieder fort.

Wenn es überhaupt die Kothoga gewesen waren, die das getan hatten.

Dann bemerkte Whittlesey, dass der Regenwald, der normalerweise von lebhaften Geräuschen widerhallte, totenstill war. Whittlesey schreckte zusammen, drehte sich um und blickte in den Dschungel. Etwas bewegte sich in den hohen Büschen am Rande der Lichtung und zwei kleine Augen, die die Farbe von flüssigem Feuer hatten, nahmen hinter den Blättern Gestalt an. Whittlesey schluchzte unwillkürlich auf und fuhr sich fluchend mit dem Ärmel übers Gesicht. Als er noch einmal hinsah, waren die Augen verschwunden.

Er hatte keine Zeit zu verlieren, er musste den Weg zurück, musste diesen Ort verlassen, koste es, was es wolle. Der Dschungelpfad lag direkt vor ihm. Er brauchte ihn bloß entlangzulaufen.

Dann sah er etwas auf dem Boden, was ihm vorher nicht aufgefallen war, und er hörte, wie etwas Massives, das aber auf eine fürchterliche Weise geschmeidig wirkte, direkt durch das Unterholz auf ihn zukam.

2

Belém, Brasilien, Juli 1987

Dieses Mal war sich Ven ziemlich sicher, dass ihm der Vorarbeiter auf die Schliche gekommen war.

Während er sich in den Schatten zwischen den Lagerhallen herumdrückte, sah Ven sich um. Sanfter Regen verwischte die massigen Silhouetten der am Kai festgemachten Frachtschiffe und ließ die Lampen des Docks auf Stecknadelkopfgröße zusammenschrumpfen. Wo die Tropfen auf die heißen Decksplanken der Schiffe trafen, stiegen leichter Dampf und ein schwacher Geruch nach Kreosot auf. Hinter sich hörte Ven die nächtlichen Geräusche des Hafens: das abgehackte Bellen eines Hundes, leises Gelächter, durchsetzt mit ein paar portugiesischen Worten und Calypso-Musik aus den direkt am Wasser gelegenen Bars an der Avenida Antonio Machado.

Bisher war alles so gut gelaufen. Als Miami für ihn zu heiß geworden war, war er auf dem langen Weg über Kolumbien, Venezuela und Französisch-Guyana in diesen schwach frequentierten Hafen gekommen, den lediglich kleine Küstenfrachter anliefen. An den Docks wurden fast immer Schauerleute gebraucht und Ven hatte schon früher Schiffe be- und entladen. Als er seinen Namen mit Ven Stevens angab, fragte niemand nach. Sie hätten sowieso nicht geglaubt, dass jemand mit Vornamen Stevenson hieß.

Hier gab es alles, was er brauchte. In Miami hatte er viel Zeit gehabt, um seine Instinkte zu schärfen, und das machte sich hier bezahlt. Absichtlich sprach er holperiges Portugiesisch mit vielen Fehlern und studierte dabei die Augen seiner Gesprächspartner, sodass er sie besser einschätzen konnte. Und so hatte er Ricon gefunden, den zweiten Assistenten des Hafenmeisters, den er für seine Arbeit unbedingt benötigte.

Wenn wieder mal eine Lieferung den Fluss herunterkam, wurde Ven benachrichtigt. Normalerweise nannte man ihm zwei Namen: den des ankommenden und den des auslaufenden Schiffes. Ven wusste immer, wonach er suchen musste, denn die Kisten sahen immer gleich aus. Er kümmerte sich darum, dass sie sicher von Bord kamen und in einer Lagerhalle verstaut wurden. Dann musste er nur noch dafür sorgen, dass sie die letzten Frachtstücke waren, die auf ein bestimmtes, in die Vereinigten Staaten fahrendes Schiff verladen wurden.

Ven, der ein von Natur aus vorsichtiger Mensch war, hatte immer ein waches Auge auf den Vorarbeiter. Ein, zwei Mal hatte er anfangs das unbestimmte Gefühl gehabt, der Vorarbeiter hätte Verdacht geschöpft, und in seinem Kopf war ein Alarm losgegangen. Aber dann hatte Ven sich gleich wieder beruhigt und nach ein paar Wochen hatte die Alarmglocke nicht mehr geschrillt.

Er sah auf seine Uhr. Es war elf Uhr abends. Er hörte, wie um die Ecke eine Tür geöffnet und wieder geschlossen wurde. Ven presste sich eng an die Wand. Er hörte schwere, polternde Schritte auf hölzernen Planken, dann sah er im Licht einer Straßenlaterne die Gestalt des Vorarbeiters vorbeigehen. Als die Schritte leiser wurden, lugte Ven um die Ecke. Das Büro war dunkel und verlassen wie immer um diese Zeit. Er blickte sich noch einmal um, dann drückte er sich um die Mauerecke und ging aufs Dock zu.

Bei jedem Schritt klatschte ein leerer Rucksack feucht gegen seinen Rücken. Im Gehen griff Ven in die Hosentasche, holte einen Schlüssel heraus und hielt ihn fest in der Hand. Dieser Schlüssel war seine Lebensversicherung. Bereits zwei Tage nach Beginn seiner Arbeit hier auf dem Dock hatte er sich einen Abdruck davon gemacht.

Ven ging an einem kleinen, am Kai liegenden Frachter vorbei, von dessen schweren Tauen schwarzes Wasser auf die verrosteten Poller tropfte. Das Schiff schien verlassen, nicht einmal eine Hafenwache befand sich an Deck. Ven verlangsamte seine Schritte. Direkt vor ihm, am Ende des Hauptpiers, befand sich die Tür der Lagerhalle. Ven warf einen raschen Blick über seine Schulter. Dann schloss er schnell die Metalltür auf und schlüpfte in die Halle.

Nachdem er die Tür leise wieder zugezogen hatte, wartete er, bis sich seine Augen an die Dunkelheit gewöhnt hatten. Die Hälfte war geschafft. Jetzt musste er nur hier drin fertig werden und dann die Halle wieder verlassen.

Und zwar so schnell wie möglich. In letzter Zeit nämlich war Ricon immer gieriger geworden, denn die Cruzeiros rannen ihm wie Wasser durch die Finger. Das letzte Mal hatte er im Spaß an der Höhe seines Anteils herumgenörgelt und heute Vormittag hatte Ven beobachtet, wie Ricon und der Vorarbeiter miteinander ein paar leise Worte gewechselt hatten. Dabei hatte der Vorarbeiter herüber zu Ven geblickt. Und dem sagte nun sein Instinkt, dass es Zeit war, von hier zu verschwinden.

Das Innere der dunklen Lagerhalle war eine verschwommene Landschaft aus Frachtcontainern und Packkisten. Ven konnte es nicht riskieren, eine Taschenlampe zu benützen, aber er brauchte auch keine. Er kannte sich hier so gut aus, dass er auch im Schlaf seinen Weg gefunden hätte. Vorsichtig suchte er sich zwischen Bergen von Frachtgut seinen Weg.

Schließlich blieb er vor einem Stapel abgewetzter Kisten in einer Ecke der großen Halle stehen. Es waren eine kleine und sechs große Kisten, von denen auf einige mit Schablone die Buchstaben MNH NEW YORK geschrieben waren.

Schon vor Monaten, als Ven sich nach diesen Kisten erkundigt hatte, hatte der Lehrling des Hafenmeisters erzählt, was es mit ihnen auf sich hatte. Sie waren im vergangenen Herbst von Pôrto de Mós den Fluss herabgekommen. Eigentlich hätten sie per Luftfracht an ein Museum in New York gehen sollen, aber dann war irgendetwas mit den Leuten, die diese Vereinbarung getroffen hatten, geschehen – der Lehrling wusste nicht genau, was. Jedenfalls waren die Frachtkosten nicht rechtzeitig bezahlt worden und in dem komplizierten Wirrwarr der hiesigen Zollbestimmungen waren die Kisten irgendwann einmal einfach vergessen worden.

Ven allerdings vergaß die Kisten nicht, denn hinter ihnen war genügend Platz, um seine Lieferungen so lange zu verstecken, bis der auslaufende Frachter, den man ihm genannt hatte, beladen wurde. Durch ein zerbrochenes Fenster hoch oben in der Wand drang die warme Nachtbrise herein und strich Ven über die schweißbeperlte Stirn. Er lächelte in der Dunkelheit. Erst vor einer Woche hatte er erfahren, dass die Kisten demnächst schließlich doch in die USA geschickt werden würden. Sollten sie ruhig, denn er war dann bestimmt schon längst nicht mehr hier.

Er brauchte nur noch seinen Schatz hier zu heben, der diesmal lediglich aus einer einzigen, kleinen Kiste bestand, deren Inhalt gut in seinen Rucksack passte. Ven wusste genau, wo die Abnehmer waren und wie er das Zeug verkaufen musste. Bald würde er damit die dicke Kohle machen – und zwar sehr weit weg von hier.

Als Ven sich gerade hinter die großen Kisten zwängen wollte, blieb er abrupt stehen. Da war ein seltsamer Geruch, irgendwie erdig, ziegenartig, verrottet. Durch diesen Hafen gingen ja weiß Gott merkwürdige Frachtstücke, aber bisher hatte keines davon derartig fürchterlich gerochen.

In Vens Kopf schrillte eine ganze Serie von Alarmglocken los, aber er konnte nichts entdecken, was ihm falsch oder ungewöhnlich vorgekommen wäre. Und so zwängte er sich schließlich doch zwischen die Kisten für das Museum und die Hallenwand.

Hinter den Kisten blieb Ven stehen. Irgendetwas stimmte hier nicht, stimmte absolut nicht.

Er hörte, mehr als dass er sah, wie sich etwas in dem engen Raum bewegte. Der ekelhafte, verrottete Gestank kam auf ihn zu und hüllte ihn bald vollständig ein. Plötzlich wurde er mit unglaublicher Kraft gegen die Wand geschleudert. Ein flammender Schmerz raste ihm durch Brust und Bauch. Ven öffnete den Mund, um zu schreien, aber in seiner Kehle brodelte ein heißer Schmerz, der ihm gleich darauf wie ein greller Blitz durch den Schädel schoss. Danach war alles dunkel.

TEIL EINS

Museum des Grauens

3

New York, heute

Juan sah ruhig zu, wie der rothaarige Junge auf das Podest kletterte, seinen jüngeren Bruder einen Feigling nannte und nach dem Fuß des Elefanten griff. Erst als der Junge mit der Hand das Ausstellungsstück berührte, trat Juan vor.

»Hey!«, rief er und trabte auf den Jungen zu. »Elefanten berühren verboten!« Der Bub erschrak und zog die Hand zurück; er war in einem Alter, in dem man noch Respekt vor Uniformen hat. Jugendliche von fünfzehn, sechzehn Jahren zeigten Juan auch schon mal den schlimmen Finger. Sie wussten, dass er nur ein Museumswärter war. Was für ein lausiger Job. Hoffentlich würde er eines Tages doch noch die Aufnahmeprüfung für die Polizeischule schaffen.

Misstrauisch sah Juan zu, wie der rothaarige Junge und sein kleiner Bruder in der abgedunkelten Halle weiter zu den Schaukästen gingen, in denen die ausgestopften Löwen zu sehen waren. Als sie dabei an den Schimpansen vorbeikamen, spielte sich der Bub vor seinem Bruder auf, indem er johlende Schreie ausstieß und sich unter den Armen kratzte. Wo, zum Teufel, waren bloß die Eltern?

Dann zog Billy, der Rotschopf, seinen kleinen Bruder in einen Raum mit afrikanischen Gegenständen. Aus einem Schaukasten grinste sie eine Reihe von hölzernen Masken mit flachen, geschnitzten Zähnen an. »Toll!«, staunte Billys Brüderchen.

»Das ist doch *doof*«, sagte Billy. »Komm, lass uns zu den Dinosauriern gehen.«

»Wo ist Mommy?«, fragte der Kleine und sah sich um.

»Ah, die hat sich verlaufen«, sagte Billy. »Jetzt komm schon.«

Sie gingen los durch einen großen, hallenden Raum voller Totempfähle. Am anderen Ende hielt gerade eine Frau, die die letzte Gruppe des Tages durch das Museum führte, ein rotes Fähnchen hoch und sagte etwas mit schriller Stimme. Billys kleiner Bruder fand, dass die Halle irgendwie unheimlich nach Rauch und alten Baumwurzeln roch. Als die Gruppe um die Ecke verschwand, war es wieder still.

Als sie das letzte Mal hier gewesen waren, erinnerte sich Billy, hatten sie den größten Brontosaurus der Welt und einen Tyrannosaurus gesehen. Zumindest glaubte er, dass er so geheißen hatte. Die Zähne dieses Tyrannosaurus mussten drei Meter lang gewesen sein. Er war das tollste Ding gewesen, das Billy bisher in seinem ganzen Leben gesehen hatte. Aber an die Totempfähle konnte er sich nicht mehr erinnern. Vielleicht waren die Dinosaurier in der nächsten Halle. Aber die war leider bloß die langweilige »Halle Asiatischer Völker«, voller Jade- und Elfenbeinschmuck, Seide und Bronzestatuen.

»Da, schau, was du angerichtet hast«, sagte Billy.

»Was denn?«

»Du bist schuld, dass ich mich verlaufen habe«, antwortete Billy. »Mommy ist bestimmt furchtbar böse«, sagte der kleine Junge. Billy schnaubte verächtlich. Sie sollten ihre Eltern erst nach Schließung des Museums auf der großen Treppe am Ausgang treffen. Und die würde er ohne größere Probleme finden.

Sie gingen durch ein paar verstaubte Räume und kamen, nachdem sie eine enge Treppe hinuntergestiegen waren, in einen langen, düsteren Gang. An den Wänden waren bis hinauf zur Decke Tausende von kleinen, ausgestopften Vögeln aufgereiht, aus deren toten Augen weiße Watte hervorschaute. Der menschenleere Korridor roch nach Mottenkugeln.

»Ich weiß schon, wo wir sind«, sagte Billy mit falscher Zuversicht und blickte sich im Dämmerlicht um.

Der Kleine begann leise zu weinen.

»Hör auf!«, sagte Billy. Das Geschniefe verstummte.

Der Gang machte einen scharfen Knick und endete in einer dunklen Sackgasse voller verstaubter, leerer Schaukästen. Es gab keine erkennbaren Ausgänge, nur den Weg zurück in den langen Gang voller toter Vögel. Weit entfernt von den anderen sonntäglichen Museumsbesuchern hallten die Schritte der beiden Kinder hohl von den Wänden des Ganges wider. Eine Wand der kurzen Sackgasse bildete ein Paravent aus Holz und Stoff, der nur auf den ersten Blick wie eine massive Mauer aussah. Billy ließ die Hand seines Bruders los und schob den Paravent ein wenig zur Seite.

»Hier war ich schon einmal«, sagte er deutlich überzeugter. »Jetzt ist es versperrt, aber das letzte Mal war es offen. Ich wette, dass wir direkt unter den Dinosauriern sind. Lass mich mal sehen, ob man da irgendwo nach oben kommt.«

»Du darfst da nicht hinein«, warnte sein kleiner Bruder.

»Hör zu, du Dummkopf, ich gehe jetzt. Und du wartest gefälligst auf mich.« Billy verschwand hinter dem Paravent und ein paar Sekunden später hörte sein Bruder ein Quietschen, als würde eine alte Metalltür geöffnet.

»Hey«, hörte er Billys Stimme. »Da ist eine Wendeltreppe. Sie geht zwar nur nach unten, aber das ist echt *cool.* Ich schau mal, wo sie hinführt.«

»Billy! Tu das nicht!«, schrie der Kleine, vernahm aber anstatt einer Antwort nur das Geräusch sich rasch entfernender Schritte.

Der Kleine fing zu heulen an und seine schwache Stimme verlor sich in dem düsteren Gang. Nach ein paar Minuten bekam er einen Schluckauf, zog lautstark den Rotz hoch und setzte sich auf den Boden. Er fing an, an der locker gewordenen Gummikappe seines Turnschuhs herumzuzupfen, und hatte sie bald ganz abgerissen.

Plötzlich blickte er auf. Die Luft in dem stillen Gang schien zu stehen. Die Lichter in den Schaukästen warfen dunkle Schatten auf den Boden. Irgendwo rumpelte und zischte es in der Klimaanlage. Billy war fort. Vielleicht für immer. Der Kleine fing wieder zu weinen an, diesmal lauter.

Vielleicht sollte er Billy einfach nachgehen. Vielleicht war das ja gar nicht so unheimlich, wie er glaubte. Vielleicht war Billy vorausgegangen und hatte die Eltern gefunden, und jetzt warteten sie alle auf ihn, drüben, auf der anderen Seite. Aber er musste sich beeilen. Denn bald wurde das Museum geschlossen.

Er stand auf und schlüpfte hinter den Paravent. Der

Gang ging auf der anderen Seite weiter und war voller staubiger Schaukästen mit fast vergessenen Ausstellungsstücken. Eine alte Metalltür an einer Wand des Ganges stand einen Spalt weit offen. Der Kleine ging darauf zu und spähte hinein. Er sah den obersten Absatz einer nach unten führenden Wendeltreppe. Hier war es noch staubiger als draußen und ein seltsamer Geruch ließ ihn die Nase rümpfen. Er wollte nicht auf diese Stufen treten. Aber Billy war irgendwo da unten.

»Billy!«, rief der Kleine. »Billy, komm wieder rauf. *Bitte!*«

Ein Echo aus dem tiefen Treppenhaus war die einzige Antwort. Das Kind schniefte, dann hielt es sich am Treppengeländer fest und stieg langsam hinab in die Finsternis.

Montag

4

Als Margo Green um die Ecke der Zweiundsiebzigsten Straße West ging, schien ihr die frühe Morgensonne voll ins Gesicht. Einen Augenblick lang blickte sie zwinkernd nach unten, dann warf sie ihre braunen Haare in den Nacken und überquerte die Straße. Das *New York Museum of Natural History* ragte mit seiner riesigen neuromanischen Fassade wie eine Burg vor ihr auf und reckte seine runden Türme und grünen Kupferdächer hoch über den Wipfeln einer Reihe von Ginkgo-Bäumen in den Himmel.

Margo ging die kopfsteingepflasterte Zufahrt zum Eingang für Mitarbeiter hinunter, vorbei an einer Laderampe und auf den mit Granit verkleideten Tunnel zu, der zu den Innenhöfen des Museums führte. Als sie aus dem Eingang intermittierendes Rotlicht zucken sah, wurde sie langsamer. In dem Innenhof am anderen Ende des Tunnels standen wild durcheinander Kranken- und Streifenwagen und ein Fahrzeug des Katastrophenschutzes.

Margo betrat den Tunnel und ging auf die gläserne Pförtnerloge zu. Normalerweise hockte Curly, der alte Wachmann, zu dieser frühen Stunde noch mit einer schon ganz schwarz gewordenen Calabashpfeife vor seinem dicken Bauch in einem Stuhl und döste. Heute aber stand er hellwach da. »Morgen, Frau Doktor«, sagte er und öffnete die Tür. Curly nannte praktisch jeden »Doktor«, vom Studenten bis hin zum Museumsdirektor, egal, ob sie diesen Titel wirklich trugen.

»Was ist denn hier los?«, fragte Margo.

»Ich weiß nicht«, antwortete Curly. »Sie sind erst vor zwei Minuten hier reingefahren. Aber ich schätze, ich sollte heute mal besser Ihren Ausweis kontrollieren.«

Margo wühlte in ihrer Umhängetasche herum und fragte sich, ob sie ihn überhaupt dabeihatte. Seit Monaten hatte hier niemand mehr ihren Museumsausweis verlangt.

»Ich bin mir nicht sicher, ob ich ihn überhaupt eingesteckt habe«, sagte sie und ärgerte sich, dass sie seit dem Winter ihre Tasche nicht mehr ausgeräumt hatte. Ihre Freunde in der Anthropologischen Abteilung hatten sie erst kürzlich im Scherz für die »schlampigste Tasche des Museums« geehrt.

Das Telefon in der Pförtnerloge klingelte und Curly hob ab. Margo fand ihren Ausweis und hielt ihn ans Fenster, aber Curly beachtete sie nicht, sondern hörte mit weit aufgerissenen Augen zu.

Als er auflegte, sagte er kein Wort, aber der Schreck war ihm sichtlich in die Glieder gefahren.

»Nun?«, fragte Margo. »Was ist passiert?«

Curly nahm die Pfeife aus dem Mund. »Ist besser, wenn Sie das nicht wissen«, sagte er. Das Telefon klingelte abermals. Curly wirbelte herum und nahm den Hörer ab.

Margo hatte den alten Wachmann sich noch nie so schnell bewegen gesehen. Sie zuckte mit den Achseln, steckte den Ausweis wieder in ihre Tasche und ging weiter. Das nächste Kapitel ihrer Dissertation wurde bald fällig und sie hatte keine Zeit zu verlieren. Die vergangene Woche hatte sie ohnehin abschreiben müssen – da war die Beerdigung ihres Vaters gewesen und all die Formalitäten und Telefongespräche. Sie hatte eine Menge nachzuholen.

Margo schritt über den kopfsteingepflasterten Hof und betrat das Museum durch den Mitarbeitereingang. Dann wandte sie sich nach rechts und eilte einen langen Gang entlang zur Anthropologischen Abteilung. Die Büros der festangestellten Mitarbeiter waren alle noch dunkel, was sie bis neun, halb zehn Uhr normalerweise auch bleiben würden. Als der Korridor einen scharfen Rechtsknick machte, blieb Margo stehen. Quer über den Gang spannte sich gelbes Plastikband, auf dem sie lesen konnte: »POLIZEI VON NEW YORK – TATORT – BETRETEN VERBOTEN«. Jimmy, ein Aufseher, der normalerweise die Halle mit dem peruanischen Gold bewachte, stand zusammen mit Gregory Kawakita, dem jungen stellvertretenden Kurator der Abteilung für Evolutionäre Biologie, vor der Absperrung.

»Was ist denn hier passiert?«, fragte Margo.

»Ein Musterbeispiel für die Effizienz dieses Museums«, sagte Kawakita mit einem trockenen Grinsen. »Man hat uns ausgesperrt.«

»Mir haben sie nur gesagt, dass ich niemanden durchlassen darf«, sagte der Wärter nervös.

»Hören Sie, guter Mann«, sagte Kawakita. »Ich muss morgen einen wichtigen Vortrag vor der *National Science Foundation* halten und habe deshalb einen langen Tag vor mir. Wenn Sie mich jetzt bitte weitergehen lassen würden –«

Jimmy sah aus, als wäre es ihm nicht besonders wohl in seiner Haut. »Ich mache hier nur meinen Job, okay!«

»Na los, kommen Sie«, sagte Margo zu Kawakita. »Lassen Sie uns einen Kaffee trinken. Vielleicht weiß ja jemand von den anderen, was hier gespielt wird.«

»Erst muss ich noch auf die Toilette, falls ich eine finden kann, die noch nicht versiegelt ist«, antwortete Kawakita gereizt. »Ich treffe Sie dann im Aufenthaltsraum.«

Die Tür zum Aufenthaltsraum der Angestellten, die sonst immer sperrangelweit offen stand, war heute zu. Mit der Hand am Türknopf fragte sich Margo einen Moment, ob sie wohl auf Kawakita warten sollte. Aber dann öffnete sie entschlossen die Tür. Wenn sie erst mal auf *den* angewiesen war, dann war schon alles zu spät.

Zwei Polizisten drehten ihr den Rücken zu und unterhielten sich. »Wie oft ist das nun schon passiert? Das sechste Mal?«, fragte einer mit einem Kichern.

»Ich habe nicht mitgezählt«, antwortete der andere. »Aber viel von seinem Frühstück dürfte er nicht mehr im Magen haben.« Als die beiden Polizisten zur Seite traten, konnte Margo in den Aufenthaltsraum blicken.

In dem großen, leeren Raum beugte sich jemand an der hinteren Wand über ein Spülbecken. Nach einer Weile richtete der Mann sich auf, wischte sich den Mund ab und drehte sich um. Margo erkannte ihn als Charlie Prine, den Konservator, der bei der Anthropologischen Abteilung einen sechsmonatigen Zeitvertrag bekommen hatte, um Objekte für die neue Ausstellung herzurichten. Sein Gesicht war aschfahl und ausdruckslos.

Einer der Polizisten hob seine Hand in Richtung Margo, musste sich dann aber um sein Funkgerät kümmern, das auf einmal loskrächzte. Dann sagte er leise etwas zu seinem Kollegen, der Prine sanft in Richtung Tür schob.

Margo trat zur Seite und ließ die Gruppe passieren. Prine ging steif wie ein Roboter. Margo senkte instinktiv den Blick.

Prines Schuhe waren voller Blut.

Er blickte mit leeren Augen auf Margo und bemerkte, wo sie hinstarrte. Dann sah auch er an sich herab und blieb so abrupt stehen, dass der Polizist von hinten auf ihn auflief.

Prines Augen wurden groß und weiß. Er schluchzte und stöhnte in Panik auf und die Polizisten mussten ihn packen und aus dem Raum schieben.

Margo lehnte sich an die Wand und versuchte ihr wie rasend schlagendes Herz zu beruhigen, als Kawakita hereinkam, gefolgt von mehreren anderen. »Das halbe Museum ist abgesperrt«, sagte er kopfschüttelnd und goss sich eine Tasse Kaffee ein. »Niemand kommt mehr in sein Büro.«

Als hätte sie nur auf dieses Stichwort gewartet, plärrte die altersschwache Lautsprecheranlage des Museums plötzlich los: »ACHTUNG, ACHTUNG. ALLE ANGESTELLTEN, DIE NICHT VON DER POLIZEI ANDERSWO BENÖTIGT WERDEN, MÖCHTEN BITTE SOFORT IN DEN AUFENTHALTSRAUM KOMMEN.«

Margo und Kawakita setzten sich und sahen zu, wie immer mehr Kollegen in Zweier- oder Dreiergruppen hereinkamen. Hauptsächlich waren es Labortechniker und Assistenzkuratoren ohne festen Vertrag; für die wirklich wichtigen Leute war es noch zu früh. Margo betrachtete sie geistesabwesend. Kawakita sagte etwas, aber sie hörte nicht zu.

Innerhalb von zehn Minuten war der Raum voller Leute. Alle redeten durcheinander und waren wütend, weil sie nicht in ihre Büros durften. Man beschwerte sich, dass niemand irgendetwas erklärte, und lauschte mit schockiertem Gruseln jedem neuen Gerücht, das die Runde machte. Dies hier war mit Abstand das Aufregendste, was seit Langem in diesem langweiligen, verstaubten Museum passiert ist.

Kawakita schüttete seinen Kaffee hinunter und verzog das Gesicht. »Was ist, werden Sie nun einen Blick auf das Sediment werfen oder nicht?«, fragte er und sah Margo direkt in die Augen. »Was ist los, Margo, sind Sie auf einmal mit Stummheit geschlagen? Seit wir hier sitzen, haben Sie noch kein einziges Wort gesagt.«

Stockend erzählte Margo ihm ihr Erlebnis mit Prine. Kawakita verzog sein gut aussehendes Gesicht. »Mein Gott«, sagte er schließlich, »was meinen Sie wohl, dass passiert ist?«

Weil sein Bariton plötzlich durch den ganzen Raum zu schallen schien, bemerkte Margo, dass sämtliche andere Gespräche in dem Aufenthaltsraum verstummt waren. In der Tür stand ein kräftig gebauter Mann mit Halbglatze. Er trug einen schlecht sitzenden, braunen Anzug, aus dessen Jacketttasche ein Handfunkgerät ragte. Zwischen den Zähnen des Mannes, der jetzt, gefolgt von zwei uniformierten Polizisten, langsam zwischen den Tischreihen hindurchschritt, steckte eine unangezündete Zigarre.

Als er vorn angekommen war, baute er sich breitbeinig vor den versammelten Angestellten auf, zog seine Hose hoch, nahm die Zigarre aus dem Mund und bohrte mit der Zunge ein Stückchen Tabak aus den Zähnen. Dann räusperte er sich laut und vernehmlich. »Würden Sie mir bitte für einen Moment Ihre Aufmerksamkeit schenken«, begann er. »Ich fürchte, Sie werden es wohl noch eine Weile mit uns aushalten müssen.«

Von hinten im Raum erhob sich eine vorwurfsvolle Stimme: »Entschuldigen Sie bitte, Mr – wie war doch Ihr Name?«

Margo hob den Kopf und blickte in die Menge. »Das ist Freed«, flüsterte Kawakita ihr zu. Margo hatte schon von Frank Freed, dem leicht reizbaren Kurator der fischkundlichen Abteilung, gehört.

Der Mann im braunen Anzug sah Freed an. »Ich bin Lieutenant D'Agosta«, bellte er. »Von der New Yorker Polizei.«

Diese Antwort hätte wohl viele andere zum Verstummen gebracht, aber Freed, ein ausgezehrter Mann mit langen, grauen Haaren, zeigte sich unbeeindruckt. »Vielleicht«, sagte er mit sarkastischem Unterton, »hätten Sie die Güte, uns darüber aufzuklären, was hier eigentlich vor sich geht? Ich denke, wir haben ein Recht zu erfahren –«

»Ich *würde* Sie ja gerne über alles informieren«, schnitt D'Agosta ihm das Wort ab, »aber momentan weiß ich selbst nicht mehr, als dass hier im Gebäude eine Leiche gefunden wurde, deren nähere Todesumstände wir gegenwärtig ermitteln. Wenn –«

Alle Anwesenden redeten plötzlich wild durcheinander. D'Agosta hob müde die Hand.

»Ich kann Ihnen nur sagen, dass die Mordkommission im Haus ist und dass die Untersuchungen laufen«, fuhr er mit lauter Stimme fort. »Ab sofort ist das Museum geschlossen. Momentan darf es niemand betreten und auch niemand verlassen. Wir hoffen, dass es sich hierbei nur um eine vorübergehende Maßnahme handeln wird.«

D'Agosta machte eine Pause. »Wenn es sich wirklich um einen Mord handeln sollte, dann gibt es die Möglichkeit – die *Möglichkeit,* habe ich gesagt –, dass sich der Täter noch immer im Gebäude aufhält. Wir möchten Sie lediglich bitten, eine oder zwei Stunden hierzubleiben, bis wir alles durchsucht haben. Ein Beamter wird später Ihre Personalien aufnehmen.«

In der verblüfften Stille, die dieser Ansprache folgte, verließ D'Agosta den Raum und schloss die Tür hinter sich. Einer der zurückgebliebenen Polizisten holte sich einen Stuhl und setzte sich demonstrativ vor die Tür. Langsam wurden die Gespräche wieder aufgenommen. »Soll das heißen, dass wir hier eingesperrt sind?«, rief Freed. »Das ist ja ungeheuerlich.«

»Du meine Güte«, hauchte Margo. »Meinen Sie, dass Prine der Mörder ist?«

»Schrecklich, nicht wahr?«, sagte Kawakita. Er stand auf und ging hinüber zu der Kaffeemaschine, wo er sich mit einer energischen Handbewegung die letzten Tropfen aus der Kanne einschenkte. »Aber nicht mal halb so schrecklich wie die Vorstellung, dass ich morgen womöglich unvorbereitet meinen Vortrag halten muss.«

Margo wusste, dass junge Überflieger wie Kawakita niemals wirklich unvorbereitet waren.

»Ein gutes Image ist heutzutage einfach alles«, fuhr Kawakita fort. »Mit Wissenschaft allein lässt sich so gut wie kein Forschungsauftrag mehr an Land ziehen.«

Margo nickte mechanisch. Sie hörte Kawakita, hörte das Gemurmel der vielen Stimmen um sie herum, aber nichts von alledem schien ihr wichtig. Sie musste ständig an das Blut auf Prines Schuhen denken.

5

»Alle mal herhören«, sagte der Polizist eine Stunde später. »Sie können jetzt gehen. Aber halten Sie sich von den Bereichen fern, die mit einem gelben Band gekennzeichnet sind.«

Als sie eine Hand auf ihrer Schulter spürte, hob Margo mit einem Ruck den Kopf. Vor ihr stand Bill Smithback, groß und schlaksig, und hielt zwei spiralgebundene Notizbücher in der anderen Hand. Wie immer sahen seine braunen Haare so aus, als wäre er eben erst aus dem Bett gestiegen. Hinter ein Ohr hatte er einen abgekauten Bleistiftstummel geklemmt, der Kragen seines Hemdes stand offen und der Knoten seiner schlampig gebundenen Krawatte hing auf Halbmast. Er war die perfekte Karikatur eines hart arbeitenden Journalisten und Margo hatte den Eindruck, als pflege er dieses Aussehen auch noch bewusst. Smithback sollte im Rahmen der anstehenden Hundertjahrfeier ein Buch über das Museum schreiben, unter besonderer Berücksichtigung der Ausstellung zum Thema »Aberglaube«, die nächste Woche eröffnet werden sollte.

»Geheimnisvolle Dinge tun sich im Naturhistorischen Museum«, murmelte Smithback düster in Margos Ohr und ließ sich in einen Stuhl neben dem ihren sinken. Er knallte seine Notizbücher auf den Tisch, aus deren Seiten sich eine Flut von handbeschriebenem Papier, Computerdisketten ohne Etikett und fotokopierte Artikel, bei denen er mit gelbem Leuchtmarker bestimmte Stellen angestrichen hatte, auf die Resopalplatte ergoss.

»Hallo, Kawakita!«, sagte Smithback jovial und klopfte dem Wissenschaftler auf die Schulter. »Haben Sie vielleicht in letzter Zeit irgendwelche Tiger hier durch die Gänge schleichen sehen?«

»Nur Papiertiger«, antwortete Kawakita trocken.

Smithback wandte sich wieder an Margo. »Sie haben ja sicherlich von der Sache gehört. Ganz schön blutrünstige Geschichte, was?«

»Uns haben sie überhaupt nichts gesagt«, entgegnete Margo. »Lediglich, dass irgendjemand umgebracht wurde. Vermutlich war Prine der Täter.«

Smithback lachte. »Charlie Prine? Der Bursche kann doch nicht einmal einen Sechserpack Bier killen, von einem Menschen ganz zu schweigen. Nein, Prine hat nur die Leiche entdeckt. Oder, wie ich besser sagen sollte, *die Leichen.*«

»Die was? Wovon reden Sie überhaupt?«

Smithback seufzte. »Wissen Sie denn *wirklich* nichts? Ich habe eigentlich gehofft, Sie hätten irgendwas gehört, wo Sie doch schon seit Stunden hier sitzen.« Er sprang auf und ging hinüber zur Kaffeemaschine. Er kippte und schüttelte die Kanne und kam dann fluchend ohne Kaffee zurück. »Sie haben die Frau des Direktors ausgestopft in einem Schaukasten in der Affenhalle entdeckt«, sagte er, nachdem er sich wieder gesetzt hatte. »Sie steht dort schon seit zwanzig Jahren, aber bisher hat es niemand bemerkt.«

»Nun rücken Sie schon endlich mit der wirklichen Geschichte raus, Smithback«, stöhnte Margo.

»Okay, okay«, seufzte er. »Gegen halb acht Uhr heute früh wurden im alten Keller die Leichen von zwei kleinen Jungen gefunden.«

Margo hielt sich die Hände vor den Mund.

»Wie haben Sie das erfahren?«, wollte Kawakita wissen.

»Während Sie beide hier auf Ihren vier Buchstaben herumsaßen, standen sich normalsterbliche Leute da draußen auf der Straße die Beine in den Bauch«, fuhr Smithback fort. »Man hat uns einfach die Tore vor der Nase zugemacht. Auch die Presse war da draußen, und zwar in ziemlich großer Anzahl. Man sagt, dass Wright um zehn Uhr in der Großen Rotunde eine Pressekonferenz geben und zu den ganzen Zoogeschichten, die man sich mittlerweile erzählt, Stellung nehmen wird. Wir haben noch zehn Minuten.«

»Was für Zoogeschichten?«, fragte Margo.

»Dieses Museum hier soll der Zoo sein. Ganz schön wilde Storys sind da im Umlauf.« Smithback gefiel es sichtlich, seine Informationen nur Stück für Stück preiszugeben. »Es scheint so, als wären die Leichen ziemlich bestialisch zugerichtet worden. Und Sie kennen ja die Presse, die mutmaßt doch schon seit Längerem, dass ihr in eurem Museum irgendwelche wilden Tiere haltet.«

»Ihnen scheint die Sache ja direkt Spaß zu machen«, sagte Kawakita mit einem Lächeln.

»Warum nicht? Eine solche Geschichte verleiht meinem Buch doch gleich eine ganz andere Dimension«, fuhr Smithback fort. »Der schockierende Bericht über die grausamen Museumsmorde. Von William Smithback Junior. Wilde, menschenfressende Tiere streifen des Nachts durch die verlassenen Korridore. So was hat das Zeug zum Bestseller.«

»Das ist nicht lustig«, fauchte Margo, die daran denken

musste, dass Prines Labor sich nicht weit entfernt von ihrem eigenen Büro im Keller des alten Gebäudes befand.

»Ich weiß, ich weiß«, sagte Smithback beschwichtigend. »Natürlich ist die Sache furchtbar schrecklich. Die armen Kinder! Allerdings weiß ich noch immer nicht so ganz, ob ich die Geschichte wirklich glauben soll. Vielleicht ist sie ja auch bloß ein Werbetrick von Cuthbert, um der Ausstellung zu mehr Publicity zu verhelfen.« Er seufzte, bevor er schuldbewusst das Thema wechselte. »Hey, Margo – das mit Ihrem Vater hat mir wirklich leidgetan. Ich wollte Ihnen eigentlich schon früher mein Beileid aussprechen.«

»Danke.« In Margos Lächeln lag wenig Wärme.

»Hört zu, ihr zwei«, sagte Kawakita. »Ich muss jetzt wirklich –«

»Ich habe gehört, dass Sie daran gedacht haben, mit Ihrer Arbeit hier aufzuhören«, sagte Smithback, noch immer an Margo gewandt. »Dass Sie vorhätten, Ihre Dissertation abzubrechen und in der Firma Ihres Vaters zu arbeiten, so 'n Zeug eben.« Er sah sie neugierig an. »Stimmt das? Ich dachte, Ihre Forschungen seien nun endlich an einem Punkt angelangt, wo sie wirklich Ergebnisse bringen.«

»Nun«, sagte Margo. »Die Antwort lautet Ja und Nein. Die Dissertation schleppt sich momentan ein wenig dahin. Heute habe ich meinen wöchentlichen Elf-Uhr-Termin bei Frock. Vermutlich wird er ihn wie üblich verpassen und dann irgendwann ansetzen, besonders heute, wo diese Tragödie passiert ist. Aber ich hoffe, dass ich ihn zu Gesicht bekommen werde. Ich bin nämlich bei der Art, wie die Kiribitu ihre Heilpflanzen klassifizierten, auf eine interessante Entdeckung gestoßen.«

Margo bemerkte, dass Smithbacks Augen bereits begonnen hatten, durch den Raum zu schweifen, und sie musste wieder einmal erkennen, dass die meisten Menschen sich nicht sonderlich für Pflanzengenetik und primitive Arzneimittelkunde interessierten. »Nun, wie dem auch sei, wir sollten langsam in die Gänge kommen«, sagte sie und stand auf.

»Augenblick!«, sagte Smithback und raffte seine Papiere zusammen. »Hätten Sie vielleicht Lust, mit mir zu der Pressekonferenz zu gehen?«

Als sie den Aufenthaltsraum verließen, beschwerte sich Freed noch immer bei jedem, der ihm zuhören wollte. Kawakita, der bereits vor ihnen den Gang entlangtrottete, winkte ihnen über die Schulter zu, bevor er um eine Ecke bog und verschwand.

Als Margo und Bill in die Große Rotunde kamen, war die Pressekonferenz bereits in vollem Gange. Reporter umringten Henry Wright, den Direktor des Museums, hielten ihm Mikrofone vors Gesicht und richteten Kameras auf ihn. Ihre Stimmen hallten in dem großen Kuppelbau gespenstisch wider. Neben Wright stand Ippolito, der Sicherheitschef des Museums, und aus einiger Entfernung beobachteten andere Angestellte des Museums und ein paar neugierige Schulklassen die Geschehnisse.

Wright stand sichtlich verärgert im Licht der Halogenscheinwerfer und beantwortete Fragen, die ihm zugerufen wurden. Sein normalerweise makelloser Anzug von einem der feinsten Herrenausstatter war verknittert und seine schon etwas gelichteten Haare hingen ihm über ein Ohr.

Wrights ohnehin blasses Gesicht hatte eine graue Farbe und seine Augen waren gerötet. »Nein«, sagte der Museumsdirektor, »die Eltern dachten, die Kinder hätten das Museum bereits verlassen. Niemand hat uns vor heute früh verständigt ... Nein, wir halten *keine* lebenden Tiere hier im Museum. Gut, wir haben Mäuse und auch ein paar Schlangen für Forschungszwecke, aber keine Löwen, Tiger oder Ähnliches ... Ich habe die Leichen nicht gesehen und ich weiß nichts über die Art der Verstümmelungen, wenn es überhaupt welche gegeben hat ... Dazu kann ich nichts sagen, dafür sind andere Leute zuständig. Sie werden sich wohl bis zum Ergebnis der Autopsien gedulden müssen ... Ich möchte noch einmal betonen, dass es von der Polizei bisher keinen offiziellen Kommentar gibt ... Wenn Sie nicht aufhören, so zu schreien, werde ich keine weiteren Fragen mehr beantworten ... Das habe ich bereits vorhin gesagt, wir haben *keine* wilden Tiere im Museum ... nein, auch keine Bären ... Namen kann ich Ihnen nicht nennen ... Wie sollte ich diese Frage wohl beantworten können? ... Die Pressekonferenz ist jetzt vorbei ... Ich habe gesagt, die Pressekonferenz ist *vorbei* ... Ja, natürlich arbeiten wir auf allen Gebieten mit der Polizei zusammen ... Nein, ich sehe keinen Grund dafür, warum wir die Eröffnung der neuen Ausstellung verschieben sollten. Ich möchte noch einmal ausdrücklich betonen, dass die Ausstellung ›Aberglaube‹ pünktlich eröffnet werden wird ... Wir haben *ausgestopfte* Löwen, das ist richtig, aber wenn Sie damit andeuten wollen, dass ... Sie wurden vor fünfundsiebzig Jahren in Afrika geschossen, Himmel noch mal! Der Zoo? Wir haben keinerlei Verbindungen zum Zoo ... Ich werde

Ihnen auf weitere Suggestivfragen dieser Art keine Antwort mehr geben ... Könnten die Herren von der *Washington Post* bitte zu schreien aufhören? ... Die Polizei befragt die Wissenschaftler, die die Leichen gefunden haben, aber über den Verlauf dieser Gespräche weiß ich nichts ... Nein, ich habe dem nichts mehr hinzuzufügen, außer, dass wir alles in unserer Macht Stehende tun ... Ja, es ist tragisch, natürlich ist es das ...«

Die Gruppe der Presseleute löste sich auf und strömte an Wright vorbei in die eigentlichen Räume des Museums.

Als sie fort waren, wandte sich Wright ärgerlich an seinen Sicherheitschef. »Wo, zum Teufel, war denn die Polizei?«, hörte Margo ihn fauchen. Als er sich umdrehte, sagte er über die Schulter: »Wenn sie Mrs Rickman sehen, dann sagen Sie ihr, sie soll sofort in mein Büro kommen.« Mit diesen Worten verließ er die Große Rotunde.

6

Margo begab sich in die dem Publikum nicht mehr zugänglichen Bereiche des Museums, bis sie zu einem Korridor gelangte, der von den Mitarbeitern »Broadway« genannt wurde. Er erstreckte sich über die ganze Länge des Museums – das immerhin vier Blocks einnahm – und war angeblich der längste Gang in ganz New York. An den Wänden standen alte Schränke aus Eichenholz, die alle zehn Meter von einer Tür mit Milchglasscheibe unterbrochen wurden. Auf den meisten Türen standen in goldenen, schwarz umrahmten Lettern die Namen von Kuratoren.

Als Doktorandin hatte man Margo nur einen Schreibtisch aus Metall und ein Bücherregal in einem der Labors unten im Keller zur Verfügung gestellt. *Aber immerhin besser als gar nichts,* dachte sie, als sie von dem Korridor abbog und eine schmale Eisentreppe hinunterging. Eine ihrer Kolleginnen hatte nur eine winzige, verkratzte Schulbank zwischen zwei riesigen Kühlschränken in der Säugetierabteilung bekommen. Das arme Mädchen konnte sogar im Hochsommer nur im dicken Pullover arbeiten.

Ein Wachmann, der unten an der Treppe postiert war, winkte sie weiter, und Margo betrat einen schwach erleuchteten, tunnelartigen Gang, an dessen beiden Seiten Pferdeskelette in alten Glaskästen standen. Hier war kein gelbes Polizeiband zu sehen.

Im Büro angekommen, stellte Margo ihre Tasche neben den Schreibtisch und setzte sich. Das Labor, in dem sie arbeiten konnte, wurde zu einem großen Teil als Aufbewahrungsraum für Gegenstände aus der Südsee genutzt: Maori-Schilde, Kriegskanus, Blasrohrpfeile und Masken lagerten in grünen Metallregalen und -schränken, die vom Fußboden bis zur Decke reichten. Ein Fünfhundert-Liter-Aquarium, in dem die Abteilung für Verhaltensforschung künstliche Sumpfbedingungen geschaffen hatte, stand auf einem eisernen Gestell unter einer Reihe von Tageslichtlampen. Es war so voller Algen und Wasserpflanzen, dass Margo in dem trüben Wasser nur ab und zu einmal einen Fisch entdeckte.

Neben ihrem Schreibtisch befand sich ein langer Arbeitstisch voller staubiger Masken. Die Restauratorin, die an ihnen arbeitete, war eine griesgrämige junge Frau, die – übellaunig vor sich hinbrütend – höchstens drei Stunden am Tag etwas tat.

Margo kam es so vor, als bräuchte sie pro Maske gute zwei Wochen. Die Sammlung, an der sie arbeitete, umfasste zwar etwa fünftausend solcher Masken, aber niemanden schien es sonderlich zu stören, dass die Restaurierung bei dem Arbeitstempo, das die gute Frau an den Tag legte, gut und gerne zweihundert Jahre in Anspruch nehmen würde.

Margo schaltete ihr Computerterminal ein und nahm Verbindung mit dem Hauptprogramm auf. Auf dem Bildschirm erschien eine Botschaft aus den Tiefen des Zentralrechners.

HALLO MARGO GREEN@BIOTECH@STF
WILLKOMMEN IM MUSEUMSNETZ
DISTRIBUTED NETWORKING SYSTEM,
VERSION 15-5
COPYRIGHT (c) 1989-1994 NYMNH
UND CEREBRAL SYSTEMS INC.
CONNECTING AT 10:24:06 AM 27.03.94
DRUCKERSERVICE AUF LJ56

SIE HABEN KEINE NACHRICHT(EN)

Margo ging in den Textverarbeitungsmodus und holte sich ihre Aufzeichnungen auf den Bildschirm, die sie vor dem Termin bei Dr. Frock noch einmal durchlesen wollte. Während ihrer wöchentlichen Treffen hatte sie häufig den Eindruck, dass ihr Doktorvater mit seinen Gedanken eigentlich ganz woanders war. Deshalb bemühte sich Margo so oft wie möglich, ihn mit neuen Arbeitsergebnissen zu überraschen. Das Problem war, dass sie normalerweise nichts Neues hatte – nur wieder ein paar Artikel mehr, die sie gelesen, analysiert und in den Computer gefüttert hatte; etwas Laborarbeit und vielleicht – *vielleicht* – drei bis vier neue Seiten für ihre Dissertation. Sie wusste jetzt, warum manche Leute nie mit ihrer Doktorarbeit fertig wurden und bis zum Pensionsalter an von der Regierung unterstützten Projekten herumforschten. Sie taten das, was man in Wissenschaftlerkreisen spöttisch als ABKD bezeichnete: Alles, bloß keine Doktorarbeit.

Als Frock sich vor zwei Jahren bereit erklärt hatte, als ihr Doktorvater zu fungieren, hatte Margo zunächst an ein

Versehen geglaubt. Dass Dr. Frock, der Entdecker des Kallisto-Effekts, Inhaber des Cadwalader Lehrstuhls für Statistische Paläontologie an der Columbia University und Chef der Abteilung für Evolutionäre Biologie im Museum, sich ausgerechnet sie als Doktorandin herausgesucht hatte, war eine Ehre, die nur sehr wenigen zuteilwurde.

Frock hatte seine wissenschaftliche Karriere als Anthropologe begonnen. Obwohl er wegen einer Kinderlähmung seit seiner frühen Jugend im Rollstuhl saß, hatte er aufsehenerregende Feldforschung betrieben, die noch heute Grundlage vieler Lehrbücher war. Nachdem mehrere schwere Malariaerkrankungen ihm die Arbeit in der Feldforschung unmöglich gemacht hatten, hatte Frock sich mit seiner ungeheuren Energie auf die Evolutionstheorie verlegt. Mitte der Achtzigerjahre war er dann mit einer radikal neuen Sichtweise an die Öffentlichkeit getreten, die stürmische Kontroversen unter seinen Kollegen ausgelöst hatte. In seiner Hypothese, die die Chaosforschung und Darwins Evolutionslehre miteinander kombinierte, stellte Frock die allgemein gebräuchliche Annahme infrage, nach der sich das Leben langsam und stetig entwickelt habe. Stattdessen behauptete er, die Entwicklung sei bisweilen geradezu sprunghaft fortgeschritten und habe dabei ab und zu kurzlebige Aberrationen – sogenannte »Monster-Spezies« – hervorgebracht. Nicht immer, so argumentierte Frock, sei die Evolution anhand von Selektion nach dem Zufallsprinzip fortgeschritten, sondern gewisse Umwelteinflüsse hätten bisweilen plötzliche, groteske Veränderungen und Aberrationen bei einer Spezies bewirkt.

Obwohl Frock seine Theorie mit einer Serie von brillant

geschriebenen Artikeln und anderen Veröffentlichungen untermauerte, blieb ein Großteil der wissenschaftlichen Welt seiner Hypothese gegenüber skeptisch. Wenn es wirklich solche bizarren Lebensformen geben sollte, so argumentierten seine Kollegen, warum bekam man sie dann nicht zu Gesicht? Frocks Antwort darauf war, dass diese Aberrationen als sprunghafte Weiterentwicklungen der Evolution auch relativ kurzlebig sein dürften, da bei ihnen eine Generation rasch auf die andere folgte.

Nachdem immer mehr Experten Frock als fehlgeleitet, ja sogar als verrückt bezeichnet hatten, hatte sich die Boulevardpresse mit viel Enthusiasmus seiner Idee angenommen. Seine Theorie war bald als »Kallisto-Effekt« bezeichnet worden, nach dem griechischen Mythos von der Jagdgefährtin der Artemis, die von der zürnenden Göttin Hera in ein wildes Tier verwandelt worden war. Obwohl Frock die weit verbreiteten Missinterpretationen seiner Idee nicht gefielen, verwendete er die daraus resultierende Berühmtheit geschickt für die Förderung seiner akademischen Arbeit. Wie viele brillante Kuratoren kannte Frock nichts anderes als seine Forschungen, sodass Margo manchmal den Eindruck hatte, alles andere, inklusive ihrer Arbeit, würde ihn maßlos langweilen.

Die Restauratorin am anderen Ende des Raumes stand auf und ging ohne ein Wort zum Mittagessen, was ein sicheres Zeichen dafür war, dass es langsam auf elf Uhr zuging. Margo notierte rasch ein paar Sätze auf ein Blatt Papier und legte es in ihr Notizbuch. Sie hatte ein paar neue Informationen über die Pflanzenklassifikation der Kiribitu, die vielleicht Frocks Interesse wecken könnten.

Dr. Frocks Büro befand sich am Ende eines eleganten Korridors aus der Zeit der Jahrhundertwende im Südwestturm des Gebäudes und kam Margo immer wie eine Art Oase vor, weit weg von den Labors, Computern und Aufzügen, die sonst den der Öffentlichkeit nicht zugänglichen Teil des Museums dominierten. Auf der schweren Eichentür des inneren Büros stand einfach »Dr. Frock«.

Margo klopfte an.

Sie hörte, wie sich jemand ausgiebig räusperte und das dumpfe Geräusch eines fahrenden Rollstuhls. Die Tür öffnete sich langsam und das ihr vertraute rötliche Gesicht hob erstaunt die buschigen Augenbrauen. Dann hellte sich Dr. Frocks Miene plötzlich auf.

»Ach, natürlich. Heute ist ja Montag. Kommen Sie rein«, sagte er mit leiser Stimme, drückte mit seiner etwas plumpen Hand die von Margo und wies sie zu einem mit Gegenständen beladenen Stuhl. Frock trug wie üblich einen dunklen Anzug und eine auffällige Krawatte mit Paisley-Muster. Sein dichter, weißer Haarschopf sah zerzaust aus.

Die Wände von Dr. Frocks Büro nahmen alte Bücherschränke mit Glastüren ein, in denen sich Fossilien und andere Seltsamkeiten aus seinen frühen Jahren der Feldforschung befanden. Neben der Tür waren Bücher in hohen, gefährlich windschiefen Türmen aufgestapelt. Zwei große Bogenfenster führten hinaus auf den Hudsonriver. Auf dem verblichenen Perserteppich standen viktorianische Polsterstühle und auf Dr. Frocks Schreibtisch lagen mehrere Exemplare seines Buchs *Die fraktale Evolution.*

Daneben sah Margo ein großes Stück grauen Sandsteins, auf dessen Oberfläche sich eine tiefe Einbuchtung befand, die an einer Seite seltsam länglich ausfranste. Auf der anderen Seite der Einbuchtung befanden sich drei weitere große Kerben. Frock behauptete, dies sei der fossile Fußabdruck einer der Wissenschaft bisher unbekannten Kreatur: der einzige greifbare Beweis, der seine Theorie von einer Evolution auf Abwegen untermauerte. Die Meinungen anderer Wissenschaftler über den Stein gingen weit auseinander: Manche glaubten, dass es sich dabei nicht um eine Versteinerung handelte, und nannten ihn »Frocks Hirngespinst«. Die meisten von ihnen hatten ihn allerdings noch nie mit eigenen Augen gesehen.

»Tun Sie das Zeug da irgendwohin und setzen Sie sich«, sagte Frock und fuhr mit seinem Rollstuhl an seinen Lieblingsplatz vor einem der Bogenfenster. »Einen Sherry? Nein, natürlich, Sie trinken ja nie einen. Wie dumm von mir, dass ich das vergessen habe.«

Auf dem Stuhl lagen mehrere alte Exemplare der Zeitschrift *Nature* und das getippte Manuskript eines noch nicht ganz fertigen Artikels mit dem Titel *Stammesgeschichtliche Transformationen des Tertiären Hirschgeweihfarns.* Margo legte alles auf einen Tisch in der Nähe und fragte sich, während sie Platz nahm, ob Dr. Frock ihr gegenüber wohl den Tod der beiden kleinen Jungen erwähnen würde.

Frock sah sie einen Augenblick lang nachdenklich an. Dann zwinkerte er und seufzte: »Nun, Miss Green«, sagte er, »wollen wir anfangen?«

Etwas enttäuscht schlug Margo ihr Notizbuch auf. Einen Moment lang überflog sie ihre Aufzeichnungen, bevor sie Frock ihre Analyse der Pflanzenspezifikation der Kiribitu vortrug und erklärte, wie sie diese im nächsten Kapitel ihrer Dissertation verwenden wollte. Während sie sprach, sank Dr. Frocks Kopf langsam mit geschlossenen Augen auf seine Brust. Ein Fremder hätte vielleicht vermutet, Frock sei eingeschlafen, aber Margo wusste, dass er mit höchster Konzentration zuhörte.

Als sie fertig war, hob Frock langsam wieder den Kopf. »Eine Klassifikation von Heilpflanzen nach ihrem Gebrauch und nicht nach ihrer äußeren Erscheinung«, murmelte er schließlich. »Interessant. Dieser Artikel erinnert mich an ein Erlebnis, das ich einmal bei dem Stamm der Ki in Bechuanaland hatte.« Margo wartete geduldig auf die Erzählung, die mit Sicherheit folgen würde.

»Die Ki verwendeten, wie Sie ja sicher wissen« – Frock nahm immer an, dass seine Zuhörer über das, wovon er sprach, ebenso gut Bescheid wussten wie er selbst –, »zeitweilig die Rinde eines bestimmten Busches als eine Arznei gegen Kopfschmerzen. Charrière, der diesen Stamm 1869 erforschte, verzeichnete den Gebrauch dieses Busches in seinen Tagebüchern. Als ich ein Dreivierteljahrhundert später zu den Ki kam, verwendeten sie dieses Mittel nicht mehr. Sie glaubten, dass Kopfweh durch Zauberei geheilt werde.« Frock rutschte in seinem Rollstuhl herum.

»Die nun praktizierte Heilmethode war, dass die Familie des unter Kopfschmerzen leidenden Menschen den Zauberer suchte, um ihn zu töten. Daraufhin musste natürlich die Familie des Zauberers wiederum dessen Tod rächen. Meistens zogen sie sofort los und brachten den Menschen mit den Kopfschmerzen um. Sie können sich ja sicherlich vorstellen, was mit der Zeit geschah.«

»Was?«, fragte Margo und nahm an, dass Frock ihr schon noch erklären würde, was das alles mit ihrer Dissertation zu tun hatte.

»Nun«, sagte Frock und breitete die Arme aus, »ein medizinisches Wunder natürlich. Es gab bald keine Menschen mit Kopfschmerzen mehr.«

Er lachte so sehr, dass sein weit geschnittenes Hemd Wellen schlug. Auch Margo lachte und ihr fiel auf, dass sie das das erste Mal an diesem Tag tat.

»So viel zur primitiven Medizin«, sagte Frock ein wenig wehmütig. »Damals machte die Feldforschung noch Spaß.« Er hielt einen Moment inne. »In der neuen Aberglaube-Ausstellung wird es eine ganze Abteilung über den Ki-Stamm geben«, fuhr er fort. »Natürlich wird alles für das Massenpublikum furchtbar überzogen dargestellt werden. Wright hat sich für diese Ausstellung so einen jungen Burschen frisch von Harvard geholt. Der mehr von Computern und Marketing versteht als von der reinen Wissenschaft, so sagt man wenigstens.«

Frock rutschte abermals in seinem Rollstuhl herum. »Nun, wie dem auch sei, Miss Green, das, was Sie mir vorhin geschildert haben, scheint mir eine gute Ergänzung für Ihre Doktorarbeit zu sein. Ich schlage vor, dass Sie sich ein paar Exemplare der Kiribitu-Pflanzen aus dem Herbarium besorgen und daran weiterarbeiten.«

Margo ordnete ihre Papiere, als Frock plötzlich sagte: »Schlimme Geschichte, das von heute Morgen.«

Margo nickte.

Frock blieb einen Augenblick still. »Ich mache mir Sorgen wegen des Museums«, sagte er dann.

Margo war überrascht. »Die Opfer waren zwei Brüder, das muss für die Familie eine furchtbare Tragödie sein. Aber die Aufregung wird sich schon wieder legen – das tut sie immer.«

»Das glaube ich nicht«, sagte Frock. »Ich habe nämlich etwas über den Zustand der Leichen erfahren. Das, was die beiden Kinder so zugerichtet hat, muss über Kräfte verfügen, die nicht – normal sind.«

»Aber *Sie* glauben doch nicht etwa auch, dass es ein wildes Tier war, oder?«, fragte Margo. War Frock vielleicht am Ende wirklich so verrückt, wie die Leute behaupteten?

Frock lächelte. »Ich stelle keine Behauptungen auf, meine Liebe. Ich warte auf weitere Beweise. Momentan hoffe ich, dass dieses Unglück Sie nicht in Ihrer Entscheidung, ob Sie am Museum bleiben wollen, negativ beeinflusst. Ja, ich habe davon gehört und es tat mir sehr leid, als ich vom Tod Ihres Vaters erfuhr. Aber Sie haben mir gezeigt, dass Sie über die drei Gaben verfügen, die eine exzellente Forscherin benötigt: ein Gespür dafür, wonach Sie suchen müssen; einen Riecher dafür, wo Sie es suchen müssen; und den nötigen Arbeitseifer, um Ihre Theorien auch bis zum Ende weiterzuverfolgen.« Er fuhr mit seinem Rollstuhl näher an sie heran. »Der akademische Eifer ist mindestens ebenso wichtig wie der bei Feldforschungen, Miss Green. Das müssen Sie sich immer vor Augen halten. In technischen Fächern und bei der Laborarbeit haben Sie immer ganz exzellente Arbeit geleistet. Es wäre ein großer Verlust für unsere Wissenschaft, wenn Ihr Talent ihr nicht mehr zur Verfügung stünde.«

Margo fühlte eine Mischung aus Dankbarkeit und Ablehnung. »Vielen Dank, Dr. Frock«, antwortete sie. »Ich weiß Ihre freundlichen Worte zu schätzen – und ebenso Ihre Anteilnahme.«

Der Wissenschaftler winkte ihr zu und Margo verabschiedete sich. Aber als sie schon an der Tür war, rief Frock ihr noch etwas nach.

»Miss Green?«, fragte er.

»Ja?«

»Bitte, passen Sie auf sich auf.«

7

Draußen auf dem Gang wäre sie fast mit Smithback zusammengestoßen. Er beugte sich zu ihr hin und fragte mit einem spitzbübischen Zwinkern in den Augen: »Na, wie wär's mit einem kleinen Mittagessen?«

»Nein«, antwortete Margo. »Hab zu viel zu tun.« Zweimal Smithback an einem Tag – das war möglicherweise eine Dosis zu viel.

»Nun kommen Sie schon«, drängte er. »Ich habe auch ein paar neue, grausige Details über die Morde für Sie.«

»Okay.« Margo beschleunigte ihre Schritte den Gang entlang und bemerkte irritiert, dass der Journalist ihre Neugier geweckt hatte.

Smithback packte sie am Arm. »Ich habe gehört, dass es heute in der Cafeteria eine wunderbar abgelagerte und ofengetrocknete Lasagne geben soll.« Er schob Margo zu einem Aufzug.

Im Speisesaal saßen die üblichen Kuratoren, die Wachleute, die sich lautstark unterhielten, Techniker und Präparatoren in weißen Laborkitteln. Ein Kurator reichte bei seinen Tischnachbarn Proben aus einem Forschungsprojekt herum, die von den anderen Wissenschaftlern mit bewunderndem und interessiertem Gemurmel betrachtet wurden. Margo warf einen Blick darauf. Es waren irgendwelche in Gläser mit leicht trübem Formaldehyd eingelegte Würmer.

Sie setzten sich und Margo säbelte lustlos an ihrer harten Lasagne herum.

»Ist doch genauso, wie ich versprochen habe, oder?«, fragte Smithback, der ein Stück von seiner Portion in die Hand nahm und mit lautem Knacken eine Ecke abbiss. »War sicher seit neun Uhr früh auf der Warmhalteplatte, wenn nicht noch länger.«

Er kaute geräuschvoll. »Nun, die Polizei hat es endlich offiziell bekannt gegeben. Gestern Nacht sind hier zwei Morde passiert. Brillante Erkenntnis, nicht wahr? Erinnern Sie sich noch an all die Fragen der Reporter nach den wilden Tieren? Nun, es besteht wohl die Möglichkeit, dass die beiden Jungen tatsächlich von einem wilden Tier zerfleischt wurden.«

»Bitte, nicht beim Essen!«, sagte Margo.

»Sie haben recht. Aber es klang so, als wären die beiden buchstäblich zerfetzt worden.«

Margo sah auf. *»Bitte nicht.«*

»Das ist kein Scherz«, fuhr Smithback fort. »Und jetzt muss alles drangesetzt werden, um diesen Fall zu *lösen,* wo doch die große Ausstellung bevorsteht. Ich habe gehört, dass die Polizei sogar eine Pathologin von der New Yorker Zoologischen Gesellschaft zurate gezogen haben soll. Die kann angeblich von Klauen gerissene Wunden besser lesen als Helen Keller die Blindenschrift.«

»Verdammt noch mal, Smithback«, sagte Margo und ließ die Gabel sinken. »Ihr Benehmen und diese grausigen Details machen mich ganz krank, besonders beim Essen. Kann ich nicht zuerst in Ruhe meine Mahlzeit zu mir nehmen und danach erzählen Sie mir all das Zeug?«

»Diese Frau«, fuhr Smithback fort und ignorierte den Ausbruch einfach, »ist eine Expertin für Großkatzen. Sie heißt Dr. Matilda Ziewicz. Komischer Name, was? Klingt irgendwie fett.«

Trotz ihres Ärgers musste Margo ein Lächeln unterdrücken. Smithback war zwar ein Knallkopf, aber wenigstens ein witziger Knallkopf. Sie schob ihr Tablett von sich. »Wo haben Sie denn das alles gehört?«, fragte sie.

Smithback grinste. »Ich habe da so meine Quellen.« Er schaufelte sich noch ein Stück Lasagne in den Mund. »Zufälligerweise habe ich einen alten Freund von mir getroffen, der für die *News* arbeitet. Jemand dort hat die Geschichte von einer Quelle im Polizeipräsidium. In den Nachmittagsausgaben der Zeitungen wird sie bestimmt ganz groß aufgemacht werden. Können Sie sich Wrights Gesicht vorstellen, wenn er das liest? O je, o je!«

Smithback kicherte einen Moment in sich hinein, bevor er einen weiteren Bissen nahm. Als er seine Lasagne aufgegessen hatte, machte er sich über den Rest von Margos Portion her. Obwohl er so ein dürrer Kerl war, aß er wie ein Scheunendrescher.

»Aber wie kann denn ein wildes Tier frei im Museum herumlaufen?«, fragte Margo. »Das ist doch absurd.«

»Ja? Dann sagen Sie mir mal, warum die mit einem Bluthund die Gänge abgehen und nach dem Mistding suchen?«

»Jetzt machen Sie aber Witze.«

»Ich doch nicht. Fragen Sie doch die Leute vom Wachdienst. Hier in diesem Bau gibt es eine halbe Million Quadratmeter, in denen sich eine große Katze versteckt halten könnte, inklusive gut acht Kilometer Luftschächte der Klimaanlage, die so groß sind, dass sogar ein *Mensch* durchkriechen könnte. Und unter dem Museum befindet sich ein wahres Labyrinth aus stillgelegten Stollen. Die nehmen das verdammt ernst.«

»Stollen?«

»Ja. Haben Sie denn nicht meinen Artikel im Hausmagazin von letztem Monat gelesen? Der erste Museumsbau wurde auf einem artesischen Sumpf errichtet, den man nicht trockenlegen konnte. Also hat man all diese Stollen gebaut, um das Wasser abzuleiten. Als dieses Gebäude im Jahr 1911 abbrannte, hat man einfach den Neubau auf die alten Grundmauern gestellt. Die unteren Kellergeschosse sind riesig, reichen mehrere Ebenen nach unten und in vielen Räumen gibt es nicht einmal elektrisches Licht. Ich möchte bezweifeln, dass überhaupt noch jemand am Leben ist, der sich dort drunten wirklich auskennt.«

Smithback kaute das letzte Stück Lasagne und schob den Teller zur Seite. »Und dann gibt es ja auch noch all die Gerüchte über das Museumsmonster.«

Jeder, der im Museum arbeitete, kannte diese Gerüchte. Wartungsarbeiter der Spätschicht wollen das Monster aus den Augenwinkeln gesehen haben, Assistenzkuratoren schwören, dass es auf ihrem Weg zu den Aufbewahrungsgewölben in den Schatten der nur schlecht beleuchteten Gänge an ihnen vorbeigehuscht sei. Niemand wusste, was es war oder wo es herkam, aber manche behaupteten, es habe vor einigen Jahren einen Mann getötet.

Margo beschloss, das Thema zu wechseln. »Macht Rickman Ihnen noch immer Schwierigkeiten?«, fragte sie.

Bei der Erwähnung dieses Namens zog Smithback eine Grimasse. Margo wusste, dass Lavinia Rickman, die Leiterin der Public-Relations-Abteilung des Museums, Smithback zum Schreiben seines Buchs angeheuert hatte. Außerdem hatte sie den Anteil des Museums am Erlös des Buches festgelegt. Obwohl Smithback über die Einzelheiten seines Vertrages nicht allzu glücklich war, versprach wenigstens die Ausstellung ein solch durchschlagender Erfolg zu werden, dass in ihrem Kielwasser die Zahl der verkauften Bücher gut sechsstellige Dimensionen annehmen konnte. Und so hatte Smithback kein schlechtes Geschäft gemacht, dachte Margo, wenn man es mit dem eher bescheidenen Erfolg seines letzten Buches über das Bostoner Aquarium verglich.

»Rickman und Schwierigkeiten?«, schnaubte Smithback. »O Gott. Diese Frau ist ein Synonym für Schwierigkeiten. Da, sehen Sie sich einmal das hier an.«

Er zog aus einem seiner Notizbücher ein Bündel von Seiten und las vor.

»Als Dr. Cuthbert ihm die Idee zu einer Ausstellung über Aberglaube unterbreitete, war Museumsdirektor Wright sehr beeindruckt. Sie hatte das Zeug zu einer Erfolgsausstellung vom Schlage der *Schätze des König Tut* oder *Die sieben Schichten von Troja.* Das würde, wie Wright sofort erkannte, eine Menge Besucher ins Museum locken, außerdem war es eine einmalige Gelegenheit, sich Gelder von der Regierung und privaten Sponsoren zu besorgen. Aber einige der älteren Kuratoren wollten sich nicht so recht von der Ausstellung überzeugen lassen, die für ihren Geschmack zu sehr nach Effekthascherei roch.«

Smithback hörte auf zu lesen. »Und jetzt sehen Sie, was Rickman daraus gemacht hat.« Er schob Margo die Seite hinüber. Ein dicker roter Strich lief quer durch den Absatz und als Randbemerkung stand nur ein einziges Wort: »Weg!«

Margo kicherte.

»Was ist daran so lustig?«, wollte Smithback wissen. »Diese Frau verhunzt mir mein ganzes Manuskript. Sehen Sie sich bloß das hier an.« Er pochte mit dem Finger auf eine andere Seite.

Margo schüttelte den Kopf. »Rickman will, dass das Museum blütenrein dasteht. Das ist ein ganz anderer Blickwinkel als der Ihre.«

»Die Frau macht mich verrückt. Sie streicht mir alles raus, was auch nur einen Hauch von Kritik beinhaltet. Am liebsten hätte sie es, wenn ich die ganze Zeit nur mit dem Trottel reden würde, der die Ausstellung betreut. Vielleicht, weil sie weiß, dass der sowieso nur das sagt, was ihm der große Boss Cuthbert vorgekaut hat.« Er beugte sich verschwörerisch zu Margo. »Sie haben noch nie in Ihrem Leben einen solchen Waschlappen gesehen.« Er blickte auf und stöhnte. »Du meine Güte, da kommt er auch noch.«

Ein junger Mann mit leichtem Übergewicht und einer Hornbrille, der sein Tablett auf einer Aktentasche aus glänzendem Leder balancierte, tauchte vor ihrem Tisch auf. »Darf ich mich vielleicht zu Ihnen setzen?«, fragte er schüchtern. »Sieht so aus, als wäre das der einzige freie Stuhl im ganzen Speisesaal.«

»Aber sicher«, sagte Smithback. »Setzen Sie sich. Wir haben ohnehin gerade über Sie gesprochen. Margo, darf ich Ihnen George Moriarty vorstellen? Er ist der Mann, der die Aberglaube-Ausstellung betreut.«

Smithback wedelte Moriarty mit seinen Blättern vor dem Gesicht herum. »Da, sehen Sie, was Rickman aus meinem Manuskript gemacht hat. Das Einzige, was sie unverändert gelassen hat, sind *Ihre* Zitate.«

Moriarty überflog die Seiten und sah Smithback mit fast kindlichem Ernst an. »Das wundert mich nicht«, sagte er. »Warum müssen Sie denn auch in der Öffentlichkeit die schmutzige Wäsche des Museums waschen?«

»Nun hören Sie aber mal, George. Das macht doch die ganze Geschichte erst interessant!«

Moriarty wandte sich an Margo. »Sie sind doch die Doktorandin, die über primitive Arzneimittelkunde arbeitet, stimmt's?«, fragte er.

»Richtig«, antwortete sie geschmeichelt. »Woher wissen Sie denn das?«

»Das Thema interessiert mich.« Moriarty lächelte und warf ihr einen kurzen Blick zu. »In der Ausstellung werden sich einige Schaukästen mit Arzneimittelkunde und Medizin befassen. Im Zusammenhang mit einem davon würde ich mich gerne einmal mit Ihnen unterhalten.«

»Nur zu. Um was geht es denn?« Margo betrachtete Moriarty genauer. Er entsprach genau dem Typus des durchschnittlichen Museumsangestellten: mittelgroß, etwas dicklich, mit mittelbraunen Haaren. Sein verknittertes Tweedjackett war in denselben Brauntönen gehalten wie die Jacketts fast aller seiner Kollegen. Das einzig Ungewöhnliche an ihm waren seine große Armbanduhr, deren Zifferblatt aussah wie eine Sonnenuhr, und seine Augen, die eine außerordentlich klare, haselnussbraune Farbe hatten und intelligent hinter seiner Hornbrille hervorblitzten.

Smithback setzte sich auf, rutschte unbehaglich auf seinem Stuhl herum und starrte die beiden an. »Nun«, sagte er schließlich, »ich würde ja liebend gerne hierbleiben und dieser entzückenden Szene länger beiwohnen, aber ich habe am Montag ein Interview mit jemandem aus der Insektenabteilung und da muss ich mich vorher noch in die Materie einlesen. George, vergeben Sie die Filmrechte für Ihre Ausstellung bloß nicht, ohne vorher mit mir gesprochen zu haben.« Er stand schnaubend auf und ging zur Tür, wobei er sich auf komplizierten Pfaden zwischen den vielen Tischen hindurchschlängeln musste.

8

Jonathan Hamm blickte durch eine dicke Brille, die unbedingt einmal geputzt gehört hätte, den Kellergang entlang. Zwei Spürhunde, deren lederne Leinen er um seine, in schwarzen Handschuhen steckende Hände gewickelt hatte, saßen gehorsam zu seinen Füßen. Neben Hamms Hilfshundeführer stand Lieutenant D'Agosta, der angeschmutzte, stark verknitterte Blaupausen der Baupläne des Gebäudes in der Hand hielt. Hinter ihm lehnten zwei Polizisten an der Wand, die großkalibrige, mit Schrot geladene Remington-Repetiergewehre über der Schulter trugen.

D'Agosta blickte auf die knisternden Blaupausen. »Können denn die Hunde nicht riechen, wo es langgeht?«

Hamm atmete hörbar aus. »Nein, das können sie nicht. Sie haben noch keine Spur aufgenommen. Wir haben, seit wir hier angefangen haben, noch überhaupt keine brauchbare Fährte gefunden. Es gibt einfach zu viele Spuren hier.«

D'Agosta knurrte vor sich hin, nahm eine halb durchweichte Zigarre aus der Jacketttasche und wollte sie sich gerade in den Mund stecken. Da fiel ihm Hamms Blick auf.

»Ach so«, sagte D'Agosta und steckte die Zigarre wieder ein.

Hamm schnüffelte in der Luft herum. Sie war feucht, was an und für sich nicht schlecht war. Aber das war auch das einzige Gute an diesem kleinen Ausflug hier. Zuerst mal war da die sprichwörtliche Dummheit der Polizei. *Was sind denn das für Hunde? Wir wollten doch Bluthunde.* Das sind *Spür*hunde, hervorragende sogar, musste Hamm erklären, ein echter Schweißhund und ein schwarz und lohfarbener Hund, wie man ihn zur Waschbärjagd verwendet. Wenn die äußeren Umstände stimmten, konnten diese Hunde einen verschollenen Wanderer unter meterhohen Schneeverwehungen finden. Aber hier, dachte Hamm, stimmten die äußeren Umstände überhaupt nicht.

Man hatte den Tatort für Hundenasen völlig unbrauchbar gemacht. Überall hatte man mit Chemikalien, Sprühlack und Kalk herumgesaut, zudem waren unzählige Leute kreuz und quer hin und her gelaufen. Und dann war die Stelle am Fuß der Treppe buchstäblich im Blut geschwommen, sogar jetzt, etwa achtzehn Stunden nach dem Verbrechen, hing der Geruch noch schwer in der feuchten Luft.

Zuerst hatte Hamm mit seinen Hunden versucht, möglichen Spuren vom Tatort aus zu folgen. Als das nicht funktionierte, hatte er vorgeschlagen, Suchrunden zu drehen und darauf zu hoffen, vielleicht irgendwo anders auf eine Spur zu stoßen.

Die Hunde waren für die Arbeit in Innenräumen nicht ausgebildet und außerdem ziemlich verwirrt, was aber nicht Hamms Schuld war. Die Polizei konnte ihm ja nicht einmal sagen, ob er nach einem Menschen oder nach einem Tier suchen sollte. Vielleicht wussten sie es selber nicht.

»Dann lassen Sie uns dort hinübergehen«, sagte D'Agosta.

Hamm gab die Leinen seinem Helfer, der vorausging. Die Hunde schnüffelten mit ihren Nasen den Boden ab.

Am Anfang der Suche hatten die Hunde vor einem Lagerraum mit Mammutknochen gebellt und das Para-Dichlor-Benzin, das beim Öffnen der Tür ausgetreten war, hatte dafür gesorgt, dass die Suche eine halbe Stunde unterbrochen werden musste, bis die Hunde ihren Geruchssinn wiedererlangt hatten. Und das war nur der erste einer Reihe von Aufbewahrungsräumen mit Fellen, Gorillas in Formaldehyd, einer Tiefkühltruhe voller toter Tiere und einem ganzen Gewölbe mit menschlichen Skeletten gewesen.

Jetzt kamen sie zu einer Stahltür, die zu einer steinernen Treppe führte. Die Wände des dunklen Treppenhauses waren mit einer Kruste aus Kalk überzogen. »Das ist ja dann wohl das Burgverlies«, sagte einer der Polizisten und lachte laut auf.

»Diese Treppe führt in die unteren Kellergeschosse«, erklärte D'Agosta, nachdem er seine Blaupausen zurate gezogen hatte. Er winkte einem seiner Polizisten, der ihm eine lange Taschenlampe reichte.

Die flache Treppe endete in einem niedrigen, aus Ziegeln gemauerten Stollen, dessen gewölbte Decke gerade so hoch war, dass ein Mann aufrecht gehen konnte. Der Hundeführer ging mit den Hunden voraus, D'Agosta und Hamm folgten ihm. Die beiden Polizisten, die so groß waren, dass sie sich bücken mussten, bildeten den Schluss der Gruppe.

»Da ist Wasser auf dem Boden«, sagte Hamm.

»Na und?«, entgegnete D'Agosta.

»Wenn hier Wasser fließt, dann gibt es keine Spuren.«

»Man hat mir gesagt, dass wir hier mit Pfützen rechnen müssen«, erklärte D'Agosta. »Nur wenn es regnet, fließt das Wasser richtiggehend durch die Stollen. Und seit der Tat hat es nicht mehr geregnet.«

»Dann ist es ja gut«, sagte Hamm.

Sie kamen an eine Stelle, wo vier Stollen aufeinanderstießen. D'Agosta musste wieder die Blaupausen konsultieren.

»Das habe ich mir fast gedacht, dass Sie jetzt da nachsehen müssen«, sagte Hamm.

»Ach ja?«, entgegnete D'Agosta. »Dann habe ich eine nette kleine Überraschung für Sie. Die unteren Kellergeschosse sind nämlich auf diesen Blaupausen gar nicht eingezeichnet.«

Dann begann auf einmal einer der Hunde zu winseln und intensiv zu schnüffeln und Hamm wurde hellwach. »Dorthin, schnell!«

Die Hunde winselten immer aufgeregter. »Sie haben etwas!«, sagte Hamm. »Hier muss es eine ganz klare Spur geben. Sehen Sie nur, wie sich ihre Nackenhaare sträuben! Leuchten Sie doch mit Ihrer Taschenlampe nach vorn, ich kann ja überhaupt nichts sehen.«

Die Hunde zerrten an ihren Leinen und schnüffelten nun mit erhobenen Nasen in die Luft.

»Da, sehen Sie's? Der Geruch hängt in der Luft. Spüren Sie den leichten Hauch auf Ihrer Haut? Ich hätte die Spaniels mitnehmen sollen, sie sind unschlagbar, wenn es um solche Gerüche geht.«

Die Polizisten schlüpften an den Hunden vorbei. Einer

richtete den Strahl seiner Taschenlampe nach vorne, der andere hielt die Schrotflinte schussbereit. Vor ihnen gabelte sich der Stollen und die Hunde zogen stark nach rechts, wobei sie fast zu rennen anfingen.

»Langsam, Mr Hamm. Möglicherweise befindet sich ein Mörder vor Ihnen«, sagte D'Agosta.

Die Hunde fingen plötzlich laut zu bellen an. »Sitz!«, schrie der Hundeführer. »Bei Fuß! Castor! Pollux! *Fuß*, verdammt noch mal.« Die Hunde zogen nach vorn und achteten nicht auf seine Befehle. »Hamm, du musst mir hier vorn helfen!«

»Was ist denn bloß in euch gefahren?«, schrie Hamm, watete zu den Hunden, die völlig aus dem Häuschen waren, und versuchte, sie bei den Halsbändern zu packen. »Castor, *Fuß!*«

»Bringen Sie sie zum Schweigen«, fauchte D'Agosta.

»Er hat sich losgerissen«, schrie der Helfer und einer der Hunde raste fort in die Dunkelheit. Sie liefen dem sich entfernenden Geräusch hinterher.

»Riechen Sie das?«, fragte Hamm und blieb abrupt stehen. »Gott im Himmel, *riechen* Sie das?«

Auf einmal umgab sie ein scharfer, ziegenartiger Geruch. Der zweite Hund wurde völlig wild vor Aufregung, sprang hoch und wand sich und riss sich plötzlich auch los.

»Pollux! *Pollux!*«

»Warten Sie«, sagte D'Agosta. »Vergessen Sie einen Augenblick mal die verdammten Köter. Lassen Sie uns ein bisschen Ordnung in die Angelegenheit bringen. Ihr zwei geht wieder nach vorn. Waffen entsichern!«

Die beiden Polizisten luden ihre Schrotgewehre durch.

In der hallenden Dunkelheit vor ihnen wurde das Gebell immer leiser, bis es schließlich ganz aufhörte. Einen Augenblick lang herrschte Stille. Dann ertönte ein schreckliches, fast unnatürliches Kreischen, das ein wenig an quietschende Reifen erinnerte, aus dem pechschwarzen Stollen. Die beiden Polizisten sahen sich an. Das Geräusch endete so plötzlich, wie es begonnen hatte.

»Castor!«, schrie Hamm. »O mein Gott. Er ist verletzt!«

»Treten Sie zurück, Hamm, verdammt noch mal!«, befahl D'Agosta.

In diesem Augenblick raste aus der Dunkelheit ein Schatten auf sie zu. Die beiden Polizisten schossen sofort. Zweimal blitzte grelles Mündungsfeuer auf, gefolgt von ohrenbetäubendem Krachen. Das Echo der Schüsse hallte durch die Stollen und als es verklungen war, herrschte tiefe Stille.

»Sind Sie wahnsinnig? Sie haben gerade meinen Hund erschossen«, sagte Hamm mit ruhiger Stimme. Etwa zwei Meter entfernt vor ihnen lag Pollux, dem das Blut aus seinem fast weggeschossenen Kopf quoll.

»Er ist direkt auf mich zugekommen –«, begann einer der Polizisten entschuldigend.

»Großer Gott«, sagte D'Agosta. »Hört sofort mit diesem Schwachsinn auf. Da vorne treibt sich irgendetwas herum.«

Etwa hundert Meter weiter entfernt stießen sie im Stollen auf die Überreste des zweiten Hundes. Er war in der Mitte fast auseinandergerissen worden und seine Gedärme quollen aus dem zerfetzten Unterleib auf den feuchten Boden.

»Himmel noch mal, sehen Sie sich bloß das mal an«, sagte D'Agosta.

Hamm sagte nichts.

Kurz hinter der Stelle gabelte sich der Stollen abermals. Die Gruppe blieb stehen und D'Agosta blickte zurück auf den toten Hund. »Ohne die Hunde wissen wir nicht, welchen Weg wir nehmen sollen«, sagte er schließlich. »Lassen Sie uns von hier verschwinden. Ich hole die Spurensicherung, die soll sich um diese Schweinerei hier kümmern.«

Hamm sagte noch immer nichts.

9

Dass Moriarty jetzt mit Margo allein am Tisch saß, ließ ihn noch verlegener werden, als er ohnehin schon gewesen war. »Nun?«, half ihm Margo nach einer kurzen Stille auf die Sprünge.

»Also, ehrlich gesagt, ich hatte vor, mit Ihnen über Ihre Arbeit zu sprechen.« Er hielt inne.

»Wirklich?« Margo war es nicht gewöhnt, dass sich jemand für ihr Projekt interessierte.

»Nun, in weiterem Sinne zumindest. Die Schaukästen, die in der Ausstellung die Medizin primitiver Völker zeigen sollen, sind praktisch alle schon bearbeitet. Bis auf einen, in dem es um eine fantastische Sammlung von schamanistischen Pflanzen und Gegenständen aus Kamerun gehen soll, die aber leider noch nicht genügend dokumentiert ist. Hätten Sie vielleicht Lust, sie sich mal anzusehen?«

»Mit dem größten Vergnügen«, sagte Margo.

»Toll. Und wann?«

»Warum nicht gleich? Ich hätte gerade ein bisschen Zeit.«

Sie verließen die Cafeteria und gingen einen langen Kellergang mit gurgelnden Dampfrohren und mit Vorhängeschlössern verschlossenen Türen entlang. Auf einer der Türen stand: »Dinosaurier-Lagerraum 4 – Juraperiode«. Dinosaurierknochen und die meisten der anderen Fossiliensammlungen des Museums wurden im Keller aufbewahrt, weil die Decken der oberen Stockwerke das Gewicht der versteinerten Knochen nicht aushalten würden.

»Die Sammlung befindet sich im fünften Stock«, sagte Moriarty entschuldigend, während sie in einen Lastenaufzug stiegen. »Ich hoffe, dass ich sie wiederfinde. Sie wissen ja, was für ein Labyrinth diese Lagerräume dort oben sind.«

»Haben Sie schon etwas Neues von Charlie Prine gehört?«, fragte Margo ruhig.

Moriarty schüttelte den Kopf. »Nicht viel. Offensichtlich hält die Polizei ihn nicht für einen Verdächtigen. Aber ich glaube nicht, dass wir ihn bald wiedersehen werden. Dr. Cuthbert erzählte mir vor dem Mittagessen, dass er einen schweren Schock erlitten hat.« Er schüttelte den Kopf. »Was für eine schreckliche Geschichte.«

Im vierten Stock folgte Margo Moriarty einen breiten Gang entlang und eine Metalltreppe hinauf. Das Labyrinth aus schmalen Laufstegen, das einen Hauptteil des fünften Stocks ausmachte, befand sich direkt unter den lang gezogenen, spitzen Dächern des Museums. Zu beiden Seiten der Laufstege lagen Reihen niedriger Metalltüren, mit denen die Lagerräume für die empfindlichen anthropologischen Sammlungen hermetisch verschlossen wurden. Früher hatte man regelmäßig ein giftiges Zyanid-Gas in die Räume gepumpt, um Ungeziefer und Bakterien abzutöten; heutzutage verwendete man subtilere Methoden zur Konservierung der wertvollen Exponate.

Auf ihrem Weg die Laufstege entlang passierten die beiden zahlreiche, an der Wand lehnende Objekte: ein mit

Schnitzereien verziertes Kriegskanu, mehrere Totempfähle, eine Reihe von Trommeln aus geschlitzten Baumstämmen. Obwohl es im Museum über hunderttausend Quadratmeter Stauraum gab, wurde jedes auch noch so kleine Fleckchen in Treppenhäusern, Korridoren und den Büros der jüngeren Kuratoren genutzt. Von den fünfzig Millionen Präparaten und Gegenständen des Museums wurden immer nur jeweils fünf Prozent ausgestellt, der Rest wurde irgendwo gelagert und war nur den Wissenschaftlern und Forschern zugänglich.

Das *New York Museum of Natural History* besteht nicht aus einem einzigen Haus, sondern erstreckt sich über eine ganze Reihe von Gebäuden, die im Lauf der Jahre zu einer weitläufigen, weitverzweigten Struktur zusammengewachsen waren. Als Margo und Moriarty jetzt von einem Gebäude ins nächste traten, wurde aus dem schmalen Laufsteg ein Gang mit vielen Abzweigungen und höherer Decke. Durch eine Anzahl von schmutzigen Oberlichtern drang trübes Tageslicht herein und beleuchtete lange Regale, die mit Gipsabgüssen von Eingeborenengesichtern vollgestopft waren.

»Meine Güte, dieses Museum ist wirklich riesig«, sagte Margo, die auf einmal ein Schauder der Furcht überlief. Nur gut, dass sich der dunkle Keller, in dem die beiden kleinen Jungen den Tod gefunden hatten, momentan sechs Stockwerke unter ihr befand.

»Es ist das größte in der Welt«, sagte Moriarty, der eine Tür aufschloss, auf der in mit Schablone gezogenen Buchstaben *Zent. Afrika D-2* geschrieben stand.

Drinnen knipste er eine nackte Dreißigwattbirne an.

Als Margo in den winzigen Raum spähte, sah sie, dass er vollgestopft mit Masken, Schamanenrasseln, bemalten und mit Perlen bestickten Häuten war. Von ein paar langen Stöcken in einer der Ecken grinsten sie verschrumpelte Köpfe an. Moriarty deutete auf einige hölzerne Schränke.

»Die Pflanzen sind dort drin. Bei dem anderen Zeug handelt es sich um den üblichen Schamanen-Schnickschnack. Es ist eine schöne Sammlung, aber leider war Eastman, der Bursche, der die Sachen katalogisiert hat, nicht gerade einer der Sorgfältigsten, wenn es um gründliche Dokumentation ging.«

»Das ist ja unglaublich«, staunte Margo. »Ich hatte ja keine Ahnung –«

»Passen Sie auf«, unterbrach Moriarty. »Sie *glauben* ja gar nicht, was wir alles gefunden haben, als wir diese Ausstellung zusammenstellten. Allein hier in dieser Sektion haben die Anthropologen an die hundert Aufbewahrungsräume und ich schwöre Ihnen, dass manche davon seit vierzig Jahren nicht mehr geöffnet worden sind.«

Moriarty wirkte hier auf Margo sehr viel selbstsicherer und lebendiger. Ohne sein Tweedjackett, mit ein paar Pfund weniger auf den Rippen und mit Kontaktlinsen statt der altmodischen Hornbrille hätte man ihn direkt als gut aussehend bezeichnen können.

»Erst letzte Woche«, fuhr Moriarty fort, »fanden wir gleich nebenan eines der wenigen überhaupt existierenden Exemplare von Piktogrammschriften der Yugaghir, können Sie sich das vorstellen! Sobald ich die Zeit dazu finde, werde ich einen Zeitschriftenartikel darüber schreiben.«

Margo lächelte. Er war so aufgeregt, als hätte er eben das Manuskript eines bisher unbekannten Stückes von Shakespeare entdeckt. Dabei würde sein Fund, wenn's hochkam, vielleicht ein Dutzend Leser des *Journal of American Anthropology* interessieren. Trotzdem fand sie Moriartys Enthusiasmus irgendwie erfrischend.

»Wie dem auch sei«, sagte Moriarty und schob die Brille auf der Nase nach oben, »ich brauche dringend jemanden, der mir dabei hilft, vernünftige Schaukastentexte für dieses Kamerun-Zeug hier zu schreiben.«

»Was, wollen Sie, dass ich tue?«, fragte Margo, die momentan das nächste Kapitel ihrer Dissertation völlig vergessen hatte. Moriartys Begeisterung wirkte ansteckend.

»Passen Sie auf«, sagte er. »Ich habe die Rohfassung der Texte hier bei mir.«

Er zog ein paar Seiten aus seiner Aktentasche. »Da, sehen Sie«, sagte er und fuhr mit dem Finger über das Titelblatt, »hier steht, was wir im Idealfall mit diesem Schaukasten ausdrücken wollen. So etwas nennen wir ›Storyline‹. Sie müssten nun anhand dieser Storyline den Raum hier durchforsten und ein paar Ausstellungsstücke und Pflanzen für den Schaukasten heraussuchen.«

Margo überflog die Seiten. Die Arbeit kam ihr nun doch ein wenig zeitaufwendiger vor, als sie es sich vorgestellt hatte. »Wie lange, glauben Sie, wird das in etwa dauern?«

»Ach, so zehn, höchstens fünfzehn Stunden. Die Inventarlisten und ein paar erklärende Anmerkungen zu den Exponaten habe ich bereits. Aber die Sache eilt, denn die Eröffnung rückt immer näher.«

Margo dachte wieder ans nächste Kapitel ihrer Dissertation. »Geben Sie mir einen Augenblick Bedenkzeit«, bat sie. »Das ist doch ein ziemlich umfangreicher Job und ich stecke mitten in meiner Dissertation.«

Die Bestürzung in Moriartys Gesicht ließ ihn direkt komisch wirken. Es war ihm nicht einmal annähernd in den Sinn gekommen, dass Margo vielleicht noch andere Dinge zu tun hatte. »Meinen Sie damit, dass Sie mir nicht helfen können?«

»Vielleicht kann ich es irgendwie dazwischenschieben«, murmelte Margo.

Moriartys Gesicht hellte sich wieder auf. »Toll! Wissen Sie was, wo wir nun schon mal im fünften Stock sind, kann ich Ihnen gleich noch ein paar andere Sachen zeigen, die wir hier oben haben.«

Er führte sie zu einem anderen Lagerraum und steckte den Schlüssel ins Schloss. Die Tür öffnete sich mit einem quietschenden Geräusch und gab den Blick frei auf bemalte Büffelschädel, Rasseln und Federbüsche. Sogar eine Reihe von Rabenskeletten lag da, deren Knochen mit dünnen Lederbändern aneinander befestigt waren.

»Mein Gott«, hauchte Margo.

»In diesem Raum lagert eine ganze Religion«, erklärte Moriarty. »Aber das ist noch gar nichts gegen die Objekte, die wir für die Ausstellung herausgesucht haben. Hier liegt nur das Zeug, das wir nicht genommen haben. Wir haben zum Beispiel eines der schönsten Sonnentanz-Kostüme, die es auf der ganzen Welt gibt. Und hier, sehen Sie sich einmal das hier an!« Er öffnete eine Schublade, die voller seltsamer Objekte war. »Das sind Original-Wachszylinderaufnahmen vom ganzen Sonnentanz-Zyklus. Jedes einzelne Lied. Aufgenommen 1901. Wir haben sie auf Tonband überspielt und werden damit den Sioux-Raum beschallen. Na, was sagen Sie? Wird doch eine *tolle* Ausstellung, oder?«

»Für genügend Aufregung im Museum hat sie ja bereits gesorgt«, antwortete Margo vorsichtig.

»In Wirklichkeit gibt es gar nicht so viele Kontroversen, wie die Leute immer behaupten«, erwiderte Moriarty. »Es gibt keinen vernünftigen Grund, warum Wissenschaft und Unterhaltung nicht Hand in Hand gehen sollten.«

Margo konnte der Versuchung nicht widerstehen. »Ich wette, dass Ihnen *diesen* Ausspruch ihr Chef Cuthbert beigebracht hat.«

»Er hat immer die Meinung vertreten, dass Ausstellungen sich an ein breiteres Publikum wenden sollten. Und wenn die Leute zu dieser kommen, weil sie sich Geister und Kobolde und gruselige Show erwarten – dann werden sie das auch bekommen. Aber wenn sie wieder gehen, dann haben unsere Besucher viel mehr gelernt, als Sie vielleicht vermuten. Und außerdem wird die Ausstellung dem Museum eine Menge Geld einbringen. Was ist daran so schlecht?«

»Nichts«, antworte Margo lächelnd. Das Auslegen der Köder überließ sie lieber Smithback.

Aber Moriarty war noch nicht fertig. »Ich weiß, dass das Wort ›Aberglaube‹ für manche Leute einen schlechten Beigeschmack hat. Und es ist wahr, dass manche der Effekte, die wir in dieser Ausstellung bieten, ein wenig – sagen wir mal *aufsehenerregend* sind. Aber eine Ausstellung mit dem

Titel ›Religionen der Eingeborenen‹ würde sich nun mal nicht so gut verkaufen, meinen Sie nicht auch?« Er blickte sie um Zustimmung heischend an.

»Ich glaube nicht, dass irgendwer etwas gegen den Titel hat«, sagte Margo. »Aber ein paar Leute hier haben meines Wissens den Eindruck, dass Sie nicht immer mit rein wissenschaftlichen Mitteln arbeiten.«

Moriarty schüttelte den Kopf. »Das sind doch bloß die verknöcherten alten Kuratoren und ein paar Spinner. Wie Frock, zum Beispiel. Bloß weil man die von ihm vorgeschlagene Ausstellung zum Thema Evolution auf Eis gelegt hat, lässt er nun kein gutes Haar an unserer Arbeit.«

Margos Lächeln verschwand. »Dr. Frock ist einer der brillantesten Anthropologen, die wir haben«, sagte sie.

»Frock? Dr. Cuthbert ist eher der Meinung, dass er ziemlich durchgeknallt ist – ›Der Mann hat nicht mehr alle Tassen im Schrank‹, sagt er immer.« Moriartys Imitation von Cuthberts schottischem Akzent hallte unangenehm laut durch die düsteren Korridore.

»Ich persönlich halte Cuthbert nicht für das Genie, das er in Ihren Augen ganz offensichtlich zu sein scheint«, sagte Margo.

»Ich bitte Sie, Margo, der Mann gehört zur Spitzenklasse.«

»Nicht, wenn man ihn mit Dr. Frock vergleicht. Sehen Sie sich doch bloß mal den Kallisto-Effekt an. Das ist doch Forschung an der vordersten Front.«

»Hat Frock auch nur den Hauch eines Beweises für seine Spekulationen? Haben Sie vielleicht schon irgendwelche unbekannten Monster irgendwo auf der Erde herumlaufen sehen?« Moriarty schüttelte abermals den Kopf, wobei die Brille auf seiner Nase gefährlich nach unten rutschte. »Das Ganze ist nichts weiter als theoretisches Gewäsch. Sicher, auch die Theorie hat ihre Existenzberechtigung, aber sie muss durch Feldforschungen bewiesen werden. Und Frocks Adlatus, dieser Greg Kawakita, unterstützt ihn mit seinem Extrapolationsprogramm auch noch bei seinen Eskapaden. Ich schätze mal, dass Kawakita dafür seine eigenen Gründe haben dürfte – aber eigentlich ist es ziemlich traurig, einen großen Geist wie Frock auf so traurigen Abwegen sehen zu müssen. Sehen Sie sich doch bloß einmal sein neuestes Buch an. *Fraktale Evolution?* Schon der Titel klingt doch mehr nach einem Computerspiel als nach wissenschaftlicher Arbeit.«

Margo hörte mit wachsender Empörung zu. Vielleicht hatte Smithback mit seiner Meinung über Moriarty am Ende doch recht gehabt. »Nun, in Anbetracht der Tatsache, dass Dr. Frock meine Arbeit betreut«, sagte sie, »wollen Sie sicher nicht, dass ich Ihnen Ihre schöne Ausstellung durcheinanderbringe. Nicht, dass ich Ihnen am Ende auch noch zu viele fragwürdige Ansichten in den Text für Ihren Schaukasten einbaue.« Margo drehte sich um und ging raschen Schrittes aus der Tür und den Korridor entlang.

Moriarty machte ein schockiertes Gesicht. Er hatte gar nicht daran gedacht, dass Frock Margos Doktorvater war. Er rannte hinter ihr her.

»O nein, nein, so habe ich das doch nicht gemeint –«, stammelte er. »Bitte, ich wollte wirklich bloß – Sie wissen doch, dass Frock und Cuthbert nicht miteinander auskommen. Das muss wohl auf mich abgefärbt haben.«

Er blickte sie so entsetzt an, dass Margos Ärger schwand.

»Ich wusste gar nicht, dass die beiden *solche* Probleme miteinander haben«, sagte sie und blieb stehen.

»O ja, das reicht schon sehr weit zurück. Seit Frock mit diesem Kallisto-Effekt herausgekommen ist, ist sein Stern am Museum im Sinken begriffen. Jetzt ist er nur noch nominell der Chef seiner Abteilung, in Wirklichkeit hält Cuthbert die Fäden in der Hand. Aber ich kenne natürlich nur die eine Seite der Geschichte. Es tut mir sehr leid, wenn ich Ihnen zu nahegetreten bin. Wollen Sie trotzdem noch den Schaukasten für mich machen?«

»Aber nur unter einer Bedingung«, konterte Margo, »dass Sie mich jetzt wieder aus diesem Labyrinth hier herausbringen. Ich muss zurück an meine Arbeit.«

»Aber natürlich. Tut mir leid«, sagte Moriarty. Sein Fauxpas hatte seine frühere Schüchternheit erneut aufleben lassen und während sie wieder hinunter in den vierten Stock gingen, war er still.

»Erzählen Sie mir doch noch ein bisschen mehr von Ihrer Ausstellung«, sagte Margo, die wollte, dass er sich wieder besser fühlte. »Ich habe gehört, Sie werden ein paar unglaublich seltene Stücke zeigen.«

»Sie meinen wohl das Material über den Kothoga-Stamm«, sagte Moriarty. »Nur eine einzige Expedition hat jemals Spuren von diesem Volk gefunden. Die Figur von Mbwun, dem mythischen Sagentier der Kothoga, ist – nun, sie ist ein Herzstück der Ausstellung.« Er zögerte. »Oder vielleicht sollte ich besser sagen, sie *wird* eines der Herzstücke werden. Noch befindet sie sich nicht in ihrem Schaukasten.«

»Tatsächlich?«, fragte Margo. »Wieso warten Sie denn bis zur letzten Minute damit?«

»Das ist in der Tat ziemlich ungewöhnlich«, antwortete Moriarty. »Aber hören Sie, Margo, das, was ich Ihnen jetzt sage, muss wirklich unter uns bleiben.« Sie waren mittlerweile wieder bei den Laufstegen angelangt und Moriarty sagte leise: »In letzter Zeit hat man sich auf höchster Ebene sehr für die Exponate der Kothoga interessiert. Damit meine ich Leute wie Rickman, Dr. Cuthbert – vermutlich sogar Wright persönlich. Es gab ziemliche Kontroversen darüber, ob wir das Material überhaupt mit in die Ausstellung aufnehmen sollten. Sie haben doch sicher dieses unsinnige Gerede gehört, dass ein Fluch auf dieser Figur liegen soll?«

»Nein, nicht direkt«, sagte Margo.

»Die Expedition, die das Kothoga-Material fand, nahm ein tragisches Ende«, sagte Moriarty, »und seitdem hat sich niemand mehr näher mit den Sachen befasst. Sie befinden sich noch immer in ihren Originalkisten, die erst letzte Woche aus dem Keller, wo sie die ganzen Jahre über gelagert hatten, in einen sicheren Raum gebracht wurden. Seitdem hat niemand mehr Zugang zu ihnen und ich konnte nicht einmal meine Ausstellungsstücke entnehmen.«

»Aber warum hat man die Sachen woanders hingebracht?«, wollte Margo wissen.

Sie stiegen in den Aufzug und Moriarty wartete mit seiner Antwort, bis sich die Tür geschlossen hatte. »Anscheinend hat sich jemand an den Kisten zu schaffen gemacht.«

»Wie bitte? Wollen Sie damit sagen, dass sie jemand aufgebrochen hat?«

Moriarty starrte Margo mit einem Ausdruck großen Erstaunens auf seinem eulenartigen Gesicht an. »Nein, das habe ich nicht gesagt«, entgegnete er.

Er drehte den Schlüssel um, und der Aufzug begann sich nach unten zu bewegen.

10

D'Agosta wünschte von ganzem Herzen, dass sich der Doppel-Chili-Cheeseburger in seinem Magen in Luft auflösen würde. Noch machte er ihm zwar keine Probleme, aber irgendwie wäre es ihm wohler ohne ihn gewesen.

Die Leichenhalle roch so, wie Leichenhallen nun einmal riechen. Genauer betrachtet stank sie sogar. Kein Desinfektionsmittel der Welt kam wirklich gegen den Gestank des Todes an und die kotzgrün gestrichenen Wände in den Räumen der Gerichtsmedizin waren auch nicht gerade dazu angetan, einem ein gutes Gefühl im Magen zu verschaffen. Ebenso wenig die große Rollbahre, die momentan noch leer war und wie ein ungeladener Gast unter den hellen Lichtern des Autopsieraums stand.

Eine große Frau, der zwei Männer folgten, kam herein und riss D'Agosta aus seinen Gedanken. Ihm fiel gleich ihre modische Brille und die blonden Haare auf, die da und dort unter der Operationshaube hervorspitzten. Die Frau kam auf ihn zu und als sie ihm ihre Hand hinstreckte, verzogen sich ihre rot bemalten Lippen zu einem professionellen Lächeln.

»Dr. Ziewicz«, stellte sie sich vor und drückte ihm so fest die Hand, dass D'Agosta die Finger wehtaten. »Sie müssen wohl Lieutenant D'Agosta sein. Darf ich vorstellen, mein Assistent, Dr. Fred Gross.« Dr. Ziewicz deutete auf einen der beiden Männer, einen schmächtigen, kleinen Kerl. »Und das ist Delbert Smith, unser Fotograf.« Smith, der eine Deardorff-Kamera vor der Brust trug, nickte D'Agosta zu.

»Kommen Sie eigentlich oft hierher, Dr. Ziewicz?«, fragte D'Agosta, der meinte, irgendetwas sagen zu müssen, um das Unvermeidliche noch ein wenig hinauszuschieben.

»Die Gerichtsmedizin hier ist praktisch meine zweite Heimat«, antwortete Dr. Ziewicz mit dem gleichen Lächeln wie zuvor. »Mein Spezialgebiet ist – wie soll ich das ausdrücken? – eine spezielle Art der forensischen Pathologie. Ich mache das für praktisch alle Behörden – fürs FBI, für die New Yorker Polizei, sogar für die Armee. Sie schicken uns die Leichen, wir sehen sie uns an und schicken sie ihnen wieder zurück. Und wenn ich Glück habe, dann lese ich vielleicht irgendwann einmal in der Zeitung, was das alles zu bedeuten hatte.« Sie warf D'Agosta einen fragenden Blick zu. »Aber Sie haben so was wie hier doch schon mal erlebt, oder?«

»O ja«, antwortete D'Agosta. »Tue ich ständig.« Der Cheeseburger in seinem Magen kam ihm wie ein riesiger Eiswürfel vor. Warum nur hatte er keinen Blick auf seine Nachmittagstermine geworfen, bevor er dieses verdammte Ding in sich hineingeschlungen hatte?

»Dann ist es ja gut«, sagte Ziewicz und schaute auf ihr Klemmbrett. »Lassen Sie uns mal sehen. Haben die Eltern ihr Einverständnis gegeben? Schön. Sieht aus, als wäre alles in Ordnung. Wir fangen mit 5-B an, Fred.«

Dr. Ziewicz setzte Gesichtsmaske und Schutzbrille auf, band sich eine Plastikschürze um und zog schließlich drei Paar Latexhandschuhe übereinander über ihre Finger. D'Agosta tat das Gleiche.

Gross schob die Rollbahre hinüber zu den Kühlschränken und holte Nr. 5-B heraus. Die undefinierbare Form unter der Plastikplane kam D'Agosta seltsam kurz vor, außerdem hatte sie an einem Ende eine merkwürdige Ausbuchtung. Gross wuchtete die Leiche auf die Rollbahre, schob diese unter das Licht, überprüfte den an einer Zehe befestigten Zettel und blockierte die Räder. Dann stellte er einen Edelstahlkübel unter das Abflussrohr der Rollbahre.

Ziewicz machte sich währenddessen an dem Mikrofon zu schaffen, das über der Leiche an der Decke hing.

»Mikrofonprobe: eins, zwei ... eins, zwei ... Fred, dieses Mikro ist tot.«

Fred beugte sich über das Spulentonbandgerät. »Das verstehe ich nicht, ich habe doch alles eingeschaltet.«

D'Agosta räusperte sich. »Es ist nicht eingesteckt«, sagte er. Einen Moment lang waren alle still.

»Ich bin froh«, sagte Ziewicz schließlich, »dass wir wenigstens einen Nichtwissenschaftler unter uns haben. Wenn Sie im Folgenden Fragen haben oder Kommentare abgeben wollen, Mr D'Agosta, dann nennen Sie bitte laut und deutlich Ihren Namen und sprechen Sie ins Mikrofon. Okay? Es wird alles auf Tonband aufgezeichnet. Ich werde zuerst den Zustand der Leiche beschreiben und dann beginnen wir damit, sie aufzuschneiden.«

»Verstanden«, sagte D'Agosta tonlos. *Aufschneiden.* Wenn eine Leiche am Tatort lag, war das eine Sache. Aber wenn sie anfingen, daran herumzuschnippeln und eine Schicht nach der anderen abzulösen – daran hatte D'Agosta sich nie gewöhnen können.

»Sind wir so weit? Gut. Hier spricht Dr. Matilda Ziewicz. Mein Assistent ist Dr. Frederick Gross und das Datum ist der siebenundzwanzigste März um zwei Uhr fünfzehn am Nachmittag. Der Obduktion wohnt bei Detective Sergeant – wie war doch Ihr Vorname?«

»Vincent. Und außerdem bin ich Lieutenant.«

»Lieutenant Vincent D'Agosta von der New Yorker Polizei. Wir haben hier –«

Fred las von dem Zettel an der großen Zehe ab: »William Howard Bridgeman, Nummer 33-A45.«

»Ich entferne jetzt die Abdeckung.« Die dicke Plastikplane knisterte.

Dann waren alle einen Augenblick still. D'Agosta musste an den zerfetzten Hund denken, den er am Vormittag gesehen hatte. *Der Trick bei der Sache ist, dass man nicht allzu viel dabei denkt. Schon gar nicht an meinen eigenen kleinen Vinnie, der nächste Woche seinen achten Geburtstag hat.*

Dr. Ziewicz atmete tief durch. »Wir haben hier einen weißen Jungen, etwa – äh – zehn bis zwölf Jahre alt, rothaarig, die Größe ist nicht genau feststellbar, weil der Junge enthauptet wurde. Ich schätze einsfünfundvierzig bis einsfünfzig. Dies ist allerdings nur ein Annäherungswert. Der Zustand der Leiche ist dergestalt, dass ich keine weiteren Erkennungsmerkmale feststellen kann. Augenfarbe und Gesichtszüge sind wegen eines großflächigen Schädeltraumas nicht mehr zu erkennen.

Keine früheren Wunden oder Narben an Füßen, Beinen oder Genitalien. Fred, bitte gehen Sie doch mit dem Schwamm einmal über den Unterleib – vielen Dank. Eine undefinierte Anzahl von großen Risswunden führt vom linken, vorderen Brustkorb in einem Winkel von einhundertneunzig Grad über Rippen und Brustbein nach unten, wo sie in der rechten, vorderen Unterleibsregion enden. Es handelt sich um tiefe Wunden, etwa fünfzig Zentimeter lang und fünfundzwanzig Zentimeter breit. Es sieht so aus, als wären der kleine und der große Brustmuskel von der äußeren Brusthöhle abgetrennt worden. Die inneren und äußeren Interkostalarterien sind zerrissen und der Körper ist weitgehend ausgeweidet. Der Brustbeinfortsatz ist abgebrochen und der Brustkorb liegt offen. Viel Blut in der Nähe der Aorta – es ist schwierig, hier ohne Säuberung der Leiche und weitere Untersuchungen etwas Genaueres zu erkennen.

Fred, machen Sie doch bitte den Rand des Brustkorbs sauber. Die Eingeweide sind freigelegt und Magen, Dünn- und Dickdarm sind aus dem Körper gequollen. Oh, und die Milz hängt heraus, aber die Nieren scheinen in situ. Auch die Eingeweide hinter dem rückseitigen Bauchfell scheinen in situ zu sein.

Gehen Sie mit dem Schwamm doch mal über den Hals, Fred. Im Bereich des Halses sind Verletzungen zu sehen, hauptsächlich Quetschwunden, die möglicherweise auf Blutergüsse hinweisen, wie man sie nach einem Genickbruch findet.

Und nun zum Kopf – mein Gott.«

Es folgte eine kurze Stille. Fred räusperte sich.

»Am Kopf sind massive Traumata zu sehen. Er wurde zwischen dem ersten und zweiten Halswirbel vom Körper abgetrennt. Der komplette Hinterkopf und die Hälfte des Scheitelbeins sind zertrümmert, oder halt, sagen wir besser: mit nicht feststellbaren Werkzeugen durchstoßen und entfernt worden, sodass ein Loch von etwa fünfundzwanzig Zentimetern Durchmesser zurückblieb. Das Innere des Schädels ist leer. Das komplette Hirn scheint durch dieses Loch herausgefallen oder entnommen worden zu sein, aber für seine Lage in Bezug auf die Leiche gibt es keine Anhaltspunkte.«

»Es wurde in Teilen nahe bei der Leiche gefunden«, sagte D'Agosta.

»Vielen Dank, Lieutenant. Aber wo ist der Rest davon?«

»Mehr war nicht da.«

»Aber es fehlt etwas. Haben Sie den Tatort lückenlos fotografisch dokumentiert?«

»Natürlich«, sagte D'Agosta und versuchte, nicht allzu pikiert zu klingen.

»Das Gehirn weist starke Verletzungen auf. Das Großhirn ist – Fred, bringen Sie mir bitte ein Skalpell Nummer zwei und einen Querspiegel. Das Großhirn wurde vom Rückenmark abgerissen. Der Pons-Variolii-Nerv ist noch vorhanden, aber durchtrennt. Das Kleinhirn zeigt oberflächliche Abschürfungen, ist aber ansonsten intakt. Es gab kaum Blutungen, was darauf schließen lässt, dass die Kopfverletzungen nach Eintritt des Todes erfolgten. Das Dach des dritten Hirnventrikels ist noch vorhanden. Das Großhirn ist vollkommen vom Mittelhirn abgetrennt, welches in zwei Teile zerrissen ist. Außerdem – sehen Sie mal, Fred – fehlen die Region um den Thalamus und die Hypophyse.«

»Und was ist das?«, fragte D'Agosta. Er zwang sich dazu, näher hinzusehen. Das Gehirn, das in einer Art Edelstahlpfanne lag, sah eher flüssig als fest aus. Er wandte sich ab. *Baseball. Denk an Baseball,* sagte er sich. *Denk an das Geräusch, das der Schläger macht, wenn er den Ball trifft.*

»Der Thalamus und der Hypothalamus regulieren wichtige Körperfunktionen.«

»Aha, sie regulieren«, wiederholte D'Agosta.

»Der Hypothalamus ist für die Körpertemperatur, den Blutdruck, den Herzschlag und den Fett- und Kohlehydratstoffwechsel zuständig, außerdem noch für den Schlaf-Wach-Zyklus. Höchstwahrscheinlich ist er darüber hinaus auch noch das Zentrum für das Empfinden von Schmerzen und Freude. Er ist ein sehr komplizierter Teil des Gehirns, Lieutenant.« Sie sah ihn an, als erwarte sie eine weitere Frage, und D'Agosta murmelte pflichtschuldig: »Und wie macht er das alles?«

»Mit Hormonen. Er produziert Hunderte von Hormonen, die ins Gehirn und in die Blutbahn gehen.«

»Ach so«, antwortete D'Agosta und trat einen Schritt zurück. *Der Baseball flog jetzt in hohem Bogen über den Platz und die Spieler der gegnerischen Mannschaft liefen rückwärts und streckten die Hände mit den massiven Handschuhen hoch, um ihn zu fangen –*

»Fred, kommen Sie doch mal rüber und sehen Sie sich das an«, sagte Ziewicz scharf.

Fred beugte sich über die Pfanne mit dem Gehirn. »Sieht aus wie – nun, ich weiß nicht so recht –«

»Nun kommen Sie schon, Fred«, drängte Ziewicz.

»Nun, es sieht fast so aus, als –« Fred hielt inne. »Verdammt, es sieht so aus, als habe jemand davon abgebissen.«

»Ganz genau! Fotograf!« Smith eilte herbei. »Nehmen Sie das hier auf. Genauso sieht es aus, wenn eines meiner Kinder von einem Stück Kuchen abgebissen hat.«

D'Agosta beugte sich vor, aber er konnte in der grauen, blutigen Masse nicht besonders viel erkennen.

»Der vermeintliche Biss ist halbkreisförmig, wie von einem menschlichen Gebiss herrührend, aber größer und mehr ausgefranst. Bringen Sie dieses Stück hier ins Labor und lassen Sie es auf das Vorhandensein von Speichelrückständen testen, Fred, nur um sicherzugehen. Sagen Sie denen im Labor, sie sollen es schockgefrieren und hier, hier und hier einen Schnitt machen. In jeweils fünf Teile. Mindestens eines davon sollen sie mit Eosin untersuchen, ein anderes mit einem Enzym, das auf Speichel reagiert. Und lassen Sie alle anderen Tests machen, die Ihnen und den Leuten im Labor sonst noch einfallen.«

Als Fred gegangen war, fuhr Ziewicz fort: »Ich teile nun das Großhirn. Der hintere Lappen weist Quetschungen auf, die vermutlich von der Entfernung der Hirnschale stammen dürften. Ein Foto bitte. Die Oberfläche zeigt drei parallel zueinander verlaufende Riss- oder Schnittwunden, die etwa vier Millimeter voneinander entfernt und circa einen Zentimeter tief sind. Ich klappe jetzt den ersten dieser Einschnitte auf. Foto bitte. Sehen Sie, dass diese Wunden am Anfang relativ breit sind und dann immer mehr spitz zulaufen, Lieutenant? Was halten Sie davon?«

»Ich weiß nicht«, sagte D'Agosta und trat ein wenig näher. *Es ist doch nichts weiter als ein totes Gehirn,* dachte er.

»Lange Fingernägel möglicherweise? Extra scharfgemachte Fingernägel? Haben wir es vielleicht mit einem mörderischen Psychopathen zu tun?«

Fred kam vom Labor zurück und er und Ziewicz bearbeiteten das Gehirn eine kleine Ewigkeit lang, jedenfalls kam es D'Agosta so vor. Schließlich bat Ziewicz Fred, es in den Kühlschrank zu stellen.

»Ich werde nun die Hände untersuchen«, sprach die Pathologin ins Mikrofon. Sie entfernte eine Plastiktüte, die über die rechte Hand gestülpt gewesen war, und machte sie sorgfältig wieder zu. Dann hob sie die Hand, drehte sie herum und untersuchte die Fingernägel. »Unter Daumen, Zeige- und Ringfinger befindet sich Materie bisher unbekannten Ursprungs. Drei Objektträger bitte, Fred.«

»Er war doch ein Junge«, sagte D'Agosta. »Die haben alle schmutzige Fingernägel.«

»Kann sein, Lieutenant«, antwortete Ziewicz und kratzte bei jedem Finger einzeln das Material unter den Fingernägeln in die Vertiefungen der gläsernen Objektträger. »Ist das Stereomikroskop bereit, Fred? Ich möchte mir das mal genauer ansehen.«

Ziewicz legte einen Objektträger auf die Bühne des Mikroskops, blickte ins Okular und stellte scharf.

»Unter dem Daumennagel war normaler Fingernageldreck, soweit ich das dem ersten Anschein nach beurteilen kann. Aber ich möchte trotzdem eine genaue Analyse davon haben, Fred.« Auch die beiden anderen Finger ergaben nichts Besonderes, ebenso wenig wie die der linken Hand.

»Ich werde jetzt«, fuhr Ziewicz fort, »die lange Wunde an der Vorderseite des Körpers untersuchen. Del, bitte fotografieren Sie hier, hier, hier und hier und aus dem Winkel, aus dem man Ihrer Meinung nach die Wunde am besten erkennen kann. Dort, wo der Brustkorb geöffnet wurde, möchte ich Großaufnahmen haben. Es sieht so aus, als hätte uns der Mörder die Arbeit des Aufschneidens abgenommen, was meinen Sie, Lieutenant?«

»Stimmt«, sagte D'Agosta und schluckte schwer.

Der Fotograf blitzte mehrmals hintereinander.

»Eine Pinzette, bitte«, fuhr Ziewicz fort. »Drei ausgefranste Schnitte beginnen kurz oberhalb der linken Brustwarze im großen Brustmuskel, den sie verletzen und weiter unten sogar durchtrennen. Ich öffne jetzt den ersten Schnitt am Anfang und entnehme eine Probe. Hier bitte eine Klammer hin, Fred.

Jetzt entnehme ich eine Probe aus der Wunde. Hier ist etwas unidentifiziertes Material. Haben Sie eine Plastiktüte zur Hand, Fred? Es sieht aus wie ein winziger Stofffetzen, möglicherweise vom Hemd des Opfers. Foto bitte!«

Der Blitz flammte auf, dann holte Ziewicz mit der Pinzette ein paar blutige Fasern aus der Wunde und ließ sie in einen kleinen Plastikbeutel fallen. Eine Zeit lang arbeitete sie schweigend an dem Einschnitt weiter.

»Etwa vier Zentimeter unterhalb der rechten Brustwarze befindet sich tief im Muskel ein weiteres Stück unidentifizierten Materials. Es steckt an einer Rippe fest. Foto bitte. Und markieren Sie die Stelle, Fred.«

Ziewicz holte mit der langen Pinzette ein blutiges Klümpchen aus der Leiche.

D'Agosta trat wieder einen Schritt vor. »Was ist das? Können Sie es nicht abwaschen, damit wir sehen können, um was es sich handelt?«

Ziewicz sah ihn mit der Andeutung eines Lächelns an. »Fred, bringen Sie mir ein Becherglas mit sterilem Wasser.«

Als sie den Klumpen ins Glas fallen ließ und umrührte, nahm das Wasser eine bräunlich-rote Farbe an.

»Lassen Sie das Wasser analysieren, vielleicht findet sich noch was drin«, sagte sie, während sie ihren Fund ans Licht hielt.

»Jesus, Maria und Josef«, sagte D'Agosta. »Es ist eine Klaue. Eine gottverdammte Klaue!«

Ziewicz wandte sich an ihren Assistenten. »Was für ein herziges Stückchen Monolog für unsere Tonbandaufnahme, finden Sie nicht auch, Fred?«

11

Margo warf ihre Bücher und Papiere aufs Sofa und blickte hinüber zu der Digitaluhr auf dem Fernseher. Es war Viertel nach zehn. Margo hatte einen entsetzlichen Tag hinter sich. Trotz vieler Überstunden hatte sie nur drei neue Absätze für ihre Dissertation geschafft. Und dabei hatte sie mit der Arbeit für Moriartys Schaukasten noch nicht einmal angefangen. Sie seufzte und bedauerte bereits, dass sie ihre Mitarbeit an diesem Projekt zugesagt hatte.

Das Neonlicht eines Schnapsladens auf der gegenüberliegenden Straßenseite drang durch das einzige Fenster von Margos Wohnzimmer und tauchte es in ein elektrisch wirkendes, bläuliches Halbdunkel. Margo knipste die kleine Deckenleuchte an, lehnte sich mit dem Rücken an die Tür und besah sich bedächtig die Unordnung in dem Zimmer. Normalerweise hielt sie hier eine schon fast übertriebene Ordnung, aber jetzt, wo sie fast eine Woche lang nicht mehr aufgeräumt hatte, lagen Lehrbücher, Beileidsbriefe, amtliche Dokumente, Schuhe und Pullover überall auf den Möbeln verstreut herum. In der Küchenspüle türmten sich die leeren Mitnahmekartons von dem chinesischen Restaurant im Erdgeschoss und auf dem Holzfußboden waren neben Margos alter Royal-Schreibmaschine großflächig ihre Arbeitsnotizen ausgebreitet.

Dieses schäbige Viertel – Margo wohnte im oberen, noch nicht sanierten Teil der Amsterdam Avenue – war für ihren Vater ein weiterer Grund gewesen, warum er hartnäckig ihre Rückkehr ins heimatliche Boston gefordert hatte. »Das ist kein Ort, an dem ein Mädchen wie du wohnen sollte, Midge«, hatte er gesagt. »Und genauso wenig solltest du in diesem Museum arbeiten, wo du den lieben langen Tag nichts anderes siehst als tote Tiere und in Spiritus eingelegtes Zeug. Was ist das denn für ein Leben? Komm doch zurück und arbeite für mich, dann könnten wir dir ein Haus in Beverly oder Marblehead besorgen. Da würdest du dich viel wohler fühlen, Midge, ganz bestimmt.« Margo bemerkte, dass das Licht an ihrem Anrufbeantworter blinkte, und drückte auf die Abhörtaste.

»Hier ist Jan«, begann die erste Nachricht. »Ich bin erst heute wieder nach New York zurückgekommen und habe gerade eben das mit deinem Vater erfahren. Sein Tod hat mich schwer getroffen. Ich rufe dich später noch mal an, ich möchte mit dir reden, okay? Wiedersehen.«

Margo wartete eine Weile, dann hörte sie eine andere Stimme. »Margo, hier spricht deine Mutter.« Dann ertönte ein Klicken. Margo schloss einen Augenblick lang fest die Augen und atmete tief durch. Sie würde Jan nicht zurückrufen, zumindest jetzt nicht. Und auch bei ihrer Mutter würde sie frühestens morgen Vormittag anrufen. Sie wusste schon, was sie da wieder zu hören bekommen würde: *Du musst nach Hause kommen und dich um das Geschäft deines Vaters kümmern. Er hätte es so gewollt. Das schuldest du uns beiden.*

Margo wandte sich von dem Anrufbeantworter ab, setzte sich im Schneidersitz vor die Schreibmaschine und starrte auf die Katalogdaten, Notizen und Listen, die Moriarty ihr gegeben hatte. Übermorgen musste es fertig sein, hatte er gesagt, und das nächste Kapitel ihrer Dissertation war am Montag darauf fällig.

Sie blickte noch ein paar Minuten auf die Papiere und sammelte ihre Gedanken. Dann begann sie zu tippen. Ein paar Augenblicke später hörte sie wieder auf und starrte hinaus in den Nachthimmel. Er war kein schlechter Vater gewesen, das konnte sie nun wirklich nicht behaupten. Margo erinnerte sich daran, wie er am Sonntag immer Omeletts gemacht hatte – das Einzige, was er kochen konnte. »Hey, Midge«, hatte er ihr dann immer zugerufen. »Nicht schlecht für einen alten Exjunggesellen, nicht wahr?«

Draußen gingen langsam die Lichter aus, als ein Geschäft nach dem anderen schloss. Margo blickte auf die graffitibesprühten Hauswände und die mit Brettern vernagelten Fenster. Vielleicht hatte ihr Vater recht gehabt: Arm zu sein, war nicht gerade das Gelbe vom Ei.

Armut. Margo schüttelte den Kopf und erinnerte sich an den Gesichtsausdruck ihrer Mutter, von der sie dieses Wort zuletzt gehört hatte. Die beiden waren im kühlen, dunklen Büro des Testamentsvollstreckers ihres Vaters gesessen und hatten sich erklären lassen, warum die Schuldensituation ihres Vaters und die nicht vorhandenen Reserven einen Konkurs der Firma unvermeidlich erscheinen ließen – außer, natürlich, ein Familienmitglied würde einspringen und das Geschäft weiterführen.

Margo dachte an die Eltern der beiden toten Jungen. Auch sie mussten hohe Erwartungen in ihre Kinder gesetzt haben, überlegte sie. Jetzt würden sie nie die Enttäuschung über ihre Sprösslinge kennenlernen. Oder stolz auf sie sein.

Und dann wanderten Margos Gedanken zu Prine. Und zu dem Blut an seinen Schuhen.

Sie stand auf und machte noch mehr Lichter an. Es war Zeit zum Abendessen. Morgen würde sie sich in ihr Büro verkriechen und das Kapitel fertigschreiben. Und an der Kamerun-Geschichte für Moriarty arbeiten. Und sie würde ihre Entscheidung wieder einmal hinausschieben. Wenigstens für einen weiteren Tag. Wenn sie sich nächste Woche mit Frock traf, das hatte sie sich geschworen, würde sie einen Entschluss gefasst haben.

Das Telefon klingelte und automatisch hob sie ab.

»Hallo«, meldete sie sich und hörte einen Augenblick zu. »O Mutter, du bist es. Wie geht es dir?«

12

Die Nacht brach früh über das Naturhistorische Museum herein. Kurz vor fünf Uhr ging die Frühlingssonne bereits wieder unter. Im Museum wurden die Besucher langsam weniger. Touristen, Schulkinder und genervte Eltern strömten an den Bronzelöwen vorbei die Marmortreppe zu den Ausgängen hinunter. Bald würden die Echos, Rufe und das Geklapper von Schritten in den hohen Gewölbehallen völlig verklungen sein. Einer nach dem anderen wurden die Schaukästen dunkel und Stunden später warfen nur noch wenige Lichter verrückte Schatten über die marmornen Fußböden.

Ein einsamer Wärter, der seine Runden durch die Hallen drehte, schwenkte einen dicken Schlüsselbund und summte eine Melodie vor sich hin. Es war der Anfang seiner Schicht, und er trug die normale Museumsuniform aus blauem und schwarzem Tuch. Für ihn war das Museum längst nichts Neues mehr.

Diese Klitsche wird mir langsam unheimlich, dachte er. *Sieh dir bloß mal diese Maske da drüben an. Verdammter Eingeborenenquatsch. Wer, um alles in der Welt, wird auch nur einen müden Dollar bezahlen, um sich diesen Mist ansehen zu dürfen? Die Hälfte von dem Zeug trägt wahrscheinlich sowieso irgendeinen Fluch.*

Die Maske schien ihn aus dem dunklen Schaukasten hämisch anzugrinsen. Rasch ging er zum nächsten Kontrollpunkt weiter, wo er einen Schlüssel in ein Kästchen steckte und umdrehte. Das Kästchen hielt die Zeit fest. Es war genau 22 Uhr 23. Als er in die nächste Halle weiterging, hatte er den beunruhigenden Eindruck – den er auf seinen Runden öfters hatte –, dass ihm irgendein unsichtbares Wesen im Takt seiner eigenen Schritte nachschlich.

Er kam zum nächsten Kontrollpunkt und drehte seinen Schlüssel um. Das Kästchen klickte und registrierte die Zeit: 22 Uhr 34.

Bis zum nächsten Kontrollpunkt, an dem er in zehn Minuten sein musste, würde er nur vier Minuten brauchen, also hatte er sechs Minuten Zeit für einen raschen Joint.

Er verschwand in einem Treppenhaus, schloss und versperrte die Tür hinter sich und blickte hinab in den dunklen Keller, von dem aus eine weitere Tür in einen Innenhof führte. Seine Hand tastete automatisch nach dem Lichtschalter am Kopf der Treppe, aber er zog sie wieder zurück. Es war besser, wenn er keine unnötige Aufmerksamkeit auf sich lenkte.

Er hielt sich am eisernen Geländer fest und ging langsam nach unten. Im Keller tastete er sich an der Wand entlang, bis er die Tür fand. Als er sie öffnete, strömte von draußen die kalte Nachtluft herein. Dann stellte er einen Fuß in die Tür, zündete sich seinen Joint an, beugte sich hinaus in den Innenhof und sog den leicht bitteren Rauch genüsslich in seine Lungen. Trübes Licht, das aus dem ehemaligen Kloster auf der anderen Seite des Innenhofs kam, beleuchtete gespenstisch seine Bewegungen und das leise Geräusch des Großstadtverkehrs, dessen Lärm viele Wände, Höfe und Zinnen dämpften, schien von einem anderen Planeten zu kommen. Erleichtert spürte der Wachmann, wie die Wärme des Cannabis seinen Körper durchdrang und ihm wieder mal eine lange, einsame Nacht etwas erträglicher machte. Als er den Joint zu Ende geraucht hatte, warf er den Stummel hinaus in die Dunkelheit.

Er war die Treppe schon halb wieder oben, als er hörte, wie unten die Tür zuknallte. Hatte er sie denn offen gelassen? Nein. Verdammt, wenn ihn nun jemand beim Kiffen beobachtet hatte? Aber dieser Jemand konnte den Rauch wohl kaum gerochen haben und in der Dunkelheit hätte es genauso gut eine Zigarette gewesen sein können.

In der Luft lag ein seltsamer, verrotteter Geruch, der mit dem von Hasch nichts gemein hatte. Aber es ging kein Licht an und auf den metallenen Stufen waren keine Schritte zu hören. Er ging weiter die Treppe hinauf.

Gerade als er oben angekommen war, spürte der Wachmann, wie sich hinter ihm etwas rasch bewegte. Er fuhr herum und ein kräftiger Stoß gegen seine Brust warf ihn nach hinten gegen die Wand. Das Letzte, was er sah, waren seine eigenen, dunklen Eingeweide, die die Stufen der Treppe hinunterglitschten. Im nächsten Augenblick hatte er aufgehört, sich zu fragen, wo denn auf einmal all diese Gedärme herkamen.

Dienstag

13

Bill Smithback saß auf einem massiven Stuhl und betrachtete die scharfgeschnittene, spitzkantige Figur von Lavinia Rickman, die hinter ihrem birkenholzfurnierten Schreibtisch saß und sein verknittertes Manuskript las. Zwei rot lackierte Fingernägel trommelten dabei auf der glänzenden Tischplatte herum und Smithback wusste, dass dieses Fingernagelstakkato nichts Gutes verhieß. Draußen vor dem Fenster hockte ein sehr grauer Dienstagmorgen.

Das Büro war nicht typisch für das Museum. Es fehlten die unordentlichen Stapel von Papieren, Büchern und Zeitschriften, die sonst überall praktisch zur Einrichtung zu gehören schienen. Stattdessen waren Schreibtisch und Regale mit Schnickschnack aus aller Welt dekoriert, darunter eine Märchenerzählerpuppe aus Mexiko, ein Messingbuddha aus Tibet und mehrere Puppen aus Indonesien. Die Wände waren in einem hellen Behördengrün gestrichen, und das Zimmer roch nach Lufterfrischer mit Fichtennadelduft.

Weitere Erinnerungsstücke standen auf beiden Seiten des Schreibtisches so exakt und symmetrisch aufgereiht, als wären sie Büsche in einem französischen Schlossgarten: ein Briefbeschwerer aus Achat, ein Brieföffner aus Elfenbein, eine japanische Netsuke-Figur. Und in der Mitte hockte Rickman höchstpersönlich und beugte sich affektiert über das Manuskript. Ihre gelockten, orangefarbenen Haare, fand Smithback, passten nun wirklich nicht zu den grünen Wänden des Büros.

Das rasche Trommeln der Fingernägel verlangsamte sich nur dann, wenn Rickman eine Seite gelesen hatte und weglegte. Als sie schließlich zu Ende war, schob sie die losen Blätter zu einem exakt ausgerichteten Stapel zusammen, den sie genau in der Mitte des Schreibtisches platzierte.

»Nun«, sagte sie und sah mit einem freundlichen Lächeln auf. »Ich hätte da ein paar kleine Verbesserungsvorschläge.«

»Oh«, sagte Smithback.

»Dieser Teil hier über die aztekischen Menschenopfer scheint mir zum Beispiel etwas übertrieben zu sein.« Sie befeuchtete sorgfältig einen Finger und blätterte durch die Seiten. »Hier.«

»Ja, aber in der Ausstellung –«

»Mr Smithback, in der Ausstellung wird dieses Thema *geschmackvoll* behandelt. In ihrem Manuskript ist es das nicht, sondern viel zu explizit.« Sie machte mit ihrem Leuchtmarker einen Strich quer über seine Arbeit.

»Aber es stimmt jedes Wort«, sagte Smithback, der innerlich zusammengezuckt war.

»Mir geht es hier um den *Ton,* nicht um die Tatsachen. Etwas kann absolut genau sein und sich trotzdem im Ton vergreifen und somit einen falschen Eindruck vermitteln. Erlauben Sie mir den Hinweis, dass wir hier in New York viele Einwohner spanischer Herkunft haben.«

»Das stimmt, aber wieso sollten die sich beleidigt fühlen –«

»Gehen wir weiter. Dieser Abschnitt über Gilborg muss raus.« Sie zog einen weiteren Schrägstrich übers Papier.

»Aber weshalb?«

Rickman lehnte sich in ihren Stuhl zurück. »Mr Smithback, die Gilborg-Expedition war ein grotesker Misserfolg. Sie suchten nach einer Insel, die es gar nicht gab. Einer der Forscher hat sogar, wie Sie so minutiös bemerken, eine eingeborene Frau vergewaltigt. Trotz der umfangreichen Sammlungen, die ihm das Museum verdankt, wollen wir Gilborg in der Ausstellung möglichst *nicht* erwähnen. Ist es denn wirklich nötig, ausgerechnet die Fehlschläge des Museums zu dokumentieren?«

»Aber seine Sammlungen sind einfach fantastisch!«, protestierte Smithback.

»Mr Smithback, ich bin mir nicht sicher, ob Sie das Wesentliche dieses Auftrags wirklich verstanden haben.« Es folgte eine längere Stille, bis schließlich das Trommeln der Fingernägel wieder begann. »Glauben Sie wirklich, dass das Museum Sie unter Vertrag genommen hat und dafür auch noch *bezahlt,* dass Sie etwas über seine Misserfolge und Kontroversen schreiben?«

»Aber Fehler und Kontroversen gehören nun einmal zur Wissenschaft, und wer will schon ein Buch lesen, das –«

»Es gibt eine Menge Firmen, die das Museum finanziell unterstützen. Firmen, die von solchen Dingen wohl wenig begeistert wären«, unterbrach ihn Mrs Rickman. »Und außerdem gibt es draußen in der Stadt sehr empfindliche und kämpferische ethnische Minderheiten, die sich *sehr* auf den Schlips getreten fühlen könnten.«

»Aber wir sprechen doch hier von Dingen, die mindestens hundert Jahre zurückliegen, während –«

»Mr Smithback!« Mrs Rickman hatte nur eine Nuance lauter gesprochen, aber der Effekt war verblüffend. Auf einmal war es in dem Büro völlig still.

»Mr Smithback, ich muss Ihnen in aller Offenheit sagen–« Sie hielt inne, stand energisch auf und ging um den Schreibtisch herum, bis sie direkt hinter dem Journalisten stand.

»Ich muss Ihnen sagen«, fuhr Rickman fort, »dass Sie länger brauchen, als ich ursprünglich gedacht hatte, um zu kapieren, was Sache ist. Sie schreiben hier kein Buch für einen kommerziellen Verleger. Ganz unverblümt gesagt: Wir hätten gerne dieselbe wohlwollende Behandlung, die Sie dem Boston Aquarium in ihrem letzten – äh – Auftragswerk haben angedeihen lassen.« Sie baute sich vor Smithback auf und lehnte sich stocksteif an die Schreibtischkante. »Es gibt gewisse Dinge, die wir erwarten und auf die wir auch ein *Recht* zu haben glauben. Diese sind–« Sie zählte sie mit ihren knochigen Fingern auf:

»Erstens: keine kontroversen Themen. Zweitens: nichts, was ethnische Minderheiten verstimmen könnte. Drittens: nichts, was dem Ruf des Museums schaden könnte. Ist das denn zu viel verlangt?« Sie wurde leiser, beugte sich vor und drückte mit ihrer trockenen Hand die von Smithback.

»Ich – äh – nein, das ist es nicht.« Er musste mit dem fast unwiderstehlichen Wunsch kämpfen, seine Hand wegzuziehen. »Nun, dann sind wir uns ja einig.« Sie ging wieder zurück auf ihre Seite des Schreibtisches und schob Smithback sein Manuskript hinüber.

»Da ist noch eine Kleinigkeit, die wir besprechen sollten.« Rickman wählte ihre Worte mit Bedacht. »Es gibt ein paar Punkte in Ihrem Manuskript, wo Sie interessante Kommentare von Leuten zitieren, die ›maßgeblich an der Ausstellung beteiligt‹ sein sollen, es aber unterlassen, die genaue Quelle Ihrer Informationen anzugeben. Es ist nicht wichtig, aber ich hätte gerne eine Liste dieser Quellen – nur für meine Akten, versteht sich.« Sie lächelte ihn erwartungsvoll an.

In Smithbacks Kopf schrillten die Alarmglocken. »Nun«, antwortete er vorsichtig, »ich würde Ihnen da ja gerne helfen, aber leider verbietet mir das mein journalistischer Ehrenkodex.« Er zuckte entschuldigend mit den Achseln. »Sie wissen ja, wie das ist.«

Mrs Rickmans Lächeln verflog rasch und sie öffnete gerade den Mund, um etwas zu sagen, als zu Smithbacks Erleichterung das Telefon klingelte. Er stand auf und nahm sein Manuskript an sich. Als er gerade die Tür schloss, hörte er, wie Rickman laut hörbar einatmete.

»Nicht *schon wieder einer!*«

Die Tür schnappte mit einem Klicken ins Schloss.

14

D'Agosta konnte sich einfach nicht an die Halle der großen Affen gewöhnen, wo breit grinsende Schimpansen mit haarigen Armen, lachhaft realistischen Pimmeln und großen, fast menschlichen Händen mit echten Fingernägeln in den künstlichen Bäumen hockten. Er fragte sich, warum die Wissenschaft so lange gebraucht hatte, um herauszufinden, dass der Mensch von den Affen abstammte. Das hätte den Forschern doch beim ersten Blick auf einen Schimpansen sofort klar sein müssen. Und irgendwo hatte er einmal gehört, dass Schimpansen sich auch genau wie Menschen benahmen, dass sie gewalttätig und leicht erregbar wären und sich ständig gegenseitig verprügelten, ja sogar ab und zu einen Mord begingen. *Mein Gott,* dachte er, *es muss doch noch einen anderen Weg in dieses Museum geben, der nicht durch diese Halle führt.*

»Hier entlang«, sagte der Wärter. »Die Treppe hinunter. Es ist ziemlich schlimm, Lieutenant. Ich kam gerade –«

»Erzählen Sie mir das später«, sagte D'Agosta. Nach dem Mord an den Kindern war er auf alles vorbereitet. »Sie sagten, er hätte die Uniform eines Wachmanns an. Kannten Sie ihn?«

»Ich weiß es nicht, Sir. Es ist schwer zu sagen.«

Der Wärter deutete hinunter ins schlecht erleuchtete Treppenhaus. Unten an der Treppe führte eine Tür in eine Art Innenhof. Die Leiche lag im Schatten am Fuß der Stufen. Überall waren schwarze Spritzer und Pfützen – auf dem Boden, an den Wänden und an der Deckenleuchte. D'Agosta wusste, was diese schwarzen Spritzer waren.

»Sie da«, sagte er, an einen der ihm folgenden Polizisten gewandt, »schaffen Sie mehr Licht her. Ich will, dass alles sofort nach Fingerabdrücken und Faserspuren untersucht wird. Ist die Spurensicherung schon unterwegs? Der Mann ist ganz offensichtlich tot, also lassen Sie vorerst keine Sanitäter hier rein. Ich will nicht, dass sie uns wieder sämtliche Spuren verwischen.«

D'Agosta blickte erneut die Treppe hinab. »Lieber Himmel«, sagte er. »Was sind das für Fußspuren? Sieht aus, als wäre irgendein Vollidiot gerade durch eine Pfütze Blut gelaufen. Oder hat uns vielleicht der Mörder hier einen dicken Hinweis hinterlassen?«

Alle waren still.

»Sind das Ihre Spuren?«, wandte D'Agosta sich an den Wärter. »Wie war doch gleich Ihr Name?«

»Norris. Eric Norris. Wie ich schon sagte, ich –«

»Ja oder nein?«

»Ja, aber –«

»Halten Sie den Mund. Hatten Sie diese Schuhe hier an?«

»Ja. Wissen Sie, ich war –«

»Ziehen Sie sie aus. Sie ruinieren ja den ganzen Teppich.« *Verdammte Trantüte,* dachte D'Agosta. »Bringen Sie sie zur Spurensicherung und sagen Sie, sie sollen sie in einen Plastikbeutel tun. Die wissen dann schon, wie's weitergeht. Und Sie warten dort auf mich. Halt, nein. Warten Sie nicht auf mich. Ich rufe Sie später an. Ich habe noch ein paar Fragen an Sie. Ziehen Sie die Schuhe gleich hier aus, verdammt noch mal!« D'Agosta wollte nicht noch einmal dasselbe erleben wie mit Prine. Was war bloß in diesem Museum los? Die Leute hier schienen mit Vorliebe im Blut zu waten. »Sie müssen auf Strumpfsocken zur Spurensicherung gehen.«

»Ja, Sir.«

Einer der Polizisten hinter D'Agosta kicherte.

D'Agosta blickte ihn böse an. »Finden Sie das etwa lustig? Der Mann hat das Blut hier überall herumgetreten. Das ist alles andere als lustig.«

D'Agosta ging die Treppe halb hinunter. Der Kopf der Leiche lag mit dem Gesicht nach unten in einer dunklen Ecke. Er konnte ihn zwar nicht genau erkennen, aber er wusste, dass die Schädeldecke eingedrückt sein und das Gehirn irgendwo in diesem Durcheinander herumliegen würde. Mein Gott, in was für ein unappetitliches Chaos man einen menschlichen Körper doch verwandeln konnte.

Hinter sich auf der Treppe hörte D'Agosta Schritte. »Spurensicherung«, sagte ein kleiner Mann, dem ein Fotograf und mehrere andere Männer in Laborkitteln folgten.

»Na endlich. Ich möchte hier, hier, hier und hier einen Scheinwerfer haben und wo der Fotograf sonst noch einen braucht. Und dann will ich, dass der Tatort abgesperrt wird, und zwar *sofort.* Sammeln Sie jedes kleine Fitzelchen Dreck, Fasern oder Sand auf. Und lassen Sie alles chemisch untersuchen. Und dann will ich – verdammt, was will ich sonst noch? Ich will, dass Sie alle Tests machen, die es gibt. Und lassen Sie den Tatort so bewachen, dass mir keiner mehr durchtrampeln kann. Diesmal lasse ich mir nichts mehr versauen!«

D'Agosta drehte sich um. »Ist schon jemand von der Gerichtsmedizin da? Oder sitzen die gerade irgendwo bei Kaffee und Croissants?« Er klopfte auf die Brusttasche seines Jacketts und suchte nach einer Zigarre. »Stellen Sie Kartons über die Fußspuren. Und wenn Sie fertig sind, dann wischen Sie uns bitte einen Weg um die Leiche herum frei, damit wir nicht überall das Blut herumtragen.«

»Großartig«, hörte D'Agosta eine leise, wohlklingende Stimme hinter sich sagen.

»Wer, zum Teufel, sind denn Sie?«, fragte er und drehte sich um. Hinter ihm stand ein großer, schlanker Mann in einem sorgfältig gebügelten, dunklen Anzug am oberen Treppengeländer. Sein Haar, so blond, dass es fast weiß aussah, war über blassblauen Augen streng nach hinten gekämmt. »Ein Beerdigungsunternehmer?«

»Mein Name ist Pendergast«, sagte der Mann, kam ein paar Stufen nach unten und streckte D'Agosta die Hand hin. Der Fotograf drückte sich, schwer beladen mit Ausrüstung, an ihm vorbei.

»Nun, Pendergast, ich hoffe, Sie haben einen guten Grund, warum Sie hier sind, ansonsten –«

Pendergast lächelte. »Special Agent Pendergast, um genauer zu sein.«

»Oh. Vom FBI? Komisch, warum bin ich gar nicht überrascht? Nun, herzlich willkommen, Pendergast. Warum ruft ihr Burschen bloß nie vorher an? Hören Sie, ich habe da unten eine enthauptete und enthirnte Leiche herumliegen. Wo sind eigentlich Ihre ganzen anderen Leute?«

Pendergast zog seine Hand zurück. »Sie werden wohl mit mir allein vorliebnehmen müssen, fürchte ich.«

»Was? Jetzt machen Sie sich aber über mich lustig. Ihr tretet doch sonst bloß in Rudeln auf.«

Die Scheinwerfer gingen an und tauchten die ganze Metzelei in grelles Licht. Alles, was vorher schwarz erschienen war, war nun deutlich sichtbar, all die Innereien eines Körpers, die brutal herausgerissen worden waren. Mitten in einer Blutlache entdeckte D'Agosta auch etwas, was vermutlich Norris' Frühstück gewesen war. Unwillkürlich begann D'Agosta mit den Zähnen zu knirschen. Dann fiel sein Blick auf ein Stück Schädel, das fast zwei Meter von der Leiche entfernt lag und noch Teile der Kurzhaarfrisur des Wärters zeigte.

»Gott im Himmel«, sagte D'Agosta, trat einen Schritt zurück und dann ging es auch bei ihm los. Direkt vor dem FBI-Mann und den Leuten von der Spurensicherung kotzte er sein eigenes Frühstück auf den Boden. *Ich kann es nicht glauben,* dachte er. *Das passiert mir zum ersten Mal seit zweiundzwanzig Jahren und ausgerechnet im falschesten Moment.*

Oben an der Treppe erschien eine junge Frau von der Gerichtsmedizin in weißem Kittel und Plastikschürze. »Wer leitet hier die Ermittlungen?«, wollte sie wissen, während sie sich Latexhandschuhe anzog.

»Ich bin das«, sagte D'Agosta und wischte sich den Mund ab. Er warf Pendergast einen raschen Blick zu und ergänzte: »Wenigstens in den nächsten paar Minuten noch. Mein Name ist Lieutenant D'Agosta.«

»Dr. Collins«, antwortete die Gerichtsmedizinerin munter.

Gefolgt von ihrem Assistenten stieg sie hinunter zu der

Stelle neben der Leiche, wo die Leute von der Spurensicherung gerade das Blut vom Boden wischten.

»Fotograf, bitte«, sagte sie. »Ich werde die Leiche jetzt umdrehen. Schießen Sie eine ganze Serie.«

D'Agosta wandte den Blick ab. »Lassen Sie uns an die Arbeit gehen, Pendergast«, sagte er bestimmt. Er deutete auf sein Erbrochenes und befahl den Polizisten: »Wischen Sie das erst weg, wenn die Spurensicherung mit dieser Treppe hier fertig ist. Verstanden?«

Alle nickten.

»Ich will so bald wie möglich wissen, wo der Mörder hier hereingekommen ist und wo er wieder hinausgegangen ist. Und seht zu, dass ihr herausbekommt, wer der Tote war. Wenn es sich um einen Wärter handelt, holt Ippolito hier herunter. Los, Pendergast, gehen wir hinauf zur Kommandozentrale und koordinieren oder verbünden wir uns, wie immer man das nennt, und dann, wenn die Leute hier fertig sind, kommen wir wieder herunter und sehen uns die Sache genauer an.«

»Scheint sich um ein Kapitalverbrechen zu handeln«, sagte Pendergast.

Kapitalverbrechen?, dachte D'Agosta. Aber der Bursche klang so, als käme er aus dem tiefsten Süden, da redete man so gespreizt. D'Agosta hatte solche Burschen schon früher einmal getroffen. Hier in New York City waren sie hoffnungslos verloren.

Pendergast beugte sich vor und sagte leise: »Die Blutspritzer an der Wand da sind ziemlich interessant.«

D'Agosta blickte hinüber. »Was Sie nicht sagen.«

»Die Flugbahn dieses Blutes würde mich interessieren.«

D'Agosta blickte Pendergast direkt in seine blassen Augen. »Gute Idee«, sagte er schließlich. »Hey, Sie da, Fotograf! Machen Sie ein paar Nahaufnahmen von dem Blut an der Wand. Und Sie da drüben –«

»McHenry, Sir.«

»Ich will, dass die Flugbahn des Blutes festgestellt wird. Es sieht so aus, als wäre es ziemlich heftig in einem spitzen Winkel herausgespritzt. Ich will genau wissen, woher es kam. Mit welcher Geschwindigkeit wie viel wo ausgestoßen wurde. Ich erwarte einen ausführlichen Bericht.«

»Ja, Sir.«

»Und zwar in einer halben Stunde. Auf meinem Schreibtisch.« McHenry machte ein ziemlich unglückliches Gesicht.

»Okay, Pendergast, haben Sie sonst noch irgendwelche Ideen?«

»Nein, das war vorerst meine einzige.«

»Dann lassen Sie uns gehen.«

In der vorübergehend eingerichteten Kommandozentrale war alles an seinem Platz. Darauf achtete D'Agosta besonders. Nicht ein Stückchen loses Papier schwirrte irgendwo herum, nicht eine Akte oder ein Tonbandgerät lagen auf den Tischen. Der Raum sah gut aus und jetzt war D'Agosta besonders froh darüber. Alle waren beschäftigt, die Telefone waren alle belegt, aber die Dinge schienen unter Kontrolle zu sein.

Pendergast ließ seinen schlanken Körper auf einen Stuhl sinken. Obwohl er ziemlich förmlich aussah, bewegte er sich eher wie eine Katze. D'Agosta gab ihm einen kurzen

Überblick über den Stand der Ermittlungen. »Okay, Pendergast«, schloss er. »Was halten Sie davon? Haben wir alles verbockt? Sind wir die Untersuchung jetzt los?«

Pendergast lächelte. »Nein, ganz und gar nicht. Soweit ich es momentan beurteilen kann, hätte ich auch nichts anderes getan. Wissen Sie, Lieutenant, wir waren von Anfang an an dem Fall dran, aber wir wussten es bisher noch nicht.«

»Wie das?«

»Ich komme vom District Field Office 10 in New Orleans, Louisiana. Wir hatten es dort mit einigen äußerst seltsamen Morden zu tun. Ich will Sie zwar nicht mit Details langweilen, aber den Opfern waren die Schädeldecken entfernt und die Gehirne herausgenommen worden. Derselbe *modus operandi.*«

»Ohne Scherz? Wann war denn das?«

»Sagen wir mal vor ein paar Jahren.«

»Vor ein paar *Jahren?* Das ist ja –«

»Ja. Die Fälle konnten damals nicht gelöst werden. Zuerst waren die Drogenfahnder an der Sache dran, weil sie dachten, dass das Ganze etwas mit Rauschgift zu tun hätte, und als die nicht weiterkamen, ging der Fall ans FBI. Aber wir konnten auch nicht mehr viel machen, weil die Spur inzwischen kalt geworden war. Und dann las ich gestern in der *Times Picayune* eine Agenturmeldung über den Doppelmord hier in New York. Die Vorgehensweise des Mörders ist einfach zu – äh – zu ausgefallen, um nicht sofort eine Verbindung zwischen diesen Morden und den unseren herzustellen, finden Sie nicht? Also flog ich gestern Abend noch hierher. Ich bin hier nicht in offiziellem Auftrag, wenigstens bis morgen noch nicht.«

D'Agosta entspannte sich ein wenig. »Dann kommen Sie also aus Louisiana. Und ich dachte schon, Sie wären irgendein Neuer aus dem New Yorker Büro.«

»Mit dem werden Sie es auch noch zu tun bekommen«, sagte Pendergast. »Wenn ich dort heute Abend meinen Bericht abstatte, wird es diesen Fall übernehmen. Aber ich werde die Ermittlungen leiten.«

»Sie? Das glaube ich nicht. Nicht hier in New York. Die lassen sich einen so heißen Fall nicht von einem Burschen aus Louisiana wegschnappen.«

Pendergast lächelte. »Die Wege des FBI sind unergründlich, Lieutenant. Ich werde den Fall bekommen, lassen Sie sich deshalb keine grauen Haare wachsen. Ich habe diesen Mörder jahrelang verfolgt und habe, offen gesagt, ein ziemlich großes Interesse daran, dass er gefasst wird.« Die Art, wie Pendergast das Wort *Interesse* betonte, jagte D'Agosta ein seltsames Gefühl den Rücken hinunter. »Aber machen Sie sich keine Sorgen, Lieutenant, ich bin bereit und willens, mit Ihnen zusammenzuarbeiten, und zwar gleichberechtigt und vielleicht ein wenig anders, als es unser New Yorker Büro sonst möglicherweise tut. Wenn Sie mir hierbei auf halbem Weg entgegenkämen, würde es mich freuen. Dies hier ist nicht mein gewohntes Revier und ich werde Ihre Hilfe dringend brauchen. Was halten Sie davon?«

Pendergast stand auf und streckte D'Agosta die Hand hin. *Mein Gott,* dachte D'Agosta, *die Jungs im New Yorker Büro werden ihn in zweieinhalb Stunden auseinandernehmen und in Einzelteilen wieder zurück nach New Orleans schicken.*

»Gemacht«, sagte D'Agosta und schlug ein. »Ich werde Ihnen als Erstes die Leute hier vorstellen, angefangen bei Ippolito, dem Sicherheitschef. Aber bitte beantworten Sie mir vorher noch eine Frage. Sie sagten, dass die Vorgehensweise des Mörders in New Orleans dieselbe war. Was ist mit den Bissspuren, die wir am Gehirn des älteren der beiden Jungen gefunden haben? Was ist mit dem Stück einer Klaue?«

»Soweit ich es aus Ihrer Beschreibung der Autopsie entnehmen konnte, Lieutenant, hat die Gerichtsmedizinerin nur vermutet, dass es sich um eine Bissspur handeln könnte«, antwortete Pendergast. »Ich bin darauf gespannt, was die Speicheltests ergeben haben. Hat man die Klaue denn schon untersucht?«

Erst später bemerkte D'Agosta, dass Pendergast seine Frage nicht beantwortet hatte. Jetzt sagte er lediglich: »Das wird heute gemacht.«

Pendergast lehnte sich in seinem Stuhl zurück und formte mit den Fingern eine Art Zelt. Sein weißblondes Haar fiel ihm lose in die Stirn und seine Augen starrten ins Leere. »Ich werde Dr. Ziewicz wohl einen Besuch abstatten müssen, wenn Sie die Schweinerei von heute untersucht.«

»Sagen Sie mal, Pendergast, Sie sind nicht zufällig über fünf Ecken mit Andy Warhol verwandt?«

»Ich interessiere mich nicht besonders für moderne Kunst, Lieutenant.«

Am Tatort ging es eng, aber gesittet zu. Alle bewegten sich geschmeidig und sprachen mit leiser Stimme, als wollten sie dem Toten ihre Achtung zollen. Die Männer von der

Leichenhalle waren bereits da, hielten sich aber dezent im Hintergrund und beobachteten geduldig die Vorgänge. Obwohl die Tür zu dem Innenhof geöffnet war, lag über dem Tatort ein merkwürdiger Geruch. Pendergast stand bei D'Agosta und Ippolito, dem Sicherheitschef des Museums.

»Wenn es Ihnen nicht allzu viel ausmacht«, sagte Pendergast gerade zu dem Fotografen, »dann hätte ich gerne ein Foto von hier, und zwar so.« Pendergast zeigte kurz, was er meinte. »Und dann bitte noch eine Serie von oben an der Treppe und jeweils eine Stufe weiter unten. Lassen Sie sich Zeit dabei und achten Sie darauf, dass die Linien und Licht und Schatten stimmen. Machen Sie mir einen richtig schönen Edward Weston.«

Der Fotograf betrachtete Pendergast vorsichtig, dann machte er sich an die Arbeit.

Pendergast wandte sich an Ippolito. »Ich hätte mal eine Frage an Sie. Warum war der Wärter – wie, sagten Sie noch gleich, dass sein Name war, Mr Ippolito? Jolley, Fred Jolley? – eigentlich hier unten? Das war doch sicher nicht Teil seines Rundgangs, stimmt's?«

»Richtig«, antwortete Ippolito. Er stand mit grünlicher Gesichtsfarbe auf einem trockenen Fleck in der Nähe der Tür zum Innenhof.

D'Agosta zuckte mit den Achseln. »Wer weiß?«

»Ja, wer weiß«, wiederholte Pendergast und sah hinaus in den Innenhof neben dem Treppenhaus, der klein und an allen Seiten von hohen Ziegelmauern umgeben war. »Und er hat die Tür oben selbst hinter sich abgeschlossen. Also müssen wir annehmen, dass er hinaus in den Hof ging oder jedenfalls hinauswollte. Hm. Gestern wurde für die Zeit seines Todes ein Meteoritenschauer erwartet. Vielleicht haben wir es bei Jolley mit einen ambitionierten Hobby-Astronomen zu tun. Aber das möchte ich eigentlich bezweifeln.« Er blieb einen Moment still stehen und blickte sich um. Dann wandte er D'Agosta und Ippolito den Rücken zu. »Ich glaube, ich kann Ihnen sagen, was er hier unten gewollt hat.«

Allmächtiger, da haben wir uns ja einen echten Sherlock Holmes eingehandelt, dachte D'Agosta.

»Er ist hier heruntergekommen, um einer Angewohnheit zu frönen. Marihuana. Dieser Innenhof ist ein abgeschiedener und gut belüfteter Ort. Der perfekte Platz um, äh, um sich einen Joint reinzuziehen.«

»Marihuana?«, wiederholte Ippolito. »Das ist doch bloß eine Vermutung.«

»Ich glaube, ich kann den Rest des Joints sogar sehen«, sagte Pendergast und deutete hinaus in den Hof. »Da, gleich neben dem Türpfosten.«

»Ich kann nichts erkennen«, sagte D'Agosta. »Hey, Ed, schau doch mal da drüben neben der Tür. Was ist das?«

»Ein Joint«, antwortete Ed.

»Was ist los mit euch Burschen, könnt ihr nicht mal einen gottverdammten Joint finden? Ich habe euch doch gesagt, ihr sollt jedes Sandkörnchen aufheben, verdammt noch mal.«

»Dieses Planquadrat haben wir noch nicht abgesucht.«

»Okay.« Er sah hinüber zu Pendergast. *Glückspilz. Aber vielleicht hatte der Joint ja auch gar nichts mit dem toten Wachmann zu tun.*

»Mr Ippolito«, fragte Pendergast in seinem etwas schleppenden Südstaatendialekt, »ist es bei Ihnen üblich, dass Ihre Wärter im Dienst illegale Drogen zu sich nehmen?«

»Absolut nicht, aber ich bin auch noch nicht davon überzeugt, dass es sich hier um Fred Jolleys –«

Pendergast brachte ihn mit einer Handbewegung zum Schweigen. »Ich nehme an, Sie können mir erklären, woher all die Fußspuren hier stammen.«

»Ich kann das«, sagte D'Agosta. »Das war der Wärter, der die Leiche gefunden hat.«

Pendergast beugte sich nach unten. »Sie haben praktisch jede Spur verwischt, die noch hätte da sein können«, sagte er stirnrunzelnd. »Also wirklich, Mr Ippolito, Sie hätten Ihren Leuten wirklich beibringen sollen, wie man sich an einem Tatort zu verhalten hat.«

Ippolito öffnete den Mund, schloss ihn aber gleich wieder. D'Agosta musste ein hämisches Grinsen unterdrücken.

Pendergast ging vorsichtig zurück unter die Treppe, wo eine große Metalltür halb offen stand. »Helfen Sie mir doch bei der Orientierung, Mr Ippolito. Wo führt die Tür unter der Treppe hin?«

»In einen Gang.«

»Und wohin führt der?«

»Nun, rechts davon ist eine Sicherheitszone. Aber der Mörder hat bestimmt nicht diesen Weg genommen, weil –«

»Entschuldigen Sie, wenn ich Ihnen widerspreche, Mr Ippolito, aber ich bin mir sicher, dass der Mörder diesen Weg genommen *hat*«, entgegnete Pendergast. »Lassen Sie mich raten. Hinter der Sicherheitszone befindet sich der alte Keller, habe ich recht?«

»Stimmt«, sagte Ippolito.

»In dem die beiden Kinder gefunden wurden.«

»Bingo«, sagte D'Agosta.

»Diese Sicherheitszone scheint recht interessant zu sein, Mr Ippolito. Wollen wir nicht einen kleinen Spaziergang dorthin unternehmen?«

Hinter der rostigen Eisentür lag ein von einer Reihe von Glühbirnen beleuchteter Kellergang. Der Boden war mit schäbig gewordenem Linoleum ausgelegt und an den Wänden hingen Ölgemälde, die Puebloindianer aus dem Südwesten beim Mahlen von Mais, Weben und auf der Hirschjagd zeigten.

»Herrlich«, sagte Pendergast. »Schade, dass sie hier unten hängen müssen. Sie sehen wie frühe Bilder von Fremont Ellis aus.«

»Früher hingen sie mal in der Halle des Südwestens«, sagte Ippolito, »aber die wurde meines Wissens in den Zwanzigerjahren geschlossen.«

»Ah«, sagte Pendergast, der eines der Gemälde einer genaueren Betrachtung unterzogen hatte. »Es *ist* ein Ellis. Himmel, ist das schön! Sehen Sie sich bloß mal das Licht auf dieser Pueblofassade an.«

»Und woher wissen Sie das so genau?«, fragte Ippolito.

»Ein jeder, der Ellis kennt, könnte diese Bilder als von ihm gemalt identifizieren.«

»Ich meine, woher Sie so genau wissen, dass der Mörder von hier kam?«

»Ich schätze, das war eine Vermutung«, sagte Pendergast

und wandte sich dem nächsten Bild zu. »Wissen Sie, wenn jemand sagt ›das ist unmöglich‹, dann muss ich ihm einfach widersprechen. Das ist eine schlechte Angewohnheit von mir, eine sehr schlechte sogar, aber ich kann sie einfach nicht ablegen. Jetzt allerdings wissen wir *sicher,* dass der Mörder von hier gekommen ist.«

»Wieso?«, fragte Ippolito verwirrt.

»Sehen Sie sich bloß diese herrliche Wiedergabe des alten Santa Fe an. Waren Sie schon mal in Santa Fe?«

Einen Augenblick lang herrschte Stille. »Äh, nein, noch nicht«, antwortete Ippolito schließlich.

»Hinter der Stadt gibt es einen Gebirgszug, der ›Sierra de Sangre de Cristo‹ heißt. Das bedeutet auf Spanisch ›das Blut Christi‹.«

»Na und?«

»Nun, die Berge sehen in der untergehenden Sonne zwar rot aus, aber bestimmt nicht *so* rot, wage ich zu behaupten. Das hier ist wirkliches Blut, und zwar relativ frisches. Eine Schande, es hat das schöne Bild ruiniert.«

»Großer Gott«, sagte D'Agosta. »Sehen Sie sich bloß das an.«

Auf Hüfthöhe war ein breiter Streifen von Blut quer über das Gemälde geschmiert.

»Mord ist meistens eine ziemlich schmutzige Angelegenheit. Ich bin mir sicher, dass wir den ganzen Korridor entlang auf Blutspuren stoßen werden. Die Leute von der Spurensicherung sollen sofort herkommen, Lieutenant. Zumindest wissen wir jetzt, wo unser Mörder hinausgegangen ist.« Er hielt inne. »Aber lassen Sie uns unsere kleine Tour rasch noch zu Ende bringen, bevor wir den

Spezialisten das Feld räumen. Ich würde zu gerne noch ein wenig nach da vorn gehen und schauen, ob ich noch etwas finde.«

»Nur zu«, sagte D'Agosta.

»Passen Sie auf, wo Sie hintreten, Mr Ippolito. Die Spurensicherung wird auch den Boden untersuchen, nicht bloß die Wände.«

Sie kamen zu einer verschlossenen Tür, auf der ZUTRITT VERBOTEN stand. »Das hier ist die Sicherheitszone«, sagte Ippolito.

»Was Sie nicht sagen«, entgegnete Pendergast. »Und warum ist hier eine Sicherheitszone, Mr Ippolito? Ist der Rest des Museums etwa unsicher?«

»Nicht im Geringsten«, antwortete der Sicherheitschef eilig. »Eine Sicherheitszone dient zur Aufbewahrung besonders seltener und wertvoller Objekte. Dies hier ist das am besten gesicherte Museum im ganzen Land. Erst kürzlich haben wir ein System von Falltüren aus Stahl installieren lassen, die alle mit unserem Computersystem verbunden sind. Im Falle eines Diebstahls können wir einzelne Sektionen des Gebäudes automatisch abriegeln, so wie bei wasserdichten Schotten auf einem Schiff, die –«

»Ich habe schon verstanden, Mr Ippolito, vielen Dank«, sagte Pendergast. »Sehr interessant. Aber das hier ist eine alte, mit Kupfer beschlagene Tür«, bemerkte er, nachdem er sie sich genau angesehen hatte.

D'Agosta sah, dass das Kupfer viele flache Beulen aufwies.

»Die Beulen sehen so aus, als wären sie frisch«, sagte

Pendergast. »Und was sagen Sie dazu?«, fragte er und deutete nach unten.

»Lieber Himmel«, hauchte D'Agosta, als er den unteren Teil der Tür betrachtete. Am hölzernen Türstock waren helle, frische Holzsplitter zu sehen, als hätten mächtige Klauen daran herumgekratzt.

Pendergast trat einen Schritt zurück. »Ich will, dass die komplette Tür genauestens untersucht wird. Könnten Sie das bitte veranlassen, Lieutenant? Und jetzt wollen wir mal sehen, was sich dahinter verbirgt. Würden Sie bitte die Tür aufschließen, Mr Ippolito, und zwar ohne überall Ihre Fingerabdrücke zu hinterlassen?«

»Ich darf niemanden ohne ausdrückliche Erlaubnis des Direktors hier hereinlassen.«

D'Agosta sah ihn ungläubig an. »Sie meinen, wir sollten uns erst einen gottverdammten Durchsuchungsbefehl besorgen?«

»Nein, nein, es ist bloß –«

»Er hat den Schlüssel vergessen«, sagte Pendergast. »Wir werden so lange warten.«

»Dauert nicht lang«, sagte Ippolito und seine eiligen Schritte hallten den Gang entlang. Als er außer Hörweite war, sagte D'Agosta zu Pendergast: »Ich sage das zwar nur ungern, Pendergast, aber ich mag die Art, wie Sie arbeiten. Das mit dem Gemälde war ziemlich gut, und auch, wie Sie Ippolito behandelt haben, war nicht ohne. Ich wünsche Ihnen viel Glück mit Ihren New Yorker Kollegen.«

Pendergast sah amüsiert aus. »Danke. Das beruht übrigens auf Gegenseitigkeit. Ich bin froh, dass ich mit Ihnen zusammenarbeiten kann, Lieutenant, und nicht mit einem von diesen hartgesottenen Burschen. Nach dem zu urteilen, was vorhin da drinnen passiert ist, scheinen Sie noch so was wie ein Herz zu haben. Sie sind immer noch ein normaler Mensch.«

D'Agosta lachte. »Nein, das war's eigentlich nicht. Es waren die verdammten Rühreier mit Schinken, Käse und Ketchup, die ich zum Frühstück hatte. Und dieses Stück Stiftenkopf. Ich hasse Stiftenköpfe.«

15

Trotz des Schildes, das verkündete: *Diese Tür nicht schließen,* war die Tür zum Herbarium zu. Margo klopfte. *Nun komm schon Smith, ich weiß genau, dass du da drinnen bist.* Sie klopfte wieder, diesmal etwas lauter, und hörte eine gereizte Stimme: »Moment, Moment, ich komme ja schon.«

Die Tür öffnete sich und Bailey Smith, der alte Verwalter des Herbariums, setzte sich mit einem mächtigen, irritierten Seufzer wieder an seinen Schreibtisch und schaute weiter seine Post durch.

Margo trat entschlossen auf ihn zu. Bailey Smith schien seinen Job als eine Art Zumutung zu empfinden. Und wenn er dann endlich das tat, was man von ihm wollte, begann er zu schwätzen und es war schwierig, ihn zum Schweigen zu bringen. Normalerweise hätte Margo ihm nur ein Anforderungsformular zukommen lassen und sich selber die Mühe des Suchens erspart, aber sie musste für das nächste Kapitel ihrer Dissertation so schnell wie möglich die Kiribitu-Pflanzen untersuchen. Die Arbeit für Moriarty war noch immer nicht fertig und außerdem hatte sie Gerüchte über einen weiteren schrecklichen Mord gehört, der möglicherweise dazu führen würde, dass das Museum für den Rest des Tages geschlossen wurde.

Bailey Smith summte vor sich hin und schien sie gar nicht wahrzunehmen.

»Mr Smith!«, rief Margo. »Ich brauche diese Pflanzen,

bitte.« Sie legte eine Liste vor ihn auf den Tisch. »Und zwar gleich, sofern das möglich ist.«

Smith knurrte, erhob sich von seinem Stuhl und nahm mit langsamen Bewegungen die Liste, die er missmutig überflog. »Könnte eine Weile dauern, bis ich das Zeug finde. Wie wär's mit morgen Vormittag?«

»Bitte, Mr Smith. Ich habe gehört, dass sie jeden Moment das Museum schließen können. Ich brauche diese Pflanzen wirklich dringend.«

Der alte Mann, der eine Chance auf etwas Tratsch witterte, wurde etwas freundlicher. »Schreckliche Geschichte«, sagte er und schüttelte den Kopf. »In meinen zweiundvierzig Jahren hier habe ich etwas Derartiges noch nicht erlebt. Aber ich kann nicht sagen, dass es mich überrascht«, fügte er mit einem bedeutungsvollen Nicken hinzu.

Margo wollte nicht, dass Smith ins Reden kam, und sagte deshalb nichts.

»Aber das sind nicht die ersten Morde hier im Museum, was ich so mitbekommen habe. Und es werden auch nicht die letzten sein.« Er drehte sich mit der Liste um und hielt sie sich direkt unter die Nase. »Was ist denn das? *Muhlenbergia dunbarii?* So was haben wir nicht.«

Dann hörte Margo eine Stimme hinter sich.

»Nicht die ersten? Was meinen Sie damit?«

Es war Gregory Kawakita, der junge Assistenzkurator, der sie am vergangenen Vormittag in den Aufenthaltsraum begleitet hatte. Margo hatte den Lebenslauf von Kawakita im Jahresbericht des Museums gelesen: Als Sohn reicher Eltern war er in jungen Jahren zum Waisen geworden und hatte seine Heimat Yokohama verlassen, um bei Verwandten in England aufzuwachsen. Nachdem er auf dem Magdalene College in Oxford studiert hatte, ging er nach Amerika aufs Massachusetts Institute of Technology, um seinen Doktor zu machen, und kam dann ans Museum, wo er die Stelle als Assistenzkurator bekam. Er war Frocks brillantester Protegé, was Margo ihm manchmal neidete. Aber für Margo passte Kawakita eigentlich gar nicht zu Frock. Kawakita hatte ein instinktives Gefühl für Museumspolitik und Frock war ein Außenseiter, ein Nestbeschmutzer. Trotz seiner Introvertiertheit war Kawakita zweifellos ein brillanter Wissenschaftler, der für Frock an einem Modell für genetische Mutation arbeitete, das außer den beiden niemand sonst völlig zu verstehen schien. Unter Frocks Führung entwickelte Kawakita einen Extrapolator, ein Computerprogramm, das den genetischen Code verschiedener Gattungen miteinander vergleichen und kombinieren konnte. Wenn die beiden ihre Daten auf dem Rechner des Museums laufen ließen, sank dessen Rechenleistung so dramatisch, dass manche spöttisch meinten, er laufe nur noch im »Taschenrechner-Modus«.

»Nicht die ersten was?«, fragte Smith und sah Kawakita mit einem nicht gerade einladenden Gesichtsausdruck an.

Margo warf Kawakita einen warnenden Blick zu, aber der fuhr fort: »Sie sagten etwas davon, dass das nicht die ersten Morde hier waren.«

»Mussten Sie das tun, Greg?«, stöhnte Margo mit leiser Stimme. »Jetzt werde ich meine Pflanzen niemals kriegen.«

»Nein, das alles überrascht mich nicht«, fing Smith an. »Ich bin nun wirklich nicht abergläubisch«, fuhr er fort und lehnte sich an die Theke, »aber das ist nicht das erste

Mal, dass eine Kreatur in diesem Museum herumschleicht. Zumindest sagt man so. Nicht, dass ich ein Wort davon glaube, natürlich nicht.«

»Eine Kreatur?«, fragte Kawakita.

Margo trat ihm leicht gegen das Schienbein.

»Ich habe nur das wiederholt, was alle Leute sagen, Mr Kawakita. Ich halte nichts davon, falsche Gerüchte in die Welt zu setzen.«

»Natürlich nicht«, sagte Kawakita und zwinkerte Margo zu.

Smith starrte Kawakita mit einem schicksalsschwangeren Blick an. »Man sagt, dass das Monster schon lange Zeit im Keller des Museums lebt und sich von Ratten, Mäusen und Kakerlaken ernährt. Ist Ihnen noch nie aufgefallen, dass es im Museum weder Ratten noch Mäuse gibt? Aber es *müsste* eigentlich welche geben, überall sonst in New York gibt es ja schließlich weiß Gott genug davon. Aber nicht hier. Seltsam, finden Sie nicht auch?«

»Mir ist das noch nie aufgefallen«, sagte Kawakita, »aber ich werde es bestimmt nachprüfen.«

»Dann gab es einmal einen Forscher hier, der für irgendein Experiment Katzen züchtete«, fuhr Smith fort. »Sloane, glaube ich, hieß er, Dr. Sloane von der Abteilung für Verhaltensforschung. Eines Tages entkam ein gutes Dutzend von seinen Katzen. Und wissen Sie, was? Sie wurden niemals wiedergesehen. Einfach verschwunden. Ist das nicht irgendwie komisch? Zumindest eine oder zwei hätten doch wieder auftauchen können, oder?«

»Vielleicht sind sie fort, weil es hier keine Mäuse zu fressen gab«, sagte Kawakita.

Smith ging nicht darauf ein. »Manche Leute sagen, das Monster sei aus einem der Dinosauriereier ausgeschlüpft, die man aus der Mongolei mitgebracht hat.«

»Ich verstehe«, sagte Kawakita und unterdrückte ein Grinsen. »Hier im Museum laufen Dinosaurier frei herum.«

Smith zuckte mit den Achseln. »Ich sage nur das, was ich gehört habe. Andere wiederum meinen, es wäre etwas, das die Wissenschaftler aus einem der Gräber geholt haben, die sie im Lauf der Jahre geplündert haben. Irgendein Kultgegenstand mit einem Fluch drauf. So wie der Fluch des Tutenchamun, Sie wissen schon. Und wenn Sie mich fragen, dann erhalten diese Burschen bloß ihren gerechten Lohn. Es ist mir egal, wie man das nennt, ob Archäologie oder Anthropologie oder Voodoo-ologie, für mich ist das nichts weiter als simple Grabräuberei. Die Gräber ihrer *eigenen* Großeltern graben die nicht um, aber wenn es sich um das Grab von jemand anderem handelt, zögern die keinen Augenblick und holen sich die Schätze raus. Oder hab' ich etwa nicht recht?«

»Vollkommen«, sagte Kawakita. »Aber was meinten Sie eigentlich damit, dass diese Morde nicht die ersten waren?«

Smith sah die beiden verschwörerisch an. »Also, wenn Sie irgendjemandem sagen, dass Sie diese Geschichte von mir gehört haben, dann werde ich das glatt abstreiten, aber vor etwa fünf Jahren ist hier etwas Seltsames passiert.« Er hielt einen Augenblick inne, als wolle er prüfen, ob er mit seiner Geschichte auch den gewünschten Erfolg erzielte. »Da gab es einen Kurator namens Morrissey oder Montana oder so ähnlich. Er hatte etwas mit dieser Amazonasexpedition zu tun, die völlig in die Hosen ging. Sie wissen schon, welche ich meine, die, bei der alle Teilnehmer ums Leben kamen. Nun, jedenfalls verschwand dieser Kurator spurlos von einem Tag auf den anderen und niemand hat je wieder etwas von ihm gehört. Die Leute fingen zu reden an. Jemand hatte einen Wärter sagen hören, dass im Keller eine schrecklich verstümmelte Leiche gefunden worden sei.«

»Aha«, sagte Kawakita. »Und Sie meinen, dass das Museumsmonster diesen Kurator auf dem Gewissen hat.«

»Ich meine gar nichts«, antwortete Smith rasch. »Ich habe Ihnen bloß erzählt, was ich gehört habe, sonst nichts. Ich habe eine Menge Zeug von einer Menge Leute gehört, das kann ich Ihnen sagen.«

»Hat denn schon jemals jemand dieses – äh – Monster gesehen?«, fragte Kawakita, der ein Grinsen jetzt nicht mehr ganz verbergen konnte.

»Aber natürlich. Ein paar Leute sogar. Kennen Sie den alten Carl Conover in der Schlosserei? Der sagt, dass er es vor drei Jahren gesehen hat, wie es unten im Keller um eine Ecke latschte. Hat es mit eigenen Augen gesehen, direkt vor ihm.«

»Wirklich?«, fragte Kawakita. »Wie hat es denn ausgesehen?«

»Nun –«, begann Smith, dann aber brach er ab. Selbst ihm war mittlerweile aufgefallen, dass Kawakita sich auf seine Kosten amüsierte. Das Gesicht des alten Mannes veränderte sich. »Ich würde sagen, es hat wohl ein bisschen wie Mr Jim Beam ausgesehen, Dr. Kawakita«, sagte er.

Kawakita war leicht verwirrt. »Beam? Ich glaube nicht, dass ich ihn kenne –«

Bailey Smith lachte auf einmal schallend los und Margo konnte sich nun ihrerseits ein Grinsen nicht ganz verkneifen. »Greg«, sagte sie, »ich glaube, dass Mr Smith damit meint, Conover sei betrunken gewesen. Jim Beam ist eine Whiskymarke.«

»Verstehe«, sagte Kawakita steif. »Natürlich.«

All seine gute Laune war auf einmal verflogen. *Er mag es wohl nicht, wenn man den Spieß umdreht und sich mit ihm einen Spaß erlaubt,* dachte Margo. *Er kann zwar gut austeilen, aber beim Einstecken ist er dafür umso schlechter.*

»Nun, wie dem auch sei«, sagte Kawakita munter, »ich brauche ein paar Pflanzen.«

»Hey, Moment mal, ich war zuerst da«, protestierte Margo, als Kawakita seine eigene Liste auf die Theke legte. Der alte Mann warf einen Blick darauf und sah dann den Wissenschaftler an. »Wäre Ihnen übernächste Woche recht?«, fragte er.

16

Mehrere Stockwerke weiter oben saß Lieutenant D'Agosta in einem großen Ledersofa im Arbeitszimmer eines Kurators. Er schnalzte zufrieden mit den Lippen, legte eines seiner dicken Beine über das andere und blickte sich um. Pendergast, der ganz verzückt ein Buch mit Lithografien betrachtete, hatte es sich in einem Stuhl hinter dem Schreibtisch gemütlich gemacht. Über seinem Kopf hing in einem goldenen Rokokorahmen ein großes Gemälde von Audubon, das weiße Reiher beim Paarungstanz darstellte. Die Wände waren mit Eichenholz getäfelt, das Patina von fast einem Jahrhundert angesetzt hatte. Knapp unter der Decke aus gemusterten Metallplatten hingen zarte Lampen aus mundgeblasenem Glas. Eine Ecke des Raumes wurde von einem mächtigen offenen Kamin aus kunstvoll behauenem Dolomitkalk eingenommen. *Hübsch hier,* dachte D'Agosta. *Altes Geld aus Alt-New-York. Das hat schon Klasse. Eigentlich nicht der Ort, um eine Zwanzig-Cents-Zigarre zu rauchen.* Trotzdem zündete er sich eine an.

»Halb drei ist schon vorbei, Pendergast«, sagte er und blies blauen Rauch aus. »Wo, meinen Sie, dass Wright bloß bleibt?«

Pendergast zuckte mit den Achseln. »Vielleicht versucht er, uns nervös zu machen«, sagte er und blätterte um.

D'Agosta sah den FBI-Agenten einen Augenblick an.

»Sie kennen ja diese hohen Tiere hier im Museum. Die

meinen, sie können jeden warten lassen«, sagte er schließlich und wartete auf eine Reaktion. »Seit gestern Vormittag behandeln Wright und seine Kumpane uns wie Menschen zweiter Klasse.«

Pendergast blätterte wieder um. »Ich hatte keine Ahnung, dass das Museum eine komplette Sammlung von Piranesis Forumskizzen hat«, murmelte er.

D'Agosta schnaubte vor sich hin. Langsam lernte er, dass das einzig Berechenbare an Pendergast seine Unberechenbarkeit war. *Muss ja rasend interessant sein, dieses Buch,* dachte er.

In der Mittagspause hatte er ein paar verstohlene Anrufe bei ein paar Bekannten beim FBI gemacht. Sie hatten nicht nur von Pendergast gehört, sondern auch gleich ein paar Gerüchte über ihn auf Lager gehabt. Angeblich sollte er an einer englischen Universität einen hervorragenden Abschluss gemacht haben, was ja durchaus im Bereich des Möglichen lag. Dann sollte er als Offizier einer Spezialeinheit im Vietnamkrieg in Gefangenschaft geraten und Jahre später als einziger Überlebender eines kambodschanischen Todescamps wieder aus dem Dschungel aufgetaucht sein – diese Geschichte glaubte D'Agosta schon weniger. Aber trotzdem hatte er seine Meinung über Pendergast geändert.

Nun öffnete sich leise die massive Tür und Wright kam herein, gefolgt von seinem Sicherheitschef. Ohne einen Gruß setzte sich Wright auf den Stuhl Pendergast gegenüber. »Sie müssen Pendergast sein«, sagte der Direktor seufzend. »Lassen Sie uns die Sache hinter uns bringen.«

D'Agosta lehnte sich genüsslich zurück.

Eine Zeit lang war es still, während Pendergast weiter in dem Buch blätterte. Wright rutschte auf seinem Stuhl herum. »Wenn Sie beschäftigt sind«, sagte er gereizt, »kommen wir ein andermal wieder.«

Pendergasts Gesicht war hinter dem großen Buch nicht zu sehen. »Nein«, sagte er schließlich, »jetzt passt es mir ausgezeichnet.« Eine weitere Seite wurde seelenruhig umgeblättert. Dann noch eine und noch eine.

D'Agosta sah amüsiert zu, wie das Gesicht des Direktors rot anlief.

»Den Sicherheitschef brauchen wir für unser Gespräch nicht«, sagte die Stimme hinter dem Buch.

»Aber Mr Ippolito ist an den Ermittlungen maßgeblich beteiligt –«

Auf einmal erschienen die Augen des FBI-Agenten über dem Buchrücken. »*Ich* bin derjenige, der hier die Ermittlungen führt, Dr. Wright«, sagte Pendergast ruhig. »Wenn Sie jetzt bitte so freundlich wären, Mr Ippolito –?«

Ippolito sah nervös hinüber zu Wright, der ihm mit einer Handbewegung zu gehen bedeutete.

»Hören Sie, Mr Pendergast«, begann Wright, nachdem die Tür sich wieder geschlossen hatte, »ich habe ein Museum zu führen und deshalb nur wenig Zeit. Ich hoffe, wir können es kurz machen.«

Pendergast legte das offene Buch vorsichtig vor sich auf den Tisch.

»Ich habe mir schon oft gedacht, dass die frühen, klassizistischen Arbeiten von Piranesi das Beste sind, was er je gemacht hat. Finden Sie nicht auch?«

Wright sah ihn vollkommen entgeistert an. »Ich verstehe

nicht ganz«, stammelte er. »Was hat das damit zu tun, dass –«

»Seine späteren Werke sind natürlich auch interessant, aber für meinen Geschmack etwas zu fantastisch«, antwortete Pendergast.

»Also eigentlich«, sagte der Direktor in seiner besten Vortragsstimme, »dachte ich immer –«

Das Buch wurde so heftig zugeschlagen, dass es knallte wie ein Pistolenschuss. »*Eigentlich,* Dr. Wright«, sagte Pendergast scharf, und all seine Höflichkeit war mit einem Mal verschwunden, »ist es an der Zeit, dass Sie endlich einmal vergessen, was Sie *immer* gedacht haben. Wir werden nun miteinander ein kleines Spiel spielen. Ich werde reden und Sie werden zuhören. Haben Sie mich verstanden?«

Wright saß sprachlos da. Dann bekam sein Gesicht vor Ärger rote Flecken. »So lasse ich nicht mit mir umspringen, Mr Pendergast –«

Pendergast schnitt ihm das Wort ab. »Für den Fall, dass Sie die Schlagzeilen noch nicht gelesen haben, Dr. Wright, es hat in den vergangenen achtundvierzig Stunden hier drei schreckliche Morde gegeben. *Drei.* In der Presse wird spekuliert, dass dafür eine Art wildes Tier verantwortlich ist. Seit dem Wochenende sind die Besucherzahlen Ihres Museums um fünfzig Prozent gesunken. Ihre Angestellten sind *sehr* beunruhigt, um es milde auszudrücken. Haben Sie heute schon mal einen Spaziergang durch Ihr Museum gemacht, Dr. Wright? Das sollten Sie vielleicht tun, Sie würden ihn als recht aufschlussreich empfinden. Man kann das allgemeine Gefühl der Angst hier praktisch mit

Händen greifen. Die meisten Ihrer Angestellten verlassen ihre Büros, wenn überhaupt, nur zu zweit oder zu dritt. Und dem Wartungspersonal ist jede Ausrede recht, um nur ja nicht hinunter in die alten Keller zu müssen. Dennoch ziehen Sie es vor, so zu tun, als wäre alles in bester Ordnung. Aber glauben Sie mir, Dr. Wright, hier ist etwas ganz und gar nicht mehr in Ordnung.«

Pendergast beugte sich vor und faltete langsam die Arme über dem Buch. In seiner bedächtigen Art und in seinen kalten, blassen Augen lag etwas so Bedrohliches, dass der Direktor instinktiv auf seinem Stuhl nach hinten rutschte. D'Agosta hielt unwillkürlich den Atem an. Dann fuhr Pendergast fort.

»Wir haben drei Möglichkeiten, mit der Sache umzugehen«, sagte er. »Ihren Weg, meinen Weg und den Weg des FBI. Bisher stand Ihr Weg viel zu sehr im Vordergrund. Meines Wissens wurden die polizeilichen Ermittlungen unter der Hand sogar behindert. Rückrufe Ihrerseits erfolgen zum Beispiel viel zu spät, wenn überhaupt. Ihre Leute sind entweder beschäftigt oder unauffindbar. Und die, die verfügbar *waren,* wie zum Beispiel Mr Ippolito, haben sich nicht gerade als besonders hilfreich erwiesen. Die Leute kommen praktisch zu jeder Verabredung zu spät. So ein Verhalten hätte jeden misstrauisch gemacht. Ihr Weg ist nicht länger akzeptabel.«

Pendergast wartete auf eine Antwort. Als keine kam, fuhr er fort.

»Ich habe als Bevollmächtigter des FBI die Leitung dieser Untersuchung übernommen. Normalerweise würde das FBI das Museum schließen, alle Aktivitäten stoppen und sämtliche geplanten Ausstellungen absagen. Das wäre für Sie ausgesprochen schlechte Publicity, wie Sie sich sicherlich vorstellen können. Und sehr teuer für die Steuerzahler und für Sie. *Mein* Weg hingegen ist ein etwas menschenfreundlicherer. Wenn sich die Lage nicht gravierend ändert, kann das Museum zunächst einmal geöffnet bleiben. Allerdings muss ich das an gewisse Bedingungen knüpfen. Nummer eins: Sie müssen für die totale und uneingeschränkte Kooperation des Museumspersonals mit unseren Leuten sorgen. Von Zeit zu Zeit werden wir etwas mit Ihnen und Ihren leitenden Angestellten abzuklären haben, dabei verlange ich Ihre volle Unterstützung. Außerdem brauche ich eine Liste Ihres gesamten Personals. Wir müssen alle verhören, die in der Nähe der Tatorte arbeiten oder sich öfter dort aufhalten. Es wird keine Ausnahmen geben und ich möchte, dass Sie persönlich dafür sorgen, dass wir mit allen diesen Leuten sprechen können. Wir werden einen genauen Plan aufstellen und *alle* müssen pünktlich zur Befragung erscheinen.«

»Aber wir haben zweitausendfünfhundert Angestellte –«, protestierte Wright.

»Zweitens«, fuhr Pendergast ungerührt fort, »werden wir ab morgen den Zugang zum Museum einschränken, und zwar so lange, wie die Untersuchung andauert. Für die Angestellten gilt ab sofort eine abendliche Sperrstunde, und zwar zu ihrer eigenen Sicherheit. Zumindest werden Sie ihnen das so darstellen.«

»Aber es werden momentan wichtige Forschungen durchgeführt, die –«

»Nummer drei –«, Pendergast deutete mit drei ausgestreckten Fingern lässig auf Wright, als wäre seine Hand eine dreiläufige Pistole. »Möglicherweise müssen wir das Museum von Zeit zu Zeit ganz oder teilweise sperren. Kann sein, dass nur die Besucher es nicht betreten dürfen, möglicherweise müssen aber auch die Angestellten draußen bleiben. Solche Maßnahmen können auch ganz kurzfristig vonnöten sein. Wir erwarten dabei Ihre volle Unterstützung.«

Wright wurde immer wütender. »Das Museum ist nur an drei Tagen im Jahr geschlossen: an Weihnachten, Neujahr und Thanksgiving«, sagte er. »Was Sie verlangen, war noch nie da. Es wird einen fürchterlich schlechten Eindruck machen.« Er warf Pendergast einen langen, taxierenden Blick zu. »Außerdem bin ich nicht davon überzeugt, dass Sie das Recht haben, so etwas anzuordnen. Ich finde, wir sollten –« Er hielt inne. Pendergast hatte das Telefon abgehoben.

»Was wollen Sie denn damit?«, verlangte Wright zu wissen.

»Ich finde diese Angelegenheit langsam etwas ermüdend, Dr. Wright. Vielleicht sollten wir sie gleich mit dem Staatsanwalt klären.«

Pendergast fing an zu wählen.

»Einen Moment noch«, sagte Wright. »Ich bin mir sicher, dass wir das auch untereinander ausmachen können.«

»Das liegt ganz an Ihnen«, sagte Pendergast, während er die letzten Ziffern wählte.

»Um Himmels willen, legen Sie doch endlich den Hörer wieder auf«, sagte Wright ärgerlich. »Natürlich werden wir mit Ihnen zusammenarbeiten – in vernünftigem Umfang, versteht sich.«

»Sehr gut«, sagte Pendergast. »Und wenn Sie in Zukunft der Meinung sein sollten, dass unsere Maßnahmen unvernünftig sind, dann können wir diesen Anruf jederzeit nachholen.« Er legte den Hörer sanft wieder auf die Gabel.

»Wenn ich mit Ihnen zusammenarbeiten soll«, fuhr Wright fort, »dann habe ich meines Erachtens auch ein Recht darauf, darüber informiert zu werden, was Sie seit diesem letzten abscheulichen Vorfall unternommen haben. Soweit ich es beurteilen kann, haben Sie so gut wie keine Fortschritte gemacht.«

»Aber gerne, Doktor«, sagte Pendergast. »Was wollen Sie im Einzelnen wissen?« Er blickte auf die Papiere, die vor ihm auf dem Tisch lagen. »Ihren Stechuhren zufolge muss Jolley, das jüngste Opfer, kurz nach halb elf gestern Nacht gestorben sein«, sagte er. »Die Autopsie müsste das eigentlich bestätigen. Er wurde in ähnlicher Weise zerfleischt wie die beiden anderen Opfer. Jolley fand den Tod auf einer Dienstrunde, obwohl das Treppenhaus, in dem er ermordet wurde, nicht zu seinem vorgeschriebenen Rundgang gehörte. Vielleicht ist er einem verdächtigen Geräusch oder etwas Ähnlichem nachgegangen. Möglicherweise hat er aber auch einen Joint geraucht. Wir haben einen vor Kurzem gerauchten Stummel neben dem Türstock im Innenhof gefunden. Natürlich werden wir Jolleys Leiche auf Spuren von Drogenkonsum untersuchen lassen.«

»Das hat uns gerade noch gefehlt«, stöhnte Wright. »Aber haben Sie denn nicht irgendwelche *verwertbaren*

Spuren gefunden? Was ist denn mit diesen Geschichten von einem wilden Tier? Sie –«

Pendergast hob die Hand und wartete darauf, dass Wright verstummte. »Darüber möchte ich lieber nicht spekulieren, bis wir die vorhandenen Spuren von Experten haben beurteilen lassen. Vielleicht könnten uns da ja einige Angestellte des Museums unter die Arme greifen. Aber vorab zu Ihrer Information: Wir haben bisher noch keine Anzeichen dafür, dass sich hier irgendeine Art von Tier herumtreibt.«

»Jolleys Leiche wurde zwar am Fuß der Treppe gefunden, aber es ist klar, dass er viel weiter oben angegriffen wurde, denn Blut und Gedärme wurden auf fast allen Stufen gefunden. Er ist entweder hinuntergefallen oder irgendwer hat ihn die Treppe hinabgeschleift. Aber verlassen Sie sich da nicht auf mich, Dr. Wright«, sagte Pendergast und nahm einen braunen Umschlag vom Schreibtisch. »Sehen Sie sich die Sache lieber mit eigenen Augen an.« Er zog ein glänzendes Foto aus dem Umschlag und legte es sorgfältig auf die Tischfläche.

»O mein Gott«, sagte Wright und starrte auf das Foto. »Das ist ja fürchterlich.«

»Wir werden Jolleys Leiche genauestens auf Parallelen zu den anderen Morden untersuchen«, sagte Pendergast. »Zum Beispiel haben wir Blutspritzer an der rechten Wand des Treppenhauses gefunden. Hier, sehen Sie sich das Foto davon an.«

Er gab es Wright, der das Bild rasch über das erste legte.

»Es ist nicht schwierig, die Flugbahn dieser Blutspritzer zu berechnen«, fuhr Pendergast fort. »In diesem Fall sieht es so aus, als wäre Jolley von oben her aufgerissen und praktisch sofort seiner Eingeweide beraubt worden.«

Pendergast steckte die Fotos wieder in den Umschlag und sah auf die Uhr. »Lieutenant D'Agosta wird sich an Sie wenden und darauf achten, dass alles so abläuft, wie eben besprochen«, sagte er. »Eine letzte Frage hätte ich noch an Sie, Doktor. Welcher Ihrer Kuratoren weiß am besten über die anthropologischen Sammlungen des Museums Bescheid?«

Dr. Wright schien die Frage gar nicht gehört zu haben. Schließlich antwortete er aber doch mit einer kaum hörbaren Stimme: »Dr. Frock.«

»Sehr gut«, sagte Pendergast. »Ach, Doktor, noch etwas: Ich habe Ihnen vorhin gesagt, dass das Museum geöffnet bleiben kann, *wenn sich nichts Gravierendes ändert.* Sollte aber noch jemand in diesem Gebäude ums Leben kommen, wird es sofort geschlossen werden. Selbst ich kann dann nichts mehr für Sie tun. Haben Sie das verstanden?«

Nach einer langen Pause nickte Dr. Wright.

»Wunderbar«, sagte Pendergast. »Ich bin mir vollkommen bewusst, dass Ihre Aberglaube-Ausstellung am kommenden Wochenende eröffnet werden soll und dass Sie für den Freitagabend eine große Eröffnungsparty planen. Ich hoffe, dass diese Veranstaltung ungestört über die Bühne geht, aber das wird unter anderem davon abhängen, was wir in den nächsten vierundzwanzig Stunden herausfinden werden. Möglicherweise werden wir die Eröffnungsfeier aus Sicherheitsgründen verschieben müssen.«

Wrights linkes Augenlid begann zu zucken. »Das ist völlig unmöglich. Das würde unsere gesamte Marketingkampagne aus dem Gleis werfen. Die Wirkung auf die Öffentlichkeit wäre verheerend.«

»Wir werden sehen«, antwortete Pendergast. »Falls Sie nun keine weiteren Fragen mehr haben, wollen wir Ihre wertvolle Zeit nicht länger in Anspruch nehmen. Vielen Dank.«

Wright, dem alle Farbe aus dem Gesicht gewichen war, stand auf und ging ohne ein weiteres Wort mit steifen Schritten aus dem Raum.

Als die Tür sich hinter ihm geschlossen hatte, grinste D'Agosta und sagte: »Dem haben Sie es aber ordentlich gegeben.«

»Wie meinen Sie das, Lieutenant?«, fragte Pendergast, lehnte sich in seinem Lederstuhl zurück und nahm das Buch erneut zur Hand.

»Nun kommen Sie schon, Pendergast«, sagte D'Agosta und sah den FBI-Agenten reserviert an. »Ich schätze, Sie können Ihre Höflichkeit abstellen, wenn Sie wollen.«

Pendergast blinzelte D'Agosta unschuldig an. »Tut mir leid, Lieutenant. Ich möchte mich in aller Form für etwaiges schlechtes Benehmen meinerseits entschuldigen. Ich kann einfach solche aufgeblasenen, wichtigtuerischen Bürokraten nicht leiden. Ich fürchte, dass mir bei ihnen häufig der Geduldsfaden reißt.« Er blätterte wieder in dem Buch. »Es ist eine schlechte Angewohnheit, die sich leider nur sehr schwer ablegen lässt.«

17

Vom Labor aus hatte man einen weiten Blick auf den East River mit seinen Lagerhäusern und die heruntergekommenen Industrieanlagen von Long Island City. Lewis Turow stand am Fenster und beobachtete einen gewaltigen Schleppkahn voller Müll, der, begleitet von einem riesigen Möwenschwarm, hinaus aufs Meer gezogen wurde. *So viel Abfall produziert New York vermutlich in einer einzigen Minute,* dachte er.

Turow wandte sich vom Fenster ab und seufzte. Er hasste New York, aber manchmal musste man sich eben für das kleinere von zwei Übeln entscheiden. Bei ihm sah das so aus: Entweder musste er die Stadt ertragen und konnte dafür in einem der besten gentechnischen Labors der Staaten arbeiten oder er musste sich mit irgendeiner zweitklassigen Klitsche begnügen, dürfte dafür aber irgendwo in einer netten, ländlichen Umgebung leben. Bisher hatte er sich für die Stadt entschieden, aber langsam war er mit seiner Geduld am Ende.

Turow hörte ein leises Piepen und gleich danach das Zischen eines schallgedämpften Laserdruckers. Die Ergebnisse wurden ausgedruckt. Ein weiteres Piepen zeigte an, dass der Druck beendet war. Der drei Millionen Dollar teure »Thinking Machine III Parallel Processing Computer«, der sich in einer Reihe von großen, grauen Gehäusen an der Wand des Raumes befand, war nun vollkommen still. Nur ein paar Leuchtdioden zeigten an, dass überhaupt noch etwas geschah. Dieser Computer war ein speziell auf den Zweck von DNS-Analysen und Genkartierung zugeschnittenes Modell. Einzig wegen dieser Maschine hatte Turow vor sechs Monaten mit der Arbeit in diesem Labor angefangen, das ihm einen Fünfjahresvertrag zur Arbeit am menschlichen Genom-Projekt angeboten hatte.

Er nahm das Papier aus dem Drucker und überflog es. Die erste Seite war eine Zusammenfassung der Ergebnisse, gefolgt von einer Aufstellung der in der Probe vorhandenen Nukleinsäuren. Als Nächstes folgten Spalten mit Buchstaben, die Primsequenzen und die lokalisierten Gene der Zielgruppe zeigten.

Die Zielgruppe war in diesem Fall ungewöhnlich: Sie bestand aus großen Katzen. Man hatte ihn gebeten, auf Genübereinstimmung mit asiatischen Tigern, Jaguaren, Leoparden und Wildkatzen zu testen. Turow hatte aus eigenem Ermessen noch den Jagdleoparden mit dazugenommen, weil dessen genetisches Material recht gut erforscht war. Als Kontrollgruppe hatte man, wie üblich, den Homo sapiens genommen, um sicherzustellen, dass der Genvergleich exakt und die Probe in Ordnung war.

Turow überflog die Zusammenfassung:

Computerdurchlauf 3349A5 990
Probe: Gerichtsmedizinisches Labor, New York City
ZUSAMMENFASSUNG

	ZIELGRUPPE	
	Übereinstimmung	Wahrscheinlichkeitsgrad
Panthera leo	5,5	4%
Panthera onca	7,1	5%
Felis lynx	4,0	3%
Felis rufa	5,2	4%
Acinonyx jubatus	6,6	4%
	KONTROLLGRUPPE	
Homo sapiens	45,2	33%

Nun, das ist absoluter Bockmist, dachte Lewis Turow. Die Probe hatte viel mehr Übereinstimmungen mit der Kontrollgruppe als mit der Zielgruppe – was das genaue Gegenteil von dem war, was man eigentlich hätte erwarten sollen. Es gab nur eine vierprozentige Wahrscheinlichkeit, dass das genetische Material von einer großen Katze stammte, während es mit dreiunddreißigprozentiger Wahrscheinlichkeit auf einen Menschen hinwies.

Dreiunddreißig Prozent. Zwar immer noch ziemlich niedrig, aber wenigstens im Bereich des Möglichen.

Turows Neugier war geweckt. Bis jetzt hatte er nicht einmal gewusst, dass sein Labor für die Polizei arbeitete. *Was, zum Teufel, ließ die bloß annehmen, dass es sich bei der Probe um die einer großen Katze handelte?,* fragte er sich.

Die Ergebnisse waren ein dicker Stapel von gut achtzig Seiten. Der Computer druckte die identifizierten Nukleotide der DNS in langen Reihen aus, wobei er die Spezies, die identifizierten und die unidentifizierten Gensequenzen angab. Turow wusste, dass die meisten Sequenzen nicht identifiziert sein würden, denn bisher gab es nur einen einzigen Organismus mit vollkommen kartierten Genen, und der war das E.-Kolibakterium.

C-G	*	G-T	unidentifiziert
G-G		G-T	*
G-G	Homo sapiens	T-T	*
C-G		T-T	*
A-T	A-1 Allele	T-T	*
T-G	Markergen	G	*
G-G		C	*
T-T	A1	C-C	*
A-A	Polymorphismus	C-T	*
A-A	Beginn	G-T	*
A-A	*	T-A	*
G-T	*	G-G	*
T-T	*	T	*
G-T	*	T	*
T-A	–	T	
A-T	–		
T-T	–		
G-T	–		
C-C	–		
C-G	A1 Poly. Ende		

Turow überflog die Tabelle, dann nahm er den Stapel Papier mit hinüber zu seinem Schreibtisch. Er brauchte nur ein paar Tasten zu drücken und schon hatte er über seine *Sun SPARC-Station 10* Zugang zu vielen Tausenden von Gendaten. Wenn die Thinking Machine III die Information, die er suchte, nicht hatte, würde sie sich automatisch ins Internet einloggen und einen anderen Computer suchen, in dem sie möglicherweise zu finden waren.

Während er den Ausdruck einer genaueren Prüfung unterzog, runzelte Turow die Stirn. *Es muss sich um eine kaputte Probe handeln,* dachte er. *Zu viel von der DNS ist unidentifizierbar.*

A-A	Unidentif.	A-T	Hemidactylus
A-T	–	T	turcicus
A-T	–	C	dto.
A-T	–	T-C	*
A-T	–	C-C	*
A-T	–	T-G	*
T-T	–	G-G	*
T-G	–	G-G	*
G-G	–	G-G	*
A-A	Hemidact.	G-G	*
T-T	turcicus	G-G	*
T-G	*	G-G	*
G-C	*	G-G	*
G-T	*	G-G	*
T-G	*	G-G	*
C-A	*	G-G	*
A-C	*	G-G	*

Turow hörte auf, durch die Seiten zu blättern. Da war etwas wirklich Seltsames: Das Programm hatte ein großes Stück der DNS als zu einem Tier gehörend identifiziert, das *Hemidactylus turcicus* hieß.

Was, zum Teufel, ist denn das bitte?, fragte sich Turow.

Die Datenbank biologischer Fachbezeichnungen klärte ihn auf:

GEBRÄUCHLICHER NAME: TÜRKISCHER GECKO

Wie bitte?, dachte Turow und tippte: INFO

HEMIDACTYLUS TURCICUS: EUROPÄISCHER HALBZEHENGECKO
URSPRÜNGLICH AUS NORDAFRIKA STAMMEND
HEUTE VERBREITET IN: FLORIDA, BRASILIEN, KLEINASIEN, NORDAFRIKA.
EINE MITTELGROSSE EIDECHSE AUS DER FAMILIE DER GECKOS, GEKKONIDAE. LEBT AUF BÄUMEN.
NACHTAKTIV.
HAT KEINE BEWEGLICHEN AUGENLIDER.

Turow brach das Datenbankprogramm ab, während die Informationen immer noch über den Schirm flimmerten. Das war ganz offensichtlich blanker Unsinn. Eidechsen-DNS und Menschen-DNS in einer Probe? Aber es war nicht das erste Mal, dass so etwas passiert war. Man konnte es wirklich nicht dem Computer anlasten. Die Prozedur war noch viel zu ungenau und außerdem waren bisher nur winzige Bruchteile von den unendlich vielen DNS-Sequenzen aller existierenden Organismen überhaupt bekannt.

Turow ging die ausgedruckte Liste durch. Etwa fünfzig Prozent der Übereinstimmungen waren menschliche

DNS – ein sehr niedriger Prozentsatz, wenn man davon ausging, dass die Probe von einem Menschen stammte, aber nicht gänzlich unmöglich, wenn es sich um eine beschädigte oder degenerierte Probe handelte. Und außerdem bestand ja immer die Möglichkeit, dass sie verschmutzt war. Eine oder zwei Zellen, die nicht hineingehörten, konnten die ganze Computeranalyse durcheinanderbringen. Diese Möglichkeit kam Turow nun immer wahrscheinlicher vor. *Was soll man von der New Yorker Polizei denn auch anderes erwarten?* Sie konnte ja nicht einmal den Kerl einbuchten, der an der Ecke gegenüber von Turows Wohnhaus auf offener Straße Crack verkaufte.

Turow besah sich weiter den Ausdruck. Moment mal, hier war ja eine weitere lange Sequenz, die identifiziert werden konnte: *Tarentola mauritanica.* Er rief seine Datenbank wieder auf und gab den Namen ein. Auf dem Bildschirm erschien:

TARENTOLA MAURITANICA: MAUERGECKO

Jetzt reicht's langsam, dachte Turow. *Das muss ja wohl ein Witz sein.* Er warf einen Blick auf den Kalender. Es war der erste April.

Turow begann zu lachen. Das war wirklich ein gelungener Scherz. Nein, also wirklich, so was hätte er dem alten Buchholtz gar nicht zugetraut. Nun, auch er, Turow, hatte Sinn für Humor. Und so fing er an, seinen Bericht zu schreiben:

Probe LA-33
Zusammenfassung: Probe wurde als Homo gekkopiens identifiziert. Gebräuchlicher Name: Geckomensch ...

Als er mit dem Bericht fertig war, schickte er ihn gleich nach oben. Dann verließ er, immer noch vor sich hin kichernd, das Labor, um sich einen Kaffee zu holen. Er war stolz darauf, wie er diese Geschichte gemeistert hatte, und fragte sich, wo, um alles in der Welt, Buchholtz sich wohl die Gecko-Gene besorgt haben konnte.

Vermutlich werden solche Viecher im Zoogeschäft verkauft, dachte er. Er konnte Buchholtz direkt vor sich sehen, wie er im *Ultrablender* Zellproben von zwei oder drei Geckos mit ein paar Tropfen seines eigenen Blutes vermischt hatte. *Na, dann wollen wir mal sehen, was Turow, unser Neuer, daraus macht,* hatte er sich vermutlich dabei gedacht. Während Turow mit dem Kaffee im Aufzug nach oben fuhr, musste er bei dieser Vorstellung laut auflachen. Als er wieder ins Labor kam, wartete dort bereits Buchholtz auf ihn, aber Buchholtz lachte nicht.

Mittwoch

18

Frock saß in seinem Rollstuhl und tupfte sich die Stirn mit einem Gucci-Taschentuch ab. »Setzen Sie sich doch bitte«, sagte er zu Margo. »Und vielen Dank, dass Sie so rasch gekommen sind. Es ist schrecklich, einfach schrecklich.«

»Der arme Wachmann«, antwortete Margo. Im ganzen Museum sprach man von nichts anderem mehr.

»Wachmann?«, fragte Frock und blickte auf. »O ja, natürlich, das ist wirklich eine Tragödie. Aber ich habe eigentlich von dem hier gesprochen.« Er hielt ein Memorandum in die Höhe.

»Jede Menge neuer Regeln«, sagte Frock. »Sehr lästig. Ab heute darf das Personal nur noch zwischen zehn Uhr vormittags und fünf Uhr nachmittags ins Gebäude. Keine Überstunden oder Sonntagsarbeit mehr. In jeder Abteilung werden Wachen aufgestellt und man muss sich in eine Liste eintragen, wenn man die Abteilung betritt oder verlässt. Und jeder muss ständig einen Ausweis mit sich herumtragen, sonst kommt man weder ins Museum hinein noch hinaus.«

Er las weiter. »Schauen wir mal, was sie sonst noch alles ... ach ja, hier. Versuchen Sie, soweit es irgend geht, in Ihrer Abteilung zu bleiben. Und ich soll Ihnen auch sagen, dass Sie sich nicht allein in abgelegene Teile des Museums begeben sollen. Wenn Sie dorthin müssen, dann nur in

Begleitung. Und dann wird die Polizei alle Leute verhören, die ihre Büros im Keller haben. Sie haben Anfang nächster Woche Ihren Termin. Außerdem dürfen etliche Bereiche des Museums überhaupt nicht mehr betreten werden.« Frock schob das Memorandum über den Tisch hinüber zu Margo.

Margo sah, dass dem Schriftstück ein Plan des Gebäudes beigeheftet war, auf dem die nicht zu betretenden Gebiete rot eingezeichnet waren. »Machen Sie sich keine Sorgen«, sagte Frock. »Ich habe bereits nachgesehen, Ihr Büro ist ganz knapp außerhalb dieser Zone.«

Na toll, dachte Margo. *Knapp außerhalb des Gebiets, in dem sich möglicherweise der Mörder herumtreibt.* »Das Ganze kommt mir ziemlich kompliziert vor, Professor Frock. Warum haben die denn nicht einfach das ganze Museum dichtgemacht?«

»Das haben sie zweifelsohne auch versucht, meine Liebe, und ich bin mir sicher, dass Henry Wright sie dazu überredet hat, es nicht zu tun. Wenn diese Aberglaube-Ausstellung nicht termingerecht eröffnet wird, dann kommt das Museum in große Schwierigkeiten.« Frock streckte die Hand aus und nahm das Memo wieder an sich. »Können wir das als erledigt betrachten? Ich habe nämlich noch andere Dinge, über die ich gerne mit Ihnen sprechen würde.«

Margo nickte. *Dann kommt das Museum in große Schwierigkeiten.* Ihr schien es so, als wäre es das bereits. Die Frau, mit der sie ihr Büro teilte, hatte sich heute Morgen krank gemeldet, ebenso wie die Hälfte aller Angestellten. Und diejenigen, die zur Arbeit erschienen waren, drückten sich die meiste Zeit an den Kaffeemaschinen und Fotokopierern herum und tauschten, in Gruppen beieinander stehend, Gerüchte aus. Und als wäre das alles nicht schlimm genug, waren die meisten Hallen des Museums fast leer. Die üblichen Besucher – Familien auf Urlaub, Schülergruppen und kreischende Kinder – waren heute nur äußerst spärlich erschienen. Stattdessen schien das Museum ein paar sensationslüsterne Neugierige angezogen zu haben.

»Ich habe mich gefragt, ob Sie wohl schon irgendwelche Pflanzen für Ihr Kapitel über die Kiribitu bekommen haben«, fuhr Frock fort. »Ich dachte, es wäre für uns beide nützlich, wenn wir sie einmal durch den G. S. E. laufen ließen.«

Das Telefon klingelte. »Mist«, sagte Frock, hob den Hörer ab und meldete sich mit einem barschen: »Ja?«

Dann schwieg er eine ganze Weile. »Ist das denn wirklich notwendig?«, fragte er dann. »Na schön, wenn Sie darauf bestehen«, sagte er schließlich und stieß, während er das Telefon auflegte, einen langen Seufzer aus.

»Die Polizei will, dass ich hinunter in den Keller komme. Weiß der Himmel, weshalb. Es ist ein Bursche namens Pendergast. Würde es Ihnen etwas ausmachen, mich hinunterzufahren? Wir können uns ja auf dem Weg noch ein wenig unterhalten.«

Im Aufzug antwortete Margo Frock auf seine Frage. »Ich habe mir ein paar Pflanzen aus dem Herbarium beschaffen können, aber nicht so viele, wie ich wollte. Aber habe ich Sie vorhin richtig verstanden? Haben Sie vorgeschlagen, die Pflanzen durch den Extrapolator laufen zu lassen?«

»Genau«, antwortete Frock. »Aber natürlich nur, wenn der Zustand der Pflanzen das zulässt. Befindet sich verwertbares Material darunter?«

Die Abkürzung G. S. E. stand für den Gensequenzextrapolator, das Programm, das Kawakita und Frock entwickelt hatten, um genetisches Material analysieren und bearbeiten zu können. Es konnte nicht nur gemeinsame Vorfahren verschiedener Gattungen herausfinden, sondern auch in die Zukunft extrapolieren und die bizarren oder missglückten Lebensformen berechnen, die sich nach Dr. Frocks Theorie möglicherweise aus der ursprünglichen Gattung entwickelt hatten.

»Die Pflanzen sind zum größten Teil in einem guten Zustand«, erklärte Margo. »Aber ich verstehe nicht ganz, was Sie mit ihnen im Extrapolator machen wollen, Dr. Frock.« *Bin ich vielleicht bloß eifersüchtig auf Kawakita?,* fragte sie sich selbst. *Sperre ich mich deshalb so?*

»Meine liebe Margo, Ihre Aufgabenstellung ist geradezu maßgeschneidert dafür!«, rief Frock aus und benützte in seiner Aufregung ihren Vornamen. »Wir können zwar die Evolution nicht wiederholen, aber wir können sie mit Computern *simulieren.* Vielleicht sind diese Pflanzen genetisch miteinander verwandt, vielleicht sogar in derselben Weise, wie die Schamanen der Kiribitu sie instinktiv klassifiziert haben. Würde das Ihrer Dissertation nicht einen interessanten Nebenaspekt liefern?«

»Darüber habe ich noch gar nicht nachgedacht«, sagte Margo. »Wir sind mit dem Programm gerade in der Beta-Testphase und Sie liefern uns das perfekte Arbeitsmaterial dafür«, fuhr Frock eifrig fort. »Warum reden Sie nicht mal mit Kawakita darüber, ob er mit Ihnen zusammenarbeiten will?«

Margo nickte. Insgeheim aber dachte sie, dass Kawakita ihr nicht gerade wie jemand vorkam, der die Lorbeeren – ja, nicht einmal seine Forschungsarbeit – gerne mit jemand anderem teilte.

Die Türen des Aufzugs gingen auf. Davor war ein Kontrollpunkt, an dem zwei mit Schrotgewehren bewaffnete Polizisten Wache hielten. »Sind Sie Dr. Frock?«, fragte einer von ihnen.

»Ja«, antwortete Frock etwas gereizt.

»Dann kommen Sie bitte mit.«

Margo schob Frock durch mehrere Gänge, bis sie schließlich an einen zweiten Kontrollpunkt kamen. Hinter einer Absperrung standen zwei weitere Polizisten und ein großer, dünner Mann in einem schwarzen Anzug, das weißblonde Haar glatt nach hinten gekämmt. Als die Polizeimänner die Absperrung aus dem Weg räumten, trat er auf Margo und Frock zu.

»Sie müssen Dr. Frock sein«, sagte er und streckte dem Wissenschaftler die Hand hin. »Danke, dass Sie gekommen sind. Wie ich Ihnen ja schon sagte, erwarte ich noch einen anderen Besucher und kann Sie deshalb nicht in Ihrem Büro aufsuchen. Wenn ich allerdings gewusst hätte, dass Sie« – er wies mit einem Nicken auf den Rollstuhl –, »dann hätte ich Sie nicht gebeten, hier herunterzukommen. Ich bin Special Agent Pendergast.« Er hielt Frock noch immer die ausgestreckte Hand hin. *Interessanter Akzent,* dachte Margo. *Ob er wohl aus Alabama kommt? Der Kerl sieht überhaupt nicht wie ein FBI-Agent aus.*

»Geht schon in Ordnung«, sagte Frock, den Pendergasts Höflichkeit etwas besänftigt hatte. »Das ist meine Assistentin, Miss Green.« Pendergast gab Margo die Hand, sie fühlte sich kühl an. »Es ist mir eine Ehre, einen so berühmten Wissenschaftler kennenzulernen«, fuhr Pendergast fort. »Ich hoffe, dass es mir meine knappe Zeit erlauben wird, demnächst Ihr neuestes Buch zu lesen.«

»Vielen Dank, Sie sind zu gütig«, sagte Frock und nickte.

»Was ich immer schon mal wissen wollte: Gehen Sie bei Ihrer Evolutionstheorie hinsichtlich des Aussterbens einer Art eigentlich eher vom *Broken-Stick*-Modell oder vom *Gamblers-Ruin*-Szenario aus? Meiner Meinung nach dürfte ja Letzteres Ihrer Hypothese am meisten entsprechen, besonders wenn man annimmt, dass die meisten Arten nur knapp über dem Absorptionslevel mit ihrer Entwicklung beginnen.«

Frock setzte sich in seinem Rollstuhl auf. »Nun, äh, ich plane, in meinem nächsten Buch ein wenig näher auf diese Problematik einzugehen.« Er schien nicht so recht zu wissen, was er sagen sollte.

Pendergast nickte den Polizisten zu, die daraufhin die Absperrung wieder an ihren Platz stellten. »Ich brauche Ihre Hilfe, Dr. Frock«, sagte er mit leiser Stimme.

»Gerne«, erwiderte Frock freundlich. Margo war überrascht, wie rasch Pendergast seine Sympathie gewonnen hatte.

»Zunächst einmal muss ich Sie bitten, dass unsere Unterredung streng vertraulich bleibt«, sagte Pendergast. »Könnten Sie mir dafür ihre Zusicherung geben? Und auch die von Miss Green?«

»Aber natürlich«, sagte Frock, und Margo nickte.

»Gut«, begann Pendergast. Er gab einem der Polizisten ein Zeichen, der ihm eine große Plastiktüte reichte, auf der BEWEISMITTEL stand. Daraus holte Pendergast ein kleines, dunkles Objekt hervor, das er Frock gab.

»Was Sie da in der Hand halten«, sagte er, »ist ein Latexabguss von einer Kralle, die wir in der Leiche eines der beiden ermordeten Jungs gefunden haben.«

In Margo kämpfte Neugier mit Ekel, als sie sich vorbeugte und das Ding näher betrachtete. Die Kralle war zwischen zwei und zweieinhalb Zentimeter lang, gekrümmt und an den Rändern gezackt.

»Eine Kralle?«, sagte Frock und hielt sich das Ding nahe vor die Augen, um es genauer untersuchen zu können. »Sehr ungewöhnlich. Aber ich würde sagen, sie ist eine Fälschung.«

Pendergast lächelte. »Wir haben ihre Herkunft zwar noch nicht bestimmen können, Doktor, aber ich bin mir nicht sicher, dass es sich um eine Fälschung handelt. Wir haben Materie aus dem Wurzelkanal dieser Kralle gentechnisch untersuchen lassen. Es wurde zwar wirkliche DNS darin entdeckt, aber die Ergebnisse waren zunächst recht zweideutig. Wir lassen sie gerade weiter auswerten.«

Frock hob die Augenbrauen. »Interessant.«

»Und jetzt sehen Sie sich mal das hier an«, sagte Pendergast und holte aus dem Plastikbeutel ein sehr viel größeres Objekt. »Das hier ist eine mögliche Rekonstruktion des Gegenstands, mit dem dasselbe Kind *zerfetzt* wurde.« Er gab das Ding an Frock weiter.

Margo sah den Abguss angeekelt an. Am einen Ende

war das Latex ziemlich ungleichmäßig, am anderen aber waren die Details viel klarer ausgebildet. Es endete in drei gebogenen Krallen: eine größere in der Mitte und je eine kleinere auf jeder Seite.

»Großer Gott«, sagte Frock. »Das sieht ja direkt sauriermäßig aus.«

»Sauriermäßig?«, wiederholte Pendergast.

»*Dino*sauriermäßig«, sagte Frock. »Das typische, vogelähnliche Vorderglied, würde ich sagen. Mit einer Ausnahme. Sehen Sie hier. Die zentrale Klaue ist enorm verdickt, während die beiden anderen eher Untermaß aufweisen.«

Pendergast hob mild erstaunt die Augenbrauen. »Nun, Sir«, sagte er langsam, »wir haben eher an eine große Katze gedacht oder an ein anderes fleischfressendes Säugetier.«

»Aber Sie wissen doch *bestimmt,* dass alle räuberischen Säugetiere fünf Krallen haben – vier vorn und eine hinten.«

»Natürlich, Doktor«, sagte Pendergast. »Wenn Sie mir einen Augenblick noch zuhören wollen, dann würde ich Ihnen gerne schildern, wie wir uns das alles gedacht haben.«

»Natürlich«, sagte Frock.

»Wir haben da so eine Theorie, dass der Mörder das hier –« er hob das vermeintliche Vorderglied in die Höhe »– als eine Art Waffe benützt, um seine Opfer aufzuschlitzen. Wir glauben, dass die Verletzungen von einer Art Gegenstand herrühren könnten, den ein primitiver Stamm möglicherweise aus der Vorderpfote eines Jaguars oder eines Löwen gefertigt hat. Die DNS aus der Kralle scheint stark degeneriert zu sein. Vielleicht handelt es sich um einen alten Kultgegenstand, den das Museum vor langer Zeit in seine Sammlungen aufgenommen hat und der später entwendet wurde.«

Frocks Kopf sank nach unten, bis sein Kinn seine Brust berührte. Die Stille, die nur ab und zu von den Geräuschen unterbrochen wurde, die die Polizisten an der Absperrung machten, dehnte sich. Schließlich begann Frock wieder zu sprechen:

»Wie war das bei dem getöteten Wärter? Gab es bei seinen Wunden Anzeichen für diese abgebrochene oder verlorene Kralle?«

»Gute Frage«, sagte Pendergast. »Aber sehen Sie doch selbst.« Er griff wieder in die Plastiktüte und holte einen schweren, plattenförmigen Latexabguss heraus, der wie ein großes Rechteck mit drei ausgefransten Graten in der Mitte aussah.

»Dies ist ein negativer Abguss von einer der Wunden, die der Wärter an seinem Unterleib hatte«, erklärte Pendergast. Margo erschauderte. Das Ding sah ziemlich übel aus.

Frock betrachtete ausgiebig die hohen Grate. »Die Penetration muss enorm gewesen sein. Aber die Wunde zeigt keinerlei Anzeichen für eine abgebrochene Kralle. Damit wollen Sie wohl sagen, dass der Mörder *zwei* solcher Kultgegenstände verwendet hat.«

Pendergast sah zwar ein wenig unbehaglich drein, aber er nickte.

Frocks Kopf sank abermals nach unten. Diesmal dauerte die Stille eine gute Minute. »Noch was«, sagte er auf einmal ziemlich laut. »Haben Sie bemerkt, wie sich die Krallenspuren leicht *zusammenziehen?* Dass sie oben weiter auseinanderstehen als unten?«

»Ja?«, sagte Pendergast.

»Wie eine Hand, die zu einer Faust geballt ist. Das würde bedeuten, dass Ihr Instrument flexibel sein müsste.«

»Zugegeben«, sagte Pendergast, »aber menschliches Fleisch ist ziemlich weich und zerreißt leicht. Deshalb sollten wir vielleicht nicht zu viel auf diese Abgüsse geben.« Er hielt inne und fragte dann: »Dr. Frock, wird vielleicht irgendein Gegenstand, der solche Wunden verursachen könnte, aus den Sammlungen des Museums vermisst?«

»So einen Gegenstand *haben* wir nicht im Museum«, sagte Frock mit einem schwachen Lächeln. »Diese Spuren können von keinem lebenden Tier stammen, mit dem ich mich je befasst habe. Sehen Sie, was für eine konische Form die Kralle hat, und die tiefgehende, vollkommen umschlossene Wurzel? Und können Sie erkennen, wie sie zur Spitze hin sich zu einem fast perfekten tripyramidalen Querschnitt verjüngt? So etwas kommt nur bei zwei Klassen von Tieren vor: bei Vögeln und bei Dinosauriern. Daher glauben auch manche Evolutionsbiologen, dass sich die Vögel aus den Dinosauriern entwickelt haben. Ich würde sagen, wir haben hier eine Vogelklaue vor uns, wenn sie dafür nicht viel zu groß wäre. Also muss sie von einem Dinosaurier sein.«

Er legte die Latexklaue in seinen Schoß und blickte, sichtlich erregt, wieder hinauf zu Pendergast. »Natürlich hätte ein cleverer Bursche, der weiß, wie ein Dinosaurier aussieht, so ein Ding anfertigen und als Mordwerkzeug verwenden können. Ich nehme an, Sie haben das Originalfragment daraufhin untersuchen lassen, ob es aus echtem biologischen Material besteht, zum Beispiel aus Keratin, und nicht aus irgendeinem anorganischen Stoff.«

»Ja, Doktor, das haben wir. Das Fragment ist echt.«

»Und Sie sind sich ganz sicher, dass die DNS wirklich zu der Kralle gehörte und nicht bloß vom Blut oder Gewebe des Opfers stammte?«

»Ja«, antwortete Pendergast. »Wie schon gesagt, das Material stammte aus dem Wurzelkanal, nicht von der Kralleninnenfläche.«

»Und von welchem Lebewesen *stammte* denn nun die DNS?«

»Darüber haben wir den endgültigen Bericht noch nicht vorliegen«, wich Pendergast aus.

Frock packte ihn bei der Hand. »Verstehe. Aber sagen Sie mir eines, warum benützen Sie nicht unser DNS-Labor hier im Museum? Wir haben Möglichkeiten, wie Sie sie im ganzen Staat nicht besser finden.«

»Ebenso wenig wie in den ganzen Vereinigten Staaten, Doktor. Aber Sie müssen verstehen, dass unsere Grundsätze uns das verbieten. Könnten wir denn den Ergebnissen wirklich vertrauen, wenn die Untersuchungen praktisch am Tatort vorgenommen würden? Könnte ja sein, dass der Mörder selbst die Versuchsapparaturen bedient.« Pendergast lächelte. »Ich hoffe, Sie verzeihen mir meine Hartnäckigkeit, Doktor, aber würden Sie es für *möglich* halten, dass diese Waffe aus Bestandteilen der anthropologischen Sammlung zusammengebaut wurde, und wenn ja, könnten Sie vielleicht einmal nachsehen, welchem Gegenstand oder Gegenständen dieser Abguss am ehesten ähnlich sieht?«

»Wenn Sie unbedingt wollen«, entgegnete Frock.

»Danke. Ich werde mich in ein, zwei Tagen wieder mit Ihnen in Verbindung setzen. Wäre es Ihnen in der Zwischenzeit vielleicht möglich, mir ein gedrucktes Verzeichnis aller in der anthropologischen Sammlung vorhandenen Gegenstände zu beschaffen?«

Frock lächelte. »Von sechs Millionen Exponaten? Aber Sie können gerne den Computerkatalog benützen. Wollen Sie, dass man Ihnen einen Terminal zur Verfügung stellt?«

»Vielleicht später«, sagte Pendergast und steckte die Latexabgüsse wieder in die Plastiktüte. »Vielen Dank für das Angebot. Unsere Kommandozentrale befindet sich in der ungenützten Galerie hinter der Reprografie.«

Hinter ihnen waren Schritte zu hören. Als Margo sich umdrehte, sah sie die große Gestalt von Dr. Ian Cuthbert, dem stellvertretenden Museumsdirektor, gefolgt von den beiden Polizisten, die vor dem Aufzug Wache hielten.

»Ich möchte wissen, wie lange das hier dauern wird«, beschwerte sich Cuthbert, als er an der Absperrung stehen blieb. »Ach Frock, Sie hat man also auch hier heruntergeholt. Ein fürchterlicher Unfug, finden Sie nicht?«

Frock nickte kaum wahrnehmbar.

»Dr. Frock«, sagte Pendergast. »Es tut mir leid. Das ist der Herr, auf den ich gewartet habe. Wenn Sie wollen, können Sie gerne bleiben.«

Frock nickte wieder.

»Nun, Dr. Cuthbert«, sagte Pendergast munter und wandte sich an den Schotten. »Ich habe Sie hierher gebeten, weil ich gerne ein paar Informationen über den hinter mir liegenden Gebäudeteil hätte.« Er deutet auf eine große Tür.

»Die Sicherheitszone? Was soll damit sein? Ich bin mir sicher, dass Ihnen auch jemand anderes –«, begann Cuthbert.

»Aber meine Fragen richten sich an Sie«, unterbrach Pendergast höflich, aber bestimmt. »Könnten wir vielleicht einmal hineingehen?«

»Wenn es nicht allzu viel Zeit in Anspruch nimmt«, sagte Cuthbert. »Ich habe eine wichtige Ausstellung zusammenzustellen.«

»Ja, das stimmt«, sagte Frock in einem leicht sarkastischen Ton. »Und was für eine *Ausstellung.*« Er bedeutete Margo, dass sie ihn nach vorne schieben sollte.

»Dr. Frock?«, sagte Pendergast höflich.

»Ja?«

»Könnte ich vielleicht meinen Abguss wiederhaben?«

Die kupferbeschlagene Tür zur Sicherheitszone des Museums war durch eine neue aus Stahl ersetzt worden. Auf der gegenüberliegenden Tür stand »Dickhäuter« und Margo fragte sich, wie man wohl die großen Elefantenknochen durch den schmalen Türstock gebracht hatte.

Sie wandte sich um und schob Frock in den schmalen Gang hinter der offenen Tür zur Sicherheitszone. Auf beiden Seiten befanden sich kleine Gewölbe, in denen das Museum seine wertvollsten Exponate aufbewahrte: Saphire und Diamanten, Elfenbein und Rhinozeroshörner, die wie Brennholz aufeinandergestapelt waren; Knochen und Häute ausgestorbener Tiere und Kriegsgerät der Zuñi.

Zwei Männer in dunklen Anzügen, die Margo wie typische FBI-Agenten vorkamen, standen am Ende des Ganges und unterhielten sich leise. Als sie Pendergast sahen, nahmen sie Haltung an.

Pendergast blieb vor der offenen Tür zu einem der Gewölbe stehen, die mit ihrem großen, schwarzen Schloss, dem Messinggriff und den dekorativen Verzierungen praktisch genauso wie alle anderen Türen aussah. Drinnen warf eine nackte Glühbirne harte Schatten auf die Wände aus Metall. Das Gewölbe war leer, bis auf ein paar Kisten, die auf der einen Seite an der Wand standen. Alle Kisten, bis auf eine, waren ziemlich groß. Der Deckel der kleineren Kiste war abgenommen worden und eine der größeren Kisten war so stark beschädigt, dass Verpackungsmaterial aus ihr herausquoll.

Pendergast wartete, bis alle in dem Gewölbe waren. »Erlauben Sie, dass ich Ihnen rasch erläutere, warum wir hier sind«, sagte er. »Der Mord an dem Wärter ereignete sich nicht allzu weit entfernt und es scheint so, als wäre der Mörder danach hierhergekommen und hätte versucht, die Tür zum Sicherheitsbereich aufzubrechen. Möglicherweise war das nicht das erste Mal, aber bisher blieben alle Versuche ergebnislos.

Zuerst waren wir uns nicht sicher, worauf es der Mörder abgesehen hatte. Wie Sie wissen, wird hier eine Menge wertvolles Material aufbewahrt.« Pendergast gab einem der Polizisten ein Zeichen. Dieser kam herbei und reichte ihm ein Blatt Papier. »Also haben wir herumgefragt und fanden heraus, dass in den vergangenen sechs Monaten nichts in den Sicherheitsbereich hinein- oder aus ihm herausgebracht wurde – bis auf diese Kisten. Sie wurden letzte Woche in dieses Gewölbe gebracht. Und zwar auf Ihre Anweisung hin, Dr. Cuthbert.«

»Erlauben Sie mir, dass ich Ihnen das erkläre, Mr Pendergast –«, sagte Cuthbert.

»Einen Augenblick Geduld, bitte«, bat Pendergast. »Als wir uns die Kisten näher besahen, fanden wir etwas sehr Interessantes.« Er deutete auf die beschädigte Kiste. »Achten Sie auf die Leisten hier. Sie weisen tiefe Kratzspuren auf. Unsere Leute von der Spurensicherung sind der Meinung, dass sie möglicherweise mit demselben Objekt oder Instrument verursacht wurden wie die Verletzungen der Opfer.«

Pendergast verstummte und sah Cuthbert intensiv an.

»Ich hatte keine Ahnung«, sagte Cuthbert. »Es ist nichts entwendet worden. Ich dachte bloß, dass –« Seine Stimme verlor sich.

»Könnten Sie uns vielleicht über die Geschichte dieser Kisten aufklären, Dr. Cuthbert?«

»Die ist rasch erzählt. Es ist überhaupt kein Geheimnis. Die Kisten stammen von einer alten Expedition.«

»Das habe ich mir fast gedacht«, sagte Pendergast trocken. »Und von welcher Expedition?«

»Von der Whittlesey-Expedition«, antwortete Cuthbert zögernd. Pendergast wartete.

Schließlich seufzte Cuthbert und sagte: »Es war eine Expedition nach Südamerika, die vor über fünf Jahren stattfand. Sie war nicht – besonders erfolgreich.«

»Sie war ein Desaster«, sagte Frock höhnisch. Er ignorierte Cuthberts ärgerlichen Blick und fuhr fort: »Diese

Expedition hat damals im Museum für einen Skandal gesorgt. Sie hat sich vorzeitig aufgelöst, und zwar wegen persönlicher Konflikte zwischen den Teilnehmern. Einige von ihnen wurden von Eingeborenen getötet und der Rest starb bei einem Flugzeugabsturz auf dem Rückweg nach New York. Natürlich gab es sofort die üblichen Gerüchte von einem Fluch.«

»Das ist eine Übertreibung«, fauchte Cuthbert. »Es gab keinerlei Skandal.«

Pendergast sah die beiden an. »Und die Kisten?«, fragte er ruhig. »Die Kisten wurden gesondert zurückgeschickt«, sagte Cuthbert. »Aber das alles ist nicht so wichtig. In einer der Kisten war ein sehr ungewöhnliches Objekt, eine kleine Figur, die von den Angehörigen eines mittlerweile ausgestorbenen Stammes in Südamerika angefertigt wurde. Diese Figur soll ein wichtiges Exponat bei der Aberglaube-Ausstellung werden.«

Pendergast nickte. »Fahren Sie fort.«

»Letzte Woche, als wir die Figur holen wollten, bemerkte ich, dass eine der Kisten aufgebrochen worden war.« Er deutete auf die beschädigte Kiste. »Also ordnete ich an, dass alle Kisten vorübergehend in die Sicherheitszone gebracht wurden.«

»Was war denn gestohlen worden?«

»Nun, das war ein bisschen seltsam«, sagte Cuthbert. »Keiner der Gegenstände aus der Kiste fehlte. Dabei ist die kleine Figur allein schon ein Vermögen wert. Sie ist einzigartig auf der ganzen Welt. Der Kothoga-Stamm, der sie gemacht hat, ist vor Jahren ausgestorben.«

»Meinen Sie, dass *gar nichts* fehlte?«, fragte Pendergast.

»Nun, zumindest nichts Wichtiges. Das Einzige, was offenbar nicht mehr da war, waren die Samenkapseln, oder was immer es sonst war. Maxwell, der Wissenschaftler, der sie verpackt hat, starb in einem Flugzeugabsturz bei der Insel Asuncíon.«

»Samenkapseln?«, fragte Pendergast.

»Ich habe ehrlich keine Ahnung, was sie wirklich waren. Die Aufzeichnungen der Expedition sind, bis auf die für das anthropologische Material, verschwunden. Alles, was an Schriftlichem zurückkam, war Whittleseys Tagebuch, sonst nichts. Als die Kisten im Museum eintrafen, wurde ihr Inhalt gesichtet, aber seitdem –«, er hielt inne.

»Erzählen Sie mir doch noch etwas mehr von dieser Expedition«, sagte Pendergast.

»Da gibt es nicht mehr viel zu erzählen. Eigentlich sollte sie nach Spuren des Kothoga-Stammes suchen und einen weit abgelegenen Teil des Regenwaldes erkunden. Soviel ich weiß, ergab die Sichtung des Materials, dass fünfundneunzig Prozent der Pflanzen in diesem Gebiet der Wissenschaft bisher unbekannt waren. Whittlesey, der Anthropologe, war der Leiter der Expedition. Ich glaube, es waren auch ein Paläontologe, ein Säugetierspezialist und ein Insektenkundler dabei und außerdem mehrere Assistenten. Whittlesey und ein Assistent namens Crocker verschwanden und wurden höchstwahrscheinlich von Eingeborenen getötet. Der Rest der Expedition starb bei dem Flugzeugabsturz in der Nähe von Asuncíon. Das Einzige, was beim Material der Expedition schriftlich dokumentiert ist, ist die kleine Figur, die in Whittleseys Tagebuch beschrieben wird. Der Rest der Sachen ist ein Geheimnis.

Es gibt nichts, nicht einmal Ortsbezeichnungen der Fundstücke.«

»Warum«, fragte Pendergast, »ist denn das Material so lange in diesen Kisten liegen geblieben? Warum wurde es nicht ausgepackt, katalogisiert und den Sammlungen einverleibt?«

Cuthbert trat unbehaglich von einem Fuß auf den anderen. »Da müssen Sie Frock fragen«, sagte er abwehrend. »Er ist der Leiter der zuständigen Abteilung.«

»Unsere Sammlungen sind riesig«, sagte Frock. »Wir haben immer noch Kisten mit Dinosaurierknochen, die seit den Dreißigerjahren nicht ausgepackt wurden. Es erfordert einen enormen Geld- und Zeitaufwand, solche Dinge zu betreuen.« Er seufzte. »Aber in diesem speziellen Fall handelt es sich nicht darum, dass die Kisten einfach übersehen wurden. Soweit ich mich erinnern kann, wurde es der anthropologischen Abteilung untersagt, den Inhalt der Kisten bei ihrer Rückkehr zu sichten.« Er warf Cuthbert einen vieldeutigen Blick zu.

»Das ist Jahre her!«, entgegnete Cuthbert scharf.

»Woher wissen Sie dann, dass sich nicht noch weitere seltene Kultgegenstände in den Kisten befinden?«, fragte Pendergast.

»Aus Whittleseys Tagebuch ging hervor, dass die Figur in der kleinen Kiste der einzige wichtige Gegenstand war.«

»Dürfte ich dieses Tagebuch einmal sehen?«

Cuthbert schüttelte den Kopf. »Es ist verschwunden.«

»Haben Sie die Entscheidung getroffen, die Kisten in die Sicherheitszone zu bringen?«

»Ich habe es Dr. Wright vorgeschlagen, nachdem ich erfahren hatte, dass an den Kisten herumhantiert worden war«, antwortete Cuthbert. »Wir haben das Material in den Originalkisten belassen, bis wir uns darum kümmern konnten. Das ist eine der Regeln des Museums.«

»Die Kisten wurden also Ende letzter Woche hierher gebracht«, murmelte Pendergast mehr zu sich selbst. »Kurz bevor die beiden Jungen getötet wurden. Was könnte der Mörder gesucht haben?« Dann blickte er Cuthbert wieder an. »Was, haben Sie gesagt, wurde aus den Kisten gestohlen? Samenkapseln, nicht wahr?«

Cuthbert zuckte mit den Achseln. »Wie schon gesagt, ich bin mir nicht sicher, ob es wirklich Samenkapseln waren. Für mich sahen sie so aus, aber ich bin kein Botaniker.«

»Können Sie sie beschreiben?«

»Das ist Jahre her und ich erinnere mich nicht mehr besonders gut. Groß, rund und schwer. Runzelig. Hellbraune Farbe. Sie müssen wissen, dass ich den Inhalt der Kiste nur zweimal gesehen habe; einmal, als sie hierherkam, und dann letzte Woche, als wir nach Mbwun gesucht haben. Das ist die kleine Figur.«

»Wo ist die Figur jetzt?«, fragte Pendergast.

»Sie wird für die Ausstellung vorbereitet. Eigentlich müsste sie schon in ihrem Schaukasten sein, denn wir wollten heute mit dem Aufbau fertig werden.«

»Haben Sie sonst etwas aus der Kiste genommen?«

»Nein. Außer der Figur ist das Zeug momentan für uns nicht interessant.«

»Ich würde diese Figur gerne sehen«, sagte Pendergast.

Cuthbert scharrte gereizt mit den Füßen. »Sie können sie sehen, wenn die Ausstellung eröffnet wird. Ehrlich gesagt, ich verstehe nicht ganz, was Sie hier machen. Warum vergeuden Sie Ihre Zeit an eine aufgebrochene Kiste, während hier im Museum ein Serienmörder frei herumläuft und Ihre Leute nicht in der Lage sind, ihn dingfest zu machen?«

Frock räusperte sich. »Margo, bitte bringen Sie mich etwas näher ran«, bat er.

Margo schob den Rollstuhl hinüber zu den Kisten. Mit einem Ächzen beugte Frock sich nach vorn, um die beschädigten Bretter zu begutachten.

Alle beobachteten ihn dabei.

»Danke«, sagte er schließlich und richtete sich wieder auf. Dann besah er nacheinander alle in der kleinen Gruppe.

»Bitte beachten Sie, dass die Bretter Kratzer sowohl an der *Innenseite* als auch an der Außenseite aufweisen«, sagte er. »Mr Pendergast, meinen Sie eigentlich nicht, dass wir hier eine vorschnelle Behauptung aufgestellt haben?«

»Ich stelle niemals unbewiesene Behauptungen auf«, entgegnete Pendergast mit einem Lächeln.

»Doch, das tun Sie«, beharrte Frock. »Sie alle stellen eine Behauptung auf – und zwar die, dass jemand oder etwas diese Kiste hier von *außen* aufgebrochen hat.«

In dem Gewölbe war es still. Margo fiel auf, dass es ganz leicht nach Staub und Holzwolle roch.

Dann gab Cuthbert ein heiseres Lachen von sich, das rau und unangenehm von den Wänden des Gewölbes widerhallte.

Als sie sich wieder Frocks Büro näherten, war der Kurator ungewöhnlich lebhaft.

»Haben Sie sich den Abguss angesehen?«, fragte er Margo. »Vogeltypische Merkmale und eine geradezu dinosaurierhafte Form. Das könnte genau das sein, was wir brauchen!« Er konnte vor Aufregung kaum mehr an sich halten.

»Aber Professor Frock, Mr Pendergast glaubt doch, dass es sich um eine Art Waffe handelt«, sagte Margo rasch. Noch während sie es aussprach, fiel ihr auf, wie sehr *sie* es glauben wollte.

»Unfug!«, schnaubte Frock. »Hatten Sie denn nicht auch das Gefühl, bei dem Abguss auf etwas fast quälend Vertrautes und doch vollkommen Fremdartiges zu blicken? Wir haben da eben einen Irrweg der Evolution erblickt, Margo, einen leibhaftigen Beweis für meine Theorie.« Im Büro zog Frock sofort ein Notizbuch aus seiner Jacketttasche und fing an, etwas hineinzukritzeln.

»Aber Professor, wie könnte denn so eine Kreatur –« Margo hörte auf, als sie spürte, wie sich Frocks Hand über die ihre legte. Sein Griff war außergewöhnlich fest.

»Mein liebes Mädchen«, sagte er, »wie Hamlet schon sagte, gibt es mehr Dinge zwischen Himmel und Erde, als unsere Schulweisheit sich träumen lässt. Wir müssen nicht immer über alles bis ins kleinste Detail nachdenken. Manchmal müssen wir einfach zusehen und lernen.« Seine Stimme war leise, aber er zitterte vor Aufregung. »Wir dürfen uns diese Gelegenheit nicht entgehen lassen, verstehen Sie? Oh, wie hasse ich mein stählernes Gefängnis hier! Sie müssen meine Augen und Ohren sein, Margo. Sie müssen überall hingehen, alles durchsuchen, Sie müssen meine rechte und linke Hand sein. Wir *dürfen* diese Chance nicht vorbeigehen lassen. Na, was ist? Wollen Sie das für mich tun, Margo?«

Er packte ihre Hand noch fester.

19

Der alte Lastenaufzug in Sektion 28 des Museums roch immer so, als wäre gerade irgendetwas darin verendet, dachte Smithback und atmete durch den Mund.

Der Aufzug war so groß, dass ein kleines Appartement in Manhattan hineingepasst hätte, und der Aufzugführer hatte es sich mit Tisch, Stuhl und Bildern, die er aus dem Naturmagazin des Museums ausgeschnitten hatte, darin gemütlich gemacht. Die Bilder zeigten eigentlich nur das eine: Giraffen, die ihre Hälse aneinanderrieben, Insekten beim Liebesspiel, ein Pavian, der sein Hinterteil zeigte, und Eingeborenenfrauen mit riesigen Hängebrüsten.

»Gefällt Ihnen meine kleine Kunstgalerie?«, fragte der Aufzugführer mit einem schlüpfrigen Grinsen. Er war etwa sechzig Jahre alt und trug ein orangefarbenes Toupet.

»Schön zu sehen, dass es noch echte Naturliebhaber gibt«, antwortete Smithback sarkastisch.

Als er den Aufzug verließ, schlug ihm der Geruch von verrottendem Fleisch mit doppelter Wucht entgegen und schien die Luft wie dichter Nebel zu füllen. »Wie halten Sie das bloß aus?«, stieß er mit Mühe hervor.

»Was denn?«, fragte der Mann und hielt beim Schließen der Aufzugstüren inne.

Aus dem Korridor war eine fröhliche Stimme zu hören. »Willkommen!«, rief ein älterer Mann so laut, dass er das Zischen der Klimaanlage übertönte, und drückte Smithback die Hand. »Heute kochen wir ein Zebra, das Rhinozeros haben Sie leider verpasst. Aber kommen Sie doch bitte herein.« Smithback wusste, dass der schwerfällige Akzent des Mannes niederländisch war.

Jost Osterbaan leitete die Knochenpräparationsabteilung des Museums, in deren Labor Tierkörper auf ihre Knochen reduziert wurden. Er war über achtzig, sah aber so rosig, fröhlich und rundlich aus, dass die meisten Leute ihn für sehr viel jünger hielten.

Osterbaan hatte Ende der Zwanzigerjahre im Museum angefangen, wo er zunächst Skelette für die Ausstellungen zusammengebaut hatte. Seine Glanztat in jenen Tagen waren Skelette von Pferden im Schritt, Trab und Galopp gewesen, von denen man sagte, sie hätten die Art der Darstellung von Tieren im Museum revolutioniert. Danach hatte sich Osterbaan auf die lebensechten Gruppen ausgestopfter Tiere verlegt, die in den Vierzigerjahren sehr populär waren, und hatte dafür gesorgt, dass auch das kleinste Detail – bis hin zum Speichel, der manchen Tieren aus dem Maul troff – absolut naturgetreu war.

Aber als die Ära dieser Tableaus zu Ende ging, musste Osterbaan schließlich zu den »Knochensiedern«. Der alte Holländer schlug alle Angebote, sich zur Ruhe zu setzen, aus und herrschte nun glücklich über die Abteilung, in der Tiere – die jetzt hauptsächlich aus Zoos stammten – in saubere, weiße Knochen verwandelt wurden, die dann zu Studienzwecken und für Ausstellungen verwendet wurden. Dennoch waren Osterbaans alte Fähigkeiten als Präparator von lebensechten Tableaus noch nicht erloschen und man hatte für die Aberglaube-Ausstellung darauf zurückgegriffen und ihn einen speziellen Schaukasten zum

Leben der Schamanen gestalten lassen. Wie diese Gruppe präpariert worden war, wollte Smithback in einem Kapitel seines Buches beschreiben.

Smithback folgte Osterbaans Einladung und betrat das Labor. Er hatte diesen berühmten Raum bisher noch nicht gesehen. »Ich bin ja so froh, dass Sie mal kommen und sich meine Werkstatt ansehen«, sagte Osterbaan. »Seit diese schrecklichen Morde passiert sind, kommen nicht mehr allzu viele Leute hier herunter. Es freut mich wirklich sehr.«

Auf den ersten Blick kam Smithback das Labor wie eine bizarre Großküche vor. An einer Wand standen große Tanks aus rostfreiem Stahl und von der Decke hingen kräftige Flaschenzüge, Ketten und Fleischerhaken herab, an denen man die größeren Tierkörper aufhängen konnte. In der Mitte des Raumes befand sich ein Gully, in dessen Gitter sich ein kleiner, zerbrochener Knochen verfangen hatte. In einer entfernten Ecke des Labors lag auf einer Rollbahre aus Edelstahl ein großes Tier. Hätte er es nicht auf einer mit Druckbuchstaben beschrifteten Tafel gelesen, wäre Smithback nie auf die Idee gekommen, dass dieses Tier ein Dugong aus dem Sargassomeer war. Um die schon fast vollständig vom Fleisch befreiten Knochen lagen Hacken, Zangen und kleine Messer.

»Vielen Dank, dass Sie sich die Zeit nehmen und mich empfangen«, sagte Smithback.

»Keine Ursache«, sprudelte Osterbaan hervor. »Ich wünschte, ich könnte mehr Leute hier herumführen, aber Sie wissen ja vielleicht, dass zu diesem Teil des Museums Besucher keinen Zutritt haben. Jammerschade. Sie hätten kommen sollen, als wir das Rhinozeros hierhatten. *Mein Gott,* das war vielleicht etwas!«

Osterbaan schritt munter durch die Werkstatt und zeigte Smithback den Aufweichtank, in dem momentan das tote Zebra lag. Obwohl ein Dunstabzug alle Dämpfe absog, war der Geruch immer noch ziemlich schlimm. Osterbaan hob den Deckel und trat einen Schritt zurück, wie ein Koch, der einem Gast stolz sein bestes Gericht zeigt.

»Na, was sagen Sie *dazu?*«

Smithback blickte auf die braune Flüssigkeit in dem Tank und entdeckte knapp unter der Oberfläche das aufweichende Zebra, dessen Fleisch und andere weiche Gewebsbestandteile sich langsam ablösten.

»Sieht ein bisschen überreif aus«, sagte Smithback matt.

»Was meinen Sie mit überreif? Es ist absolut perfekt! Da, sehen Sie, unter dem Tank haben wir einen Brenner, mit dem wir das Wasser ständig auf exakt zweiunddreißig Grad Celsius halten. Bevor wir das Tier in diesen Tank legen, weiden wir es natürlich fachgerecht aus. Wenn es dann zwei Wochen aufgeweicht ist, ziehen wir den Stöpsel heraus und lassen die ganze Suppe in den Ausguss laufen. Was übrig bleibt, ist ein großer Haufen fettiger Knochen. Dann füllen wir den Tank erneut, geben etwas Alaun ins Wasser und bringen es zum Kochen. Allerdings muss man dabei aufpassen, denn wenn man die Knochen zu lange kocht, werden sie zu weich.«

Osterbaan hielt inne, um nach Luft zu schnappen. »Sie kennen das ja, wenn die Leute ein Hühnchen zu lange im Topf lassen. Pfui! Widerlich! Nach dem Kochen sind die Knochen immer noch leicht fettig, also waschen wir sie mit Benzol. Das macht sie dann auch gleich richtig schön weiß.«

»Mr Osterbaan«, begann Smithback. Wenn er die Initiative nicht bald an sich riss, dann konnte er dieses Interview vergessen. Außerdem hielt er den Geruch hier nicht mehr allzu lange aus. »Ich frage mich, ob Sie mir vielleicht ein bisschen etwas über die Schamanen-Gruppe erzählen könnten, an der Sie für die Aberglaube-Ausstellung gearbeitet haben. Ich schreibe nämlich ein Buch darüber. Erinnern Sie sich noch an unser Gespräch neulich?«

»Ja, ja, natürlich!« Osterbaan eilte zu einem Schreibtisch und holte ein paar Zeichnungen aus einer Schublade. Smithback schaltete sein kleines Tonbandgerät ein.

»Zuerst muss man den Hintergrund für so ein Schaukastentableau auf eine doppelt gewölbte Wand malen, die keine Ecken hat, verstehen Sie? Damit erreicht man die Illusion von Tiefe.« Osterbaan fing an, die weitere Prozedur zu erklären, wobei seine Stimme vor lauter Aufregung ganz hoch klang. *Wunderbar,* dachte Smithback. *Das ist ja traumhaftes Material.*

Osterbaan erzählte lange, gestikulierte dabei heftig und holte zwischen den in breitem Akzent hervorgestoßenen Sätzen immer wieder tief Luft. Als er zu Ende war, strahlte er Smithback an. »Wollen Sie jetzt vielleicht noch rasch einen Blick auf meine Käfer werfen?«

Smithback konnte nicht widerstehen, denn Osterbaans Käfer waren berühmt. Vor Jahren hatte der Holländer ein Verfahren entwickelt, das mittlerweile alle großen naturkundlichen Museen im ganzen Land zur Präparation kleinerer Tierskelette verwendeten. Dabei fraßen die Käfer begierig das Fleisch von den Kadavern, bis am Schluss lediglich ein perfekt gesäubertes Gerippe übrig blieb.

Der Raum, in dem sich die Käfer befanden, war warm und feucht und nicht viel größer als ein Besenschrank. Die Käfer, Dermestiden genannt, stammten aus Afrika und hausten in sehr großen weißen Porzellanwannen mit glatten Wänden, auf denen ein Gitter als Deckel lag. Dort krochen sie langsam über tote, abgehäutete Tiere.

»Was liegt denn da drinnen?«, fragte Smithback und beugte sich über die von Käfern nur so wimmelnden Tierleichen.

»Fledermäuse«, sagte Osterbaan. »Fledermäuse für Dr. Huysmans. Es dauert ungefähr zehn Tage, dann sind sie sauber.«

Erst der schlimme Geruch und dann auch noch Fledermäuse. Smithback hatte genug. Er stand auf und streckte dem alten Wissenschaftler die Hand hin. »Ich muss jetzt leider gehen. Vielen Dank für das Interview. Und diese Käfer sind echt nicht schlecht.«

»Bitte, das habe ich gern getan«, antwortete Osterbaan. »Einen Moment noch. Weil Sie gerade von Interview sprachen, für wen schreiben Sie das Buch eigentlich?« Anscheinend war es ihm eben erst in den Sinn gekommen, dass er interviewt worden war. »Für das Museum«, sagte Smithback. »Mrs. Rickman ist dafür verantwortlich.«

»Rickman?« Osterbaans Augen verengten sich.

»Ja. Warum?«, fragte Smithback.

»Arbeiten Sie für Rickman?«, fragte Osterbaan.

»Eigentlich nicht. Sie – nun, meistens pfuscht sie mir nur ins Handwerk«, sagte Smithback.

Osterbaan ließ ein rosiges Grinsen sehen. »Ach, diese Frau ist reines Gift! Wie kann man nur für so jemanden arbeiten?«

»Es hat sich nun einmal so ergeben«, sagte Smithback, der froh war, in Osterbaan einen Verbündeten gefunden zu haben. »Sie würden es nicht für möglich halten, wie die mir schon die Hölle heißgemacht hat. Du meine Güte, das war echt schlimm.«

Osterbaan klatschte in die Hände. »Das glaube ich Ihnen! Das glaube ich Ihnen aufs Wort! Sie macht ständig Schwierigkeiten, auch bei der Ausstellung!«

Das interessierte Smithback nun plötzlich sehr. »Wie denn das?«, fragte er.

»Jeden Tag wuselt sie zwischen den Schaukästen herum, sagt, *dies* gefällt mir nicht und *das* gefällt mir nicht. Mein Gott, was für eine Nervensäge!«

»Das sieht ihr ähnlich«, sagte Smithback grimmig lächelnd. »Was hat ihr denn in der Ausstellung nicht gefallen?«

»Dieses, wie heißt's doch gleich wieder, dieses Zeug vom Kothoga-Stamm. Erst gestern hat sie wieder ein Mordstheater gemacht. ›Alle verlassen sofort die Ausstellung! Wir bringen jetzt die Kothoga-Figur!‹ Wir mussten alles liegen und stehen lassen und hinausgehen.«

»Die Figur? Was ist das für eine Figur? Und was ist daran so heikel?« Smithback kam der Gedanke, dass etwas, das Rickman so aus der Fassung brachte, für ihn möglicherweise nützlich sein könnte.

»Die Mbwun-Figur, ein Kernstück der Ausstellung. Haben Sie denn noch nicht davon gehört? Ich selber weiß auch nicht viel darüber. Aber Rickman war ganz schön durcheinander, das kann ich Ihnen sagen.«

»Weshalb?«

»Das sagte ich doch bereits. Wegen dieser Figur. Haben Sie noch nichts gehört? Wird viel geredet darüber, und zwar ganz, ganz böse Dinge. Ich versuche immer, nicht hinzuhören.«

»Was wird denn zum Beispiel geredet?«

Smithback hörte dem alten Mann noch eine ganze Weile zu. Schließlich, als er die Werkstatt verließ, ging Osterbaan ihm noch bis zum Aufzug nach.

Als die Türen sich schlossen, redete der rundliche Mann noch immer. »Diese Arbeit für Rickman wird Ihnen nicht guttun«, rief er Smithback noch nach, kurz bevor der Aufzug nach unten fuhr. Aber Smithback hörte ihn nicht. Er war viel zu sehr mit seinen eigenen Gedanken beschäftigt.

20

Als der Nachmittag dem Ende zuging, blickte Margo mit müden Augen von ihrem Terminal auf. Sie streckte sich, gab einen Befehl für den Drucker draußen auf dem Gang ein, lehnte sich zurück und rieb sich die Augen. Die Arbeit für Moriarty war endlich getan. Vielleicht nicht ganz so differenziert und verständlich, wie Margo es gerne gehabt hätte, aber sie konnte es sich einfach nicht leisten, noch mehr Zeit dafür zu opfern. Insgeheim war sie recht zufrieden damit und konnte es kaum erwarten, Moriarty einen Ausdruck davon in sein Büro im dritten Stock des Butterfield Observatoriums zu bringen, in dem die Projektgruppe für die Aberglaube-Ausstellung untergebracht war.

Margo blätterte durch ihr Telefonverzeichnis und suchte Moriartys Durchwahl heraus. Als sie sie gefunden hatte, wählte sie die vier Ziffern auf ihrem Telefon.

»Ausstellungszentrale«, meldete sich eine langsame Stimme. Im Hintergrund hörte Margo, wie sich Leute lautstark voneinander verabschiedeten.

»Ist George Moriarty da?«, fragte Margo.

»Ich glaube, er ist unten in den Ausstellungsräumen«, antwortete die Stimme. »Wir machen hier gleich Schluss. Wollen Sie eine Nachricht für ihn hinterlassen?«

»Nein, nicht nötig, vielen Dank«, antwortete Margo und legte auf. Sie sah auf ihre Uhr. Es war fast fünf. Zeit, das Museum zu verlassen. Aber die Ausstellung würde am

Freitag eröffnet werden und sie hatte Moriarty das Material versprochen.

Als sie gerade aufstehen wollte, erinnerte sie sich an Frocks Vorschlag, sie solle Greg Kawakita anrufen. Mit einem Seufzer nahm sie den Hörer wieder ab. *Es ist besser, wenn ich es wenigstens versuche.* Wahrscheinlich war Kawakita eh längst gegangen, dann konnte sie ihm eine Nachricht auf seinem Anrufbeantworter hinterlassen.

»Hier spricht Greg Kawakita«, meldete sich eine Baritonstimme.

»Greg? Hier ist Margo Green.« *Du darfst nicht so klingen, als müsstest du dich entschuldigen. Er ist schließlich nicht der Leiter der Abteilung oder so was.*

»Hi, Margo. Was gibt's?« Am anderen Ende der Leitung konnte Margo hören, wie Kawakita auf seiner Computertastatur herumtippte.

»Ich möchte Sie um einen Gefallen bitten, der eigentlich auf einen Vorschlag von Dr. Frock zurückgeht. Ich mache eine Analyse der Pflanzen, die der Kiribitu-Stamm verwendet hat, und Dr. Frock meinte, ich sollte sie durch Ihren Extrapolator laufen lassen. Vielleicht finden sich genetische Übereinstimmungen zwischen den einzelnen Pflanzen.«

Kawakita war still. »Dr. Frock meinte, es wäre nicht nur eine große Hilfe für mich, sondern gleichzeitig auch ein guter Test für Ihr Programm«, drängte Margo.

Kawakita ließ sich Zeit. »Nun, Sie wissen ja, Margo, dass ich Ihnen wirklich gerne jederzeit helfe, aber der Extrapolator ist momentan noch nicht in der Form, um von irgendjemand Außenstehendem benutzt zu werden. Bis ich nicht die letzten Fehler ausgemerzt habe, kann ich keine Garantie für die Ergebnisse übernehmen.«

Margo hatte auf einmal ein ganz heißes Gesicht. »Von *Außenstehenden?*«

»Entschuldigung, das war vielleicht nicht die richtige Wortwahl. Aber Sie wissen schon, was ich meine. Außerdem bin ich gerade furchtbar unter Druck, und dieses Verbot, sich noch nach fünf Uhr im Museum aufzuhalten, kommt mir bei meiner Arbeit auch nicht gerade besonders entgegen. Wissen Sie, was? Warum melden Sie sich nicht in einer oder zwei Wochen wieder bei mir? Okay? Dann können wir uns in Ruhe noch einmal über die Sache unterhalten.«

Kawakita legte auf.

Margo erhob sich, nahm ihre Jacke und ihre Handtasche und ging hinaus in den Gang, um ihre ausgedruckten Seiten abzuholen. Ihr war klar, dass Kawakita die Sache bis ins Unendliche hinauszögern würde. Zum Teufel mit ihm. Bevor sie nach Hause ging, würde sie Moriarty suchen und ihm ihre Arbeit geben. Vielleicht würde sie ja dadurch wenigstens eine kompetente Führung durch die Ausstellung erhalten. Dann könnte sie sich vielleicht selber ein Bild davon machen, ob all der Zirkus, der darum veranstaltet wurde, gerechtfertigt war.

Ein paar Minuten später ging Margo langsam durch die verlassene Selous Memorial Hall. Zwei Wärter standen am Eingang, und der Mann im Informationszentrum packte Bücher weg und rückte die Verkaufswaren für den nächsten Tag zurecht. *Wenn überhaupt jemand kommt, der etwas kauft,* dachte Margo. Direkt unter der großen Bronzestatue von Selous standen drei Polizisten und unterhielten sich. Sie bemerkten Margo nicht.

Margo dachte wieder an das Gespräch, das sie am Vormittag mit Frock geführt hatte. Wenn es nicht gelang, den Mörder zu finden, wurden die Sicherheitsmaßnahmen verschärft und dadurch würde womöglich ihre Dissertation noch weiter verzögert. Vielleicht wurde ja auch das ganze Museum geschlossen. Margo schüttelte den Kopf. Wenn das passierte, dann musste sie ganz sicher nach Massachusetts, das stand fest.

Sie machte sich auf den Weg zur Walker Gallery, von der aus man durch den Hintereingang in die Aberglaube-Ausstellung gelangen konnte. Ärgerlicherweise waren die beiden großen Stahltüren geschlossen und vor ihnen hing an zwei Messingpfosten eine rote Samtkordel. Ein Polizist stand bewegungslos vor der Tür.

»Kann ich Ihnen helfen, Miss?«, fragte er. Auf seinem Namensschild stand F. BEAUREGARD.

»Ich muss mit George Moriarty sprechen«, antwortete Margo. »Ich glaube, er ist drinnen in der Ausstellung. Ich muss ihm etwas Wichtiges geben.« Sie wedelte mit dem Ausdruck vor dem Polizisten herum, den das nicht zu interessieren schien.

»Tut mir leid, Miss«, sagte er. »Es ist schon nach fünf. Sie dürften also gar nicht mehr hier sein. Und außerdem«, sagte er mit sanfter Stimme, »ist die Ausstellung bis zur Eröffnung für niemanden mehr zugänglich.«

»Aber –« Margo wollte erst protestieren, dann drehte sie sich um und ging seufzend zurück zur Großen Rotunde.

Hinter der nächsten Ecke blieb sie stehen. Am Ende des Ganges konnte sie die riesige, düstere Halle sehen. Officer Beauregard hinter ihr war außer Sicht und so wandte sich Margo einem Impuls folgend nach links und trat durch einen kurzen Durchgang in einen weiteren, parallel zu dem ersten verlaufenden Gang. Vielleicht konnte sie Moriarty doch noch treffen.

Margo stieg eine breite Treppe hinauf und ging dann, nachdem sie sich sorgfältig umgesehen hatte, langsam durch eine Halle mit Gewölbedecke, in der unzählige Insekten ausgestellt waren. Danach wandte sie sich nach rechts und betrat eine Galerie, die auf Höhe des ersten Stocks um die ganze Halle des Lebens in den Ozeanen lief. Wie alle anderen Hallen im Museum wirkte auch sie unheimlich und verlassen.

Margo lief eine der beiden geschwungenen Treppen hinunter in die mit Granit ausgelegte Haupthalle. Mit langsamen Schritten ging sie an einer Gruppe von ausgestopften Walrössern und dem sorgfältig gearbeiteten Gipsmodell eines Unterwasserriffs vorbei. Solche Dioramen, die noch aus den Dreißiger- und Vierzigerjahren stammten, machte heute niemand mehr – ihre Herstellung war viel zu teuer geworden.

Am anderen Ende der Halle war der Zugang zur Weisman Galerie, in der die größeren Sonderausstellungen untergebracht waren. In dieser Abfolge von Räumen wurde auch die Aberglaube-Ausstellung aufgebaut. Die doppelte Glastür war von innen mit schwarzem Papier zugeklebt und davor hing ein Schild, auf dem stand: *Hier wird eine Ausstellung aufgebaut. Vielen Dank für Ihr Verständnis.*

Die linke Tür war zugesperrt, aber die rechte ließ sich ohne Mühe öffnen.

So gleichgültig wie möglich blickte Margo über ihre Schulter zurück. Da war niemand.

Sie schloss die Tür hinter sich und befand sich in einem engen Raum zwischen der Außenwand der Galerie und der Ausstellung. Sperrholzplatten und große Nägel lagen kreuz und quer herum, am Boden waren elektrische Kabel verlegt. Links von Margo befand sich ein großes, aus Gipsplatten und Brettern zusammengenageltes Gebilde, das von hölzernen Stützpfeilern getragen wurde und aussah wie die Rückseite einer Filmkulisse. Von dieser Seite aus würde kein zahlender Besucher die Aberglaube-Ausstellung jemals zu Gesicht bekommen.

Margo tastete sich vorsichtig weiter und suchte nach einem Weg in die Ausstellung hinein. Das Licht war schlecht – nur alle sieben bis acht Meter brannte eine einzelne, nackte Glühbirne – und Margo passte auf, dass sie nicht stolperte und hinfiel. Bald kam sie zu einem Spalt zwischen zwei Sperrholzwänden, durch den sie sich grade eben hindurchzwängen konnte.

Margo gelangte in einen großen, sechseckigen Vorraum. Unter gotischen Spitzbögen zweigten an drei Wänden Gänge ab, die sich in der Dunkelheit verloren. Das meiste Licht kam von mehreren von hinten beleuchteten Großdias hoch oben an den Wänden, auf denen Schamanen verschiedener Völker zu sehen waren. Margo betrachtete nachdenklich die drei Ausgänge. Sie hatte keine Ahnung, wo in der Ausstellung sie sich befand, und ebenso wenig, wo der Ein- oder der Ausgang war und wo sie Moriarty finden konnte. »George?«, rief Margo leise, der es irgendwie nicht gelang, in der dämmrigen Stille ihre Stimme zu erheben.

Sie nahm den mittleren Gang, der sie in eine weitere dunkle Halle führte, die nicht größer als die vorherige und voller Ausstellungsstücke war.

In gewissen Abständen beleuchteten helle Punktscheinwerfer Kult- und Gebrauchsgegenstände: eine Maske, ein Messer aus Knochen, eine seltsame Schnitzerei, die mit Nägeln verziert war. Die Gegenstände schienen in einer samtigen Dunkelheit zu schweben und an der Decke waren verrückte Muster aus Licht und Schatten zu sehen.

Am anderen Ende der Galerie standen die Stellwände enger beieinander. Margo hatte das seltsame Gefühl, eine tiefe Höhle zu betreten. *Ganz schön manipulativ,* dachte sie. Sie konnte verstehen, warum Frock etwas gegen die Ausstellung hatte.

Margo ging immer tiefer in die Dunkelheit und hörte nichts weiter als ihre eigenen Schritte auf dem dicken Teppich. Sie konnte die Ausstellungsstücke erst dann sehen, wenn sie kurz davorstand, und fragte sich, wie sie wohl den Rückweg in die Halle der Schamanen finden sollte. Vielleicht gab es ja irgendeinen unversperrten Ausgang – einen gut beleuchteten, versteht sich, irgendwo anders in der Ausstellung.

Direkt vor Margo gabelte sich der schmale Gang. Nach einem Augenblick des Überlegens entschied sich Margo für die rechte Abzweigung. Im Weitergehen bemerkte sie, dass sich in den Wänden zu beiden Seiten kleine Schaukästen befanden, die alle je ein einziges, grotesk aussehendes

Ausstellungsstück enthielten. Die Stille war so intensiv, dass Margo unwillkürlich den Atem anhielt.

Der Gang verbreiterte sich schließlich zu einer Art Kammer und Margo stand einer Reihe von tätowierten Maori-Köpfen gegenüber. Es waren keine Schrumpfköpfe – die Schädelknochen waren ganz offensichtlich noch vorhanden. Ein Schild verriet, dass sie durch Räuchern konserviert worden waren. Die Augenhöhlen waren mit Pflanzenfasern ausgestopft, die mahagonifarbene Haut glänzte und die schwarzen, verschrumpelten Lippen entblößten gelblich schimmernde Zähne. Es waren sechs Köpfe, die Margo aus der Dunkelheit angrinsten. Die blauen Tätowierungen an Wangen, Stirnen und Nasen waren atemberaubend komplex: verschlungene Spiralen, die sich in endlosen Mustern immer wieder gegenseitig trafen. Die Tätowierungen, so gab das Schild Auskunft, waren zu Lebzeiten angebracht und die Köpfe als ein Zeichen des Respekts vor den Toten konserviert worden.

Direkt hinter den Masken erkannte Margo, dass die Galerie spitz auf einen Punkt zulief. Davor stand ein massiver, gedrungener Totempfahl, der von unten in ein fahles, orangefarbenes Licht getaucht war. Oberhalb des Pfahls wurden die Schatten großer Wolfsköpfe und grausam gebogener Vogelschnäbel rötlichgrau an die schwarze Decke geworfen. Obwohl Margo sicher war, dass sie sich in einer Sackgasse befand, ging sie zögernd auf den Totempfahl zu. Dann bemerkte sie vor sich auf der linken Seite eine kleine Öffnung, die in eine weitere Nische führte. Margo ging langsam und so leise wie möglich darauf zu. Jeder Gedanke daran, noch einmal nach Moriarty zu rufen, war längst verflogen. *Gott sei dank bin ich hier nicht in der Nähe des alten Kellers,* dachte sie.

In der Nische befand sich eine Sammlung von Fetischen. Manche waren einfache, in Tierform behauene Steine, aber die meisten waren Monstren, die die dunkle Seite des menschlichen Aberglaubens darstellten. Ein weiterer Durchgang brachte Margo in einen langen, schmalen Raum, der mit dickem, schwarzem Filz ausgeschlagen war. Von irgendwoher kam indirektes, schwachblaues Licht. Die Decke war so niedrig, dass sie sich knapp über Margos Kopf befand. *Smithback müsste hier wohl auf Händen und Knien durchkriechen,* dachte sie.

Der schmale Raum weitete sich zu einem achteckigen, hohen Gewölbe. Die Decke war wie ein altes, bleiverglastes Kirchenfenster gestaltet und zeigte mittelalterliche Höllenszenen, die den Raum in fleckiges, farbiges Licht tauchten. An den Wänden befanden sich mehrere Fenster.

Margo trat an das nächstgelegene heran und blickte hinab auf ein Maya-Grab. In der Mitte lag ein mit einer dicken Staubschicht bedecktes Skelett, darum herum waren verschiedene Gegenstände verteilt. Auf den Rippen des Skeletts lag ein goldener Brustharnisch und an seinen Knochenfingern steckten goldene Ringe. Um den Schädel waren im Halbkreis bemalte Tontöpfe angeordnet. Einer von ihnen enthielt als Opfergabe winzige, getrocknete Maiskolben.

Durch das nächste Fenster war ein in Felle gewickeltes Mumienbündel der Eskimos zu sehen und die darauf folgende Szene war noch gruseliger: In einem deckellosen Sarg im europäischen Stil lag eine Leiche, die stark verwest war und einen verrotteten Gehrock und eine Krawatte trug. Der Kopf lag auf der Seite, als wolle er sich Margo zuneigen und ihr ein Geheimnis verraten. Leere Augenhöhlen starrten zu ihr herüber und der Mund war ein knöcherner Schmerzensschlund. *Großer Gott,* dachte Margo, *das könnte gut und gerne mein Urgroßvater sein.* Der sachliche Ton, in dem das Schild an dem Fenster die mit einem typischen amerikanischen Begräbnis des neunzehnten Jahrhunderts verbundenen Rituale beschrieb, schien nichts mit der visuellen Abscheulichkeit der Szene zu tun zu haben. *Es stimmt,* dachte Margo, *das Museum geht wirklich ein großes Risiko ein, indem es so krasse Dinge zeigt.*

Margo beschloss, sich einen Blick auf die weiteren Szenen zu ersparen, und betrat einen niedrigen Bogengang auf der anderen Seite des achteckigen Raumes. Bald teilte sich der Gang. Links war eine kleine Sackgasse, rechts führte ein langer, schmaler Gang in die Dunkelheit. Margo wollte diesen Weg nicht nehmen, zumindest noch nicht gleich. Also betrat sie die Sackgasse und blieb abrupt stehen. Dann ging sie auf einen der Schaukästen zu und betrachtete ihn genauer.

Die kleine Galerie behandelte das Konzept des Bösen in seinen verschiedenen mythischen Formen. Es gab mehrere Bilder des mittelalterlichen Teufels, ebenso war Tornarsuk, der böse Geist der Eskimos, zu sehen. Was aber Margo am meisten fesselte, war ein verwitterter Steinaltar in der Mitte des Raumes. Auf diesem Altar stand, von einem gelblichen Strahler erleuchtet, eine kleine Figur, die so fein geschnitzt war, dass Margo fast der Atem stockte. Die Figur kauerte auf allen vieren und war fast gänzlich mit Schuppen überzogen. Und doch wirkte etwas an der Figur – die langen Unterarme, der Winkel, in dem sie den Kopf hielt – beunruhigend menschlich. Margo erschauderte. *Was muss das für eine Fantasie sein, die ein Wesen mit Schuppen* und *Haaren erschafft?* Ihr Blick fiel auf das Schild vor dem Altar.

MBWUN. Diese geschnitzte Figur ist ein Abbild des wahnsinnigen Gottes Mbwun und wurde möglicherweise vom Kothoga-Stamm im oberen Amazonasbecken hergestellt. Dieser heidnische Gott, der auch als »Der auf allen vieren geht« bekannt ist, wird von den anderen eingeborenen Stämmen der Gegend sehr gefürchtet. Lokalen Mythen zufolge sollte der Kothoga-Stamm als Einziger in der Lage sein, Mbwun so zu beschwören, dass er ihm zu Willen war und für ihn Zerstörungsangriffe gegen die benachbarten Stämme führte. Nur sehr wenige Kultgegenstände der Kothoga wurden jemals gefunden und dies ist das einzige bekannte Abbild von Mbwun. Außer ein paar Spuren in den Legenden des Amazonasbeckens ist nur äußerst wenig von den Kothoga und ihrem geheimnisvollen »Teufel« bekannt.

Margo verspürte ein eiskaltes Kribbeln unter der Kopfhaut. Sie besah sich die Figur genauer und war abgestoßen von den reptilienhaften Gesichtszügen, den kleinen, bösen Augen – und den Krallen. Jeweils drei an jedem Vorderglied.

Großer Gott. Das durfte doch nicht wahr sein.

Plötzlich sagte Margos Instinkt ihr, dass sie sich vollkommen still verhalten sollte. Eine Minute verging, dann eine zweite.

Und dann kam es wieder, das Geräusch, das sie hatte erstarren lassen. Es war ein seltsames Rascheln, langsam, bedächtig und aufreizend leise. Auf dem dicken Teppich mussten die Schritte ihr schon nahe, sehr nahe sein. Ein schrecklicher Gestank drohte sie fast zu ersticken.

Margo blickte ängstlich um sich und suchte nach einem rettenden Ausgang. Die sie umgebende Dunkelheit war undurchdringlich. So leise wie möglich schlich sie aus der Sackgasse heraus zu der Gabelung. Als sie abermals ein leises Rascheln hörte, rannte sie los, Hals über Kopf in die Dunkelheit, an gespenstischen Schaukästen und grinsenden Statuen vorbei, die aus der Finsternis auf sie zuzuspringen schienen. Sie rannte durch verschlungene Gänge und Abzweigungen und versuchte dabei, immer den Weg zu nehmen, der ihr am meisten Deckung gab.

Schließlich, als sie überhaupt nicht mehr wusste, wo sie sich befand, und zudem völlig außer Atem war, kauerte sie sich in eine Nische, in der die Medizin der primitiven Völker dargestellt wurde. Keuchend versteckte sie sich hinter einem Schaukasten, in dem ein aufgebohrter menschlicher Schädel auf einem eisernen Pfahl steckte. Margo lauschte hinaus in die Dunkelheit.

Es war nichts; kein Geräusch, keine Bewegung. Sie wartete, bis ihr Atem sich beruhigt hatte und sie wieder halbwegs klar denken konnte. Da draußen war nichts. Es war auch nie etwas gewesen – alles war nur eine Einbildung ihrer überreizten Fantasie, die auf dieser abenteuerlichen

Tour durch die Ausstellung zu viel Nahrung gefunden hatte. *Es war idiotisch von mir, mich hier einzuschleichen,* dachte Margo. *Ich weiß nicht, ob ich mir diese Ausstellung noch einmal ansehen werde – nicht einmal an einem gut besuchten Samstagnachmittag.*

Wie dem auch sei, sie musste auf alle Fälle einen Weg nach draußen finden. Obwohl es jetzt schon spät war, hoffte sie, dass sich noch irgendwo Leute befanden, die ihr Klopfen hören würden, falls sie nur einen versperrten Ausgang finden würde. Es wäre zwar peinlich, ihr Eindringen einem Wachmann oder Polizisten erklären zu müssen, aber zumindest kam sie aus der Ausstellung heraus.

Margo spähte aus ihrer Nische. Selbst *wenn* es nur ihre Fantasie gewesen war, die ihr einen Streich gespielt hatte, hatte sie wenig Lust, wieder in dieselbe Richtung zurückzugehen. Mit angehaltenem Atem trat sie leise aus der Nische und horchte. Nichts.

Sie wandte sich nach links, ging langsam den Korridor entlang und fragte sich, in welcher Richtung wohl ein Ausgang sein mochte. An einer großen Abzweigung blieb sie stehen, starrte angestrengt in die Dunkelheit und wusste nicht, welchen der beiden Gänge sie nehmen sollte. *Eigentlich müsste es doch Schilder geben, die einem den Weg zum Ausgang weisen, oder? Ich schätze, die bringen sie erst in letzter Minute an. Ist doch wieder einmal typisch.* Aber der Gang vor ihr sah recht vielversprechend aus: Auch wenn sie es in der Dunkelheit nicht genau erkennen konnte, schien er doch in eine Art großes Foyer zu führen.

Auf einmal registrierte Margo am Rand ihres Gesichtsfeldes eine Bewegung. Sie erstarrte und blickte zögernd nach rechts. Ein Schatten glitt, schwarz vor schwarz, verstohlen auf sie zu, indem er sich dunkel und geschmeidig an Schaukästen und grinsenden Statuen vorbeibewegte.

Von Angst getrieben rannte Margo den Gang entlang. Sie spürte mehr, als dass sie sah, wie sich die Wände neben ihr auseinanderbewegten. Und dann erkannte sie zwei vertikale Lichtschlitze in der Dunkelheit vor sich. Das musste eine große Doppeltür sein. Ohne ihren Lauf zu verlangsamen, warf Margo sich dagegen. Die Türen flogen auf, hinter ihnen fiel etwas klappernd zu Boden. Das gedämpfte rote Licht des nächtlichen Museums umfing sie und ein kühler Lufthauch strich über Margos Wangen.

Sie fing an zu weinen, schlug die Türen zu und lehnte sich dagegen. Mit geschlossenen Augen presste sie die Stirn gegen das kalte Metall und rang nach Atem.

Dann hörte sie, wie sich jemand in dem rötlichen Halbdunkel hinter ihr laut und vernehmlich räusperte.

TEIL ZWEI

Die Aberglaube-Ausstellung

21

»Was geht hier vor?« fragte eine strenge Stimme.

Margo wirbelte herum und wäre vor Erleichterung fast zusammengebrochen. »Officer Beauregard, da drinnen ist –« Dann hörte sie, ohne zu wissen, warum, mitten im Satz auf zu sprechen.

F. Beauregard, der die Messingpfosten, die von der aufgestoßenen Tür umgeworfen worden waren, wieder aufstellte, blickte auf, als er seinen Namen hörte. »Hey, Sie sind doch das Mädchen, das vorhin in die Ausstellung wollte!« Seine Augen wurden schmal. »Was ist mit Ihnen los, Miss, hören Sie nicht zu, wenn man Ihnen etwas sagt?«

»Officer, da drinnen ist ein –«, begann Margo von Neuem, dann verstummte sie abermals.

Der Polizist trat einen Schritt zurück, verschränkte die Arme vor der Brust und wartete. Dann huschte ein überraschter Ausdruck über sein Gesicht. »Was soll denn das? Sind Sie in Ordnung, Lady?«

Margo beugte sich nach vorn und lachte – oder weinte, sie war sich nicht sicher, was sie wirklich tat –, bis sie sich die Tränen aus dem Gesicht wischen musste.

Der Polizist packte sie am Arm. »Ich glaube, Sie sollten besser mit mir kommen.«

Der Ton des Polizisten ließ nichts Gutes ahnen. Margo sah sich schon in einem Raum voller Polizisten sitzen und wieder und wieder ihre Geschichte erzählen. Vielleicht würde man auch Dr. Frock oder sogar Dr. Wright rufen und dann würde sie gemeinsam mit ihnen zurück in die Ausstellung gehen müssen ... Margo richtete sich auf. »Nein, danke, das ist nicht nötig«, sagte sie schniefend. »Ich habe mich bloß ein bisschen erschrocken.«

Officer Beauregard sah nicht allzu überzeugt aus. »Ich finde trotzdem, wir sollten mit Lieutenant D'Agosta sprechen.« Mit seiner freien Hand zog er ein großes, ledergebundenes Notizbuch aus seiner hinteren Hosentasche. »Wie heißen Sie?«, fragte er. »Ich muss einen Bericht schreiben.«

Es war klar, dass er sie nicht gehen lassen würde, wenn sie ihm die verlangten Informationen nicht gab. »Mein Name ist Margo Green«, sagte sie schließlich. »Ich arbeite als Doktorandin für Dr. Frock und habe für George Moriarty, den Kurator dieser Ausstellung, etwas geschrieben. Das wollte ich ihm bringen. Aber Sie hatten recht – es war niemand mehr drin.«

Während sie sprach, befreite Margo ihre Hand sanft aus dem Griff des Polizisten. Dann begann sie, immer noch redend, langsam in Richtung auf die Memorial Hall zurückzugehen. Officer Beauregard sah ihr dabei zu, schlug dann mit einem Achselzucken sein Notizbuch auf und begann zu schreiben.

Als sie wieder in der Halle war, blieb Margo stehen. Sie konnte nicht zurück in ihr Büro gehen, denn es war jetzt fast sechs Uhr und die Sperrstunde wurde nun ganz bestimmt überwacht. Aber sie wollte auch nicht nach Hause, *konnte jetzt* einfach nicht nach Hause gehen.

Dann erinnerte sie sich an die Seiten für Moriarty. Sie presste einen Ellenbogen gegen ihren Körper, um sich zu überzeugen, dass ihre Umhängetasche noch da war, die sie in der ganzen Aufregung völlig vergessen hatte. Margo blieb noch einen Augenblick stehen und dachte nach, dann ging sie hinüber zu dem verlassenen Informationsstand. Sie nahm das dortige Haustelefon ab und wählte.

Nach einem Klingeln meldete sich eine Stimme: »Moriarty.«

»George?«, sagte Margo. »Hier spricht Margo Green.«

»Hi, Margo«, antwortete George. »Was ist los?«

»Ich bin in der Selous Hall«, entgegnete sie. »Ich komme gerade aus der Ausstellung.«

»Aus *meiner* Ausstellung?«, fragte Moriarty erstaunt. »Was haben Sie denn dort gemacht? Wer hat Sie hineingelassen?«

»Ich habe nach Ihnen gesucht«, antwortete Margo. »Ich wollte Ihnen meine Arbeit über Kamerun geben. *Waren Sie dort drin?«* Sie spürte, wie schon wieder die Panik in ihr hochstieg.

»Nein. Die Ausstellung sollte doch eigentlich bis zur Eröffnungsfeier am Freitagabend geschlossen bleiben«, sagte Moriarty. »Warum fragen Sie?«

Margo atmete schwer und versuchte, sich wieder unter Kontrolle zu bekommen. Ihre Hände zitterten und der Hörer schlug an ihr Ohr.

»Wie hat Ihnen denn die Ausstellung gefallen?«, fragte Moriarty neugierig.

Margo entfuhr ein hysterisches Kichern. »Ich habe Angst bekommen.«

»Wir haben ein paar Experten angeheuert, die für uns das Licht gesetzt und die Platzierung der Ausstellungsstücke übernommen haben. Dr. Cuthbert hat sogar den Mann unter Vertrag genommen, der das Verwunschene Mausoleum in Fantasyworld entworfen hat. Das wird als einsame Weltspitze angesehen, müssen Sie wissen.«

Schließlich glaubte Margo, wieder normal reden zu können. »George, irgendetwas war dort mit mir in der Ausstellung.« Ein Wachmann auf der anderen Seite der Halle hatte Margo bemerkt und kam auf sie zu.

»Was meinen Sie mit *irgendetwas?*«

»Genau das, was ich sage!« Auf einmal fühlte sie sich, als wäre sie wieder in der Ausstellung neben dieser schrecklichen Mbwun-Figur. Sie erinnerte sich an den bitteren Geschmack der Angst in ihrem Mund.

»Hey, hören Sie auf zu schreien!«, sagte Moriarty. »Lassen Sie uns ins *Bones* gehen und in Ruhe über alles sprechen. Wir sollten beide ohnehin längst aus dem Museum sein. Ich habe genau gehört, was Sie sagen, aber ich verstehe nicht, was Sie damit meinen.«

Das *Bones,* wie es von praktisch allen Museumsleuten genannt wurde, hieß eigentlich *Blarney Stone Tavern.* Seine wenig beeindruckende Fassade stand geduckt zwischen zwei großen, verzierten Genossenschaftshäusern direkt gegenüber des südlichen Museumseingangs an der Zweiundsiebzigsten Straße. Anders als in den typischen Bars an der Upper West Side gab es im Blarney Stone noch keine Kaninchenpastete oder fünf verschiedene Mineralwasser, hier konnte man noch hausgemachten Hackbraten und einen Krug Bier für fünf Dollar bekommen.

Die Museumsleute nannten die Bar *The Bones,* weil Boylan, der Besitzer der Bar, eine erstaunliche Anzahl von

Knochen an jede nur verfügbare freie Stelle gehängt oder genagelt hatte. An den Wänden hingen unzählige Oberschenkelknochen und Schienbeine in Reih und Glied, was den Eindruck von Matten aus dickem, weißem Bambus vermittelte. Mittelfußknochen, Schulterblätter und Kniescheiben bildeten bizarre Muster an der Decke. In jeder verfügbaren Nische steckten Schädel der unterschiedlichsten Säugetiere. Woher Boylan die Knochen hatte, war ein Geheimnis, auch wenn manche behaupteten, dass er sie sich nachts aus dem Museum holte.

»Die Leute bringen sie vorbei«, war alles, was Boylan sich jemals achselzuckend zu diesem Thema hatte entlocken lassen. Kein Wunder, dass die Bar der bevorzugte Treffpunkt für die Angestellten des Museums war.

Das *Bones* war gesteckt voll wie immer, sodass Moriarty und Margo sich mühsam durch eine dicht gedrängte Menge vor der Bar zwängen mussten, bis sie endlich einen freien Tisch fanden.

Margo sah sich um und entdeckte etliche Leute aus dem Museum, darunter auch Bill Smithback. Der Journalist saß an der Bar und war mit einer schlanken, blonden Frau in ein angeregtes Gespräch vertieft.

»Okay«, sagte Moriarty und erhob die Stimme über das Gemurmel der vielen Gäste. »Was wollten Sie mir vorhin am Telefon sagen? Ich bin mir nicht sicher, ob ich das richtig mitbekommen habe.«

Margo atmete tief durch. »Ich bin hinunter in die Ausstellung gegangen, um Ihnen meine Arbeit zu geben. Es war dunkel. Und irgendetwas da drinnen hat mich verfolgt, hat mich richtiggehend *gejagt.*«

»Sie sprechen schon wieder von *irgendetwas.* Was meinen Sie denn damit?«

Margo schüttelte ungeduldig den Kopf. »Das kann ich Ihnen nicht genau erklären. Da waren diese Geräusche wie – wie gedämpfte Schritte. Sie klangen so verstohlen, so behutsam, dass ich –« Sie wusste nicht mehr weiter und zuckte mit den Achseln. »Und dann war da auf einmal ein grauenvoller, widerwärtiger Geruch. Es war schrecklich.«

»Hören Sie, Margo –« begann Moriarty, hielt dann aber inne, weil die Kellnerin ihre Bestellung aufnehmen wollte. »Diese Ausstellung ist bewusst auf unheimlich gemacht«, fuhr er, nachdem die Kellnerin wieder gegangen war, fort. »Sie selbst haben mir doch gesagt, dass Frock und andere sie für viel zu effekthascherisch halten. Ich kann mir lebhaft vorstellen, was in Ihnen vorgegangen sein muss, als Sie da drinnen ganz allein durch die Dunkelheit irrten –«

»Mit anderen Worten: Ich habe mir das alles nur eingebildet«, sagte Margo und lachte freudlos auf. »Sie wissen ja gar nicht, wie gerne ich das glauben würde.«

Die Getränke wurden serviert, ein Light-Bier für Margo und ein Guinness mit cremigem Schaum für Moriarty. Der Kurator nahm prüfend einen Schluck. »Diese Morde und all die Gerüchte, die im Museum herumschwirren«, sagte er und trank noch mal, diesmal herzhafter. »Mir wäre es vermutlich auch nicht anders gegangen.«

Margo, die jetzt wieder ruhiger war, begann zögernd zu sprechen. »George, diese Kothoga-Figur in der Ausstellung –«

»Mbwun? Was ist damit?«

»Sie hat drei Krallen an den Vorderbeinen.«

Moriarty ließ sich sein Guinness schmecken. »Ich weiß. Es ist eine wunderbare Skulptur, ein echtes Highlight der Ausstellung. Ich sollte es ja eigentlich nicht zugeben, aber noch viel faszinierender als die Figur selbst ist der Fluch, der angeblich auf ihr lastet.«

Margo nahm einen Schluck von ihrem Bier. »Bitte erzählen Sie mir alles über diesen Fluch des Mbwun, George.«

Plötzlich hörte Margo, wie jemand über das allgemeine Gemurmel hinweg nach ihr rief. Als sie sich umsah, bemerkte sie, dass Smithback durch die rauchgeschwängerte Luft auf sie zusteuerte. Er hatte seine Notizbücher unter dem Arm und sein von hinten beleuchtetes Haar stand zerzaust in alle Himmelsrichtungen vom Kopf ab. Die Frau, mit der er vorhin an der Bar gesprochen hatte, war nicht mehr zu sehen.

»Diese Kneipe wird ja langsam zum Treffpunkt der Ausgeschlossenen«, sagte er. »Diese Sperrstunde nervt tierisch. Es gibt nichts Schlimmeres als Polizisten und Museumsdirektoren, finden Sie nicht?« Ohne aufgefordert worden zu sein, legte er seine Notizbücher auf den Tisch und glitt neben Margo auf die Bank.

»Ich habe gehört, dass die Polizei damit anfängt, die Leute zu befragen, die ihre Büros in der Nähe der beiden Tatorte haben«, sagte er. »Da sind Sie ja wohl auch dabei, Margo.«

»Mein Verhör ist für nächste Woche angesetzt«, entgegnete Margo.

»Davon haben Sie mir ja noch gar nichts gesagt«, sagte Moriarty, der über Smithbacks Anwesenheit nicht gerade glücklich zu sein schien.

»Nun, Sie in Ihrer schnuckeligen Dachstube da oben brauchen sich in dieser Hinsicht wohl keine allzu großen Sorgen machen«, sagte Smithback zu Moriarty. »Das Museumsmonster scheint kein begeisterter Treppensteiger zu sein.«

»Sie sind aber gar nicht gut drauf«, sagte Margo. »Hat Rickman eine weitere Amputation an Ihrem Manuskript vorgenommen?«

Smithback sprach immer noch mit Moriarty. »Übrigens habe ich Sie gesucht. Ich würde Ihnen nämlich gerne eine Frage stellen.« Die Kellnerin ging gerade vorbei und Smithback winkte sie an den Tisch. »Einen Macallan, bitte, ohne Eis.«

»Okay«, fuhr er dann, wieder an Moriarty gewandt, fort. »Was ich wissen will, ist Folgendes: Was für eine Geschichte steckt hinter dieser Mbwun-Figur?«

Einen Moment lang herrschte verblüffte Stille am Tisch.

Smithback blickte von Moriarty zu Margo. »Habe ich was Schlimmes gesagt?«

»Wir haben eben über Mbwun gesprochen«, antwortete Margo unsicher.

»Ach ja«, sagte Smithback. »Da können Sie mal sehen, wie klein die Welt ist. Nun, mir hat Osterbaan, der alte Holländer in der Knochenküche, erzählt, dass Rickman einen Riesenzirkus gemacht hat, als diese Mbwun-Figur in die Ausstellung gebracht wurde. Er sagte, das sei ein heikles Thema. Also habe ich ein paar Nachforschungen angestellt.«

Die Kellnerin brachte Smithbacks Scotch. Er hob das Glas, prostete den beiden stumm zu und trank es mit einem Zug aus.

»Was ich herausgefunden habe, ist Folgendes«, fuhr er fort. »Es gab da mal am Oberlauf des Xingú-Flusses im Amazonasbecken den Indianerstamm der Kothoga. Das müssen ziemlich finstere Burschen gewesen sein, die mit allen möglichen übernatürlichen Dingen herumpfuschten, mit Menschenopfern und ähnlichem Zeug. Und weil die guten Kothoga dabei nicht allzu viele Spuren hinterließen, nahmen die Anthropologen an, sie wären seit Jahrhunderten ausgestorben. Alles, was von ihnen übrig blieb, waren ein paar Mythen, die sich die Stämme in der Umgebung erzählten.«

»Das ist mir bekannt«, mischte Moriarty sich ein. »Margo und ich haben eben darüber gesprochen. Außerdem glaubten nicht alle Leute, dass –«

»Ich weiß, ich weiß. Gedulden Sie sich noch ein wenig.«

Sichtlich verärgert lehnte Moriarty sich zurück. Er war daran gewöhnt, Vorträge zu halten, nicht, sich welche anzuhören.

»Nun, vor etlichen Jahren gab es hier am Museum einen Burschen namens Whittlesey, der eine Expedition an den Oberlauf des Xingú auf die Beine stellte. Diese hatte die Aufgabe, nach Spuren der Kothoga zu suchen – nach Kultgegenständen, alten Behausungen, was auch immer.« Smithback beugte sich mit einer verschwörerischen Geste über den Tisch. »Aber Whittlesey sagte niemandem, dass er nicht bloß hinter den Spuren der Kothoga her war. Er war auf der Suche nach dem Stamm *selbst.* Er hatte nämlich die fixe Idee, dass es die Kothoga immer noch geben müsse, und er war sich ziemlich sicher, dass er sie finden würde. Whittlesey hatte dafür ein Verfahren entwickelt, das er ›Mythen-Triangulation‹ nannte.«

Diesmal griff Moriarty mit seiner gesamten Autorität als Wissenschaftler ein: »Dabei zeichnet man sämtliche Stellen, an denen bestimmte Legenden über einen Stamm erzählt werden, auf einer Karte ein, findet dann heraus, an welchen Orten diese Mythen besonders detailliert und stimmig sind, und errechnet den geografischen Mittelpunkt dieses Gebiets. Dort findet man dann häufig die Quelle dieser Mythen.«

Smithback sah Moriarty einen Augenblick lang an. »Tatsächlich?«, sagte er. »Nun, jedenfalls marschierte dieser Whittlesey im Jahr 1986 los und verschwand auf Nimmerwiedersehen im amazonischen Regenwald.«

»Das hat Osterbaan Ihnen erzählt?«, fragte Moriarty und verdrehte die Augen. »Der alte Schwätzer kann manchmal ganz schön ermüdend sein.«

»Mag sein, aber er weiß eine ganze Menge über das Museum.« Smithback betrachtete gedankenverloren sein leeres Glas. »Anscheinend muss es zwischen den Teilnehmern der Expedition im Dschungel eine heftige Auseinandersetzung gegeben haben und die meisten traten vorzeitig den Rückweg an. Sie hatten etwas so Wichtiges gefunden, dass sie umkehren wollten, aber Whittlesey war damit nicht einverstanden. Er blieb, zusammen mit einem Burschen namens Crocker. Wie es aussieht, sind beide im Dschungel umgekommen. Als ich Osterbaan dann nach mehr Informationen über die Mbwun-Figur fragte, wurde er auf einmal ganz schweigsam.« Smithback streckte sich müde und hielt Ausschau nach der Kellnerin. »Ich schätze, ich muss jemanden ausfindig machen, der bei dieser Expedition dabei war.«

»Da wünsche ich Ihnen viel Glück«, sagte Margo. »Die Teilnehmer kamen alle auf dem Rückflug bei einem Flugzeugabsturz ums Leben. In der Nähe von Asuncíon, glaube ich.«

Smithback sah sie eindringlich an. »Im Ernst? Woher wissen Sie das?«

Margo zögerte, weil sie sich an Pendergasts Gebot der Vertraulichkeit erinnerte. Aber dann dachte sie an Dr. Frock, wie er am Vormittag ihre Hand so fest in der seinen gehalten hatte. *Wir dürfen uns diese Gelegenheit nicht entgehen lassen.*

»Ich werde Ihnen sagen, was ich weiß«, sagte sie langsam. »Aber Sie müssen mir versprechen, dass Sie mir dafür helfen, wo Sie können.«

»Seien Sie vorsichtig, Margo«, warnte Moriarty.

»Ihnen helfen? Selbstverständlich, kein Problem«, sagte Smithback. »Wobei denn?«

Zögernd erzählte Margo den beiden von dem Treffen mit Pendergast in der Sicherheitszone, von den Abgüssen der Klaue und der Wunde, von den Kisten und von dem, was Cuthbert gesagt hatte. Dann beschrieb sie die Statue von Mbwun, die sie in der Ausstellung gesehen hatte, verschwieg aber ihre Panik und ihre überstürzte Flucht.

»Gerade als Sie kamen, wollte ich George fragen, was es genau mit diesem Fluch der Kothoga auf sich hat.«

Moriarty zuckte mit den Achseln. »Da gibt es nicht allzu viel zu erzählen. In den Legenden der Nachbarstämme erscheinen die Kothoga als ein ziemlich rätselhaftes Volk, das sich einer Art Hexendoktor-Kult verschrieben hat. Angeblich waren sie in der Lage, Dämonen zu kontrollieren.

Und sie hatten eine Kreatur – eine Art Hausgeist, wenn Sie so wollen –, die sie dazu benützten, ihre Feinde zu töten. Diese Kreatur war Mbwun, auch genannt ›Der auf allen vieren geht‹. Whittlesey fand die Figur und ein paar andere Objekte, verpackte sie in eine Kiste und schickte sie ans Museum. Eigentlich kommt es ständig vor, dass irgendwelche heiligen Objekte aus ihrer ursprünglichen Umgebung entfernt und damit ›in ihrer Ruhe gestört‹ werden. Aber als Whittlesey dann nie wieder aus dem Dschungel zurückkehrte und kurz darauf die anderen Teilnehmer der Expedition beim Rückflug in die Staaten ums Leben kamen –« Er zuckte mit den Schultern. »Und schon begann das Gerede von einem schrecklichen Fluch.«

»Und jetzt sind im Museum drei Morde geschehen«, sagte Margo.

»Wollen Sie damit etwa behaupten, dass der Mbwun-Fluch, die Geschichten von diesem angeblichen Museumsmonster und die Morde miteinander in Verbindung stehen?«, fragte Moriarty. »Nun hören Sie aber auf, Margo, geht da nicht Ihre Fantasie ein wenig mit Ihnen durch?«

Margo sah ihn intensiv an. »Aber Sie haben mir doch selbst erzählt, dass Cuthbert die Figur erst im letzten Augenblick in die Ausstellung bringen ließ, oder etwa nicht?«

»Das stimmt«, sagte Moriarty. »Und er behielt sich die Behandlung dieses Ausstellungsstücks höchstpersönlich vor, aber das ist bei einem so wertvollen Stück eigentlich nichts Ungewöhnliches. Dass es erst so spät in die Ausstellung gebracht wurde, ist, soviel ich weiß, auf Rickmans Mist gewachsen. Vielleicht wollte sie damit lediglich das öffentliche Interesse daran ein wenig anheizen.«

»Das möchte ich bezweifeln«, sagte Smithback. »So denkt die Rickman nicht. Wenn überhaupt, will sie das Interesse der Öffentlichkeit am Museum eher *vermeiden.* Schon bei den geringsten Anzeichen eines Skandals klappt sie zusammen wie ein Vampir beim Anblick der Morgensonne.« Smithback kicherte vor sich hin.

»Warum interessieren *Sie* sich eigentlich so für die Geschichte?«, wollte Moriarty wissen.

»Sie glauben nicht, dass mich ein staubiger, alter Kultgegenstand fasziniert?« Smithback hatte endlich die Kellnerin auf sich aufmerksam gemacht und bestellte eine neue Runde für sie alle drei.

»Nun, es liegt doch auf der Hand, dass Rickman Ihnen verboten hat, darüber zu schreiben«, sagte Margo.

Smithback schnitt eine Grimasse. »Das ist leider nur allzu wahr. Damit könnte ich ja der ethnischen Minderheit der Kothoga in New York auf die Zehen steigen. Aber mein Interesse wurde geweckt, als Osterbaan mir erzählte, wie sehr Rickman wegen dieser Geschichte aus dem Häuschen war. Also nahm ich mir vor, ein wenig herumzugraben, vielleicht entdecke ich ja eine Leiche in Rickmans Keller. Irgendetwas, was mir bei unserem nächsten *tête-à-tête* eine bessere Position verschaffen könnte. Sie wissen schon: ›Dieses Kapitel bleibt oder ich gehe mit der Whittlesey-Geschichte zum *Smithsonian*-Magazin‹ – so was in der Art.«

»Hey, Moment mal«, sagte Margo, »ich habe Sie nicht ins Vertrauen gezogen, damit Sie persönlich Kapital daraus schlagen können. Verstehen Sie denn nicht? Wir müssen mehr über diese Kisten herausfinden. Was immer diese

Menschen getötet hat, ist hinter etwas aus den Kisten her. Wir *müssen* herausfinden, was es ist.«

»Was wir wirklich finden müssen, ist Whittleseys Tagebuch«, sagte Smithback.

»Aber Cuthbert sagt, es sei verloren gegangen«, gab Margo zu bedenken.

»Haben Sie schon mal in der Katalog-Datenbank nachgesehen?«, fragte Smithback. »Vielleicht ist dort eine Information über seinen Verbleib gespeichert. Ich würde es ja liebend gerne selbst machen, aber leider ist meine Sicherheitseinstufung dazu viel zu niedrig.«

»Meine ebenfalls«, antwortete Margo. »Und außerdem war heute nicht gerade mein Glückstag, was Computer anbelangt.« Sie erzählte den beiden von ihrem Gespräch mit Kawakita.

»Und was ist mit Ihnen, Moriarty?«, fragte Smithback. »Sie sind doch so ein Computerfreak, stimmt's? Außerdem haben Sie als Assistenzkurator bestimmt eine hohe Sicherheitsstufe.«

»Ich finde, wir sollten die Geschichte der Polizei überlassen und nicht auf eigene Faust herumsuchen«, wich Moriarty aus.

»Verstehen Sie denn nicht?«, bat Margo. »Niemand weiß, womit wir es hier zu tun haben. Menschenleben stehen auf dem Spiel – vielleicht auch die Zukunft des Museums.«

»Ich weiß, dass Ihre Motive über jeden Zweifel erhaben sind, Margo«, sagte Moriarty. »Aber bei Bill bin ich mir da nicht so sicher.«

»Meine Motive sind so rein wie die Seele eines neugeborenen Lämmchens«, entgegnete Smithback. »Rickman versucht, die Zitadelle der journalistischen Wahrheit zu stürmen. Ich brauche dringend etwas, um ihren Angriff abzuwehren.«

»Wäre es denn nicht viel einfacher für Sie, genau das zu tun, was Rickman von Ihnen verlangt?«, fragte Moriarty. »Ich finde Ihren Kleinkrieg offen gestanden ein wenig kindisch. Und wissen Sie, was? Sie können ihn niemals gewinnen.«

Die Drinks wurden gebracht und Smithback trank seinen Scotch wieder ex. Dann atmete er genussvoll aus.

»Eines Tages werde ich diese Kuh schon noch drankriegen«, sagte er.

22

Beauregard beendete den Eintrag und steckte das Notizbuch zurück in die hintere Hosentasche. Er wusste, dass er den Vorfall eigentlich hätte melden müssen. *Aber zum Teufel damit.* So verschreckt, wie das Mädchen ausgesehen hatte, hatte es bestimmt nichts Böses im Schilde geführt. Er würde seinen Bericht schon noch abstatten, später, am Ende seiner Schicht. Beauregard war schlecht gelaunt. Er mochte diesen Türsteherdienst eigentlich überhaupt nicht. Aber immer noch besser, als an einer kaputten Ampel den Verkehr zu regeln, und außerdem konnte er damit in seiner Stammkneipe Eindruck schinden. *Ja,* würde er sagen, *ich war für den Museumsfall abgestellt. Tut mir leid, aber ich darf nicht darüber reden.*

Für ein Museum ist es hier verdammt still, dachte Beauregard. Er hatte immer geglaubt, dass in einem normalen Museum tagsüber geschäftige Betriebsamkeit herrschen müsse. Aber in diesem Museum war seit Sonntag nichts mehr normal. Bis vor Kurzem hatte wenigstens in den Räumen der neuen Ausstellung hektische Betriebsamkeit geherrscht, aber seitdem diese bis zur Eröffnung geschlossen worden war, durfte ohne schriftliche Erlaubnis von Dr. Cuthbert niemand mehr hinein, außer Polizei oder Leute vom Wachpersonal in offiziellem Auftrag. Nun, Gott sei Dank war Beauregards Schicht um sechs Uhr vorbei und er konnte dem Museum für zwei volle Tage den Rücken kehren. Beauregard ließ seine Hand über das Halfter seines

Smith and Wesson .38 special gleiten. Der Revolver war einsatzbereit, wie immer. Außerdem steckte an der anderen Seite seines Gürtels eine Schrotpistole, mit der er, wenn's sein musste, auch einen Elefanten in die Knie zwingen konnte.

Hinter sich in der Ausstellung hörte Beauregard ein gedämpftes, trappelndes Geräusch.

Er fuhr herum und sein Herz schlug auf einmal rasend schnell. Er holte einen Schlüssel aus der Hosentasche, sperrte die Doppeltür auf und spähte hinein in die Dunkelheit.

»Ist da jemand?«

Nichts. Nur ein kühler Luftzug strich ihm ums Gesicht.

Beauregard ließ die Türen wieder zufallen und kontrollierte das Schloss. Man konnte durch sie die Ausstellung zwar verlassen, aber um hineinzugelangen, benötigte man einen Schlüssel. Das Mädchen vorhin musste wohl durch den Vordereingang hineingekommen sein. Aber sollte dieser denn eigentlich nicht auch verschlossen sein? Na ja, vielleicht auch nicht. Ihm sagte man ja nie etwas.

Da war das Geräusch schon wieder.

Zum Teufel, dachte Beauregard, *es ist nicht mein Job, da drinnen nach dem Rechten zu sehen. Ich darf bloß niemanden in die Ausstellung lassen. Davon, dass jemand rauskommen könnte, war nie die Rede.*

Beauregard fing an, leise vor sich hinzusummen, und trommelte mit zwei Fingern den Takt auf dem ledernen Revolverhalfter mit. Noch zehn Minuten, und er konnte dieses verdammte Spukhaus verlassen.

Das Geräusch war abermals zu hören.

Beauregard schloss die Türen ein zweites Mal auf und steckte seinen Kopf weiter hinein. Im Dunklen konnte er undeutlich ein paar Schaukästen und einen düsteren Durchgang erkennen. »Hallo, hier spricht die Polizei. Sie da drinnen, antworten Sie bitte.«

Die Schaukästen waren dunkel, die Wände bloße Schatten. Keine Antwort.

Beauregard ging wieder nach draußen und schaltete sein Funkgerät ein. »Beauregard an Operationszentrale. Hört ihr mich?«

»Klar und deutlich. Was ist los?«

»Ich höre Geräusche am Hintereingang zur Ausstellung.«

»Was für Geräusche?«

»Undefinierbare. Es klingt, als wäre jemand da drin.«

Beauregard hörte aus dem Lautsprecher, wie im Hintergrund gesprochen wurde, dann ein unterdrücktes Lachen.

»Äh – Fred?«

»Ja, was ist?« Beauregard wurde von Sekunde zu Sekunde nervöser. Der Mann am Funkgerät in der Operationszentrale war ein ausgemachtes Arschloch.

»Geh besser nicht hinein.«

»Warum nicht?«

»Weil es vielleicht das Monster ist, Fred. Pass bloß auf, dass es nicht über dich herfällt.«

»Leck mich doch«, murmelte Fred mehr zu sich selbst. Ohne Verstärkung durfte er sowieso nichts erkunden, das wusste der Mann in der Zentrale genauso gut wie er selbst.

Von hinter den Türen war jetzt ein kratzendes Geräusch zu hören, als mache sich jemand mit den Fingernägeln daran zu schaffen. Beauregard spürte, wie er immer hastiger atmete.

Das Funkgerät krächzte. »Hier Zentrale«, ließ sich die Stimme vernehmen. »Hast du das Monster schon gesichtet?«

Beauregard versuchte, seine Stimme so neutral wie möglich zu halten, und sagte: »Ich wiederhole: Unidentifizierbare Geräusche aus der Ausstellung. Bitte um Verstärkung, damit ich nachsehen kann.«

»Er fordert Verstärkung an.« Wieder war gedämpftes Gelächter aus dem Lautsprecher zu hören. »Wir haben keine Verstärkung, Fred. Die Leute haben alle was zu tun.«

»Hör mal«, sagte Beauregard, dem langsam der Geduldsfaden riss. »Wer ist denn bei dir? Warum schickst du mir den nicht her?«

»Das ist McNitt. Er macht gerade Kaffeepause. Stimmt's, McNitt?«

Beauregard hörte noch mehr Gelächter. Er schaltete das Funkgerät aus. *Die können mich mal,* dachte er. *Das sind mir vielleicht Profis.* Er hoffte nur, dass der Lieutenant auf dieser Frequenz mitgehört hatte.

Dann wartete er in dem dunklen Gang. *Noch fünf Minuten, und ich bin raus hier.*

»Zentrale ruft Beauregard. Hörst du mich?«

»Ich höre«, sagte Beauregard.

»Ist McNitt schon bei dir?«

»Nein«, sagte Beauregard. »Ist er denn schon mit seiner Kaffeepause fertig?«

»Hey, ich habe doch bloß Spaß gemacht«, sagte der Mann in der Zentrale ein wenig nervös. »Natürlich habe ich ihn sofort losgeschickt.«

»Dann muss er sich wohl verlaufen haben. Und mein Dienst endet in fünf Minuten, dann habe ich die nächsten achtundvierzig Stunden frei. Da soll mir bloß nichts dazwischenkommen. Am besten funkst du ihn an.« *Du meine Güte.*

»Er meldet sich nicht«, sagte der Mann in der Zentrale.

Beauregard kam eine Idee. »Was hat McNitt denn für einen Weg genommen? Den Aufzug in Sektion Siebzehn, gleich hinter der Zentrale?«

»Ja, da habe ich ihn hingeschickt. Zum Aufzug in Sektion Siebzehn. Ich habe denselben Plan, den du anscheinend auch hast.«

»Dann muss er doch durch die Ausstellung, um zu mir zu kommen. Das war echt schlau von dir! Du hättest ihn mit dem Essensaufzug raufschicken müssen.«

»Hey, sag du mir nicht, was schlau ist, Freddyboy. McNitt ist selbst dafür verantwortlich, wenn er sich verläuft. Funk mich an, wenn er bei dir auftaucht.«

»Ganz egal, was passiert, ich haue in fünf Minuten hier ab«, sagte Beauregard. »Danach kann sich Effinger über die Sache den Kopf zerbrechen. Over und Ende.«

Da hörte Beauregard, wie sich in der Ausstellung etwas rasch bewegte. Dann ein Geräusch, das wie ein dumpfer Schlag klang. *Mein Gott,* dachte er, *das ist McNitt.* Er schloss die Türen auf, nahm den Revolver aus seinem Halfter und ging hinein.

Der Mann in der Zentrale nahm noch einen Bissen von seinem Donut, kaute genüsslich und spülte ihn mit einem Schluck Kaffee hinunter. Das Funkgerät zischte.

»McNitt an Zentrale. Bitte melden.«

»Hier Zentrale. Wo, zum Teufel, steckst du denn?«

»Ich bin jetzt am Hintereingang. Aber Beauregard ist nicht hier. Ich kann ihn nirgendwo entdecken.«

»Lass es mich probieren.« Er drückte einen Knopf am Funkgerät. »Zentrale ruft Beauregard. Fred, melde dich. Zentrale ruft Beauregard – hey, McNitt, ich glaube, er hat sich verpisst und ist heimgegangen. Seine Schicht ist gerade zu Ende. Wie bist du überhaupt dort hingekommen?«

»So, wie du mir gesagt hast, aber als ich zum Vordereingang der Ausstellung kam, war die Tür zugesperrt und ich musste außenrum, weil ich meine Schlüssel nicht dabeihatte. Ich habe mich wohl ein bisschen verlaufen.«

»Halt die Ohren steif, okay? Die Ablösung müsste jeden Moment kommen. Effinger, steht auf meinem Plan. Funk mich an, wenn er da ist, und komm dann zurück in die Zentrale.«

»Da kommt Effinger gerade. Willst du die Sache mit Beauregard melden?«

»Soll das ein Witz sein? Ich bin doch nicht sein Kindermädchen.«

23

D'Agosta sah hinüber zu Pendergast, der zurückgelehnt auf dem abgeschabten Rücksitz des Buick saß. *Mein Gott,* dachte er, *eigentlich müsste ein Typ wie Pendergast doch das neueste Modell zur Verfügung gestellt bekommen.* Stattdessen hatte man ihm diese vier Jahre alte Karre und einen Fahrer gegeben, der nicht einmal richtig Englisch konnte.

Pendergasts Augen waren halb geschlossen.

»Biegen Sie an der Sechsundachtzigsten Straße ab und nehmen Sie die Straße durch den Central Park«, rief D'Agosta.

Der Fahrer fuhr quer über zwei Spuren und bog in den Central Park ab.

»Nehmen Sie an der Fifth Avenue die Fünfundsechzigste Straße –«, sagte D'Agosta. »Dann fahren Sie an der Third Avenue einen Block nach Norden und biegen dann nach rechts in die Sechsundsechzigste Straße.«

»Neunundfünfzigste ist schneller«, sagte der Fahrer mit einem starken nahöstlichen Akzent.

»Aber nicht jetzt im Berufsverkehr«, rief D'Agosta. Gott im Himmel, die beim FBI hatten nicht mal Fahrer, die sich in New York auskannten.

Der Wagen holperte die Avenue entlang und der Fahrer raste an der Fünfundsechzigsten Straße vorbei.

»Was, zum Teufel, machen Sie denn?«, fragte D'Agosta. »Sie haben gerade die Fünfundsechzigste verpasst!«

»'tschuldigung«, sagte der Fahrer, bog in die Einundsechzigste Straße ab und stand natürlich prompt im Stau.

»Ist denn das die Möglichkeit«, sagte D'Agosta zu Pendergast. »Sie sollten diesen Knallkopf in hohem Bogen hinauswerfen.« Pendergast lächelte mit immer noch halb geschlossenen Augen. »Er ist – wie soll ich das sagen – eine Art Leihgabe von unserem New Yorker Büro. Aber diese Verzögerung gibt uns wenigstens die Gelegenheit, ein wenig miteinander zu plaudern.« Er sank wieder in seinen schäbigen Sitz zurück.

Pendergast war den halben Nachmittag lang bei der Autopsie von Jolleys Leiche gewesen, während D'Agosta die Einladung dazu dankend abgelehnt hatte.

»Das Labor hat mehrere verschiedene Arten von DNS in unserer Probe gefunden«, sagte Pendergast. »Eine war menschlich, die andere stammte von einem Gecko.«

D'Agosta sah ihn an. »Von einem Gecko? Was ist denn ein Gecko?«, fragte er.

»Eine Art Eidechse. Vollkommen harmlos. Sitzt an der Wand und sonnt sich. Als ich klein war, haben meine Eltern einmal eine Villa mit Blick aufs Mittelmeer gemietet. Dort waren viele Geckos an den Wänden. Wie dem auch sei, dic Ergebnisse der DNS-Analyse waren so überraschend, dass der Labortechniker zunächst an einen Scherz glaubte.«

Pendergast öffnete seine Aktentasche. »Hier ist der Bericht von Jolleys Autopsie. Es ist nicht viel Neues dabei herausgekommen, fürchte ich. Dieselbe Vorgehensweise, die Leiche war fürchterlich entstellt und wieder fehlte der Hypothalamus. Die Gerichtsmediziner haben ausgerechnet, dass, um so tiefe Verletzungen mit einem einzigen Schlag zu verursachen, eine nach unten gerichtete Kraft von –« er las von einem maschinenbeschriebenen Blatt ab – »sechshundert Kilo pro Quadratzentimeter nötig ist. Dr. Ziewicz sagt, dass das fast doppelt so viel Kraft ist, wie sie ein starker Mann aufbringen kann. Allerdings ist das natürlich nur eine ziemlich grobe Schätzung.«

Pendergast blätterte ein paar Seiten weiter. »Außerdem haben sie am Gehirn des älteren Jungen und dem von Jolley Enzymtests auf eventuell vorhandene Speichelspuren gemacht.«

»Und –?«

»Beide Proben waren positiv.«

»Mein Gott. Meinen Sie, dass der Mörder die verdammten Gehirne *gegessen* hat?«

»Nicht nur gegessen, Lieutenant, sondern auch noch mächtig eingespeichelt. Er oder sie hat ganz offensichtlich keine Tischmanieren. Haben Sie den Bericht der Spurensicherung dabei? Kann ich den bitte mal sehen?«

D'Agosta gab ihm den Bericht. »Sie werden kaum etwas Überraschendes drin finden. Das Blut auf dem Gemälde stammt von Jolley. Außerdem haben sie Blutspuren gefunden, die an der Sicherheitszone vorbei- und eine Treppe in den unteren Keller hinunterführten. Leider hat der Regen von gestern Nacht dort alle Spuren weggespült.«

Pendergast überflog das Dokument. »Und hier ist der Bericht über die Tür zum Gewölbe mit den Kisten. Jemand hat dort mächtig dagegengehauen, vermutlich mit einem stumpfen Gegenstand. Außerdem wurden dreigezackte Kratzspuren gefunden, die den Wunden der Opfer ähneln. Auch an der Tür wurde bemerkenswert viel Kraft angewandt.«

Pendergast gab D'Agosta den Bericht zurück. »Es sieht so aus, als müssten wir dem unteren Keller mehr Aufmerksamkeit widmen. Im Grunde genommen drehen wir uns nämlich im Kreis, Vincent. Das gefällt mir nicht. Diese DNS-Geschichte ist momentan fast das Einzige, worauf wir aufbauen können. Wenn wir wüssten, woher diese Kralle stammt, hätten wir endlich so etwas wie eine konkrete Spur. Deshalb habe ich Sie auch zu diesem Treffen hier gebeten.«

Der Wagen hielt vor einem Labyrinth von ineinander verschachtelten, efeuüberwachsenen Ziegelbauten mit Blick auf den East River. Ein Wachmann ließ Pendergast und D'Agosta durch eine Seitentür in eines der Gebäude hinein.

Oben im Labor lehnte Pendergast sich an einen Tisch in der Mitte des Raumes und plauderte entspannt mit Buchholtz und Turow, den beiden Wissenschaftlern. D'Agosta fand die Leichtigkeit, mit der der Südstaatler die Szene beherrschte, bewundernswert.

»Mein Kollege und ich würden uns gerne über die von Ihnen vorgenommene DNS-Sequenzierung informieren. Wir müssen wissen, wie Sie zu diesem Ergebnis gekommen sind und ob es möglicherweise weiterführende Untersuchungen gibt, die man mit dieser Probe anstellen könnte. Ich bin mir sicher, dass Sie dafür Verständnis haben.«

»Aber natürlich«, sagte Buchholtz. Er war geschäftig, klein und so kahl wie der Gipfel des Mount Monadnock. »Mein Assistent Dr. Turow hat die Analyse durchgeführt.«

Turow trat nervös einen Schritt nach vorn. »Als man uns die Probe gab«, sagte er, »sollten wir herausfinden, ob sie von einer großen Raubkatze stammt. In so einem Fall vergleichen wir die DNS der Probe mit denen von etwa fünf oder sechs infrage kommenden Arten. Zusätzlich aber nehmen wir noch die genetischen Informationen eines Lebewesens dazu, das ganz bestimmt *nicht* in dieser Gruppe liegt. Das nennen wir dann Kontrollgruppe. Können Sie mir so weit folgen?«

»Ja«, sagte Pendergast. »Aber trauen Sie mir nicht zu viel zu. Ich bin ziemlich unbedarft in solchen Dingen.«

»Normalerweise nehmen wir zur Kontrolle die menschliche DNS her, weil wir von der schon recht viel kartiert haben. Nun, jedenfalls führen wir mit der Probe eine PCR durch, eine Polymerase-Kettenreaktion. Dadurch werden Abertausende von Kopien der Gene erzeugt, und wir haben viel Material, mit dem wir arbeiten können.«

Er deutete auf eine große Maschine, an deren Seiten sich Streifen von durchsichtigem Plexiglas befanden. Hinter diesen Fenstern waren dunkle, vertikale Bänder zu sehen, die zusammen ein kompliziertes Muster ergaben. »Das ist eine Maschine zur Elektrophorese. Wir geben einen Tropfen der Probe hinein, von dem dann nach Anlegen eines elektrischen Feldes bestimmte Bestandteile, je nachdem, welches Molekulargewicht sie haben, mehr oder weniger weit in das sich hinter diesen Fenstern befindliche Gel aufsteigen und als dunkle Streifen sichtbar werden. Mithilfe eines Computers können wir dann anhand des entstandenen Musters herausfinden, was für Gene in der Probe vorlagen.«

Turow atmete tief durch. »Nun, bei der uns zur Verfügung gestellten Probe fanden wir jedenfalls keine Genübereinstimmung mit großen Katzen. Praktisch *überhaupt* keine. Nicht einmal eine annähernde Übereinstimmung. Zu unserer Überraschung aber hatten wir in mehreren Punkten eine *positive* Übereinstimmung mit der Kontrollgruppe, das heißt mit den Genen des *Homo sapiens*. Außerdem konnten wir, wie Sie ja wissen, mehrere Arten von Gecko-Genen identifizieren. Oder zumindest scheint es so.« Turow sah ein bisschen ratlos drein. »Der größte Teil der Gene in der Probe blieb allerdings unidentifiziert.«

»Und deshalb nahmen Sie an, dass die Probe verunreinigt sein musste.«

»Ja. Verunreinigt oder zerstört. Die Probe wies eine Menge sich wiederholender Basenpaare auf, was immer auf einen hohen Grad genetischer Schädigung hinweist.«

»Genetische Schädigung?«, fragte Pendergast.

»Wenn die DNS beschädigt oder defekt ist, bildet sie oft unkontrolliert viele Kopien von ein und demselben Basenpaar. Bestimmte Viren können zum Beispiel solche Schäden an der DNS bewirken, außerdem Strahlung, gewisse Chemikalien und manchmal auch Krebs.«

Pendergast hatte begonnen, durch das Labor zu wandern, und untersuchte es mit fast katzenhaft wirkender Neugier. »Diese Gecko-Gene finde ich besonders interessant. Was bedeuten sie denn nun wirklich?«

»Das ist das große Rätsel an der Sache«, sagte Turow. »Diese Gene sind recht selten. Sie müssen wissen, dass es auch sehr häufig vorkommende Gene gibt, wie zum Beispiel das Cytochrome-B-Gen, das vom Immergrün bis zum Menschen in fast allen Organismen vorkommt. Aber diese Gecko-Gene – nun, von denen wissen wir überhaupt nichts.«

»Damit wollen Sie wohl sagen, dass die DNS in der Probe *nicht* von einem Tier stammt, stimmt's?«, fragte D'Agosta.

»Zumindest nicht von einem der uns bekannten großen, fleischfressenden Säugetiere«, antwortete Buchholtz. »Wir haben die Probe mit allen uns zur Verfügung stehenden Daten verglichen. Es gibt nicht annähernd genügend Übereinstimmungen, um sagen zu können, sie stamme von einem Gecko. Wenn wir alles andere ausschließen, würde ich sagen, dass sie möglicherweise doch menschlichen Ursprungs ist. Aber so beschädigt oder verschmutzt, wie die Probe ist, können wir keine eindeutigen Aussagen machen.«

»Die Probe«, sagte D'Agosta, »stammt aus der Leiche eines ermordeten Jungen.«

»Aha!«, sagte Turow. »Das könnte natürlich bedeuten, dass sie möglicherweise mit menschlichem Genmaterial verunreinigt wurde. Es würde unsere Arbeit wirklich kolossal erleichtern, wenn man uns solche Dinge gleich von Anfang an mitteilen würde.«

Pendergast runzelte die Stirn. »Die Probe wurde, soviel ich weiß, von der Gerichtsmedizinerin aus dem Wurzelkanal einer Klaue entnommen, wobei größte Sorgfalt angewandt wurde, um eine Verunreinigung auszuschließen.«

»Dazu braucht es oft nur eine einzige Zelle. Die Probe stammt aus einer Klaue, haben Sie gesagt?« Turow dachte einen Augenblick lang nach. »Ich habe da eine Idee. Vielleicht stammt die Klaue von einer Eidechse, die sehr stark mit dem Blut ihres menschlichen Opfers in Berührung gekommen ist. Es kommt da praktisch jede Art von Eidechse infrage, es muss nicht unbedingt ein Gecko sein.« Er sah hinüber zu Buchholtz. »Der einzige Grund, warum wir Teile der DNS als vom Gecko stammend identifizieren konnten, ist der, dass ein Bursche in Baton Rouge vor ein paar Jahren Forschungen über die Genetik der Geckos angestellt und seine Ergebnisse in die *GenBank,* eine von der US-Regierung unterhaltenen Sammlung aller bekannten genetischen Daten, eingegeben hat. Sonst wären auch diese Gene als unbekannt bezeichnet worden, wie der überwiegende Rest der Probe.«

Pendergast sah Turow an. »Ich möchte gerne, dass Sie weitere Tests machen und herausfinden, wofür diese Gecko-Gene zuständig sind.«

Turow runzelte die Stirn. »Mr Pendergast, die Chancen einer erfolgreichen Analyse stehen in diesem Fall nicht allzu gut, außerdem können sie Wochen in Anspruch nehmen. Mir scheint es so, als wäre das Rätsel bereits gelöst –«

Buchholtz klopfte mit der Hand auf Turows Rücken. »Lassen wir das doch Agent Pendergasts Sorge sein. Schließlich bezahlt uns die Polizei ja für unsere Arbeit und diese Prozedur wird *sehr* teuer werden.«

Pendergast lächelte noch etwas breiter. »Ich bin froh, dass Sie diesen Aspekt anschneiden, Dr. Buchholtz. Schicken Sie die Rechnung einfach an die Abteilung für Spezialaufgaben beim FBI.« Er schrieb die Adresse auf seine

Visitenkarte. »Und machen Sie sich keine Sorgen. Geld ist für uns wirklich von untergeordneter Bedeutung.«

D'Agosta musste grinsen. Er wusste genau, warum Pendergast das machte: Es war seine Rache dafür, dass er so ein lausiges Auto fahren musste. Der Lieutenant schüttelte bewundernd den Kopf. *Was für ein gerissener Teufel, dieser Pendergast.*

Donnerstag

24

Um Viertel nach elf Uhr am Donnerstagvormittag lief ein Mann, der vorgab, die Reinkarnation des ägyptischen Pharaos Toth zu sein, im Altertumsflügel des Museums Amok und warf zwei Schaukästen um. Danach zerbrach er eine Glasscheibe und zerrte eine Mumie aus ihrem Sarkophag. Erst drei Polizisten konnten ihn mit vereinten Kräften überwältigen und mehrere Kuratoren hatten den Rest des Tages damit zu tun, die Mumie wieder einzuwickeln und jahrhundertealten Staub zusammenzukehren.

Weniger als eine Stunde später rannte eine Frau aus der Halle der Großen Affen und schwor Stein und Bein, sie hätte dort auf der Toilette etwas in einer dunklen Ecke kauern gesehen. Ein Fernsehteam, das an der südlichen Treppe gerade auf Wright wartete, drehte ihren ganzen hysterischen Auftritt mit.

Um die Mittagszeit hatte sich eine Gruppe, die sich »Allianz gegen den Rassismus« nannte, vor dem Museum eingefunden und rief auf Plakaten zum Boykott der Aberglaube-Ausstellung auf.

Am frühen Nachmittag stellte Anthony McFarlane, ein weltbekannter Menschenfreund und Großwildjäger, eine Belohnung von fünfhunderttausend Dollar demjenigen in Aussicht, der das Museumsmonster einfing und lebendig bei ihm ablieferte. Das Museum bestritt umgehend jegliche Verbindung mit McFarlane. All diese Ereignisse wurden in der Presse in allen Einzelheiten breitgetreten, eine Reihe von anderen Vorfällen im Museum gelangte nie ans Licht der Öffentlichkeit:

Bis zum Mittag hatten vier Angestellte fristlos gekündigt. Fünfunddreißig weitere waren unangemeldet in Urlaub gegangen und fast dreihundert hatten sich krank gemeldet.

Kurz nach dem Mittagessen brach eine Hilfspräparatorin in der Abteilung für Wirbeltierpaläontologie an ihrem Labortisch zusammen. Sie wurde auf die Erste-Hilfe-Station gebracht, wo sie eine sofortige Krankschreibung mit Lohnfortzahlung wegen schwerem emotionellen und physischem Stress verlangte.

Bis drei Uhr nachmittags hatte der Wachdienst siebenmal verdächtigen Geräuschen in entlegenen Teilen des Museums nachgehen müssen, die im Museum stationierte Polizei rückte bis zur Sperrstunde viermal aus, weil jemand glaubte, etwas Verdächtiges gesehen zu haben.

Als die Telefonzentrale später alle Anrufe zusammenzählte, die in Verbindung mit dem Museumsmonster eingegangen waren, kam sie auf einhundertundsieben, darunter Anrufe von Irren, Bombendrohungen sowie Hilfsangebote von diversen Kammerjägern und Geisteraustreibern.

25

Smithback öffnete die schmutzige Tür und spähte in den Raum. Das hier, dachte er, muss wohl einer der makabersten Orte im ganzen Museum sein. Es war der Lagerraum der Abteilung für Humananthropologie, der im Museumsslang der Skelettraum genannt wurde. Das Museum verfügte nach dem Smithsonian Institute über die zweitgrößte Skelettsammlung des Landes. Zwölftausend komplette Knochengerüste befanden sich allein in diesem einen Raum. Die meisten davon stammten von nord- und südamerikanischen Indianern sowie von Afrikanern, die hauptsächlich im neunzehnten Jahrhundert, der Blütezeit der Humananthropologie, gesammelt worden waren. Endlose Reihen von großen Metallschubladen reichten vom Fußboden bis zur Decke und in jeder dieser Schubladen befanden sich zumindest Teile eines menschlichen Skeletts. In Schlitzen an den Vorderseiten der Schubladen steckten vergilbte Etiketten, auf denen Zahlen, Stammeszugehörigkeit und manchmal eine kurze Beschreibung standen. Andere, knapper gehaltene Etiketten erzeugten ein Gefühl kühler Anonymität.

Smithback hatte schon einmal einen ganzen Nachmittag zwischen diesen Schubladen verbracht, hatte manche von ihnen geöffnet und die Etiketten gelesen, die fast alle in einer langsam verblassenden, eleganten Handschrift geschrieben worden waren. Ein paar davon hatte er in seinem Notizbuch festgehalten:

Spec. No. 1880-1770
Walks in Cloud, Yankton Sioux. Getötet in der Schlacht am Medicine Bow Creek, 1880.

Spec. No. 1899-1206
Maggie Lost Horse. Nördliche Cheyenne.

Spec. No. 1933-43469
Anasazi. Canyon del Muerto. Thorpe-Carlson-Expedition, 1900

Spec. No. 1912-695
Luo. Victoria-See. Geschenk von Generalmajor Henry Throckmorton.

Spec. No. 1872-10
Aleut, Herkunft unbekannt.

Es war wirklich eine seltsame Art von Friedhof.

Hinter dem Lagerraum befand sich ein wahres Labyrinth von aneinanderhängenden Räumen, in denen das Labor der Humananthropologie untergebracht war. In früheren Jahren hatten die Anthropologen ihre Zeit hauptsächlich mit dem Vermessen von Knochen und Schädeln verbracht und herauszufinden versucht, wie die verschiedenen Rassen miteinander verwandt waren, wo die Wiege der Menschheit lag und Ähnliches mehr. Jetzt wurden in den Labors sehr viel komplexere biochemische und epidemiologische Forschungen betrieben.

Vor einigen Jahren hatte das Museum – auf das Drängen

von Dr. Frock hin – beschlossen, seine Labors für Genforschung und DNS-Analysen mit dieser Abteilung zu verschmelzen. Und so kam es, dass sich neben dem staubigen Skelettraum Räume voller blitzblank glänzender Zentrifugen und zischender Sterilisatoren befanden, zu denen sich Apparate zur Elektrophorese, Computer und komplizierte Anordnungen von Kolben und Röhren aus braunem Glas zur Destillation und Titrierung bestimmter Proben gesellten. Das Labor war eine der modernsten technischen Anlagen seiner Art. Im Niemandsland zwischen Alt und Neu hatte sich Greg Kawakita seinen Arbeitsplatz eingerichtet.

Smithback blickte aus dem Lagerraum in Richtung auf die Labortür. Es war kurz nach zehn Uhr vormittags und Kawakita war der Einzige, der schon da war. Durch die offenen Regale konnte Smithback beobachten, wie Kawakita mit der linken Hand etwas mit abgehackten, raschen Bewegungen in der Luft herumwirbelte. Dann hörte er das Zischen einer fliegenden Angelschnur und gleich darauf das Surren einer Aufwickelrolle. *Ich glaub, mich tritt ein Pferd,* dachte Smithback. Der Kerl war doch tatsächlich am Angeln.

»Na, schon was gefangen?«, rief Smithback laut.

Er hörte einen erschreckten Ausruf und das Klappern einer zu Boden gefallenen Angelrute.

»Verdammt, Smithback«, sagte Kawakita, »müssen Sie denn immer so herumschleichen? Das ist eine verdammt schlechte Zeit, um Leute zu erschrecken, wissen Sie das? Ich hätte genauso gut gerade einen Revolver laden können.«

Er ging den Mittelgang des Labors entlang und kam um

die Ecke, während er seine Angelschnur aufwickelte und Smithback im Spaß mit der Rute drohte.

Smithback lachte. »Ich habe Sie doch davor gewarnt, hier unten bei all diesen Skeletten zu arbeiten. Jetzt ist es offensichtlich passiert und Sie sind völlig übergeschnappt.«

»Ich habe doch bloß geübt«, lachte Kawakita. »Sehen Sie her. Drittes Regal, Buffalo Hump.«

Er schwang die Angelrute. Die Schnur sauste von der Rolle und die Fliege klatschte gegen eine Schublade im dritten Regal am anderen Ende des Lagerraums. Smithback ging hin und las, was auf dem Schild der Schublade stand. Kawakita hatte recht gehabt, hier wurden die Gebeine eines Indianers verwahrt, der einmal Buffalo Hump geheißen hatte.

Smithback ließ einen bewundernden Pfiff ertönen.

Kawakita kurbelte ein Stück der Angelschnur wieder zurück und hielt den Rest in langen Schleifen in seiner linken Hand, während er mit der rechten den Griff der Rute umfasste. »Fünftes Regal, zweite Reihe. John Mboya«, sagte er.

Wieder beschrieb die Schnur einen Bogen durch die Luft zwischen den Regalen und die kleine Fliege klickte an die Schublade mit dem entsprechenden Schild.

»Petri Heil«, sagte Smithback und schüttelte den Kopf.

Kawakita kurbelte die Schnur jetzt ganz zurück und fing an, die Bambusrute auseinanderzunehmen. »Es ist zwar nicht ganz so, als ob man in einem Fluss fischen würde, aber es ist eine gute Übung, besonders auf so engem Raum. Es hilft mir, mich in meinen Pausen zu entspannen. Natürlich nur, wenn sich die Schnur nicht irgendwo an den Schubladen verfängt.«

Als Kawakita für das Museum zu arbeiten begonnen hatte, hatte er das ihm angebotene sonnige Büro im fünften Stock abgelehnt und sich stattdessen das viel kleinere hier im Labor herausgesucht, weil er dort näher am Geschehen war. Seitdem hatte er schon mehr wissenschaftliche Arbeiten veröffentlicht als mancher Kurator während seiner ganzen Karriere. Die interdisziplinären Forschungen unter Frock hatten ihm rasch eine Stelle als Assistenzkurator für Evolutionsbiologie eingebracht, wo er sich zunächst mit Studien zur Evolution der Pflanzen einen Namen gemacht hatte. Kawakita benützte den Ruf seines Mentors geschickt zur Förderung seiner eigenen Karriere, deshalb hatte er wohl auch mit der Entwicklung des Gensequenzen-Extrapolators begonnen. Seine einzige Leidenschaft außer seiner Arbeit schien das Fliegenfischen zu sein; besonders, wie er jedem erzählte, der es hören wollte, den edlen und schwierig zu fangenden Atlantiklachs.

Kawakita steckte die Angel in ein abgenütztes Futteral, das er sorgfältig in eine Ecke lehnte. Dann bedeutete er Smithback, ihm zu folgen, und führte den Journalisten zwischen langen Reihen von Schubladensärgen hindurch zu einem großen Tisch, an dem drei Holzstühle standen. Der Schreibtisch, bemerkte Smithback, war übersät mit Papieren, ziemlich zerlesen aussehenden Monografien und flachen Schalen mit Plastikdeckeln, die Sand und die unterschiedlichsten menschlichen Knochen enthielten.

»Sehen Sie sich das mal an«, sagte Kawakita und gab Smithback ein Stück Büttenpapier, auf dem mit brauner Tinte ein Stammbaum gezeichnet war. Die Verästelungen des Stammbaums waren mit lateinischen Worten bezeichnet.

»Nett«, sagte Smithback und setzte sich.

»So kann man das auch nennen, schätze ich«, entgegnete Kawakita. »Das ist eine Mitte des neunzehnten Jahrhunderts angefertigte Darstellung der Evolution des Menschen. Ein künstlerisches Meisterwerk, aber wissenschaftlich vollkommen unhaltbar. Ich schreibe gerade für das *Evolution Quarterly* einen kleinen Aufsatz über frühe Evolutionsmodelle.«

»Wann wird er denn erscheinen?«, fragte Smithback mit professionellem Interesse.

»Oh, Anfang nächsten Jahres. Diese wissenschaftlichen Zeitschriften arbeiten furchtbar langsam.«

Smithback legte das Blatt auf den Tisch. »Und was hat das alles mit Ihrer gegenwärtigen Arbeit zu tun – mit dem G. R E. oder dem S. A. T. oder wie immer er heißt?«

»G. S. E.«, sagte Kawakita und lachte. »Überhaupt nichts. Das ist nur so eine Idee von mir, eine Art Freizeitbeschäftigung. Es macht mir nach wie vor manchmal Spaß, mir ein wenig die Finger schmutzig zu machen.« Er steckte den Stammbaum sorgfältig in einen Umschlag und wandte sich wieder dem Journalisten zu. »Und was macht Ihr Meisterwerk?«, fragte er. »Macht Madam Rickman Ihnen immer noch so viele Schwierigkeiten?«

Smithback lachte. »Ich schätze, mein Kampf gegen die Tyrannin hat sich mittlerweile herumgesprochen. Aber darüber könnte ich ein Buch für sich schreiben. Ich bin gekommen, um mich mit Ihnen über Margo zu unterhalten.«

Kawakita setzte sich Smithback gegenüber. »Margo Green? Was ist mit ihr?«

Smithback begann müßig durch eine der Monografien zu blättern, die auf dem Arbeitstisch verstreut lagen. »Soviel ich weiß, braucht sie Ihre Hilfe.«

Kawakita kniff die Augen zusammen. »Sie hat mich gestern Abend angerufen und gefragt, ob ich ein paar Daten für sie durch den Extrapolator laufen lassen könnte. Ich sagte ihr, dass er noch nicht richtig fertig sei.« Er zuckte mit den Achseln. »Technisch gesehen stimmt das auch. Ich kann für die hundertprozentige Genauigkeit seiner Korrelationen nicht garantieren. Außerdem habe ich momentan furchtbar viel zu tun, Bill. Ich habe einfach keine Zeit, jemand anderen durch das Programm zu geleiten.«

»Aber Margo ist nicht gerade eine wissenschaftliche Analphabetin, die man am Händchen führen muss«, entgegnete Smithback. »Sie betreibt selbst ziemlich anspruchsvolle genetische Forschungen. Sie sollten sie mal unten in ihrem Büro erleben.« Er schob die Monografien zur Seite und beugte sich über den Tisch. »Es würde nichts schaden, der Kleinen mal ein bisschen unter die Arme zu greifen«, sagte er. »Sie hat es im Augenblick nicht gerade leicht. Ihr Vater ist vor zwei Wochen gestorben, wussten Sie das?«

Kawakita sah erstaunt aus. »Wirklich? Haben Sie darüber mit ihr im Aufenthaltsraum gesprochen?«

Smithback nickte. »Sie hat mir nicht viel erzählt, aber es war wohl ziemlich schlimm für sie. Sie denkt sogar daran, die Arbeit am Museum aufzugeben.«

»Das wäre ein Fehler«, sagte Kawakita und runzelte die Stirn. Er wollte noch etwas sagen, brach dann aber abrupt ab, lehnte sich in seinen Stuhl zurück und bedachte Smithback mit einem langen, taxierenden Blick. »Das ist ja eine mächtig altruistische Geste von Ihnen, Bill.« Er schürzte die Lippen und nickte langsam. »William Smithback, der barmherzige Samariter. Ist das jetzt Ihr neues Image?«

»So bin ich nun einmal.«

»Bill Smithback, der Pfadfinder, der jeden Tag eine gute Tat tut«, fuhr Kawakita fort. Dann schüttelte er den Kopf. »Nein, das stimmt irgendwie nicht. Sie sind nicht wirklich hier heruntergekommen, um mit mir über Margo zu sprechen, nicht wahr?«

Smithback zögerte. »Nun, das war einer meiner Gründe«, gab er zu.

»Ich wusste es!«, krähte Kawakita triumphierend. »Na los, raus damit!«

»Nun gut«, seufzte Smithback. »Passen Sie auf: Ich versuche ein paar Informationen über die Whittlesey-Expedition zu bekommen.«

»Worüber?«

»Über die Expedition nach Südamerika, von der die Mbwun-Figur stammt. Sie wissen schon, eines der Schaustücke der neuen Ausstellung.«

Jetzt erst fiel bei Kawakita der Groschen. »Natürlich. Das ist die Expedition, von der Smith neulich im Herbarium gesprochen hat. Was ist mit ihr?«

»Nun, wir glauben, dass es eine Art Verbindung zwischen dieser Expedition und den Morden gibt.«

»Was?«, fragte Kawakita ungläubig. »Jetzt sagen Sie bloß nicht, dass Sie jetzt auch schon mit diesem Quatsch vom Museumsmonster anfangen. Und wen meinen Sie mit *wir?«*

»Ich habe nicht gesagt, dass ich auch nur eines von den

Gerüchten glaube, okay?«, entgegnete Smithback und wich so Kawakitas Frage aus. »Aber ich habe in letzter Zeit eine Menge seltsames Zeug gehört. Und Rickman ist ganz nervös, weil sich die Mbwun-Figur in der Ausstellung befindet. Außer diesem einen Stück kamen auch noch andere Sachen von dieser Expedition zurück – mehrere Kisten. Ich will wissen, was es mit denen auf sich hat.«

»Aber was habe ich mit alledem zu tun?«, fragte Kawakita.

»Nichts. Aber Sie sind ein Assistenzkurator. Sie haben eine Zugangsberechtigung zum Museumscomputer. Sie könnten in der Datenbank Informationen über diese Kisten abrufen.«

»Ich möchte bezweifeln, dass ihr Inhalt überhaupt registriert ist«, sagte Kawakita. »Aber selbst wenn er das wäre, könnte ich in dieser Sache nichts für Sie tun.«

»Warum?«, fragte Smithback.

Kawakita lachte. »Warten Sie einen Augenblick.« Er stand auf und ging ins Labor. Kurze Zeit später kam er mit einem Blatt Papier in der Hand zurück.

»Sie müssen irgendwie das Zweite Gesicht haben«, sagte er und gab Smithback das Blatt. »Lesen Sie mal, was ich heute Vormittag in meiner Post gefunden habe.«

An: Alle Kuratoren und leitenden Angestellten
Von: Lavinia Rickman
Zur Kenntnisnahme an: Wright, Lewallen, Cuthbert, Lafore

Infolge der jüngsten unerfreulichen Vorfälle ist das Museum zur Zielscheibe der Medien und der Öffentlichkeit geworden. Dies möchte ich zum Anlass nehmen, um die Richtlinien für den Umgang des Museums mit der Außenwelt neu zu definieren.

Sämtliche Kontakte des Museums mit der Presse werden mit sofortiger Wirkung einzig und allein von der Abteilung für Öffentlichkeitsarbeit wahrgenommen. Insbesondere dürfen Journalisten oder Vertretern anderer Medien gegenüber keinerlei Kommentare über Angelegenheiten des Museums mehr abgegeben werden, weder offiziell noch inoffiziell. Alle Erklärungen gegenüber Personen, die Interviews, Dokumentationen, Bücher, Artikel oder Ähnliches über Angelegenheiten des Museums schreiben wollen, bedürfen des Einverständnisses der oben genannten Abteilung. Das Nichteinhalten dieser Richtlinien wird disziplinarische Maßnahmen vonseiten der Direktion nach sich ziehen.

Vielen Dank für Ihre Mitarbeit in dieser schwierigen Zeit.

»Lieber Himmel«, murmelte Smithback. »Was sagt man denn dazu: ›Personen, die Bücher schreiben wollen‹.«

»Damit meint Rickman Sie, Bill«, sagte Kawakita lachend. »Sie sehen also: Mir sind die Hände gebunden.« Er holte ein Taschentuch aus seiner Hosentasche und putzte sich die Nase. »Ich bin allergisch gegen Knochenstaub«, erklärte er.

»Ich kann das noch immer nicht fassen«, sagte Smithback, der die Notiz noch einmal gelesen hatte.

Kawakita klopfte Smithback auf die Schulter. »Bill, mein Freund, ich weiß, dass diese Geschichte sich für Sie sehr auflagensteigernd auswirken würde. Und ich würde Ihnen gerne helfen, das kritischste, aufsehenerregendste und am besten verkäufliche Buch zu schreiben, das es je gab. Aber ich kann nicht. Ich will ehrlich zu Ihnen sein. Ich habe hier eine vielversprechende Karriere vor mir, und –« er packte Smithback am Arm – »ich habe gute Chancen auf eine volle Kuratorenstelle. Ich kann mir momentan also keine Probleme leisten. Sie müssen sich wohl einen anderen Weg suchen, okay?«

Smithback nickte resigniert. »Okay.«

»Ganz überzeugt scheinen Sie ja nicht zu sein«, sagte Kawakita mit einem Lachen. »Aber ich bin froh, dass Sie mich trotzdem verstehen.« Dann fügte er, während er den Journalisten sanft aus dem Stuhl hochzog, hinzu: »Ich mache Ihnen einen Vorschlag. Warum kommen Sie am Sonntag nicht einfach mit zum Fischen? Im Connetquot soll es schon die ersten Forellen geben.«

Schließlich grinste auch Smithback. »Aber nur, wenn es dort auch ein paar heiße Wassernixen zu fangen gibt.«

26

D'Agosta befand sich gerade auf der anderen Seite des Museums, als wieder ein Anruf in der Zentrale einging. In der Sektion Achtzehn, in der Nähe des Computerraums, sollte sich etwas Verdächtiges herumtreiben.

D'Agosta seufzte, steckte das Funkgerät in sein Halfter und dachte an seine müden Füße. Überall in diesem verdammten Museum sah man auf einmal Gespenster.

Im Gang vor dem Computerraum stand ein gutes Dutzend Leute, die nervöse Witze rissen. Zwei uniformierte Polizisten standen vor der geschlossenen Tür. »Okay«, sagte D'Agosta und holte eine Zigarre aus der Tasche. »Wer hat was gesehen?«

Ein junger Mann trat vor. Er hatte nach vorn gekrümmte Schultern und trug einen weißen Laborkittel und eine dicke Brille. Ein Piepser hing an seinem Gürtel. *Prost Mahlzeit,* dachte D'Agosta. *Wo sie bloß immer solche Burschen herbekommen?*

»Ich habe eigentlich nichts *gesehen*«, sagte der Mann, »aber aus dem Elektroraum kam auf einmal so ein komisches Klopfen. Es klang wie ein Hämmern, als wollte jemand durch die Tür brechen –«

D'Agosta wandte sich an die beiden Polizisten. »Los, prüfen wir das nach.«

Er drehte am Türknauf, bis jemand einen Schlüssel hervorzog und erklärte: »Wir haben es eingesperrt. Wir wollten nicht, dass es herauskommt –«

D'Agosta winkte ab. Das Ganze wurde langsam lächerlich. Die Leute hier fingen regelrecht an durchzudrehen. Wie, zum Teufel, sollte da morgen Abend die große Eröffnungsparty für die Ausstellung stattfinden? Man hätte das Museum gleich nach den ersten Morden zusperren sollen.

Der Raum war groß, rund und blitzsauber. In der Mitte stand, beleuchtet von hellen Neonröhren, auf einem Podest ein eineinhalb Meter hoher weißer Zylinder, von dem D'Agosta annahm, dass er der Zentralrechner des Museums war. Das Ding summte inmitten von Terminals, Workstations, Tischen und Bücherregalen leise vor sich hin. An den Wänden befanden sich zwei geschlossene Türen.

»Seht euch gründlich um, Leute«, sagte D'Agosta zu den beiden Polizisten und steckte eine unangezündete Zigarre in seinen Mund. »Ich gehe inzwischen raus, rede noch mal mit dem Knaben und erledige den Papierkrieg.«

»Wie heißen Sie?«, fragte er, als er wieder draußen auf dem Gang war, den Mann, der die Geräusche gehört haben wollte.

»Roger Thrumcap. Ich bin der Schichtleiter.«

»Okay«, sagte D'Agosta müde und notierte sich den Namen. »Sie saßen also in der Datenverarbeitung und haben irgendwelche Geräusche gehört.«

»Nein, Sir. Die Datenverarbeitung befindet sich ein Stockwerk weiter oben. Das hier ist der Computerraum. Wir kümmern uns um die Hardware und das Betriebssystem.«

»Gut, dann eben im Computerraum.« D'Agosta schrieb das auf. »Wann haben Sie die Geräusche gehört?«

»Ein paar Minuten nach zehn. Wir waren gerade mit den Sicherungen fertig.«

»Was haben Sie denn an den Sicherungen zu schaffen gehabt? Hatten Sie einen Kurzschluss?«

»Nein, Sir. Wenn ich Sicherung sage, dann meine die Sicherungskopien der Daten. Die überspielen wir in regelmäßigen Abständen auf Magnetbänder.«

»Ach so. Aber wie können Sie um zehn Uhr mit dieser Arbeit *fertig* sein, wo doch niemand vor zehn das Museum betreten darf?«

»Die Sicherungskopien können wir nicht während der Arbeitszeit anfertigen, Sir. Wir haben eine Spezialerlaubnis, dass wir um sechs Uhr früh anfangen dürfen.«

»Haben Sie ein Glück! Und wo haben Sie die Geräusche gehört?«

»Sie kamen aus dem Elektroraum.«

»Und der ist wo?«

»Die Tür links vom MP-3. Der MP-3 ist der Computer, Sir.«

»Ich habe zwei Türen gesehen. Was befindet sich hinter der anderen?«

»Ach, das ist die Dunkelkammer. Deren Tür hat ein Magnetkartenschloss, da kann niemand hinein.«

D'Agosta warf dem Mann einen seltsamen Blick zu.

»In der Dunkelkammer sind die Festplatten, die 3390er und ähnliche Dinge. Sie wissen schon, die Datenspeicher. Wir nennen den Raum die Dunkelkammer, weil alles dort drin automatisch und im Dunklen abläuft. Außer zu Wartungsarbeiten geht dort niemand hinein.« Er nickte stolz. »Wir haben hier nämlich eine Anlage, die völlig ohne Operator auskommt. Verglichen mit uns befindet sich die Computerabteilung des Polizeipräsidiums praktisch noch in der Steinzeit. Da müssen sogar die Magnetbänder immer noch von Hand eingelegt werden.«

D'Agosta sagte nichts und ging wieder in den Computerraum. »Die Geräusche kamen also von der Tür da hinten links. Die sehen wir uns einmal an.« Dann schickte er Thrumcap wieder hinaus und sagte: »Sorgen Sie dafür, dass niemand hier hereinkommt.«

Als D'Agosta die Tür zum Elektroraum öffnete, schlug ihm und den beiden Polizisten ein Geruch nach Kurzschluss und Ozon entgegen. D'Agosta tastete an der Wand nach einem Lichtschalter und knipste ihn an.

Ganz nach Vorschrift verschaffte er sich erst einmal einen Überblick über den Raum. Transformatoren. Kabel. Mehrere große Lüftungsgitter der Klimaanlage. Viel heiße Luft. Aber sonst nichts.

»Schauen Sie hinter diese Geräte da«, befahl D'Agosta.

Die beiden Polizisten spähten in jeden Winkel. Dann drehte sich einer von ihnen um und zuckte mit den Achseln.

»Okay«, sagte D'Agosta und ging wieder hinaus in den Computerraum. »Scheint sauber zu sein. Mr Thrumcap?«

»Ja?« Der Schichtleiter streckte seinen Kopf zur Tür herein.

»Sie können den Leuten sagen, dass sie jetzt wieder hereinkommen können. Es sieht so aus, als wäre alles in Ordnung, aber wir lassen trotzdem für die nächsten sechsunddreißig Stunden einen Mann hier.« Er wandte sich an einen der Polizisten, die eben aus dem Elektroraum kamen.

»Waters, Sie bleiben bis zum Ende Ihrer Schicht hier. Nur zur Sicherheit, verstanden? Ich schicke Ihnen dann eine Ablösung.« *Wenn noch ein paar von diesen Pennern etwas Verdächtiges hören oder sehen, habe ich bald keine Polizisten mehr.*

»In Ordnung«, sagte Waters.

»Das ist eine gute Idee«, bedankte sich Thrumcap. »Dieser Raum ist nämlich das Herz des Museums, wissen Sie. Oder sagen wir besser: das Gehirn. Von hier aus werden alle Telefone, Datenbanken, das Netzwerk, die Drucker, die elektronische Post, die Energieversorgung und das Sicherheitssystem gesteuert –«

»Na Mahlzeit«, sagte D'Agosta und fragte sich, wie eine Sicherheitsabteilung, die nicht einmal eine genaue Blaupause des unteren Kellers hatte beibringen können, wohl mit einem komplizierten elektronischen System umgehen würde.

Die Angestellten gingen wieder zurück in den Raum und nahmen ihre Arbeitsplätze an den Terminals wieder ein. D'Agosta tupfte sich den Schweiß von der Stirn. *Heiß wie die Hölle da drin.* Er wandte sich zum Gehen.

»Rog«, hörte er eine Stimme hinter sich. »Wir haben da ein Problem.«

D'Agosta zögerte einen Augenblick.

»O mein Gott«, sagte Thrumcap und starrte auf den Monitor. »Das System macht einen Hexdump. Was, zum Teufel –«

»War der Hauptterminal immer noch im Back-up-Modus, als du fortgegangen bist, Rog?«, fragte ein kleiner Kerl mit Hasenzähnen. »Wenn er nämlich mit der Sicherungskopie fertig war und keine Benutzereingabe bekam, könnte es leicht sein, dass das System meint, einen Hexdump machen zu müssen.«

»Vielleicht hast du recht«, sagte Roger. »Brich den Dump ab und fahr das System wieder hoch.«

»Es reagiert nicht.«

»Ist das Betriebssystem abgestürzt?«, fragte Thrumcap und beugte sich über den Terminal des Hasenzahns. »Lass mich mal sehen.«

Plötzlich war ein Alarmton zu hören, der nicht laut, dafür aber hoch und durchdringend war. D'Agosta sah, dass an der Decke über dem Zentralrechner ein rotes Licht zu blinken begann. Vielleicht sollte er doch noch eine Weile dableiben.

»Was jetzt?«, fragte Thrumcap.

Mein Gott, ist das heiß hier, dachte D'Agosta. *Wie können diese Leute das bloß aushalten?*

»Was für ein Fehlercode ist denn das?«

»Keine Ahnung, sieh nach!«

»Wo denn?«

»Na, im Handbuch, du Idiot. Es liegt direkt hinter deinem Terminal. Hier, ich hab's schon.«

Thrumcap blätterte in einem dicken Buch. »Zwei, zwei, neun, eins – zwei, zwei, neun, eins – ah, da ist er ja. Der Code bedeutet Hitzealarm. Mein Gott, der Computer wird zu heiß! Die Wartungsleute sollen sofort herkommen!«

D'Agosta zuckte mit den Achseln. Das klopfende Geräusch, das sie gehört hatten, war möglicherweise eine Funktionsstörung bei einem Kompressor der Klimaanlage gewesen. *Um sich das auszurechnen, muss man nun wahrlich keinen Nobelpreis haben. Hier drinnen hat es mindestens dreißig Grad.* Als er den Gang entlangging, eilten ihm auch schon zwei Männer von der Wartungsmannschaft entgegen.

Wie die meisten modernen Supercomputer war der MP-3 des Museums viel besser in der Lage, mit Hitze zurechtzukommen, als die großen, alten Zentralrechner, die es noch vor zehn oder zwanzig Jahren gab.

Sein Gehirn aus Silizium konnte länger bei Temperaturen arbeiten, die über dem Limit lagen als die Röhren und Transistoren früherer Modelle, und es musste dabei noch keinen Datenverlust hinnehmen. Die Verbindung vom Hauptcomputer zum Sicherheitssystem des Museums war allerdings von einer Zulieferfirma eingebaut worden, die sich nicht an die Spezifikationen von Digital Industries, dem Lieferanten des restlichen Systems, gehalten hatte. Als die Temperatur im Computerraum vierunddreißig Grad Celsius erreichte, machten die ROM-Chips schlapp, die das automatische Katastrophenkontrollsystem regelten. Neunzig Sekunden später war das System außer Betrieb.

Waters stand in einer Ecke und blickte sich im Computerraum um. Die Männer von der Wartungsmannschaft waren vor über einer Stunde gegangen und der Raum war wieder angenehm kühl. Alles war wieder normal und die einzigen Geräusche waren das Summen der Computer und das Klicken der Tastaturen, auf denen die Zombies der Computercrew Tausende von Befehlen eingaben. Er schaute müßig auf einen unbesetzten Terminal, auf dessen Monitor eine Meldung blinkte:

EXTERNAL ARRAY FAILURE
AT ROM ADDRESS 33 b1 4A OE

Es hätte genauso gut Chinesisch sein können. Was immer das bedeuten mochte, warum konnte man so etwas nicht verständlicher ausdrücken? Waters hasste Computer. Er konnte nichts Gutes an den Dingern sehen, denn bisher hatten Computer lediglich auf Rechnungen das »s« an seinem Nachnamen vergessen. Und diese smarten Computerbürschchen hasste er mindestens ebenso sehr. Wenn hier etwas nicht in Ordnung war, dann sollten *sie* sich gefälligst darum kümmern.

27

Smithback warf seine Notizbücher auf den Tisch seiner Lieblingslesenische in der Bibliothek. Er seufzte schwer und quetschte sich hinter den kleinen Tisch, stellte seinen Laptop darauf und schaltete die kleine Leselampe ein. Er war nur einen Steinwurf von dem eichenholzgetäfelten Lesesaal mit seinen roten Lederstühlen und dem offenen Kamin aus Marmor entfernt, in dem in den letzten hundert Jahren kein Feuer mehr gebrannt hatte. Aber Smithback zog die kleinen, abgewetzten Lesenischen dem großen Saal vor. Am liebsten mochte er die, die tief in den Bücherregalen verborgen lagen, wo er Dokumente und Manuskripte, die er sich auf nicht ganz legalen Wegen zeitweise »besorgt« hatte, in aller Ruhe durchsehen oder auch mal eine Runde schlafen konnte.

Die Sammlung des Museums an aktuellen, alten und seltenen Büchern über Naturgeschichte war beispiellos. Es hatte im Lauf der Jahre so viele Nachlässe und Privatsammlungen geschenkt bekommen, dass der Katalog praktisch immer hoffnungslos dem wahren Bestand hinterherhinkte. Dennoch kannte Smithback die Bibliothek besser als manche der Bibliothekare und konnte sich in Rekordzeit sensationelle Informationen verschaffen.

Jetzt saß er mit geschürzten Lippen da und dachte nach. Moriarty war ein sturer Bürokrat und aus Kawakita hatte Smithback auch nichts herausholen können. Sonst kannte er leider niemanden, der ihm Zugang zur Katalogdatenbank der Sammlungen verschaffen konnte. Aber vielleicht gab es ja noch mehr Wege als nur den einen, um dieses Rätsel zu lösen.

Im Katalog für Mikrofilme begann er, sich durch den Index der *New York Times* zu arbeiten. Er fing an mit dem Jahr 1985 und ging zuerst nach vorne, dann zurück bis 1975. Aber er fand nichts, genauso wenig wie in den wichtigsten Zeitschriften für Anthropologie und Naturgeschichte.

Dann sah er sich die alten Ausgaben der museumsinternen Zeitschrift an, ob dort vielleicht etwas über die Expedition zu finden war. Auch nichts. Im *Who is Who* des Museums von 1985 fand er zwar eine zwei Zeilen lange Biografie von Whittlesey, aber die sagte ihm auch nicht mehr, als er ohnehin schon gewusst hatte.

Der Kerl ist ja besser versteckt als der Schatz im Silbersee, knurrte er leise.

Smithback stellte die Bände langsam wieder ins Regal zurück und sah sich um. Dann ging er, nachdem er ein paar Seiten aus seinem Notizbuch gerissen hatte, unbekümmert zum Tisch der diensttuenden Bibliothekarin, allerdings nicht, ohne sich vorher vergewissert zu haben, dass er dieser noch nicht bekannt war.

»Ich muss die nur rasch wieder zurück ins Archiv bringen«, sagte er und zeigte der Bibliothekarin die Blätter aus seinem Notizbuch.

Sie zwinkerte ihn ein wenig verwirrt an. »Sind Sie neu hier?«

»Ich komme aus der Wissenschaftsbibliothek. Bin erst letzte Woche hierher versetzt worden. Wir wechseln ab und zu, wissen Sie.« Smithback schenkte ihr ein Lächeln, von dem er hoffte, dass es freundlich und echt wirkte.

Sie runzelte unsicher die Stirn, als das Telefon auf ihrem Tisch zu läuten begann. Die Bibliothekarin zögerte, dann hob sie ab und gab Smithback ein Klemmbrett und einen Schlüssel an einer langen, blauen Kordel. »Unterschreiben Sie hier«, sagte sie, während sie die Sprechmuschel mit der Hand bedeckte.

Die Archive der Bibliothek lagen hinter einer unscheinbaren grauen Tür in einer abgelegenen Ecke hinter den Regalen. Smithback spielte in mehrerlei Hinsicht ein gewagtes Spiel. Aber wenigstens war er schon einmal hiergewesen, und zwar ganz offiziell. Er wusste, dass der Hauptteil des Museumsarchivs sich anderswo befand und dass die Teile des Archivs, die in der Bibliothek untergebracht waren, sehr spezifisch waren. Aber noch etwas anderes bereitete ihm Sorgen. Er schloss die Tür und fing an, die Etiketten auf den in Regalen gestapelten Schachteln zu lesen.

Als er ein Regal abgeschritten hatte und sich eben das nächste vornehmen wollte, blieb er stehen. Vorsichtig griff er nach oben und holte eine Schachtel herunter, auf der stand: *Transportbelege: Luftfracht.* Er ging in die Hocke und blätterte rasch die darin enthaltenen Papiere durch.

Dabei ging er bis 1975 zurück. Enttäuscht sah er alles noch einmal durch. Nichts.

Als er die Schachtel wieder hinaufstellte, fiel sein Blick auf eine zweite: *Ladepapiere, 1970–1990.* Er konnte nicht mehr als höchstens fünf Minuten riskieren.

Als er fast den ganzen Stapel durchgeblättert hatte, hielt er inne. »Hab ich dich«, flüsterte er und zog ein fleckiges

Stück Papier heraus. Aus seiner Jackentasche holte er ein kleines Diktiergerät und sprach leise die relevanten Daten und Orte hinein: Belém; Hafen von New Orleans; Brooklyn. Die *Strella de Venezuela* – Stern von Venezuela. *Seltsam,* dachte er. *Lag ganz schön lange in New Orleans, das Schiff.*

»Sie machen ja einen ziemlich zufriedenen Eindruck«, sagte die Bibliothekarin, während sie den Schlüssel wieder zurück in die Schreibtischschublade legte.

»Schönen Tag noch«, flötete Smithback und trug sich auf dem Klemmbrett wieder aus. »Sebastian Melmoth, Ein: 11 Uhr 10, Aus: 11 Uhr 25.«

Zurück im Mikrofilmkatalog überlegte Smithback: Er wusste, dass die Zeitung in New Orleans einen ziemlich komischen Namen hatte, der irgendwie vorsintflutlich klang – richtig, *Times-Picayune,* so hieß sie.

Rasch suchte er sie im Katalog. Da war sie ja: *Times-Picayune,* 1840 bis heute.

Smithback legte die Mikrofilmrolle von 1987 in die Maschine. Als er sich dem Oktober näherte, drehte er immer langsamer, bis er schließlich stoppte. Eine große Schlagzeile sprang ihm vom Bildschirm des Lesegerätes in die Augen.

»Ach du meine Güte«, hauchte er.

Jetzt wusste er ganz genau, warum Whittleseys Kisten so lange in New Orleans geblieben waren.

28

Es tut mir leid, Miss Green, aber seine Tür ist immer noch zu. Ich gebe ihm Ihre Nachricht sobald wie möglich.«

»Danke«, sagte Margo und legte frustriert den Hörer auf die Gabel. Wie konnte sie Frocks Augen und Ohren sein, wenn sie nicht einmal mit ihm sprechen konnte?

Wenn Frock intensiv an einem wichtigen Projekt arbeitete, schloss er sich häufig in seinem Büro ein und seine Sekretärin wusste genau, dass sie ihn nicht stören durfte. Margo hatte an diesem Vormittag schon zweimal versucht, ihn zu erreichen, und niemand konnte sagen, wann er wieder aus seiner Klausur auftauchen würde.

Margo blickte auf ihre Uhr. Es war zwanzig nach elf – der Vormittag war fast vorbei. Sie wandte sich wieder ihrem Terminal zu und loggte sich in den Museumscomputer ein.

HALLO MARGO GREEN@BIOTECH@STF
WILLKOMMEN IM MUSEUMSNETZ
DISTRIBUTED NETWORKING SYSTEM
VERSION 15-5
COPYRIGHT (C) 1989-1994 NYMNH
AND CEREBRAL SYSTEMS INC.
CONNECTING AT 11:20:45 03-04-94
DRUCKERSERVICE AUF LJ56

*****WICHTIGE NACHRICHT AN ALLE USER*****

WEGEN SYSTEMAUSFALL HEUTE VORMITTAG WIRD
UM 12 UHR MITTAG DAS SYSTEM NEU INSTALLIERT.
MIT EINGESCHRAENKTER COMPUTERLEISTUNG

MUSS GERECHNET WERDEN. ALLE
VERLOREN GEGANGENEN ODER BESCHÄDIGTEN
DATEIEN SIND SOFORT DER COMPUTERABTEILUNG ZU
MELDEN
CHARLES THRUMCAP@ADMIN@SYSTEMS

SIE HABEN 1 NACHRICHT(EN) IM SYSTEM

Margo holte sich ihr Mitteilungsmenü auf den Schirm und las die Nachricht:

NACHRICHT VON GEORGE MORIARTY@EXHIB@STF
ABGESANDT 10:14:07 03-04-94

DANKE FÜR DIE ARBEIT – SIEHT SEHR GUT
AUS, AENDERUNGEN NICHT NOETIG. WIR
WERDEN DIE BESCHRIFTUNGEN NOCH VOR
DER AUSSTELLUNGSEROEFFNUNG ANBRINGEN.
HAETTEN SIE LUST, HEUTE MIT MIR ZU MITTAG
ZU ESSEN?
GEORGE

ANTWORTEN, LÖSCHEN, SPEICHERN (A/L/S)

Das Klingeln des Telefons zerriss die Stille in Margos Büro. »Hallo?«, sagte sie.

»Margo? Hi. Hier spricht George«, ertönte Moriartys Stimme aus dem Hörer.

»Hi«, antwortete sie. »Tut mir leid, dass ich mich noch nicht gemeldet habe, aber ich habe eben erst Ihre Nachricht gelesen.«

»Das habe ich mir schon gedacht«, sagte Moriarty fröhlich. »Nochmals vielen Dank für Ihre Hilfe.«

»Nichts zu danken. Hat mir Spaß gemacht«, entgegnete Margo.

Moriarty machte eine kurze Pause. »Also –«, fing er zögernd an. »Wie steht es nun mit unserem Mittagessen?«

»Tut mir leid«, sagte Margo, »ich würde ja furchtbar gerne, aber ich warte auf einen Rückruf von Dr. Frock. Der kann in fünf Minuten, aber auch erst nächste Woche kommen.«

Das Schweigen am anderen Ende der Leitung zeigte ihr an, dass Moriarty enttäuscht war.

»Aber ich habe einen anderen Vorschlag«, sagte sie. »Sie könnten doch auf dem Weg in die Cafeteria bei mir vorbeischauen. Wenn Frock bis dahin angerufen hat, kann ich ja doch noch mitgehen. Und wenn nicht – nun, dann könnten Sie vielleicht noch ein bisschen mit mir warten und mir beim Kreuzworträtsel der *Times* helfen oder sonst was.«

»Mach ich«, sagte Moriarty. »Ich kenne jedes australische Säugetier mit drei Buchstaben, das es gibt.«

Margo zögerte. »Und vielleicht könnten wir ja, wenn Sie schon mal da sind, zusammen einen Blick in die Datenbank der Magazinbestände werfen und nach Whittleseys Kisten suchen –?«

Stille folgte, bis Moriarty seufzte und sagte: »Nun, wenn das für Sie so wichtig ist, dann können wir es ja mal versuchen. Ich schätze, das wird schon niemandem schaden. Ich komme dann so gegen zwölf vorbei.«

Eine halbe Stunde später klopfte es an Margos Tür. »Herein«, rief sie.

»Wie denn? Das verdammte Ding ist abgesperrt.« Die Stimme war nicht die von Moriarty.

Margo öffnete die Tür. »*Sie* habe ich nun nicht gerade erwartet.«

»Was meinen Sie, ist es Zufall oder Schicksal?«, fragte Smithback, der hereinkam und die Tür rasch wieder hinter sich schloss. »Hören Sie, meine Lotosblüte, ich war ziemlich fleißig seit gestern Abend.«

»Ich auch. Moriarty kann jeden Moment kommen und für mich die Datenbank anzapfen.«

Smithback öffnete den Mund. »Wie haben Sie denn das –?«

»Fragen Sie nicht«, erwiderte Margo selbstzufrieden.

Die Tür ging auf und Moriarty sah herein. »Margo?«, fragte er. Dann erblickte er Smithback.

»Keine Angst, Professor, ich bin ganz harmlos. Heute beiße ich ausnahmsweise nicht.«

»Kümmern Sie sich nicht um ihn«, sagte Margo. »Er hat die unangenehme Angewohnheit, unangemeldet hereinzuplatzen. Kommen Sie nur herein.«

»Ja, und machen Sie es sich bequem«, sagte Smithback und wies mit unmissverständlicher Geste auf den Stuhl vor Margos Terminal.

Moriarty setzte sich langsam. Er blickte hinüber zu Smithback, sah dann zu Margo und wieder zu Smithback. »Ich schätze, Sie wollen, dass ich für Sie in den Magazinbeständen etwas nachsehe«, sagte er traurig.

»Nur, wenn es Ihnen nichts ausmacht«, sagte Margo rasch. Smithbacks Anwesenheit ließ die ganze Sache irgendwie geplant aussehen.

»Okay, Margo.« Moriarty legte die Finger auf die Tastatur. »Drehen Sie sich um, Smithback. Ich gebe jetzt das Passwort ein.«

Die Datenbank der Magazinbestände enthielt Informationen über die Millionen von katalogisierten Gegenständen in den Sammlungen des Museums. Ursprünglich hatte der Zugang zu dieser Datenbank allen Angestellten offengestanden, dann aber hatte jemand oben im vierten Stock kalte Füße bekommen und es für nicht gut befunden, dass die detaillierten Beschreibungen sämtlicher Ausstellungsstücke zusammen mit ihrem genauen Aufbewahrungsort jedermann zugänglich waren. Jetzt war der Zugang dazu den leitenden Angestellten vorbehalten – vom Assistenzkurator, so wie Moriarty einer war, aufwärts.

Mit finsterem Gesicht tippte Moriarty auf ein paar Tasten. »Ich kann mir deswegen eine Rüge einfangen, das wissen Sie schon«, sagte er. »Dr. Cuthbert ist in solchen Dingen sehr streng. Warum können Sie denn nicht Frock das für Sie machen lassen?«

»Wie ich schon sagte, ich komme momentan nicht an ihn ran«, antwortete Margo.

Moriarty haute auf die ENTER-Taste. »Da ist es. Sehen Sie es sich rasch an. Noch mal hole ich Ihnen die Sachen nicht auf den Schirm.«

Margo und Smithback drängten sich an den Terminal, auf dessen Monitor jetzt nacheinander grüne Buchstaben erschienen:

MAGAZINBESTANDSNR. 1988-2006
DATUM: 4. APRIL 1988
BESCHAFFT DURCH: JULIAN WHITTLESEY, EDWARD MAXWELL UND ANDERE
KATALOGISIERT DURCH: HUGO C. MONTAGUE
QUELLE: WHITTLESEY/MAXWELL EXPEDITION INS AMAZONASBECKEN
LAGERORT: GEBÄUDE 2, EBENE 3, SEKTION 6, RAUM 144
BEMERKUNG: DIE FOLGEND AUFGEFÜHRTEN GEGENSTÄNDE TRAFEN AM 1. FEBRUAR 1988 IN SIEBEN KISTEN EIN, DIE DIE WHITTLESEY/MAXWELL EXPEDITION VOM OBERLAUF DES XINGU-FLUSSES ABGESCHICKT HAT. SECHS DER KISTEN WAREN VON MAXWELL GEPACKT, EINE VON WHITTLESEY. WHITTLESEY UND THOMAS R. CROCKER JR. KEHRTEN NICHT VON DER EXPEDITION ZURÜCK UND SIND VERMUTLICH TOT.
MAXWELL UND DER REST DER EXPEDITIONSMANNSCHAFT STARBEN BEI EINEM FLUGZEUGABSTURZ AUF DEM RÜCKWEG IN DIE VEREINIGTEN STAATEN. NUR WHITTLESEYS KISTE WIRD
HIER TEILWEISE KATALOGISIERT; DIESE NOTIZ WIRD GEGENSTANDSLOS, WENN DIESE KISTE UND DIE KISTEN VON MAXWELL VOLLSTAENDIG

KATALOGISIERT SIND. DIE BESCHREIBUNGEN SIND, SOWEIT VORHANDEN, DEM TAGEBUCH VON WHITTLESEY ENTNOMMEN.
BLE. HCM 4/88

»Haben Sie das gesehen?«, fragte Smithback. »Ich frage mich, wieso die die Katalogisierung nie abgeschlossen haben.«

»Psst«, zischte Margo. »Ich muss mich konzentrieren.«

NR. 1988-2006.1
BLASROHR MIT PFEIL. KEINE DATEN
STATUS: L.

NR. 1988-2006.2
PERSOENLICHES TAGEBUCH VON J. WHITTLESEY, 22. JULI (1986) BIS 17. SEPTEMBER (1986)
STATUS: Z. E.

NR. 1988-2006.3
2 GRASBÜSCHEL, MIT PAPAGEIENFEDERN ZUSAMMENGEBUNDEN,
SCHAMANENFETISCH AUS VERLASSENER HUETTE
STATUS: L.

NR. 1988-2006.4
GESCHNITZTE FIGUR EINES TIERES. ANGEBLICH DARSTELLUNG DES »MBWUN« SIEHE WHITTLESEY-TAGEBUCH S. 56-59
STATUS: A.

NR. 1988-2006.5
HOELZERNE PFLANZENPRESSE MIT INHALT. PFLANZEN SIND UNBEKANNT UND STAMMEN AUS DER UMGEBUNG DER VERLASSENEN HUETTE
STATUS: L.

NR. 1988-2006.6
SCHEIBE MIT EINGERITZTEN VERZIERUNGEN.
STATUS: L.

NR. 1988-2006.7
SPEERSPITZEN IN VERSCHIEDENEN GROESSEN UND ERHALTUNGSZUSTAENDEN
STATUS: L.

BEMERKUNG: ALLE KISTEN WURDEN VORUEBERGEHEND IN DIE SICHERHEITSZONE EBENE 2B VERBRACHT. VERANLASST VON IAN CUTHBERT 24/3/94. D. ALVAREZ, SICHERHEITSD.

»Was bedeuten denn die Buchstaben hinter Status?«, wollte Smithback wissen.

»L bedeutet lagernd, das heißt, der Gegenstand wurde noch nicht genauer untersucht. A bedeutet, dass etwas gerade ausgestellt wird, und Z. E. weist darauf hin, dass der Gegenstand zeitweilig entnommen wurde. Dann gibt es noch andere –«

»Zeitweilig entnommen?«, fragte Margo. »Ist das alles, was man vermerken muss? Kein Wunder, dass das Tagebuch verloren gegangen ist.«

»Das ist natürlich nicht alles«, sagte Moriarty. »Wenn jemand ein Objekt entnimmt, dann muss er es schriftlich aus dem Katalog austragen. Diese Datenbank ist hierarchisch aufgebaut. Wenn wir mehr Informationen über einen bestimmten Eintrag haben wollen, dann müssen wir nur eine Ebene tiefer gehen. Passen Sie auf, ich zeige es Ihnen.« Er betätigte ein paar Tasten.

Dann änderte sich sein Gesichtsausdruck. »Das ist ja komisch.« Auf dem Bildschirm war folgende Meldung zu sehen:

UNGÜLTIGER BEFEHL ODER EINTRAG NICHT VORHANDEN
FUNKTION WIRD ABGEBROCHEN

Moriarty runzelte die Stirn. »Es gibt keine weiteren Informationen zu dem Eintrag über Whittleseys Tagebuch.« Er löschte den Bildschirm und tippte etwas anderes ein. »Die anderen Einträge sind okay. Sehen Sie? Hier sind die Details für die Figur.«

Margo starrte auf den Monitor.

****DETAILLIERTE AUFSTELLUNG****
Gegenstand Nr. 1988-2006.4

##

Entnommen von:	**Cuthbert, I. 40123**
Genehmigt von:	**Cuthbert, I. 40123**
Entnommen am:	**22/03/94**
Verbracht zu:	**Ausstellung Aberglaube**
	Schaukast. 415, Ggstd. Nr. 1004

Grund: Ausstellung
Zurück am:
###

Entnommen von:	**Depardieu, B. 72412**
Genehmigt von:	**Cuthbert, I. 40123**
Entnommen am:	**01/10/89**
Verbracht zu:	**Anthropologisches Labor 2**
Grund:	**Aufnahme in Bestand**
Zurück am:	**05/10/89**

###
ENDE DER AUFLISTUNG
=:?

»Und was bedeutet das jetzt konkret? Alles, was wir wissen, ist, dass das Tagebuch fort ist«, sagte Margo.

»Sogar wenn es fort ist, müsste es dafür einen detaillierten Eintrag geben«, antwortete Moriarty.

»Vielleicht ist der Eintrag gesperrt?«

Moriarty schüttelte den Kopf und tippte noch etwas ein.

»Da haben wir's schon«, sagte er schließlich und deutete auf den Monitor. »Der Eintrag ist gelöscht worden.«

»Meinen Sie damit, dass die Information darüber, wo das Tagebuch ist, einfach so gelöscht werden konnte?«, fragte Smithback. »Darf man das denn?«

Moriarty zuckte mit den Achseln. »Dazu braucht man eine ziemlich hoch angesiedelte Zugangsberechtigung.«

»Viel wichtiger ist doch, warum jemand das getan hat«, sagte Margo. »Könnte vielleicht der Computerausfall von heute Vormittag etwas damit zu tun haben?«

»Nein«, sagte Moriarty. »Soweit ich es aus den Daten

hier ersehen kann, wurde die Datei einige Zeit vor der Datensicherung von gestern Abend gelöscht. Genauer kann ich das leider auch nicht sagen.«

»Gelöscht, was?«, sagte Smithback. »Für immer verschwunden. Wie sauber, wie bequem. Und wie bezeichnend. Irgendwie habe ich langsam den Eindruck, dass hinter der Sache Methode steckt. Und zwar eine ziemlich hässliche.«

Moriarty schaltete den Monitor aus und stieß sich vom Schreibtisch ab. »Ihre Verschwörungstheorien interessieren mich nicht«, sagte er.

»Kann es denn ein Unfall gewesen sein? Irgendeine Störung im System?«, fragte Margo.

»Das möchte ich bezweifeln. In diese Datenbank sind jede Menge Sicherheitsvorkehrungen eingebaut. In einem solchen Fall würde sie bestimmt eine Fehlermeldung ausgeben.«

»Was könnte es dann sein?«, bohrte Smithback nach.

»Ich habe keine Ahnung«, sagte Moriarty und zuckte mit den Achseln. »Aber es gibt bestimmt eine ganz banale Erklärung dafür.«

»Ist das alles, was Sie können?«, schnaubte Smithback. »Sie sind mir ja ein schönes Computergenie.«

Moriarty schob beleidigt die Brille auf der Nase nach oben und stand auf. »Das brauche ich mir nun wirklich nicht anhören«, sagte er. »Ich glaube, ich gehe jetzt besser zum Mittagessen.« Er bewegte sich in Richtung Tür. »Wegen dieses Kreuzworträtsels komme ich noch mal auf Sie zu, Margo.«

»Na wunderbar«, sagte Margo, als die Tür sich geschlossen hatte. »Sie sind nicht gerade ein besonders sensibler Mensch, Smithback, wissen Sie das eigentlich? George war immerhin so freundlich und hat für uns die Datenbank angezapft.«

»Ja, aber was hat es uns gebracht?«, fragte Smithback. »Absolut nichts. Nur eine der Kisten wurde überhaupt katalogisiert. Und Whittleseys Tagebuch ist immer noch verschwunden.« Er sah Margo selbstzufrieden an. »Ich hingegen bin auf eine echte Goldader gestoßen.«

»Dann schreiben Sie das in Ihrem Buch«, gähnte Margo. »Dort kann ich es ja lesen. Falls sie ein Exemplar davon in die Museumsbibliothek aufnehmen.«

»Auch du, mein Sohn Brutus?«, fragte Smithback grinsend und gab ihr ein zusammengefaltetes Blatt Papier. »Da sollten Sie mal einen Blick draufwerfen.«

Es war die Fotokopie eines Artikels aus der *Times Picayune* vom 17. Oktober 1987.

GEISTERSCHIFF NAHE NEW ORLEANS AUF GRUND
GELAUFEN
Von Antony Anastasia – Exklusiv für die Times-Picayune

BAYOU GROVE, 16. Oktober (AP) – Ein kleines Frachtschiff mit Kurs auf New Orleans lief vergangene Nacht in der Nähe der kleinen Küstenstadt Bayou Grove auf Grund. Noch sind nicht alle Einzelheiten bekannt, aber erste Berichte sprechen davon, dass sämtliche Besatzungsmitglieder auf See brutal ermordet wurden. Das

Aufgrundlaufen wurde von der Küstenwache Montagnacht um 23 Uhr 45 bemerkt.
Bei dem Schiff, der *Strella de Venezuela,* handelt es sich um einen 18 000-Tonnen-Frachter unter haitianischer Flagge, der hauptsächlich die Karibik und die Handelsrouten zwischen den Vereinigten Staaten und Südamerika befuhr. Das Schiff war wenig beschädigt, seine Ladung war intakt.
Zurzeit ist noch nicht bekannt, wie die Besatzungsmitglieder ums Leben kamen oder ob es jemandem gelungen ist, das Schiff zu verlassen. Henry La Plage, der Pilot eines privaten Hubschraubers, der das gestrandete Schiff aus der Luft entdeckte, berichtete: »Leichen lagen auf dem Vorderdeck verstreut, als habe ein wildes Tier sie gerissen. Ein Mann hing mit zerschmettertem Kopf aus dem Bullauge der Kommandobrücke. Es sah aus wie in einem Schlachthaus. So etwas habe ich noch nie in meinem Leben gesehen.«
Die Ortspolizei arbeitet bei der Untersuchung der Morde, die eines der schlimmsten Massaker in der Geschichte der Seefahrt darstellen, eng mit den Bundesbehörden zusammen. »Wir prüfen momentan noch die verschiedensten Theorien«, sagte Nick Lea, der Sprecher der Polizei. Das FBI war zu keinem Kommentar bereit, aber aus gut unterrichteten Quellen verlautbarte, dass Meuterei, eine Auseinandersetzung zwischen rivalisierenden Seeleuten aus verschiedenen Teilen der Karibik und Piraterie als mögliche Motive in Betracht gezogen werden.

»Mein Gott«, hauchte Margo. »Die Wunden, die beschrieben werden –«

»– ähneln ziemlich stark denen der drei Leichen, die diese Woche hier im Museum gefunden wurden«, sagte Smithback und nickte grimmig.

Margo runzelte die Stirn. »Das ist vor mehr als sechs Jahren passiert. Es muss ein Zufall sein.«

»Meinen Sie?«, fragte Smithback. »Ich wäre ja geneigt, Ihnen zuzustimmen – *wenn nicht die Whittlesey-Kisten an Bord dieses Schiffes gewesen wären.«*

»Wie bitte?«

»Es stimmt. Ich habe die Ladepapiere gesehen. Die Kisten wurden im August 1987 von Belém in Brasilien aus verschifft – fast ein Jahr nach dem Scheitern der Expedition. Nach dieser Geschichte in New Orleans lagerten die Kisten beim Zoll, bis die Untersuchungen abgeschlossen waren. Es dauerte noch einmal fast eineinhalb Jahre, bis sie schließlich hier im Museum ankamen.«

»Diese Ritualmorde folgten den Kisten den ganzen Weg vom Amazonas bis hierher!«, sagte Margo. »Aber das bedeutet ja –«

»Das bedeutet«, sagte Smithback düster, »dass ich nie mehr lachen werde, wenn jemand von dem Fluch spricht, den diese Expedition auf sich geladen haben soll. Und außerdem bedeutet es, dass Sie diese Tür hier immer gut zusperren sollten.«

Als das Telefon läutete, fuhren sie beide zusammen.

»Margo, meine Liebe«, dröhnte die Stimme von Dr. Frock aus dem Hörer. »Was gibt es denn?«

»Dr. Frock! Könnte ich Sie bitte für ein paar Minuten in Ihrem Büro sprechen? Sobald es Ihnen passt?«

»Aber gerne!«, sagte Frock. »Geben Sie mir nur etwas Zeit, um ein paar Papiere von meinem Schreibtisch in den Papierkorb zu werfen. Sagen wir um eins?«

»Vielen Dank«, antwortete Margo und legte auf. »Smithback«, sagte sie und drehte sich um, »wir müssen –«

Aber der Journalist war verschwunden.

Zehn Minuten vor eins klopfte es wieder an ihrer Tür.

»Wer ist da?«, fragte Margo.

»Ich bin's, Moriarty. Kann ich reinkommen?«

»Ich wollte mich nur entschuldigen, dass ich vorhin so abrupt gegangen bin«, sagte Moriarty und lehnte den ihm angebotenen Stuhl ab. »Aber Bill ging mir furchtbar auf die Nerven. Manchmal kann er einfach keine Ruhe geben.«

»Ich bin diejenige, die sich entschuldigen muss, George«, sagte Margo. »Ich wusste nicht, dass er bei mir hereinschneien würde.« Sie dachte kurz daran, Moriarty von dem Zeitungsartikel zu erzählen, entschied sich dann aber dagegen und fing an, ihre Umhängetasche zu packen.

»Ich möchte Ihnen noch etwas anderes sagen«, fuhr Moriarty fort. »Beim Mittagessen ist mir eingefallen, dass es vielleicht doch noch einen Weg gibt, wie wir an den gelöschten Datenbankeintrag über Whittleseys Tagebuch kommen könnten.«

Margo legte ihre Umhängetasche zur Seite und blickte zu Moriarty, der sich vor ihren Terminal setzte. »Haben Sie die Bemerkung gelesen, als Sie sich in den Computer einloggten?«, fragte er.

»Die über den Systemausfall? Hat mich nicht gewundert, ich bin heute Vormittag schon zweimal aus dem Hauptrechner geflogen.«

Moriarty nickte. »In der Nachricht stand außerdem, dass sie am Mittag das System von den Sicherungsbändern aus wieder restaurieren. So eine volle Restaurierung dauert etwa dreißig Minuten. Mittlerweile müssten sie damit fertig sein.«

»Na und?«

»Nun, auf so einem Sicherungsband ist meistens das Datenmaterial von zwei bis drei Monaten gespeichert. Wenn die Detailinformationen über das Whittlesey-Tagebuch innerhalb der letzten zwei Monate gelöscht wurden – *und* wenn das Sicherungsband im Computerraum noch in der Maschine liegt –, dann könnte ich uns die Daten vielleicht auf den Schirm holen.«

»Wirklich?«

Moriarty nickte.

»Dann tun Sie's doch«, drängte Margo.

»Es ist aber ein wenig riskant«, gab Moriarty zu bedenken. »Wenn der Operator im Computerraum merkt, dass auf das Sicherungsband zugegriffen wird, kann er die Aktion möglicherweise bis zu Ihrem Terminal zurückverfolgen.«

»Dieses Risiko gehe ich ein«, sagte Margo. »George«, fügte sie hinzu, »ich weiß, dass Sie das Ganze für ein Hirngespinst halten, und ich kann es Ihnen nicht mal verübeln. Aber ich bin überzeugt, dass die Kisten der Whittlesey-Expedition etwas mit diesen Morden zu tun haben. Ich weiß zwar nicht, auf welche Weise, aber möglicherweise könnte uns das Tagebuch Aufschluss darüber geben. Und ich weiß auch nicht, womit wir es zu tun haben – mit einem Serientäter, mit einem Tier oder mit einem Monster. Und dass ich das nicht weiß, macht mir Angst.«

Margo nahm Moriartys Hand und drückte sie sanft.

»Aber vielleicht können wir ja mit unseren Nachforschungen zur Aufklärung beitragen«, fuhr sie fort. »Wir müssen es einfach versuchen.«

Als sie bemerkte, dass Moriarty rot wurde, zog Margo ihre Hand zurück.

Moriarty lächelte schüchtern und schaltete das Terminal ein. »Dann fangen wir mal an«, sagte er.

Während Moriarty arbeitete, ging Margo auf und ab. »Na, haben Sie schon was?«, fragte sie schließlich und trat näher an den Monitor heran.

»Ich weiß noch nicht«, sagte Moriarty, blinzelte auf die Buchstaben und tippte weiter. »Ich bin jetzt am Sicherungsband dran, aber das Übertragungsprotokoll ist irgendwie nicht in Ordnung, die CRC-Prüfsumme stimmt nicht. Möglicherweise erhalten wir verstümmelte Daten – wenn wir überhaupt was kriegen. Ich schleiche mich sozusagen durch die Hintertür in den Computer und hoffe, dass es niemand merkt. Das dauert natürlich seine Zeit.«

Dann hörte das Geklapper der Tastatur auf einmal auf. »Margo«, sagte Moriarty ruhig. »Ich hab's.«

Auf dem Monitor erschien eine Reihe von Zeilen:

****DETAILLIERTE AUFSTELLUNG****
Gegenstand Nr. 1988-2006.2
###################################

Entnommen von:	**Rickman, L. 40123**
Genehmigt von:	**Cuthbert, I. 40123**
Entnommen am:	**20/03/94**
Verbracht zu:	**Rickman, L.**
Grund:	**Persönliche Studien**

Zurück am:
###
Entnommen von: Depardieu, B. 72412
Genehmigt von: Cuthbert, I. 40123
EntnoLW/@ am: 01/10/89
Verbr~DS*-- @2E34WiFu
=++ET2 34h34!

DATENBANKFEHLER
=:?

»Verdammt«, rief Moriarty. »Das habe ich befürchtet. Die Datei wurde teilweise überschrieben. Sehen Sie das? Dort am Schluss ist nur noch Datenmüll.«

»Ja, aber sehen Sie nur!«, sagte Margo aufgeregt.

Moriarty las, was auf dem Monitor stand. »Mrs. Rickman hat sich das Tagebuch vor zwei Wochen geholt und bisher nicht zurückgebracht. Und zwar mit Erlaubnis von Dr. Cuthbert.«

»Und Cuthbert hat behauptet, das Tagebuch sei verloren gegangen«, schnaubte Margo.

»Aber warum wurde diese Datei gelöscht? Und von wem?« Moriartys Augen weiteten sich. »O Gott, ich muss den Zugriff aufs Sicherungsband beenden, bevor es doch noch jemandem auffällt.« Seine Finger tanzten über die Tasten.

»George«, sagte Margo, »wissen Sie eigentlich, was das bedeutet? Cuthbert und Rickman haben das Tagebuch aus der Kiste geholt, noch bevor die Morde hier begannen. Etwa zur selben Zeit ließ Cuthbert die Kisten in den Sicherheitsbereich bringen. Und jetzt enthalten die beiden der Polizei Beweismittel vor. Warum?«

Moriarty runzelte die Stirn. »Sie klingen ja fast schon wie Smithback«, sagte er. »Dafür kann es doch Hunderte von Gründen geben.«

»Dann sagen Sie mir doch einen«, forderte Margo ihn heraus. »Es wäre doch möglich, dass jemand den Eintrag gelöscht hat, bevor Rickman das Tagebuch als verloren melden konnte.«

Margo schüttelte den Kopf. »Das glaube ich nicht. Das wäre ein zu großer Zufall.«

»Margo –«, fing Moriarty an. Dann seufzte er und fuhr geduldig fort: »Hören Sie, das ist eine schwierige Zeit für uns alle, ganz besonders aber für Sie. Ich weiß, dass Sie eine schwierige Entscheidung zu fällen haben, und wenn dann noch eine solche Krise dazukommt –«

»Diese Morde wurden nicht von irgendeinem x-beliebigen Irren begangen«, unterbrach ihn Margo ungeduldig. »Und ich bin *nicht* verrückt.«

»Das habe ich auch nicht behauptet«, fuhr Moriarty fort. »Ich finde nur, Sie sollten die Sache der Polizei überlassen. Sie ist nämlich sehr, sehr gefährlich. Und außerdem sollten Sie sich momentan eher auf ihr eigenes Leben konzentrieren. Wenn Sie sich zu sehr in diese Geschichte verrennen, dann können Sie keine klare Entscheidung über Ihre eigene Zukunft treffen.« Er schluckte. »Und Ihren Vater bringt das auch nicht wieder zurück.«

»Ist es das, was sie glauben?«, fuhr Margo ihn an. »Sie haben kein Recht –«

Als ihr Blick auf die Uhr an der Wand fiel, brach sie mitten im Satz ab.

»Mein Gott, ich komme zu spät zu meiner Verabredung mit Dr. Frock.« Sie packte ihre Umhängetasche und rannte zur Tür. Im Gang drehte sie sich noch einmal um und rief Moriarty zu: »Wir reden später über alles.«

Die Tür fiel ins Schloss.

Du meine Güte, dachte Moriarty, der vor dem nunmehr dunklen Monitor saß und das Kinn in die Hände stützte. *Wenn jetzt schon eine Doktorandin in Pflanzengenetik meint, dass Mbwun hier sein Unwesen treibt – wenn sogar eine Margo Green überall eine Verschwörung wittert – was mag dann erst mit dem Rest des Museums los sein?*

29

Margo beobachtete, wie Sherry auf Frocks Brust tröpfelte. »Herrje«, sagte er und wischte mit seinen plumpen Händen die Flüssigkeit ab. Dann stellte er mit übertriebener Vorsicht das Glas auf den Schreibtisch und blickte hinauf zu Margo. »Danke, dass Sie damit gleich zu mir gekommen sind, meine Liebe. Das ist ja eine ganz außergewöhnliche Entdeckung. Eigentlich würde ich jetzt am liebsten sofort mit Ihnen hinunter in die Ausstellung gehen und diese Figur genau in Augenschein nehmen, aber dieser Pendergast wird gleich hiersein und mir wieder mal auf die Nerven gehen.«

Gott segne Sie, Agent Pendergast, dachte Margo. Das Letzte, was sie jetzt hätte tun wollen, wäre ein weiterer Besuch in der Ausstellung gewesen.

Frock seufzte. »Nun, macht nichts, wir werden sie schon noch früh genug untersuchen können. Sobald Pendergast wieder gegangen ist, werden wir der Sache auf den Grund gehen. Wenn Sie recht damit haben, dass ihre Krallen so ähnlich aussehen wie die, von denen die Opfer so zugerichtet wurden, könnte diese Mbwun-Figur ein zusätzlicher Beweis für meine Theorie sein.«

»Aber wie kann denn so eine Kreatur im Museum frei herumlaufen?«, fragte Margo.

»Ah!«, rief Frock mit leuchtenden Augen. »Das ist die große Frage, nicht wahr? Was, meine liebe Margo, verstehen Sie unter *runzelig?*«

»Ich – ich weiß nicht so recht«, sagte Margo. »Faltig vielleicht?«

»Runzelig! Das ist für mich ein fast regelmäßiges Muster von Vertiefungen, Falten oder Einschnitten. Ich sage Ihnen, was runzelig ist. Reptilieneier sind runzelig. Wie zum Beispiel *Dinosauriereier.*«

Margo spürte, wie eine Erinnerung auf einmal in ihr hochkam. »Dieses Wort –«

»– hat Cuthbert benutzt, um die Samenkapseln zu beschreiben, die aus der einen Kiste verschwunden sind«, beendete Frock den Satz für Margo. »Jetzt frage ich Sie: Waren das *wirklich* Samenkapseln? Welche Samenkapseln sehen denn verrunzelt und schuppig aus? Ein Ei hingegen – Cuthbert ist eingefleischter Anthropologe; er kann eine Samenkapsel nicht von einem Ei unterscheiden.«

Frock richtete sich in seinem Rollstuhl auf. »Nächste Frage: *Wo sind diese Dinger geblieben?* Wurden sie gestohlen? Oder sind sie –«

Der Wissenschaftler hörte mitten im Satz auf und ließ sich kopfschüttelnd wieder in den Rollstuhl sinken.

»Aber wenn etwas – wenn etwas ausgebrütet worden und aus der Kiste ausgebrochen wäre«, sagte Margo, »wie erklärt das dann die Morde an Bord des Frachtschiffes, das die Kisten aus Südamerika gebracht hat?«

»Margo«, sagte Dr. Frock und lachte leise in sich hinein, »was wir hier haben, ist ein Rätsel, das in viele weitere Rätsel verpackt ist. Es ist *dringend* nötig, dass wir uns mehr Informationen beschaffen und keine zusätzliche Zeit mehr verlieren.«

Ein leises Klopfen ertönte an der Tür.

»Das muss Pendergast sein«, sagte Frock und fuhr mit dem Rollstuhl etwas nach hinten. »Kommen Sie rein«, rief er dann mit etwas lauterer Stimme.

Der Agent kam, die Aktentasche in der Hand, ins Zimmer. Sein schwarzer Anzug war wie immer tadellos gepflegt und seine fast weißen Haare waren nach hinten gekämmt. Margo kam er so gesammelt und gelassen vor wie bei ihrem ersten Zusammentreffen. Frock deutete auf einen der viktorianischen Stühle und Pendergast setzte sich.

»Schön, Sie wiederzusehen, Sir«, sagte Frock. »Sie kennen ja Miss Green. Wir sind gerade mitten in einer Besprechung und ich hoffe, es macht Ihnen nichts aus, wenn sie bleibt.«

Pendergast hob einwilligend die Hand. »Natürlich nicht. Ich weiß, dass Sie beide meine Bitte um Vertraulichkeit auch weiterhin respektieren werden.«

»Selbstverständlich«, sagte Dr. Frock und Margo schwieg.

»Ich weiß, dass Sie viel zu tun haben, Dr. Frock, und deshalb möchte ich es kurz machen«, begann Pendergast. »Ich wollte eigentlich nur wissen, ob Sie mittlerweile den Gegenstand gefunden haben, den zu suchen ich Sie gebeten habe. Sie wissen schon, ein Exponat, das möglicherweise als Mordwaffe hätte verwendet werden können.«

Frock rutschte in seinem Rollstuhl herum. »Ihrem Wunsch gemäß habe ich über die Angelegenheit weiter nachgedacht und habe systematisch in unseren Magazinbeständen sowohl nach einem als auch nach mehreren Gegenständen gesucht, die eventuell als Mordwaffe infrage kämen.« Er schüttelte den Kopf. »Leider habe ich nichts gefunden, was auch nur in Ansätzen dem Abguss geähnelt hätte, den Sie uns gezeigt haben. Etwas Derartiges hatten wir nie in unseren Sammlungen.«

Pendergasts Gesichtsausdruck ließ nicht erkennen, was er dachte. Dann lächelte er. »Offiziell dürfte ich das natürlich nie zugeben, aber dieser Fall ist – sagen wir mal – eine Ausnahme.« Er deutete auf seine Aktentasche. »Ich ertrinke fast in angeblichen Monstersichtungen, Laborberichten und Vernehmungsprotokollen. Aber bisher passt noch kein Steinchen zum anderen.«

Frock lächelte. »Ich schätze, dass Ihre und meine Arbeit sich ziemlich ähneln dürften, Mr Pendergast. In einer solchen misslichen Lage habe auch ich mich schon des Öfteren befunden. Und ich bin mir ziemlich sicher, dass Seine Eminenz, der Herr Direktor, so tut, als wäre überhaupt nichts Ungewöhnliches vorgefallen.«

Pendergast nickte.

»Wright ist nur darauf erpicht, dass die Ausstellung wie geplant morgen Abend eröffnet wird. Warum? Das will ich Ihnen sagen. Weil«, Frock kicherte vor sich hin, »vor achtzehn Jahren das Museum die Stadt New York überredet hat, sechzig Millionen Dollar in zwanzig Jahre lang laufenden Schuldverschreibungen für die Errichtung eines Erweiterungsbaus in Umlauf zu bringen. Das Projekt war ein Planungsfehler und nun muss das Museum, um das Geld zurückzahlen zu können, in den nächsten beiden Jahren seine Eintrittspreise um dreißig Prozent erhöhen.«

Pendergast beugte sich vor. »Das klingt ja interessant«, sagte er.

»Deshalb ist auch diese Aberglaube-Ausstellung so enorm wichtig. Das Museum hat dafür Millionen ausgegeben, die es eigentlich gar nicht hatte. Es ist wie ein Spieler, der alles auf eine Karte setzt und hofft, dass er damit seine Verluste wieder hereinbekommt. Und auch die Stadt hat ein Interesse daran, dass Geld in die Museumskassen kommt, schließlich bürgt sie ja für die sechzig Millionen, und wenn das Museum Konkurs macht, muss sie dafür geradestehen.«

»Verstehe«, sagte Pendergast. Er nahm eine Versteinerung auf, die vor ihm auf dem Schreibtisch lag, und drehte sie in seiner Hand. »Ist das ein Ammonit?«, fragte er.

»Richtig«, antwortete Frock.

»Dr. Frock –«, begann Pendergast. »Ich werde von einigen Seiten massiv unter Druck gesetzt, deshalb noch mehr als sonst darauf zu achten, dass diese Ermittlungen hundertprozentig korrekt ablaufen. So darf ich Ergebnisse von Untersuchungen, die in unserem Auftrag vorgenommen wurden, nicht mit Außenstehenden wie Ihnen besprechen, selbst wenn unsere Nachforschungen entlang der gewohnten Bahnen im Sande verlaufen.« Er legte die Versteinerung sorgfältig zurück und verschränkte die Arme. »Das musste ich Ihnen sagen. Und nun sagen Sie mir doch bitte, ob es zutrifft, dass Sie ein Experte für DNS-Analysen sind.«

Frock nickte. »Das ist teilweise richtig. Ich habe meine Studien der Frage gewidmet, inwieweit sich die Gene auf die Morphologie auswirken. Und ich betreue die Projekte von verschiedenen Doktoranden – wie Gregory Kawakita und Margo hier –, die sich ebenfalls mit der DNS befassen.«

Pendergast nahm seine Aktentasche zur Hand, öffnete sie und zog einen dicken Stapel Computerausdrucke hervor. »Ich habe hier eine Untersuchung der DNS, die wir in der Kralle aus dem Körper des einen Jungen haben. Natürlich darf ich sie Ihnen nicht zeigen, denn das würde unseren Regeln widersprechen. Unser New Yorker Büro reagiert auf so etwas sehr empfindlich.«

»Verstehe«, sagte Frock. »Und Sie halten die Kralle nach wie vor für Ihre beste Spur.«

»Es ist die einzige wichtige Spur, die wir haben, Dr. Frock. Lassen Sie mich Ihnen meine Schlussfolgerungen erläutern. Ich glaube, dass hier im Museum ein Verrückter sein Unwesen treibt. Er tötet seine Opfer auf rituelle Art, entfernt den Hinterkopf und holt den Hypothalamus aus dem Gehirn.«

»Aber wozu?«, fragte Frock.

Pendergast zögerte. »Wir glauben, dass er ihn isst.«

Margo schluckte schwer.

»Der Mörder hält sich möglicherweise im alten Keller des Museums versteckt«, fuhr Pendergast fort. »Es gibt viele Anzeichen dafür, dass er sich nach jedem Mord dorthin zurückgezogen hat, aber bisher können wir nicht genau sagen, wohin. Bei einem Suchunternehmen dort unten wurden zwei Hunde getötet. Wie Sie ja vielleicht wissen, gibt es da unten ein wahres Labyrinth aus Stollen, Galerien und Gängen, das sich über mehrere unterirdische Ebenen hinzieht, deren älteste vor fast hundertfünfzig Jahren angelegt wurde. Das Museum kann nur für einen Bruchteil der Fläche Pläne zur Verfügung stellen. Ich spreche bewusst von einem Mörder und nicht von einer Mörderin, weil die Kraft, die bei den Morden angewandt wurde, eindeutig auf einen Mann hinweist, einen starken Mann. Einen mit fast übernatürlichen Kräften.

Wie Sie ja wissen, verwendet er eine Waffe, an der sich drei Krallen befinden, um seinen Opfern, die er offenbar wahllos anfällt, die Eingeweide herauszureißen. Bisher zumindest haben wir noch keinerlei Motiv für die Taten erkennen können, auch unsere Vernehmungen des Museumspersonals haben uns in dieser Richtung noch keinen Hinweis geben können.« Pendergast sah hinüber zu Frock. »Sie sehen also, Doktor, dass unsere beste Spur praktisch unsere einzige ist – die Waffe mit der Kralle. Deshalb suche ich weiter nach ihr.«

Frock nickte langsam. »Haben Sie vorher nicht etwas von einer DNS gesagt?«

Pendergast wedelte mit dem Computerausdruck. »Die Laborergebnisse waren nicht allzu schlüssig und das ist noch milde ausgedrückt.« Er hielt inne. »Na schön, warum soll ich es Ihnen eigentlich nicht sagen: Die DNS aus der Kralle wies Chromosomen von verschiedenen Geckos und zusätzlich welche vom Menschen auf. Daher nehmen wir an, dass sie vielleicht beschädigt sein könnte.« Er lächelte matt. »Das meinen zumindest die Leute vom Labor.«

»Gecko, haben Sie gesagt?«, murmelte Frock überrascht »Und es isst den Hypothalamus – wie außergewöhnlich. Können Sie mir sagen, wie Sie darauf gekommen sind?«

»Wir haben in den Gehirnen der Opfer Speichelreste und Bissspuren gefunden.«

»Von menschlichen Zähnen?«

»Das kann niemand genau sagen.«

»Und der Speichel?«

»Nicht näher bestimmbar.«

Frocks Kopf sank auf seine Brust.

»Sie nennen die Kralle immer noch Teil einer Waffe«, sagte er. »Darf ich daraus schließen, dass Sie meinen, ein Mensch habe diese Morde begangen?«

Pendergast schloss seine Aktentasche. »Ich sehe eigentlich keine andere Möglichkeit. Meinen Sie denn, Dr. Frock, dass ein Tier einen Menschen mit chirurgischer Präzision köpfen, ein Loch in den Schädel schlagen und ein Stück Gehirn von der Größe einer Walnuss entnehmen kann, das nur jemand zu lokalisieren in der Lage ist, der in der menschlichen Anatomie verdammt gut bewandert ist? Außerdem ist es dem Mörder bisher immer wieder gelungen, sich unserer Suche in den unteren Kellern zu entziehen.«

Frocks Kopf sank abermals auf seine Brust. Während aus Sekunden Minuten wurden, blieb Pendergast bewegungslos sitzen und sah ihn an.

Dann hob Frock plötzlich den Kopf. »Mr Pendergast«, sagte er mit lauter Stimme. Margo zuckte zusammen. »Ich habe mir Ihre Theorie angehört. Haben Sie nun Interesse, auch die meine zu hören?«

Pendergast nickte. »Natürlich.«

»Die Schieferlager in Transvaal wurden 1945 von Alistair Van Vrouwenhoek, einem Paläontologen von der südafrikanischen Witwatersrand-Universität, entdeckt. Sie stammen aus dem Kambrium und sind etwa sechshundert Millionen Jahre alt. Und sie sind voller Versteinerungen von bizarren Lebensformen, wie man sie noch nie vorher gesehen hat. Asymmetrischen Organismen, die nicht einmal die simple, zweiseitige Symmetrie aufweisen, wie sie buchstäblich jedem Tier innewohnt, das heute auf der Erde existiert. Diese Lebensformen sind alle zusammen im Kambrium umgekommen. Die meisten Leute, Mr Pendergast, glauben nun, dass die Schieferlager in Transvaal eine Sackgasse der Evolution konserviert haben, in der das Leben mit allen möglichen Formen herumexperimentiert hat, bevor es zu der zweiseitigen Symmetrie gelangte, wie wir sie heute noch haben.«

»Aber Sie glauben das nicht«, sagte Pendergast.

Frock räusperte sich. »Das stimmt. In diesen Schiefervorkommen dominiert eine ganz bestimmte Art von Organismus. Er hatte starke Flossen und lange, mit Saugnäpfen versehene Tentakel. Dazu ein überdimensionales Maul, das zum Zerfetzen und Zermalmen hervorragend geeignet war. Mit diesem Maul hätte sich das Lebewesen auch durch Stein beißen können und seine Flossen machten es im Wasser bis zu dreißig Stundenkilometer schnell. Ganz ohne Zweifel war es ein sehr erfolgreiches und ziemlich brutales Raubtier. Es war sogar, so glaube ich wenigstens, *zu* erfolgreich: Es hat seine Beute so lange gnadenlos gejagt, bis sie ausgestorben war, und starb dann, als es nichts mehr zu fressen gab, ziemlich rasch selber aus. Das ist für mich die wirkliche Ursache für dieses kleine Massensterben am Ende des Kambrium, *das,* und nicht die Selektion ist dafür verantwortlich, dass alle diese Lebensformen im Transvaal-Schiefer untergingen.«

Pendergast blinzelte. »Und?«

»Ich habe mit Computersimulationen, die auf der neuen

mathematischen Theorie von den fraktalen Turbulenzen basieren, die Evolution nachgestellt. Und das Ergebnis war, dass alle sechzig bis siebzig Millionen Jahre oder so das Leben sich seiner Umgebung sehr gut, das heißt zu gut, angepasst hat. Es wird sozusagen selbstzufrieden und die Population der erfolgreichsten Lebensformen vermehrt sich geradezu explosionsartig. Dann taucht, wie aus heiterem Himmel, plötzlich eine neue Spezies auf, die fast immer ein Raubtier ist und die eine wahre Mordmaschine darstellt. Sie tötet die vorher so erfolgreiche Population, frisst sie auf und vermehrt sich nun ihrerseits rasch. Es rast wie ein Wirbelsturm über seine Opfer, die auf einen solchen Angriff vollkommen unvorbereitet sind und sich nicht verteidigen können. Alle Tiere der alten Population, ob Raubtiere oder Pflanzenfresser, fallen diesem neuen Räuber zum Opfer.«

Frock deutete auf die versteinerte Fußspur auf seinem Schreibtisch. »Ich will Ihnen mal etwas zeigen, Mr Pendergast.« Der Agent stand auf und ging hinüber zu Frock.

»Diese Spuren hat ein Tier hinterlassen, das während der Kreidezeit gelebt hat, genauer gesagt an der K-T-Grenze. Dies ist das einzige solche Fossil, das bisher gefunden wurde. Es gibt kein zweites.«

»Was ist denn die K-T-Grenze?«, fragte Pendergast.

»Die Grenze von der Kreidezeit zum Tertiär. Die Zeit, in der auch die Dinosaurier ausstarben.«

Pendergast nickte, aber er schien trotzdem noch immer nicht ganz zu verstehen, worauf Frock hinauswollte.

»Es gibt hier eine Verbindung, die bisher noch niemand erkannt hat«, fuhr Frock fort. »Und zwar zwischen der Figur von Mbwun, den Krallenspuren bei den Mordopfern und diesen fossilen Fußspuren.«

Pendergast sah Frock an. »Mbwun? Die Figur, die Dr. Cuthbert aus der Kiste genommen und ausgestellt hat?«

Frock nickte.

»Hmm. Wie alt sind diese Fußspuren?«

»Vermutlich fünfundsechzig Millionen Jahre. Sie stammen aus einer Gesteinsformation, in der man auch die letzten Dinosaurier entdeckt hat. Bevor sie endgültig ausstarben.«

Alle waren eine lange Zeit still.

»Ja, und wo ist die Verbindung?«, fragte Pendergast schließlich. »Ich sagte, dass wir nichts in der Anthropologischen Sammlung haben, das solche Krallenspuren verursachen könnte. Aber ich habe nicht gesagt, dass wir keine *Bilder* oder *Skulpturen* von solchen Krallen haben. Wir wissen, dass die Figur von Mbwun drei Krallen hat, wobei das mittlere Glied dicker als die beiden anderen ist. Und jetzt sehen Sie sich mal diese Spuren an«, sagte Frock und deutete auf die Versteinerung. »Und denken Sie an die Rekonstruktion der Kralle und den Abguss der Krallenspuren an den Opfern.«

»Sie meinen also«, sagte Pendergast, »dass das Tier, das diese Spuren hinterlassen hat, auch die Morde begangen haben könnte? Ein Dinosaurier?« Margo hatte den Eindruck, dass Pendergasts Stimme ein ganz klein wenig amüsiert klang.

Frock sah den Agenten an und schüttelte heftig den Kopf. »Nein, Mr Pendergast, kein Dinosaurier. Nichts so Gewöhnliches wie ein Dinosaurier. Wir sprechen hier vom

Beweis meiner Theorie der abweichenden Evolution. Sie kennen ja meine Arbeiten. Das ist die Kreatur, von der ich glaube, dass sie die Dinosaurier *vernichtet* hat.«

Pendergast blieb still.

Frock beugte sich zu dem FBI-Agenten vor. »Ich glaube«, sagte er, »dass diese Kreatur, diese Missbildung der Natur, für das Aussterben der Dinosaurier verantwortlich ist. Kein Meteorit, keine Klimaveränderung, sondern ein schreckliches Raubtier – die Kreatur, deren Spuren in dieser Versteinerung verewigt sind. Die Verkörperung des Kallisto-Effekts. Sie war nicht groß, aber unglaublich stark und schnell. Sie jagte möglicherweise in Rudeln und war intelligent. Aber weil Raubtiere ziemlich kurzlebig sind, sind sie unter den Fossilien nicht so gut vertreten wie andere Lebewesen. Außer im Transvaal-Schiefer – und in diesen Spuren hier, aus der Wüste von Tzun-je-jin. Können Sie mir folgen?«

»Ja.«

»Heute gibt es bei *uns* eine Bevölkerungsexplosion.«

Pendergast blieb stumm.

»Bei uns *Menschen,* Mr Pendergast!«, fuhr Frock mit lauter werdender Stimme fort. »Vor fünftausend Jahren gab es auf der ganzen Erde nur zehn Millionen von uns. Heute sind wir sechs Milliarden! Wir sind die erfolgreichste Lebensform, die die Erde jemals gesehen hat!«

Er klopfte auf die Exemplare von *Die fraktale Evolution,* die auf seinem Schreibtisch lagen. »Gestern haben Sie mich doch nach meinem nächsten Buch gefragt. Es wird eine Erweiterung meiner Theorie des Kallisto-Effekts enthalten, die ich nun aufs *moderne* Leben anwende. Meine

Theorie sagt voraus, dass jeden Moment eine groteske Mutation entstehen kann, die dann die *menschliche* Population ausrotten wird. Ich sage nicht, dass unser Mörder dieselbe Kreatur ist wie die, die die Dinosaurier aussterben ließ. Aber eine *ähnliche* Kreatur – sehen Sie sich doch noch einmal diese Spuren an. Sie sehen aus, als stammten sie von Mbwun! So etwas nennen wir konvergierende Evolution, wenn zwei Kreaturen ähnlich aussehen, nicht weil sie verwandt sind, sondern weil sie sich entwickelt haben, um dieselbe Aufgabe zu übernehmen. Es gibt da bemerkenswert viele Ähnlichkeiten, Mr Pendergast.«

Pendergast legte seine Brieftasche auf den Schoß. »Ich fürchte, ich kann Ihnen nicht mehr folgen, Dr. Frock.«

»Begreifen Sie denn nicht? *Etwas ist in dieser Kiste aus Südamerika hierher gebracht worden.* Und es läuft hier im Museum frei herum. Ein hoch spezialisiertes Raubtier. Die Figur von Mbwun ist der Beweis für seine Existenz. Die eingeborenen Stämme haben diese Kreatur gekannt und eine Religion um sie herum aufgebaut. Und Whittlesey schickte sie, ohne es zu wissen, hierher zu uns, in die Zivilisation.«

»Haben Sie diese Figur selbst gesehen?«, fragte Pendergast. »Mir wollte Dr. Cuthbert sie nicht zeigen.«

»Nein«, gab Frock zu. »Aber ich habe die Information aus sehr zuverlässiger Quelle. Sobald es geht, möchte ich sie mir selbst ansehen.«

»Dr. Frock, wir haben uns gestern noch einmal der Geschichte mit den Kisten angenommen«, sagte Pendergast. »Dr. Cuthbert hat uns versichert, dass nichts von Wert in ihnen war, und wir haben keine Veranlassung, ihm das nicht zu glauben.«

Er stand gleichmütig auf. »Ich danke Ihnen für Ihre Zeit und Ihre Hilfe. Ihre Theorie ist sehr interessant und ich wünschte wirklich, ich könnte ihr folgen.« Er zuckte mit den Achseln. »Momentan aber bleibe ich bei meiner Meinung. Verzeihen Sie mir meine Offenheit, aber ich hoffe, dass Sie Ihre Theorien von den nackten Tatsachen unserer Ermittlungen trennen können und uns trotz allem helfen werden so gut Sie können.« Er ging in Richtung Tür. »Jetzt entschuldigen Sie mich bitte. Ich muss dafür sorgen, dass dieser Irre noch vor heute Abend gefasst wird, denn sonst habe ich keine andere Wahl und ich muss die Ausstellungseröffnung verschieben. Wenn Ihnen noch irgendetwas einfällt, nehmen Sie bitte Kontakt mit mir auf.«

Und dann ging er.

Frock saß in seinem Rollstuhl und schüttelte den Kopf. »Schade, wirklich schade«, murmelte er. »Und ich hatte so gehofft, dass er mit uns zusammenarbeiten würde, aber er ist auch nicht besser als die anderen.«

Margo blickte auf den Tisch, wo noch vor Kurzem Pendergast gesessen war. »Sehen Sie nur«, sagte sie. »Er hat den DNS-Ausdruck hiergelassen.«

Frocks Blicke folgten denen von Margo. Dann kicherte er.

»Ich schätze, das hat er damit gemeint, als er sagte, ob mir vielleicht doch noch etwas einfällt.« Er hielt inne. »Vielleicht ist er doch nicht so wie alle anderen. Nun, wir werden ihn nicht verpetzen, oder, Margo?«, sagte er dann und griff nach dem Telefon.

»Hier ist Dr. Frock, ich würde gerne mit Dr. Cuthbert sprechen.« Er wartete. »Hallo, Ian? Ja, es geht mir gut, vielen Dank. Nein, ich will bloß Ihre Erlaubnis, mir sofort die Aberglaube-Ausstellung ansehen zu dürfen. Wie bitte? Ja, ich weiß, dass sie geschlossen ist, aber – Nein, nein, ich habe mich mit der Idee dieser Ausstellung mittlerweile ausgesöhnt, es ist nur, dass ich – ich verstehe.«

Margo sah, wie Frocks Gesicht rot anlief.

»Wenn das so ist, Ian«, fuhr Frock fort, »dann würde ich mir gerne die Kisten der Whittlesey-Expedition ansehen. Ja, die in der Sicherheitszone. Ich weiß, dass wir schon gestern einen kurzen Blick darauf geworfen haben, Ian.«

Frock schwieg eine Weile und Margo hörte Cuthberts Stimme leise aus dem Hörer krächzen.

»Jetzt hören Sie mir mal zu, Ian«, sagte Frock schließlich. »Ich bin der Leiter dieser Abteilung und ich habe ein Recht darauf, dass ich – Sprechen Sie nicht in diesem Ton mit mir, Ian. Das *verbitte* ich mir.«

Frock bebte vor Wut, wie Margo ihn noch nie zuvor gesehen hatte. Seine Stimme war jetzt fast bis auf ein Flüstern herabgesunken, aber dennoch verströmte sie eine unheimliche Kraft.

»Sie haben in einem Museum wie diesem nichts zu suchen, Cuthbert. Ich werde mich beim Direktor über Sie beschweren.« Mit zitternder Hand legte Frock den Hörer langsam auf die Gabel. Er tupfte sich mit dem Taschentuch die Stirn ab und sagte zu Margo: »Bitte entschuldigen Sie.«

»Ich bin erstaunt«, sagte Margo. »Ich dachte, dass Sie als Leiter der Abteilung–« Sie konnte den Satz nicht zu Ende sprechen.

»Die totale Kontrolle über die Magazinbestände hätte?«

Frock lächelte, während er langsam seine Fassung zurückgewann. »Das dachte ich auch. Aber diese neue Ausstellung und die Morde haben in den Leuten Dinge zum Vorschein gebracht, die ich ihnen nicht zugetraut hätte. Offiziell steht Cuthbert in der Museumshierarchie über mir. Ich bin mir nicht sicher, warum er sich so merkwürdig verhält. Meine Bitte muss ihm als etwas schrecklich Peinliches vorkommen, das sogar möglicherweise die Eröffnung seiner geliebten Ausstellung verzögern könnte.« Er dachte einen Augenblick lang nach. »Vielleicht weiß er von der Existenz dieser Kreatur. Schließlich war er ja derjenige, der die Kisten fortbringen ließ. Vielleicht hat er die ausgebrüteten Eier gefunden, sich alles zusammengereimt und sie versteckt. Und jetzt will er mir verbieten, der Sache auf den Grund zu gehen!« Er rutschte im Rollstuhl nach vorn und ballte die Fäuste.

»Dr. Frock, ich halte das nicht für sehr wahrscheinlich«, warnte Margo. Wenn sie jemals vorgehabt hatte, Frock davon zu erzählen, dass Rickman Whittleseys Tagebuch verschwinden hatte lassen, so verwarf sie diesen Gedanken nun endgültig.

Frock beruhigte sich wieder. »Sie haben natürlich recht. Aber das letzte Wort ist da noch nicht gesprochen, das kann ich Ihnen garantieren. Aber wir haben jetzt keine Zeit dafür und ich vertraue Ihrer Beschreibung von Mbwun. Aber wir *müssen* diese Kisten untersuchen, Margo.«

»Und wie?«, fragte sie.

Frock zog eine Schublade auf und suchte einen Augenblick darin herum. Dann holte er ein Formular hervor, das

Margo sofort erkannte: Es war ein »10-14, Zugangsanforderung«.

»Mein Fehler«, sagte er, »war, dass ich gefragt habe.« Er fing an, per Hand das Formular auszufüllen.

»Aber muss das denn nicht von der Zentrale abgesegnet werden?«, fragte Margo.

»Natürlich«, antwortete Frock. »Ich schicke es auf dem ganz normalen Weg an die Zentrale. Und dann nehme ich die nicht gegengezeichnete Kopie mit hinunter in die Sicherheitszone und verschaffe mir irgendwie Zutritt. Der Antrag wird garantiert abgelehnt, aber bis es überhaupt dazu kommt, habe ich die Kisten längst untersucht. Und die Antworten gefunden.«

»Aber das können Sie doch nicht machen, Dr. Frock!«, sagte Margo schockiert.

»Warum nicht?« Frock lächelte schief. »Frock, ein Pfeiler der Museumshierarchie, geht unorthodoxe Wege? Diese Sache ist zu wichtig, als dass wir uns von Nebensächlichkeiten aufhalten lassen dürften.«

»Das habe ich nicht gemeint«, fuhr Margo fort und senkte den Blick auf den Rollstuhl des Wissenschaftlers.

Auch Frock sah nach unten. Enttäuschung war an seinem Gesicht abzulesen. »Ach so«, sagte er langsam. »Ich sehe, was Sie meinen.« Niedergeschlagen wandte er sich wieder den Papieren auf seinem Schreibtisch zu.

»Dr. Frock«, sagte Margo. »Geben Sie mir das Formular. Ich gehe damit hinunter in die Sicherheitszone.«

Frocks Hand erstarrte. Er blickte Margo kritisch an. »Ich habe Sie zwar gebeten, meine Augen und Ohren zu sein, aber ich kann nicht von Ihnen verlangen, dass Sie für mich über glühende Kohlen gehen«, sagte er. »Ich bin ein Kurator und eine relativ wichtige Persönlichkeit am Museum. Niemand würde es wagen, mich hinauszuwerfen. Sie hingegen –« Er atmete tief ein und hob die Augenbrauen. »Man könnte an Ihnen ein Exempel statuieren und Ihnen Ihre Doktorarbeit entziehen. Und ich könnte das nicht einmal verhindern.«

Margo dachte einen Moment lang nach. »Ich habe einen Freund, der in solchen Dingen ziemlich clever ist. Ich glaube, er kann sich mit seinem Mundwerk in jeder Situation behaupten.«

Frock blieb eine Weile bewegungslos sitzen. Dann riss er den Durchschlag vom Formular ab und gab ihn Margo. »Ich werde das Original nach oben schicken, das muss ich, damit wir die Fassade wahren. Möglicherweise ruft der Wachmann unten die Zentrale an, damit sie den Empfang bestätigt. Sie werden nicht viel Zeit haben. Sobald die Zentrale den Antrag hat, werden sie dort oben hellhörig werden. Dann müssen Sie bereits fertig sein.«

Aus einer Schreibtischschublade holte er ein gelbes Stück Papier und einen Schlüssel und gab beides Margo.

»Auf diesem Zettel steht der Code für die Tür zu dem Lagerraum mit den Kisten«, sagte er. »Und hier ist der Schlüssel für die Tür zum Sicherheitsbereich. Alle Kuratoren haben so einen. Wenn wir Glück haben, dann hat Cuthbert die Kombination noch nicht ändern lassen.«

Er gab Margo Schlüssel und Zettel. »Damit kommen Sie durch die Türen, aber mit den Wachleuten müssen Sie selbst fertig werden.« Er sprach jetzt schnell und er blickte Margo direkt in die Augen. »Sie wissen, wonach Sie in den

Kisten suchen müssen. Nach Spuren von Eiern, lebenden Organismen, sogar Kultobjekten, die etwas mit der Kreatur zu tun haben könnten. Suchen Sie nach allem, was meine Theorie beweist. Zuerst nehmen Sie sich die kleine Kiste vor, die von Whittlesey. In der war auch die Figur von Mbwun. Wenn Sie noch Zeit haben, sehen Sie auch noch in den anderen nach, aber setzen Sie sich um Gottes willen keinem Risiko aus. Gehen Sie nun, meine liebe. Gott mit Ihnen.«

Das Letzte, was Margo sah, als sie das Büro verließ, war Frock, der ihr seinen breiten Rücken zugekehrt hatte und mit den Fäusten wiederholt auf die Armlehnen seines Rollstuhls schlug. »Ich hasse dieses Ding!«, rief er. »Ich hasse dieses gottverdammte Ding!«

30

Fünf Minuten später nahm Margo in ihrem mehrere Stockwerke weiter unten gelegenen Büro das Telefon ab und wählte eine Nummer. Smithback war ziemlich gut gelaunt und nachdem Margo ihm von Moriartys Wiederbelebung der gelöschten Magazindatei und – etwas weniger detailliert – von der Unterredung in Frocks Büro erzählt hatte, wurde er sogar richtiggehend fröhlich.

Margo hörte, wie er vergnügt vor sich hinkicherte. »Na, habe ich in Bezug auf Rickman nicht recht gehabt? Lässt einfach Beweise verschwinden. Jetzt werde ich das Buch so schreiben, wie ich will, oder –«

»Das werden Sie nicht *wagen,* Smithback«, warnte ihn Margo. »Das habe ich nicht für Ihren persönlichen Rachefeldzug getan. Wir kennen die Geschichte von und in diesem Tagebuch nicht und haben jetzt auch keine Zeit, uns darüber den Kopf zu zerbrechen. Wir *müssen* an den Inhalt dieser Kisten gelangen und dafür haben wir nur ein paar Minuten Zeit.«

»Okay, okay«, antwortete Smithback. »Wir treffen uns im Gang vor der Abteilung für Insektenkunde. Bin schon unterwegs.«

»Ich hätte nie gedacht, dass Frock ein so radikaler Bursche ist«, sagte Smithback. »Meine Achtung vor dem alten Knaben ist mächtig gestiegen.« Er ging gerade mit Margo eine lange, eiserne Treppe hinunter. Sie hatten einen Umweg gewählt, weil sie damit die Kontrollpunkte umgehen konnten, die die Polizei an allen Aufzügen eingerichtet hatte.

»Haben Sie den Schlüssel und die Kombination zur Hand?«, fragte er, als sie unten angekommen waren. Margo holte die Sachen aus ihrer Umhängetasche und folgte ihm.

Sie schaute rasch in beiden Richtungen den Korridor entlang. »Sie wissen doch, dass der Gang vor der Sicherheitszone kleine erleuchtete Nischen hat, oder? Sie gehen voraus und ich komme etwas später nach. Sagen Sie dem Wachmann, Sie bräuchten mehr Licht, um das Formular zu lesen, und ziehen Sie ihn in eine dieser Nischen. Dann müssen Sie dafür sorgen, dass er mir ein paar Minuten lang den Rücken zudreht, bis ich die Tür aufgemacht habe und hineingegangen bin. Beschäftigen Sie ihn, egal womit. Ihnen wird schon was einfallen, Sie sind ja nicht auf den Mund gefallen.«

»Für Sie tue ich doch alles«, sagte Smithback spöttisch. Er drehte sich auf dem Absatz um und verschwand um eine Ecke.

Margo wartete und zählte bis sechzig. Dann zog sie sich ein Paar Latexhandschuhe an und ging los.

Bald hörte sie Smithbacks Stimme, die lautstark und überzeugend protestierte. »Dieses Formular ist vom Leiter der Abteilung persönlich unterschrieben! Wollen Sie etwa behaupten, dass –«

Margo schob vorsichtig den Kopf um die Ecke. Etwa fünfzehn Meter weiter entfernt befand sich eine Abzweigung, die zu einer Polizeiabsperrung führte. Ein paar Meter dahinter war die Tür zum Sicherheitsbereich und der

Wachmann stand nur wenige Meter entfernt davon. Er drehte Margo den Rücken zu und hielt Smithbacks Formular in der Hand.

»Es tut mir leid, Sir«, hörte sie ihn sagen, »aber so was muss erst von der Zentrale abgesegnet werden –«

»Sie sehen nicht genau hin«, entgegnete Smithback. »Nehmen Sie es doch mit hinüber ins Licht, dort können Sie es viel besser lesen.«

Sie bewegten sich den Gang entlang auf eine Nische zu, die etwas weiter entfernt von Margo war. Als sie darin verschwunden waren, ging Margo um die Ecke und eilte leise den Gang entlang. An der Tür zur Sicherheitszone steckte sie den Schlüssel ins Schloss, drehte ihn um und drückte sanft gegen die Tür. Sie ging in geölten Angeln geräuschlos auf. Margo spähte um die Ecke, um zu sehen, ob sie allein war. Da der dunkle Raum leer zu sein schien, machte sie leise die Tür hinter sich zu.

Ihr Herz schlug rasend schnell und das Blut pochte ihr in den Ohren. Sie hielt den Atem an und tastete nach dem Lichtschalter. Links und rechts vor ihr befanden sich die Lagerräume. An der dritten Tür rechts klebte ein gelbes Schild mit der Aufschrift »SPURENSICHERUNG«. Margo nahm Frocks Zettel zur Hand und machte sich am Zahlenschloss dieser Tür zu schaffen. Sechsundfünfzig – hundertzwei – siebenundsiebzig – dreiundzwanzig. *Verdammt noch mal,* dachte sie, *in welche Richtung muss ich dieses Rad drehen?* Sie atmete tief durch und fing an.

Nachdem sie es ein paarmal vergeblich probiert hatte, erinnerte sich Margo an den Spind, in dem sie auf der Highschool immer ihre Oboe eingeschlossen hatte. Bei der zweiten und dritten Nummer musste man in dieselbe Richtung drehen. *Rechts, links, wieder links, dann rechts –*

Margo hörte ein Klicken. Sie griff nach der Klinke und drückte sie herunter. Die Tür ging auf.

Drinnen konnte sie die Kisten als dunkle Schatten an der Wand sehen. Sie schaltete das Licht ein und sah auf die Uhr. Drei Minuten waren vergangen.

Jetzt musste sie wirklich rasch arbeiten. An einer der größeren Kisten entdeckte sie Splitter und Spuren einer gewaltsamen Öffnung und sie spürte, wie ihr der kalte Schweiß den Rücken hinunterlief. Die Spuren und Splitter ließen Margo erschaudern. Sie kniete sich vor die kleinere Kiste, nahm den Deckel ab und griff mit beiden Händen in die als Packmaterial verwendeten Pflanzenfasern, um es nach den darin enthaltenen Gegenständen zu durchsuchen.

Mit einer Hand stieß sie auf etwas Hartes und zog es heraus. Es war ein kleiner, flacher Stein, in den seltsame Muster eingeritzt waren. *Nicht allzu vielversprechend.* Dann holte sie ein paar Jadestücke heraus, die vermutlich als Lippenschmuck gedient hatten, dann Pfeilspitzen aus Feuerstein und ein Blasrohr mit ein paar Pfeilen, an deren Spitzen eine schwärzliche Substanz eingetrocknet war. *Gut, dass ich mich an denen nicht verletzt habe,* dachte Margo. Noch immer hatte sie nichts zutage gefördert, was sich mitzunehmen gelohnt hätte. Sie wühlte sich tiefer in die Kiste. In der nächsten Schicht befand sich eine kleine, zugedrehte Pflanzenpresse, eine mit bizarren Einritzungen verzierte, beschädigte Schamanenrassel und eine wunderschöne Stoffdecke mit eingewebten Federn.

Einem Impuls folgend steckte Margo die Pflanzenpresse, an der immer noch ein paar Fasern des Packmaterials hingen, in ihre Tasche, ebenso eine der Steinscheiben und die Rassel.

In der unteren Schicht fand sie ein paar Tongefäße, in denen sich kleine, verschrumpelte Reptilien befanden. Die Gefäße waren sehr farbenprächtig, aber nichts Außergewöhnliches.

Sechs Minuten waren nun verstrichen. Margo richtete sich auf und lauschte. Jeden Augenblick erwartete sie, die Schritte des zurückkehrenden Wachmannes zu hören. Aber noch war alles ruhig.

Hastig legte Margo die restlichen Gegenstände zurück in die Kiste und stopfte das Packmaterial drumherum. Als sie den Deckel zur Hand nahm, bemerkte sie, dass das Leinen, mit dem er innen ausgeschlagen war, an einer Stelle lose war. Sie zog es noch weiter vom Holz ab und ein von Wasser wellig gewordener Umschlag glitt heraus. Margo steckte den Umschlag zu den Sachen in ihrer Tasche.

Acht Minuten. Es war keine Zeit mehr.

Zurück im Vorraum horchte sie und versuchte, sich aus den gedämpften Geräuschen, die von draußen hereindrangen, etwas zusammenzureimen. Dann öffnete sie die Tür einen Spalt.

»Ich verlange, dass Sie mir sofort Ihre Dienstnummer nennen«, schimpfte Smithback laut.

Margo hörte nicht, was der Wachmann antwortete. Sie glitt durch die Tür und zog sie leise hinter sich ins Schloss. Dann streifte sie sich rasch die Handschuhe ab und stopfte sie in ihre Tasche. Sie richtete sich auf, strich sich ihre Kleider glatt und ging an der Nische vorbei, in der Smithback und der Wachmann standen.

Als sie auf der Höhe der beiden war, drehte sie sich um. Der Wachmann blickte sie mit hochrotem Gesicht an.

»Ach, da sind Sie ja, Bill«, sagte Margo, deren Gedanken rasten, und hoffte, dass der Wachmann sie nicht aus der Tür zur Sicherheitszone hatte kommen sehen. »Komme ich zu spät? Waren Sie schon drin?«

»Dieser Bursche da will mich nicht hineinlassen«, beschwerte sich Smithback.

»Jetzt hören Sie mal«, sagte der Wachmann und wandte sich wieder an Smithback, »ich habe es Ihnen schon hundertmal gesagt und ich sage es Ihnen nicht noch einmal. Dieses Formular muss erst ordnungsgemäß von der Zentrale gegengezeichnet werden, bevor ich Sie da hineinlassen kann, okay?«

Sie hatten es geschafft.

Margo blickte hinter sich den Gang entlang. In weiter Entfernung sah sie eine große, schlanke Gestalt, die rasch näher kam. Ian Cuthbert.

Margo packte Smithback am Arm. »Wir müssen los. Erinnern Sie sich denn nicht mehr an unseren Termin? Die Sammlungen können wir uns ja auch ein andermal ansehen.«

»Sie haben recht. Natürlich«, plapperte Smithback frohgemut. »Ich werde mich um diese Sache hier später kümmern«, sagte er zu dem Wachmann. Als sie den Gang ein paar Meter entlanggegangen waren, zog Margo Smithback in eine Nische.

»Los, verstecken Sie sich hinter diesen Schränken da«, flüsterte sie.

Von ihrem Versteck aus hörten sie Cuthberts Schritte den Gang entlangkommen. Dann blieb er stehen und seine laute Stimme hallte durch den Korridor.

»Hat gerade irgendjemand versucht, in die Sicherheitszone zu gelangen?«, fragte er.

»Ja, Sir. Da war ein Mann, der hineinwollte. Und dann kam eine Frau dazu. Gerade sind sie gegangen.«

»Wer?«, wollte Cuthbert wissen. »Waren es die Leute, mit denen Sie eben gesprochen haben?«

»Ja, Sir. Der Mann hatte ein Formular dabei, das aber nicht gegengezeichnet war. Also habe ich ihn nicht hineingelassen.«

»Sie haben ihn *nicht* hineingelassen?«

»Richtig, Sir.«

»Wer hat das Formular ausgestellt? Frock?«

»Ja, Sir. Dr. Frock.«

»Hat dieser Mann Ihnen seinen Namen genannt?«

»Ich glaube, er heißt Bill. Den Namen der Frau weiß ich nicht, aber –«

»Bill? *Bill?* Das ist ja wirklich fantastisch. Das Erste, was Sie von den Leuten verlangen müssen, ist ihr Ausweis.«

»Tut mir leid, Sir. Er war so hartnäckig und behauptete immer, es sei –«

Aber Cuthbert stapfte bereits verärgert zurück. Seine Schritte wurden langsam leiser.

Smithback nickte Margo zu, die sich den Staub von den Kleidern klopfte. Sie traten in den Gang hinaus.

»Hey, Sie da!«, rief der Wachmann. »Kommen Sie her, ich muss Ihre Ausweise überprüfen! Warten Sie!«

Smithback und Margo sprinteten los, rannten um eine Ecke und eine breite Betontreppe hinunter.

»Wo laufen wir hin?«, keuchte Margo.

»Keine Ahnung.«

Als sie auf dem unteren Treppenabsatz angelangt waren, spähte Smithback vorsichtig einen Gang entlang. Dann öffnete er eine Tür, auf der stand: »Säugetiere. Abteilung Primaten.«

Drinnen rangen sie nach Atem. Der Raum war still und kühl. Als Margos Augen sich an das düstere Licht gewöhnt hatten, bemerkte sie die ausgestopften Gorillas und Schimpansen, die wie Soldaten in Reih und Glied dastanden, und die Fellbündel, die in hölzernen Regalen lagen. In einem anderen Regal befanden sich Hunderte von Primatenschädeln.

Smithback horchte eine Weile angestrengt an der Tür. Dann wandte er sich an Margo. »Nun zeigen Sie mal, was Sie gefunden haben«, sagte er.

»Nicht viel«, sagte Margo schwer atmend. »Ein paar ziemlich unbedeutende Gegenstände, die ich mitgenommen habe. Aber dann ist mir noch das hier in die Hände gefallen«, sagte sie und kramte in ihrer Umhängetasche herum. »Er steckte im Deckel der kleineren Kiste.«

Der nicht zugeklebte Umschlag trug lediglich die Aufschrift: »An R H. Montague, *New York Museum of Natural History.*«

In das vergilbte Schreibpapier war ein merkwürdiges Wappen mit zwei Pfeilen eingeprägt. Während Smithback ihr über die Schulter lugte, hielt Margo das Blatt sorgfältig ins Licht und fing an zu lesen.

Oberlauf des Xingú
17. Sept. 1986

Montague,
ich habe mich entschlossen, Carlos mit der letzten Kiste zurückzuschicken und die Suche nach Crocker allein weiterzuführen. Carlos ist vertrauenswürdig und ich will nicht riskieren, dass die Kiste verloren geht, falls mir etwas zustoßen sollte. Besonders solltest du die Schamanenrassel und die anderen Ritualobjekte beachten. Sie scheinen einzigartig zu sein. Die kleine Holzfigur aber, die ich in einer verlassenen Hütte hier in der Nähe gefunden habe, ist der Beweis für das, wonach ich gesucht habe. Schau dir bloß die übertrieben großen Krallen an, die reptilischen Merkmale, die Haltung des Tieres, die darauf hindeutet, dass es auf zwei Beinen geht. Die Kothoga existieren und die Mbwun-Legende scheint keine bloße Erfindung zu sein.
Alle meine Aufzeichnungen befinden sich in meinem Tagebuch –

31

Tödliche Stille herrschte im Büro des Direktors, in dem Mrs Lavinia Rickman auf einem Lehnstuhl aus weinrotem Leder saß. Durch die Doppelverglasung der Turmfenster drang nicht einmal der Verkehrslärm von der Straße zwei Stockwerke weiter unten herein. Wright selbst saß an seinem riesigen Schreibtisch aus Mahagoni, der ihn direkt klein wirken ließ. Hinter ihm blickte ein Porträt, das Sir Joshua Reynolds von Ridley für A. Davis, den Gründer des Museums, gemalt hatte, düster von der Wand.

Dr. Ian Cuthbert hatte sich auf einem Sofa an der gegenüberliegenden Wand niedergelassen und beugte sich, die Ellenbogen auf die Knie gestützt, nach vorn. Sein Tweedanzug hing lose um seinen mageren Körper. Cuthbert, der ohnehin ziemlich humorlos und leicht reizbar war, blickte an diesem Nachmittag besonders finster drein.

Schließlich brach Wright das Schweigen.

»Heute Nachmittag hat er schon zweimal angerufen«, blaffte er Cuthbert an. »Ich kann ihm nicht ewig aus dem Weg gehen. Früher oder später wird er einen Riesenaufstand machen, weil du ihm den Zugang zu diesen Kisten verweigerst. Womöglich hängt er dann diese Mbwun-Sache auch noch an die große Glocke. Aber auf jeden Fall wird es Streit geben, so viel ist gewiss.«

Cuthbert nickte. »Na und, dann gibt es eben Streit. Im Moment ist doch bloß wichtig, dass wir Zeit gewinnen. Wenn die Ausstellung erst einmal eröffnet ist, von der

Presse gelobt wird und wir vierzigtausend zahlende Besucher am Tag haben, kann Frock von mir aus so lange Stunk machen, wie er nur will.«

Wieder waren alle lange still.

»Ich will mich zwar hier nicht zum Propheten aufspielen«, ergriff Cuthbert nach einer Weile das Wort, »aber wenn sich erst mal die ganze Aufregung gelegt hat, wird das Museum einen großen Anstieg der Zuschauerzahlen zu verzeichnen haben, dessen bin ich mir sicher. Die Gerüchte um diesen Fluch sind momentan zwar möglicherweise lästig, aber wenn der Mörder erst mal gefasst ist, kommen die Leute massenweise ins Museum, um die Mbwun-Figur mit eigenen Augen zu sehen und dabei wohlig zu erschaudern. Ab dem Moment wird der Fluch für uns zum Bombengeschäft. Ich sage dir, Henry, wir hätten es gar nicht besser einfädeln können.«

Wright sah seinen Stellvertreter stirnrunzelnd an. »Wer sagt dir denn, dass es sich bei dem Fluch bloß um Gerüchte handelt? Vielleicht ist ja doch mehr dahinter, sieh dir doch bloß mal die Katastrophen an, die dieser hässlichen kleinen Figur um den halben Erdball gefolgt sind.« Er lachte nervös.

»Das meinst du doch nicht ernst«, sagte Cuthbert.

»Ich sage dir, was ich ernst meine«, fauchte Wright. »Ich will nicht, dass du dich Frock gegenüber jemals wieder so aufführst. Der Mann hat Freunde in wichtigen Positionen. Wenn er denen etwas von der Sache erzählt – nun, du weißt ja, wie schnell sich solche Sachen herumsprechen. Alle Welt wird denken, dass du bewusst wichtige Informationen zurückhältst und dass du die Morde im Museum dazu benützt, um mehr Besucher in die Ausstellung zu locken. Und was wäre *das* dann für eine Publicity, he?«

»Du hast ja recht«, sagte Cuthbert mit einem eisigen Lächeln. »Aber ich darf dich wohl daran erinnern, dass unsere ganze Diskussion sowieso umsonst ist, wenn die Ausstellung nicht fristgerecht eröffnet wird. Wenigstens so lange muss Frock an die kurze Leine gelegt werden. Jetzt lässt er schon andere Leute die Schmutzarbeit für sich machen. Einer von ihnen hat vor einer Stunde sogar versucht, sich in die Sicherheitszone zu schleichen.«

»Wer war das?«, wollte Wright wissen.

»Der Wachmann da unten hat die Sache leider völlig versaut«, antwortete Cuthbert. »Er weiß nur, dass der Mann mit Vornamen Bill hieß.«

»Bill?«, fragte Rickman und setzte sich auf.

»Ja, ich glaube, das war der Name«, antwortete Cuthbert und wandte sich der Direktorin für Öffentlichkeitsarbeit zu. »Heißt so nicht auch der Journalist, der das Buch über die Ausstellung schreibt? Der Mann arbeitet doch für Sie, nicht wahr? Haben Sie ihn denn auch richtig unter Kontrolle? Ich habe gehört, dass er überall eine Menge unbequemer Fragen stellen soll.«

»Vollkommen«, entgegnete Rickman mit einem breiten Grinsen. »Wir hatten zwar anfänglich unsere Probleme miteinander, aber jetzt tanzt er brav nach meiner Pfeife. Wenn du die Quellen kontrollierst, hast du auch den Journalisten unter Kontrolle, sage ich immer.«

»Er tanzt also nach Ihrer Pfeife?«, fragte Wright. »Warum mussten Sie dann heute Vormittag Gott und der Welt per Computerrundschreiben diese merkwürdige Nachricht zukommen lassen und den Leuten einschärfen, nicht mit Fremden zu reden?«

Mrs Rickman hob rasch ihre Hand mit den rot lackierten Fingernägeln. »Um Smithback brauchen Sie sich keine Sorgen zu machen.«

»Das möchte ich auch schwer hoffen«, sagte Cuthbert. »Sie waren von Anfang an in dieser Sache mit drinnen, Lavinia. Es liegt also auch in Ihrem Interesse, dass Ihr Journalist nicht in der schmutzigen Wäsche herumwühlt.«

Aus dem Lautsprecher der Gegensprechanlage knisterte es und die Stimme von Wrights Sekretärin sagte: »Mr Pendergast möchte Sie sprechen, Sir.«

»Schicken Sie ihn rein«, sagte Wright und warf den beiden anderen einen ärgerlichen Blick zu. »Sehen Sie, da haben wir den Salat.«

Dann erschien Pendergast, der eine Zeitung unter den Arm geklemmt hatte, in der Tür und blieb einen Augenblick auf der Schwelle stehen.

»Mein Gott, ist das ein Anblick!«, sagte er. »Vielen Dank, dass Sie mich gleich empfangen haben, Dr. Wright. Es ist mir ein Vergnügen, Dr. Cuthbert. Und Sie müssen Lavinia Rickman sein, habe ich recht, Madam?«

»Ja«, antwortete Rickman mit einem gezwungenen Lächeln.

»Mr Pendergast«, sagte Wright, der sich ebenfalls ein höfliches Lächeln abrang, »nehmen Sie doch bitte irgendwo Platz.«

»Vielen Dank, Doktor, aber ich bleibe lieber stehen.« Pendergast ging hinüber zu dem großen Kamin und lehnte mit vor der Brust gekreuzten Armen dagegen.

»Sind Sie gekommen, um uns einen Bericht abzustatten? Sie wollen uns doch sicherlich über eine Verhaftung informieren.«

»Nein«, sagte Pendergast. »Es tut mir leid, aber Verhaftung kann ich keine melden. Offen gestanden, Dr. Wright, haben wir noch keine allzu großen Fortschritte gemacht. Auch wenn Mrs Rickman den Zeitungen offensichtlich andere Informationen zukommen lässt.«

Er zeigte ihnen die Schlagzeile der Zeitung: IM FALL DER »MUSEUMSMONSTER-MORDE« STEHT VERHAFTUNG KURZ BEVOR.

Eine Weile sagte niemand etwas. Pendergast faltete die Zeitung wieder zusammen und legte sie auf den Kaminsims.

»Was haben Sie denn für ein Problem?«, fragte Wright. »Offen gestanden, ich verstehe nicht ganz, warum Sie für diesen Fall so viel Zeit brauchen.«

»Wir haben viele Probleme, wie Sie ohne Zweifel wissen«, sagte Pendergast. »Aber ich bin eigentlich nicht hier, um Sie über den Stand unserer Ermittlungen zu informieren. Es genügt, wenn ich Sie daran erinnere, dass ein gefährlicher Serienmörder immer noch hier im Museum frei herumläuft. Wir haben keinen Grund zu der Annahme, dass er mit dem Morden aufgehört hat. Soweit wir wissen, ereignen sich die Morde immer nachts, das heißt, nach fünf Uhr nachmittags. Als der mit der Leitung des Einsatzes betraute Agent muss ich Sie leider informieren, dass die von uns verordnete Sperrstunde so lange in Kraft bleibt, bis der Mörder gefasst ist. Und zwar ohne Ausnahmen.«

»Aber die Eröffnung –«, heulte Rickman auf.

»Die Eröffnung müssen Sie wohl oder übel verschieben. Vielleicht für eine Woche, möglicherweise auch für einen Monat. Ich kann Ihnen da nichts versprechen, fürchte ich. Es tut mir wirklich leid.«

Wright erhob sich mit aschfahlem Gesicht. »Sie haben doch gesagt, dass die Eröffnung termingerecht stattfinden könne, falls es keine neuen Morde gäbe. So lautete unsere *Vereinbarung*.«

»Ich habe keine Vereinbarung mit Ihnen getroffen, Doktor«, sagte Pendergast sanft. »Leider sind wir heute der Ergreifung des Mörders noch nicht näher als am Wochenanfang.« Er deutete auf die Zeitung auf dem Kaminsims. »Schlagzeilen wie diese wiegen die Leute in falscher Sicherheit und lassen sie unvorsichtig werden. Vermutlich würde deshalb die Eröffnung auch sehr gut besucht sein. Aber Tausende von Menschen nach Einbruch der Dunkelheit hier im Museum –« Pendergast schüttelte den Kopf. »Ich habe keine andere Wahl.«

Wright starrte den Agenten ungläubig an. »Bloß weil Sie nicht in der Lage sind, Ihren Mörder zu fassen, können Sie doch nicht von uns verlangen, dass wir die Eröffnung verschieben und dem Museum irreparablen Schaden zufügen. Das werde ich auf keinen Fall zulassen.«

Pendergast begab sich ungerührt in die Mitte des Raums. »Verzeihen Sie, Dr. Wright, offensichtlich habe ich mich nicht klar genug ausgedrückt. Ich bin nicht hier, um Sie um Ihre Erlaubnis zu fragen, ich wollte Sie lediglich von meiner Entscheidung in Kenntnis setzen.«

»Okay«, sagte der Direktor mit zitternder Stimme. »Ich verstehe. Weil Sie in Ihrem Job versagt haben, wollen Sie jetzt in den meinen hineinpfuschen. Haben Sie überhaupt eine Ahnung, was eine Verschiebung der Eröffnung für unsere Ausstellung bedeuten würde? Können Sie erahnen, was das auf die Öffentlichkeit für einen Eindruck machen würde? Nein, Agent Pendergast, das werde ich nicht erlauben.«

Pendergast sah Wright müde an. »Alle unberechtigten Personen, die nach fünf Uhr im Museum angetroffen werden, werden verhaftet und einer Verletzung von Paragraf 303a wegen belangt: ›Unberechtigtes Betreten eines Tatorts‹. Das ist eine Ordnungswidrigkeit. Im Wiederholungsfall allerdings wird es als Behinderung der Justiz gewertet. Und das ist eine Straftat, Dr. Wright. Habe ich mich klar genug ausgedrückt?«

»Mir ist momentan nur eines klar. Nämlich dass ich Sie ersuchen muss, dieses Büro so schnell wie möglich zu verlassen«, sagte Wright mit erhobener Stimme. »Bitte gehen Sie jetzt.«

Pendergast nickte. »Schönen Tag noch, Herrschaften.« Dann drehte er sich um und ging schweigend hinaus.

Nachdem er die Tür geschlossen hatte, blieb Pendergast einen Augenblick im Vorzimmer stehen und zitierte mit Blick zur Tür:

»Und so zum Liebsten flücht ich mich voll Scham
und dreifach gibt mir Übel, was es nahm.«

»Was war denn das?«, fragte Wrights Sekretärin und hörte mit dem Kaugummikauen auf.

»Shakespeare«, antwortete Pendergast und ging zum Aufzug.

Drinnen im Büro griff Wright mit zitternden Händen zum Telefon.

»Was, zum Teufel, machen wir jetzt?«, explodierte Cuthbert. »So ein blöder Scheißbulle kann uns doch nicht einfach aus unserem eigenen Museum werfen.«

»Sei ruhig, Cuthbert«, sagte Wright. Dann sprach er in den Hörer. »Verbinden Sie mich sofort mit dem Gouverneur!«

Während er warten musste, war alles still. Wright blickte über den Hörer hinweg zu Cuthbert und Rickman und hatte Mühe, seinen Atem unter Kontrolle zu bringen. »Es ist höchste Zeit, dass ich meine Beziehungen spielen lasse«, sagte er. »Wir werden ja sehen, wer hier das letzte Wort hat: irgendein degenerierter Albino aus dem Süden oder der Direktor des drittgrößten Museums der Welt.«

32

Die Vegetation hier ist höchst ungewöhnlich. Die Zykadazeen und die Farne erscheinen mir fast urzeitlich, als hätte es sie schon vor dem Übergang von der Kreidezeit zum Tertiär gegeben. Schade, dass ich nicht mehr Zeit habe, um sie genauer zu untersuchen. Eine besonders faserige Art davon haben wir als Packmaterial für die Kisten verwendet. Wenn Jorgensen daran interessiert ist, kannst du ihn gerne einen Blick darauf werfen lassen.
In einem Monat werde ich hoffentlich mit dir im Explorer Club sitzen und unseren Erfolg mit ein paar trockenen Martinis und einem guten Macanudo feiern. Bis dahin, das weiß ich, kann ich dir dieses Material und meinen guten Ruf getrost anvertrauen.

Dein Kollege
Whittlesey

Smithback blickte von dem Brief auf. »Hier drinnen können wir nicht bleiben. Lassen Sie uns in mein Büro gehen.«

Sein Kämmerchen lag tief in einem Labyrinth von kleinen Büros hinter der Mineralien- und Edelstein-Ausstellung im Erdgeschoss des Museums. Die vielen sich kreuzenden Gänge mit ihrer lauten Betriebsamkeit kamen Margo nach den feuchten, hallenden Kellergängen in der Nähe der Sicherheitszone wie eine Erholung vor. Sie gingen an einer großen, grünen Mülltonne vorbei, die bis zum Rand mit alten Ausgaben des Museumsmagazins gefüllt war. Vor Smithbacks Büro befand sich ein Schwarzes Brett, an dem zur allgemeinen Erheiterung der Mitarbeiter des Magazins eine Auswahl von besonders erbosten Leserbriefen hing.

Schon einmal, als sie dringend eine Nummer von *Nature* gebraucht hatte, die in der Bibliothek ewig ausgeliehen gewesen war, hatte Margo Smithback in seiner unaufgeräumten Bude besucht. Auch jetzt war sie genauso, wie sie sie in Erinnerung hatte: Auf dem Schreibtisch befand sich ein wildes Durcheinander von fotokopierten Artikeln, halb fertigen Briefen, Resten chinesischer Mitnahmemenüs und diversen Büchern und Magazinen, nach denen man in der Museumsbibliothek bestimmt schon verzweifelt suchte.

»Setzen Sie sich doch«, sagte Smithback und schob einen halbmeterhohen Stapel Papier von der Sitzfläche eines Stuhls einfach auf den Boden. Dann schloss er die Tür und ging um seinen Schreibtisch herum zu einem altmodischen Schaukelstuhl. Dabei raschelten auf Schritt und Tritt irgendwelche Papiere.

»Okay«, sagte er mit gedämpfter Stimme. »Sind Sie sich ganz sicher, dass das Tagebuch nicht dort war?«

»Ich habe Ihnen doch schon gesagt, dass ich nur die eine Kiste untersuchen konnte, die Whittlesey selbst gepackt hat. Aber in den anderen kann es ja eigentlich kaum gewesen sein.«

Smithback besah sich noch einmal den Brief. »Wer ist dieser Montague, an den er adressiert ist?«, fragte er.

»Ich weiß nicht«, antwortete Margo.

»Und was ist mit Jorgensen?«

»Von dem habe ich auch noch nie was gehört.«

Smithback zog das Telefonverzeichnis des Museums aus dem Regal. »Kein Montague hier«, murmelte er und blätterte weiter. »Natürlich könnte das auch ein Vorname sein. Aha! Hier haben wir Jorgensen. Botanik. Er ist aber schon in Pension, steht da. Wie kommt es, dass er dann immer noch ein Büro hat?«

»Das ist hier nichts Ungewöhnliches«, antwortete Margo. »Pensionierte Kuratoren sind unabhängige, wohlhabende Leute, die nichts anderes mit ihrer Zeit anzufangen wissen. Wo ist denn sein Büro?«

»In Sektion Einundvierzig, im dritten Stock«, sagte Smithback, schlug das Buch zu und legte es auf den Schreibtisch. »In der Nähe des Herbariums.« Er stand auf. »Gehen wir.«

»Einen Moment, Smithback. Es ist fast vier Uhr. Ich sollte Frock anrufen und ihm sagen, dass wir –«

»Später«, sagte Smithback und ging zur Tür. »Nun kommen Sie schon, Lotosblüte. Mein journalistischer Spürsinn hat seit Wochen keine solche Fährte mehr gewittert.«

Jorgensens Büro war ein kleines, fensterloses Labor mit einer hohen Decke. Darin befanden sich weder Pflanzen noch Blumen, die Margo im Labor eines Botanikers eigentlich erwartet hätte. Tatsächlich war der Raum bis auf einen großen Arbeitstisch, einen Stuhl und einen Kleiderständer praktisch leer. In einer offenen Schublade des Arbeitstisches befanden sich ein paar Werkzeuge, denen man einen langjährigen Gebrauch ansah. Jorgensen beugte sich über die Tischplatte und schraubte an einem kleinen Motor herum.

»Dr. Jorgensen?«, fragte Smithback.

Der alte Mann drehte sich um und sah ihn an. Er war fast vollkommen kahl und hatte buschige, weiße Augenbrauen und intensiv blickende Augen, die die Farbe von ausgebleichtem Jeansstoff hatten. Er war mager und stand vornübergebeugt vor dem Tisch. Margo schätzte, dass er mindestens zwei Meter groß sein musste.

»Ja?«, sagte er mit ruhiger Stimme.

Bevor Margo etwas sagen konnte, gab Smithback Jorgensen den Brief.

Schon bei den ersten Zeilen zuckte der alte Mann sichtbar zusammen. Ohne die Augen von dem Brief abzuwenden, zog er einen wackeligen Stuhl heran und ließ sich vorsichtig auf ihm nieder.

»Wo haben Sie das her?«, wollte er wissen, nachdem er zu Ende gelesen hatte.

Margo und Smithback sahen sich an.

»Er ist echt«, sagte Smithback.

Jorgensen starrte die beiden an. Dann gab er Smithback den Brief zurück. »Ich kann Ihnen dazu nichts sagen«, meinte er.

Es war eine Weile still im Raum. »Dieser Brief stammt aus der Kiste, die Julian Whittlesey vor sieben Jahren von seiner Expedition ins Amazonasbecken zurückgeschickt hat«, half Smithback ihm erwartungsvoll auf die Sprünge.

Jorgensen starrte sie immer noch an. Dann wandte er sich wieder seinem Motor zu.

Die beiden sahen ihm eine Weile beim Basteln zu. »Es tut mir leid, dass wir Sie bei der Arbeit gestört haben«, sagte Margo schließlich. »Vielleicht sind wir nicht zur richtigen Zeit gekommen.«

»Von was für einer Arbeit reden Sie denn?«, fragte Jorgensen, ohne sich umzudrehen.

»Was immer das ist, was Sie da tun«, antwortete Margo.

Jorgensen ließ auf einmal ein bellendes Lachen hören. »Das hier?«, sagte er und wandte sich wieder zu ihnen um. »Das ist keine Arbeit. Ich repariere einen kaputten Staubsauger. Seit dem Tod meiner Frau muss ich die Hausarbeit allein machen. Das verdammte Ding ist mir vorgestern unter den Händen praktisch explodiert. Ich habe es nur hierher gebracht, weil mein ganzes Werkzeug hier ist. Ich habe nicht mehr allzu viel Arbeit zu erledigen.«

Jorgensen rutschte auf dem knarzenden Stuhl herum und blickte hinauf zur Decke. »Ich wusste nichts von der Existenz eines solchen Briefes. Der Briefkopf mit den beiden gekreuzten Pfeilen ist das Familienwappen der Whittleseys. Und die Handschrift ist auch die seine. Da werden auf einmal alte Erinnerungen wieder wach.«

»Was für Erinnerungen?«, fragte Smithback begierig.

Während Jorgensen ihn ansah, zogen sich seine Augenbrauen ärgerlich zusammen. »Das geht Sie überhaupt nichts an«, sagte er bissig. »Oder zumindest haben Sie mir noch nicht gesagt, weshalb Sie etwas damit zu tun haben.«

Margo bedeutete Smithback mit einem Blick, dass er still sein sollte. »Ich bin eine Doktorandin, die für Dr. Frock arbeitet. Mein Kollege hier ist Journalist. Dr. Frock meint, dass zwischen den Kisten der Whittlesey-Expedition und den Morden im Museum ein Zusammenhang besteht.«

»Ein *Fluch?*«, fragte Jorgensen und hob theatralisch die Augenbrauen.

»Nein, kein Fluch. Ein Zusammenhang«, sagte Margo.

»Ich bin froh, dass Sie nicht daran glauben. Es gibt keinen Fluch. Außer Sie bezeichnen eine Mischung aus Gier, menschlichen Verirrungen und Eifersucht zwischen Wissenschaftlern als solchen. Man braucht keinen Mbwun, um zu erklären, warum –« Er brach ab. »Warum interessiert Sie das eigentlich?«, fragte er misstrauisch.

»Um was zu erklären?«, mischte Smithback sich ein.

Jorgensen sah ihn voller Abneigung an. »Junger Mann, wenn Sie noch einmal den Mund aufmachen, muss ich Sie bitten zu gehen.«

Smithback kniff die Augen zusammen, aber er sagte nichts.

Margo fragte sich, ob sie Jorgensen Frocks Theorie über die Krallenspuren und die beschädigte Kiste im Detail erklären sollte, entschied sich dann aber dafür, es nicht zu tun. »Wir interessieren uns dafür, weil wir glauben, dass hier eine Verbindung besteht, für die sich niemand sonst interessiert. Weder die Polizei noch das Museum. Sie werden in diesem Brief erwähnt, Dr. Jorgensen. Wir haben gehofft, dass Sie uns vielleicht etwas über diese Expedition erzählen könnten.«

Jorgensen hielt ihr seine knorrige Hand hin. »Dürfte ich den Brief vielleicht noch einmal sehen?«

Zögernd reichte ihm Smithback das Blatt Papier.

Jorgensens Augen wanderten hungrig, als wollten sie daraus längst vergessene Erinnerungen heraussaugen, noch einmal über die Buchstaben. »Es gab einmal eine Zeit«, murmelte er, »da hätte ich nicht gerne über diese Dinge gesprochen. Hätte, ehrlich gesagt, Angst davor gehabt. Gewisse Leute hätten mich aus dem Museum werfen können.« Er zuckte mit den Achseln. »Aber wenn man erst einmal so alt ist wie ich, gibt es nur noch wenig, wovor man Angst hat. Höchstens vielleicht davor, allein zu sein.«

Den Brief fest in den Händen, nickte er Margo langsam zu. »Ich wäre selber bei dieser Expedition dabei gewesen, wenn Maxwell es nicht verhindert hätte.«

»Auch der wird in dem Brief erwähnt! Wer ist das?«, fragte Smithback.

Jorgensen warf ihm einen bösen Blick zu. »Ich habe schon größere Journalisten als Sie auf die Bretter geschickt«, fauchte er. »Und jetzt seien Sie endlich ruhig, ich rede gerade mit der Dame.«

Er wandte sich wieder an Margo.

»Maxwell war einer der Leiter der Expedition. Whittlesey war der andere. Das war der erste Fehler, dass man Maxwell erlaubt hatte, sich so in den Vordergrund zu drängen. Von Anfang an waren er und Whittlesey nicht gut aufeinander zu sprechen. Keiner von beiden hatte wirklich das Sagen. Und Maxwells Nutzen war mein Schaden – er entschied, dass für einen Botaniker in der Expedition kein Platz mehr sei, und das war's dann für mich. Aber Whittlesey hatte noch weniger Glück als ich. Durch Maxwells Teilnahme wurde das Ziel gefährdet, das er bei dieser Expedition insgeheim hatte.«

»Und was war das?«, fragte Margo.

»Den Kothoga-Stamm zu finden. Es gab immer schon Gerüchte, dass auf einem *Tepui,* einem großen Tafelland im Regenwald, ein bisher unentdeckter Stamm leben sollte. Obwohl niemand die Gegend bisher wissenschaftlich erforscht hatte, war man der Meinung, dass der Stamm ausgestorben sei und höchstens noch ein paar Überbleibsel, Gegenstände oder so etwas, davon existierten. Whittlesey glaubte das nicht. Er wollte zum Entdecker der Kothoga werden. Das einzige Problem war, dass die brasilianische Regierung ihm keine Erlaubnis für Studien auf dem *Tepui* gab. Dieses Gebiet, sagte man ihm, sei nur einheimischen Wissenschaftlern zugänglich. Yankee go home.«

Jorgensen schnaubte und schüttelte den Kopf.

»Der wahre Grund dafür war, dass sie das Land ausbeuten wollten. Die Provinzregierung hatte natürlich dieselben Gerüchte gehört wie Whittlesey. Und wenn es dort oben *wirklich* Indianer gab, dann wollte die Regierung nicht, dass diese den längst geplanten Bergwerks- und Abholzungsprojekten im Weg standen. Und so musste sich die Expedition dem Hochland von Norden her nähern. Das war eine sehr viel unbequemere Route, führte aber nicht durch das gesperrte Gebiet. Außerdem war es den Wissenschaftlern untersagt, auf das *Tepui* selbst zu steigen.«

»Gab es die Kothoga denn noch?«, fragte Margo.

Jorgensen schüttelte langsam den Kopf. »Das werden wir wohl nie erfahren. Die Regierung muss irgendwelche Bodenschätze auf dem *Tepui* entdeckt haben, vielleicht Gold, Platin oder Eisenerz. Mit Satelliten kann man so was ja heutzutage relativ leicht lokalisieren. Nun, jedenfalls wurde das *Tepui* im Frühjahr 1987 aus der Luft bombardiert.«

»Bombardiert?«

»Mit Napalm völlig abgebrannt«, sagte Jorgensen. »Diese Vorgehensweise ist ungewöhnlich und teuer. Offensichtlich ist das Feuer dann außer Kontrolle geraten und hat monatelang im Dschungel gewütet. Danach wurde eine große Straße auf das Plateau hinauf gebaut, und zwar über den einfachen Weg, von Süden her. Dann trug man mit schwerem, hydraulischem Bergbaugerät aus Japan riesige Teile des Berges ab. Ohne Zweifel waren die Brasilianer hinter Gold oder Platin oder etwas anderem her, das sie mithilfe von zyanidhaltigen Chemikalien aus dem Gestein lösten. Den ganzen giftigen Dreck leiteten sie dann einfach in die Flüsse. Und so ist im weiten Umkreis nichts, aber auch gar nichts mehr übrig. Deshalb hat auch das Museum nie eine zweite Expedition dorthin geschickt, die nach dem Verbleib der ersten hätte forschen sollen.« Jorgensen räusperte sich.

»Das ist ja schrecklich«, sagte Margo ergriffen.

Jorgensen blickte sie mit seinen beunruhigenden, himmelblauen Augen an. »Ja, das *ist* schrecklich. Ein unaussprechlich schlimmes Verbrechen. Natürlich werden Sie davon in der Aberglaube-Ausstellung kein Wort lesen.«

Smithback hob eine Hand, während er mit der anderen sein Diktiergerät aus der Tasche nahm. »Entschuldigen Sie bitte, darf ich –«

»Nein, Sie dürfen das *nicht* aufnehmen. Das ist nicht für die Veröffentlichung bestimmt. Und zitieren dürfen Sie mich auch nicht. In keiner Hinsicht. Wie Sie ja möglicherweise bereits wissen, habe ich heute früh ein diesbezügliches Memo bekommen. Ich tue das hier aus rein persönlichen Gründen. Jahrelang konnte ich nicht darüber sprechen und jetzt werde ich es tun, aber nur ein einziges Mal. Also seien Sie still und hören Sie zu.«

Wieder war es eine Weile völlig still.

»Wo war ich?«, fing Jorgensen schließlich wieder zu reden an. »Ach ja. Whittlesey hatte also keine Erlaubnis, das *Tepui* zu ersteigen. Und Maxwell war ein eingefleischter Bürokrat. Er war entschlossen, Whittlesey dazu zu zwingen, sich an die Regeln zu halten. Aber was für Regeln gibt es schon da draußen im Dschungel, dreihundert Kilometer von jeglicher Regierung entfernt?« Er kicherte leise vor sich hin.

»Ich möchte bezweifeln, dass irgendwer sagen kann, was *wirklich* dort im Urwald geschehen ist. Ich habe die Geschichte von Montague, der sie sich aus Maxwells Telegrammen zusammengereimt hat. Und die sind natürlich keine unvoreingenommene Quelle.«

»Montague?«, warf Smithback ein.

»Nun, jedenfalls«, fuhr Jorgensen fort und ignorierte den Journalisten, »sieht es so aus, als wäre Maxwell über ein paar unglaubliche botanische Entdeckungen gestolpert. Neunundneunzig Prozent der Pflanzen am Fuß dieses *Tepui* waren der Wissenschaft bis dahin vollkommen unbekannt. Die Expedition fand seltsame, primitive Farne und einblättrige Pflanzen, die aussahen, als wären sie aus dem Mesozoikum übrig geblieben. Obwohl Maxwell Anthropologe war, flippte er wegen dieser merkwürdigen Vegetation fast aus und ließ Kiste um Kiste mit den seltsamen Pflanzen füllen. Und dann fand Maxwell die Samenkapseln.«

»Und wie wichtig waren *die?*«

»Sie mussten von einem lebenden Fossil stammen. Vielleicht was in der Art wie der Quastenflosser, den man in den Dreißigerjahren entdeckt hat: eine Gattung aus einer Ordnung, die man seit dem Karbonzeitalter für ausgestorben gehalten hat!«

»Sahen diese Samenkapseln wie Eier aus?«, fragte Margo.

»Das kann ich nicht sagen. Aber Montague hat sie sich angesehen und er sagte mir, dass sie sehr hart gewesen seien. Sie müssten tief in den sehr sauren Boden des Regenwalds sinken, um überhaupt zu keimen. Ich schätze, dass sie immer noch in den Kisten liegen.«

»Dr. Frock dachte, dass es Eier wären.«

»Frock sollte bei seiner Paläontologie bleiben. Er ist ein brillanter Kopf, aber für meinen Geschmack ein wenig zu sprunghaft. Nun, jedenfalls bekamen Maxwell und Whittlesey auf der Expedition Streit miteinander. Nicht ganz unerwartet, natürlich. Maxwell war eigentlich nicht an Botanik interessiert, aber er erkannte, dass der Fund der Samenkapseln eine Sensation war, und wollte mit ihnen auf dem schnellsten Weg zurück zum Museum. Dann bekam er mit, dass Whittlesey das *Tepui* ersteigen und die Kothoga suchen wollte, und das ließ bei ihm wohl sämtliche Alarmglocken schrillen. Er hatte Angst, dass die Kisten im Hafen beschlagnahmt werden würden und er seine kostbaren Samenkapseln nicht mehr außer Landes bringen könnte. Also trennten sie sich. Whittlesey ging tiefer hinein in den Dschungel, in Richtung auf das *Tepui,* und ward nie wieder gesehen.

Als Maxwell mit dem Rest der Expedition die Küste erreichte, schickte er eine wahre Flut von Telegrammen ans Museum, in denen er Whittlesey schwer belastete und seine Version der Geschichte erzählte. Später kamen er und die anderen Expeditionsmitglieder bei einem Flugzeugabsturz ums Leben. Glücklicherweise hatten sie die Kisten separat per Schiff nach New York geschickt, oder vielleicht sollte man besser sagen *unglücklicherweise.* Das Museum brauchte ein ganzes Jahr, um Licht in das Durcheinander zu bringen und die Kisten nach Hause zu holen. Niemand schien es damit allzu eilig zu haben.« Er verdrehte angewidert die Augen.

»Sie haben vorhin von jemandem namens Montague gesprochen«, sagte Margo ruhig.

»Montague«, erklärte Jorgensen und blickte an Margo vorbei, »war ein junger Doktorand am Museum. Für Anthropologie. Er war Whittleseys Schützling. Ich brauche wohl nicht extra zu betonen, dass das, was Maxwell in seinen Telegrammen über Whittlesey verbreitet hatte, Montague nicht besonders bei seiner Karriere half. Wir alle, die wir mit Whittlesey befreundet gewesen waren, hatten es danach nicht allzu leicht hier.«

»Was ist aus Montague geworden?«, fragte Margo.

Jorgensen zögerte. »Ich weiß es nicht«, sagte er schließlich. »Er ist eines Tages einfach verschwunden und kam nie mehr zurück.«

»Und was ist mit den Kisten?«

»Montague hatte die Kisten unbedingt sehen wollen, besonders die von Whittlesey. Aber, wie ich schon sagte, er war in Ungnade gefallen und von dem Projekt abgezogen worden. Eigentlich *gab* es überhaupt kein Projekt mehr. Die ganze Expedition war so ein Desaster gewesen, dass die Museumsleiter alles, was damit zusammenhing, so rasch wie möglich vergessen wollten.

Als die Kisten schließlich hier ankamen, blieben sie einfach ungeöffnet liegen. Das meiste an Dokumentation und Fundortbeschreibungen war sowieso bei dem Flugzeugabsturz verbrannt. Angeblich gab es noch ein Tagebuch von Whittlesey, aber ich habe es nie zu Gesicht bekommen. Jedenfalls ließ Montague nicht locker und machte so lange Eingaben, bis sie ihn die Sachen wenigstens sichten und in den Sammlungskatalog aufnehmen ließen. Danach ging er einfach für immer fort.«

»Was meinen Sie damit genauer?«, fragte Smithback.

Jorgensen sah ihn an, als müsse er sich entscheiden, ob er die Frage beantworten sollte oder nicht. »Er ist einfach aus dem Museum gegangen und nie wieder zurückgekommen. Soviel ich weiß, hat er auch seine Wohnung und seine Sachen einfach zurückgelassen. Seine Familie veranlasste eine Suche nach ihm, die aber nichts ergab. Aber er war ohnehin ein ziemlich seltsamer Bursche. Die meisten Leute nahmen an, er sei nach Nepal oder Thailand abgehauen, um zu sich selbst zu finden.«

»Aber es gab auch Gerüchte«, sagte Smithback. Es war eine Feststellung, keine Frage.

Jorgensen lachte. »Natürlich gab es Gerüchte! Gibt es die denn nicht immer in einem solchen Fall? Man munkelte, er habe Geld unterschlagen, er sei mit der Frau eines Gangsters durchgebrannt, er sei ermordet und in den East River geworfen worden. Aber er war im Museum so eine kleine Nummer gewesen, dass die meisten Leute ihn nach ein paar Wochen vergessen hatten.«

»Gab es auch Gerüchte, dass das Museumsmonster ihn erwischt haben soll?«, fragte Smithback.

Jorgensens Lächeln verschwand. »Nicht direkt. Aber die Gerüchte vom Fluch des Mbwun erwachten mit Montagues Verschwinden wieder zu neuem Leben. Bisher war jeder, so sagte man, gestorben, der mit den Kisten in Berührung gekommen war. Ein paar der Wachleute und die Angestellten in der Cafeteria – Sie kennen diese Sorte bestimmt – behaupteten, dass Whittlesey einen Tempel beraubt habe und dass in der Kiste irgendein Gegenstand mit einem schrecklichen Fluch sein sollte. Sie sagten, der Fluch sei dem Ding bis hierher ins Museum gefolgt.«

»Wollten Sie denn die Pflanzen, die Maxwell zurückgeschickt hatte, nicht untersuchen?«, fragte Smithback. »Immerhin waren Sie doch Botaniker, oder nicht?«

»Junger Mann, Sie verstehen nichts von Wissenschaft. Es gibt keinen *Botaniker* per se. Ich habe zum Beispiel keinerlei Interesse an Paläobotanik oder bedecktsamigen Pflanzen. Solche Dinge gehören nicht zu meinem Forschungsfeld. Mein Spezialgebiet ist die Koevolution von Pflanzen und Viren. Oder *war* es zumindest«, sagte er nicht ohne eine gewisse Ironie.

»Aber Whittlesey wollte, dass Sie einen Blick auf die Pflanzenfasern werfen, die er als Verpackungsmaterial mit seiner Kiste zurückgeschickt hatte«, fuhr Smithback fort.

»Ich habe keine Ahnung, weshalb«, sagte Jorgensen. »Und außerdem höre ich heute zum ersten Mal davon. Ich habe diesen Brief ja nie zuvor gesehen.« Mit einem gewissen Zögern gab er Margo das Blatt Papier zurück. »Wenn die Handschrift und das Wappen nicht wären, würde ich sagen, dass es sich um eine Fälschung handelt.«

Die drei schwiegen, bis Margo sagte: »Sie haben noch gar nicht gesagt, was *Sie* damals über Montagues Verschwinden gedacht haben.«

Jorgensen rieb sich die Nasenwurzel und sah zu Boden. »Mir hat es Angst gemacht.«

»Warum?«

Jorgensen blieb lange stumm. Dann sagte er: »Ich bin mir nicht sicher. Montague war einmal in finanziellen Schwierigkeiten und lieh sich Geld von mir. Er war sehr gewissenhaft und zahlte es mir auf Heller und Pfennig zurück. Es passte nicht zu seinem Charakter, sich so einfach Hals über Kopf aus dem Staub zu machen. Als ich ihn das letzte Mal sah, war er gerade mit Feuereifer dabei, die Kisten zu katalogisieren.« Jorgensen sah auf zu Margo. »Ich bin kein abergläubischer Mann. Ich bin Wissenschaftler und glaube nicht an Flüche und so Zeug –«

»Aber –«, trieb Smithback ihn an.

Der alte Mann warf Smithback einen vernichtenden Blick zu. »Na schön«, sagte er düster. Dann lehnte er sich in seinem Stuhl zurück und blickte hinauf zur Decke. »Ich habe Ihnen ja gesagt, dass Julian Whittlesey mein Freund war«, sagte er. »Bevor er wegfuhr, hatte Whittlesey sämtliche Geschichten gesammelt, die er über den Kothoga-Stamm hatte finden können. Die meisten stammten von Tieflandstämmen, die etwas weiter flussab lebten, wie den Yanoama und anderen. Die Kothoga hätten, so erzählte Whittleseys Yanoama-Informant, ›einen Handel mit einem Wesen namens Zilashkee‹ gemacht. Das war so etwas Ähnliches wie unser Teufel, nur noch schlimmer: Dieses Ding, das oben auf dem *Tepui* herumschleichen sollte, war angeblich für alles Böse auf der Welt und darüber hinaus auch noch für den Tod verantwortlich. So wollte es zumindest die Legende.

Die Vereinbarung zwischen den Kothoga und dem Zilashkee sah vor, dass die Kothoga das Kind des Zilashkee als ihren Diener bekommen würden, wenn sie dafür alle ihre Kinder töten und aufessen und auf alle Zeiten nur ihn anbeten würden. Als die Kothoga ihr grausiges Werk vollbracht hatten, schickte der Zilashkee ihnen sein Kind. Aber die Kreatur lief Amok unter den Kothoga, ermordete und fraß viele Menschen. Als der Stamm sich beim Zilashkee beschwerte, lachte dieser nur und sagte: *Was habt ihr denn von mir erwartet? Ich bin nun mal böse und gemein.* Schließlich gelang es den Kothoga durch Magie oder Zauberkräuter oder irgendetwas Ähnliches, sich das Monstrum, das sie nicht töten konnten, wenigstens halbwegs gefügig zu machen. Und so blieb das Kind des Zilashkee unter der Kontrolle der Kothoga, die es nun für ihre eigenen bösen Ziele einsetzten. Das allerdings war nicht ganz ungefährlich. Die Legende sagt, dass die Kothoga ständig versucht hätten, es wieder loszuwerden.«

Jorgensen blickte herab auf seinen auseinandergenommenen Staubsaugermotor. »Das war die Geschichte, die Whittlesey mir erzählte. Als ich dann von dem Flugzeugabsturz, Whittleseys Tod und schließlich von Montagues Verschwinden hörte, da – nun, da konnte ich mir nicht helfen, ich musste einfach daran denken, dass die Kothoga möglicherweise Zilashkees Kind endlich losgeworden waren.«

Der alte Botaniker nahm ein Teil des Motors in die Hand und drehte es geistesabwesend herum. »Whittlesey sagte mir, der Name von Zilashkees Kind sei Mbwun – Der auf allen vieren geht.« Und Jorgensen ließ das Motorenteil auf den Tisch fallen und lächelte gezwungen.

33

Kurz vor Ende der Öffnungszeit strömten die Besucher langsam zu den Ausgängen. Der Museumsladen direkt am südlichen Eingang machte ein gutes Geschäft.

In den marmorgetäfelten Gängen, die direkt von diesem Eingang wegführten, konnte man das Geplapper und das Geräusch von Schritten deutlich hören. In der näher am Westeingang gelegenen Halle des Himmels, wo die Eröffnungsparty der Ausstellung stattfinden sollte, war der Lärm etwas leiser und hallte in dem riesigen Kuppelraum wider wie ein Traum, an den man sich nur noch vage erinnert. Tiefer ins Museum hinein, wo es immer mehr Labors, alte Hörsäle, Lagerräume und mit Büchern vollgestopfte Büros gab, drang das Geräusch der Besucher nicht mehr. Die langen Korridore waren dunkel und still.

Oben im Butterfield Observatorium konnte man fast meinen, der Eingang mit all seinen Geräuschen und seiner Betriebsamkeit befände sich auf einem anderen Planeten. Die Angestellten waren wegen der Sperrstunde bereits früh nach Hause gegangen. Auch in George Moriartys Büro war es, wie in allen anderen sechs Stockwerken des Observatoriums, totenstill.

Moriarty stand hinter seinem Schreibtisch und presste eine geballte Faust vor den Mund. »Verdammt«, murmelte er.

Plötzlich trat er frustriert mit dem Fuß gegen einen Aktenschrank hinter ihm, sodass ein Stoß Papier auf den

Fußboden fiel. »Verdammt!«, heulte er auf, diesmal vor Schmerz, ließ sich in seinen Stuhl sinken und rieb sich den Knöchel.

Langsam ließ der Schmerz nach und mit ihm verflog auch Moriartys Ärger. Er seufzte laut und blickte durch den Raum. »Mein Gott, George, du schaffst es doch immer wieder, alles zu vermasseln«, murmelte er.

Im Umgang mit anderen Menschen war er einfach unbeholfen, das musste er zugeben. Alles, was er getan hatte, um Margos Aufmerksamkeit zu wecken und ihre Sympathie zu erlangen, hatte sich bisher als hoffnungslos erwiesen. Was er zum Beispiel über ihren Vater gesagt hatte, war in etwa so taktvoll gewesen wie eine Maschinengewehrsalve.

Abrupt drehte er sich dem Terminal zu und tippte einen Befehl ein. Er würde ihr eine Nachricht schreiben und vielleicht etwas von dem angerichteten Schaden wiedergutmachen. Er überlegte einen Augenblick, dann tippte er:

HI, MARGO! ICH WÜRDE GERNE WISSEN, OB

Kaum war er so weit gekommen, löschte Moriarty die Nachricht auch schon wieder. Damit würde er alles möglicherweise noch schlimmer machen.

Er blieb einen Moment sitzen und starrte auf den leeren Bildschirm. Er kannte nur eine wirklich sichere Methode, um seinen Schmerz zu lindern: eine Schatzsuche.

Viele der interessantesten Exponate, die man bald in der Aberglaube-Ausstellung würde bewundern können, waren Früchte solcher Schatzsuchen, die Moriarty von seinem

Terminal aus durchgeführt hatte. Er liebte die umfangreichen Sammlungen des Museums und er kannte sich in dessen verborgenen und geheimen Winkeln besser aus als so mancher alte Museumsfuchs. Moriarty hatte nur wenige Freunde und verbrachte einen großen Teil seiner Freizeit damit, in den Lagerräumen des Museums nach längst vergessenen Exponaten zu suchen. Es gab ihm ein Gefühl, etwas Wertvolles zu tun, ein Gefühl, das er im Umgang mit anderen Menschen meist nicht hatte.

Er wandte sich wieder der Tastatur zu, holte die Inventardatenbank des Museums auf den Schirm und arbeitete sich rasch, aber systematisch durch ihre Bestände. Er kannte sich in dieser Datenbank aus, kannte Abkürzungen und Hintertürchen, wie ein erfahrener Dampferkapitän den Verlauf und die Gefahrenstellen eines Flussbettes kennt.

Nach ein paar Minuten tippte er langsamer. Diesen Teil der Datenbank hatte er bisher noch nicht durchforscht. Es war ein umfangreicher Fund sumerischer Kunstgegenstände, der in den frühen Zwanzigerjahren entdeckt, aber nie genauer untersucht worden war. Mit rasch hintereinander eingegebenen Befehlen gelangte er von der Hauptsammlung in die Untersammlungen und schließlich zu den einzelnen Gegenständen. Etwas erweckte sein Interesse ganz besonders, eine Reihe von Tontafeln mit einer sumerischen Schrift. Der ursprüngliche Entdecker glaubte, dass sie sich mit religiösen Riten befassten. Moriarty las die kommentierten Eintragungen und nickte. Vielleicht konnte man diese Tafeln für die Ausstellung gebrauchen. In den kleineren Räumen mit den gemischten Themenkreisen war immer noch Platz für ein paar interessante Stücke.

Er sah auf seine Uhr mit dem Sonnenuhr-Zifferblatt. Es war fast fünf. Immerhin wusste er jetzt, wo diese Tafeln aufbewahrt wurden. Wenn sie sich als vielversprechend erweisen sollten, konnte er sie immer noch morgen früh Cuthbert zeigen und seine Erlaubnis einholen. Den Schaukasten konnte er dann zwischen der Feier am Freitag und der Öffnung der Ausstellung für das breite Publikum zusammenstellen. Er machte sich rasch ein paar Notizen und schaltete den Computer aus.

Das Geräusch, mit dem der Monitor plötzlich dunkel wurde, klang in dem verlassenen Büro wie ein Schuss. Mit dem Finger noch am Schalter, blieb Moriarty wie versteinert sitzen. Dann stand er auf, steckte sich das Hemd in den Hosenbund und verließ das Büro, wobei er wegen seines immer noch schmerzenden Knöchels vorsichtig auftrat, und schloss leise die Tür hinter sich.

34

Unten in seiner improvisierten Kommandozentrale hielt D'Agosta inne, als er gerade ans Glasfenster von Pendergasts Bürotür klopfen wollte. Stattdessen blickte er hinein.

Ein großer Mann in einem hässlichen Anzug machte sich in Pendergasts Büro zu schaffen. Sein sonnengebräuntes Gesicht war feucht vom Schweiß und er nahm, während er mit in den Hosentaschen klimperndem Kleingeld kreuz und quer herumlief, Papiere vom Schreibtisch und legte sie woanders wieder ab.

»Moment mal, Freundchen«, sagte D'Agosta, während er die Tür öffnete und in das Büro trat, »Sie vergreifen sich da an Papieren, die dem FBI gehören. Wenn Sie auf Mr Pendergast warten wollen, dann tun Sie das gefälligst draußen auf dem Gang.«

»Von nun an, äh, Lieutenant«, sagte der Mann mit einem Blick auf D'Agostas an seinem Gürtel hängende Dienstmarke, als wolle er die darauf eingestanzte Nummer entziffern, »werden Sie dem hier arbeitenden FBI-Personal gegenüber einen etwas respektvolleren Ton anschlagen, verstanden? Ich bin Special Agent Coffey und leite ab heute diese Operation.«

»Soviel ich weiß, Special Agent Coffey, ist Mr Pendergast der Leiter dieser Operation, und solange ich von offizieller Seite nichts Gegenteiliges höre, bleibt er das für mich auch. Sie bringen ihm gerade den Schreibtisch durcheinander.«

Coffey bedachte D'Agosta mit einem dünnen Lächeln, griff in sein Jackett und zog einen Umschlag heraus.

D'Agosta las das darin enthaltene Schreiben. Es stammte von dem mit dem Fall befassten Untersuchungsrichter und besagte, dass das New Yorker FBI-Büro, vertreten von Special Agent Spencer Coffey, nunmehr die Leitung der Untersuchungen übertragen bekommen habe. An das Blatt Papier waren zwei Notizen geklammert. Eine kam aus dem Büro des Gouverneurs, der diese Änderung verlangte und ausdrücklich die volle Verantwortung dafür übernahm. Die zweite faltete D'Agosta ungelesen wieder zusammen, nachdem er den Briefkopf des Senats der Vereinigten Staaten gesehen hatte.

Er gab Coffey den Umschlag zurück. »Jetzt seid ihr Burschen also doch noch durch die Hintertür hereingekommen.«

»Wann kommt Pendergast zurück, Lieutenant?«, fragte Coffey, während er den Umschlag wieder einsteckte.

»Woher soll ich das wissen?«, entgegnete D'Agosta. »Wenn Sie schon auf seinem Schreibtisch herumschnüffeln, können Sie auch gleich in seinem Terminkalender nachsehen.«

Bevor Coffey antworten konnte, ertönte Pendergasts Stimme durch die Tür.

»Agent Coffey! Schön, Sie zu sehen.«

Coffey griff wieder nach seinem Umschlag.

»Lassen Sie nur«, sagte Pendergast. »Ich weiß, warum Sie hier sind.« Er setzte sich hinter seinen Schreibtisch. »Lieutenant D'Agosta, machen Sie es sich doch bitte bequem.«

D'Agosta, der nur einen weiteren Stuhl in dem Büro entdeckte, setzte sich grinsend. Zuzusehen, wie Pendergast mit Leuten umging, bereitete ihm mittlerweile tierisches Vergnügen.

»In diesem Museum ist offenbar ein Wahnsinniger auf freiem Fuß, Mr Coffey«, sagte Pendergast. »Deshalb sind Lieutenant D'Agosta und ich zu dem Schluss gekommen, dass die Eröffnungsfeier morgen Abend nicht stattfinden darf. Der Mörder arbeitet ausschließlich nachts und es ist zu befürchten, dass er demnächst wieder zuschlagen wird. Wir können die Verantwortung für einen neuen Mord nicht übernehmen, bloß weil das Museum aus – sagen wir mal – finanziellen Gründen diese Eröffnung durchziehen will.«

»Das kann ich gut verstehen«, sagte Coffey, »aber Gott sei Dank müssen Sie ja jetzt die Verantwortung nicht mehr übernehmen. Meine Befehle lauten, die Eröffnung der Ausstellung wie geplant zum vorgesehenen Termin stattfinden zu lassen. Dafür werden wir die Polizei mit zusätzlichen FBI-Agenten verstärken und dieses Museum noch sicherer machen als eine Herrentoilette im Pentagon. Und noch eines kann ich Ihnen versprechen, Pendergast: Wenn diese kleine Party erst einmal vorüber ist und die hohen Tiere wieder nach Hause gegangen sind, dann werden wir uns diesen Burschen schnappen. Man sagt ja, Sie seien ein ausgebuffter Kerl, aber wissen Sie, was? Mich beeindruckt das nicht im Geringsten. Sie hatten vier Tage Zeit, und alles, was Sie gefasst haben, ist ihr eigener Schniedelwutz. Jetzt ist Schluss mit der Zeitvergeudung, das kann ich Ihnen sagen.«

Pendergast lächelte. »Ja, das habe ich in etwa so erwartet. Wenn Sie diese Entscheidung getroffen haben, bitte. Aber Sie sollten auch wissen, dass ich eine offizielle Eingabe an den Direktor des FBI machen werde, in der ich ihm meine Einschätzung des Falles unterbreiten werde.«

»Tun Sie, was Sie nicht lassen können«, sagte Coffey. »Aber bitteschön in Ihrer Freizeit. Inzwischen werden meine Leute sich unten in der Halle einrichten. Bis zur Sperrstunde erwarte ich Ihren Bericht.«

»Mein Abschlussbericht ist bereits fertig«, sagte Pendergast sanft. »Gibt es sonst noch etwas, Mr Coffey?«

»Ja«, antwortete Coffey. »Ich erwarte Ihre uneingeschränkte Mitarbeit, Pendergast.«

Coffey ging hinaus und ließ die Tür offen stehen.

D'Agosta sah ihm zu, wie er den Gang entlangstapfte. »Er sieht irgendwie viel frustrierter aus als vorhin, bevor Sie hereingekommen sind«, sagte er. Dann drehte er sich um zu Pendergast und fragte: »Sie werden doch diesem Pisskopf nicht nachgeben, oder?«

Pendergast lächelte. »Ich fürchte, das wird sich nicht vermeiden lassen, Vincent. In gewisser Hinsicht bin ich sogar erstaunt, dass es nicht schon früher passiert ist. Schließlich bin ich Wright in dieser Woche nicht zum ersten Mal auf den Schlips getreten. Warum sollte ich mich dagegen wehren? Es nützt doch sowieso nichts. So kann uns wenigstens niemand vorwerfen, wir hätten Coffey unsere Mitarbeit verweigert.«

»Aber ich dachte, Sie hätten mehr Mumm in den Knochen«, sagte D'Agosta und versuchte, die Enttäuschung in seiner Stimme zu verbergen.

Pendergast breitete die Arme aus. »Ich habe eine ganze Menge Mumm, das können Sie mir glauben. Aber denken Sie daran, dass ich mich hier nicht in meinem angestammten Revier bewege. Ich bin nur deshalb hier, weil die Morde im Museum ähnlich sind wie die vor ein paar Jahren in New Orleans, aber das geht nur so lange gut, wie es keine Kontroverse mit dem Museum und damit einen triftigen Grund gibt, das hiesige FBI einzuschalten. Ich wusste von Anfang an, dass Dr. Wright und der Gouverneur sich seit dem Studium kennen, und wenn der Gouverneur offiziell eine Intervention des New Yorker FBI-Büros verlangt, dann dürfen Sie dreimal raten, was geschieht.«

»Aber was ist jetzt mit unserem Fall?«, fragte D'Agosta. »Coffey wird auf die Arbeit aufbauen, die wir bisher geleistet haben, und dann ganz allein die Lorbeeren dafür ernten.«

»Damit nehmen Sie an, dass es überhaupt Lorbeeren geben wird«, sagte Pendergast. »Ich habe bei dieser Ausstellungseröffnung ein schlechtes Gefühl, Lieutenant, ein sehr schlechtes sogar. Ich kenne Coffey schon ziemlich lange und weiß, dass er eine solche Situation gewaltig verschlimmern kann. Aber haben Sie bemerkt, Vincent, er hat mich nicht ausdrücklich nach Hause geschickt. Das kann er nämlich gar nicht.«

»Sagen Sie mir jetzt bloß nicht, dass Sie froh sind, die Verantwortung los zu sein«, sagte D'Agosta. »Es mag ja vielleicht *mein* Lebensziel sein, mir so viel wie möglich vom Leib zu halten, aber bei Ihnen hatte ich bisher eigentlich immer den gegenteiligen Eindruck.«

»Vincent, Sie erstaunen mich«, sagte Pendergast. »Es

kann doch keine Rede davon sein, dass ich mich vor der Verantwortung drücken will. Aber ob ich es nun will oder nicht, dieses Arrangement verschafft mir ein größeres Maß an Freiheit als vorhin. Es stimmt zwar, dass Coffey jetzt hier das letzte Wort hat, aber über meine persönlichen Aktivitäten kann er nur in relativ engen Grenzen bestimmen. Dass ich die Leitung dieses Falles übernommen habe, war für mich die einzige Möglichkeit gewesen, überhaupt hierher nach New York zu kommen. Und dabei musste ich auf sehr vieles Rücksicht nehmen. Jetzt kann ich wieder mehr meinem eigenen Instinkt vertrauen.« Er lehnte sich in seinem Stuhl zurück und sah D'Agosta an. »Ich wäre froh, wenn ich auch weiterhin auf Ihre Hilfe zählen könnte, Vincent. Es wäre gut, jemanden bei der Polizei zu haben, dem ich vertrauen kann und der mir bei gewissen Dingen hilft. Natürlich nur, wenn Coffey das erlaubt.«

»Was er nicht weiß, macht ihn nicht heiß.« D'Agosta blickte eine Weile nachdenklich drein. »Und eines habe ich diesem Coffey gleich auf den ersten Blick angesehen.«

»Was denn?«

»Der Kerl muss als Kind mal in eine Odelgrube gefallen sein.«

»Ach Vincent«, sagte Pendergast, »was haben Sie nur manchmal für eine blumige Ausdrucksweise!«

Freitag

35

Das Büro sah, wie Smithback verdrießlich feststellte, haargenauso aus wie beim letzten Mal: Nicht das kleinste Papierfitzelchen war nicht an seinem angestammten Platz. Er lümmelte sich in einen Stuhl und hatte dabei das unangenehme Gefühl, als habe er das alles schon einmal erlebt.

Als Rickman aus dem Büro ihrer Sekretärin wieder zurückkam, hatte sie einen dünnen Aktendeckel dabei und stellte ihr unvermeidliches, affektiertes Lächeln zur Schau. »Heute Abend ist es endlich so weit«, sagte sie munter. »Kommen Sie auch?«

»Natürlich«, antwortete Smithback.

Rickman schob ihm den Aktendeckel hinüber. »Bitte lesen Sie das durch, Bill«, sagte sie mit einer etwas weniger freundlichen Stimme.

NEW YORK MUSEUM OF NATURAL HISTORY
INTERNES MEMORANDUM

Von:	Lavinia Rickman
An:	William Smithback Jr.
Betrifft:	Buch über Ausstellung
Datum:	24. März 1994

Mit sofortiger Wirkung gelten für Ihre Arbeit für das Museum bis auf Widerruf folgende Richtlinien:

1. Alle Interviews für das Buch haben in meinem Beisein stattzufinden.
2. Das Aufnehmen der Interviews auf Tonband ist Ihnen dabei ebenso wie das Anfertigen von Notizen untersagt. Im Interesse der Belange des Museums werde in Zukunft ich die Notizen zu den von Ihnen geführten Interviews machen und Ihnen die von mir durchgesehenen Abschriften zur Aufnahme in Ihr Buch zur Verfügung stellen.
3. Die Diskussion von das Museum betreffenden Themen mit Angestellten oder anderen Personen ist in den Räumen des Museums ohne eine vorher einzuholende, schriftliche Erlaubnis verboten.

Mit Ihrer Unterschrift bestätigen Sie, dass Sie diese zwischen uns getroffene Vereinbarung anerkennen.

Smithback las das Schreiben zweimal durch, bevor er aufblickte.

»Nun?«, fragte Rickman und legte den Kopf schief. »Was halten Sie davon?«

»Habe ich Sie richtig verstanden?«, fragte Smithback. »Ich darf ohne Ihre Erlaubnis mit niemandem mehr sprechen, nicht einmal beim Mittagessen?«

»Über Angelegenheiten, die das Museum betreffen. Das ist richtig«, sagte Rickman und zupfte an dem paisleygemusterten Schal an ihrem Hals herum.

»Warum? War das Memo, das Sie gestern per Computer

verschickt haben, Ihnen denn nicht Behinderung genug für mich?«

»Sie wissen schon, warum ich das mache, Bill. Sie haben sich als unzuverlässig herausgestellt.«

»Wieso denn?«, fragte Smithback mit erstickter Stimme.

»Soviel ich weiß, sind Sie wie ein Wilder durchs Museum gelaufen und haben Leuten, die für Ihr Buch ohne Bedeutung sind, absurde Fragen über Dinge gestellt, die nicht das Geringste mit der neuen Ausstellung zu tun haben. Wenn Sie glauben, Sie könnten hier Informationen über die – äh – unerfreulichen Vorgänge sammeln, die sich in jüngster Zeit in diesem Museum ereignet haben, muss ich Sie an Paragraf siebzehn Ihres Vertrags erinnern, der Ihnen verbietet, ohne mein Einverständnis irgendwelche Informationen über das Museum zu verwerten. Nichts, ich wiederhole, *nichts,* was mit dieser unerfreulichen Situation zu tun hat, wird von mir genehmigt werden.«

Smithback richtete sich auf. »Unerfreuliche Situation!«, explodierte er. »Warum nennen Sie die Dinge denn nicht beim Namen? Hier sind Morde geschehen!«

»Bitte schreien Sie in meinem Büro nicht so herum«, sagte Rickman.

»Sie haben mich angeheuert, damit ich ein Buch schreibe, nicht eine dreihundertseitige Presseerklärung. In der Woche vor der größten Ausstellungseröffnung in der Geschichte dieses Museums hat es hier eine Reihe brutaler Morde gegeben. Wollen Sie mir vielleicht sagen, dass so etwas nicht in das Buch hineingehört?«

»Ich, und zwar nur ich, bestimme, was in das Buch hineingehört und was nicht. Verstanden?«

»Nein.«

Rickman stand auf. »Das wird mir langsam zu bunt, Mr Smithback. Entweder Sie unterschreiben jetzt diese Vereinbarung oder Sie werden entfernt.«

»Entfernt? Wollen Sie mich in Ketten legen und ins Verlies werfen?«

»Solche Frechheiten dulde ich nicht in meinem Büro. Entweder Sie unterschreiben oder ich werde Ihren Vertrag umgehend auflösen.«

»Gut«, sagte Smithback. »Dann werde ich mit meinem Manuskript eben zu einem Verlag gehen. Das Museum braucht dieses Buch genauso wie ich. Und wir könnten beide davon profitieren, wenn die Morde darin Erwähnung fänden. Außerdem weiß ich, was hier hinter den Kulissen alles vor sich geht, das können Sie mir glauben.«

Obwohl Rickmans Gesicht fürchterlich aussah, war das gekünstelte Lächeln noch nicht ganz daraus verschwunden. Sie krallte ihre Hände so fest um die Schreibtischkante, dass die Haut über den Knöcheln weiß wurde.

»Das wäre ein glatter Vertragsbruch«, sagte sie langsam. »Das Museum wird von der Anwaltskanzlei Daniels, Klopfer und McCabe vertreten, von der Sie zweifelsohne schon gehört haben dürften. Sollten Sie das tun, was Sie vorhaben, dann müssen Sie sich, ebenso wie der Agent oder Verleger, der dumm genug wäre, mit Ihnen einen Vertrag abzuschließen, auf einen langwierigen Prozess gefasst machen. Wir würden in einer solchen gerichtlichen Auseinandersetzung mit allen Mitteln gegen Sie vorgehen und es würde mich wundern, wenn Sie danach jemals wieder Arbeit auf Ihrem Gebiet finden würden.«

»Das ist eine unglaubliche Verletzung meiner verfassungsmäßig garantierten Rechte«, stieß Smithback mit krächzender Stimme hervor.

»Nein, nicht im Geringsten. Wir würden lediglich wegen der eklatanten Verletzung eines mit uns geschlossenen Vertrags gegen Sie vorgehen. Dabei gibt es für Sie keine Gelegenheit, den Märtyrer zu spielen. Der Fall würde nicht mal mit einer einzigen Zeile in der *Times* erwähnt, glauben Sie mir. Wenn Sie wirklich das tun wollen, was Sie eben gesagt haben, Bill, dann würde ich Ihnen raten, sich zuerst mal einen verdammt guten Anwalt zu suchen und ihm den Vertrag zu zeigen, den Sie bei uns unterschrieben haben. Ich bin mir sicher, dass auch er ihn als absolut wasserdicht bezeichnen wird. Vielleicht ziehen Sie es jetzt doch vor, freiwillig seiner Auflösung zuzustimmen?« Sie öffnete eine Schublade ihres Schreibtisches und holte ein weiteres Stück Papier daraus hervor. Dabei ließ sie die Schublade offen.

Die Gegensprechanlage meldete sich geräuschvoll. »Mrs. Rickman? Dr. Wright auf Leitung eins.«

Rickman hob ab. »Ja, Henry. Was? Schon wieder die *Washington Post?* Ja, ich werde mit dem Reporter sprechen. Haben Sie Ippolito verständigt? Gut.«

Sie legte auf und ging zur Tür. »Sorgen Sie dafür, dass Ippolito ins Büro des Direktors kommt«, sagte sie zu ihrer Sekretärin. »Was Sie betrifft, Bill, habe ich jetzt keine Zeit mehr für Höflichkeiten. Wenn Sie nicht unterschreiben wollen, packen Sie Ihre sieben Sachen zusammen und verschwinden Sie von hier.«

Smithback war sehr still geworden, aber nun grinste er auf einmal. »Ich glaube, ich habe Sie verstanden, Mrs Rickman.«

Sie beugte sich mit einem affektierten Lächeln und leuchtenden Augen hinüber zu ihm. »Und, was ist?«, wollte sie wissen.

»Ich akzeptiere Ihre Bedingungen.«

Triumphierend setzte sich Rickman wieder hinter ihren Schreibtisch. »Bill, ich bin sehr froh, dass ich hiervon nun keinen Gebrauch mehr machen muss.« Sie legte das zweite Schreiben wieder zurück in die Schublade und schob sie zu. »Wie schön, dass Sie intelligent genug sind, um zu erkennen, dass Sie keine andere Wahl haben.«

Smithbacks Blick traf den ihren, als er nach dem Aktendeckel griff. »Sie haben doch nichts dagegen, wenn ich mir das noch einmal in Ruhe durchlese, bevor ich es unterschreibe, oder?«

Rickman zögerte. »Ich glaube nicht. Obwohl Sie feststellen werden, dass es genau dasselbe beinhaltet wie beim ersten Durchlesen. Da gibt es keinen Raum für Missverständnisse. Ersparen Sie sich die Mühe und suchen Sie erst gar nicht nach irgendwelchen Schlupflöchern.« Sie blickte sich in ihrem Büro um, nahm ihr Notizbuch und ging zur Tür. »Ich warne Sie, Bill. Vergessen Sie nicht zu unterschreiben und geben Sie das Schriftstück dann meiner Sekretärin. Ihnen wird dann umgehend eine Kopie davon zugehen.«

Smithback schürzte vor Widerwillen die Lippen, als er sah, wie sie unter dem plissierten Rock mit dem Hintern wackelte. Sobald Rickman aus dem Büro war, vergewisserte er sich mit einem Blick, dass die Sekretärin im Vorzimmer beschäftigt war. Dann zog er rasch die Schublade auf, aus der Rickman vorhin das Stück Papier herausgezogen hatte, nahm daraus einen kleinen Gegenstand an sich und ließ ihn in seine Jacketttasche gleiten. Daraufhin schob er die Schublade wieder zu, sah sich noch einmal um und wollte den Raum verlassen.

Dann aber ging er doch noch einmal zum Schreibtisch, nahm die Vereinbarung und kritzelte eine unleserliche Unterschrift darunter. Auf dem Weg nach draußen gab er sie der Sekretärin. »Heben Sie diese Unterschrift gut auf«, sagte er über die Schulter zu ihr, »vielleicht wird sie eines Tages wertvoll sein.« Dann knallte er die Tür hinter sich zu.

Margo legte gerade den Telefonhörer auf, als Smithback hereinkam. Wieder einmal hatte sie das ganze Labor für sich, ihre Mitbenutzerin hatte sich offenbar einen langen Urlaub genommen.

»Ich habe gerade mit Frock gesprochen«, sagte sie. »Er war ziemlich enttäuscht, dass wir in der Kiste nicht mehr gefunden haben. Ich glaube, er hat auf einen Beweis für die Existenz irgendeiner Kreatur gehofft. Ich wollte ihm von dem Brief und Jorgensen erzählen, aber er sagte, er könne jetzt nicht reden. Ich glaube, Cuthbert war bei ihm im Zimmer.«

»Und stellte ihm wahrscheinlich peinliche Fragen wegen des Anforderungsformulars«, sagte Smithback. »Der Bursche gibt dabei bestimmt eine perfekte Imitation des Großinquisitors Torquemada ab.« Smithback deutete auf die Tür. »Wieso war die denn nicht abgesperrt?«

Margo sah überrascht aus. »Oh. Ich schätze, ich habe es schon wieder vergessen.«

»Macht es Ihnen etwas aus, wenn ich sie zusperre? Nur für alle Fälle.« Nachdem er den Schlüssel herumgedreht hatte, grinste er, griff in sein Jackett und zog langsam ein kleines, abgeschabtes Buch hervor, dessen lederner Einband mit zwei eingeprägten, sich kreuzenden Pfeilen verziert war. Er hielt es stolz empor wie einen Fisch, den er eben gefangen hatte.

Margos Neugier wich blankem Erstaunen. »Mein Gott! Ist das etwa das Tagebuch?«

Smithback nickte stolz.

»Wie haben Sie das bekommen? Und woher?«

»Aus Rickmans Büro«, sagte er. »Aber ich musste ein furchtbares Opfer dafür bringen. Ich unterschrieb ein Schriftstück, das mir verbietet, jemals wieder mit Ihnen zu sprechen.«

»Sie machen Witze.«

»Nur zum Teil. Jedenfalls öffnete sie mitten unter der Folter ihre Schreibtischschublade, und da sah ich das kleine Buch. Sah aus wie ein Tagebuch. Ich fand es komisch, dass Rickman so was in ihrem Schreibtisch aufbewahrte. Dann erinnerte ich mich daran, dass Sie mir erzählt hatten, Rickman habe sich Whittleseys Tagebuch unter den Nagel gerissen.« Smithback nickte selbstzufrieden. »Ich habe das eigentlich immer schon vermutet. Also ließ ich es, als ich aus ihrem Büro ging, kurzerhand mitgehen.«

Smithback schlug das Tagebuch auf. »Und jetzt seien Sie still, Lotosblüte. Daddy liest Ihnen jetzt Ihre Gutenachtgeschichte vor.«

Margo hörte zu, als Smithback vorzulesen begann; langsam zuerst, dann, als er die hastig hingekritzelte Handschrift und die vielen Abkürzungen besser entziffern konnte, immer schneller und flüssiger. Die ersten Einträge waren ziemlich kurz, flüchtige Sätze, die häufig nur ein paar Details über das Wetter des Tages und die von der Expedition zurückgelegte Wegstrecke enthielten.

31. Aug. Die ganze Nacht Regen – Dosenspeck zum Frühstück – Hubschrauber kam heute Morgen nicht, mussten den ganzen Tag mit Nichtstun verbringen. Maxwell unerträglich. Carlos hat schon wieder Schwierigkeiten mit Hosta Gilbao, der mehr Geld verlangt …

»Das ist langweilig«, sagte Smithback und unterbrach seine Lesung. »Wen interessiert es schon, dass sie Dosenspeck zum Frühstück hatten?«

»Lesen Sie weiter«, drängte Margo.

»Da steht wirklich nicht allzu viel drin«, sagte Smithback und blätterte weiter. »Ich schätze, Whittlesey war ein ziemlich wortkarger Kerl. O Gott, ich hoffe bloß, dass ich nicht für nichts und wieder nichts mein eigenes Todesurteil unterschrieben habe.«

Das Tagebuch beschrieb den Weg der Expedition tiefer hinein in den Regenwald. Nachdem sie den ersten Teil der Reise mit dem Jeep zurückgelegt hatten, wurden die Expeditionsteilnehmer mit einem Hubschrauber zweihundertfünfzig Kilometer weiter an den Oberlauf des Xingú gebracht. Von dort ruderten angemietete Führer die Männer den träge dahinfließenden Fluss hinauf zum *Tepui* des Cerro Gordo. An dieser Stelle las Smithback weiter.

6. Sept. Haben unseren Unterschlupf an der Absetzstelle verlassen. Von hier aus geht es zu Fuß weiter. Heute Nachmittag erster Blick auf Cerro Gordo – Regenwald, der bis in die Wolken hinaufreicht. Immer wieder laut schreiende Tutitl-Vögel. Habe mehrere Exemplare davon gefangen. Die Träger tuscheln untereinander.

12. Sept. Zum Frühstück den Rest vom Corned Beef. Gestern war es nicht so feucht wie sonst. Weg zum Tepui fortgesetzt – Wolken lichteten sich gegen Mittag – Plateau vielleicht zweitausendfünfhundert Meter hoch – gemäßigter Regenwald – sah fünf seltene candelaria ibex *– Blasrohr mit Pfeilen gefunden, exzellent erhalten – Moskitos schlimm – zum Abendessen getrocknetes Nabelschweinfleisch – nicht schlecht, erinnert an geräuchertes Schweinefleisch. Maxwell füllt Kisten mit wertlosem Zeug.*

»Warum hat Rickman sich das denn bloß unter den Nagel gerissen?«, jammerte Smithback. »Da steht doch so gut wie gar nichts drin. Was soll denn das Ganze?«

15. Sept. Wind aus SW. Haferbrei zum Frühstück. Mussten dreimal durch den Fluss waten, weil angeschwemmte Äste den Weg versperrten – Wasser bis zur Brust, und voller Blutegel. Kurz vor dem Abendessen stolpert Maxwell per Zufall über irgendwelche Pflanzenteile, ist ganz aus dem Häuschen wegen ihnen – Fauna hier tatsächlich ziemlich einmalig –, seltsame Symbiose, scheint alles recht alt zu sein. Bin mir aber sicher, dass die wirklich wichtigen Entdeckungen noch vor uns liegen.

16. Sept. Blieben heute Morgen lange im Camp und pack-

ten um. Maxwell besteht darauf, mit seinem »Fund« zurückzukehren. Idiot, aber leider wollen fast alle anderen auch umkehren. Sie brachen nach dem Mittagessen auf und ließen uns nur zwei Träger zurück. Crocker, Carlos und ich wollen weitergehen. Um drei bleiben wir stehen, um Kiste umzupacken, weil darin ein Tongefäß zerbrochen war. Während ich umpacke, schweift Crocker vom Weg ab und findet halb zerstörte Hütte …

»Jetzt wird's endlich interessant«, sagte Smithback.

… bringen Ausrüstung dorthin, um Hütte zu untersuchen. Öffne Kiste wieder, hole Werkzeug heraus – bevor wir Hütte untersuchen können, kommt alte eingeborene Frau aus dem Unterholz, taumelnd – betrunken oder krank, kann nicht sagen, was – und deutet laut heulend auf Kiste. Brüste hängen bis auf den Bauch – keine Zähne, fast kahl – große Wunde auf dem Rücken, sieht aus wie verbrüht. Carlos will nicht übersetzen, aber ich bestehe drauf:
Carlos: Sie sagt: Teufel, Teufel.
Ich: Frage sie, was für ein Teufel?
Carlos übersetzt. Frau wird hysterisch, heult und fasst sich an die Brust.
Ich: Carlos, frage sie nach den Kothoga.
Carlos: Sie sagt, dass Sie gekommen sind, um Teufel mitzunehmen.
Ich: Was ist mit den Kothoga?
Carlos: Sie sagt, Kothoga sind hinauf in die Berge gegangen.
Ich: In welche Berge?

Die Frau weint und schreit noch mehr. Deutet auf unsere offene Kiste.
Carlos: Sie sagt, dass Sie den Teufel mitnehmen.
Ich: Welchen Teufel?
Carlos: Mbwun. Sie sagt, dass Sie den Teufel Mbwun in der Kiste mitnehmen.
Ich: Frage sie, was sie über Mbwun weiß. Was ist Mbwun?
Carlos spricht ziemlich lange mit der Frau, die sich ein wenig beruhigt hat.
Carlos: Sie sagt, dass Mbwun der Sohn des Teufels ist. Der dumme Zauberer der Kothoga hat den Teufel Zilashkee um seinen Sohn gebeten, damit dieser die Feinde des Stammes zerstört. Der Teufel verlangte, dass sie alle ihre Kinder töteten und aßen – dann schickte er Mbwun als Geschenk. Erst hilft Mbwun den Kothoga, ihre Feinde zu töten, dann fängt er an, auch die Kothoga zu töten. Kothoga fliehen aufs Tepui. Mbwun folgt ihnen. Mbwun kann nicht sterben. Wir müssen die Kothoga von Mbwun befreien. Jetzt ist weißer Mann gekommen und nimmt Mbwun mit. Nehmt euch in Acht, Mbwun wird den weißen Mann zerstören! Ihr bringt eurem Volk den Tod!
Ich bin verblüfft und gleichzeitig in Hochstimmung – diese Erzählung passt genau zu den Mythen, die wir nur aus zweiter Hand gehört haben. Ich sage Carlos, er soll noch mehr über Mbwun in Erfahrung bringen, aber die Frau reißt sich schreiend los und läuft – ziemlich schnell und kraftvoll für einen so alten Menschen – wieder zurück ins Unterholz. Carlos folgt ihr, kommt aber unverrichteter Dinge wieder zurück – er scheint Angst zu haben. Ich hake nicht nach. Untersuche Hütte. Als wir wieder herauskommen, sind die Träger verschwunden.

»Sie wusste, dass sie die Figur mitnehmen würden!«, sagte Smithback. »Das muss der Fluch gewesen sein, von dem sie gesprochen hat!«

Er las weiter.

17. Sept. Seit gestern Abend ist Crocker nicht mehr da. Ich befürchte das Schlimmste. Carlos ist sehr verängstigt. Ich werde ihn Maxwell hinterherschicken, der jetzt den halben Weg zum Fluss geschafft haben muss –

Kann nicht riskieren, dass diese Figur verloren geht – halte sie für absolut einmalig. Ich werde weitergehen und Crocker suchen. Hier führen Pfade durch den Wald, die von den Kothoga stammen müssen – wie die Zivilisation sich diese Landschaft untertan machen will, ist mir schleierhaft – vielleicht werden die Kothoga ja doch verschont.

Das war das Ende des Tagebucheintrags.

Leise fluchend schlug Smithback es zu. »Das kann ich einfach nicht glauben!«, sagte er zu Margo. »Nichts, was wir nicht ohnehin schon wussten. Und *dafür* habe ich Rickman meine Seele verkauft!«

36

Pendergast saß hinter seinem Schreibtisch in der Kommandozentrale und war völlig versunken in ein altes chinesisches Geschicklichkeitsspiel aus Messing und einer verknoteten Seidenschnur. Aus den Lautsprechern eines kleinen Kassettenrekorders hinter ihm ertönte ein Streichquartett. Pendergast blickte nicht auf, als D'Agosta hereinkam.

»Beethovens Streichquartett in F-Dur, Opus 135«, sagte er. »Aber das haben Sie ja sicher gewusst, Lieutenant. Es ist der vierte Satz, Allegro, bekannt als ›Der schwer gefasste Entschluss‹. Trifft irgendwie auch ein bisschen auf unseren Fall zu, finden Sie nicht auch? Erstaunlich, wie die Kunst manchmal das Leben imitiert.«

»Es ist elf Uhr«, sagte D'Agosta.

»Ah, natürlich«, entgegnete Pendergast, schob seinen Stuhl zurück und stand auf. »Der Sicherheitsdirektor schuldet uns noch eine Führung durch sein kleines Reich. Wollen wir los?«

Ippolito selbst öffnete ihnen die Tür zur Sicherheitszentrale. D'Agostas erster Eindruck beim Anblick der vielen Skalen, Druckknöpfe und Hebel war der, sich im Kontrollraum eines Kernkraftwerks zu befinden. An einer Wand hing ein großer, elektronischer Gebäudeplan mit vielen, in komplizierten geometrischen Mustern angeordneten und in verschiedenen Farben leuchtenden Strichen. Zwei Wachleute saßen vor einer Anzahl von Videoschirmen. In der Mitte des Raums entdeckte D'Agosta die Relaisstation, die die Signale der tragbaren Funkgeräte verstärkte, mit denen die Sicherheitswachen und jetzt auch die Polizei in dem Gebäude unterwegs waren.

»Das hier«, sagte Ippolito lächelnd und breitete die Arme aus, »ist eine der ausgefeiltesten Museumssicherheitsanlagen auf der Welt. Sie wurde von Sakura Electronics extra für uns entworfen. War ziemlich teuer, wie Sie sich ja sicherlich vorstellen können.«

Pendergast sah sich um. »Beeindruckend«, sagte er.

»Eine der modernsten Anlagen überhaupt«, sagte Ippolito.

»Ohne Zweifel«, entgegnete Pendergast. »Was mich aber momentan viel mehr interessiert, Mr Ippolito, ist die Sicherheit der fünftausend Gäste, die heute Abend zur Eröffnung erwartet werden. Erzählen Sie mir doch bitte, wie Ihr System dabei funktioniert.«

»Hauptsächlich soll es natürlich Diebstähle verhindern«, begann der Sicherheitschef seine Ausführungen. »An einer großen Anzahl von wertvollen Exponaten ist an unauffälliger Stelle ein kleiner Chip angebracht. Jeder dieser Chips sendet ein schwaches Signal aus, das von einer Reihe von Empfängern überall im Museum aufgenommen werden kann. Wenn ein solchermaßen gesichertes Objekt auch nur einen einzigen Millimeter bewegt wird, geht hier ein Alarm los und wir erhalten laufend die genaue Position des Objekts zugefunkt.«

»Und was passiert dann?«, fragte D'Agosta.

Ippolito grinste und drückte an einer Konsole ein paar Knöpfe. Auf einem großen Monitor erschien ein Plan des Museums.

»Das Innere des Gebäudes«, erklärte Ippolito, »ist in fünf Zellen aufgeteilt. Jeder dieser Bereiche umfasst eine Reihe von Ausstellungshallen und Lagerräumen. Die meisten Zellen führen vom Keller bis zum Dach, aber weil das Museum so kompliziert aufgebaut ist, verlaufen die Grenzen der Zellen zwei und drei ein wenig unregelmäßig. Wenn ich nun diesen Schalter hier umlege, werden in den Verbindungsgängen zwischen den Zellen automatisch schwere Stahltüren von der Decke heruntergelassen und schließen so die einzelnen Zellen voneinander ab. Da zudem sämtliche Fenster des Museums vergittert sind, sitzt der Dieb, wenn wir ihn erst einmal in einer Zelle eingeschlossen haben, in der Falle. Er kann zwar noch in einer Sektion des Museums herumlaufen, aber aus der kommt er nicht mehr hinaus. Die einzelnen Sektionen können leicht per Video überwacht werden.« Er ging hinüber an die Wand mit dem Gebäudeplan. »Sagen wir, jemand schafft es, ein Objekt zu stehlen und den Raum zu verlassen, bevor die Wachen kommen. Das macht überhaupt nichts, denn innerhalb weniger Sekunden hat der Chip ein Signal an den Computer gegeben, der daraufhin automatisch die gesamte Zelle abriegelt und den Dieb darin gefangen setzt.«

»Was geschieht, wenn er vor seiner Flucht den Chip entfernt?«, fragte D'Agosta.

»Da die Chips bewegungsempfindlich sind«, antwortete Ippolito, »würde auch das sofort den Alarm auslösen und die Sicherheitstüren würden heruntergelassen. Und zwar so schnell, dass der Dieb es nicht schaffen würde, aus der Zelle herauszukommen.«

Pendergast nickte. »Und wie öffnen Sie diese Sicherheitstüren wieder, wenn der Dieb gefasst ist?«

»Wir können jede einzelne Tür von diesem Kontrollraum aus wieder hochfahren, außerdem gibt es zusätzlich direkt an den Türen Vorrichtungen, mit denen man sie manuell öffnen kann. Wenn man auf einer kleinen Tastatur an der Wand den richtigen Code eintippt, hebt sich die Tür nach oben.«

»Sehr schön«, murmelte Pendergast. »Aber das ganze System ist darauf ausgelegt, niemanden aus den Sektionen herauszulassen. Womit wir es heute Abend zu tun haben, ist ein Killer, der versucht, *drinnen* zu bleiben. Wie also können wir das Sicherheitssystem zur Sicherheit der Gäste einsetzen?«

Ippolito zuckte mit den Achseln. »Ganz einfach. Wir benützen es, um eine Schutzzone um die Ausstellung zu legen. Alle Feierlichkeiten finden in Zelle zwei statt.« Er deutete auf das Schema an der Wand. »Der Empfang findet im ersten Stock statt, hier, in der Halle des Himmels. Das ist gleich vor dem Eingang zur Aberglaube-Ausstellung, die sich, wie die Halle auch, in Zelle zwei befindet. Wenn wir nun alle Stahltüren dieser Zelle schließen, stellen wir einen sicheren Bereich her, in den niemand hineinkann. Vier dieser Türen werden wir allerdings offen lassen, und zwar die Osttür zur Großen Rotunde, wo die Gäste eintreffen werden, und drei Notausgänge. Alle werden schwer bewacht werden.«

»Und aus welchen Teilen des Museums besteht Zelle zwei im Einzelnen?«, fragte Pendergast.

Ippolito drückte auf ein paar weitere Knöpfe an der

Konsole. An der Wand leuchtete ein großer Bereich in der Mitte des Museums grün auf.

»Das hier ist Zelle zwei«, erklärte Ippolito. »Wie Sie sehen können, reicht sie vom Keller bis zum Dach, wie alle anderen Zellen auch. Die Halle des Himmels befindet sich hier. Der Computerraum und die Zentrale, in der wir uns momentan befinden, gehören beide ebenfalls zu dieser Zelle. Gleichfalls die Sicherheitszone mit den Lagerräumen, das Zentralarchiv und eine Reihe weiterer sicherheitsrelevanter Bereiche. Außer den vier Stahltüren, die wir manuell geöffnet halten, werden alle Ausgänge des Museums geschlossen sein. Eine Stunde vor Beginn der Party riegeln wir die Zelle ab, lassen alle Sicherheitstüren herunter bis auf die vier, die offen bleiben, und postieren die Wachen. Die Leute sind so sicher wie in Abrahams Schoß, das können Sie mir glauben.«

»Und der Rest des Museums?«

»Wir dachten schon daran, die Sicherheitstüren aller fünf Zellen zu schließen, haben uns dann aber dagegen entschieden.«

»Gut«, sagte Pendergast und blickte auf einen anderen Monitor. »Im Falle einer Krise würde das die Einsatzkräfte auch nur behindern.« Er deutete auf das Diagramm an der Wand. »Aber was ist mit dem unteren Keller? Von dort aus gibt es doch bestimmt Verbindungen zum Kellerbereich der Zelle zwei und dieser untere Keller führt weiß Gott wohin.«

»Aber niemand würde sich in den unteren Keller wagen. Da unten ist der reinste Irrgarten.«

»Wir sprechen hier nicht von einem normalen Dieb, sondern von einem Mörder, der sich uns bisher erfolgreich entzogen hat, was auch immer ich oder D'Agosta bisher veranstaltet haben. Dieser Killer kennt sich im unteren Keller offenbar aus wie in seiner Westentasche.«

»Es gibt nur eine Treppe, die von Zelle zwei hinunter in den unteren Keller führt«, erklärte Ippolito geduldig, »und die wird von meinen Leuten ebenso bewacht wie die Notausgänge. Verlassen Sie sich drauf, wir haben uns das alles sehr sorgfältig überlegt. Das abgesperrte Gebiet wird hundertprozentig sicher sein. Wir haben genügend Leute, um dafür die volle Garantie zu übernehmen.«

Pendergast studierte eine Weile schweigend den leuchtenden Plan. »Woher wissen Sie eigentlich, dass dieses Schema stimmt?«

Ippolito sah ein wenig pikiert aus. »Natürlich stimmt es.«

»Ich habe Sie ja auch lediglich gefragt, woher Sie das *wissen.*«

»Das Diagramm entspricht genau den Plänen, nach denen die Architekten 1912 das Museum erbaut haben.«

»Und seitdem hat es keine Veränderungen gegeben? Keine neu durchgebrochenen oder zugemauerten Türen?«

»Alle Änderungen wurden berücksichtigt.«

»Sind auf diesen Architektenplänen auch der alte Keller und der untere Keller dargestellt?«

»Nein, diese Teile sind viel älter. Aber, wie ich Ihnen bereits sagte, die Zugänge werden streng bewacht werden.«

In der langen Stille, die folgte, studierte Pendergast weiterhin intensiv das Diagramm an der Wand. Schließlich wandte er sich seufzend wieder dem Sicherheitschef zu.

»Mr Ippolito, Ihr Plan gefällt mir ganz und gar nicht.«

Hinter ihnen räusperte sich jemand. »Was gefällt ihm denn nun schon wieder nicht?«

D'Agosta brauchte sich nicht umzudrehen. Dieser raue Long-Island-Akzent konnte nur Special Agent Coffey gehören.

»Ich spreche mit Mr Pendergast eben die Sicherheitsvorkehrungen durch«, sagte Ippolito.

»Tut mir leid, Ippolito, aber Sie werden sie jetzt noch einmal durchsprechen müssen, und zwar mit mir.« Er blickte mit seinen schmalen Augen hinüber zu Pendergast. »Das nächste Mal möchte ich, dass Sie mich zu Ihren Privatpartys auch einladen«, sagte er verärgert.

»Mr Pendergast –«, fing Ippolito an.

»Mr Pendergast ist vom tiefen Süden hier heraufgekommen, um uns ein wenig unter die Arme zu greifen. Aber das Sagen hier habe jetzt ausschließlich ich, kapiert?«

»Ja, Sir«, antwortete Ippolito und ging die ganze Prozedur noch einmal von vorn durch. Coffey saß währenddessen in einem Stuhl und wickelte das Kabel eines Kopfhörers um seinen Finger. D'Agosta schlenderte durch den Raum und sah sich die Kontrollmonitore an. Pendergast hörte Ippolito ein zweites Mal aufmerksam zu, als hätte er dessen Vortrag noch nie vorher gehört. Als der Sicherheitschef fertig war, lehnte Coffey sich in seinem Stuhl zurück.

»Ippolito, Sie haben vier Löcher in Ihrem gesicherten

Bereich.« Er machte eine kleine, effektvolle Pause. »Ich will, dass Sie drei davon dichtmachen. Es wird nur einen Ein- und Ausgang geben.«

»Mr Coffey, die feuerpolizeilichen Bestimmungen verlangen –« Coffey winkte ab. »Lassen Sie die feuerpolizeilichen Bestimmungen ruhig meine Sorge sein. Sie sollten sich lieber um die Löcher in Ihrem Sicherheitsnetz kümmern. Je mehr wir davon haben, desto mehr Ärger werden wir kriegen.«

»Das ist, fürchte ich, genau der falsche Weg«, sagte Pendergast unverblümt. »Wenn Sie diese drei Ausgänge schließen, sind die Gäste eingesperrt. Für den Fall, dass irgendetwas passiert, gibt es nur einen Fluchtweg.«

Coffey breitete frustriert die Arme aus. »Hey, Pendergast, kapieren Sie doch: Man kann nun mal nicht alles haben – entweder man schafft einen gesicherten Bereich oder man lässt es bleiben. Außerdem hat Ippolito doch eben gesagt, dass man jede Stahltür im Notfall auch von Hand öffnen kann. Wo ist also das Problem?«

»Das stimmt«, sagte Ippolito, »die Türen können mittels eines Nummerncodes geöffnet werden.«

»Darf ich fragen, was die Tasten zur Nummerneingabe kontrolliert?«

»Der Zentralcomputer gleich nebenan.«

»Und wenn der Computer abstürzt?«

»Dann springt sofort ein Notsystem ein. Und diese Tafeln da drüben zeigen ständig den momentanen Zustand unseres Sicherheitssystems an. Jede Tastatur an den Türen hat hier ihre eigene Kontrolllampe.«

»Das ist ein weiteres Problem«, sagte Pendergast ruhig.

Coffey atmete hörbar aus und sagte hinauf zur Decke: »Es gefällt ihm immer noch nicht.«

»Ich habe auf diesem einen Pult bereits einundachtzig Kontrolllampen gezählt«, fuhr Pendergast fort, der sich offensichtlich nicht um Coffey scherte. »In einem wirklichen Notfall, zumal wenn mehrere Systeme gleichzeitig ausfallen, dürfte eine Menge von diesen Lämpchen blinken. Zu viele, um auf alle gleichzeitig reagieren zu können.«

»Pendergast, Sie stehlen mir meine kostbare Zeit«, fauchte Coffey. »Ippolito und ich werden jetzt die Details durchgehen. In weniger als acht Stunden wird die Eröffnung stattfinden.«

»Ist das System denn schon einmal getestet worden?«, fragte Pendergast.

»Wir unterziehen es wöchentlich einer genauen Überprüfung«, antwortete Ippolito.

»Ich meine damit, ob es sich jemals in einer echten Einsatzsituation bewähren musste? Bei einem versuchten Diebstahl vielleicht?«

»Nein, und ich hoffe auch, dass das nie der Fall sein wird.«

»Tut mir leid, das sagen zu müssen«, meinte Pendergast, »aber dieses System scheint mir für Fehlfunktionen geradezu prädestiniert zu sein. Ich bin wirklich ein Befürworter des Fortschritts, Mr Ippolito, aber hier würde ich Ihnen sehr zu einer etwas altmodischeren Methode raten. Ich würde das ganze System während der Eröffnungsparty sogar außer Funktion setzen. Schalten Sie es einfach ab. Es ist zu kompliziert und im Notfall kann man sich meiner

Meinung nach nicht darauf verlassen. Was wir brauchen, ist eine Vorgehensweise, mit der wir alle vertraut sind. Polizeistreifen, die durchs Museum patrouillieren, und bewaffnete Wächter an allen Aus- und Eingängen. Ich bin mir sicher, dass Lieutenant D'Agosta uns mit zusätzlichen Männern aushelfen wird.«

»Sie brauchen's nur zu sagen«, meinte D'Agosta.

»Und ich sage ›Nein‹.« Coffey fing an zu lachen. »Du meine Güte, er will doch tatsächlich das Sicherheitssystem *ausschalten*, gerade jetzt, wo es am dringendsten gebraucht wird.«

»Ich muss meinen Bedenken gegen Ihren Plan aufs schärfste Ausdruck verleihen«, sagte Pendergast.

»Dann schreiben Sie Ihre Bedenken auf«, sagte Coffey, »und schicken Sie sie per Schiff an Ihr Büro in New Orleans. Mir jedenfalls kommt es so vor, als hätte Ippolito alles recht gut unter Kontrolle.«

»Danke«, sagte Ippolito und grinste.

»Wir haben es heute Abend mit einer höchst ungewöhnlichen und gefährlichen Situation zu tun«, fuhr Pendergast fort. »Bestimmt nicht die richtige Zeit, um uns auf ein kompliziertes und bislang unerprobtes System zu verlassen.«

»Pendergast«, sagte Coffey, »jetzt habe ich aber genug. Warum gehen Sie nicht einfach in Ihr Büro und essen das Catfish-Sandwich, das Ihnen Ihre Frau von zu Hause mitgegeben hat?«

D'Agosta war verblüfft, wie rasch sich Pendergasts Gesichtsausdruck änderte. Coffey trat instinktiv einen Schritt zurück. Aber Pendergast drehte sich einfach auf dem Absatz um und verließ den Raum. D'Agosta machte Anstalten, ihm zu folgen.

»Wo wollen Sie denn hin?«, fragte Coffey. »Sie sollten besser hierbleiben und mit uns die Einzelheiten besprechen.«

»Ich bin derselben Meinung wie Pendergast«, sagte D'Agosta. »Das ist nicht die Zeit für irgendwelche Videospiele. Schließlich geht es um Menschenleben.«

»Jetzt hören Sie mir mal gut zu, D'Agosta. Wir sind hier die großen Jungs, denn wir sind vom FBI. Die Meinung eines Verkehrspolizisten aus Queens interessiert uns herzlich wenig.«

D'Agosta blickte in Coffeys verschwitztes, rotes Gesicht. »Sie sind eine Schande für Ihre Behörde«, sagte er.

Coffey blinzelte verächtlich. »Vielen Dank, und verlassen Sie sich darauf, dass ich Ihre grundlose Beleidigung in meinem Bericht an meinen alten Freund, Polizeipräsident Horlocker, gebührend erwähnen werde. Der wird dann zweifelsohne die richtigen Schritte einleiten.«

»Dann erwähnen Sie doch gleich noch eine zweite grundlose: Sie sind für mich ein Stück Scheiße, damit Sie's wissen.«

Coffey warf den Kopf in den Nacken und lachte. »Ich liebe Leute, die sich das eigene Grab schaufeln und einem damit eine Menge Arbeit abnehmen. Wissen Sie, ich bin schon seit längerer Zeit der Meinung, dass dieser Fall viel zu wichtig ist, um die Verbindung zwischen FBI und Polizei über einen kleinen Lieutenant laufen zu lassen. Aber in vierundzwanzig Stunden werden Sie ohnehin von diesem Fall abgezogen, D'Agosta. Wussten Sie das? Eigentlich wollte ich Ihnen das erst nach der Party sagen – wollte Ihnen nicht den Spaß daran verderben –, aber jetzt ist, glaube ich, auch eine ganz gute Gelegenheit dafür. Nutzen Sie also die Zeit, die Ihnen noch bleibt. Um vier Uhr erwarte ich Sie zur Lagebesprechung. Und seien Sie pünktlich!«

D'Agosta sagte nichts. Irgendwie war er nicht einmal überrascht.

37

Ein explosionsartiger Nieser erschütterte die Reagenzgläser und wirbelte getrocknete Pflanzenteile im botanischen Behelfslabor des Museums durcheinander.

»Tut mir leid«, entschuldigte sich Kawakita schniefend. »Ich habe eine Allergie.«

»Hier, nehmen Sie ein Taschentuch«, sagte Margo und griff in ihre Umhängetasche. Sie hatte sich eben Kawakitas Beschreibung seines genetischen Extrapolator-Programms angehört. *Es ist brillant,* dachte sie. *Aber ich wette, dass die grundlegende Theorie dazu von Frock stammt.*

»Eine Anwendung des Extrapolators wäre zum Beispiel, die Gensequenzen von zwei verschiedenen Tieren oder Pflanzen zu nehmen und sie in das Programm einzugeben. Der Computer berechnet dazu eine Extrapolation, das heißt, er versucht zu erraten, was für eine evolutionäre Verbindung zwischen den beiden Arten bestehen könnte. Das Programm vergleicht automatisch Teile der DNS und stellt Übereinstimmungen fest und berechnet daraus eine mögliche Gattung, von der die beiden anderen abstammen könnten. Zum Beispiel könnte ich die DNS des Menschen und des Schimpansen vergleichen und würde dann ein Lebewesen erhalten, das irgendwo zwischen den beiden angesiedelt ist.«

»Das *Missing Link*«, nickte Margo. »Aber Sie wollen mir doch nicht erzählen, dass das Programm auch ein Bild des errechneten Lebewesens malen kann.«

»Nein!« Kawakita lachte. »Wenn es das könnte, würde ich bestimmt einen Nobelpreis dafür bekommen. Aber es stellt eine Liste von morphologischen und verhaltensspezifischen Merkmalen zusammen, die zu dem errechneten Tier oder zu der Pflanze gehören könnten. Nicht garantiert, aber zumindest mit einiger Wahrscheinlichkeit. Natürlich kann eine solche Liste nicht komplett sein, das werden Sie nachher am Ende dieses Durchlaufs sehen.«

Er tippte eine Reihe von Befehlen ein und auf dem Computerbildschirm erschien eine rasch ablaufende und nicht enden wollende Abfolge von Nullen und Einsen. »Man kann das abdrehen«, sagte Kawakita. »Aber ich sehe mir gerne den Datenstrom aus dem Gensequenzer an. Es ist, als würde man in einen vorbeiziehenden Fluss schauen. Oder vielleicht auch in einen klaren Forellenbach.« Nach etwa fünf Minuten versiegte der Datenstrom und der Bildschirm war wieder eine leere, hellblaue Fläche. Dann erschien das Gesicht einer Comicfigur und eine Stimme ertönte aus dem Lautsprecher des Computers: »Ich denke, ich denke, aber nichts geschieht.«

»Das zeigt an, dass das Programm läuft«, sagte Kawakita und kicherte über seinen Einfall. »Die Berechnung kann bis zu einer Stunde dauern, je nachdem, wie ähnlich oder unähnlich sich die beiden Arten sind.«

Auf dem Bildschirm war jetzt eine Meldung zu lesen:

BERECHNUNG VORAUSSICHTLICH BEENDET
IN 03.03.40 MINUTEN.

»Schimpansen und Menschen sind sehr eng verwandt – ihre Gene sind zu achtundneunzig Prozent identisch –, deshalb geht das ziemlich schnell.«

Auf dem Bildschirm erschien über dem Kopf der Comicfigur plötzlich eine Glühbirne.

»Fertig!«, sagte Kawakita. »Dann lassen Sie uns mal die Ergebnisse betrachten.«

Er drückte auf eine Taste. Auf dem Bildschirm erschienen folgende Zeilen:

ERSTE SPEZIES:

Spezies:	**Pan troglodytes**
Gattung:	**Pan**
Familie:	**Pongidae**
Ordnung:	**Primaten**
Klasse:	**Säugetiere**
Unterabteilung:	**Wirbeltiere**
Reich:	**Tiere**

ZWEITE SPEZIES:

Spezies:	**Homo sapiens**
Gattung:	**Homo**
Familie:	**Hominiden**
Ordnung:	**Primaten**
Klasse:	**Säugetiere**
Unterabteilung:	**Wirbeltiere**
Reich:	**Tiere**

Genetische Übereinstimmungen insgesamt: 98,4 %

»Ob Sie es glauben oder nicht«, sagte Kawakita, »die Identifizierung der beiden Arten erfolgte ausschließlich über die Gene. Ich habe dem Computer nicht eingegeben, um welche Organismen es sich handelte. Das ist eine gute Methode, um Zweiflern zu zeigen, dass der Extrapolator kein Unfug oder ein Gimmick ist. Nun, wie dem auch sei, jetzt sehen wir uns mal die Beschreibung der errechneten Zwischenart an. In diesem Fall könnte es, wie Sie schon sagten, das *Missing Link* sein.«

MORPHOLOGISCHE CHARAKTERISTIKA DER ERRECHNETEN ART:

Graziler Körperbau
Gehirnkapazität: 750 ccm
Aufrecht auf zwei Beinen gehend
Greifdaumen
Keine Greiffähigkeit im großen Zeh
Unterdurchschnittlicher sexueller Bimorphismus
Gewicht des ausgewachsenen Männchens: 55 kg
Gewicht des ausgewachsenen Weibchens: 45 kg
Trächtigkeitsdauer: 8 Monate
Aggressivität: niedrig bis mäßig
Östraler Zyklus beim Weibchen: Unterdrückt

Die Liste ging weiter und weiter und wurde immer obskurer. Unter »Knochenbau« standen Worte, die Margo kaum mehr verstehen konnte:

Atavistische Fortsätze an den Foramina parietalis
Stark reduzierter Beckenkamm
10–12 Brustwirbel
Teilweise gedrehter großer Rollhügel des Hüftbeins
Tief liegende Augenhöhlen
Atavistische Stirn mit stark hervortretendem Jochfortsatz

Das muss wohl buschige Augenbrauen bedeuten, dachte Margo.

Tagaktiv
Teilweise oder durchgehend monogam
Lebt in kooperativen sozialen Gruppen

»Jetzt hören Sie aber auf. Wie kann Ihr Programm denn so was berechnen?«, fragte Margo und deutete auf das Wort *monogam.*

»Aus den Hormonen«, sagte Kawakita. »Es gibt ein Gen, das für die Hormone verantwortlich ist, wie wir sie bei monogam lebenden Säugetieren finden und das bei promiskuitiven Arten fehlt.

Bei den Menschen haben diese Hormone etwas mit der Paarbildung zu tun. Bei Schimpansen, die sehr promiskuitive Tiere sind, fehlen sie. Und dass der östrale Zyklus, also der Umstand, dass das Weibchen zu bestimmten Zeiten läufig ist, unterdrückt ist, findet man auch nur bei relativ monogam lebenden Arten. Das Programm verwendet ein ganzes Arsenal von programmiertechnischen Raffinessen –

AI-Algorithmen und Fuzzy Logic, zum Beispiel –, um den Effekt verschiedener Gene auf das Verhalten und das Aussehen eines errechneten Organismus zu interpretieren.«

»Was sind AI-Algorithmen? Und was ist Fuzzy Logic? Da kann ich Ihnen nicht mehr folgen«, sagte Margo.

»Nun, eigentlich ist das ja auch nicht so wichtig. Ist eh besser, wenn ich Ihnen nicht alle Geheimnisse verrate. Unter dem Strich bedeutet es aber, dass das Programm eher wie ein Mensch denkt und nicht mehr ganz wie ein Computer. Es kann Annahmen machen und Vermutungen treffen und eine Art Intuition einsetzen. Die Eigenschaft ›kooperativ‹ beruht zum Beispiel aus dem Vorhandensein beziehungsweise Nichtvorhandensein von an die achtzig verschiedenen Genen.«

»Ist das alles?«, fragte Margo scherzhaft.

»Nein«, antwortete Kawakita. »Man kann das Programm auch benutzen, um Größe, Aussehen und Verhalten eines *einzelnen* Organismus zu berechnen, indem man ihm die DNS dieses Lebewesens eingibt. Und wenn die Geldmittel dafür nicht gestrichen werden, plane ich, dem Programm noch zwei weitere Module hinzuzufügen. Das erste wird, ausgehend von einer einzelnen Art, in die Vergangenheit rechnen, das andere in die Zukunft. Mit anderen Worten, wir werden dadurch mehr über ausgestorbene Lebewesen erfahren und uns ein Bild von zukünftigen Organismen machen können.« Er grinste. »Nicht schlecht, was?«

»Es ist erstaunlich«, sagte Margo, der auf einmal ihr eigenes Forschungsprojekt im Gegensatz dazu geradezu armselig vorkam. »Wie haben Sie es denn entwickelt?«

Kawakita zögerte und sah sie ein wenig misstrauisch an. Dann sagte er langsam: »Als ich anfing, für Frock zu arbeiten, erzählte er mir, wie sehr es ihn frustriert, dass es nur so lückenhafte Fossilienfunde gibt. Er sagte, er wolle diese Lücken auffüllen und wissen, wie die dazwischenliegenden Lebensformen aussahen. Also schrieb ich dieses Programm nach Frocks Vorgaben. Zuerst testeten wir es mit verschiedenen Arten, von denen wir eine Menge genetischer Daten hatten, mit Schimpansen, Menschen und einigen bestimmten Bakterien also. Und dann passierte etwas Unglaubliches. Frock, der alte Fuchs, hatte es erwartet, ich aber nicht. Als wir den Haushund mit der Hyäne verglichen und hochrechneten, erhielten wir nicht, wie eigentlich zu erwarten war, irgendeine langweilige, glatte Zwischenform, sondern ein bizarres Lebewesen, das sich von dem Hund ebenso wie von der Hyäne gleichermaßen gravierend unterschied. Dasselbe passierte auch mit einer Reihe von weiteren Artenpaaren. Wissen Sie, was Frock dazu sagte?«

Margo schüttelte den Kopf.

»Er lächelte nur und sagte: ›Jetzt sehen Sie den wahren Wert dieses Programms.‹« Kawakita zuckte mit den Achseln. »Mein Programm unterstützt Frocks Theorie des Kallisto-Effekts, denn es zeigt, wie kleine Unterschiede in der DNS manchmal ganz extreme Veränderungen eines Organismus bewirken können. Ich war ein bisschen verschnupft, weil er es mir nicht gleich gesagt hatte, aber so arbeitet Frock nun einmal.«

»Kein Wunder, dass Frock so darauf gedrängt hat, dass ich dieses Programm benütze«, sagte Margo. »Es stellt ja geradezu eine Revolution in der Evolutionslehre dar.«

»Ja, aber niemand schenkt ihm Beachtung«, sagte Kawakita bitter. »Um alles, was mit Frock zu tun hat, macht der Rest der wissenschaftlichen Welt momentan einen ganz großen Bogen. Es ist wirklich frustrierend, wenn man sein Herzblut für eine Sache geopfert hat und diese dann einfach ignoriert wird. Ganz unter uns, Margo, ich denke manchmal darüber nach, ob ich mich nicht von Frock als Doktorvater lösen und mich Cuthberts Gruppe anschließen sollte. Ich denke, dass ich viel von meiner Arbeit mit hinübernehmen könnte. Vielleicht sollten Sie sich das auch überlegen.«

»Danke für den Vorschlag, aber ich bleibe bei Frock«, sagte Margo pikiert. »Ohne ihn wäre ich überhaupt nicht mit Genetik in Berührung gekommen. Ich verdanke ihm viel.«

»Wie Sie meinen«, sagte Kawakita. »Aber vielleicht bleiben Sie ja noch nicht einmal am Museum, stimmt's? Das hat mir wenigstens Bill Smithback erzählt. Für mich aber steht hier meine gesamte Karriere auf dem Spiel. Und meine Philosophie ist, dass man niemandem etwas verdankt, außer sich selbst. Sehen Sie sich doch im Museum bloß mal um; schauen Sie Wright an, Cuthbert und all die anderen. Legen die sich etwa für jemanden anderen als für sich selbst ins Zeug? Sie und ich, wir sind Evolutionsbiologen. Wir *wissen,* dass nur der Stärkste überlebt und wie grausam die Natur sein kann. Auch als Wissenschaftler kämpft man ums Überleben.«

Margo blickte in Kawakitas funkelnde, schwarze Augen. Irgendwie hatte er recht. Aber gleichzeitig dachte Margo, dass Menschen, gerade weil sie die brutalen Gesetze der

Natur herausgefunden hatten, vielleicht einige davon überwinden könnten.

Sie wechselte das Thema. »Dann arbeitet der Extrapolator also mit Pflanzen-DNS genauso wie mit Tier-DNS?«

»Ganz genauso«, erwiderte Kawakita in einem nun wieder geschäftsmäßigeren Ton. »Man lässt den DNS-Sequenzierer die Daten von zwei Pflanzen analysieren und füttert sie dann in den Extrapolator. Der sagt Ihnen, wie eng diese Pflanzen miteinander verwandt sind, und beschreibt die errechnete Zwischenform. Aber seien Sie nicht überrascht, wenn das Programm Fragen stellt oder Kommentare abgibt. Ich habe bei der Entwicklung der künstlichen Intelligenz hier und da ein paar Auflockerungen eingebaut.«

»Ich glaube, ich verstehe, was Sie meinen«, sagte Margo. »Danke. Sie haben wirklich fantastische Arbeit geleistet.«

Kawakita beugte sich zwinkernd zu Margo hinüber. »Dafür schulden Sie mir jetzt was, Kindchen.«

»Jederzeit«, sagte Margo. *Kindchen. Ihm was schulden.* Sie mochte Leute nicht, die so redeten. Und wenn Kawakita etwas sagte, dann meinte er es auch.

Er streckte sich und nieste noch einmal. »Ich gehe jetzt. Muss noch rasch etwas essen, bevor ich nach Hause gehe und meinen Smoking für die Party heute Abend hole. Ich frage mich ernsthaft, warum ich heute überhaupt ins Museum gekommen bin – alle anderen sind daheimgeblieben, um sich auf die Eröffnung vorzubereiten. Sehen Sie sich bloß mal dieses Labor an. Es ist buchstäblich verlassen.«

»Smoking, was?«, sagte Margo. »Ich habe mein Kleid schon heute früh mitgenommen. Es ist ganz nett, aber kein Modellkleid oder so was.«

Kawakita beugte sich wieder zu ihr. »Kleider machen Leute, Margo. Wenn die Leute, die was zu sagen haben, einen Burschen im T-Shirt sehen, dann mag der noch so begabt sein, aber sie können ihn sich einfach nicht *bildlich* als Museumsdirektor vorstellen.«

»Und Sie wollen Direktor werden?«

»Natürlich«, antwortete Kawakita erstaunt. »Sie etwa nicht?«

»Was ist daran falsch, wenn man einfach nur eine gute Wissenschaftlerin sein will?«

»Das kann doch jeder. Ich jedenfalls würde gerne eines Tages eine wichtigere Rolle spielen. Als Direktor kann man der Wissenschaft einen viel größeren Dienst erweisen als irgendein Forscher in einem miefigen kleinen Labor wie diesem hier. Heutzutage genügt es nicht mehr, lediglich ein brillanter Wissenschaftler zu sein.« Er klopfte ihr auf die Schulter. »Viel Spaß noch. Aber machen Sie mir bloß nichts kaputt.«

Kawakita ging und ins Labor zog Stille ein.

Margo blieb eine Weile bewegungslos sitzen. Dann öffnete sie den Ordner mit den Pflanzen der Kiribitu. Dabei musste sie ständig daran denken, dass es eigentlich viel wichtigere Dinge zu tun gab. Als sie früher am Nachmittag nach etlichen vergeblichen Versuchen endlich Frock telefonisch erreicht und ihm vom Inhalt der Kiste berichtet hatte, war dieser sehr still geworden. Es war so, als wäre ihm plötzlich die Luft ausgegangen. Er hatte richtiggehend deprimiert geklungen und Margo hatte ihm daraufhin nichts mehr von dem Fund des Tagebuchs erzählt, das sich ja schließlich auch nicht als sehr ergiebig herausgestellt hatte.

Sie sah auf ihre Uhr. Es war schon nach eins. Die Sequenzierung der Pflanzen-DNS würde einige Zeit in Anspruch nehmen und erst wenn der Computer damit fertig war, konnte sie Kawakitas Extrapolator benützen. Frock hatte sie bereits darauf hingewiesen, dass dies die erste systematische Untersuchung eines von einem primitiven Stamm aufgestellten Pflanzenklassifizierungssystems war. Mit diesem Programm konnte sie möglicherweise beweisen, dass die Kiribitu mit ihrer außergewöhnlichen Kenntnis verschiedener Pflanzen diese tatsächlich biologisch richtig klassifiziert hatten. Das Programm würde ihr hypothetische Zwischenpflanzen errechnen, deren wirkliche Pendants dann vielleicht tatsächlich im Gebiet der Kiribitu im Regenwald zu finden waren. Das hatte Frock zumindest im Sinn.

Um die DNS einer einzelnen Pflanze sequenzieren zu können, musste sie ein kleines Stück davon entfernen. Nach einem ausführlichen elektronischen Nachrichtenaustausch hatte sie heute Vormittag schließlich die Erlaubnis erhalten, jeder Pflanze ein zehntel Gramm zu entnehmen. Das war genug.

Margo sah die empfindlichen gepressten Pflanzen an, die ein wenig nach Gewürzen und Heu rochen. Manche von ihnen hatten eine stark halluzinogene Wirkung und wurden von den Kiribitu für ihre religiösen Zeremonien verwendet; andere waren Arzneipflanzen, die möglicherweise einen hohen Wert für die moderne Medizin besaßen.

Sie nahm die erste Pflanze mit zwei Pinzetten und trennte mit einem Skalpell die oberste Spitze eines Blattes ab. Diese zerrieb sie dann in einem Mörser zusammen mit einem milden Enzym, das die Zellulose und die Zellkerne auflösen und die DNS freisetzen sollte. Margo arbeitete zügig, aber sorgfältig, bis sie den in einer Zentrifuge ausgeschleuderten Pflanzen-Enzym-Brei titriert hatte. Dann wiederholte sie den Vorgang mit den anderen Pflanzen.

Danach musste die Substanz zehn Minuten lang zentrifugiert werden, und während die Zentrifuge in ihrem Gehäuse aus grauem Metall vor sich hin rotierte, lehnte Margo sich zurück und ließ ihre Gedanken schweifen. Sie fragte sich, wie Smithback wohl mit seiner neuen Rolle als Paria des Museums zurechtkommen würde. Sie fragte sich weiterhin, mit einem kleinen Anflug von Furcht, ob Mrs Rickman wohl schon das Fehlen des Tagebuchs bemerkt hatte. Dann dachte sie über das nach, was Jorgensen gesagt hatte, und über Whittleseys Beschreibung seiner letzten Tage auf dieser Welt. Sie stellte sich vor, wie die alte Kothoga-Frau mit einem faltigen Finger auf die Figur in der Kiste deutete und Whittlesey vor dem Fluch warnte. Margo meinte, die Szene direkt vor sich sehen zu können: die von Ranken überwachsene Hütte, die Fliegen, die im Sonnenlicht herumschwirrten. Wo war die Frau wohl her gekommen? Und dann stellte Margo sich vor, wie Whittlesey tief durchatmete und zum ersten Mal die düstere, geheimnisvolle Hütte betrat –

Einen Moment mal, dachte sie. In dem Tagebuch war gestanden, dass sie vor dem Betreten der Hütte die alte Frau gesehen hätten. Und aus dem Brief im Deckel der Kiste ging klar hervor, dass Whittlesey die Figur *in* der Hütte gefunden hatte. Die aber hatte er erst betreten, nachdem die alte Frau weggelaufen war. Die Frau konnte also nicht die

Figur gemeint haben, als sie auf die Kiste deutete und schrie, dass Mbwun dort drinnen sei. *Sie musste auf etwas anderes gezeigt und es Mbwun genannt haben!* Niemandem war das bisher aufgefallen, denn bisher hatte ja auch niemand – außer ihr, Smithback und Jorgensen – Whittleseys Brief gelesen. Aufgrund der Beschreibung in Whittleseys Tagebuch hatte jedermann angenommen, dass mit Mbwun die Figur gemeint gewesen sei.

Aber sie hatten sich geirrt. Mbwun, der *wirkliche* Mbwun, war gar nicht diese Figur. Was hatte die Alte noch mal genau gesagt? *Jetzt ist weißer Mann gekommen und nimmt Mbwun mit. Nehmt euch in Acht, Mbwun wird den weißen Mann zerstören! Ihr bringt eurem Volk den Tod!*

Und genau das war dann auch geschehen. Der Tod war ins Museum gekommen. Aber was in der Kiste konnte die alte Frau gemeint haben?

Margo holte ihr Notizbuch aus der Umhängetasche und schrieb sich rasch eine Liste von den Dingen, die sie am Tag zuvor in der Kiste gefunden hatte:

Pflanzenpresse mit Pflanzen
Blasrohr mit Pfeilen
Scheiben mit eingeritztem Muster
Lippenschmuck
Fünf oder sechs Tongefäße mit eingelegten Fröschen oder Salamandern (glaube ich wenigstens)
Vogelbälge
Pfeil- und Speerspitzen aus Feuerstein
Schamanenrassel
Decke

Sonst noch was? Margo wühlte in ihrer Handtasche herum und legte die Pflanzenpresse, die Scheibe und die Schamanenrassel vor sich auf den Tisch.

Die beschädigte Rassel war interessant, aber nicht gerade ungewöhnlich. Margo hatte mehrere, wesentlich exotischere Exemplare in der Aberglaube-Ausstellung gesehen.

Die Steinscheibe war da schon geheimnisvoller. Die eingeritzte Szene zeigte Menschen, die um einen See standen und sich vornüberbeugten. Manche von ihnen hatten Pflanzen in der Hand, andere Körbe auf dem Rücken. Recht seltsam, aber dennoch schien die Scheibe kein ausgesprochenes Kultobjekt zu sein.

Margos Liste war nicht sehr hilfreich. Nichts in der Kiste sah auch nur im Entferntesten wie ein Teufel aus oder wie etwas, was der alten Frau einen solchen fürchterlichen Schrecken hatte einjagen können.

Sorgfältig schraubte Margo die kleine Pflanzenpresse auf und entfernte die von Schrauben und Sperrholzbrettern zusammengehaltenen Löschpapierblätter. Vorsichtig nahm sie das erste davon ab.

Darunter lag ein Pflanzenstängel mit mehreren Blüten. Margo hatte so eine Pflanze zwar noch nie vorher gesehen, sie kam ihr aber auf den ersten Blick nicht besonders aufregend vor.

Unter den folgenden Löschpapierblättern befanden sich ein paar Blüten und Blätter. Das war keine von einem professionellen Botaniker gemachte Sammlung, dachte Margo. Whittlesey war ein Anthropologe, und er hatte diese Pflanzen möglicherweise mitgenommen, weil sie ihm besonders auffällig und außergewöhnlich erschienen waren. Aber warum hatte er sie überhaupt gesammelt? Nachdem sie alle Pflanzen durchgesehen hatte, fand Margo unten auf dem letzten Blatt Löschpapier eine erläuternde Notiz:

Auswahl von Pflanzen aus einem überwucherten, aufgelassenen (und von den Kothoga angelegten?) Garten in der Nähe einer verlassenen Hütte, gesammelt am 16. September 1987. Möglicherweise Kulturpflanzen, manche haben sich allerdings vielleicht erst nach Aufgabe des Gartens angesiedelt.

Auf dem Zettel war auch noch eine kleine Zeichnung von dem überwucherten Garten, auf der die Standorte der verschiedenen Pflanzen eingezeichnet waren. *Das ist die Vorgehensweise eines Anthropologen, nicht eines Botanikers,* dachte Margo. Dennoch fand sie es beachtenswert, dass Whittlesey der Beziehung der Kothoga zu ihren Pflanzen so viel Aufmerksamkeit geschenkt hatte.

Margo besah sich nun die einzelnen getrockneten Pflanzen genauer. Eine davon erweckte ihr besonderes Interesse: Sie hatte einen langen, faserigen Stängel, der an seinem oberen Ende nur ein einziges, rundes Blatt trug. Margo dachte, dass es sich um eine Wasserpflanze handeln musste, ähnlich einer Seerose. *Kommt wohl in überfluteten Flussniederungen vor,* dachte sie.

Und plötzlich hatte sie das starke Gefühl, an etwas erinnert zu werden, bis ihr klar wurde, dass auf der Scheibe, die Whittlesey in der Hütte gefunden hatte, dieselbe

Pflanze eingeritzt war. Margo betrachtete die Zeichnung auf der Scheibe noch einmal. Sie zeigte Menschen, die in einer Art Zeremonie diese Pflanze aus dem Wasser oder einem Sumpf ernteten. Die Gesichter der Figuren sahen verzerrt und sorgenvoll aus. Sehr seltsam. Margo freute sich, dass ihr die Verbindung aufgefallen war, darüber konnte sie einen netten, kleinen Artikel fürs *Journal of Ethnobotany* schreiben.

Sie legte die Scheibe zur Seite, baute die Pflanzenpresse wieder zusammen und schraubte sie fest zu. Ein lautes Piepen wies sie darauf hin, dass die Zentrifuge fertiggeschleudert hatte und das Material somit präpariert war.

Margo öffnete die Zentrifuge und kratzte mit einem Glasspatel etwas von der dünnen Schicht am Boden des Teströhrchens ab. Vorsichtig trug sie es auf ein Tablett mit Gel auf, das sie dann in die Elektrophoresemaschine gab. Sie griff nach dem Schalter und dachte dabei: *Jetzt dauert es noch mal eine halbe Stunde.*

Den Finger immer noch auf dem Schalter, hielt sie inne. Ihre Gedanken wanderten zurück zu der alten Frau und dem Geheimnis von Mbwun. Hatte sie vielleicht die Samenkapseln meinen können, die so ähnlich wie Eier aussahen? Nein, das konnte sie nicht, denn Maxwell war ja mit den Kapseln bereits auf dem Rückweg gewesen. Sie konnten also nicht in Whittleseys Kiste gewesen sein. Und was war mit den Fröschen oder Salamandern in den Krügen oder einem Vogelbalg? All das schienen wenig wahrscheinliche Erscheinungsformen für den leibhaftigen Sohn des Teufels zu sein. Und um die Pflanzen aus dem Garten konnte es sich auch nicht handeln, denn die waren schließlich in der Pflanzenpresse und damit für die Frau nicht sichtbar gewesen.

Also was war es dann? Hatte sich die Alte vielleicht wegen nichts Bestimmtem so aufgeregt?

Mit einem Seufzer schaltete Margo die Maschine an und lehnte sich zurück. Dann steckte sie die Pflanzenpresse und die Scheibe wieder zurück in ihre Umhängetasche, wobei sie von der Presse ein paar an ihr festhängende Pflanzenfasern entfernte. Die mussten vom Packmaterial in der Kiste stammen. Auch in ihrer Tasche lagen ein paar dieser Fasern herum. Noch ein Grund mehr, das verdammte Ding mal wieder gründlich auszumisten.

Die Fasern des Packmaterials.

Neugierig geworden, nahm Margo eine davon mit einer Pinzette auf, legte sie auf einen gläsernen Objektträger und schob sie unter das Elektronenmikroskop. Sie war lang und unregelmäßig dick, als stamme sie von einer Pflanze mit einem starken Stängel. Vielleicht hatten Kothoga-Frauen diese Stängel für Haushaltszwecke flach geklopft. Durch das Mikroskop konnte Margo die einzelnen Zellen matt schimmern sehen, deren Zellkerne heller waren als die sie umgebende, äußere Plasmaschicht.

Sie dachte wieder an Whittleseys Tagebuch. Hatte Whittlesey nicht davon gesprochen, dass Gefäße mit Fundstücken zerbrochen seien und dass er deshalb die Kiste hatte umpacken müssen? In der Nähe der verlassenen Hütte hatten sie vermutlich das vom ausgelaufenen Formaldehyd feucht gewordene, alte Packmaterial weggeworfen und die Kiste mit den Fasern, die in der Nähe der verlassenen Hütte gelegen hatten, neu gepackt. Fasern, die vielleicht die Kothoga erzeugt hatten; möglicherweise zum Weben grober Stoffe oder zur Herstellung von Seilen.

Konnte die alte Frau vielleicht diese Fasern gemeint haben? Es schien eigentlich unmöglich. Und trotzdem verspürte Margo eine gewisse professionelle Neugier. Hatten die Kothoga diese Pflanze möglicherweise gezielt angebaut?

Margo nahm ein paar der Fasern und steckte sie in einen frischen Mörser, träufelte ein paar Tropfen Enzym dazu und zerrieb sie zu einem feuchten Brei. Wenn sie die DNS-Sequenzen dieser Fasern ermittelt hatte, konnte sie über Kawakitas Programm zumindest die Art oder Familie der Pflanze bestimmen.

Bald war die zentrifugierte DNS aus den Fasern bereit für die Elektrophoresemaschine. Margo erledigte die üblichen Handgriffe, dann schaltete sie die Maschine ein. Langsam begannen sich in dem unter Strom stehenden Gel dunkle Streifen zu bilden.

Eine halbe Stunde später ging das rote Licht an der Elektrophoresemaschine aus. Margo nahm das Tablett mit dem Gel heraus und tippte die Position der Streifen und Punkte der ins Gel gewanderten Nukleotide in den Computer ein.

Als sie die letzten Daten eingegeben hatte, gab sie Kawakitas Programm den Befehl, nach Übereinstimmungen mit bekannten Organismen zu suchen, leitete die Ergebnisse auf den Drucker und wartete. Schließlich wurden die Seiten ausgedruckt. Auf der ersten stand Folgendes:

Art:	**Unbekannt. 10 % zufällige genetische Übereinstimmungen**
Gattung:	**Unbekannt**
Familie:	**Unbekannt**
Ordnung:	**Unbekannt**
Klasse:	**Unbekannt**
Unterabteilung:	**Unbekannt**
Reich:	**Unbekannt**

Verdammt, Margo! Was hast du mir denn da eingegeben? Ich weiß nicht mal, ob das eine Pflanze oder ein Tier ist. Du glaubst ja gar nicht, wie viel Rechenzeit mich das gekostet hat!

Margo musste lächeln. So also sah Kawakitas ausgefeiltes Kommunikationsprogramm mit dem Benutzer aus. Und die Ergebnisse des Testlaufs waren geradezu lachhaft. Reich *unbekannt?* Das verdammte Programm konnte nicht einmal sagen, ob es eine Pflanze oder ein Tier vor sich hatte. Auf einmal ahnte Margo, warum Kawakita ihr anfangs das Programm nicht hatte zeigen wollen und warum es dazu des Eingreifens von Dr. Frock bedurft hatte. Wenn man sich nämlich aus den dem Programm bekannten Bereichen entfernte, wurden seine Analysen recht fehlerhaft.

Margo überflog den Ausdruck. Der Computer hatte nur wenige Gene der Probe identifizieren können. Es waren diejenigen, die fast jedes Lebewesen besaß: ein paar Proteine aus dem Atmungszyklus, Cytochrom Z und mehrere andere, universell vorkommende Gene. Außerdem waren ein paar Gene erkannt worden, die mit Zellulose, Chlorophyll und Zucker zusammenhingen und von denen Margo wusste, dass es spezifische Pflanzengene waren.

Sie tippte in den Computer ein:

Wieso weißt du nicht, ob es ein Tier oder eine Pflanze ist? Ich sehe eine Menge Pflanzengene.

Es dauerte eine Weile, dann gab der Computer aus:

Und was sagst du zu den Tiergenen, die auch in der Probe sind? Lass die Daten doch mal von *GenBank* überprüfen.

Gute Idee, dachte Margo. Sie wählte über das Modem eine Nummer an und bald darauf erschien das vertraute, blaue Logo von *GenBank* auf dem Bildschirm. Dann ließ sie die Gensequenzen der Fasern mit den dort abgespeicherten Pflanzendaten abgleichen. Das Ergebnis war dasselbe wie zuvor: praktisch keine Übereinstimmung, nur ein paar bei allgemeinen Chlorophyll- und Zuckergenen.

Einem Impuls folgend, ließ Margo daraufhin die DNS auch mit den über Tiere gespeicherten Daten vergleichen.

Es dauerte ziemlich lange, bis auf einmal eine wahre Flut von Daten auf dem Bildschirm erschien. Margo tippte rasch einen Befehl ein, damit das Terminal die Daten sicherte. Es gab eine Reihe von Übereinstimmungen mit Genen, von denen sie noch nie etwas gehört hatte.

Margo beendete die Verbindung mit *GenBank,* fütterte die erhaltenen Daten in Kawakitas Programm und wollte wissen, wofür die gefundenen Gene im Einzelnen verantwortlich waren. Eine Liste von komplizierten Proteinen scrollte über den Schirm:

Glycotetraglycin Kollagenoid
Weinsteins thyreotropisches Hormon, 2,6 Adenosin (gram positiv)
1,2,3 Oxytocin 4-Monoxytocin supprimierendes Hormon
2,4 Diglycerid Diethylglobulin Ring-Alanin
Gammaglobulin A,x-y, links positiv
Corticotropes Hypothalamushormon, links negativ
1-1-1 Sulphagen (2,3 Murin) verbindendes Keratinoid,
III-IV Rückbildung
Hexagonal ambyloide Reovirus-Eiweißhülle
Enzyme zur reversen Transkriptase

Auf diese Weise ging die Liste weiter und weiter. *Da scheint eine Menge Hormone dabei zu sein,* dachte Margo. *Aber was für Hormone?*

Sie holte sich die *Enzyklopädie der Biochemie,* die unter einer dünnen Staubschicht in einem Regal stand, und schlug das *Glycotetraglycin Kollagenoid* nach:

Ein Protein, das bei fast allen Wirbeltieren vorkommt. Dieses Protein verbindet Muskelgewebe mit Knorpelmasse.

Dann blätterte sie weiter, bis sie *Weinsteins thyreotropisches Hormon* gefunden hatte:

Ein bei Säugetieren vorkommendes, in der Thalamusregion produziertes Hormon, das die Schilddrüse zu erhöhter Ausschüttung des Neurotransmitters Epinephrin anregt. Es spielt eine wichtige Rolle beim sogenannten »Kampf-oder-Flucht-Syndrom«, indem es den Herzschlag beschleunigt und möglicherweise die geistige Wachsamkeit erhöht.

Ein schrecklicher Gedanke begann in Margos Kopf Gestalt anzunehmen. Rasch schlug sie das nächste Hormon, das *1,2,3 Oxytocin 4-Monoxytocin supprimierende Hormon,* nach:

Ein Hormon, das die menschliche Hypothalamusdrüse ausschüttet. Seine genaue Funktion ist bislang noch nicht bekannt. Neuere Forschungen haben ergeben, dass es möglicherweise bei außergewöhnlichen Stresssituationen den Testosteronspiegel im Blut reguliert. (Bouchard 1992, Dennison 1991).

Margo lehnte sich erschreckt zurück und das Buch fiel mit einem dumpfen Knall auf den Boden. Sie hob den Telefonhörer ab und warf einen Blick hinauf zur Wanduhr. Es war halb vier.

38

Nachdem ihn der Fahrer des Buick hatte aussteigen lassen, ging Pendergast die Stufen zum Seiteneingang des Museums hinauf. Mit zwei langen Pappröhren im Arm kramte er unter den Blicken eines geduldig wartenden Wachmannes seinen Ausweis aus der Anzugtasche.

In der Kommandozentrale schloss er die Tür seines Büros hinter sich und holte aus den Pappröhren mehrere angegilbte Blaupausen, die er auf dem Tisch ausbreitete.

Die ganze nächste Stunde über studierte er, den Kopf auf die Arme gestützt, die Pläne. Ab und zu notierte er sich etwas in ein Notizbuch oder schaute auf maschinengeschriebenen Seiten, die an einer Ecke des Schreibtisches lagen, etwas nach.

Dann stand er mit einem Ruck auf. Er warf einen letzten Blick auf die gewellten Blaupausen und fuhr mit geschürzten Lippen langsam mit dem Finger eine gewisse Strecke darauf ab. Dann nahm er den Großteil der Pläne, rollte sie zusammen und steckte sie vorsichtig wieder in die Pappröhren, die er in seinem Kleiderspind verstaute. Die restlichen faltete er sorgfältig zusammen und steckte sie in eine Stofftasche mit zwei Handgriffen, die auf seinem Schreibtisch lag. Er öffnete eine Schublade und holte daraus einen langen und gefährlich aussehenden Double Action 45er Colt Anaconda. Die Waffe passte perfekt in das Schulterhalfter unter Pendergasts linkem Arm. Pendergast steckte eine Handvoll zusätzlicher Munition mit verschiedener Durchschlagskraft in seine Jacketttasche und holte aus einer Schreibtischschublade ein sperriges, gelbes Objekt, das er ebenfalls in die Stofftasche legte. Dann strich er seinen schwarzen Anzug glatt, rückte den Krawattenknoten zurecht und steckte das Notizbuch in die Brusttasche. Schließlich nahm er die Stofftasche und verließ das Büro.

In New York vergisst man Gewaltverbrechen ziemlich rasch und in den großen Räumen des Museums tummelten sich schon wieder viele Besucher. Kinder standen in Gruppen um die Schaukästen herum, drückten die Nasen an die Glasscheiben, deuteten auf bestimmte Details und lachten fröhlich. Die Eltern standen mit Kameras in der Hand hinter ihren Sprösslingen und lasen in Faltblättern nach, was es zu sehen gab. Museumsführer leierten ihre Erklärungen herunter und die Wachmänner standen gelangweilt neben den Türen. Unbemerkt schlüpfte Pendergast zwischen den Besuchern hindurch.

Mit langsamen Schritten betrat er die Halle des Himmels. In dem an beiden Längsseiten mit Bambusbüschen geschmückten Raum war eine kleine Armee von Arbeitern mit den letzten Vorbereitungen zur Eröffnungsfeier beschäftigt. Zwei Techniker führten einen Soundcheck am Rednerpult auf dem Podium durch und auf über hundert mit weißem Leinen gedeckten Tischen wurden zur Dekoration nachgemachte Eingeborenenfetische aufgestellt. Geschäftige Geräusche stiegen hinauf in die von korinthischen Säulen getragene Kuppel des Saales.

Pendergast sah auf die Uhr. Es war genau vier. Alle anderen Agenten waren jetzt bei Coffeys Einsatzbesprechung. Pendergast ging raschen Schrittes quer durch die Halle zum verschlossenen Eingang zur Aberglaube-Ausstellung. Nachdem er ein paar Worte mit einem uniformierten Polizisten gewechselt hatte, sperrte dieser ihm die Tür auf.

Einige Minuten später kehrte Pendergast aus der Ausstellung zurück. Er blieb einen Augenblick lang stehen und dachte nach. Dann ging er wieder durch die Halle zurück und verschwand in einem der Korridore.

Pendergast befand sich nun in einem ruhigen, der Öffentlichkeit nicht zugänglichen Teil des Museums. Hier begannen die ausschließlich den Angestellten zugänglichen Lager- und Laborbereiche, in denen es keine hohen Decken und Prunksäle gab, sondern schmucklose, aus Schlackenstein gemauerte Gänge, an deren Wänden Schränke standen. In den Rohren des Heizungssystems an der Decke rumpelte und zischte der Dampf. Am oberen Ende einer Metalltreppe blieb Pendergast stehen, sah sich um und warf einen Blick in sein Notizbuch. Dann lud er seinen Revolver und stieg hinab in den dunklen, labyrinthartigen Bauch des Museums.

39

Die Tür zum Labor wurde mit einem lauten Geräusch aufgestoßen und Margo sah Dr. Frock mit knarzendem Rollstuhl hereinrollen. Sie stand rasch auf und schob ihn hinüber zum Computerterminal. Frock hatte bereits seinen Smoking an. *Vermutlich hat er ihn schon angezogen, bevor er heute zur Arbeit kam,* dachte Margo. In seiner Brusttasche steckte das übliche Gucci-Taschentuch.

»Ich kann nicht verstehen, warum sie diese Labors immer an so abgelegenen Orten verstecken müssen«, grummelte Frock vor sich hin. »Nun, um was für ein großes Geheimnis handelt es sich denn, Margo? Und warum musste ich unbedingt hier herunterkommen, um es zu hören? Der Unfug von heute Abend wird bald beginnen und ich werde auf dem Podium erwartet. Eine zweifelhafte Ehre, die ich natürlich nur meinem Status als Bestsellerautor zu verdanken habe. Ian Cuthbert hat mir das heute Vormittag in meinem Büro unmissverständlich klargemacht.« Seine Stimme klang wieder bitter und resigniert.

Rasch erzählte Margo, dass sie die Fasern des Packmaterials aus Whittleseys Kiste analysiert habe, zeigte Frock die Scheibe mit der eingekratzten Ernteszene und beschrieb Entdeckung und Inhalt von Whittleseys Tagebuch und des Briefes. Und dann erklärte sie, warum die hysterische alte Frau, die im Tagebuch beschrieben wurde, mit ihrer Warnung vor Mbwun nicht die kleine Figur gemeint haben konnte.

Während Frock zuhörte, drehte er versonnen die Steinscheibe in seinen blassen Händen. »Eine interessante Geschichte«, sagte er schließlich. »Aber was ist daran so dringend? Vermutlich war die Probe der Fasern mit irgendwas verschmutzt. Und die alte Eingeborenenfrau kann ganz einfach verrückt gewesen sein, ebenso wie es leicht möglich ist, dass Whittlesey in seinen Aufzeichnungen die zeitliche Abfolge der Ereignisse ein wenig durcheinanderbrachte.«

»Das dachte ich am Anfang auch. Aber sehen Sie sich mal das hier an«, sagte Margo und gab Frock den Computerausdruck. Er warf einen raschen Blick darauf. »Ungewöhnlich«, sagte er. »Aber ich glaube nicht, dass das –«

Er verstummte, während sein dicker Zeigefinger die Spalten mit den Proteinen entlangfuhr.

»Margo«, sagte er und blickte auf. »Ich war viel zu schnell mit meinen Schlüssen. Hier liegt tatsächlich eine Verunreinigung der Probe vor, aber keine von Menschen herbeigeführte.«

»Wie meinen Sie das?«, fragte Margo.

»Sehen Sie die hexagonal ambyloide Reovirus-Eiweißhülle hier? Das ist ein Protein, das aus der Hülle eines Virus stammt, der Tiere und Pflanzen befällt. Haben Sie bemerkt, dass sich davon eine beträchtliche Menge in der Probe befindet? Und außerdem haben wir hier Enzyme zur reversen Transkriptase, die fast ausschließlich in Verbindung mit Viren vorkommen.«

»Ich bin mir nicht sicher, ob ich verstehe, was Sie meinen.«

Frock redete ungeduldig auf sie ein: »Was wir hier vor uns haben, ist ein Teil einer Pflanze, die massiv von einem Virus befallen ist. Bei Ihrer DNS-Sequenzierung sind Pflanze und Virus gleichermaßen entschlüsselt worden. Viele Pflanzen tragen solche Viren in sich, die aus einem Stück DNS oder RNS in einer Proteinhülle bestehen. Sie infizieren die Pflanze und vermischen ihre genetischen Informationen mit denen der Pflanze. Die Gene der Pflanzen produzieren daraufhin immer neue Viren und vernachlässigen ihre ursprünglichen Aufgaben. Das Gallapfelvirus ruft zum Beispiel die kleinen braunen Kugeln auf Eichenblättern hervor, ansonsten ist er übrigens harmlos. Verschiedene Auswüchse an Ahornbäumen und Kiefern werden ebenfalls durch Viren hervorgerufen. Auch bei Tieren kommen solche Viren vor.«

»Das weiß ich, Dr. Frock, aber –«

»Eines allerdings verstehe ich hier nicht ganz«, sagte Frock und legte den Ausdruck auf den Schreibtisch. »Ein Virus kodiert die Zellen normalerweise dahingehend um, dass sie weitere Viren produzieren. Warum sollte es für all die menschlichen und vom Tier stammenden Proteine verantwortlich sein? Sehen wir uns diese doch einmal genauer an. Die meisten davon sind Hormone. Was haben menschliche Hormone in einer Pflanze zu suchen?«

»Das wollte ich Ihnen gerade sagen«, sagte Margo. »Ich habe ein paar dieser Hormone nachgeschlagen. Einige von ihnen scheinen aus dem menschlichen Hypothalamus zu stammen.«

Frocks Kopf fuhr herum, als habe ihm jemand einen Schlag versetzt. »Aus dem Hypothalamus?« In seinen Augen war auf einmal ein aufgeregtes Leuchten zu sehen.

»Genau.«

»Und die Kreatur, die im Museum ihr Unwesen treibt, *isst* den Hypothalamus ihrer Opfer! Also muss sie diese Hormone brauchen, ja, sie ist vielleicht sogar *süchtig* nach diesen Hormonen«, platzte Frock heraus. »Überlegen Sie mal: Es gibt nur zwei Quellen für die Hormone: diese Pflanzenfasern, die durch dieses einmalige Virus vermutlich voll davon sind – und der menschliche Hypothalamus. Wenn die Kreatur diese Fasern nicht bekommt, macht sie sich über Gehirne her!«

»Mein Gott, wie schrecklich«, hauchte Margo.

»Das ist geradezu umwerfend. Es erklärt *genau,* was hinter diesen schrecklichen Morden steckt. Diese Information ist der Schlüssel zu all den Mosaiksteinchen, die bisher nicht zusammengepasst haben. Hier im Museum läuft eine Kreatur herum, die Menschen tötet, ihnen den Schädel öffnet, das Gehirn herausnimmt und den Hypothalamus frisst, in dem die von ihr benötigten Hormone am konzentriertesten vorkommen.«

Mit leicht zitternden Händen sah Frock Margo an. »Cuthbert hat uns erzählt, dass er aus Whittleseys Kiste die Mbwun-Figur für die Ausstellung herausnehmen wollte, und entdeckte, dass eine von ihnen aufgebrochen war und die Fasern des Packmaterials drumherum verstreut waren. Wenn ich mich jetzt genauer an die Kisten erinnere, kommt es mir so vor, als wäre in einer von ihnen nur noch ganz wenig von diesen Fasern gewesen. Vermutlich hat die Kreatur sich eine Zeit lang von diesen Fasern *ernährt.* Wahrscheinlich muss sie nicht einmal viel davon essen, denn die Hormonkonzentration in den Fasern dürfte ziemlich hoch sein, aber offensichtlich ist sie auf eine regelmäßige Zufuhr angewiesen.«

Frock lehnte sich in seinen Rollstuhl zurück. »Vor zehn Tagen wurden die Kisten in die Sicherheitszone gebracht, drei Tage später wurden die beiden Jungen getötet. Wieder zwei Tage vergingen, bis der Wachmann dran glauben musste. Was ist passiert? Ganz einfach: Seit das Geschöpf nicht mehr an die Fasern herankommt, tötet es Menschen, um ihren Hypothalamus zu fressen und sein Bedürfnis zu befriedigen. Aber der Hypothalamus schüttet nur geringe Mengen dieser Hormone aus, was ihn zu einem schlechten Ersatz für die Fasern macht. Aufgrund der aus diesem Ausdruck hervorgehenden Konzentrationen würde ich die Schätzung wagen, dass es etwa fünfzig menschlicher Gehirne bedarf, um die Hormonkonzentration von einer Handvoll dieser Fasern zu erreichen.«

»Dr. Frock«, sagte Margo. »Ich glaube, die Kothoga haben diese Pflanze *angebaut.* In Whittleseys Pflanzenpresse war ein Exemplar davon, das genauso aussah wie die Pflanzen, die in dem Bild auf der Scheibe geerntet werden. Ich bin mir ziemlich sicher, dass die Fasern aus den zerstampften Stängeln dieser seerosenartigen Pflanze in Whittleseys Presse stammen. Und jetzt können wir annehmen, dass es diese *Fasern* waren, die die alte Frau mit ›Mbwun‹ gemeint hat. *Mbwun,* der Sohn des Teufels, ist der Name dieser Pflanze!«

Rasch holte sie das seltsame Gewächs aus der Presse.

Stängel und Blatt waren vertrocknet, dunkelbraun und

von einem Netz schwarzer Adern durchzogen. Das Blatt war dick und ledrig und der fast schwarze Stängel so hart wie eine getrocknete Wurzel.

Frock betrachtete sie mit einer Mischung aus Furcht und Faszination.

»Brillant kombiniert, Margo«, sagte er. »Die Kothoga müssen um diese Pflanze, ihre Ernte und ihre Aufbereitung einen ganzen Zyklus von Zeremonien aufgebaut haben. Ohne Zweifel haben sie mit den Fasern die Kreatur bei Laune gehalten. Ganz bestimmt ist sie es auch, die auf dieser kleinen Figur dargestellt ist. Aber wie ist sie hierhergekommen? Und warum?«

»Ich glaube, ich kann es mir vorstellen«, sagte Margo, der immer neue Gedanken durch den Kopf rasten. »Gestern hat mir der Freund, der mir beim Durchsuchen der Kisten geholfen hat, erzählt, dass sich vor mehreren Jahren eine Serie ähnlicher Morde in New Orleans ereignet hat. Und zwar geschahen sie auf einem Frachtschiff, das aus Belém kam. Mein Freund hat die Frachtpapiere der Kisten gefunden, sie waren an Bord dieses Schiffes.«

»Also ist die Kreatur den Kisten gefolgt«, sagte Frock.

»Und deshalb ist auch dieser FBI-Agent Pendergast aus Louisiana hierher zu uns gekommen«, entgegnete Margo.

Frock brannten die Augen. »Gütiger Gott, dann haben wir ja eine fürchterliche Bestie in dieses Museum mitten in New York gelockt. Wie bei meiner Theorie vom Kallisto-Effekt: ein wildes Raubtier, das diesmal *uns* vernichten will. Lassen Sie uns hoffen, dass es nur ein Exemplar davon gibt.«

»Aber um was für eine Kreatur könnte es sich denn handeln?«, fragte Margo.

»Das kann ich nicht sagen«, antwortete Frock. »Irgendetwas, das auf diesem *Tepui* gelebt und sich von diesen Pflanzen ernährt hat. Eine bizarre Spezies, die möglicherweise in wenigen Exemplaren seit der Zeit der Dinosaurier überlebt hat. Oder vielleicht das Ergebnis einer verrückten Kapriole der Evolution. So ein *Tepui,* müssen Sie wissen, ist ein sehr empfindliches Ökosystem, eine biologische Insel voller ungewöhnlicher Arten inmitten des Regenwalds. An solchen besonderen Orten können Pflanzen und Tiere seltsame Parallelen zueinander und ungewöhnliche Abhängigkeiten voneinander entwickeln. Vielleicht haben sie sogar Teile der DNS gemeinsam – stellen Sie sich das bloß einmal vor! Und dann –«

Frock verstummte.

»Und *dann*«, sagte er auf einmal ganz laut und ließ eine Faust auf die Armlehne des Rollstuhls heruntersausen. »Dann entdeckt man Gold und Platin auf diesem *Tepui.* Hat das nicht Jorgensen erzählt? Kurz nachdem die Expedition auseinandergegangen ist, wird das Plateau aus der Luft mit Napalm bombardiert, Straßen gebaut und schweres Bergbaugerät herangeschafft. Das ganze Ökosystem des *Tepui* wird zerstört und der Stamm der Kothoga gleich mit. Flüsse und Sümpfe sind auf Jahrzehnte hinaus mit Quecksilber und Zyanid verseucht.«

Margo nickte zustimmend. »Die Waldbrände loderten wochenlang und gerieten völlig außer Kontrolle. Gut möglich, dass die Pflanze, von der sich die Kreatur ernährte, vollständig ausgerottet wurde.«

»Also begab sich die Kreatur auf eine Reise und folgte den Kisten und der Nahrung, die sie so dringend benötigte.«

Frock wurde still und ließ den Kopf auf die Brust sinken.

»Dr. Frock«, sagte Margo schließlich mit ruhiger Stimme. »Woher wusste denn die Kreatur, dass die Kisten in Belém waren?«

Frock sah sie an und blinzelte ein paarmal. »Das weiß ich nicht«, sagt er schließlich. »Das ist seltsam, nicht wahr?«

Auf einmal stützte sich Frock auf die Armlehnen seines Rollstuhls und hob vor lauter Aufregung seinen Körper in die Höhe. »Margo«, rief er, »wir *können* herausfinden, was diese Kreatur wirklich ist. Die Mittel dafür haben wir hier in diesem Labor. Wir brauchen nur die DNS dieser Kreatur in Kawakitas Programm einzugeben und schon bekommen wir ihre genaue Beschreibung geliefert.«

Margo blinzelte. »Meinen Sie die DNS aus der Kralle?«

»Genau!« Er fuhr mit dem Rollstuhl zum Computerterminal und begann auf der Tastatur herumzutippen. »Ich habe den Ausdruck, den Pendergast mir dagelassen hat, in unseren Computer eingeben lassen«, sagte er. »Jetzt möchte ich die Daten davon in Gregorys Programm eingeben. Helfen Sie mir doch bitte dabei, seien Sie so nett.«

Margo übernahm Frocks Platz an der Tastatur. Ein paar Augenblicke später erschien folgende Nachricht auf dem Schirm:

BERECHNUNG VORAUSSICHTLICH BEENDET IN 55:30:00 MINUTEN.

Hey, Margo, das sieht ja nach ziemlich viel Arbeit aus. Warum lässt du dir in der Zwischenzeit nicht eine Pizza kommen? Die besten gibt's bei Antonio's. Ich empfehle die mit grünem Chili und Peperoni. Soll ich gleich eine per Fax bestellen?

Es war Viertel nach fünf.

40

D'Agosta sah amüsiert zu, wie zwei kräftige Arbeiter zwischen den beiden Reihen von Topfpalmen in der großen Rotunde des Museums einen roten Teppich ausrollten, den sie dann durch die bronzenen Eingangstore nach draußen auf die Stufe der Vordertreppe zogen.

Da wird es hundertprozentig draufregnen, dachte D'Agosta. Er konnte sehen, wie sich draußen in der Abenddämmerung im Norden und Westen hohe Gewitterwolken am Himmel auftürmten und wie dräuende Wolkengebirge über den windgepeitschten Bäumen am Riverside Drive hingen. Ein aus der Entfernung heranrollender Donner schien die Ausstellungsstücke in den Glaskästen der Rotunde erzittern zu lassen und erste Regentropfen waren schon an den Milchglasscheiben der Bronzetüren zu sehen. Das Satellitenbild in den morgendlichen Fernsehnachrichten hatte keinen Zweifel daran aufkommen lassen, dass ein schlimmes Sturmtief auf dem Weg nach New York war. Dieser vornehme rote Teppich würde klatschnass werden und eine Menge noch viel vornehmerer Leute ebenfalls.

Pünktlich um fünf Uhr hatte das Museum seine Pforten für die Tagesbesucher geschlossen. Die ersten illustren Gäste wurden für sieben Uhr erwartet, was aber die Presse nicht daran gehindert hatte, sich schon jetzt vor dem Eingang zu versammeln. Dicht gedrängt standen die Kleinbusse der Fernsehanstalten mit ihren Satellitenschüsseln auf den Dächern nebeneinander, überall lagen Kabel herum und wurden Stative aufgebaut und Fotografen verschiedener Zeitungen riefen sich inmitten des geschäftigen Treibens lautstark irgendwelche Bemerkungen zu.

D'Agosta erteilte seinen Leuten per Funkgerät Befehle. Er hatte fast zwei Dutzend Männer an strategisch wichtigen Punkten rund um die Halle des Himmels und anderswo inner- und außerhalb des Museums postiert. Nur gut, dachte D'Agosta, dass er sich in weiten Bereichen des Museums mittlerweile recht gut auskannte. Zwei seiner Männer hatten sich bereits so hoffnungslos verlaufen, dass er ihnen per Funkgerät Schritt für Schritt den Rückweg hatte erklären müssen.

D'Agosta war alles andere als glücklich. Bei der Besprechung um vier Uhr hatte er gefordert, die Ausstellungsräume vor dem Eintreffen der Gäste noch einmal gründlich zu durchsuchen. Coffey hatte das ebenso abgelehnt wie die Ausgabe von großkalibrigen Waffen an die Polizisten in Zivil und in Uniform, die sich während des Empfangs bei den Besuchern aufhalten sollten. Das könnte manche Gäste verschrecken, hatte Coffey gesagt. D'Agosta warf einen Blick auf die vier Metalldetektoren beim Eingang und die dazugehörigen Röntgenapparate, an denen jede mitgebrachte Tasche durchleuchtet werden sollte. *Gott sei Dank haben wir wenigstens das,* dachte er.

D'Agosta blickte sich zum wiederholten Male suchend nach Pendergast um. Der FBI-Agent war nicht zur Einsatzbesprechung erschienen und D'Agosta hatte ihn seit ihrem vormittäglichen Treffen mit Ippolito nicht mehr gesehen.

Sein Funkgerät meldete sich.

»Hey, Lieutenant? Hören Sie mich? Hier spricht Henley. Ich bin jetzt hier bei den ausgestopften Elefanten, aber ich kann die Halle des Meeres einfach nicht finden. Ich dachte, Sie hätten gesagt –«

D'Agosta schnitt ihm das Wort ab, während er zusah, wie eine Mannschaft von Beleuchtern gerade den wohl größten Scheinwerferpark seit den Drehtagen von *Vom Winde verweht* einer Funktionsprüfung unterzog. »Henley? Sehen Sie den großen Durchgang mit den Stoßzähnen darüber? Okay, da gehen Sie jetzt durch und biegen zweimal scharf rechts ab. Melden Sie sich, wenn Sie Ihre Position bezogen haben. Sie arbeiten mit Wilson zusammen.«

»Wilson? Sie wissen doch, dass ich nicht gerne mit Frauen arbeite, Sir –«

»Da ist noch etwas, Henley.«

»Ja?«

»Wilson wird die Schrotflinte übernehmen.«

»Moment mal, Lieutenant, Sie können doch nicht –«

D'Agosta schaltete ihn aus.

Mit einem lauten, knirschenden Geräusch wurde hinter ihm am nördlichen Ende der Großen Halle eine dicke Stahltür von der Decke herabgelassen. Das Abriegeln der Sicherheitszelle hatte begonnen. Direkt neben der Tür zur Halle standen im Halbdunkel zwei FBI-Männer, deren kurzläufige Schrotflinten nicht ganz unter ihre Jacketts passten. D'Agosta schnaubte verächtlich.

Als die schwere Stahltür den Boden erreichte, erfüllte ein tiefes, hohles Geräusch die Halle und kam als Echo aus der Kuppel wieder zurück. Bevor es verklungen war, zeigte ein zweiter Schlag an, dass die Tür an der Südseite ebenfalls heruntergefahren worden war. *Mein Gott,* dachte D'Agosta, *nicht auszudenken, wenn da drin ein Feuer ausbricht.*

Er hörte eine laute, bellende Stimme am anderen Ende der Halle und als er sich umdrehte, sah er Coffey, der seine herumeilenden Männer in alle möglichen Richtungen schickte. Als Coffey ihn sah, rief er: »Hey, D'Agosta!«, und winkte ihn herbei.

D'Agosta schenkte ihm keine Beachtung, bis Coffey schließlich mit wiegenden Schritten und Schweiß auf der Stirn zu ihm herüberkam. Alle möglichen Geräte und Waffen, von denen D'Agosta zwar schon gehört, sie aber nie persönlich zu Gesicht bekommen hatte, klapperten dabei an seinem breiten Koppel gegeneinander.

»Sind Sie taub, D'Agosta? Ich möchte, dass Sie zwei Ihrer Leute vorübergehend dort hinüber beordern und sie die Tür bewachen lassen. Niemand darf hinein oder heraus. Wir machen die Zelle jetzt dicht.«

Meine Fresse, dachte D'Agosta, *da hängen doch mindestens fünf FBI Männer in der Halle herum und drehen Däumchen.* »Meine Männer sind momentan leider alle unabkömmlich, Coffey. Nehmen Sie doch Ihre Rambos da drüben. Weil Sie die meisten Ihrer Männer *außerhalb* der Sicherheitszelle postiert haben, muss ich mit meinen Leuten drinnen für die Sicherheit der Gäste sorgen und zusätzlich noch deren Anfahrt draußen regeln. Was soll das? Ihre Gorillas stehen sich im leeren Museum die Beine in den Bauch und drinnen in der Zelle, wo die Party stattfindet, haben wir viel zu wenig Leute. Das gefällt mir nicht.«

Coffey zog sein Koppel hoch und warf D'Agosta einen bösen Blick zu. »Wissen Sie, was? Es ist mir scheißegal, ob Ihnen was gefällt oder nicht. Tun Sie gefälligst Ihre Arbeit. Und halten Sie einen Funkkanal frei für mich.«

Fluchend schaute D'Agosta auf seine Armbanduhr. Es waren noch sechzig Minuten bis zum Beginn der Party.

41

Auf dem Bildschirm des Terminals erschien eine neue Meldung:

BERECHNUNG VOLLENDET. SOLLEN DATEN AUF DEM DRUCKER, DEM BILDSCHIRM ODER BEIDEN AUSGEGEBEN WERDEN (D/S/B)

Margo drückte auf die Taste »B«. Als die Daten über den Schirm wanderten, fuhr Frock mit seinem Rollstuhl näher heran und starrte aus so kurzer Entfernung darauf, dass sein unregelmäßiger Atem die Glasscheibe des Monitors beschlug.

Spezies: **Unbekannt**
Gattung: **Unbekannt**
Familie: **12% Übereinstimmung mit Pongidae,**
16% Übereinstimmung mit Hominidae.
Ordnung: **Möglicherweise Primata; 66 % der gemeinsamen genetischen Marker fehlen, große Abweichung**
Klasse: **25 % Übereinstimmung mit Säugetieren,**
5 % Übereinstimmung mit Reptilien
Unterabteilung: Wirbeltiere
Reich: **Tiere**
Morphologische Charakteristika:
Sehr robust

Gehirnkapazität: 900–1250 ccm
Vierbeiner mit starkem Dimorphismus zwischen vorderen und hinteren Gliedmaßen
Potenziell hoher sexueller Dimorphismus
Gewicht des ausgewachsenen Männchens: 240–260 kg
Gewicht des ausgewachsenen Weibchens: 160 kg
Trächtigkeitsdauer: sieben bis neun Monate
Aggressivität: Extrem
Östraler Zyklus beim Weibchen: vorhanden
Höchste erreichbare Geschwindigkeit: 60–70 km/h
Äußere Körperbedeckung: Vorne Fell, hinten Knochenplatten
Nachtaktiv

Frock fuhr mit dem Finger die Liste entlang.

»Fünf Prozent Übereinstimmung mit Reptilien«, sagte er. »Da haben wir sie wieder, die Gecko-Gene! Sieht so aus, als wären die Gene dieser Kreatur eine Mischung aus reptilienspezifischen und denen von Primaten. Auf die Geckogene gehen bestimmt diese Knochenplatten am Hinterteil zurück.«

Margo las weiter in der Liste der Charakteristika, die immer seltsamer wurden:

Stark vergrößerte und zusammengewachsene Mittelfußknochen an den Hinterläufen
Möglicherweise eine atavistische Verwachsung der dritten und vierten Vorderklaue.

Extrem verdicktes Schädeldach
Möglicherweise negative Drehung des Gesäßbeins um 90 % (?)
Extrem verdickte Oberschenkelknochen mit prismatischem Querschnitt
Vergrößerte Nasenhöhle
Drei (?) stark eingerollte Ohrmuscheln

Stark ausgeprägte Riechnerven und vergrößerter olfaktorischer Bereich des Kleinhirns.
Möglicherweise außenliegende, schleimige Nasendrüsen
Unterentwickeltes Chiasma opticum, unterentwickelte Sehnerven

Langsam rückte Frock vom Monitor ab.

»Margo«, sagte er, »das beschreibt eine Tötungsmaschine allerschlimmster Sorte. Aber sehen Sie sich an, wie oft hier ›möglicherweise‹ steht. Dies ist bestenfalls eine hypothetische Beschreibung.«

»Dennoch«, entgegnete Margo, »dürfte die Kreatur ziemlich stark der Mbwun-Figur in der Ausstellung ähneln.«

»Zweifelsohne, Margo. Aber ich möchte Ihr Augenmerk speziell auf die Größe des Gehirns richten.«

»Neunhundert bis zwölfhundert Kubikzentimeter«, sagte Margo, die sich inzwischen den Ausdruck aus dem Drucker geholt hatte. »Das ist ziemlich viel, nicht wahr?«

»Viel? Das ist unglaublich. Das ist die äußerste Grenze, sogar beim Menschen. Dieses Geschöpf, was immer es auch sein mag, scheint die Kraft eines Grizzlybären, die Schnelligkeit eines Windhunds und die Intelligenz eines Menschen zu besitzen. Ich sage bewusst *scheint,* denn vieles in der Liste sind Vermutungen seitens des Programms. Aber wenn man all die Eigenschaften zusammennimmt –«

Er tippte mit dem Zeigefinger auf die Liste.

»Nachtaktiv. Außenliegende, schleimige Nasendrüsen – das heißt, dass es eine ›feuchte Nase‹ hat, wie Tiere mit einem ausgeprägten Geruchssinn. Stark eingerollte Ohrmuscheln – auch das deutet auf ein Lebewesen mit hoch entwickelten Riechorganen hin. Unterentwickeltes Chiasma opticum – das ist der Teil des Gehirns, der die Informationen aus den Augen verarbeitet. Wir haben es hier offensichtlich mit einem Geschöpf mit sehr gutem Geruchssinn und recht schlechtem Augenlicht zu tun, das hauptsächlich nachts jagt.«

Frock dachte einen Augenblick lang mit zusammengezogenen Augenbrauen nach.

»Margo, das macht mir Angst.«

»Wenn diese Daten stimmen, dann macht mir allein schon der *Gedanke* an diese Kreatur Angst«, antwortete Margo. Wenn Sie daran dachte, dass sie die Fasern in der Hand gehabt hatte und vielleicht noch ihren Geruch an sich trug, überlief sie ein kalter Schauder.

»Nein, ich meine etwas anderes, nämlich diese Anhäufung von riechspezifischen Eigenschaften«, sagte Dr. Frock. »Wenn man der Hochrechnung des Programms vertrauen kann, dann lebt die Kreatur von ihrem Geruchssinn, jagt mit ihrem Geruchssinn und *denkt* vielleicht sogar mit ihrem Geruchssinn. Ich habe schon oft gehört, dass es für Hunde eine ganze Landschaft von Gerüchen geben soll, die ebenso vielfältig und schön sein muss wie die Landschaft, die wir mit unseren Augen sehen. Aber der Geruchssinn ist primitiver als der Gesichtssinn und darum zeigen solche Tiere auch eine stark instinktbestimmte, primitive Reaktion auf Gerüche. *Das* ist es, was mir Angst macht.«

»Ich verstehe nicht ganz, was Sie meinen.«

»In wenigen Minuten werden Tausende von Menschen hier im Museum eintreffen und auf relativ engem Raum beieinanderstehen. Die Kreatur wird die konzentrierten Ausdünstungen all dieser Leute riechen, und das könnte sie leicht reizen oder sogar wütend machen.«

Im Labor war es eine Weile still.

Dann sagte Margo: »Dr. Frock, Sie haben doch eben selbst gesagt, dass seit dem Einschließen der Kisten und dem ersten Mord ein paar Tage vergingen. Von da an bis zum zweiten Mord verging ein weiterer Tag. Dieser ist nun drei Tage her.«

»Und? Fahren Sie fort«, sagte Frock.

»Es kommt mir so vor, als müsste die Kreatur mittlerweile völlig ausgehungert sein. Der Effekt, den die Hormone auf sie haben, was immer er auch sein mag, muss längst verflogen sein. Schließlich sind die Hormone aus dem menschlichen Gehirn mengenmäßig nur ein unzulänglicher Ersatz für die viel konzentrierteren in den Pflanzenfasern. Wenn Sie recht haben, dann muss die Kreatur in etwa einem Drogensüchtigen gleichen, der unbedingt seinen nächsten Schuss braucht. Bei all den Polizeiaktivitäten hat sie sich verkrochen, aber die Frage ist doch, wie lange sie das noch aushalten kann.«

»Mein Gott«, sagte Frock. »Es ist schon sieben Uhr. Wir müssen die Leute warnen, Margo, wir müssen diese Eröffnungsparty sofort abblasen. Wenn sie stattfindet, wäre es genauso, als würde man der Kreatur den Gong zum Essen schlagen.« Er fuhr zur Tür und bedeutete Margo, ihm zu folgen.

TEIL DREI

Der auf allen vieren geht

42

Kurz vor sieben Uhr bildete sich vor dem Westeingang des Museums ein wahres Knäuel von Taxen und Limousinen, deren elegant gekleidete Fahrgäste rasch ausstiegen. Die Männer in ihren Smokings sahen alle ziemlich gleich aus, aber die Frauen trugen die unterschiedlichsten Pelze zur Schau. Unter vom Wind gebeutelten Schirmen eilten sie auf dem roten Teppich die Treppe hinauf und versuchten sich, so gut es ging, vor dem strömenden Regen zu schützen, der die Gehsteige in Sturzbäche und die Rinnsteine in schäumende Flüsse verwandelt hatte.

Drinnen hallte die Große Rotunde, in der sonst zu dieser Stunde tiefe Stille herrschte, von Tritten Tausender teurer Schuhe wider, die an den Topfpalmen vorbei über den Marmorboden in Richtung auf die Halle des Himmels gingen. Die Halle selbst war mit mächtigen, von violetten Scheinwerfern angestrahlten Bambusbüschen in großen Töpfen geschmückt. An den Stängeln des Bambus waren hängende Orchideen geschickt befestigt, die das Gefühl eines tropischen Gartens vermittelten.

Irgendwo im Inneren der Halle spielte eine Kapelle »New York, New York«. Eine ganze Armee von weiß gekleideten Kellnern bewegte sich geschickt durch die Menge und balancierte große Silberplatten voller Champagnergläser und *Hors d'œuvres.* Gerade angekommene Gäste mischten sich unter die Wissenschaftler und die anderen Angestellten des Museums, die sich bereits an dem kostenlosen Essen gütlich taten. Blaues Scheinwerferlicht glitzerte auf langen, mit Pailletten bestickten Abendkleidern, Diamantencolliers, goldenen Manschettenknöpfen und Diademen.

Praktisch über Nacht war die Eröffnung der Aberglaube-Ausstellung zu *dem* gesellschaftlichen Ereignis der New Yorker Schickeria geworden. Coming-out-Partys und Wohltätigkeitsessen wurden von der Chance, einmal mit eigenen Augen zu sehen, was hier eigentlich wirklich los war, auf die hinteren Plätze verwiesen. Obwohl man nur dreitausend Einladungen verschickt hatte, waren beim Museum fünftausend Zusagen eingegangen.

Smithback, der einen schlecht sitzenden Smoking mit breiten, spitz zulaufenden Revers trug und diesen Fauxpas auch noch mit einem gerüschten Hemd krönte, spähte in der Halle des Himmels umher und suchte nach bekannten Gesichtern.

An einem Ende des Raums hatte man ein großes Podium errichtet. An der Seitenwand daneben befand sich der sorgfältig dekorierte Eingang zur Ausstellung, der momentan noch verschlossen war und von zwei Polizisten bewacht wurde. Eine große Tanzfläche in der Mitte der Halle füllte sich rasch mit tanzenden Paaren. Als Smithback in die Halle trat, schlugen ihm sofort unzählige, oft schmerzhaft laut geführte Diskussionen entgegen.

»– kennen Sie Grant, diese neue Psycho-Historikerin? Nun, gestern taucht sie doch überraschend bei mir auf und erzählt mir, woran sie die ganze Zeit über gearbeitet hat. Das müssen Sie sich mal vorstellen: Sie versucht zu beweisen, dass Heinrich der Vierte seine Untaten nach dem

Zweiten Kreuzzug in Wirklichkeit in einem Dämmerzustand begangen haben soll, der durch akute Stresseinwirkung hervorgerufen wurde. Ich musste mich wirklich zusammennehmen, um ihr nicht zu sagen, dass –«

»– und dann kam er doch tatsächlich mit der lächerlichen Idee daher, dass die Stabianischen Bäder nichts weiter als Pferdeställe waren! Dabei war der Mann noch nicht einmal in Pompeji! Er würde ja auch die Villa der Mysterien nicht von einer Pizza-Hut-Filiale unterscheiden können. Und doch besitzt er die Frechheit, sich Papyrologe zu schimpfen –«

»– Sie etwa meine neue Forschungsassistentin? Die mit den enormen Möpsen? Nun, gestern stand sie am Sterilisator und ließ ein Reagenzglas fallen, in dem ausgerechnet –«

Smithback atmete tief durch, stürzte sich tiefer in die Menge und versuchte, sich zu den Tischen mit den *Hors d'œuvres* durchzukämpfen. *Das kann ja heiter werden,* dachte er.

Vor den Türen zur Großen Rotunde beobachtete D'Agosta, wie in einem wahren Gewitter von Blitzlichtern wieder ein Prominenter hereinkam, ein etwas aufgedunsener, aber gut aussehender Bursche, flankiert von zwei mageren Frauen.

D'Agosta hatte sich einen Standplatz gewählt, von wo aus er ein Auge auf die Metalldetektoren und die vielen Leute werfen konnte, die jetzt durch den einzigen Eingang in die Halle des Himmels strömten. Der Boden der Rotunde war rutschig vom hereingetragenen Regenwasser und an der Garderobe wurden jede Menge tropfender Schirme abgegeben.

In einer etwas entfernten Ecke hatte das FBI seinen vorgeschobenen Sicherheitsposten eingerichtet: Offensichtlich wollte Coffey für die Ereignisse des Abends einen Platz in der ersten Reihe haben. D'Agosta musste lachen. Die FBI-Agenten hatten zwar versucht, möglichst unauffällig zu wirken, aber das Netz von Elektro-, Telefon-, Glasfaser- und Breitbandkabeln, das wie die Arme eines Oktopus von dem provisorisch eingerichteten Posten in alle Richtungen auseinanderlief, machte ihn in etwa so leicht übersehbar wie einen schlimmen Alkoholkater.

Grollender Donner ließ das große Gebäude leicht erzittern. Die Wipfel der Bäume an der Hudson River Promenade, deren Blätter gerade Knospen trieben, wurden vom Wind wie wild herumgepeitscht.

D'Agostas Funkgerät knisterte.

»Lieutenant, hier am Metalldetektor gibt es schon wieder Zoff.«

D'Agosta konnte hören, wie im Hintergrund eine schrille Stimme schrie: »Aber Sie *müssen* mich doch kennen!«

»Nehmen Sie sie auf die Seite«, befahl D'Agosta. »Wir müssen dafür sorgen, dass die Leute hereinkommen. Wer nicht durch den Metalldetektor gehen will, muss draußen bleiben, weil er sonst den Verkehr aufhält.«

Als D'Agosta sein Funkgerät wieder in sein Halfter am Gürtel zurücksteckte, kam Coffey mit dem Sicherheitschef im Schlepptau auf ihn zu. »Erstatten Sie Bericht!«, verlangte er brüsk.

»Alle Leute sind auf ihren Posten«, sagte D'Agosta, nahm seine Zigarre aus dem Mund und untersuchte eingehend ihr feuchtes Ende. »Vier Polizisten in Zivil gehen ständig Streife durch die Party. Vier Männer in Uniform tun dasselbe zusammen mit Ihren Leuten außerhalb der abgeriegelten Zelle. Fünf weitere regeln draußen den Verkehr und noch einmal fünf sind an den Metalldetektoren und bewachen den Eingang. Drinnen in der Halle habe ich weitere uniformierte Leute, von denen mir zwei in die Ausstellung folgen werden, sobald diese eröffnet ist. Dann befindet sich einer meiner Leute im Computerraum, einer in der Sicherheitszentrale und einer –«

Coffey blinzelte. »Dass uniformierte Polizisten mit in die Ausstellung gehen, war aber nicht geplant.«

»Das ist eine ganz formlose Angelegenheit. Ich möchte nur, dass wir vier ganz vorn mit dabei sind, wenn die ersten Besucher durch die Ausstellung gehen. Sie wollten sie uns ja nicht noch vor der Eröffnung durchsuchen lassen, erinnern Sie sich noch?«

Coffey seufzte. »Na schön, tun Sie, was Sie nicht lassen können. Aber nicht wie eine gottverdammte Leibwache, verstanden? Ganz unauffällig und ohne den Weg zu irgendwelchen Ausstellungsstücken zu blockieren. Verstanden?«

D'Agosta nickte.

Coffey wandte sich an Ippolito: »Und wie steht es bei Ihnen?«

»Nun, Sir, alle meine Leute sind ebenfalls auf ihren Positionen. Genau dort, wo Sie sie haben wollten.«

»Gut. Meine Operationsbasis während der Eröffnungsfeier wird hier in der Rotunde sein. Danach werde ich meine Leute verteilen. Beim Rundgang durch die Ausstellung gehen Sie, Ippolito, mit D'Agosta ganz vorn mit. Halten Sie sich immer in der Nähe des Museumsdirektors und des Bürgermeisters auf. Sie wissen ja, wie man so was macht. Und Sie, D'Agosta, halten sich gefälligst im Hintergrund. Keine Heldenallüren, haben Sie mich verstanden? Vermasseln Sie sich bloß nicht Ihren letzten Tag hier.«

Waters stand im kühlen, von Neonröhren erleuchteten Computerraum und spürte vom Tragen der schweren Schrotflinte einen leichten Schmerz in der Schulter. Dies war ja wohl der langweiligste Auftrag, den er je bekommen hatte. Er sah hinüber zu dem Saftkopf – diesen Namen hatte er insgeheim dem Computerspezialisten neben sich gegeben –, der nun schon seit Stunden unaufhörlich auf einer Tastatur herumtippte. Dazwischen trank er ab und zu eine Cola-light. Waters schüttelte den Kopf. Morgen früh würde er als Erstes D'Agosta bitten, ihn nicht mehr auf diesem Posten einzusetzen. Hier drinnen musste man mit der Zeit ja verrückt werden.

Der Saftkopf kratzte sich am Hals und streckte sich.

»Langer Tag heute«, sagte er zu Waters.

»Und ob«, erwiderte dieser.

»Aber jetzt bin ich fast fertig. Sie können sich bestimmt nicht vorstellen, was dieses Programm hier alles kann.«

»Da haben Sie möglicherweise recht«, sagte Waters nicht allzu enthusiastisch.

Er sah auf die Uhr. Noch drei Stunden, dann wurde er abgelöst. »Da, sehen Sie mal.« Der Saftkopf drückte auf einen Knopf. Waters trat ein wenig näher an den Monitor heran und sah sich die Zeichen darauf an. Es war nichts weiter als ein paar Worte, irgendwelches unverständliche Kauderwelsch, von dem Waters annahm, dass es das Programm sein musste.

Dann erschien auf einmal ein kleiner Käfer auf dem Bildschirm. Zuerst war er bewegungslos, dann streckte er seine grünen Beine und fing an, über den Schirm zu laufen. Kurz darauf erschien ein weiterer Käfer, der ebenfalls herumkrabbelte. Als die beiden Käfer sich bemerkten, gingen sie aufeinander zu und fingen an, wie wild zu vögeln.

Waters sah den Saftkopf an. »Was ist denn *das*, um Himmels willen?«, fragte er.

»Sehen Sie weiter«, sagte der Saftkopf.

Einer der Käfer legte Eier, aus denen vier weitere Käfer ausschlüpften, die ebenfalls miteinander vögelten. Nach kurzer Zeit war der ganze Bildschirm voller Käfer, die nun begannen, die Buchstaben aufzufressen. In ein paar Augenblicken gab es kein einziges Wort mehr auf dem Monitor, sondern nur noch überall herumwimmelnde Käfer. Schließlich fingen die Käfer an, sich gegenseitig aufzufressen. Als sie damit fertig waren, war der Bildschirm nur noch schwarz.

»Nicht schlecht, was?«, fragte der Saftkopf.

»Ja«, sagte Waters. »Und wofür ist das Programm gut?«

»Das ist nur –«, der Saftkopf blickte jetzt etwas verwirrt drein, »das ist ganz einfach ein cooles Programm, sonst nichts. Es ist eigentlich für nichts Bestimmtes da.«

»Und wie lange haben Sie gebraucht, um es zu schreiben?«, fragte Waters.

»Zwei Wochen«, sagte der Saftkopf stolz und sog die Luft zwischen seinen Zähnen ein. »Natürlich nur in meiner Freizeit, ist doch klar.«

Der Saftkopf wandte sich wieder seinem Terminal zu und begann erneut zu tippen. Waters entspannte sich und lehnte sich mit dem Rücken an die Wand neben der Tür. Über sich konnte er ganz leise die Musik der Tanzkapelle hören; das Schlagen der Trommeln, die dumpfen Vibrationen der Bässe und das Wimmern der Saxofone. Er glaubte sogar, die Geräusche von Hunderten von tanzenden Füßen hören zu können, die hoch über ihm über den Boden glitten. Und er musste hier in diesem Irrenhaus aushalten, allein, mit niemandem außer einem Saftkopf, der wie ein Blöder auf seiner Tastatur herumhämmerte. Das Äußerste an Abwechslung war, dass der Saftkopf aufstand und sich noch eine Cola-light holte.

Auf einmal hörte er ein Geräusch aus dem Elektroraum.

»Haben Sie das gehört?«, fragte Waters.

»Nein«, antwortete der Saftkopf.

Längere Zeit war es wieder still, dann war recht deutlich ein dumpfer Schlag zu vernehmen.

»Was, zum Teufel, war das?«, fragte Waters.

»Keine Ahnung«, sagte der Saftkopf. Er hörte mit dem Tippen auf und sah sich um. »Vielleicht sollten Sie mal nachsehen.«

Waters ließ die Hand über den glatten Kolben seiner Schrotflinte gleiten und sah hinüber zu der Tür in den Elektroraum. *Vermutlich ist es nichts. Das letzte Mal, als ich mit D'Agosta drin war, war ja auch nichts.* Eigentlich sollte er jetzt dort hineingehen und nachsehen. Natürlich konnte er immer Verstärkung aus der Sicherheitszentrale anfordern, die nur ein paar Türen weiter am selben Gang lag. Dort war doch sein Kumpel Garcia – oder nicht?

Auf einmal stand Waters der Schweiß auf der Stirn. Instinktiv wischte er ihn sich mit dem Ärmel ab. Aber er machte keine Bewegung in Richtung auf die Tür zum Elektroraum.

43

Als Margo in die Große Rotunde kam, ging es zu wie in einem Taubenschlag: Ständig kamen Leute herein, schüttelten ihre tropfnassen Regenschirme aus und schwatzten aufgeregt, in kleinen und großen Gruppen zusammenstehend, miteinander, wobei ihr Geschnatter sich mit dem Stimmengebrodel mischte, das etwas weiter entfernt aus der Halle des Himmels drang. Margo schob Frock zu einer Absperrung aus roter Samtkordel neben den Metalldetektoren, wo ein Polizist Wache stand. Die Halle des Himmels dahinter war in gelbes Licht getaucht und ein riesiger Leuchter an der Decke schickte Regenbogen in den Raum.

Die beiden zeigten dem Polizisten ihre Museumsausweise, der daraufhin die rote Kordel aushängte und sie passieren ließ, nicht ohne vorher jedoch Margos Umhängetasche zu inspizieren. Im Vorbeigehen bemerkte Margo, dass der Polizist ihr einen komischen Blick zuwarf. Als sie daraufhin an sich hinabblickte, stellte sie fest, dass sie immer noch Jeans und Pullover anhatte.

»Beeilung!«, rief Frock. »Nach vorn, zu den Referenten. Es sieht so aus, als wollten sie jeden Moment anfangen.«

Das Podium mit dem Rednerpult befand sich am anderen Ende der Halle vor dem Eingang zur Ausstellung. Die handgeschnitzten Türen, über denen aus Knochen geformte Lettern das Wort ABERGLAUBE bildeten, wurden von einer massiven Kette versperrt. Beiderseits der Tür standen hölzerne Stelen, die an große Totempfähle oder

Säulen aus einem heidnischen Tempel erinnerten. Margo sah, dass Wright und Cuthbert oben auf dem Podium fröhlich mit dem Bürgermeister plauderten, während ein Tontechniker die letzten Handgriffe an den Mikrofonen vornahm. Hinter ihnen stand Ippolito inmitten einer Gruppe von Hilfskräften und gestikulierte, während er in sein Funkgerät sprach, wütend jemandem zu, den Margo nicht sehen konnte. Die Lautstärke in der Halle war fast unerträglich.

»Entschuldigen Sie!«, bellte Frock und die Leute rückten widerwillig zur Seite.

»Sehen Sie sich bloß all die Menschen an«, rief er nach hinten zu Margo. »Die Halle muss voller Lockstoffe für die Kreatur sein, dass sie der Versuchung bestimmt nicht widerstehen kann.«

Frock deutete nach einer Seite. »Sehen Sie – da ist Gregory!« Er winkte zu Kawakita, der mit einem Glas in der Hand am Rand der Tanzfläche stand.

Der Assistenzkurator bahnte sich einen Weg zu ihnen. »Da sind Sie ja, Dr. Frock. Man hat Sie schon überall gesucht. Gleich geht die Feier los.«

Frock packte Kawakita am Arm. »Gregory!«, rief er. »Sie müssen uns helfen! Die Veranstaltung muss sofort abgesagt und das Museum auf der Stelle evakuiert werden.«

»Wie bitte?«, fragte Kawakita. »Soll das ein Witz sein?« Er schaute erst Margo, dann Frock fragend an.

»Greg«, sagte Margo so laut, dass sie den allgemeinen Lärm übertönte. »Wir haben herausgefunden, was die Morde begangen hat. Es ist kein Mensch, sondern ein Tier, eine der Wissenschaft bisher vollkommen unbekannte

Kreatur. Ihr Extrapolationsprogramm hat uns dabei geholfen, sie zu identifizieren. Dieses Geschöpf ernährt sich von den Fasern, die als Packmaterial in den Kisten der Whittlesey-Expedition waren. Wenn es die nicht bekommt, braucht es den menschlichen Hypothalamus als Ersatz dafür. Wir glauben, dass es regelmäßig seine Dosis an Hormonen braucht und –«

»Moment, Moment. Langsam, bitte, Margo. Wovon sprechen Sie überhaupt?«

»Verdammt noch mal, Gregory!«, donnerte Frock los. »Wir haben jetzt keine Zeit für lange Erklärungen. Wir müssen dafür sorgen, dass diese Halle *sofort* evakuiert wird!«

Kawakita trat einen Schritt zurück. »Dr. Frock, bei allem gebührenden Respekt –«

Frock packte Kawakitas Arm noch fester und sagte langsam und deutlich: »Gregory, hören Sie mir bitte genau zu. In diesem Museum läuft eine entsetzliche, höchst gefährliche Kreatur frei herum. Sie hat den Drang zu töten und sie wird es heute Abend wieder tun. Wir müssen die Leute hier herausschaffen.«

Kawakita trat einen weiteren Schritt zurück und sah nach vorn zum Podium. »Tut mir leid«, sagte er durch das Stimmengewirr. »Ich habe keine Ahnung, wovon Sie sprechen, aber wenn Sie mein Extrapolationsprogramm für einen schlechten Scherz missbraucht haben –« Er wand seinen Arm aus Frocks Griff. »Ich denke wirklich, dass Sie jetzt nach vorn fahren sollten, Dr. Frock. Man wartet dort auf Sie.«

»Greg –«, versuchte Margo zu sagen, aber Kawakita war

bereits ein paar Schritte weitergegangen und sah die beiden erwartungsvoll an.

»Los, nach vorn zum Podium!«, befahl Frock. »Wright kann es tun. Er kann dafür sorgen, dass die Halle evakuiert wird.«

Plötzlich hörten sie einen Trommelwirbel, gefolgt von einer Fanfare.

»Henry!«, rief Frock und fuhr mit dem Rollstuhl auf die freie Fläche vor dem Podium. »Henry, hören Sie mir zu! Wir müssen sofort die Halle evakuieren!«

In diesem Augenblick endete der Fanfarenstoß und Frocks letzte Worte ertönten direkt in die darauf folgende Stille.

»Im Museum treibt eine mörderische Kreatur ihr Unwesen!«, rief Frock so laut, dass es alle hören konnten.

In der Menge erhob sich ein nervöses Gemurmel. Diejenigen, die Frock am nächsten standen, traten zurück, sahen sich an und flüsterten sich leise etwas zu.

Wright sah Frock böse an, während sich Cuthbert aus der Gruppe löste. »Frock!«, zischte er. »Was, in drei Teufels Namen, machen Sie bloß?« Er sprang vom Podium und eilte auf den Rollstuhl zu.

»Was ist denn bloß mit Ihnen los? Sind Sie jetzt komplett verrückt geworden?«, fragte er in einem bösen Flüsterton.

Frock zog Cuthbert heran und senkte die Stimme. »Ian, hier im Museum schleicht eine gefährliche Kreatur herum. Ich weiß, dass wir uns nicht immer grün waren, aber bitte, vertrauen Sie mir jetzt. Sagen Sie Wright, dass wir die Leute hier herausschaffen müssen. Und zwar sofort!«

Cuthbert sah Frock durchdringend an. »Ich weiß nicht, wie Sie sich das vorstellen«, sagte der Schotte. »Und was hier gespielt wird, weiß ich noch viel weniger. Vielleicht ist das ein verzweifelter Versuch, in letzter Minute die Ausstellung zu sabotieren und mich der Lächerlichkeit preiszugeben. Aber ich will Ihnen mal eines sagen, Frock: Noch einen solchen Ausfall von Ihrer Seite, und ich werde Sie von Mr Ippolito gewaltsam hinausbringen lassen. Außerdem werde ich dafür sorgen, dass Sie nie wieder einen Fuß in dieses Museum setzen.«

»Ian, ich flehe Sie an –«

Cuthbert drehte sich um und ging wieder zurück zum Podium.

Margo legte Frock eine Hand auf die Schulter. »Lassen Sie«, sagte sie ruhig. »Sie werden uns nicht glauben. Ich wünschte, George Moriarty wäre hier und könnte uns helfen. Eigentlich müsste er ja irgendwo sein, schließlich ist es ja seine Ausstellung. Aber ich habe ihn bisher noch nirgendwo gesehen.«

»Was sollen wir bloß machen?«, fragte Frock, der vor lauter Enttäuschung zitterte. Die Gäste in ihrer Nähe nahmen ihre Unterhaltungen wieder auf, sie hielten den Vorfall offensichtlich für eine Art gelungenen Scherz.

»Ich finde, wir sollten Pendergast suchen«, sagte Margo. »Er ist der Einzige mit genügend Machtbefugnis, um jetzt noch etwas zu unternehmen.«

»Der wird uns auch nicht glauben«, sagte Frock frustriert.

»Vielleicht nicht sofort«, entgegnete Margo und drehte den Rollstuhl herum. »Aber er wird uns wenigstens anhören. Wir müssen uns beeilen –«

Hinter ihnen gab Cuthbert der Band ein Zeichen und ein weiterer Trommelwirbel ertönte. Dann trat er ans Rednerpult, breitete die Arme aus und sagte:

»Ladies and Gentlemen! Ich habe die große Ehre, Ihnen den Direktor des New York Museum of Natural History vorzustellen, Mr Henry A. Wright!«

Margo blickte sich um und sah, wie Wright lächelnd ans Rednerpult trat und der Menge zuwinkte.

»Herzlich willkommen!«, rief er ins Mikrofon. »Willkommen, Freunde des Museums, liebe Mitbürger von New York und Gäste aus aller Welt! Ich begrüße Sie aufs Herzlichste zur Eröffnung der größten Ausstellung, die es in diesem Museum jemals zu sehen gab!« Wrights Worte hallten, von der Lautsprecheranlage verstärkt, durch den ganzen Saal. Donnernder Applaus stieg zum Deckengewölbe.

»Lassen Sie uns in der Kommandozentrale anrufen«, sagte Margo. »Die müssen wissen, wo Pendergast ist. Draußen in der Rotunde sind ein paar Telefone.«

Während sie Frock zum Ausgang schob, konnte sie Wrights Stimme aus den Lautsprechern dröhnen hören: »Diese Ausstellung befasst sich mit unserem innersten Glauben, der uns allen innewohnenden Urangst, mit den hellen und den dunklen Seiten der menschlichen Seele ...«

44

D'Agosta stand hinter dem Podium und blickte auf Wrights Rücken, während dieser zu der Menge in der Halle sprach. Dann nahm er das Funkgerät zur Hand und sprach mit leiser Stimme hinein: »Bailey? Hören Sie mich? Sobald die die Tür zur Ausstellung aufmachen, gehen Sie und McNitt als Erste hinein, und zwar vor den Gästen. Direkt hinter Wright und dem Bürgermeister. Haben Sie das verstanden? Mischen Sie sich, so gut es geht, unter die Leute, aber lassen Sie sich nicht abdrängen.«

»Verstanden.«

»Als der menschliche Geist begann, sich die Vorgänge im Universum zu erklären, war die erste Frage, die er sich stellte: Was ist das Leben? Und gleich darauf fragte er: Was ist der Tod? Wir haben inzwischen eine Menge über das Leben herausgefunden. Aber trotz all unserer technologischen Entwicklungen wissen wir nur sehr wenig vom Tod und von dem, was nach ihm kommt –«

Die Menge hörte Wright hingerissen zu.

»Wir haben die Ausstellung bis jetzt verschlossen gehalten, damit Sie, liebe Ehrengäste, die Allerersten sind, die sie betrachten können. Sie werden viele seltene und außergewöhnliche Ausstellungsstücke zu Gesicht bekommen, von denen die überwiegende Mehrzahl zum ersten Mal der Öffentlichkeit zugänglich gemacht wird. Sie werden schöne und hässliche Dinge sehen, Gutes und abgrundtief Böses, aber durchgehend Symbole dafür, wie der Mensch seit Urzeiten darum gerungen hat, jenes letzte aller Geheimnisse zu enträtseln –«

D'Agosta fragte sich, was der Zwischenfall mit dem alten Kurator im Rollstuhl wohl zu bedeuten gehabt haben mochte. Frock, so hieß der Bursche. Er hatte irgendwas gerufen, dann hatte Cuthbert, der große Zampano der Veranstaltung, ihn hinausgeschickt. Die Intrigen in diesem Museum waren schlimmer als die im Polizeipräsidium.

»– meiner Hoffnung Ausdruck verleihen, dass diese Ausstellung eine neue Ära in der Geschichte des Museums einläuten wird: eine Ära, in der technologische Innovation gepaart mit wissenschaftlicher Sorgfalt das Interesse des heutigen Museumsbesuchers in steigendem Maß wecken und befriedigen wird –«

D'Agosta ließ seine Blicke durch die Halle schweifen und prüfte, ob alle seine Männer auf ihrem Posten waren. Soweit er es sehen konnte, war dies der Fall. Dann nickte er dem Polizisten am Eingang zur Ausstellung zu, der daraufhin die Kette von den beiden Holztüren entfernte.

Als Wright mit seiner Rede zu Ende war, füllte abermals donnernder Applaus die große Halle. Dann trat Cuthbert noch einmal ans Podium.

»Ich möchte einer Reihe von Leuten meinen Dank aussprechen, und zwar –«

D'Agosta sah auf seine Uhr und fragte sich, wo Pendergast bloß abgeblieben war. Wenn er hier in der Halle gewesen wäre, hätte D'Agosta ihn längst bemerken müssen. Pendergast war ein Mann, den man sofort in jeder noch so großen Menge sah.

Nachdem er mit seiner Danksagung fertig war, übergab

Cuthbert dem Bürgermeister eine überdimensional große Schere. Dieser nahm einen Schenkel davon in die Hand und bot Wright den anderen an, woraufhin die beiden gemeinsam die Stufen des Podiums hinunter und auf das breite Band zuschritten, das vor den Eingang zur Ausstellung gespannt war. »Worauf warten wir noch?«, fragte der Bürgermeister scherzhaft und löste damit schallendes Gelächter aus. Dann schnitten sie unter einem Gewitter von Blitzlichtern das Band durch, woraufhin zwei Museumswärter langsam die Türen öffneten. Die Band begann zu spielen.

»Jetzt«, sagte D'Agosta schnell in sein Funkgerät. »Begebt euch auf eure Positionen!«

Während Applaus und Jubel aufbrandeten, ging D'Agosta rasch an der Wand entlang nach vorn und schob sich durch die offenen Türen in die noch leeren Ausstellungsräume. Er sah sich schnell um, dann sagte er ins Funkgerät: »Alles in Ordnung.« Als Nächster kam Ippolito herein, der D'Agosta einen grimmigen Blick zuwarf. Der Bürgermeister und der Direktor standen Arm in Arm im Eingang und posierten für die Kameras. Dann betraten sie mit strahlenden Gesichtern die Ausstellung. Als D'Agosta vor den beiden durch die Räume schritt, roch er die neuen Teppiche, den Museumsstaub und einen ganz vagen, unangenehmen Geruch nach verrottendem Fleisch.

Wright und Cuthbert erklärten dem Bürgermeister die Ausstellung. Hinter ihnen sah D'Agosta seine beiden Polizisten vor einer dicht gepackten Menschenmasse, die jetzt hereindrängte, die Köpfe verdrehte und laut redend auf die verschiedensten Ausstellungsstücke deutete. Von D'Agostas

Standpunkt im Inneren der Ausstellung aus betrachtet, sahen sie aus wie eine auf ihn zurollende Flutwelle. *Und es gibt nur einen einzigen Ausgang. Verdammter Mist!* »Walden«, sagte D'Agosta in sein Funkgerät, »sagen Sie den Museumswärtern, sie sollen da draußen ein bisschen bremsen. Hier drängen viel zu viele Leute herein.«

»Verstanden, Lieutenant.«

»Das hier«, sagte Wright, der den Bürgermeister noch immer am Arm hielt, »ist ein sehr seltener Opferaltar aus Mittelamerika. Vorn sehen Sie den Sonnengott, flankiert von zwei Jaguaren. Auf dieser Platte brachten die Priester dem Gott ihre Opfer dar, indem sie Menschen bei lebendigem Leib das noch schlagende Herz herausschnitten und der Sonne entgegenhielten. Hier, in diesen Rillen, sammelte sich das Blut und lief dann nach unten ab.«

»Sehr beeindruckend. So was würde sich gut als Operationstisch in einem unserer städtischen Krankenhäuser machen.«

Wright und Cuthbert lachten so laut, dass es von den Ausstellungsstücken und den Schaukästen widerhallte.

Coffey stand mit gespreizten Beinen am vorgeschobenen Sicherheitsposten und stemmte mit ausdruckslosem Gesicht die Hände in die Hüften. Die meisten Gäste waren eingetroffen und diejenigen, die bisher nicht gekommen waren, hatte wohl das schlechte Wetter zu Hause bleiben lassen. Draußen prasselte ein wahrer Wolkenbruch auf die Stadt herunter. Wenn Coffey quer durch die Große Rotunde blickte, konnte er hinter den offenen Türen die Festveranstaltung in der Halle des Himmels beobachten. Es war ein wunderschöner Raum, an dessen samtschwarzem, zwanzig Meter hohem Deckengewölbe unzählige Sterne funkelten. An den Wänden schimmerten weitere Galaxien und Spiralnebel. Wright hielt in diesem Moment auf dem Podium seine Rede und bald würde er das Band zur Ausstellung durchschneiden.

»Wie sieht's aus?«, fragte Coffey einen seiner Agenten.

»Bisher ist nichts vorgefallen«, antwortete der Mann mit einem Blick auf die Meldekladde. »Keine besonderen Vorkommnisse, kein Alarm. In der abgesperrten Zelle ist es so ruhig wie auf einem Friedhof.«

»Genau so mag ich es«, sagte Coffey.

Er blickte wieder in die Halle des Himmels und sah, wie zwei Wachmänner die beiden großen Türen zur Aberglaube-Ausstellung öffneten. Jetzt hatte er nicht mitbekommen, wie das Band zerschnitten worden war. Die Menge setzte sich in Bewegung, und zwar alle fünftausend Menschen auf einmal, wie es ihm schien.

»Was wohl dieser Pendergast im Schilde führt?«, fragte Coffey einen der Agenten. Er war froh, dass er den Südstaatler im Moment vom Hals hatte, aber der Gedanke daran, dass der Mann irgendwo unbeobachtet herumschlich, machte ihn doch ein wenig nervös.

»Ich habe ihn nicht gesehen«, lautete die Antwort. »Soll ich mal in der Sicherheitszentrale nachfragen?«

»Nein«, sagte Coffey. »Es ist so schön ohne ihn. Schön ruhig und gemütlich.«

D'Agostas Funkgerät meldete sich. »Hier Walden. Hören Sie, Lieutenant, wir brauchen Verstärkung. Die Wachmänner können die Leute kaum zurückhalten, es sind einfach zu viele.«

»Wo ist denn Spenser? Er müsste doch irgendwo in Ihrer Nähe herumschwirren. Sagen Sie ihm, er soll den Eingang absperren und nur noch Leute heraus, aber nicht mehr hineinlassen, bis Sie mit den Wachleuten eine ordentliche Warteschlange organisiert haben. Wir müssen diese Menge unter Kontrolle bekommen.«

»Jawohl, Sir.«

Die Ausstellung füllte sich jetzt immer rascher. Zwanzig Minuten waren vergangen und Wright und der Bürgermeister waren schon fast bis zum verschlossenen hinteren Eingang vorangekommen. Zuerst waren sie relativ schnell gegangen und nur ganz selten von den Hauptgängen abgezweigt. Nun aber blieb Wright vor einem einzelnen Ausstellungsstück stehen und erklärte dem Bürgermeister etwas und die anderen Besucher strömten an ihnen vorbei in die entferntesten Winkel der Ausstellung. »Bleiben Sie möglichst vor den Leuten«, sagte D'Agosta zu Bailey und McNitt, den beiden vordersten Polizisten.

Er selbst eilte nach vorn und besah sich rasch zwei Seitennischen.

Ziemlich gespenstische Ausstellung, dachte er. Er kam sich vor wie in einer modernen Geisterbahn mit allen Schikanen. Allein die Beleuchtung hatte es in sich. Gerade hell genug, um all die gruseligen kleinen Details mitzubekommen. Wie bei dieser Zauberfigur aus dem Kongo mit ihren hervorquellenden Augen und dem von scharfen Nägeln zerkratzten Leib. Oder der Mumie in dem frei stehenden Schaukasten daneben, an der noch getrocknetes Blut klebte. *Also das,* dachte D'Agosta, *ist nun wirklich ein bisschen übertrieben.*

Die Menge kam rasch näher und D'Agosta warf einen Blick in die nächsten paar Nebenräume. Alles in Ordnung.

Er funkte Walden an. »Wie läuft es bei euch?«, fragte er.

»Ich kann Spenser per Funk nicht erreichen, Lieutenant. Weiß der Himmel, wo er steckt, und bei dem Andrang kann ich den Eingang auch nicht verlassen, um ihn zu suchen.«

»Mist. Aber okay, dann rufe ich Drogan und Frazier, damit die Ihnen helfen.«

D'Agosta funkte einen der beiden Polizisten in Zivil an. »D'Agosta ruft Drogan. Hören Sie mich?«

Nach einer kurzen Pause kam die Antwort: »Ja, Lieutenant.«

»Schnappen Sie sich Frazier und helfen Sie Walden am Eingang zur Ausstellung. Und zwar schnell!«

»Verstanden.«

D'Agosta sah sich wieder um. Da waren noch mehr Mumien, diesmal ohne Blut.

D'Agosta blieb unvermittelt stehen. *Seit wann bluten Mumien?* Langsam drehte er sich um und bahnte sich einen Weg durch die vorwärtsdrängenden Gaffer. Es handelte sich bestimmt bloß um den kranken Einfall irgendeines Kurators. Das Blut gehörte sicherlich zum Konzept dieser Ausstellung.

Aber er musste auf Nummer sicher gehen.

Der Schaukasten war nun, wie alle anderen auch, von einer Gruppe von Menschen umgeben. D'Agosta schob sich durch die Menge und las auf der Beschriftung: »Nach Anasazi-Ritual bestattete Mumie aus einer Höhle im Canyon del Muerto, Arizona.«

Das angetrocknete Blut auf Kopf und Brust der Mumie

sah aus, als wäre es von oben gekommen. So unauffällig es nur irgend ging, schob sich D'Agosta so nahe wie möglich an den Schaukasten heran und spähte nach oben.

Über dem Kasten war ein Loch in die Decke der Ausstellung gesägt worden und gab über dem Kopf der Mumie den Blick frei auf ein Gewirr von Dampfleitungen und Lüftungskanälen. Sofort entdeckte D'Agosta die Manschette eines blauen Hemdes, aus der eine Hand mit Armbanduhr ragte, die von oben in den Schaukasten hing. Am Mittelfinger klebte noch ein Tropfen getrockneten Blutes wie ein kleiner, braunroter Eiszapfen.

D'Agosta zog sich in eine Ecke zurück, sah sich um und sprach dann leise in sein Funkgerät.

»D'Agosta ruft Sicherheitszentrale.«

»Garcia hier, Lieutenant, ich höre.«

»Wir haben hier unten eine Leiche, Garcia. Wir müssen so schnell wie möglich die Leute hinausschaffen, denn wenn die sie sehen und Panik bekommen, dann sind wir geliefert.«

»Gott im Himmel«, sagte Garcia.

»Setzen Sie sich mit Walden und den Wärtern am Eingang in Verbindung. *Niemand* darf die Ausstellung mehr betreten. Haben Sie das mitgekriegt, verdammt noch mal? Und lassen Sie die Halle des Himmels räumen, falls die Leute in Panik aus der Ausstellung rennen. Schaffen Sie die Leute raus, aber beunruhigen Sie sie nicht mehr als nötig. Aber zuerst holen Sie mir Coffey ans Funkgerät.«

»Roger.«

D'Agosta blickte sich nach Ippolito um, als sein Funkgerät wieder loslegte.

»Hier spricht Coffey. Was, zum Teufel, ist denn los, D'Agosta?«

»Ich habe hier drinnen eine Leiche gefunden. Sie liegt auf der Decke über einem Schaukasten. Bisher bin ich der Einzige, der sie gesehen hat, aber das kann sich jeden Augenblick ändern. Wir müssen die Leute hier rausschaffen, solange noch Zeit dazu ist.«

Als er den Mund öffnete, um weiterzureden, hörte D'Agosta, wie drüben am Schaukasten jemand sagte: »Dieses Blut da sieht ja so *echt* aus.«

»Und oben schaut eine Hand raus«, sagte eine andere Stimme. Zwei Frauen traten an den Schaukasten heran und blickten hinauf.

»Das ist eine Leiche!«, rief eine von ihnen.

»Aber keine echte«, beruhigte sie die andere. »Das ist doch bloß ein Gag für die Eröffnung.«

D'Agosta breitete die Arme aus und ging hinüber zu dem Schaukasten. »Bitte, meine Herrschaften.«

Einen Augenblick lang war alles fürchterlich still. Dann schrie jemand mit gellender Stimme: »Eine *Leiche!*«

Die Leute bewegten sich ein wenig, dann blieben alle wie angewurzelt stehen, bis jemand anderes schrie: *»Er ist ermordet worden!«*

Nun drängte die Menge in zwei Richtungen von dem Schaukasten weg, wobei mehrere Menschen stolperten und zu Boden fielen. Eine große Frau in einem langen Abendkleid stürzte rücklings auf D'Agosta und warf ihn gegen den Schaukasten. Weitere Leiber pressten sich gegen ihn und er spürte, wie ihm langsam die Luft aus der Lunge gedrückt wurde. Dann spürte er, wie der Schaukasten hinter ihm nachgab.

»Warten Sie!«, keuchte er.

Aus der Dunkelheit über ihren Köpfen glitt etwas Großes und Schweres aus dem Loch über dem umstürzenden Schaukasten und fiel mitten auf die dicht gedrängten Menschen. Aus seinem unbequemen Blickwinkel konnte D'Agosta nur erkennen, dass es der blutverschmierte Körper eines Menschen war, an dem er keinen Kopf entdecken konnte.

Nun brach ein höllisches Durcheinander aus. Überall in dem engen Raum drängten sich kreischende und schreiende Menschen, die versuchten, so rasch wie möglich hinauszukommen, und sich im Stolpern aneinanderkrallten. D'Agosta, der auf die Mumie gefallen war, versuchte, sich an dem zerbrochenen Schaukasten hochzuziehen und schnitt sich dabei in den Handballen. Kaum hatte er sich aufgerappelt, wurde er von der drängenden Menge wieder umgestoßen.

Er hörte ein Geräusch aus dem Funkgerät, das er immer noch in der rechten Hand hielt, und hob es an sein Ohr.

»Hier spricht Coffey. Was geht bei Ihnen vor, verdammt noch mal?«

»Wir haben es hier mit einer ausgewachsenen Panik zu tun, Coffey. Eine Leiche ist mitten in die Ausstellung gefallen. Sie müssen sofort die Halle räumen lassen, sonst –«

»Scheiße!«, brüllte D'Agosta, als ihm irgendjemand das Funkgerät aus der Hand schlug.

45

Margo sah niedergeschlagen zu, wie Frock an der Granitwand der großen Rotunde in ein Haustelefon schrie. Wrights von Lautsprechern verstärkte Rede dröhnte so laut aus der Halle des Himmels, dass Margo nicht genau verstehen konnte, was er sagte. Schließlich griff Frock nach oben und knallte den Hörer auf die Gabel. »Das ist absurd. Anscheinend ist Pendergast irgendwo im Keller. Oder zumindest war er das. Vor über einer Stunde hat er sich das letzte Mal über Funk gemeldet. Die Leute in der Zentrale weigern sich, ihn ohne Befehl eines Vorgesetzten anzufunken.«

»Im Keller?«, fragte Margo. »Wo denn?«

»Sektion 29, haben sie gesagt. Warum er dort unten ist – oder *war* –, wollen sie mir nicht sagen. Ich vermute, dass sie es selbst nicht wissen. Sektion 29 ist ziemlich groß.« Er wandte sich an Margo. »Wollen wir?«

»Was sollen wir wollen?«

»Ihn unten im Keller suchen, natürlich«, antwortete Frock.

»Ich weiß nicht so recht«, antwortete Margo zögernd. »Vielleicht sollten wir uns einfach von irgendjemandem die Erlaubnis besorgen, ihn anfunken zu lassen.«

Frock rutschte ungeduldig in seinem Rollstuhl herum. »Wir wissen ja nicht einmal, wer so eine Erlaubnis erteilen könnte«, sagte er und starrte Margo an, deren Unsicherheit er spürte. »Ich glaube nicht, dass Sie sich Sorgen wegen der

Kreatur machen müssen, meine Liebe. Wenn ich recht habe, dann werden die vielen Leute in der Ausstellung sie geradezu magisch anziehen. Es ist unsere Pflicht, alles in unserer Macht Stehende zu tun, um eine Katastrophe zu verhindern; diese Verantwortung haben wir uns aufgeladen, als wir unsere Entdeckung machten.«

Margo zögerte immer noch. Frocks grandiose Sprüche in allen Ehren, aber er war nicht mit ihr in der Ausstellung gewesen. Er hatte nicht dieses leise Tapsen gehört, er wusste nicht, wie es war, blindlings schreiend in die Dunkelheit zu rennen –

Sie atmete tief durch. »Natürlich haben Sie recht. Gehen wir also.«

Da sich Sektion 29 in der Sicherheitszelle 2 befand, mussten Margo und Frock auf ihrem Weg zum richtigen Aufzug zweimal ihre Museumsausweise vorzeigen. Da die Sperrstunde für diesen Abend außer Kraft gesetzt war, schienen die Wachen mehr daran interessiert zu sein, fremde und verdächtige Subjekte festzuhalten, als Museumsangestellte zu behindern.

»Pendergast!«, rief Frock, als Margo ihn aus dem Aufzug in einen düsteren Kellergang schob. »Hier spricht Doktor Frock. Können Sie mich hören?«

Seine Stimme verlor sich ungehört im Gang.

Margo wusste ein bisschen über die Geschichte von Sektion 29 Bescheid. Als sich dort noch das alte museumseigene Kraftwerk befand, gab es in diesem Kellerabschnitt Dampfrohre, Versorgungsschächte und unterirdische Aufenthaltsräume für die Arbeiter. Nachdem das Museum in den Zwanzigerjahren ein moderneres Kraftwerk bekommen hatte, waren die alten Einrichtungen entfernt worden, sodass es heute dort nur noch ein gespenstisches Labyrinth von Räumen gab, die lediglich zu Lagerzwecken dienten. Margo schob Frock die niedrigen Gänge entlang, wo dieser ab und zu an eine Tür klopfte und Pendergasts Namen rief. Aber seine Rufe wurden jedes Mal nur mit Schweigen beantwortet.

»So wird das nichts«, sagte Frock, als Margo anhielt, um eine Atempause einzulegen. Seine weißen Haare hingen wirr durcheinander und seine Smokingjacke war völlig verknittert.

Margo blickt nervös umher. Sie wusste in etwa, wo sie waren. Irgendwo am Ende eines Gewirrs von Gängen musste der ehemalige Kraftwerksraum liegen, ein lichtloses, unterirdisches Pantheon, in dem sich jetzt die Walknochensammlung des Museums befand. Trotz Dr. Frocks Mutmaßungen über das Verhalten der Kreatur machte sein Rufen sie unruhig.

»Das kann Stunden dauern«, sagte Frock. »Vielleicht ist er auch gar nicht mehr hier. Vielleicht war er das ja auch nie.« Er seufzte tief. »Pendergast war unsere letzte Rettung.«

»Vielleicht machen der Lärm und das Durcheinander die Kreatur nervös und sie versteckt sich irgendwo weit entfernt von der Party«, sagte Margo mit einer gewissen Hoffnung in der Stimme, die sie nicht wirklich empfand.

Frock stützte den Kopf in die Hände. »Das erscheint mir ziemlich unwahrscheinlich. Diese Bestie wird bestimmt von ihrem Geruchssinn getrieben. Mag sein, dass sie intelligent und listig ist, aber ähnlich wie ein menschlicher Triebtäter kann sie sich nicht mehr bezähmen, wenn ihre Gier erst einmal geweckt ist.«

Frock setzte sich auf und in seinen Augen glomm auf einmal wieder ein frisches Feuer. »Pendergast!«, rief er wieder.

»Wo stecken Sie?«

Waters stand mit verkrampftem Körper da und lauschte. Er spürte, wie sein Herz aufgeregt schlug, und bekam nicht genügend Luft in seine Lungen. Waters war schon häufig in gefährlichen Situationen gewesen, man hatte ihn angeschossen, niedergestochen, sogar mit Säure hatte man ihn schon einmal angegriffen. Jedes Mal hatte er, wenn es darauf angekommen war, kühl und überlegt reagiert. *Und jetzt drehe ich schon bei einem einzigen, kleinen Geräusch durch.* Er griff sich an seinen Kragen. *Wieso ist es hier drinnen bloß so stickig?* Er zwang sich dazu, langsam und tief zu atmen. *Ich werde einfach Garcia herrufen. Und wenn wir dann der Sache gemeinsam auf den Grund gehen, werden wir mit Sicherheit nichts finden.*

Dann bemerkte Waters auf einmal, dass das Geräusch der Füße über ihm sich verändert hatte. Anstatt des leisen Scharrens und Gleitens der Tanzpaare hörte er jetzt ein konstantes Getrommel wie von rennenden Menschen. Als er genauer hinhörte, war es ihm, als höre er gedämpftes Schreien. Auf einmal stieg fürchterliche Angst in ihm hoch.

Und dann ertönte ein weiteres dumpfes Geräusch aus dem Elektroraum.

Großer Gott, da geschieht etwas Schlimmes.

Hastig griff er nach dem Funkgerät. »Garcia? Hörst du mich? Ich brauche Verstärkung. Es sind verdächtige Geräusche im Elektroraum.«

Waters schluckte. Garcia meldete sich nicht. Als er sein Funkgerät wieder an seinem Gürtel befestigte, bemerkte er, wie der Saftkopf aufstand und zur Tür zum Elektroraum ging.

»Was machen Sie denn?«, fragte Waters.

»Ich will nur mal nachsehen, was das für ein Geräusch ist«, sagte der Saftkopf und öffnete die Tür. »Ich schätze, es ist wieder was mit der Klimaanlage.« Er griff um den Türstock herum und tastete mit der Hand nach dem Lichtschalter.

»Warten Sie«, sagte Waters. »Tun Sie das nicht –«

In diesem Augenblick plärrte Waters' Funkgerät los. »Hier ist Panik ausgebrochen! In der Ausstellung ist eine Leiche, die einem Mord zum Opfer gefallen ist –« Eine Störung machte die Worte momentan unverständlich. »– alle Einheiten sofort Notevakuierung einleiten!« Wieder eine Störung. Dann eine andere Stimme: »Kann die Leute nicht mehr aufhalten, brauche Verstärkung, *sofort!*«

Gott im Himmel. Waters packte sein Funkgerät und drückte wie wild auf den Knöpfen herum. Alle Frequenzen waren belegt. Da oben direkt über seinem Kopf mussten sich schreckliche Szenen abspielen. *Verdammter Mist.*

Waters blickte auf. Der Saftkopf war verschwunden und die Tür zum Elektroraum stand noch immer offen. Aber drinnen war es dunkel. *Warum brannte noch immer kein Licht?* Ohne den Blick von der offenen Tür zu wenden, nahm Waters vorsichtig die Schrotflinte von der Schulter, lud mit einer pumpenden Bewegung eine Patrone in den Lauf und ging los.

Vorsichtig pirschte er sich an die Tür heran und spähte in den Raum. Drinnen war es stockdunkel.

»Hey, Sie da«, sagte Waters. »Sind Sie da drin?« Als er den dunklen Raum betrat, bemerkte er, dass sein Mund auf einmal trocken wurde. Plötzlich hörte Waters einen weiteren dumpfen Schlag links von sich. Instinktiv sank er auf sein linkes Knie und gab rasch hintereinander drei Schüsse ab, von denen jeder einen grellen Lichtblitz und einen betäubenden Knall produzierte. Es gab einen Funkenregen und eine kleine Flamme erhellte den Raum kurzzeitig mit ihrem flackernden, orangen Licht. Der Saftkopf kniete auf dem Boden und sah Waters flehend an.

»Nicht schießen«, bat er mit gebrochener Stimme. »Bitte, nicht mehr schießen!«

Waters, dem die Schüsse immer noch in den Ohren klangen, erhob sich zitternd. »Ich habe ein Geräusch gehört«, schrie er. »Warum geben Sie mir denn keine Antwort, Sie Vollidiot?«

»Es war die Klimaanlage«, sagte der Saftkopf tränenüberströmt. »Die Pumpe war kaputt, genauso wie das letzte Mal.«

Waters ging rückwärts und tastete hinter sich an der Wand nach dem Lichtschalter. Pulverdampf hing wie blauer Nebel in der Luft. Am anderen Ende des Raumes stand ein großer Metallkasten, bei dem aus drei Einschusslöchern an seiner Vorderseite stinkender Qualm austrat. Waters ließ den Kopf auf die Brust sinken und lehnte sich mit dem Rücken an die Wand. Auf einmal zuckte eine elektrische Entladung aus dem kaputten Kasten, gefolgt von einem Knistern und einem weiteren Funkenschauer. Die Luft roch auf einmal verschmort. Das Licht im Computerraum flackerte, wurde dunkler und dann wieder heller. Waters hörte, wie eine Alarmglocke zu schrillen begann. Gleich darauf ertönte auch eine zweite.

»Was ist los?«, rief er. Das Licht wurde schon wieder dunkler.

»Sie haben den zentralen Verteiler kaputt geschossen«, schrie der Saftkopf, sprang auf und rannte an Waters vorbei in den Computerraum.

»Ach du grüne Scheiße«, stammelte Waters.

Dann ging das Licht ganz aus.

46

»D'Agosta, melden Sie sich!« brüllte Coffey noch einmal in sein Funkgerät. Er wartete, aber es tat sich nichts. *»Mist.«* Er schaltete um auf den Kanal der Sicherheitszentrale. »Was, zum Teufel, geht hier vor, Garcia?«

»Ich habe keine Ahnung, Sir«, antwortete Garcia nervös. »Ich glaube, Lieutenant D'Agosta hat gemeldet, dass in der Ausstellung eine Leiche–« Garcia verstummte eine Weile. »Sir, ich bekomme gerade die Meldung, dass in der Ausstellung eine Panik ausgebrochen ist. Die Wachleute sind –«

Coffey schnitt ihm das Wort ab und schaltete sich in die anderen Kanäle ein. »Die Leute sind nicht mehr zu halten!«, krächzte es aus dem einen. »Eine Leiche, die mit Sicherheit ermordet wurde –«, ertönte aus dem nächsten.

Der Agent schaltete wieder zurück zur Sicherheitszentrale. »Garcia, geben Sie eine Meldung an alle Einheiten durch: Sofort mit der Evakuierung sämtlicher Räume beginnen.« Dann drehte er sich so, dass er durch die Große Rotunde und das östliche Portal in die Halle des Himmels blicken konnte.

Er sah, wie durch die Menge dort ein sichtbarer Ruck lief und das Geplapper aus den vielen Mündern verstummte. Die Band spielte zwar immer noch, aber mit ihrer Musik mischten sich jetzt gedämpfte Schreie und das dumpfe Donnern rennender Füße. Die auf den Eingang der Ausstellung gerichtete Bewegung kam zum Erliegen und die Menge drängte zurück in die Halle wie eine reflektierte Druckwelle. Man schrie wütend und verwirrt durcheinander und Coffey glaubte, auch jemanden weinen zu hören. Dann stand die Menge einen Augenblick lang still.

Coffey knöpfte seine Jacke auf und wandte sich per Funk an die Agenten des vorgeschobenen Postens. »Leitet sofort Notmaßnahmen ein und seht zu, dass ihr die Menge in den Griff bekommt! Schwärmt aus!«

Plötzlich kam wieder Bewegung in die vielen Menschen, die nun begannen, zum Ausgang zu drängen. Aus der offenen Tür zur Ausstellung waren laute Schreie zu hören. Die Band wurde immer langsamer und hörte schließlich ganz auf zu spielen. Einen Augenblick später rannten die ersten Leute auf den Ausgang zur Großen Rotunde zu.

»Na los, auf deinen Posten, du Trantüte!«, sagte Coffey und gab einem seiner Männer einen Stoß in den Rücken. »D'Agosta, hören Sie mich?«

Da die Menge bereits aus der Halle herausströmte, kollidierten Coffeys Agenten mit den vorwärtsdrängenden Menschen und wurden von ihnen zurückgedrängt. Coffey trat keuchend und fluchend ein paar Schritte vor der Mauer aus drängenden Leibern zurück.

»Es ist wie eine Flutwelle«, schrie einer seiner Männer, »wir kommen einfach nicht dagegen an!«

Plötzlich fingen die Lichter an zu flackern. Coffeys Funkgerät begann zu krächzen.

»Hier spricht Garcia. Hören Sie, Sir, hier in der Sicherheitszentrale ist die Hölle los. Die Kontrolltafel leuchtet wie ein Christbaum und die Warnlämpchen an den Konsolen spielen verrückt!«

Coffey bewegte sich wieder nach vorn und kämpfte gegen die ihm entgegenströmende Menge an. Er hatte seine Agenten aus dem Blickfeld verloren. Die Lichter flackerten ein zweites Mal und dann hörte er ein dumpfes Grollen aus der Richtung der Halle des Himmels. Coffey blickte nach oben und sah, wie sich die schwere Metalltür langsam von der Decke nach unten senkte.

»Garcia!«, brüllte er in sein Funkgerät. »Die östliche Sicherheitstür kommt herunter! Schalten Sie sie ab! Holen Sie sie wieder nach oben, um Gottes willen!«

»Sir, nach den Kontrolllampen zu schließen, müsste sie immer noch oben sein. Aber irgendwas ist hier unten nicht in Ordnung. Die ganzen Systeme sind –«

»Es ist mir scheißegal, was die Kontrolllampen sagen. Die Tür kommt trotzdem runter!« Die in Panik fliehende Menge wirbelte ihn plötzlich herum. Die Schreie hörten nicht mehr auf, es war ein wehklagendes, durchdringendes Geräusch. So etwas hatte Coffey noch nie erlebt: Rauch, blinkende Notbeleuchtung, Menschen, die über andere Menschen trampelten und vor Panik verzerrte Gesichter hatten. Die Metalldetektoren waren umgeworfen worden, die Röntgengeräte zu Bruch gegangen und Menschen in Smoking und Abendkleid stürzten hinaus in den strömenden Regen, wobei sie andere umrannten, über den roten Teppich stolperten und aufs tropfnasse Pflaster fielen. Coffey sah, wie draußen erst eines, dann mehrere Blitzlichter aufleuchteten.

»Verdammte Scheiße«, schrie er. Dann brüllte er ins Funkgerät: »Garcia, alarmieren Sie die Polizei draußen auf der Straße. Sie sollen für Ordnung sorgen und die Presse fortschaffen. Und tun Sie was, dass diese beschissene Tür nicht weiter runterkommt!«

»Wir tun, was wir können, Sir, aber alle Systeme sind ausgefallen. Das gesamte Stromnetz ist am Zusammenbrechen. Eigentlich dürften die Sicherheitstüren nicht davon betroffen sein, aber die Steuerung spricht nicht mehr an. Hier geht alles drunter und drüber –«

Ein Mann, der dicht an ihm vorbeidrängte, hätte Coffey um ein Haar umgeworfen, als Garcias Stimme aus dem Funkgerät rief: »Sir! Totaler Zusammenbruch des gesamten Systems!«

»Und was ist mit dem Notsystem, Garcia?« Coffey bahnte sich einen Weg zur Seite, wurde aber gegen die Wand gedrückt. Es hatte keinen Sinn, er konnte nicht gegen diese panisch flüchtende Menge ankämpfen und in die Halle hineingelangen. Die Stahltür war jetzt zur Hälfte heruntergefahren. »Holen Sie mir einen Techniker ans Gerät! Ich brauche den Code, um die Tür manuell bedienen zu können!«

Die Lichter flackerten ein drittes Mal, dann gingen sie ganz aus und tauchten die Rotunde schlagartig in Finsternis. Durch das Geschrei der Menschen konnte Coffey hören, wie sich mit ihrem gleichmäßigen Rumpeln die Tür gnadenlos weiter senkte.

Pendergast tastete mit der Hand an der rauen Abschlusswand einer Sackgasse entlang und klopfte ab und zu mit den Knöcheln sanft dagegen. Im Dämmerlicht – die nackte Glühbirne an der Decke war kaputt – konnte er undeutlich erkennen, dass der Putz an der Wand an vielen Stellen abblätterte.

Pendergast öffnete seine Tasche und holte das gelbe Objekt heraus, das er aus seinem Schreibtisch mitgenommen hatte. Es war ein Bergmannshelm mit daran befestigter Lampe, die Pendergast jetzt einschaltete. Er neigte den Kopf und ließ den starken Lichtstrahl über die Wand vor ihm gleiten. Dann holte er die verknitterten Blaupausen aus der Tasche und betrachtete sie im Lichtkegel. Dann ging er, seine Schritte zählend, rückwärts. An einer bestimmten Stelle blieb er stehen, holte ein Taschenmesser aus der Hosentasche und kratzte mit der Klinge an der Wand herum. Ein etwa esstellergroßes Stück Putz fiel herunter und gab den Blick auf die Spuren eines alten, zugemauerten Durchgangs frei.

Pendergast schrieb sich etwas in sein Notizbuch, trat aus der Sackgasse heraus und ging den Gang entlang, wobei er wiederum leise seine Schritte zählte. Er blieb vor einem Stapel zerbröckelnder Gipsplatten stehen, den er mit einem Ruck von der Wand fortzog. Das Zeug fiel mit einem lauten Krachen zusammen und wirbelte eine Wolke weißen Staubes auf. Dahinter entdeckte Pendergast im Licht seiner Helmlampe eine kleine, alte Tür, die tief unten in die Wand eingelassen war.

Erwartungsvoll drückte Pendergast gegen die Tür, aber sie bewegte sich nicht. Erst als er mit dem Fuß kräftig dagegentrat, flog sie mit einem lauten Quietschen auf. Hinter ihr führte ein enger Arbeitsschacht steil und schräg nach unten, wo er an der Decke des darunterliegenden Kellergeschosses endete. Pendergast konnte einen kleinen Bach sehen, der sich wie ein tintenschwarzes Band am Boden eines Ganges entlangschlängelte.

Pendergast zog die Tür wieder zu, machte einen Vermerk auf der Blaupause und ging weiter.

Plötzlich hörte er ein gedämpftes Rufen. »Pendergast! Hier ist Dr. Frock. Können Sie mich hören?«

Pendergast blieb stehen und zog erstaunt die Augenbrauen hoch. Er öffnete den Mund, um zu antworten, blieb dann aber wie angewurzelt stehen, weil ihm auf einmal ein seltsamer Geruch in die Nase stieg. Rasch trat er in einen Lagerraum, sperrte die Tür hinter sich zu und knipste das Licht seiner Helmlampe aus. In der Mitte der Tür befand sich ein kleines, schmutziges Fenster aus gesprungenem, von Metalldrähten durchzogenem Glas. Pendergast kramte ein Papiertaschentuch aus seiner Jacketttasche, spuckte darauf und wischte damit die Scheibe einigermaßen sauber. Dann spähte er nach draußen.

Pendergast hörte ein keuchendes Geräusch, wie von einem rasch und angestrengt atmenden Pferd, und sah, wie sich knapp über dem Boden ein großes, dunkles Etwas den Gang entlangbewegte. Der ekelhafte Geruch wurde stärker. Im schwachen Licht draußen auf dem Gang erblickte Pendergast einen muskulösen Rücken, der mit borstigen, schwarzen Haaren bewachsen war.

Ganz langsam zog Pendergast, der dabei rasch und flach durch die Nase atmete, seine 45er Anaconda aus dem Schulterhalfter. In der Dunkelheit ließ er seine Finger über die Trommel gleiten und überprüfte, ob alle Kammern geladen waren. Dann hielt er den Revolver mit beiden Händen auf die Tür gerichtet und ging langsam ein paar Schritte rückwärts. Als er sich von dem kleinen Fenster fortbewegte, verlor er die Gestalt draußen auf dem Gang aus den Augen, aber er wusste auch so, dass sie nicht weitergegangen war.

Pendergast hörte einen leisen Schlag gegen die Tür, gefolgt von einem Kratzen. Er fasste den Revolver noch fester und sah – oder glaubte zu sehen –, dass von außen langsam der Türgriff gedreht wurde. Ob nun verschlossen oder nicht, diese windige Tür würde das, was sich da draußen befand, nicht lange aufhalten können. Pendergast hörte noch einen gedämpften Schlag, dann war alles still.

Rasch ging er zur Tür und blickte aus dem Fenster. Der Gang schien leer zu sein. Mit einer Hand hielt er den entsicherten Revolver mit dem Lauf nach oben, während er die andere an den Türgriff legte. Er horchte angestrengt und zählte bis fünf. Dann sperrte er schnell die Tür auf, öffnete sie und trat hinaus in die Mitte des Gangs. Am anderen Ende stand eine dunkle Gestalt vor einer anderen Tür. Selbst in dem schwachen Licht konnte Pendergast erkennen, dass sie ein Vierbeiner war, der sich auf die Hinterläufe gestellt hatte. Als Pendergast sah, wie die Kreatur mit einer ihrer Vorderpfoten am Türknauf drehte, hätte er fast laut losgelacht. Da wurde das Licht im Gang plötzlich kurzzeitig schwächer, brannte gleich danach aber wieder normal hell weiter. Pendergast ließ sich auf ein Knie sinken, stützte den Revolver auf und zielte sorgfältig. Das Licht wurde abermals schwächer. Pendergast sah, wie die auf den Hinterbeinen sitzende Kreatur sich in seine Richtung drehte. Er zielte genau auf die Schläfe und atmete langsam aus. Dann betätigte er mit ruhiger Hand den Abzug.

Der Revolver brüllte auf, ein Blitz zuckte aus seiner

Mündung und Pendergast spürte den Rückstoß der schweren Waffe. Den Bruchteil einer Sekunde lang sah er einen weißen Streifen über den Schädel der Kreatur laufen. Dann war die Gestalt um eine Ecke verschwunden und der Gang war leer.

Pendergast wusste genau, was passiert war. Er hatte einen solchen weißen Streifen schon einmal am Schädel eines Bären gesehen, auf den er bei einer Jagd geschossen hatte. Damals war die Kugel vom Kopf des Bären abgeprallt, hatte einen Streifen Haut und Fell abgerissen und den weißen Schädelknochen freigelegt. Die Kreatur musste einen verdammt harten Schädel haben, wenn der sorgfältig gezielte Schuss mit einer stahlummantelten .45er Kugel aus Chromlegierung davon abprallte wie die Erbse aus einer Kinderpistole. Pendergast sackte erschöpft nach vorn und ließ die Hand mit dem Revolver sinken, als das Licht zum dritten Mal flackerte und schließlich ganz erlosch.

47

Von seinem Standpunkt am *Hors d'œuvres*-Büfett hatte Smithback gut beobachten können, wie Wright seine mit viel Gestik untermalte Rede per Lautsprecheranlage auch noch in den letzten Winkel der Halle geschickt hatte. Smithback hatte sich nicht die Mühe gemacht zuzuhören, denn Rickman würde ihm ja später ohnehin eine sorgfältig überarbeitete Kopie der Rede zukommen lassen, das war so sicher wie das Amen in der Kirche. Nachdem Wright seine Ansprache beendet hatte, hatten sich die ersten Gäste auf den Weg in die Ausstellung gemacht und nun schoben sie sich schon eine halbe Stunde lang an Smithback vorbei, der sich seinerseits aber nicht von der Stelle rührte. Genüsslich ließ er seine Augen über das Büfett streifen und überlegte sich, was er sich als Nächstes einverleiben sollte, eine dicke Garnele oder einen kleinen Buchweizenpfannkuchen mit Kaviar? Er entschied sich für die Pfannkuchen – er nahm gleich fünf davon und begann genüsslich zu essen. Der leicht hellgraue Kaviar – er war wirklich vom Stör – war bei Weitem nicht so salzig wie der kleinkörnige, schwarze Seehasenrogen, den man den Gästen bei Verlagspartys immer unterzujubeln versuchte.

Als Smithback die Pfannkuchen gegessen hatte, nahm er sich doch noch eine Garnele, oder besser gleich zwei, gefolgt von drei Kräckern mit geräucherter schottischer Dorschleber und ein paar hauchdünn geschnittenen Scheiben Roastbeef – nein, danke, im Moment möchte ich kein

Tatar –, aber von den Sushi nehme ich mir gerne zwei – Smithbacks Blick glitt über die weiteren Delikatessen an dem gut zwanzig Meter langen Büfett. So etwas hatte er bisher noch nie gesehen und er war nicht gewillt, sich auch nur eine einzige Köstlichkeit entgehen zu lassen.

Die Band hörte abrupt auf zu spielen und fast gleichzeitig rammte jemand Smithback einen Ellenbogen in die Seite.

»Hey!«, beschwerte sich Smithback und wollte noch mehr sagen, aber als er aufblickte, sah er, dass er sich plötzlich inmitten einer drängelnden, um sich schlagenden, stöhnenden und schreienden Menschenmasse befand, die ihn rückwärts gegen das Büfett drückte. Smithback kam ins Straucheln und als er versuchte, sein Gleichgewicht wiederzufinden, rutschte er aus und fiel zu Boden. Geistesgegenwärtig krabbelte er unter den Tisch, von wo aus er unzählige Füße an sich vorbeitrampeln sah. Er hörte Schreie und das schreckliche Geräusch von menschlichen Leibern, die mit voller Wucht gegeneinanderprallten. Ab und zu verstand er auch ein paar Fetzen von dem, was sich die Leute zuriefen. »– eine Leiche gefunden!« – »– ermordet!« Hatte etwa der Mörder wieder zugeschlagen, hier auf der Party, mitten unter Tausenden von Menschen? Das war doch nicht möglich!

Ein Stöckelschuh aus schwarzem Samt mit einem gefährlich spitzen Pfennigabsatz wurde unter den Tisch geschleudert. Als Smithback ihn angewidert zur Seite schob, bemerkte er, dass er immer noch ein Stück Garnele in der Hand hielt. Er ließ es sofort fallen. Was immer sich abspielte, es geschah mit einer irrsinnigen Geschwindigkeit.

Es war erschreckend, wie rasch sich in einer so großen Menschenmenge Panik ausbreiten konnte.

Dann rannte jemand mit voller Wucht gegen den Tisch, unter dem Smithback lag, und eine große Silberplatte mit Kräckern und Käse landete scheppernd auf dem Boden, wobei ein großes Stück Camembert direkt auf Smithbacks Rüschenhemd fiel. Er nahm den Käse und steckte ihn sich in den Mund, während nur Zentimeter von seinem Gesicht entfernt stampfende Füße eine große Leberpastete zu Brei traten. Dann kam eine weitere Platte herunter und verspritzte Kaviar wie grauen Nieselregen auf dem Fußboden.

Das Licht flackerte. Smithback schob sich rasch noch ein Stück Camembert zwischen die Zähne, als ihm plötzlich das Absurde der Situation klar wurde. Da lag er unter einem Tisch und aß französischen Käse, während ihm der bisher größte Knüller seiner journalistischen Laufbahn buchstäblich auf einem Silbertablett serviert wurde. Während das Licht flackerte, kramte er sein kleines Diktiergerät aus einer Tasche seines Smokings.

Mit dem Mund direkt am Mikrofon sprach Smithback, so schnell er konnte, und hoffte, dass seine Stimme trotz der brüllenden und stampfenden Menschen noch einigermaßen verständlich aufgezeichnet wurde. Dies hier war eine unglaubliche Chance, die er sich nicht entgehen lassen durfte. Zum Teufel mit Rickman und ihrem Knebelvertrag. Die ganze Welt würde sich um diese Story reißen. Smithback hoffte inständig, dass andere Journalisten, die sich vielleicht ebenfalls unter den Gästen befunden hatten, jetzt in der allgemeinen Panik mit zum Ausgang rannten.

Das Licht flackerte schon wieder.

Hunderttausend Dollar Vorschuss und keinen Cent weniger. Schließlich war er hier mitten im Geschehen und hatte die Geschichte von Anfang an miterlebt. Das musste ihm erst mal einer nachmachen.

Das Licht flackerte ein drittes Mal und ging dann ganz aus.

»Verdammte Scheiße!«, schrie Smithback. »Dreht doch eine neue Sicherung rein!«

Margo schob Frock um eine weitere Ecke und wartete, bis dieser erneut nach Pendergast gerufen hatte. Seine Stimme hallte verloren von den Wänden des Ganges wider.

»Langsam macht das keinen Sinn mehr«, sagte Frock bitter. »Hier in dieser Sektion gibt es mehrere Lagerräume. Vielleicht ist er in einem von ihnen und kann uns nicht hören. Sehen wir doch in ein paar davon hinein. Sonst können wir ohnehin nicht mehr viel tun.« Schnaufend zog er etwas aus seiner Smokingtasche. »Allzeit bereit«, sagte er mit einem Lächeln und hielt den Hauptschlüssel hoch, den man nur als Kurator bekam.

Margo schloss die erste Tür auf und spähte in einen düsteren Raum. »Mr Pendergast?«, rief sie. Aus dem Dämmerdunkel schälten sich langsam Metallregale voller riesiger Knochen. Ein Dinosaurierschädel, so groß wie ein VW-Käfer, stand auf einer hölzernen Palette neben der Tür. Er war noch nicht ganz von dem Gestein, in dem er gefunden worden war, befreit und seine schwarzen Zähne schimmerten matt.

»Weiter!«, befahl Frock.

Das Licht flackerte und wurde schwächer.

Auch im nächsten Lagerraum erhielt Margo keine Antwort.

»Noch einen!«, sagte Frock. »Den da drüben, auf der anderen Seite des Gangs.«

Margo blieb vor der Tür stehen, auf der PLEISTOZÄN 12 B stand, und bemerkte gleichzeitig, dass am Ende des Ganges eine Tür ins Treppenhaus führte. Als sie die Tür öffnete, flackerte das Licht ein zweites Mal.

»Das ist –«, fing sie an.

Plötzlich dröhnte ein lauter Knall durch den Gang. Mit klopfendem Herzen blickte Margo hoch. Es schien so, als wäre hinter der nächsten Ecke, in einem Gang, den sie bisher noch nicht entlanggegangen waren, ein Schuss abgefeuert worden.

Dann ging das Licht ganz aus.

»Warten wir einen Augenblick, bis das Notstromaggregat seine Arbeit aufnimmt«, sagte Frock.

Nur das leise Knarzen des Gebäudes unterbrach ab und zu die Stille. Aus Sekunden wurde erst eine, dann volle zwei Minuten. Margo bemerkte einen seltsam verrotteten, fast ranzigen Geruch. Als ihr bewusst wurde, wo und unter welchen Umständen sie diesen Geruch schon einmal gerochen hatte, schluchzte sie laut auf. Es war in der dunklen, leeren Ausstellung gewesen.

»Riechen Sie das auch?«, flüsterte sie.

»Ja«, zischte Frock. »Gehen Sie in den Lagerraum und sperren Sie die Tür ab.«

Margos Atem ging schnell und sie musste sich am Türrahmen festhalten. Der Geruch wurde immer stärker und sie rief leise: »Dr. Frock? Können Sie meiner Stimme folgen?«

»Dafür ist es jetzt zu spät«, flüsterte Frock zurück. »Vergessen Sie mich und gehen Sie in den Lagerraum.«

»Nein«, antwortete Margo. »Fahren Sie langsam auf mich zu.« Margo hörte, wie sein Rollstuhl knarzte. Der Geruch war jetzt geradezu überwältigend, wie der erdig-faulige Gestank eines Sumpfs, vermischt mit dem süßlichen von rohem Hackfleisch. Margo hörte ein feuchtes Schnüffeln.

»Ich bin hier«, flüsterte sie Frock zu. »Bitte, beeilen Sie sich.« Die Dunkelheit kam Margo schwer und erstickend vor. Sie krallte sich am Türrahmen fest und presste sich flach an die Wand und kämpfte so gegen das fast überwältigende Bedürfnis zu fliehen an. In der pechschwarzen Düsternis hörte sie das Knirschen der Räder und schließlich spürte sie, wie der Rollstuhl ihr gegen ein Bein fuhr. Sie packte die Griffe des Stuhls und zog Frock in den Lagerraum. Dann schlug sie die Tür zu, sperrte sie ab und sank, von lautlosen Weinkrämpfen geschüttelt, zu Boden. In dem Lagerraum war alles still.

Dann kratzte es an der Tür, erst leise, dann immer lauter und heftiger. Margo zuckte zusammen und schlug sich die Schulter am Rahmen des Rollstuhls an. Ohne ein Wort zu sagen, nahm Frock sanft ihre Hand in die seine.

48

D'Agosta setzte sich inmitten von Glasscherben auf, nahm sein Funkgerät und blickte den letzten Gästen hinterher, die sich schreiend und heulend entfernten.

»Lieutenant?« Bailey, einer seiner Männer, rappelte sich unter einem weiteren umgestürzten Schaukasten hervor. Der Raum war ein einziges Chaos: Kaputte Ausstellungsstücke waren auf dem Boden verstreut, überall lagen zerbrochenes Glas, Handtaschen, Kleidungsstücke und einzelne Schuhe herum. Alle, außer D'Agosta, Bailey und dem Toten, hatten den Raum verlassen. D'Agosta sah die enthauptete Leiche kurz an und bemerkte die klaffenden Wunden in der Brust, die von geronnenem Blut steife Kleidung und die heraushängenden Gedärme, die aussahen, als wäre die Holzwollefüllung aus einem Stofftier gequollen. Der Mann war schon eine ganze Weile tot. D'Agosta wandte den Blick ab, sah dann aber gleich wieder hin. Die Leiche trug eine Polizeiuniform!

»Bailey«, rief er. »Das ist einer von uns! Wissen Sie vielleicht, wer das sein könnte?«

Bailey, dessen Gesicht in dem schwachen Licht sehr bleich aussah, kam herüber. »Schwer zu sagen, Sir, aber ich glaube, Fred Beauregard hatte einen solchen alten Ring von der Polizeiakademie.«

»Was Sie nicht *sagen.*« D'Agosta pfiff durch die Zähne, während er sich hinunterbeugte und die Nummer auf dem Polizeistern an der Uniform las. »Sechs, sieben, fünf, neun, null.«

Bailey nickte. »Ja, das ist Beauregard.«

»Gott im Himmel«, sagte D'Agosta und richtete sich auf. »Hatte der denn nicht achtundvierzig Stunden dienstfrei?«

»Das stimmt. Seine letzte Schicht endete Mittwochnachmittag.«

»Dann war er die ganze Zeit über hier drin –«, begann D'Agosta mit finsterer Miene. »Und dieser Scheißkerl Coffey hat uns verboten, die Ausstellung zu durchsuchen. Na, dem werde ich vielleicht den Arsch aufreißen!«

Bailey half ihm auf die Füße. »Sie sind ja verletzt, Lieutenant.«

»Das verbinde ich später«, sagte D'Agosta kurz angebunden. »Wo ist McNitt?«

»Ich habe keine Ahnung. Das letzte Mal, als ich ihn sah, steckte er mitten in der Menschenmenge.«

Ippolito kam um die Ecke und sprach in sein Funkgerät. D'Agostas Einschätzung des Sicherheitschefs kletterte um ein paar Punkte in die Höhe. *Er ist vielleicht nicht gerade der Intelligenteste, aber wenn's hart auf hart kommt, dann steht er doch seinen Mann.*

Das Licht flackerte und wurde schwächer.

»In der Halle des Himmels ist eine Panik ausgebrochen«, sagte Ippolito mit dem Ohr am Funkgerät. »Und außerdem kommt gerade die Stahltür am Osteingang herunter.«

»Diese Idioten! Das ist doch der einzige Ausgang!«, rief D'Agosta und hob sein eigenes Funkgerät an den Mund. »Walden, hören Sie mich? Was ist denn los?«

»Hier geht es drunter und drüber, Sir. Ich habe einen Polizisten in Zivil und zwei Wachmänner bei mir und McNitt ist eben aus der Ausstellung gekommen. Sieht ziemlich ramponiert aus. Wir sind jetzt am Eingang zur Ausstellung und versuchen die Menge zu beruhigen, aber es hat keinen Sinn. Viele Leute sind einfach niedergetrampelt worden, Lieutenant.«

Das Licht flackerte ein zweites Mal.

»Walden, sagen Sie mir, kommt denn die Stahltür am Ausgang zur Rotunde herunter?«

»Einen Augenblick.« Kurze Zeit lang gab das Funkgerät nur knarzende Geräusche von sich. »Verdammter Mist, das stimmt! Sie ist schon halb drunten! Die Leute können weder vor noch zurück, und wenn die Tür ganz runterkommt, dann zerquetscht sie mindestens ein Dutzend von ihnen, vielleicht auch zwei –« Plötzlich war alles vollkommen dunkel. Dem dumpfen Geräusch von etwas Schwerem, das auf den Boden aufschlug, folgten panisches Kreischen und laute Schmerzensschreie.

D'Agosta nahm seine Taschenlampe zur Hand. »Ippolito, Sie können doch die Tür per Handsteuerung wieder nach oben fahren, stimmt's?«

»Ja. Aber gleich wird ohnehin das Notstromaggregat einsetzen.«

»So lange können wir nicht warten. Wir müssen so schnell wie möglich zu der Tür. Und seien Sie um Himmels willen vorsichtig.«

Behutsam arbeiteten sie sich bis zum Eingang zu der Ausstellung vor, wobei Ippolito durch ein Wirrwarr aus Glas, gesplittertem Holz und anderem Unrat voranging. Unersetzliche Ausstellungsstücke lagen verstreut am Boden herum. Das Schreien und Kreischen wurde lauter, je näher sie der Halle des Himmels kamen.

D'Agosta, der ein paar Meter hinter Ippolito stand, konnte in der riesigen, dunklen Halle nicht das Geringste erkennen. Selbst die Votivkerzen auf den Tischen waren ausgegangen. Ippolito ließ den Strahl seiner Taschenlampe über den Bereich am Eingang gleiten. *Warum geht er denn nicht weiter?*, fragte sich D'Agosta irritiert. Auf einmal zuckte Ippolito zurück und würgte. Seine Taschenlampe fiel zu Boden und rollte in die Dunkelheit.

»Was, zum Teufel, soll denn das?«, rief D'Agosta und trat zusammen mit Bailey rasch nach vorn. Dann blieben sie beide abrupt stehen.

Die große Halle war ein einziges Durcheinander. D'Agosta, der den Strahl seiner Taschenlampe durch die Dunkelheit wandern ließ, fühlte sich an die Bilder von einem Erdbeben erinnert, die er einmal in den Fernsehnachrichten gesehen hatte. Das Podium war in mehrere Stücke zerbrochen und das Rednerpult vollkommen zersplittert und zerstört. Da, wo die Kapelle gespielt hatte, lagen umgestürzte Stühle und in Panik weggeworfene, zertrampelte Instrumente. Der Boden war ein einziger Sumpf aus zerstampftem Essen, Kleidung, Programmheften, umgestürzten Bambusbüschen und platt getrampelten Orchideen. Tausende von panisch zum Ausgang eilende Menschen hatten diese Verwüstungen angerichtet.

D'Agosta richtete den Strahl der Taschenlampe nun auf den Eingang zur Ausstellung selbst. Die großen hölzernen Stelen, die die Türen flankiert hatten, waren umgestürzt und lagen in mehrere Teile zerbrochen am Boden. Unter den Trümmern der kunstvoll geschnitzten Säulen konnte

D’Agosta in großen Blutlachen schlaffe Arme und Beine hervorragen sehen.

Bailey, der sich dort umgesehen hatte, kam zurück. »Da unter den Säulen liegen mindestens acht Menschen, Lieutenant. Ich glaube nicht, dass auch nur einer von denen noch am Leben ist.«

»Sind welche von unseren Leuten dabei?«, fragte D’Agosta.

»Ich fürchte, ja, Sir. Es sieht so aus, als hätte es McNitt, Walden und einen von den Männern in Zivil erwischt. Außerdem habe ich zwei Wärteruniformen gesehen. Der Rest sind drei Zivilisten.«

»Und alle tot? Jeder Einzelne von ihnen?«

»Soweit ich das beurteilen kann, Sir. Die Säulen sind zu schwer, allein kann ich sie nicht anheben.«

»Mist.« D’Agosta blickte zur Seite und rieb sich die Stirn. Ein dumpfer Schlag tönte von der Halle des Himmels herüber.

»Jetzt ist die Sicherheitstür ganz unten«, sagte Ippolito und wischte sich mit dem Handrücken über den Mund. Er kniete sich neben Bailey nieder. »O nein, Martine – mein Gott, ich kann es einfach nicht glauben.« Er wandte sich zu D’Agosta um. »Das ist Martine, der die hintere Treppe bewacht hat. Er muss hierhergekommen sein, um den anderen beim Beruhigen der Menge zu helfen. Er war einer meiner besten Männer –«

D’Agosta ging an den umgestürzten Säulen vorbei in die Halle, wobei er umgestürzte Tische und zerbrochene Stühle aus dem Weg räumen musste. Seine Hand blutete immer noch. Auch hier lagen mehrere menschliche Gestalten herum, von denen D'Agosta nicht sagen konnte, ob sie tot waren oder noch lebten. Als er vom anderen Ende der Halle lautes Schreien vernahm, richtete er den Strahl seiner Taschenlampe in diese Richtung. Die Metalltür war vollständig heruntergekommen und mehrere Menschen versuchten sie wieder anzuheben, trommelten gegen das Metall und schrien. Einige von ihnen drehten sich um, als sie das Licht von D'Agostas Taschenlampe traf.

D'Agosta lief hinüber zu der Gruppe und ignorierte sein krächzendes Funkgerät. »Beruhigen Sie sich und gehen Sie von der Tür weg. Ich bin Lieutenant D'Agosta von der New Yorker Polizei.«

Die Leute wurden ein wenig ruhiger und D'Agosta rief Ippolito herbei. Als D'Agosta sich die Gruppe näher betrachtete, erkannte er Wright, den Direktor, und Ian Cuthbert, den Verantwortlichen für diese Katastrophe. Dazu eine Frau namens Rickman, die auch ein hohes Tier im Museum war. Bei der Gruppe handelte es sich praktisch um die ersten vierzig Leute, die die Ausstellung betreten hatten. Weil sie als Erste drinnen gewesen waren, waren sie auch als Letzte wieder herausgekommen.

»Hören Sie zu«, rief D'Agosta. »Der Sicherheitschef wird jetzt die Tür wieder nach oben fahren. Bitte treten Sie zurück.«

Als die Menge Platz machte, seufzte D'Agosta unwillkürlich auf. Unter der schweren Metalltür ragten mehrere Gliedmaßen hervor und der Fußboden war rot von Blut. Ein Arm bewegte sich noch langsam und D'Agosta konnte jemanden auf der anderen Seite der Tür schreien hören.

»Gütiger Gott«, flüsterte D'Agosta. »Fahren Sie das Scheißding doch endlich hoch, Ippolito!«

»Leuchten Sie mal hier herüber«, sagte Ippolito und deutete auf einen kleinen Ziffernblock neben der Tür. Dann beugte er sich herunter und tippte eine Reihe von Zahlen ein.

Sie warteten.

Ippolito blickte ein wenig verwirrt drein. »Das verstehe ich nicht–« Er gab die Zahlen noch einmal ein, diesmal etwas langsamer.

»Es ist kein Strom da«, bemerkte D'Agosta.

»Das dürfte aber nichts ausmachen«, entgegnete Ippolito und tippte die Zahlen eilends ein drittes Mal ein. »Dagegen ist das System doppelt abgesichert.«

Die Menge begann zu murmeln.

»Wir sind gefangen!«, schrie ein Mann.

D'Agosta lenkte den Schein der Lampe auf die Leute. »Beruhigen Sie sich, und zwar alle. Die Leiche in der Ausstellung war bereits seit mindestens zwei Tagen tot. Haben Sie verstanden? *Seit zwei Tagen!* Der Mörder ist längst fort.«

»Woher wissen Sie das?«, rief der Mann von vorhin.

»Halten Sie den Mund und hören Sie mir zu«, sagte D'Agosta. »Wir werden Sie hier herausbringen. Wenn wir die Tür nicht aufbekommen, dann schaffen es unsere Leute von draußen. Kann sein, dass dies ein paar Minuten dauert. In der Zwischenzeit will ich, dass Sie alle ein paar Schritte zurücktreten und beieinanderbleiben. Suchen Sie sich jeder einen Stuhl und setzen Sie sich. Okay? Hier können Sie momentan überhaupt nichts tun.«

Wright trat vor ins Licht. »Hören Sie, Officer«, sagte er.

»Wir müssen sofort hier raus. Ippolito, öffnen Sie die Tür, um alles in der Welt!«

»Einen Augenblick«, sagte D'Agosta scharf. »Bitte gehen Sie zurück zu den anderen, Dr. Wright.« Er blickte in die Gesichter mit den weit aufgerissenen Augen. »Ist vielleicht ein Arzt unter Ihnen?«

Stille.

»Oder eine Krankenschwester? Jemand, der sich in Erster Hilfe auskennt?«

»Ich verstehe ein wenig von Erster Hilfe«, meldete sich ein Mann.

»Gut, Mr –«

»Arthur Pound.«

»Hören Sie, Mr Pound. Schnappen Sie sich einen oder zwei Freiwillige und gehen Sie zu den Leuten, die niedergetrampelt wurden. Ich muss wissen, wie viele es sind und in was für einem Zustand sie sich befinden. Officer Bailey, einer meiner Leute, ist am Eingang zur Ausstellung zurückgeblieben. Der wird Ihnen helfen. Er hat auch eine Taschenlampe. Außerdem brauche ich einen Freiwilligen, der mir ein paar Kerzen organisiert.«

Ein junger, schlaksiger Kerl in einem recht lädierten Smoking trat aus dem Halbdunkel. Er schluckte erst etwas hinunter, an dem er gekaut hatte, dann sagte er: »Das mit den Kerzen übernehme ich.«

»Name?«

»Smithback.«

»Okay, Mr Smithback. Haben Sie Zündhölzer.«

»Na klar doch.«

Nun trat der Bürgermeister vor. Sein Gesicht war blutverschmiert und unter einem Auge war ein dicker, violetter Striemen. »Ich möchte auch etwas tun«, sagte er.

D'Agosta sah ihn erstaunt an. »Bürgermeister Harper! Vielleicht könnten Sie das Kommando über die Gruppe übernehmen und dafür sorgen, dass die Leute so ruhig wie möglich bleiben.«

»Sicher, Lieutenant.«

D'Agostas Funkgerät meldete sich schon wieder.

»D'Agosta, hier spricht Coffey. Hören Sie mich, D'Agosta? Was, zum Teufel, geht hier drinnen bei Ihnen eigentlich vor? Geben Sie mir sofort einen Lagebericht.«

»Hören Sie mir gut zu, denn ich werde das nicht wiederholen«, sagte D'Agosta schnell. »Wir haben hier mindestens acht Tote, möglicherweise mehr, und eine bislang noch unbekannte Anzahl Verletzter. Von den Leuten, die unter der Tür eingequetscht sind, haben Sie ja vermutlich schon erfahren. Ippolito kann das Scheißding nicht hochfahren. Ansonsten sind etwa dreißig bis vierzig Leute hier bei mir. Darunter Wright und der Bürgermeister.«

»Der Bürgermeister! Mist. Hören Sie zu, D'Agosta, das ganze System ist vollständig zusammengebrochen. Auch von hier aus funktioniert die manuelle Steuerung der Tür nicht mehr. Ich werde einen Trupp mit Schweißgeräten anfordern und Sie rausholen. Das wird eine Zeit lang dauern, die Tür ist so stabil wie ein Banktresor. Wie geht es dem Bürgermeister?«

»Ihm geht es gut. Wissen Sie, wo Pendergast ist?«

»Ich habe keine Ahnung.«

»Wer ist sonst noch hier in dieser Zelle eingeschlossen?«

»Das weiß ich auch noch nicht«, antwortete Coffey.

»Wir holen gerade die Berichte ein. Im Computerraum und der Sicherheitszentrale müssten noch Leute sein, darunter Garcia. Und vielleicht ist auch in den anderen Stockwerken noch jemand. Wir hatten ein paar Agenten in Zivil und etliche Wärter drinnen stationiert. Manche wurden von der Menge hinausgeschoben, wobei einige von ihnen erheblich verletzt wurden. Was, zum Teufel, ist denn in der Ausstellung passiert, D'Agosta?«

»Einer meiner Männer wurde tot über einem Schaukasten entdeckt. Ausgeweidet, wie die anderen Leichen auch.« D'Agosta machte eine kurze Pause, dann sagte er verbittert: »Wenn Sie mich die Ausstellung vorher hätten durchsuchen lassen, dann wäre es nicht zu dieser Katastrophe gekommen.«

Das Funkgerät piepte und verstummte.

»Mr Pound!«, rief D'Agosta. »Wie sieht es mit den Verletzten aus?«

»Wir haben einen Mann gefunden, der noch am Leben ist«, sagte Pound und blickte von einer reglos am Boden liegenden Gestalt auf. »Die anderen sind tot. Zertrampelt. Vielleicht hatte der eine oder andere auch einen Herzinfarkt, das kann man jetzt schlecht sagen.«

»Kümmern Sie sich um den, der noch am Leben ist«, sagte D'Agosta.

Sein Funkgerät piepte wieder. »Lieutenant D'Agosta?«, fragte eine kratzige, raue Stimme. »Hier spricht Garcia aus der Sicherheitszentrale. Ich habe hier –« Garcias Stimme wurde immer leiser und schließlich von einem Störgeräusch übertönt.

»Garcia? Garcia! Was, in drei Teufels Namen, ist denn bei Ihnen los?«

»Tut mir leid, Sir, aber die Batterien in dem Mobilgerät, das ich gerade benutze, sind schon sehr schwach. Wir haben Pendergast, ich stelle ihn jetzt zu Ihnen durch.«

»Vincent«, hörte D'Agosta die vertraute Südstaatenstimme aus dem Lautsprecher.

»Pendergast! Wo sind Sie?«

»Ich bin im Keller auf Station 29. Wie ich höre, ist im ganzen Museum der Strom ausgefallen und wir sind hier in Zelle zwei eingeschlossen. Ich fürchte, ich habe noch ein paar weitere schlechte Nachrichten für Sie. Könnten Sie vielleicht irgendwo hingehen, wo niemand uns zuhören kann?«

D'Agosta entfernte sich von der Gruppe. »Was gibt's?«, fragte er leise.

»Vincent, hören Sie mir aufmerksam zu. Hier unten treibt sich etwas herum. Ich weiß nicht, was es ist, aber es ist groß und ich glaube nicht, dass es sich dabei um einen Menschen handelt.«

»Erlauben Sie sich jetzt bloß keine Scherze mit mir, Pendergast.«

»Ich meine es vollkommen ernst, Vincent. Und das war noch nicht einmal die wirklich schlechte Nachricht. Die ist nämlich, dass dieses Geschöpf möglicherweise auf dem Weg zu Ihnen ist.«

»Was meinen Sie damit? Was ist das für eine Art von Tier?«

»Sie werden es schon erkennen, wenn es sich Ihnen nähert. Der Gestank ist unverwechselbar. Was haben Sie für Waffen bei sich?«

»Sehen wir mal. Drei Repetierschrotflinten, ein paar

Dienstrevolver und zwei Schrotpistolen. Möglicherweise noch ein paar andere Waffen, so genau weiß ich das nicht.«

»Die Schrotpistolen können Sie vergessen, die sind viel zu schwach. Jetzt passen Sie gut auf, ich muss ganz schnell reden. Bringen Sie die Leute so rasch wie möglich hier raus. Dieses Vieh ist, kurz bevor das Licht ausging, an mir vorbeigelaufen. Ich habe es durchs Fenster eines der Lagerräume gesehen und es sah sehr groß aus und ging auf allen vieren. Ich habe zwei Schüsse abgefeuert, dann ist es in einem Treppenhaus am Ende des Ganges verschwunden. Ich habe hier bei mir einen Satz alter Blaupausen, auf denen habe ich nachgesehen. Wissen Sie, wohin diese Treppe führt?«

»Nein«, sagte D'Agosta.

»Einmal führt sie in den unteren Keller, aber ich kann nicht sagen, ob die Kreatur dort hingehen wird. Ansonsten gibt es noch einen Ausgang im dritten Stock und einen in die Halle des Himmels, und zwar direkt hinter dem Podium.«

»Als hätte ich hier nicht ohnehin schon genügend Schwierigkeiten! Was raten Sie mir zu tun, Pendergast?«

»Ich würde Ihre Männer – sofern sie mit Schrotflinten bewaffnet sind – vor dieser Tür zur Treppe Aufstellung nehmen lassen. Wenn die Kreatur erscheint, dann geben Sie ihr Saures. Aber vielleicht *ist* sie ja schon durch, das kann ich Ihnen beim besten Willen nicht sagen. Stellen Sie sich vor, Vincent, ich habe ihr aus ziemlich geringer Entfernung eine metallummantelte Kugel aus einer Fünfundvierziger direkt an den Kopf geschossen und die ist praktisch wirkungslos abgeprallt!«

Wenn ein anderer als Pendergast ihm das erzählt hätte, hätte D'Agosta die Geschichte als einen Scherz oder als das Geplapper eines Verrückten abgetan. »Verstehe«, sagte er. »Wie lange ist das her?«

»Ich habe das Vieh vor ein paar Minuten gesehen, kurz bevor der Strom ausfiel. Nachdem ich einen Schuss abgegeben hatte, bin ich ihm noch um eine Ecke des Ganges gefolgt. Es hat versucht eine Tür zu öffnen. Da habe ich noch einmal geschossen, aber mein Helmlicht war nicht richtig eingerichtet und so ging der Schuss daneben. Als ich ihm um eine weitere Ecke nachging, war es verschwunden. Der einzige Weg aus diesem Gang heraus ist die Treppe, die hinauf zu Ihnen führt. Vielleicht versteckt es sich irgendwo im Treppenhaus oder ist, wenn Sie Glück haben, in ein anderes Stockwerk gegangen. Ich weiß nur, dass es nicht hierher zurückgekommen ist.«

D'Agosta schluckte schwer.

»Wenn Sie gefahrlos hier herunter in den Keller kommen können«, sagte Pendergast, »dann tun Sie es. Auf meinen Blaupausen habe ich möglicherweise einen Weg nach draußen entdeckt. Funken Sie mich wieder an, wenn Sie sich an einem Ort befinden, der weniger unsicher ist. Haben Sie verstanden?«

»Ja«, sagte D'Agosta.

»Und, Vincent, da ist noch etwas, womit Sie rechnen müssen.«

»Was denn?«

»Diese Kreatur kann Türen öffnen und schließen.«

D'Agosta steckte das Funkgerät in sein Halfter, fuhr sich mit der Zunge über die Lippen und ging zurück zu der

Gruppe von Leuten. Die meisten von ihnen saßen benommen auf dem Fußboden, aber ein paar zündeten die Kerzen an, die der dünne Kerl irgendwo organisiert hatte.

D'Agosta sprach die Gruppe so sanft an, wie er nur konnte. »Kommen Sie bitte alle hier herüber und stellen Sie sich an dieser Wand hier auf. Und machen Sie die Kerzen aus.«

»Was ist los?«, rief jemand, den D'Agosta an der Stimme als Wright erkannte.

»Ruhe! Tun Sie, was ich sage. Sie da, wie heißen Sie noch gleich, Smithback? Legen Sie die Kerzen hin und kommen Sie zu mir.« D'Agostas Funkgerät piepste, während er die Halle kurz mit seiner Taschenlampe ableuchtete. Die weiter entfernten Ecken waren so schwarz, dass sie das Licht förmlich zu verschlucken schienen. In der Mitte der Halle, wo Pound und noch jemand vor einer reglosen Gestalt knieten, brannten flackernd ein paar Kerzen.

»Mr Pound!«, rief D'Agosta. »Und Sie, der andere, auch! Kommen Sie wieder hierher!«

»Aber er ist noch am Leben –«

»Kommen Sie *sofort* zurück!« D'Agosta wandte sich den Leuten zu, die sich hinter ihm zusammenscharten. »Dass mir keiner von Ihnen auch nur das leiseste Geräusch von sich gibt. Bailey und Ippolito, nehmen Sie die Schrotflinten mit und folgen Sie mir.«

»Haben Sie das gehört?«, schrie Wright. »Wozu brauchen die ihre Waffen?«

Aus dem Funkgerät war eine Stimme zu hören. D'Agosta erkannte sie als die von Coffey und stellte das Gerät ab. Die Strahlen der Taschenlampen nach vorn gerichtet, bewegten sich die drei Männer vorsichtig in die Mitte der Halle. D'Agosta ließ das Licht seiner Lampe an der Wand entlangwandern, bis er an den dunklen Umrissen die Tür zum Treppenhaus erkannte. Sie war geschlossen. D'Agosta glaubte, einen merkwürdigen, verrotteten Geruch wahrnehmen zu können, den er nicht so genau einordnen konnte. Nun, die Halle roch überall eigentlich ziemlich streng, denn die Hälfte der Gäste musste wohl, als das Licht ausging, die Kontrolle über ihre Schließmuskeln verloren haben.

D'Agosta ging voran zu der Tür und blieb davor stehen. »Pendergast sagt, dass sich in diesem Treppenhaus möglicherweise eine Kreatur, irgendein Tier, aufhält«, flüsterte er den anderen zu.

»Das sagt Pendergast«, meinte Ippolito sarkastisch hinter vorgehaltener Hand.

»Lassen Sie den Scheiß, Ippolito, und hören Sie mir lieber zu. Wir können nicht einfach hier in der Dunkelheit stehen und warten, bis es sich über uns hermacht. Wir werden vielmehr ganz ruhig und überlegt hineingehen. In Ordnung? Streng nach Vorschrift, mit entsicherten und durchgeladenen Waffen. Bailey, Sie öffnen die Tür und leuchten uns. Ippolito, Sie gehen die Treppe nach oben, ich die nach unten. Wenn Sie einen Menschen sehen, verlangen Sie einen Ausweis. Sollten Sie den nicht kriegen, schießen Sie sofort. Und wenn Sie irgendetwas anderes sehen, schießen Sie ohne Vorwarnung. Wenn ich den Befehl gebe, geht's los.«

D'Agosta schaltete seine Taschenlampe aus und steckte sie in die Tasche. Dann packte er mit beiden Händen die

Schrotflinte. Er nickte Bailey zu, der daraufhin den Strahl seiner Lampe auf die Tür zum Treppenhaus richtete. D'Agosta schloss die Augen und murmelte ein rasches Gebet. Dann gab er den Befehl zum Einsatz.

Er und Ippolito stellten sich knapp neben die Tür, dann riss Bailey sie mit einem Ruck auf. D'Agosta und Ippolito sprangen ins Treppenhaus und Bailey hinter ihnen bewegte das Licht der Taschenlampe in einem Halbkreis hin und her.

Hinter der Tür stank es ganz entsetzlich. D'Agosta ging ein paar Schritte hinunter in die Dunkelheit, spürte dann aber eine plötzliche Bewegung *über* sich und hörte ein so unnatürliches, kehliges Knurren, dass ihm die Knie weich wurden. Dann vernahm er ein feuchtes, klatschendes Geräusch, als würde jemand mit einem nassen Handtuch auf den Boden schlagen. Glitschige Brocken spritzten an die Wand neben ihm, ein paar kleinere von ihnen trafen auch sein Gesicht. »Scheiße!«, hörte er Bailey aufschreien.

»Bailey! Lassen Sie es nicht hinaus in die Halle!«, brüllte D'Agosta und feuerte so lange die Treppe hinauf und hinab in die Dunkelheit, bis er das ganze Magazin leer geschossen hatte. Der scharfe Geruch des Pulverdampfs vermischte sich mit dem widerlichen Gestank und aus der Halle des Himmels waren auf einmal Schreie zu hören.

D'Agosta stolperte die Treppe hinauf, wäre oben fast über etwas gefallen und sprang hinaus in die Halle. »Wo ist es, Bailey? Wo ist es?«, schrie er, während er, noch immer halb blind vom Mündungsfeuer, das Magazin seiner Schrotflinte nachlud.

»Ich weiß es nicht«, rief Bailey. »Ich kann nichts mehr sehen!«

»Ist es nach unten oder in die Halle?« *Zwei Patronen im Magazin. Drei, vier –*

»Ich weiß es nicht! Ich weiß es nicht!«

D'Agosta zog seine Taschenlampe heraus und leuchtete Bailey an. Der Polizist war blutüberströmt. Fleischfetzen hingen ihm in den Haaren und vor den Augen. Er wischte sich mit dem Ärmel seiner Uniformjacke über das Gesicht. Ein ekelerregender Gestank erfüllte die Luft.

»Ich bin okay!«, sagte Bailey zu D'Agosta. »Glaube ich wenigstens. Ich kann bloß nichts sehen, weil ich diesen ganzen Mist im Gesicht habe.«

D'Agosta leuchtete mit dem Strahl der Taschenlampe hinaus in die Halle, während er die Schrotflinte schussbereit in die Hüfte gestemmt hielt. Die Gruppe von Leuten, die immer noch an einer Wand kauerte, blinzelte ihn erschrocken an. Dann richtete er den Lichtstrahl wieder ins Treppenhaus und sah, dass Ippolito, oder besser das, was von ihm übrig war, über dem Treppenabsatz auf den Stufen lag. Dunkles Blut sprudelte aus seinem zerfetzten Unterleib hervor.

Das Ding hatte ihnen nur ein paar Stufen oberhalb des Treppenabsatzes aufgelauert. *Aber wo, zum Teufel, war es jetzt?* D'Agosta leuchtete verzweifelt in der Halle herum, konnte aber nichts entdecken. Der große Raum war vollkommen still.

Nein. Nicht ganz still. *Etwas* bewegte sich in der Mitte der Halle. Das Licht der Lampe war auf diese Entfernung sehr schwach, aber D'Agosta konnte sehen, wie ein großer, dunkler Schatten über dem verletzten Mann am Boden kauerte und mit seltsamen, abgehackten Bewegungen sich an ihm zu schaffen machte. D'Agosta hörte den Mann aufstöhnen und ein leises, knackendes Geräusch. Danach war es wieder still. D'Agosta klemmte die Taschenlampe unter die Achsel, hob sein Gewehr, zielte und drückte ab.

Ein Blitz und ein ohrenbetäubender Knall. Die zusammengedrängte Gruppe schrie auf. Noch drei Schüsse, und das Magazin war schon wieder leer.

D'Agosta suchte in seinen Taschen nach weiteren Patronen und als er keine fand, warf er die Schrotflinte weg und zog seinen Dienstrevolver. »Bailey!«, schrie er. *Diese Schrotladungen sind auf Entfernungen von über fünfzehn Meter nicht mehr treffsicher.* »Bailey, kommen Sie sofort hierher, sammeln Sie die Leute zusammen und machen Sie sie zum Abmarsch fertig.« Er ließ den Strahl der Taschenlampe über den Boden der Halle gleiten, aber die Kreatur war verschwunden. D'Agosta ging vorsichtig auf die am Boden liegende Gestalt zu. Als er noch etwa drei Meter entfernt war, sah er etwas, was er lieber nicht gesehen hätte: Der Hinterkopf des Mannes war zersplittert, sein Gehirn lag vor ihm auf dem Boden. Eine Spur von Blut führte zum Eingang in die Ausstellung. Was immer auch den Mann am Boden getötet hatte, es war vor den Schüssen aus der Schrotflinte dorthin geflohen. Aber es würde wohl nicht lange dort drinnen bleiben.

D'Agosta sprang auf, rannte um die umgestürzten Säulen herum und befreite den einen Flügel der Tür zur Ausstellung von umherliegenden Trümmern. Mit einem Stöhnen schlug er die Tür zu, dann rannte er auf die andere Seite. Aus den Räumen der Ausstellung hörte er ein sich rasch näherndes Geräusch von Schritten. D'Agosta knallte den zweiten Türflügel zu und hörte, wie das Schloss einrastete. Dann erzitterte die Tür, weil sich etwas Schweres von innen dagegenwarf.

»Bailey!«, schrie D'Agosta, »bringen Sie die Leute auf der Treppe nach unten!«

Die Kreatur warf sich immer heftiger gegen die Tür, sodass D'Agosta unwillkürlich einen Schritt zurücktrat. Das Holz der Tür begann zu splittern.

Während er mit seinem Revolver auf die Tür zielte, hörte er, wie hinter ihm ein paar Leute entsetzt aufschrien. Vermutlich hatten sie Ippolito gesehen. Bailey stritt sich mit Wright. Die Tür erzitterte und ein großes Stück platzte in dem unteren Teil auf.

D'Agosta rannte zurück in die Halle. »Die Treppe hinunter! Schnell! Und drehen Sie sich nicht um!«

»Nein!«, schrie Wright, der den Weg ins Treppenhaus versperrte. »Sehen Sie bloß, was mit Ippolito geschehen ist! Ich gehe da nicht hinunter!«

»Aber dort unten gibt es einen Weg nach draußen!«, rief D'Agosta.

»Stimmt nicht. Wir müssen durch die Ausstellung und dann –«

»In der Ausstellung ist dieses *Ding!«,* schrie D'Agosta. »Jetzt gehen Sie schon!«

Bailey drückte Wright gewaltsam zur Seite und schob die Leute durch die Tür zum Treppenhaus, auch wenn sie dabei über Ippolitos Leiche steigen mussten. *Wenigstens scheint der Bürgermeister Ruhe zu bewahren,* dachte D'Agosta. *Der hat vermutlich in seiner letzten Pressekonferenz Schlimmeres erlebt.*

»Ich gehe nicht da hinunter!«, schrie Wright. »Cuthbert, Lavinia, hören Sie auf mich. Dieser Keller ist eine Todesfalle. Das weiß ich genau. Wir gehen nach oben, da können wir uns im dritten Stock verstecken und zurückkommen, wenn die Kreatur fort ist.«

Die Leute stolperten durch die Tür und taumelten benommen die Stufen hinunter. D'Agosta hörte, wie noch mehr Holz zersplitterte. Er hielt einen Augenblick inne. Über dreißig Leute waren bereits auf dem Weg nach unten, nur drei zögerten noch oben auf dem Treppenabsatz. »Das ist Ihre letzte Chance, mit uns zu kommen«, sagte er.

»Wir gehen mit Dr. Wright«, sagte Lavinia Rickman. Im fahlen Licht der Taschenlampe sah ihr abgezehrtes, verängstigtes Gesicht geradezu gespenstisch aus.

Ohne ein weiteres Wort drehte D'Agosta sich um und folgte den anderen nach unten. Während er die Treppe hinunterrannte, konnte er Wrights laute, verzweifelte Stimme hören, die alle vergeblich wieder nach oben beorderte.

49

Coffey stand im großen, bogenförmigen Eingang der Großen Rotunde und sah zu, wie der Regen gegen die kunstvoll gearbeiteten Türen aus Glas und Bronze peitschte. So sehr er auch in sein Funkgerät schrie, D'Agosta antwortete einfach nicht. Und was hatte dieser Pendergast vorhin für einen Scheiß über irgendein Monster erzählt? Der Bursche war ja schon immer jenseits von Gut und Böse gewesen, dachte Coffey, und dieser Stromausfall hatte ihm nun endgültig den Rest gegeben. Alle hatten, wie üblich, mal wieder Mist gebaut und nun musste er, Coffey, den Karren aus dem Dreck ziehen. Draußen fuhren eben zwei große Fahrzeuge des Sondereinsatzkommandos vor, aus denen Polizisten in Straßenkampfausrüstung quollen und damit begannen, mittels mitgebrachter Gitter den Riverside Drive abzusperren. Coffey konnte die Sirenen von Krankenwagen hören, die sich an Streifenwagen, Feuerwehrfahrzeugen und den kreuz und quer geparkten Kleinbussen der Fernsehanstalten vorbeischlängeln mussten. Überall, ob unter dem großen Vorbau des Museums oder draußen im strömenden Regen, standen und lagen Menschen, die weinten oder aufgeregt erzählten, wie sie dem Unheil gerade noch entkommen waren. Presseleute versuchten immer wieder, sich durch den Polizeikordon zu schmuggeln und den Opfern ihre Mikrofone vor die Nase zu halten, aber die Polizei passte auf und schickte sie wieder hinter die Absperrung.

Coffey rannte durch den strömenden Regen hinüber zur mobilen Kommandozentrale, einem großen, silbernen Lieferwagen. Er riss die Tür auf und sprang hinein.

Drinnen war es kühl und dunkel. Mehrere Agenten saßen an Terminals, die einen grünlichen Schimmer über ihre Gesichter warfen. Coffey schnappte sich Kopfhörer und Mikrofon und setzte sich. »Sofort umgruppieren!«, befahl er über Funk seinen Leuten. »Alle FBI-Agenten melden sich umgehend bei der mobilen Kommandozentrale!«

Dann wechselte er den Kanal. »Sicherheitszentrale! Wie ist die Lage bei Ihnen?«

Garcia meldete sich mit müder und zugleich angespannter Stimme. »Wir haben hier immer noch einen Totalausfall des ganzen Systems, Sir. Das Notstromaggregat springt nicht an, und niemand weiß, warum. Alles, was wir haben, sind unsere Taschenlampen und der batteriebetriebene mobile Verstärker.«

»Können Sie denn das Aggregat nicht von Hand anwerfen?«

»Hier ist alles computergesteuert, Sir. Manuell lässt sich da überhaupt nichts starten.«

»Und was ist mit den Stahltüren?«

»Der Stromausfall hat eine Fehlfunktion im gesamten Sicherheitssystem ausgelöst, Sir. Die Leute hier glauben, es handelt sich um einen Konstruktionsfehler in der Hardware. Alle Sicherheitstüren wurden ausgelöst.«

»Was soll das heißen, *alle?*«

»Sämtliche Sicherheitstüren an allen fünf Zellen sind heruntergegangen. Nicht nur die von Zelle zwei. Das Innere des Museums ist damit vollkommen von der Außenwelt abgeriegelt.«

»Garcia, wer von den Leuten bei Ihnen kennt sich am besten mit diesem Sicherheitssystem aus?«

»Das müsste Allen sein.«

»Dann holen Sie ihn mir mal an den Apparat.«

Nach einer kurzen Pause meldete sich eine andere Stimme. »Hier spricht Tom Allen. Was gibt's?«

»Allen, was ist mit den Sicherheitstüren los? Warum kann man sie nicht manuell nach oben fahren?«

»Das ist ein Hardware-Problem. Wir haben das Sicherheitssystem von einer japanischen Firma gekauft. Sakura Electronics. Wir versuchen gerade, einen der dortigen Spezialisten an die Strippe zu bekommen, aber das ist nicht so einfach, weil die Telefonanlage digital arbeitet und seit dem Ausfall des Computers ebenfalls nicht mehr funktioniert. Wir müssen den Anruf über Garcias Relaisstation nach draußen schicken, aber es ist schwierig, eine freie Leitung zu kriegen. Das Ganze ist so eine Art Kettenreaktion, die damit anfing, dass der Schaltkasten kaputt geschossen wurde.«

»Wer hat das gemacht? Davon weiß ich ja noch gar nichts!«

»Ein Polizist – wie hieß er doch gleich? Waters, kann das sein? Er hatte Wache im Computerraum und dachte, er hätte dort etwas Verdächtiges gesehen. Da hat er ein paar Ladungen Schrot in den Hauptschaltkasten für die gesamte Elektrik gepumpt.«

»Hören Sie zu, Allen, ich möchte ein Sondereinsatzkommando ins Museum schicken, damit es die Leute herausholt, die noch in der Halle des Himmels gefangen sind. Der Bürgermeister ist auch darunter, verdammt noch mal. Wie kommen wir am besten rein? Sollen wir die östliche Tür aufschweißen?«

»Das ist keine besonders gute Idee. Diese Türen sind so konstruiert, dass sie sich nur sehr schwer mit einem Schneidbrenner bearbeiten lassen. Sie könnten es schaffen, aber es würde eine Ewigkeit dauern.«

»Und was ist mit dem unteren Keller? Ich habe gehört, dass da unten ein wahres Labyrinth von Gängen sein soll.«

»Möglicherweise könnten Sie von dort in die Halle gelangen, aber unsere computerisierten Karten lassen sich momentan nicht aufrufen. Außerdem ist der untere Keller nur recht unvollständig auf den Plänen verzeichnet. Sie müssten sich also erst einen Weg suchen und das würde ebenfalls ziemlich lange dauern.«

»Und was ist mit den Wänden? Können wir da irgendwo ein Loch durchschlagen?«

»Die unteren tragenden Wände sind sehr dick, fast überall über einen Meter, mindestens. Außerdem sind die alten Ziegelmauern massiv mit Stahl verstärkt worden. Was die Fenster betrifft, so hat Zelle zwei nur im zweiten und dritten Stock welche, und die sind alle vergittert. Außerdem sind die meisten von ihnen ohnehin zu klein, als dass ein Mensch durchkriechen könnte.«

»Mist. Und was ist mit dem Dach?«

»Die Zellen sind bis zum Dach hinauf abgeschottet und es wäre verdammt schwierig –«

»Himmel Herrgott, Allen, ich will wissen, auf welchem Weg unsere Leute noch am *besten* ins Museum kommen!«

Das Funkgerät war für kurze Zeit still.

»Der beste Weg wäre dann wohl doch übers Dach«, sagte Allen schließlich. »Die Sicherheitstüren in den oberen Stockwerken sind nicht ganz so stark wie die weiter unten. Die Halle des Himmels ist so groß, dass darüber, im vierten Stock, bereits die Zelle drei beginnt. Aber da können Sie nicht von außen hinein, denn das Dach ist wegen der Röntgenlabors, die sich dort befinden, besonders gut abgeschirmt. Möglicherweise kommen Sie aber durchs Dach in Zelle vier und da müssten Sie eigentlich in einem der schmaleren Gänge eine Sicherheitstür mit einer Sprengladung knacken können. In Zelle drei gibt es eine Klappe im Boden, durch die der große Kronleuchter in der Halle des Himmels gewartet wird. Da können Sie in die Halle einsteigen, allerdings gute zwanzig Meter über dem Fußboden.«

»Ich melde mich wieder bei Ihnen. Ende.«

Coffey schaltete auf einen anderen Kanal und rief: »Ippolito, Ippolito! Hören Sie mich?« Was war bloß da drüben in der Halle los? Er schaltete auf D'Agostas Frequenz um. »D'Agosta! Hier spricht Coffey. Hören Sie mich?«

Als sich niemand meldete, schaltete er sich wütend durch die Frequenzen.

»Waters!«

»Hier spricht Waters, Sir.«

»Was ist passiert, Waters?«

»Ich habe ein lautes Geräusch im Elektroraum gehört, Sir, und auf das habe ich befehlsgemäß geschossen und dann –«

»Befehlsgemäß? Sie verdammter Hornochse, es gab nie einen Befehl, der besagt, dass Sie auf ein Geräusch schießen sollen!«

»Tut mir leid, Sir. Es war ein wirklich lautes Geräusch und außerdem hörte ich, wie droben in der Ausstellung die Leute schrien und herumrannten, und da dachte ich –«

»Waters, Sie sind geliefert. Ich werde Ihnen den Arsch so weit aufreißen, dass das Empire State Building hochkant hineinpasst. Haben Sie mich verstanden?«

»Jawohl, Sir.«

Draußen sprang mit Husten und Spucken ein transportabler Generator an. Die hintere Tür der mobilen Einsatzzentrale ging auf und mehrere Agenten kamen tropfnass herein. »Die restlichen Leute sind auf dem Weg, Sir«, sagte einer von ihnen.

»Okay. Sagen Sie ihnen, dass wir in fünf Minuten hier im Fahrzeug eine Krisensitzung abhalten.«

Dann trat Coffey hinaus in den Regen. Leute vom Katastrophenschutz schleppten schwere Ausrüstungsgegenstände und gelbe Acetylenflaschen die Treppe zum Museum hinauf.

Coffey rannte durch den prasselnden Regen zum Museum und die Stufen hinauf in die Große Rotunde. Sanitäter knieten vor der metallenen Sicherheitstür am Osteingang zur Halle des Himmels. Coffey konnte das Kreischen einer Knochensäge hören.

»Wie sieht es bei Ihnen aus?«, fragte Coffey den diensthabenden Arzt.

Die Augen des Mannes über dem blutbefleckten Mundschutz blickten Coffey gestresst an. »Über das volle Ausmaß der Verletzungen kann ich noch nichts Genaues sagen, aber wir haben einige lebensgefährlich Verletzte hier. Bei vielen Leuten mussten wir vor Ort Amputationen vornehmen. Wenn Sie es schaffen könnten, dass diese Tür in der nächsten halben Stunde hochgefahren wird, würde das sicherlich einigen Leuten das Leben retten.«

Coffey schüttelte den Kopf. »Sieht nicht so aus, als ob das der Fall sein wird. Wir müssen das Ding vermutlich sogar aufschweißen.«

Einer der Leute vom Katastrophenschutz sagte: »Wir haben hitzesichere Decken, die wir bei der Arbeit über die eingeklemmten Leute legen können.«

Coffey trat ein wenig zurück und brüllte in sein Funkgerät: »D'Agosta! Ippolito! Melden Sie sich doch!«

Es dauerte eine ganze Weile, dann hörte Coffey auf einmal eine Stimme aus dem Lautsprecher.

»Hier spricht D'Agosta. Hören Sie mir zu, Coffey –«

»Wo, zum Teufel, waren Sie die ganze Zeit? Ich habe Ihnen doch gesagt –«

»Halten Sie den Mund und hören Sie zu, Coffey. Sie haben zu viel Lärm gemacht, deshalb musste ich Sie abschalten. Wir sind hier im unteren Keller, aber ich weiß nicht genau, wo. Irgendwo in Zelle zwei treibt sich eine Kreatur herum. Das ist kein Witz, Coffey, ich meine ein gottverdammtes *Monster.* Es hat Ippolito getötet und ist dann in die Halle des Himmels gerannt. Wir mussten flüchten.«

»*Was* soll da herumlaufen? Sind Sie denn noch bei Verstand, D'Agosta? Fangen Sie sich wieder, haben Sie mich verstanden? Wir schicken Leute übers Dach zu Ihnen.«

»Ja, tatsächlich? Dann geben Sie ihnen aber schwere Artillerie mit, damit sie es mit diesem Ding aufnehmen können.«

»Lassen Sie das nur hübsch meine Sorge sein, D'Agosta. Was war das mit Ippolito?«

»Er ist tot, ausgeweidet wie all die anderen Leichen.«

»Und das soll ein Monster getan haben? Okay, ich verstehe, D'Agosta. Sind eigentlich noch andere Polizisten bei Ihnen?«

»Ja, Bailey ist hier.«

»Dann enthebe ich Sie jetzt mit sofortiger Wirkung Ihres Amtes. Geben Sie mir Bailey.«

»Sie können mich mal kreuzweise, Coffey. Ich gebe Ihnen jetzt Bailey.«

»Sergeant«, bellte Coffey ins Funkgerät. »Sie übernehmen ab sofort das Kommando da unten bei Ihnen. Und jetzt sagen Sie mir, was wirklich los ist.«

»Es stimmt, was Lieutenant D'Agosta gesagt hat, Mr Coffey. Wir mussten die Halle des Himmels verlassen und befinden uns jetzt am unteren Ende einer Treppe hinter dem Podium. Bei uns sind über dreißig Leute, darunter der Bürgermeister. Ohne Quatsch, hier läuft wirklich ein Vieh herum.«

»Ach hören Sie doch *damit* auf, Bailey. Haben Sie es vielleicht gesehen?«

»Ich bin mir nicht sicher, Sir, aber D'Agosta hat es gesehen, und das, was es mit Ippolito angestellt hat –«

»Hören Sie mir genau zu, Bailey. Wollen Sie sich jetzt endlich beruhigen und das Kommando übernehmen?«

»Nein, Sir, soweit es mich betrifft, hat Lieutenant D'Agosta hier das Sagen.«

»Aber ich habe das Kommando eben Ihnen übertragen!«
Coffey schnaufte und blickte dann wütend auf.
»Der Scheißkerl hat mich einfach abgeschaltet!«

Draußen im Regen stand Greg Kawakita bewegungslos inmitten einer Geräuschkulisse aus Schreien, Heulen und Flüchen. Er schien den prasselnden Regen, der ihm seine schwarzen Haare an die Stirn klatschte, gar nicht wahrzunehmen, ebenso wenig die mit lautem Sirenengeheul an ihm vorbeifahrenden Einsatzfahrzeuge und die Menschen, die noch immer in Panik aus dem Museum rannten und ihn zur Seite stießen. Immer wieder musste er an das denken, was Frock und Margo ihm zugerufen hatten. Er öffnete und schloss den Mund und machte ein paar Schritte in Richtung Museum, so, als wolle er es wieder betreten. Aber dann drehte er sich langsam wieder um, zog den durchweichten Smoking fester über seine schmalen Schultern und stapfte gedankenverloren hinaus in die Dunkelheit.

50

Als ein zweiter Schuss durch den Gang gellte, zuckte Margo zusammen.

»Was ist los?«, schrie sie und spürte, wie Frock sie noch fester packte.

Draußen hörten sie Schritte den Gang entlanglaufen. Dann sahen sie unter dem Türschlitz das gelbliche Licht einer Taschenlampe.

»Der Geruch ist schwächer geworden«, flüsterte Margo. »Glauben Sie, die Kreatur ist fort?«

»Margo«, antwortete Frock ruhig. »Sie haben Ihr Leben aufs Spiel gesetzt, um das meine zu retten.«

Es klopfte leise an der Tür. »Wer ist da?«, fragte Frock beherrscht.

»Pendergast«, sagte eine Stimme. Margo rannte zur Tür und öffnete sie. Draußen stand der FBI-Agent, mit einem schweren Revolver in der einen Hand und ein paar verknitterten Blaupausen in der anderen. Sein immer noch makelloser Maßanzug bildete einen seltsamen Kontrast zu seinem schmutzverschmierten Gesicht. Er trat ein und verschloss die Tür hinter sich.

»Ich bin wirklich froh, dass Sie beide wohlauf sind«, sagte er, nachdem er das Licht seiner Helmlampe erst auf Margo und dann auf Frock gerichtet hatte.

»Nicht halb so froh, wie wir sind, Sie zu sehen!«, rief Frock. »Wir haben Sie hier unten schon eine ganze Weile gesucht. Waren Sie das, der eben geschossen hat?«

»Ja«, sagte Pendergast. »Und ich nehme an, dass Sie mich vorhin gerufen haben.«

»Dann haben Sie mich also *doch* gehört«, sagte Frock. »Deshalb wussten Sie auch, dass Sie uns hier suchen mussten.«

Pendergast schüttelte den Kopf. »Nein.« Er gab Margo eine Taschenlampe, in deren Licht er die zusammengeknäulten Blaupausen entfaltete. Margo sah, dass die Pläne mit handschriftlichen Anmerkungen versehen waren.

»Das Stadtarchiv von New York wird es wohl nicht allzu sehr gefallen, dass ich auf seinen wertvollen Plänen herumgekritzelt habe«, bemerkte der Agent trocken.

»Pendergast«, zischte Frock, »Margo und ich haben herausgefunden, wer der Mörder ist. Sie *müssen* uns anhören. Es ist kein menschliches Wesen oder ein uns bekanntes Tier. Bitte, lassen Sie es mich erklären.«

Pendergast blickte auf. »Mich müssen Sie davon nicht mehr überzeugen, Dr. Frock.«

Frock blinzelte verwirrt. »Wieso nicht? Heißt dass, dass Sie uns helfen, die Eröffnung da droben abzublasen und die Leute zu evakuieren?«

»Dazu ist es leider schon zu spät«, sagte Pendergast. »Ich habe eben über Funk mit Lieutenant D'Agosta und ein paar anderen gesprochen. Dieser Stromausfall betrifft nicht nur den Keller, sondern das ganze Museum. Das Sicherheitssystem ist ausgefallen, und die Stahltüren sind alle heruntergekommen.«

»Wollen Sie damit sagen, dass –«, begann Margo.

»Ich meine damit, dass das Museum jetzt in fünf einzelne Zellen aufgeteilt ist. Wir befinden uns in Zelle zwei, zusammen mit den Leuten, die beim Herunterfahren der Türen noch in der Halle des Himmels waren. Und der Kreatur, natürlich.«

»Was ist denn passiert?«, fragte Frock.

»Es hat schon vor dem Stromausfall eine Panik gegeben, weil in der Ausstellung ein Toter entdeckt wurde. Ein Polizist. Die meisten Gäste sind aus dem Museum herausgekommen, aber dreißig bis vierzig haben es nicht mehr geschafft und wurden in der Halle des Himmels eingeschlossen.« Pendergast lächelte traurig. »Dabei war ich noch vor ein paar Stunden selber in der Ausstellung. Ich wollte mir die Mbwun-Figur ansehen, von der Sie mir erzählt haben. Wenn ich durch den Hinter- anstatt durch den Vordereingang hineingegangen wäre, dann hätte ich vielleicht die Leiche entdeckt und das alles verhindern können. Aber wenigstens hatte ich die Gelegenheit, mir die Figur anzusehen, Dr. Frock. Und sie ist ein ziemlich exaktes Abbild des Wesens. Mir können Sie das ruhig glauben, denn ich habe es eben mit eigenen Augen gesehen.«

Frock starrte ihn mit offenem Mund an.

»Sie haben es gesehen?«, brachte er flüsternd hervor.

»Ja. Und das war es auch, auf was ich eben geschossen habe. Als ich noch eine Ecke von diesem Lagerraum hier entfernt war, hörte ich, wie Sie meinen Namen riefen. Gleichzeitig aber bemerkte ich einen fürchterlichen Gestank und versteckte mich in einem Raum. Das Wesen ging dran vorbei und dabei habe ich es gesehen. Ich ging ihm hinterher und feuerte einen Schuss ab, aber die Kugel prallte von seinem Schädel ab. Dann ging das Licht aus. Ich folgte dem Wesen um eine Ecke und sah, wie es sich an dieser Tür hier zu schaffen machte und daran herumschnüffelte.« Pendergast öffnete die Trommel seines Revolvers und ersetzte die beiden leer geschossenen Patronen. »*Deshalb* wusste ich, dass Sie hier drinnen waren.«

»O mein Gott!«, sagte Margo.

Pendergast schob den Revolver wieder in sein Schulterhalfter. »Ich konnte noch einen zweiten Schuss auf das Monster abgeben, aber es war sehr schwierig, auf die Kreatur zu zielen und gleichzeitig den Strahl der Helmlampe auszurichten. Ich schoss vorbei. Dann kam ich wieder hierher, um nach ihm zu suchen, aber es war verschwunden. Es muss in dem Treppenhaus am Ende des Ganges verschwunden sein, das ist der einzige Weg, der ihm blieb.«

»Mister Pendergast«, drängte Frock. »Sagen Sie mir bitte eines: Wie sieht das Wesen aus?«

»Ich habe es nur ganz kurz zu Gesicht bekommen«, sagte Pendergast langsam. »Es ist nicht allzu groß, dafür aber extrem kräftig. Es läuft auf allen vieren, kann sich aber auf die Hinterbeine stellen. Und es ist teilweise behaart.« Er schürzte die Lippen und nickte. »Es war zwar ziemlich dunkel, aber ich würde sagen, dass der Schöpfer der Mbwun-Figur über sein Modell recht gut Bescheid gewusst haben muss.«

Im Schein von Pendergasts Helmlampe sah Margo eine seltsame Mischung aus Furcht, freudiger Erregung und Triumph in Frocks Gesicht.

Dann hörten sie auf einmal eine Reihe von gedämpften Explosionen über ihren Köpfen. Nach einer kurzen Pause knallten weitere Schüsse, diesmal lauter und mehr in ihrer Nähe.

Pendergast blickte nach oben und horchte angestrengt. »Das muss D'Agosta sein«, sagte er. Dann ließ er die Blaupausen fallen, zog seinen Revolver und rannte hinaus in den Korridor. Auch Margo lief zur Tür und leuchtete mit der Taschenlampe in die Dunkelheit hinaus. In dem dünnen Lichtstrahl sah sie, wie Pendergast an der Tür zum Treppenhaus rüttelte. Er kniete sich hin, um das Schloss in Augenschein zu nehmen, und trat dann ein paarmal kräftig gegen die Tür.

»Sie hat sich verklemmt«, sagte er, als er wiederkam. »Diese Schüsse klangen so, als kämen sie aus dem Treppenhaus. Einer davon muss den Türrahmen getroffen und verzogen haben. Ich kriege die Tür nicht auf.«

Pendergast steckte den Revolver wieder ein und griff nach seinem Funkgerät. »Lieutenant D'Agosta! Vincent, können Sie mich hören?« Er wartete einen Augenblick, dann schüttelte er den Kopf und steckte das Funkgerät zurück in die Jacketttasche. »Dann sind wir also hier unten gefangen?«, fragte Margo.

Pendergast schüttelte den Kopf. »Das glaube ich nicht. Ich bin den ganzen Nachmittag lang hier durch diese Stollen gelaufen und habe herauszufinden versucht, wie die Kreatur sich unseren Suchaktionen entziehen konnte. Diese Blaupausen stammen aus der Zeit vor der Jahrhundertwende und obwohl sie sehr kompliziert sind und manchmal fehlerhaft, zeigen sie doch einen Weg, der durch die unteren Keller nach draußen führt. Solange oben alles dicht ist, ist das der einzige Weg, den wir gehen können. Außerdem gibt es in dieser Sektion des Museums mehrere Zugänge zum unteren Keller.«

»Das bedeutet dann wohl, dass wir uns mit den Leuten, die immer noch dort oben sind, vereinigen und gemeinsam entkommen können«, sagte Margo.

Pendergast sah grimmig drein. »Aber es bedeutet auch, dass die Kreatur wieder hier herunterkommen kann. Ich persönlich bin der Meinung, dass diese Sicherheitstüren zwar unser Entkommen stark behindern, für das Wesen aber nur bedingt ein Hindernis darstellen. Ich glaube, dass es sich schon lange genug im Museum aufhält, um seine eigenen Schleichwege zu kennen, und dass es sich zumindest im Keller des Museums so bewegen kann, wie es will.«

Margo nickte. »Wir glauben auch, dass es schon seit Jahren hier lebt. Und außerdem haben wir eine Erklärung dafür, wie und warum es hier herkam.«

Pendergast sah Margo eine Weile fragend an.

»Sie müssen mir alles erzählen, was Sie über diese Kreatur wissen, und zwar so rasch wie möglich«, sagte er dann.

Als sie wieder in den Lagerraum zurückgingen, hörte Margo in der Ferne ein Geräusch wie langsames Donnergrollen. Sie blieb wie erstarrt stehen und lauschte aufmerksam. Durch das Donnern glaubte sie, weinende oder schreiende Stimmen zu hören.

»Was war denn das?«, flüsterte sie.

»Das«, antwortete Pendergast ruhig, »sind Leute, die in panischer Angst die Treppe hinunterrennen.«

51

In dem schwachen Licht, das durch das vergitterte Fenster des Labors hereinkam, konnte Wright den alten Aktenschrank kaum finden. Was für ein Glück, dachte er, dass sich das Labor innerhalb der Zelle zwei befand. Nicht zum ersten Mal war er froh darüber, dass er sich dieses alte Labor auch nach seiner Ernennung zum Direktor behalten hatte. Es war für ihn so etwas wie eine Zuflucht, wo er ab und zu unbeschwert durchatmen konnte. Wenn dieser ansonsten fürchterlich inkompetente D'Agosta recht hatte, dann war Zelle zwei jetzt durch die Stahltüren vom Rest des Museums abgetrennt und die Gruppe von Menschen praktisch darin gefangen.

»Irgendjemand wird noch bitter dafür bezahlen«, murmelte Wright vor sich hin. Dann wurden sie alle still. Jetzt, wo sie sich nicht mehr direkt auf der Flucht befanden, wurde ihnen erst langsam das ungeheure Ausmaß der Katastrophe bewusst.

Vorsichtig tastete sich Wright zu einem Aktenschrank, zog eine Schublade nach der anderen auf und kramte so lange darin herum, bis er gefunden hatte, wonach er suchte.

»Da ist sie ja, meine Achtunddreißiger Ruger Magnum«, sagte er und rieb sich die Hände. »Was für eine exzellente Waffe. Enorme Feuerkraft.«

»Ich bin mir nicht sicher, ob du damit was gegen das Ding ausrichten kannst, das Ippolito so fürchterlich zugerichtet hat«, sagte Cuthbert, der als reglose Gestalt vor schwarzem Hintergrund an der Tür zum Labor stand.

»Mach dir keine Sorgen, Ian. Eine von diesen Kugeln durchlöchert, wenn's sein muss, auch ein Rhinozeros. Ich habe diesen Revolver gekauft, nachdem der alte Shorter auf der Straße überfallen wurde. Und außerdem kommt das Wesen ja gar nicht hier herauf. Und wenn, dann muss es zuerst durch eine fünf Zentimeter dicke Eichentür hindurchkommen.«

»Und was ist mit der anderen Tür da?«, fragte Cuthbert und deutete auf die gegenüberliegende Seite des Büros.

»Die führt in die Halle der Dinosaurier aus der Kreidezeit und ist aus genauso solider Eiche wie die andere.« Er steckte die Ruger in seinen Gürtel.

»Diese Idioten rennen wie die Lemminge hinunter in den Keller. Sie hätten lieber auf mich hören sollen.«

Er kramte wieder in der Schublade des Aktenschranks herum, bis er eine Taschenlampe gefunden hatte. »Wunderbar!«, sagte er. »Ich habe dieses Ding seit Jahren nicht mehr benützt.«

Er schaltete die Lampe an und der schwache Strahl flackerte in seiner zitternden Hand.

»Ist nicht mehr viel Saft in den Batterien«, bemerkte Cuthbert. Wright schaltete die Taschenlampe wieder aus. »Wir werden sie nur im Notfall hernehmen.«

»Nein, bitte nicht!«, sagte Rickman auf einmal. »Bitte, lassen Sie sie noch einen Augenblick lang an.« Sie saß auf einem Hocker in der Mitte des Raumes und faltete und entfaltete ununterbrochen ihre Hände. »Was sollen wir tun, Henry? Wir müssen unbedingt einen Plan machen.«

»Alles der Reihe nach«, sagte Wright. »Erst mal brauche ich was zu trinken. Das ist Plan A. Meine Nerven sind hinüber.« Er ging hinüber ans andere Ende des Labors und leuchtete mit der Taschenlampe in einen alten Schrank, aus dem er schließlich eine Flasche zog. Die anderen hörten, wie Gläser klirrten.

»Auch einen, Ian?«, fragte Wright.

»Nein danke, für mich bitte nichts«, antwortete Cuthbert.

»Und Sie, Lavinia?«

»Nein, nein, ich kann jetzt nichts trinken.«

Wright kam zurück und setzte sich an einen Arbeitstisch. Er füllte sich ein Glas mit Whisky und trank es in drei großen Schlucken aus. Dann goss er es wieder voll. Der warme, torfige Geruch eines teuren Single-Malt Scotch strömte durch das Labor.

»Übertreib es nicht, Henry«, sagte Cuthbert.

»Wir können doch nicht hier im Dunklen sitzen bleiben«, sagte Rickman nervös. »Irgendwo auf diesem Stockwerk muss es doch einen Ausgang geben.«

»Ich habe Ihnen doch eben gesagt, dass alles dicht ist«, fauchte Wright.

»Und was ist mit der Halle der Dinosaurier?«, fragte Rickman und deutete auf den Hinterausgang.

»Lavinia«, sagte Wright, »die Halle der Dinosaurier hat nur einen Ein- und Ausgang für die Öffentlichkeit und der ist durch die Sicherheitstür versperrt. Wir sind hier vollkommen eingeschlossen. Aber machen Sie sich keine Sorgen, denn das Ding, das Ippolito und die anderen getötet hat, kommt nicht hier herauf zu uns. Es sucht sich leichtere Beute, und die findet es in der Gruppe, die da unten im Keller herumirrt.«

In der Dunkelheit war lautes Schlucken zu hören, dann wurde geräuschvoll das Glas auf den Tisch gestellt. »Ich würde sagen, wir bleiben hier noch eine gute halbe Stunde und sitzen die Sache aus. Dann gehen wir zurück in die Ausstellung. Wenn es bis dahin noch keinen Strom geben und die Sicherheitstüren noch immer geschlossen sein sollten, kenne ich einen weiteren Ausweg, und zwar *durch* die Ausstellung.«

»Du bist ja offenbar ein Spezialist für Schlupflöcher und Verstecke«, sagte Cuthbert und blickte hinüber zu dem Aktenschrank.

»Das hier war früher mal mein Labor. Ab und zu komme ich noch hierher und vergesse bei meinen geliebten Dinosauriern die Kopfschmerzen, die mir die ganze Verwaltungsarbeit verursacht.« Wright kicherte leise vor sich hin und nahm noch einen Schluck.

»Verstehe«, sagte Cuthbert ärgerlich.

»Ein Teil der Ausstellung befindet sich in einem Raum, in dem vor vielen Jahren einmal Schaukästen mit fossilen Krebsen standen. Früher habe ich dort viel gearbeitet. Nun, jedenfalls gibt es dort einen kleinen Durchgang zum Hauptkorridor. Die Tür wurde vor vielen Jahren mit Brettern vernagelt, damit man einen weiteren Schaukasten davorstellen kann. Ich bin mir ziemlich sicher, dass sie hinter den Sperrholzwänden der Ausstellung noch existiert. Wir könnten sie eintreten oder nötigenfalls das Schloss aufschießen.«

»Das klingt machbar!«, sagte Rickman eifrig.

»Ich kann mich nicht erinnern, beim Aufbau der Ausstellung etwas von so einer Tür gehört zu haben«, sagte

Cuthbert zweifelnd. »Ich bin mir sicher, dass die Leute von der Sicherheitsabteilung etwas davon gewusst hätten.«

»Ich habe doch gesagt, dass das alles schon Jahre her ist«, antwortete Wright gereizt. »Man hat die Tür zugenagelt und vergessen.«

In der langen Stille, die folgte, goss sich Wright noch einen Whisky ein.

»Henry«, verlangte Cuthbert, »stell bitte das Glas wieder hin.« Der Direktor nahm einen tiefen Schluck und ließ den Kopf hängen. Seine Schultern sackten nach vorn.

»Wie konnte das nur passieren, Ian?«, murmelte er schließlich. »Wir sind ruiniert, weißt du das?«

Cuthbert schwieg.

»Lassen Sie uns doch den Patienten nicht schon vor der Diagnose beerdigen«, sagte Rickman mit einer verzweifelt fröhlichen Stimme. »Gute PR-Arbeit kann auch den ärgsten Schaden wiedergutmachen.«

»Lavinia, wir sprechen hier nicht von ein paar vergifteten Kopfschmerztabletten«, sagte Cuthbert. »Zwei Stockwerke unter uns liegt mindestens ein halbes Dutzend toter Menschen, vermutlich sogar mehr. Und dann ist auch noch der *Bürgermeister* hier eingeschlossen. In ein paar Stunden werden alle Spätnachrichten des Landes über uns berichten.«

»Wir sind ruiniert«, wiederholte Wright. Ein seltsames, halb ersticktes Schluchzen entrang sich seiner Brust und er stützte den Kopf auf den Tisch.

»Herrgott noch mal«, murmelte Cuthbert, nahm Wright Flasche und Glas weg und brachte sie in einen dunklen Winkel des Labors.

»Es ist alles vorbei, nicht wahr?«, stöhnte Wright, ohne den Kopf zu heben.

»Ja, Henry, es ist alles vorbei«, sagte Cuthbert. »Aber ehrlich gesagt, bin ich schon froh, wenn ich hier lebendig wieder herauskomme.«

»Ian, Henry, wollen wir nicht hier weggehen?«, flehte Rickman. *»Bitte!«* Sie stand auf und ging zur Tür, die Wright zuvor hinter ihnen geschlossen hatte. Sie drehte den Knauf und machte sie langsam auf.

»Hier war nicht mal abgesperrt!«, sagte sie vorwurfsvoll.

»Großer Gott!«, rief Cuthbert und sprang auf. Wright kramte, ohne einmal aufzublicken, in seinen Taschen und hielt wortlos einen Schlüssel hoch.

»Er passt an beiden Türen«, sagte er mit erstickter Stimme. Mit zitternden Händen sperrte Rickman geräuschvoll ab.

»Was haben wir bloß falsch gemacht?«, fragte Wright jammernd.

»Das liegt doch auf der Hand«, sagte Cuthbert. »Vor fünf Jahren hätten wir die Gelegenheit gehabt, diese Sache zu erledigen.«

»Wie meinen Sie das?«, fragte Rickman, die wieder von der Tür zurückgekommen war.

»Das wissen Sie genauso gut wie ich. Ich spreche von Montagues Verschwinden. Damals hätten wir uns um das Problem kümmern müssen, anstatt so zu tun, als wäre nichts gewesen. Ich spreche von dem Blut unten im Keller neben Whittleseys Kisten und der Tatsache, dass Montague kurz vorher spurlos verschwunden war. Im Nachhinein wissen wir ja jetzt wohl, was mit ihm geschehen ist. Aber wir hätten *damals* der Angelegenheit auf den Grund gehen sollen. Erinnerst du dich noch, Henry? Wir saßen zusammen in deinem Büro, als Ippolito hereinkam und uns die Sache meldete. Du hast damals angeordnet, dass der Boden sauber gemacht und nicht mehr von dem Vorfall gesprochen werden sollte. Wir haben unsere Hände in Unschuld gewaschen und gehofft, dass das *Ding*, das Montague getötet hatte, von selbst wieder verschwinden würde.«

»Aber es gab keinen Beweis dafür, dass er getötet wurde!«, heulte Wright auf und hob den Kopf. »Es hätte ja auch das Blut eines streunenden Hundes sein können, oder etwa nicht?«

»Gut, wir wussten nicht genau, was passiert war. Aber vielleicht hätten wir das herausgefunden, wenn du Ippolito erlaubt hättest, diesen riesigen Blutfleck der Polizei zu melden. Auch Sie, Lavinia, haben, soweit ich mich erinnere, damals dafür plädiert, das Blut einfach wegzuwischen.«

»Es hatte doch keinen Sinn, einen unnötigen Skandal zu provozieren, Ian. Sie wissen ganz genau, dass das Blut von weiß Gott was hätte stammen können«, winselte Rickman.

»Und wieso haben Sie jetzt darauf bestanden, dass die Kisten in die Sicherheitszone gebracht wurden? Hatten Sie Angst, dass während Ihrer Ausstellung unbequeme Fragen über Whittlesey gestellt würden? Und warum haben Sie sein Tagebuch an sich genommen und mir bis zum Ende der Ausstellung zur Aufbewahrung übergeben? Dieses Tagebuch hat wohl nicht ganz in Ihre Theorien gepasst, stimmt's?«

»Ach, Sie haben doch keine Ahnung!«, schnaubte Cuthbert. »Julian Whittlesey war mein Freund. Zumindest war er das früher einmal. Dann bekamen wir Streit wegen eines Artikels, den er geschrieben hatte, und wir haben uns nie mehr versöhnt. Jetzt ist es dafür natürlich zu spät. Aber ich habe sein Tagebuch deshalb zurückgehalten, damit seine Theorien nicht der Lächerlichkeit preisgegeben wurden.«

Cuthbert blickte der PR-Chefin direkt in die Augen. »Ich habe lediglich einen Kollegen beschützt, der ein wenig durchgedreht war, Lavinia. *Ich* habe keinen Mord vertuscht. Und was ist mit dem Museumsmonster, das immer mal wieder gesehen wurde, Henry? Du hast doch mindestens ein paar Mal im Jahr gemeldet bekommen, dass jemand nach Dienstschluss etwas Seltsames gehört oder gesehen hat. Aber du hast nie etwas in dieser Richtung unternommen, nicht wahr?«

»Wie hätte ich denn wissen sollen, dass das alles nicht erfunden war?«, antwortete Wright mit abgehackter Stimme. »Wer hat denn diesen Unsinn schon geglaubt? Das war doch alles dummes Gewäsch von irgendwelchen Wichtigtuern –«

»Könnten wir jetzt bitte das Thema wechseln?«, rief Rickman. »Ich kann einfach nicht mehr hier im Dunklen sitzen und warten. Können wir denn nicht aus dem Fenster springen? Die Feuerwehr hat bestimmt ein Sprungtuch für uns.«

»Nein«, sagte Wright mit einem tiefen Seufzer und rieb sich die Augen. »Diese Stäbe des Gitters sind aus fünf Zentimeter starkem gehärteten Stahl.« Er blickte sich in dem dunklen Labor um. »Wo ist mein Whisky?«

»Du hast schon genug getrunken«, sagte Cuthbert.

»Ach, lass mich doch mit deinen verdammten presbyterianischen Moralvorstellungen in Ruhe!«, sagte Wright, stand langsam auf und stapfte schwankend zu seinem Aktenschrank.

Im Treppenhaus blickte D'Agosta hinüber zu Bailey.

»Danke«, sagte er.

»Nichts zu danken, Lieutenant.«

Unter ihnen drängte sich die Gruppe der Ausstellungsgäste schniefend und schluchzend auf den Stufen zusammen. D'Agosta drehte sich ihnen zu und sprach sie an.

»Okay«, sagte er ruhig. »Wir müssen jetzt schnell machen. Auf dem nächsten Treppenabsatz gibt es eine Tür in den Keller. Wir gehen dort hinunter und treffen uns mit ein paar anderen Leuten, die einen Weg nach draußen wissen. Haben Sie mich alle verstanden?«

»Ja, wir haben verstanden«, antwortete eine Stimme, die D'Agosta als die des Bürgermeisters erkannte.

»Gut«, sagte D'Agosta und nickte. »Dann lassen Sie uns mal losgehen. Ich übernehme die Spitze und leuchte mit der Taschenlampe. Sie, Bailey, bilden die Nachhut. Melden Sie sich, wenn es Probleme gibt.«

Langsam stieg die Gruppe die Treppe hinab. Unten wartete D'Agosta, bis ihm Bailey signalisiert hatte, dass alles in Ordnung war. Dann legte er die Hand auf den Türgriff.

Er ließ sich nicht nach unten drücken.

D'Agosta drückte abermals, diesmal fester. Keine Chance.

»Was zum –?« D'Agosta leuchtete mit der Taschenlampe

auf den Türgriff. »Mist«, murmelte er. Dann sagte er etwas lauter: »Bleiben Sie alle einen Augenblick hier und verhalten Sie sich so ruhig wie möglich. Ich muss mal kurz mit Officer Bailey sprechen.« Er ging zurück ans Ende der Gruppe.

»Hören Sie zu, Bailey«, sagte D'Agosta leise, »wir können nicht in den Keller. Wir haben vorhin bei der Schießerei anscheinend die Tür getroffen und jetzt ist sie so verzogen, dass sie nicht mehr aufgeht. Ohne Brecheisen haben wir keine Chance.«

Sogar in der Dunkelheit konnte D'Agosta sehen, wie Bailey die Augen aufriss. »Und was sollen wir jetzt tun? Etwa wieder nach oben gehen?«

»Lassen Sie mich einen Augenblick nachdenken«, erwiderte D'Agosta. »Wie viel Munition haben Sie noch? Ich habe sechs Schuss in meiner Dienstpistole, sonst nichts mehr.«

»Ich weiß nicht genau, fünfzehn, sechzehn Schuss vielleicht.«

»Verdammt«, sagte D'Agosta, »ich glaube nicht, dass –«

Er brach mitten im Satz ab, schaltete die Taschenlampe aus und lauschte in die Dunkelheit hinein. Ein leiser Lufthauch trug einen modrig verrotteten Geruch das Treppenhaus herunter. Bailey sank auf ein Knie und zielte mit der Schrotflinte nach oben. D'Agosta wandte sich rasch an die Gruppe, die hinter ihm wartete. »Alle sofort nach unten auf den nächsten Treppenabsatz! Los!«

Unter den Leuten hob ein Gemurmel an. »Wir können da nicht hinunter«, rief einer. »Da sitzen wir in der Falle!«

D'Agostas Antwort wurde von einem Schuss aus Baileys Schrotflinte übertönt. »Das Museumsmonster!«, schrie jemand und die ganze Gruppe machte kehrt und rannte, halb übereinander fallend, die Treppe hinunter.

»Bailey!«, rief D'Agosta, dem von dem Knall immer noch die Ohren dröhnten. »Bailey, kommen Sie zu mir!«

Während er rückwärts, eine Hand am Geländer und die andere um den Griff seines Dienstrevolvers geklammert, die Treppe hinunterging, spürte D'Agosta, wie die Stufen unter seinen Füßen immer schlüpfriger wurden. Etwas weiter oben konnte er sehen, wie die dunkle Gestalt von Bailey ihm folgte. Der Polizist keuchte und fluchte zugleich. Es kam D'Agosta wie eine halbe Ewigkeit vor, bis sein Fuß endlich den Treppenabsatz des unteren Kellers spürte. Hinter ihm standen die Leute und hielten den Atem an. Gleich darauf stieß Bailey mit dem Rücken sanft gegen ihn.

»Was, zum Teufel, war denn los, Bailey?«, fragte D'Agosta leise.

»Ich weiß es nicht«, antwortete der Polizist. »Es war auf einmal ein ganz fürchterlicher Gestank um mich und dann dachte ich, ich hätte etwas gesehen. Zwei rote Augen, die in der Dunkelheit leuchteten. Also drückte ich ab.«

D'Agosta richtete den Strahl seiner Taschenlampe nach oben, aber er sah nur den grob behauenen, gelblichen Fels, aus dem hier unten die Wände des Treppenhauses bestanden. Der Geruch lag noch immer in der Luft.

D'Agosta leuchtete die Gruppe an und zählte sie rasch ab. Achtunddreißig, inklusive Bailey und ihm selbst. »Okay«, sagte er leise zu den Leuten. »Wir sind jetzt im unteren Keller. Ich werde als Erster hineingehen und Sie folgen mir auf mein Kommando.« Er drehte sich um und leuchtete auf die Tür. *Du meine Güte,* dachte er, *dieses Ding gehört eigentlich in den Tower von London.* Die schwarze Eisentür war mit horizontalen Metallbeschlägen verstärkt. Als D'Agosta sie aufstieß, strömte kühle, feuchte und modrig riechende Luft ins Treppenhaus. D'Agosta trat in den Gang hinter der Tür. Als er das Geräusch von plätscherndem Wasser hörte, blieb er stehen und richtete den Strahl der Taschenlampe nach unten.

»Alle mal herhören!«, rief er über die Schulter. »Der Boden hier ist etwa zehn Zentimeter hoch mit fließendem Wasser bedeckt. Treten Sie einzeln in den Gang und gehen Sie dann rasch, aber vorsichtig weiter. Gleich hinter der Tür geht es zwei Stufen nach unten. Bailey, Sie bilden den Schluss. Und machen Sie um Gottes willen die Tür hinter sich zu.«

Pendergast zählte die ihm noch verbliebenen Patronen und steckte sie wieder in seine Tasche, bevor er sich an Frock wandte. »Wirklich faszinierend, Ihre Geschichte, da haben Sie ja ein schönes Stück Detektivarbeit geleistet. Es tut mir leid, dass ich an Ihnen gezweifelt habe, Doktor.«

Frock machte eine großzügige Geste. »Woher hätten Sie es auch wissen sollen?«, fragte er. »Und außerdem war es Margo, die des Rätsels Lösung entdeckt hat. Wenn Sie nicht die Fasern des Verpackungsmaterials getestet hätte, wären wir niemals der Sache auf die Spur gekommen.«

Pendergast nickte Margo zu, die sich auf eine große, hölzerne Kiste gesetzt hatte. »Ausgezeichnete Arbeit«, sagte er. »Leute wie Sie könnten wir in unserem Labor in Baton Rouge gut gebrauchen.«

»Aber dazu müsste ich sie gehen lassen«, sagte Frock. »Und das wird wohl nicht so bald der Fall sein.«

»Und ich müsste aus dem Museum fortwollen«, sagte Margo und war selbst erstaunt darüber.

Pendergast wandte sich an Margo. »Ich weiß, dass Sie die Kreatur viel besser kennen als ich. Aber glauben Sie wirklich, dass der Plan, den Sie uns da eben dargelegt haben, auch wirklich funktionieren wird?«

Margo atmete tief durch und nickte. »Wenn der Extrapolator richtig gearbeitet hat, dann jagt die Kreatur mehr mit dem Geruchs- als mit dem visuellen Sinn. Und wenn ihre Gier nach dieser Pflanze tatsächlich so stark ist, wie wir glauben, dann –«, sie hielt inne und zuckte mit den Schultern. »Und außerdem bleibt uns ja eh nichts anderes übrig.«

Pendergast verharrte einen Augenblick bewegungslos. »Sie haben recht. Wenn es diesen Leuten da unter uns möglicherweise das Leben rettet, dann müssen wir es probieren.« Er nahm sein Funkgerät zur Hand.

»D'Agosta?«, sagte er und regelte den Kanal ein wenig nach. »D'Agosta, hier spricht Pendergast. Hören Sie mich?«

Aus dem Funkgerät kam zunächst nur ein unverständliches Krächzen. Dann war D'Agostas Stimme zu hören. »Hier spricht D'Agosta. Was gibt's?«

»Wie ist die Lage bei Ihnen, D'Agosta?«

»Wir hatten mittlerweile eine Begegnung mit Ihrer Kreatur«, kam die Antwort. »Sie kam in die Halle des Himmels und hat Ippolito und einen verletzten Ausstellungsgast getötet. Wir sind alle ins Treppenhaus geflohen, aber die Tür zum Keller ist so verklemmt, dass wir sie nicht aufgebracht haben. Wir mussten in den unteren Keller hinunter.«

»Verstanden«, sagte Pendergast. »Was haben Sie an Waffen dabei?«

»Wir konnten nur noch eine großkalibrige Schrotflinte und einen Dienstrevolver mitnehmen.«

»Und wo befinden Sie sich im Augenblick?«

»Im unteren Keller, etwa fünfzig Meter von der Tür zum Treppenhaus entfernt.«

»Dann hören Sie mir jetzt ganz genau zu, Vincent. Ich habe gerade mit Professor Frock gesprochen. Die Kreatur, mit der wir es zu tun haben, ist ausgesprochen intelligent. Vielleicht so gescheit wie Sie und ich.«

»Wie *Sie* vielleicht.«

»Wenn Sie die Kreatur noch einmal vor die Flinte kriegen, zielen Sie nicht auf den Kopf. Von dem prallen Kugeln und Schrot ab. Schießen Sie auf den Körper.«

Einen Augenblick lang war das Gerät still, dann war wieder D'Agostas Stimme zu vernehmen. »Hören Sie, Pendergast, Sie sollten Coffey ebenfalls Bescheid sagen. Er will ein paar Leute hereinschicken und ich glaube nicht, dass er eine Ahnung davon hat, was sie hier erwartet.«

»Ich werde mein Bestes tun. Aber lassen Sie uns zuerst einmal besprechen, wie wir Sie hier herauskriegen. Die Kreatur macht möglicherweise bereits Jagd auf Sie.«

»Was Sie nicht *sagen.*«

»Ich kann Sie durch den unteren Keller aus dem Museum lotsen, aber es wird nicht einfach werden. Die Blaupausen, die ich habe, sind sehr alt und vielleicht kann man sich nicht hundertprozentig auf diese Pläne verlassen. Außerdem könnte der Keller teilweise unter Wasser stehen.«

»Wir waten schon knöcheltief drin herum. Sagen Sie mal, Pendergast, sind Sie sicher, dass Ihr Plan auch funktionieren wird? Immerhin tobt da draußen ein mordsmäßiger Sturm.«

»Sie müssen sich entweder mit dem Wasser oder mit der Kreatur herumschlagen. Sie sind immerhin gut vierzig Personen und das macht Sie momentan zum bevorzugten Ziel des Monsters. Sie müssen sich immer in Bewegung halten, in rascher Bewegung, wenn's geht – das ist Ihre einzige Chance.«

»Werden Sie demnächst zu uns stoßen?«

»Nein. Wir haben uns entschlossen, hierzubleiben und die Kreatur von Ihnen fortzulocken. Ich habe jetzt keine Zeit, Ihnen das genauer zu erklären. Wenn unser Plan funktioniert, werden wir uns später mit Ihnen treffen. Dank der Blaupausen kenne ich mehrere Zugänge von Zelle zwei in den unteren Keller.«

»Passen Sie bloß auf sich auf, Pendergast.«

»Das habe ich vor. Jetzt hören Sie mir noch mal gut zu. Befinden Sie sich in einem langen, geraden Gang?«

»Ja.«

»Sehr gut. Wenn sich der Gang gabelt, gehen Sie nach rechts. In etwa hundert Metern oder so finden Sie eine zweite Abzweigung. Wenn Sie dort sind, funken Sie mich an. Verstanden?«

»Verstanden.«

»Viel Glück. Ende.«

Pendergast wechselte rasch die Frequenz.

»Coffey, hier spricht Pendergast. Hören Sie mich?«

»Hier Coffey. Verdammt noch mal, Pendergast, ich versuche seit einer Ewigkeit –«

»Dafür ist jetzt keine Zeit. Haben Sie vor, eine Rettungsmannschaft hier hereinzuschicken?«

»Ja. Sie macht sich eben zum Abmarsch bereit.«

»Dann sorgen Sie dafür, dass die Leute genügend großkalibrige automatische Waffen mitnehmen. Außerdem sollten sie Stahlhelme und kugelsichere Westen tragen. Da unten läuft eine mörderische, unglaublich starke Kreatur herum, Coffey. Ich habe sie gesehen. Und sie läuft in Zelle zwei frei herum.«

»Um Himmels willen! Erst D'Agosta, und jetzt Sie *auch* noch, Pendergast! Wenn das ein schlechter Witz sein soll –«

»Ich warne Sie nur noch ein einziges Mal«, sprach Pendergast rasch in sein Funkgerät. »Sie haben es mit einem gefährlichen Monster zu tun. Wenn Sie diese Gefahr unterschätzen, geht das auf Ihre Kappe. Ich schalte jetzt ab.«

»Nein, Pendergast, warten Sie! Ich befehle Ihnen –«

Pendergast drehte das Funkgerät aus.

52

Im schwachen Licht der Taschenlampen, das vor und hinter ihnen an der niedrigen Decke des Stollens entlanghuschte, stapfte die Gruppe von Ausstellungsbesuchern durch das knöcheltiefe Wasser. Der Luftzug im Stollen blies D'Agosta nun beständig ins Gesicht, was ihn in zunehmendem Maß beunruhigte. Wenn dieser Wind den Gestank der Kreatur von ihnen fortblies, konnte sie sich jederzeit unbemerkt von hinten auf sie stürzen.

Er blieb einen Augenblick stehen, damit Bailey aufschließen konnte. »Lieutenant«, sagte der Bürgermeister ziemlich außer Atem, »Sind Sie sicher, dass es hier wirklich weitergeht?«

»Ich kann nur das tun, was Pendergast mir sagt, Sir. Er hat die Blaupausen. Aber eines weiß ich ganz sicher: dass wir nicht zurückgehen können.«

D'Agosta und die Gruppe machten sich wieder auf den Weg. Von der im Fischgrätmuster gemauerten Gewölbedecke fielen dunkle, ölige Tropfen auf sie herab. Die Wände waren von Kalk überkrustet. Alle in der Gruppe waren still, bis auf eine Frau, die leise vor sich hin weinte.

»Entschuldigen Sie bitte, Lieutenant«, meldete sich eine Stimme von hinten. Das war der junge, schlaksige Bursche von vorhin, dieser Smithback.

»Ja, was ist?«

»Dürfte ich Ihnen mal eine Frage stellen?«

»Schießen Sie los.«

»Was ist das für ein Gefühl, wenn man für das Leben von vierzig Menschen, darunter das des Bürgermeisters von New York, die Verantwortung trägt?«

»Wie bitte?« D'Agosta blieb einen Augenblick stehen und blickte böse über die Schulter. »Jetzt sagen Sie bloß nicht, dass wir einen verdammten *Journalisten* unter uns haben!«

»Nun, ich –«, begann Smithback.

»Rufen Sie mich morgen im Revier an und lassen Sie sich einen Termin im Polizeipräsidium geben.«

D'Agosta richtete den Strahl der Taschenlampe in den Stollen und sah die Abzweigung. Er ging nach rechts, wie Pendergast es ihm gesagt hatte. Der Gang war leicht abschüssig und das Wasser floss dort schneller. Auf seinem Weg in die Dunkelheit zerrte es jetzt schon ziemlich stark an D'Agostas Hosenbeinen. In der Wunde an seiner Hand verspürte er einen pochenden Schmerz. Aber als D'Agosta um die Abzweigung herum war, bemerkte er mit Erleichterung, dass der Wind ihm nicht mehr ins Gesicht blies.

Das Wasser spülte eine tote, aufgedunsene Ratte vorbei, die wie eine außer Rand und Band geratene, viel zu große Billardkugel gegen die Beine der Leute schlug. Einer in der Gruppe stöhnte auf und versuchte die Ratte mit dem Fuß wegzustoßen, aber niemand äußerte ein Wort der Klage.

»Bailey!«, rief D'Agosta nach hinten.

»Ja?«

»Sehen Sie irgendwas?«

»Das würden Sie als Erster erfahren.«

»Kapiert. Ich erkundige mich mal schnell per Funk, wann die da oben endlich wieder für Strom sorgen.«

Er packte sein Funkgerät.

»Coffey?«

»Ich höre. Pendergast hat mich gerade abgewürgt. Wo sind Sie?«

»Wir sind im unteren Keller. Pendergast hat eine Blaupause und lotst uns per Funk nach draußen. Wann geht denn endlich das Licht wieder an?«

»Seien Sie kein Idiot, D'Agosta. Da unten werden Sie alle umkommen. Es sieht nicht so aus, als würden die das mit dem Strom so bald wieder hinbekommen. In ein paar Minuten schicken wir Ihnen durchs Dach ein Spezialkommando herein.«

»Dann sollten Sie wissen, dass Wright, Cuthbert und diese PR-Tante sich irgendwo da oben aufhalten, vermutlich im dritten Stock. Das ist nämlich das einzige andere Stockwerk, auf dem man die Treppe verlassen kann.«

»Wovon reden Sie überhaupt? Haben Sie sie denn nicht mitgenommen?«

»Sie wollten nicht. Wright hat sich auf eigene Faust auf den Weg gemacht und die anderen beiden haben sich ihm angeschlossen.«

»Scheint so, als hätten sie mehr Vernunft gehabt als Sie. Ist der Bürgermeister wohlauf? Lassen Sie mich mit ihm reden.«

D'Agosta gab das Funkgerät weiter.

»Geht es Ihnen gut, Sir?«, fragte Coffey eindringlich.

»Wir sind bei dem Lieutenant in besten Händen.«

»Ich rate Ihnen dringlichst, Sir, sich zurück zur Halle des Himmels zu begeben und dort auf Hilfe zu warten. Wir sind dabei, ein Spezialeinsatzkommando zu Ihrer Rettung ins Museum zu schicken.«

»Ich setze großes Vertrauen in Lieutenant D'Agosta. Und Sie sollten das auch tun.«

»Ja, selbstverständlich, Sir. Und seien Sie unbesorgt, wir holen Sie da raus, Sir.«

»Coffey?«

»Sir?«

»Außer mir sind über dreißig Menschen hier unten, vergessen Sie das nicht.«

»Ich wollte doch nur zum Ausdruck bringen, dass wir uns ganz besonders bemühen, um –«

»Coffey! Ich glaube nicht, dass Sie mich richtig verstanden haben. Jedes Menschenleben hier unten ist Ihre besonderen Bemühungen wert.«

»Ja, Sir.«

Der Bürgermeister gab das Funkgerät zurück an D'Agosta. »Täusche ich mich oder ist dieser Coffey wirklich so ein Hohlkopf?«, murmelte er dabei.

D'Agosta steckte das Funkgerät ein und ging weiter den Gang entlang. Dann blieb er stehen und richtete den Strahl der Taschenlampe auf ein Objekt, das vor ihnen aus der Dunkelheit auftauchte. Es war eine verschlossene Stahltür. Das ölige Wasser rauschte durch einen vergitterten Durchlass im unteren Teil der Tür hindurch. D'Agosta watete an die Tür heran. Sie war so ähnlich wie die, die vom Treppenhaus in den unteren Keller führte: dick, doppelt beschlagen und voller rostiger Nieten. Ein altes, kupfernes Vorhängeschloss, das vollständig mit Grünspan überzogen war, hing an zwei Ringen, von denen einer in der Wand und einer in der Tür befestigt war. D'Agosta packte das Schloss und rüttelte daran, aber es ging nicht auf.

Er nahm sein Funkgerät und funkte Pendergast an.

»Ich höre«, sagte der FBI-Agent.

»Wir befinden uns hinter der ersten Gabelung, aber jetzt sind wir auf eine verschlossene Eisentür gestoßen.«

»Eine verschlossene Tür zwischen der ersten und der zweiten Gabelung?«

»Ja.«

»Und Sie sind wirklich an der ersten Gabelung nach rechts gegangen.«

»Ja.«

»Einen Moment.« D'Agosta hörte ein Rascheln.

»Gehen Sie wieder zu der Gabelung zurück, Vincent, und nehmen Sie den linken Stollen. Machen Sie schnell!«

D'Agosta drehte sich um. »Bailey! Wir gehen zurück zur letzten Abzweigung. Los, alle umdrehen und so schnell wie möglich zurück!«

Die Gruppe drehte sich müde und murmelnd um und begann durch das tintenschwarze Wasser zurückzuwaten.

»Halt!«, rief Bailey von vorne. »Mein Gott, Lieutenant, riechen Sie das?«

»Nein«, sagte D'Agosta, nur um gleich darauf *»Mist!«* zu sagen, als der verrottete Gestank nun auch ihm in die Nase stieg. »Gehen Sie in Stellung, Bailey! Ich komme gleich zu Ihnen. Brennen Sie dem Scheißding eins auf den Pelz!«

Cuthbert saß an dem Labortisch und klopfte mit dem Radiergummiende eines Bleistiftes gedankenverloren darauf herum. Am anderen Ende des Tisches saß Wright, der den Kopf in die Hände gestützt hatte. Rickman stand auf Zehenspitzen an dem kleinen Fenster, das hinaus in den Hof führte. Sie hatte die Taschenlampe zwischen die Gitterstäbe geklemmt und schaltete sie mit ihren manikürten Fingern rhythmisch an und aus. Ein Blitz beleuchtete kurzzeitig ihre starre Gestalt, gleich darauf dröhnte ein tief rollender Donnerschlag durch den Raum. »Das ist ja ein wahrer Wolkenbruch da draußen«, sagte Rickman. »Ich kann nicht das Geringste sehen.«

»Und Sie können von niemandem gesehen werden«, sagte Cuthbert müde. »Sie vergeuden nur die Batterie. Vielleicht brauchen wir die später noch.«

Mit einem laut hörbaren Seufzer schaltete Rickman die Taschenlampe aus und tauchte das Labor in tiefe Dunkelheit.

»Was hat das Monster wohl mit Montagues Leiche gemacht?«, fragte Wright mit leicht lallender Stimme. »Hat es sie aufgefressen?« Aus der Dunkelheit war ein leises Lachen zu hören. »Wo ist mein Whisky? Hey, Ian, du verdammter Schotte, wo hast du meinen Whisky versteckt?«

Cuthbert klopfte weiter mit seinem Bleistift auf den Tisch.

»Wahrscheinlich hat das Monster ihn aufgefressen. Mit Curry und Reis vielleicht! Als Montague-Pilav!«, kicherte Wright.

Cuthbert stand auf, ging hinüber zu dem Museumsdirektor und zog ihm die Achtunddreißiger aus dem Gürtel. Er prüfte nach, ob sie geladen war, und steckte sie dann selber ein.

»Gib sie mir sofort zurück!«, verlangte Wright.

Cuthbert sagte nichts.

»Du bist ein ungehobelter Mensch, Ian. Das warst du schon immer, ein kleinlicher, eifersüchtiger, ungehobelter Mensch. Montag früh wirst du gekündigt, darauf kannst du dich verlassen. Betrachte dich ab sofort als gefeuert.« Wright stand schwankend auf. »Gefeuert, hast du mich verstanden?«

Cuthbert stand an der Tür zum Gang und horchte nach draußen. »Ist da was?«, fragte Rickman besorgt, aber Cuthbert hob die Hand und brachte sie zum Schweigen. Stille.

Nach einer Weile trat Cuthbert von der Tür zurück. »Ich dachte, ich hätte ein Geräusch gehört«, sagte er und blickte hinüber zu Rickman. »Lavinia, könnten Sie einen Augenblick mal herkommen?«

»Was ist denn?«, fragte sie atemlos.

Cuthbert zog sie zur Seite. »Geben Sie mir die Taschenlampe«, sagte er. »Hören Sie, ich will Sie ja nicht beunruhigen, aber falls etwas passieren sollte –«

»Wie meinen Sie das?«, unterbrach Rickman ihn mit sich überschlagender Stimme.

»Was immer all die Menschen umgebracht hat, läuft hier im Museum frei herum. Ich bin mir nicht sicher, ob wir hier drin davor sicher sind.«

»Aber die Tür ist fünf Zentimeter dick. Das hat Henry doch gesagt –«

»Ich weiß. Vielleicht geht ja auch alles gut. Aber die Türen zur Ausstellung waren sogar noch dicker und außerdem möchte ich gerne auf alle Eventualitäten vorbereitet sein. Henry, hilf mir, diesen Tisch vor die Tür zu schieben«, sagte er an Wright gewandt.

Der Direktor sah ihn mit stierem Blick an. »Du bist gefeuert! Bis morgen um fünf Uhr nachmittags hast du Zeit, deinen Schreibtisch auszuräumen.«

Cuthbert riss Wright hoch und setzte ihn auf einen anderen Stuhl. Dann schob er zusammen mit Rickman den Tisch vor die Tür zum Gang.

»Das wird es eine Weile aufhalten«, sagte er und strich sich sein Jackett glatt. »Lange genug vielleicht, dass ich ihm mit etwas Glück ein paar Treffer verpassen kann. Sobald es hier brenzlig wird, verschwinden Sie durch die hintere Tür in die Halle der Dinosaurier und verstecken sich dort. Jetzt, wo die Sicherheitstüren herunten sind, gibt es keinen anderen Zugang zu der Halle. Zumindest haben Sie dann zwei Türen zwischen sich und dem Ding, was immer es auch sein mag.« Cuthbert blickte sich ruhelos um. »In der Zwischenzeit sollten wir versuchen, dieses Fenster einzuschlagen. Vielleicht hört uns dann wenigstens jemand schreien.«

Wright lachte laut auf. »Du kannst das Fenster nicht einschlagen, das schaffst du nicht. Es ist aus Panzerglas.«

Cuthbert sah sich im Labor um und fand schließlich ein kurzes Winkeleisen. Als er damit zwischen den Gitterstäben auf die Glasscheibe schlug, prallte es ab und wurde ihm aus der Hand gerissen.

»Verdammter Mist«, murmelte er und rieb die Handballen aneinander. »Wir könnten die Scheibe vielleicht kaputt schießen. Hast du noch irgendwo Patronen herumliegen, Henry?«

»Mit dir rede ich nicht mehr«, gab Wright beleidigt zurück.

Cuthbert öffnete den Aktenschrank und fing an, im Dunklen herumzukramen. »Nichts«, sagte er schließlich. »Wir können keine Kugel an dieses Fenster verschwenden. Ich habe nur noch fünf Schuss in der Waffe.«

»Nichts, nichts, alles nichts. Wer hat das gleich noch mal gesagt? König Lear?«

Cuthbert wandte sich an Rickman. »Geben Sie mir bitte die Flasche, Lavinia. Ich habe sie in dieses Regal hinter Ihnen gestellt. Tasten Sie danach. Das ist wohl das Einzige, womit wir ihn zum Schweigen bringen können.«

Rickmans schmale Gestalt verschwand in der Dunkelheit und kam ein paar Sekunden später mit der Flasche wieder zurück. Cuthbert schob sie Wright hin.

»Vielen Dank, edler Herr. Aber du bist natürlich immer noch gefeuert.« Er hob die Flasche an den Mund und nahm einen langen Schluck.

Cuthbert seufzte tief und setzte sich. Wieder wurde es in dem Labor so still, dass man nur den Wind, den Regen und ein weit entferntes Donnergrollen hören konnte.

Pendergast steckte das Funkgerät weg und wandte sich zu Margo um. »D'Agosta ist in Schwierigkeiten. Wir müssen jetzt rasch handeln.«

»Lassen Sie mich zurück«, sagte Frock ruhig. »Ich halte Sie ja nur auf.«

»Eine ritterliche Geste«, erkannte Pendergast an. »Aber wir können nicht auf Sie verzichten. Wir brauchen Ihren Verstand.« Er ging langsam hinaus in den Gang und leuchtete mit der Taschenlampe in beide Richtungen. Dann signalisierte er den anderen, dass alles klar war. Sie gingen, so schnell Margo den Rollstuhl schieben konnte, den Gang entlang.

Während sie sich so vorwärtsbewegten, flüsterte Frock den anderen ab und zu ein paar Anweisungen zu. Pendergast ging voraus und blieb an jeder Kreuzung mit gezogener Waffe stehen. Häufig hielt er auch an, um zu horchen und den Geruch der Luft zu prüfen. Nach ein paar Minuten übernahm er den Rollstuhl von Margo, die nicht dagegen protestierte. Dann kamen sie um eine Ecke und befanden sich vor der Tür zum Sicherheitsbereich.

Zum hundertsten Male betete Margo leise, dass ihr Plan gelingen möge und nicht für sie alle – und auch die Gruppe, die im unteren Keller gefangen saß – das Todesurteil bedeutete.

»Die dritte rechts!«, rief Frock, nachdem sie die Sicherheitszone betreten hatten. »Margo, haben Sie die Kombination noch im Kopf?«

Margo ging ans Zahlenschloss, drehte daran herum, betätigte dann die Klinke und die Tür ging auf. Pendergast trat ein und kniete sich neben die kleine Kiste.

»Warten Sie«, sagte Margo.

Pendergast hielt inne und sah sie mit hochgezogenen Augenbrauen an.

»Lassen Sie bloß nicht den Geruch der Fasern an Ihre Hände kommen«, sagte Margo. »Wickeln Sie sie in Ihr Jackett.«

Pendergast zögerte.

»Hier«, sagte Frock, »nehmen Sie mein Einstecktuch zum Anfassen.«

»Nun, wenn der Professor ein hundert Dollar teures

Einstecktuch opfert«, sagte Pendergast mit einem bedauernden Unterton, »kann ich ja wohl kaum Nein sagen.« Er zog sein Jackett aus, nahm Notizbuch und Funkgerät aus den Taschen und steckte sie sich in den Hosenbund.

»Seit wann tragen FBI-Agenten denn sündhaft teure Armani-Anzüge?«, fragte Margo scherzhaft.

»Seit wann können denn Biologiedoktorandinnen solche Anzüge erkennen?«, gab Pendergast zurück und breitete sein Jackett sorgfältig auf dem Boden aus. Dann nahm er mit dem Einstecktuch mehrere Handvoll der Fasern, legte sie in der Mitte auf den Stoff und stopfte schließlich das Einstecktuch in einen Ärmel. Dann faltete er das Kleidungsstück zusammen und band es mit den Ärmeln zusammen.

»Wir brauchen noch eine Art Seil, um es hinter uns herzuziehen«, sagte Margo.

»Da drüben, neben der letzten Kiste liegt etwas Packschnur«, sagte Frock und deutete hinüber. Pendergast band das Jackett an die Schnur und schleifte das Bündel probeweise ein paar Meter über den Boden.

»Ist in Ordnung, glaube ich«, sagte er. »Schade, dass diese Böden hier unten so selten sauber gemacht werden.« Er wandte sich an Margo. »Meinen Sie, dass das eine Spur hinterlässt, die so stark ist, dass die Kreatur ihr folgt?«

Frock nickte heftig. »Der genetische Extrapolator nimmt an, dass das Geruchsempfinden des Wesens um ein Vielfaches größer ist als das unsere. Es konnte doch auch die Kisten hinter der Tür dieses Lagerraums erschnüffeln, oder etwa nicht?«

»Und woher wissen Sie, dass die – äh – Mahlzeiten, die es heute gehabt hatte, das Wesen nicht gesättigt haben?«

»Mr Pendergast, das menschliche Hormon ist nur ein höchst unzulänglicher Ersatz für die Fasern. Wir glauben, dass das Wesen nach dieser Pflanze süchtig ist«, sagte Frock und nickte. »Wenn es eine größere Menge Fasern wittert, kann es gar nicht anders, es muss dem Geruch nachgehen.«

»Dann lassen Sie uns mal loslegen«, sagte Pendergast und hob vorsichtig das Bündel auf. »Der zweite Zugang zum unteren Keller befindet sich ein paar Hundert Meter von hier entfernt. Wenn Sie recht haben, dann sind wir ab jetzt am verwundbarsten. Die Kreatur wird nun Jagd auf *uns* machen.«

Margo folgte dem Agenten und schob den Rollstuhl hinaus auf den Gang. Pendergast schloss die Tür, dann gingen die drei rasch den Korridor entlang auf den alten Keller zu.

53

D'Agosta ging gebückt durch das Wasser und hielt seinen Revolver nach vorn in die Dunkelheit gerichtet. Er hatte die Taschenlampe ausgeschaltet, um seine Position nicht preiszugeben. Das Wasser lief ihm zwischen den Beinen hindurch, der Geruch nach Algen und Kalk vermischte sich mit dem ekelhaften Gestank der Kreatur.

»Sind Sie da vorn, Bailey?«, flüsterte er ins Dunkel.

»Ja«, hörte er die Stimme von Bailey. »Ich stehe an der ersten Abzweigung.«

»Sie haben mehr Munition als ich. Erst vertreiben wir dieses Scheißding, und dann bleiben Sie hier und halten Wache, während ich nach hinten gehe und das Schloss aufschieße.«

»In Ordnung.«

D'Agosta, dessen Beine vom kalten Wasser schon ein wenig taub waren, ging auf Bailey zu. In der Dunkelheit vor sich hörte er ein paar leise Platscher, die sich rasch näherten. Dann ging Baileys Schrotflinte zweimal hintereinander los und mehrere Leute in der Gruppe hinter D'Agosta begannen zu wimmern.

»Großer Gott!«, hörte D'Agosta Bailey schreien, dann kam ein leises, knirschendes Geräusch. Bailey brüllte auf und D'Agosta fühlte, wie sich das Wasser vor ihm heftig bewegte.

»Bailey!«, rief er, aber als Antwort ertönte nur das Gurgeln des Wassers. Er schaltete seine Taschenlampe an und leuchtete damit den Stollen entlang. Nichts.

»Bailey!«

Mehrere Menschen hinter ihm hatten zu weinen angefangen und irgendjemand schrie völlig hysterisch.

»Halten Sie den Mund!«, zischte D'Agosta. »Ich muss hören, was da vorn geschieht.«

Die Schreie wurden abrupt gedämpft. D'Agosta richtete den Strahl der Taschenlampe wieder auf Wände und Decke des Stollens, konnte aber immer noch nichts erkennen. Bailey war verschwunden und der Geruch war merklich schwächer geworden. Vielleicht hatte Bailey das Mistding erwischt. Oder vielleicht hatte es sich auch vom Knall der Schrotflinte vorübergehend verscheuchen lassen. Als D'Agosta allerdings nach unten leuchtete, bemerkte er, dass das zwischen seinen Beinen hindurchfließende Wasser rötlich gefärbt war. Dann schwamm ein Fetzen einer blauen Polizeiuniform an ihm vorbei.

»Ich brauche Hilfe hier vorne!«, zischte er über seine Schulter zurück.

Kaum hatte er das gesagt, stand Smithback neben ihm.

»Leuchten Sie mit der Taschenlampe den Gang entlang«, sagte D'Agosta zu ihm.

D'Agosta tastete mit den Fingern den steinernen Boden des Ganges ab. Das Wasser schien ein wenig gestiegen zu sein. Als er sich vorbeugte und nach unten griff, ging es ihm bereits bis an die Brust. Ein Stück von Bailey schwamm vorbei und D'Agosta musste für einen Moment seinen Blick abwenden. Dann suchte er weiter. Er musste unbedingt Baileys Schrotflinte finden.

»Smithback«, sagte er, »ich gehe jetzt nach hinten und schieße das Schloss auf. Wir müssen uns vor diesem Ding in Sicherheit bringen. Tasten Sie in dem Wasser nach einer Schrotflinte. Wenn Sie irgendetwas Ungewöhnliches sehen oder riechen, rufen Sie laut.«

»Wollen Sie mich hier etwa allein lassen?«, fragte Smithback ein wenig unsicher.

»Sie haben ja die Taschenlampe. Es wird nicht lange dauern. Trauen Sie sich das zu?«

»Ich werd's versuchen.«

D'Agosta packte Smithback kurz an der Schulter, dann ging er nach hinten. Für einen Journalisten hatte der Bursche ganz schön viel Mut.

Als D'Agosta an der Gruppe vorbeiwatete, griff jemand nach seinem Arm. »Bitte sagen Sie uns doch, was passiert ist«, bat ihn eine schluchzende weibliche Stimme.

D'Agosta schüttelte die Frau so sanft wie möglich ab und konnte hören, wie der Bürgermeister beruhigend auf sie einredete. Vielleicht würde er dem alten Bastard bei der nächsten Wahl doch seine Stimme geben.

»Treten Sie zurück«, befahl er den Leuten und stellte sich vor die Tür. Er wusste, dass auch er besser ein paar Schritte zurückgehen sollte, um nicht von einer abprallenden Kugel getroffen zu werden. Aber das Schloss war so massiv, dass er genau treffen musste, und in der Dunkelheit konnte er nicht allzu gut zielen. »Na, dann wollen wir mal«, murmelte er und trat bis auf einen halben Meter an die Tür heran. Dann hielt er die Mündung der Achtunddreißiger direkt an das Schloss und drückte ab. Als der Rauch sich verzogen hatte, hatte das Schloss zwar genau in der Mitte ein kreisrundes Loch, öffnen ließ es sich aber deshalb noch lange nicht.

»Scheiße«, murmelte D'Agosta und hielt die Mündung des Revolvers diesmal direkt an den Bügel des Schlosses. Er drückte noch einmal ab und danach gab es kein Schloss mehr. D'Agosta lehnte sich mit seinem Gewicht gegen die Tür, konnte sie aber nicht aufdrücken.

»Helfen Sie mir mal!«, rief er.

Sofort warfen sich mehrere Leute gegen die Tür. Die rostigen Angeln gingen mit einem lauten Quietschen auf, und das aufgestaute Wasser lief laut gurgelnd durch die offene Tür.

»Smithback, haben Sie etwas gefunden?«

»Ja, seine Taschenlampe!«, rief eine körperlose Stimme zurück.

»Gut gemacht. Kommen Sie jetzt zurück!«

Als D'Agosta durch die Tür ging, fiel ihm auf, dass auch auf der anderen Seite zwei Ringe für ein Schloss waren. Er trat zurück und zählte die Leute ab, die jetzt nacheinander durch die Tür gingen. Siebenunddreißig. Bailey gab es nicht mehr und Smithback war der Letzte.

»Okay«, rief D'Agosta. »Machen wir sie zu!«

Gegen den starken Wasserstrom schoben sie mit vereinten Kräften die Tür wieder zu.

»Smithback! Leuchten Sie hier mal her. Vielleicht können wir sie irgendwie verriegeln.«

D'Agosta besah sich nachdenklich die beiden Ringe. Wenn sie hier ein Stück Metall durchschoben, konnten sie die Tür damit gut versperren. Er wandte sich an die Gruppe. »Ich brauche irgendetwas, ganz gleich, was, das länglich und aus Metall ist«, rief er. »Hat irgendjemand ein Stück Metall, mit dem wir diese Tür verriegeln könnten?«

Der Bürgermeister ging rasch durch die Gruppe und brachte D'Agosta mehrere Metallgegenstände. Smithback hielt die Taschenlampe und D'Agosta besah sich die Anstecknadeln, Halsketten und Kämme. »Nichts dabei«, murmelte er an Smithback gewandt.

Dann hörten sie auf der anderen Seite der Tür ein lautes Platschen und ein tiefes Grunzen. Durch die Schlitze im unteren Teil der Tür drang wieder der ekelhafte Geruch in ihre Nasen. Etwas schlug weich gegen die Tür und drückte sie langsam auf.

»Schnell! Sie da! Helfen Sie mir!«

Wie zuvor warfen sich mehrere Leute gemeinsam gegen die Tür und drückten sie zu. Als das Wesen auf der anderen Seite ihre Kraft spürte, war ein Klappern und ein tiefer Schlag zu hören, dann wurden die Leute langsam zurückgedrängt. Die Tür ging wieder weiter auf.

D'Agosta rief andere herbei, die sich ebenfalls gegen die Tür stemmten.

»Drücken, drücken, nicht nachlassen!«

Von draußen war ein lautes Brüllen zu hören, dann warf ein mächtiger Schlag die Leute zurück. Die Tür, die unter den auf sie einwirkenden Kräften knarzte und ächzte, ging zentimeterweise weiter auf. Erst waren es zehn, dann zwanzig Zentimeter. Der Gestank wurde schier unerträglich. D'Agosta sah drei lange Krallen sich in den Türspalt schieben. Eine Pfote tastete um die Tür herum und griff mit bedrohlich ausgestreckten Krallen nach innen.

»Du lieber Himmel«, hörte D'Agosta den Bürgermeister in einem ziemlich nüchternen Ton sagen. Jemand begann in einem seltsamen Singsang ein Gebet anzustimmen.

D'Agosta richtete die Mündung seines Revolvers aus nächster Nähe auf die monströse Pfote und drückte ab. Von draußen hörten sie ein fürchterliches Gebrüll und die Kreatur zog sich platschend zurück.

»Die Taschenlampe!«, schrie Smithback. »Sie passt genau. Stecken Sie die durch die Ringe!«

»Dann haben wir nur noch ein Licht«, keuchte D'Agosta.

»Haben Sie eine bessere Idee?«

»Nein«, gab D'Agosta noch völlig außer Atem zu. Dann rief er lauter: »Jetzt alle zusammen noch einmal fest gegen die Tür drücken!«

Mit einem lauten Knall fiel die Tür in ihren Metallrahmen und Smithback schob die Taschenlampe von oben durch die beiden Ringe. Ihr unteres Teil passte genau durch und das dicke Ende, an dem die Birne saß, hinderte sie daran, nach unten durch die Ringe zu rutschen. Während D'Agosta nach Atem rang, erschütterte ein weiterer, gewaltiger Schlag die Tür, aber sie hielt stand.

»Und jetzt lauft, Leute, lauft!«, rief D'Agosta. Sie platschten hastig durch das gurgelnde Wasser, wobei manche ausrutschten und hinfielen. Bald waren Arme und Gesichter grün von Algen. D'Agosta wurde von hinten umgestoßen und fiel mit dem Gesicht nach vorn ins kalte Wasser. Er rappelte sich auf, rannte weiter und zwang sich dabei, nicht an das brüllende Monster zu denken, das sich mit voller Gewalt gegen die Tür warf.

Hätte er über dieses Geräusch länger nachgedacht, wäre er wohl verrückt geworden, und so stellte er sich statt des Monsters die Taschenlampe vor, die jetzt in den beiden Ringen an der Tür steckte. Es war eine solide, schwere Polizeilampe aus robustem Aluminium. Sie würde eine Weile standhalten. D'Agosta betete darum, dass sie standhalten würde. An der zweiten Abzweigung im Stollen blieb die Gruppe zitternd und wimmernd stehen. *Jetzt nichts wie Pendergast anfunken und dann so schnell wie möglich raus hier,* dachte D'Agosta. Er griff an das Halfter des Funkgeräts und stellte zu seinem Entsetzen fest, dass es leer war.

Coffey stand am vorgeschobenen Sicherheitsposten und starrte verdrießlich auf einen Monitor. Weder Pendergast noch D'Agosta waren erreichbar und aus dem Inneren von Zelle zwei antworteten nur noch Garcia aus der Sicherheitszentrale und Waters aus dem Computerraum. Waren alle anderen vielleicht schon tot? Coffey malte sich bereits die Schlagzeilen aus, für die der Tod des Bürgermeisters unweigerlich sorgen würde, und bekam dabei ein flaues Gefühl im Magen.

Ein Schweißbrenner fraß sich am östlichen Ende der Großen Rotunde in das silbrig glänzende Metall der Sicherheitstür und warf gespenstische, bläuliche Schatten hinauf an die hohe Decke. Der scharfe Geruch von geschmolzenem Stahl hing in der Luft. In der Rotunde herrschte eine beklemmende Stille. An der Sicherheitstür nahmen die Ärzte zwar immer noch Notamputationen vor, aber alle anderen Gäste der Eröffnungsparty waren mittlerweile wieder zu Hause oder wurden in den umliegenden Krankenhäusern behandelt. Schließlich war es der Polizei sogar gelungen, die Journalisten hinter die Absperrungen zu drängen. Notarzt- und Krankenwagen standen in den Seitenstraßen neben dem Museum noch immer in Bereitschaft.

Der Commander des Sondereinsatzkommandos kam auf Coffey zu und rückte sich den Munitionsgurt über seiner schwarzen Uniform zurecht. »Wir sind so weit«, sagte er.

Coffey nickte. »Wie wollen Sie es machen?«

Der Commander schob ein paar Nottelefone zur Seite und breitete einen Plan aus.

»Unser Verbindungsmann, der hier in der Station bleibt und die genauen Gebäudepläne vor sich hat, wird uns über Funk dirigieren. Phase eins: Wir schlagen ein Loch in die Decke, und zwar hier. Von dort aus lassen wir uns in den vierten Stock hinunter. Laut Unterlagen über das Sicherheitssystem müsste sich diese Tür hier aufsprengen lassen.

Damit kommen wir in die nächste Zelle. Dort gehen wir in diesen Lagerraum hier im dritten Stock, der sich genau über der Halle des Himmels befindet. In deren Decke gibt es eine Falltür, durch die normalerweise der Kronleuchter gewartet und gereinigt wird. Von dort aus lassen wir unsere Männer hinunter und ziehen die Verletzten im Rettungsgeschirr nach oben. In Phase zwei retten wir den Bürgermeister und die Gruppe, die bei ihm ist, aus dem unteren Keller. In Phase drei begeben wir uns dann auf die Suche nach anderen Leuten, die sich möglicherweise noch anderswo in Zelle zwei aufhalten. Dazu zählen die Besatzung des Computerraums und der Sicherheitszentrale. Der Museumsdirektor, Ian Cuthbert und eine bisher noch nicht identifizierte Frau sollen in die oberen Stockwerke gegangen sein. Und haben Sie nicht auch noch Agenten in diesem Bereich? Diesen Mann aus dem New Orleanser Büro, zum Beispiel–«

»Um den kümmere ich mich selbst«, stieß Coffey rasch hervor. »Wer hat diesen Plan ausgearbeitet?«

»Das waren wir, aber die Leute aus der Sicherheitszentrale haben uns dabei über Funk beraten. Allen kennt die Pläne der Zellen praktisch auswendig. Nun, jedenfalls werden wir –«

»Sie haben also den Plan gemacht. Und wer hat hier den Oberbefehl?«

»Sie, Sir. Aber bei einem akuten Notfall kann der Commander des Sondereinsatzkommandos –«

»Ich will, dass Sie dort hineingehen und dieses Scheißding zur Strecke bringen. Haben Sie das verstanden?«

»Sir, Sie wissen doch genau, dass unsere erste Priorität dem Schutz und der Rettung von Menschenleben gilt. Erst wenn wir die Leute da rausgebracht haben, können wir –«

»Wollen Sie mich verarschen, oder was? Sie sprechen hier mit einem der höchstdekorierten Agenten im ganzen FBI. Wenn wir dieses Ding da drinnen töten, sind alle unsere Probleme mit einem Schlag gelöst. Oder sehen Sie das etwa anders? In einer Ausnahmesituation wie dieser ist kreatives Denken gefragt.«

»Wenn man bei einer Geiselnahme dem Täter seine Geiseln wegnimmt, kann er keine Forderungen mehr stellen und –«

»Haben Sie eigentlich während der Einsatzbesprechung

vorher geschlafen, oder was? Wir haben es hier mit einer gefährlichen Bestie zu tun, mit einem Tier, keinem Verbrecher.«

»Aber die Verletzten –«

»Dann lassen Sie halt in Gottes Namen von ein paar Ihrer Leute die verdammten Verletzten hinausschaffen. Aber der Rest Ihrer Gruppe geht los und bringt dieses Vieh zur Strecke. Erst dann sammeln Sie in aller Ruhe die versprengten Leute ein. Das ist ein Befehl.«

»Ich verstehe, Sir. Aber ich würde trotzdem vorschlagen –«

»Ihre Vorschläge interessieren mich einen feuchten Dreck. Gehen Sie hinein, so wie Sie es geplant haben, aber machen Sie Ihre Arbeit dann auch richtig. Knallen Sie das Scheißvieh ab!«

Der Leiter des Einsatzkommandos sah Coffey erstaunt an. »Sind Sie sich denn wirklich so sicher, dass es sich um ein Tier handelt?«

Coffey zögerte. »Ja«, sagte er schließlich. »Ich weiß zwar nicht allzu viel darüber, aber es hat bereits einige Menschen auf dem Gewissen.«

Der Mann im schwarzen Overall sah Coffey einen Augenblick lang an.

»Ja«, sagte er schließlich. »Was immer es auch sein mag, wir sind jedenfalls mit genügend Feuerkraft ausgerüstet, um ein ganzes Löwenrudel in winzige Stückchen zu schießen.«

»Die werden Sie auch brauchen. Finden Sie das Ding und bringen Sie es um die Ecke.«

Pendergast und Margo blickten den engen Schacht hinunter zum unteren Keller. Im Licht von Pendergasts Taschenlampe floss schwarz glänzendes, von Ölschlieren bedecktes Wasser unter ihnen vorbei.

»Der Wasserspiegel steigt«, sagte Pendergast. Dann wandte er sich an Margo. »Sind Sie sicher, dass das Wesen diesen Schacht heraufklettern kann?«, fragte er.

»Fast hundertprozentig«, antwortete Margo. »Es ist äußerst beweglich.«

Pendergast trat einen Schritt zurück und versuchte noch einmal, D'Agosta per Funk zu erreichen. »Da muss irgendwas passiert sein. Der Lieutenant hat sich seit einer Viertelstunde nicht mehr gemeldet. Beim letzten Mal stand er noch vor dieser verschlossenen Tür.« Pendergast blickte hinunter in den unteren Keller. »Wie wollen Sie denn bei all dem Wasser eine Spur legen?«, fragte er Margo.

»Sie glauben doch, dass die Gruppe vor einiger Zeit da unten vorbeigegangen ist, oder?«, wollte Margo von ihm wissen.

Pendergast nickte. »Das letzte Mal, als ich mit ihm sprach, sagte mir D'Agosta, dass sich die Gruppe zwischen der ersten und der zweiten Abzweigung befand. Mal angenommen, dass sie nicht wieder zurückgegangen ist, müsste sie diesen Punkt hier längst passiert haben.«

»Ich sehe das so«, sagte Margo. »Wo die Gruppe ist, da wird das Wesen nicht weit sein. Wenn wir also hier ein paar Fasern ins Wasser fallen lassen, wird sie die Strömung bis hin zu der Kreatur tragen.«

»Aber damit nehmen Sie gleichzeitig an, dass das Wesen intelligent genug ist, um zu erkennen, dass die Strömung ihm die Fasern zugetragen hat. Es könnte ihnen ja auch bloß hinterherlaufen und versuchen, sie aus dem Wasser zu fischen.«

»Ich halte es für schlau genug«, sagte Frock. »Sie dürfen sich dieses Wesen nicht einfach wie ein *Tier* vorstellen. Möglicherweise ist es fast so intelligent wie wir.«

Mit Frocks Einstecktuch nahm Pendergast vorsichtig ein paar Fasern aus dem Bündel und verteilte sie auf dem Boden vor dem Schacht. Danach warf er eine Handvoll davon hinunter ins strömende Wasser.

»Nicht zu viele!«, warnte Frock.

Pendergast blickte Margo an. »Ein paar noch vielleicht, um eine wirklich gute Spur zu legen, dann ziehen wir das Bündel zurück in die Sicherheitszone und warten, bis die Kreatur in die Falle geht.« Nachdem er noch ein paar Fasern um den Schacht herum verteilt hatte, schnürte er das Bündel wieder zu.

»Bei der starken Strömung dürfte es höchstens ein paar Minuten dauern, bis die Fasern bei dem Wesen angelangt sind«, sagte Pendergast. »Wie schnell, glauben Sie, wird es reagieren?«

»Wenn das Extrapolationsprogramm recht hat«, sagte Frock, »dann ist die Kreatur in der Lage, sich außerordentlich schnell zu bewegen. Ich schätze fünfzig Kilometer in der Stunde, möglicherweise sogar mehr, wenn sie von etwas so Mächtigem wie ihrer Gier nach den Fasern getrieben wird. Allerdings dürfte sie in den Stollen da unten nicht ihre volle Geschwindigkeit entwickeln können – außerdem sind die Spuren, die wir gelegt haben, ja nicht allzu stark, also wird sie ab und zu stehen bleiben und die

Witterung neu aufnehmen müssen. Aber ich glaube nicht, dass sie das allzu lange aufhalten wird. Gott sei Dank ist ja die Sicherheitszone nicht weit von hier.«

»Verstehe«, sagte Pendergast. »Alles in allem nicht sonderlich beruhigend. Aber was soll's? *Wer kämpfen will, der kämpfe jetzt, denn nun ist die richtige Zeit dafür.*«

»Ah«, sagte Frock und nickte. »Alcaeus.«

Pendergast schüttelte den Kopf. »Nein, Doktor. Anacreon. Gehen wir?«

54

Smithback richtete die Taschenlampe nach vorn, aber ihr Strahl schien die Dunkelheit kaum durchdringen zu können. D'Agosta ging, den Revolver in der Hand, ein paar Schritte vor ihm her. Das niedrige Gewölbe des Stollens schien kein Ende zu nehmen und dunkles Wasser floss an ihnen vorbei in die Dunkelheit. Entweder führte der Stollen immer noch nach unten oder der Wasserspiegel war weiter angestiegen, dachte Smithback, der die Strömung jetzt schon an seinen Oberschenkeln spürte.

Er drehte sich zu D'Agosta um, dessen derbes, grimmig dreinblickendes Gesicht noch immer von Baileys Blut verschmiert war.

»Ich kann nicht mehr weiter«, beklagte sich jemand von hinten und gleich darauf konnte Smithback die Stimme des Bürgermeisters hören – es war eine perfekte Politikerstimme, fand er, die in beruhigendem und vertrauenerweckendem Ton jedermann das sagte, was er gerne hören wollte. In einer Situation wie dieser war er Gold wert. Smithback blickte sich verstohlen nach den niedergeschlagenen Leuten um. Es waren schlanke, juwelengeschmückte Frauen in ihren langen Abendkleidern, Geschäftsmänner um die fünfzig in arg mitgenommenen Smokings und ein Häufchen Yuppies aus den großen Geschäftsbanken und Börsenmaklerfirmen an der Wall Street. Smithback kannte ihre Gesichter mittlerweile auswendig und hatte jedem Einzelnen von ihnen im Geiste schon einen Namen und einen Beruf zugewiesen. Da stapften sie nun, reduziert auf den kleinsten gemeinsamen Nenner, grün von Algen und Wasserschleim, durch einen dunklen Tunnel, in dem eine entsetzliche Kreatur gnadenlos Jagd auf sie machte.

Smithback hatte ebenso viel Angst wie alle anderen auch, aber bisher hatte er sich seinen klaren Verstand bewahren können. Als ihm bewusst geworden war, dass die Gerüchte über das Museumsmonster grausige Wirklichkeit waren, hatte er einen Augenblick lang eine eiskalte, fast panikartige Furcht verspürt. Jetzt aber, müde und nass, wie er war, hatte er weniger Angst vor dem Sterben als davor, nicht mehr lange genug am Leben zu bleiben, um sein Buch fertigschreiben zu können. Er fragte sich, ob er mutig, geldgierig oder schlicht und einfach dumm war. Was immer auch zutreffen mochte, eines wusste er genau: Wenn er das hier unten überlebte, dann war er ein gemachter Mann. Buchpräsentationsparty im teuersten Nobelrestaurant, jede Menge prominenter Gäste und ein ausführliches Feature in den Abendnachrichten. Niemand konnte diese Story so schreiben wie er, denn keiner der anderen Journalisten hatte sie am eigenen Leib miterlebt. Die Talkshows würden sich um ihn reißen und in allen Medien würde man ihn wie einen Helden feiern. Er, William Smithback Junior, war dem Monster ganz allein, nur mit einer Taschenlampe bewaffnet, gegenübergestanden, während D'Agosta hinter ihm das Schloss aufgeschossen hatte. Er, Smithback, hatte den Einfall gehabt, mit der Taschenlampe die Tür zu blockieren. Er war Lieutenant D'Agostas rechte Hand in diesen dramatischen Stunden.

»Leuchten Sie doch mal da oben links hin«, holte D'Agostas Stimme ihn aus seinen Gedanken und Smithback kam dem Befehl sofort nach. Da war nichts.

»Ich dachte, es hätte sich was bewegt«, murmelte D'Agosta. »Muss wohl ein Schatten gewesen sein.«

Bitte, lieber Gott, dachte Smithback, *lass mich meinen Erfolg noch erleben.*

»Bilde ich mir das nur ein oder wird das Wasser wirklich tiefer?«, fragte er D'Agosta.

»Es wird tiefer *und* es fließt schneller«, antwortete dieser. »Und außerdem verzweigt sich der Tunnel vor uns schon wieder. Pendergast hat mir nicht gesagt, wie wir weitergehen sollen.«

»Das hat er nicht?« Smithback hatte auf einmal ein äußerst flaues Gefühl im Magen.

»Ich hätte ihn von der zweiten Abzweigung aus wieder anfunken sollen«, sagte D'Agosta. »Aber ich habe mein Funkgerät irgendwo auf der anderen Seite der Tür verloren.«

Smithback spürte einen stärkeren Schwall Wasser von hinten und hörte gleichzeitig einen Schrei und ein Platschen.

»Nichts passiert«, sagte der Bürgermeister, als Smithback mit der Taschenlampe nach hinten leuchtete. »Jemand ist hingefallen. Die Strömung wird immer stärker.«

»Wir dürfen denen nicht sagen, dass wir nicht wissen, wie es weitergeht«, sagte Smithback flüsternd zu D'Agosta.

Margo riss die Tür zur Sicherheitszone auf, sah vorsichtig in den Gang hinein und nickte Pendergast zu. Der Agent ging rasch hinein und zog das Bündel hinter sich her.

»Schließen Sie es im Lagerraum mit den Whittlesey-Kisten ein«, sagte Frock. Wir müssen das Wesen so lange hier drinhalten, dass wir die Tür hinter ihm zumachen können. Margo öffnete den Lagerraum, während Pendergast mit dem Bündel ein verschlungenes Muster auf den Boden vor dem Raum zeichnete. Als er fertig war, legten sie das Bündel in den Lagerraum mit den Kisten und verschlossen die Tür.

»Schnell!«, drängte Margo, »auf die andere Seite des Ganges!« Sie ließen die Haupttür zur Sicherheitszone offen und gingen in den Lagerraum für Elefantenknochen auf der anderen Seite des Ganges. Das kleine Fenster in der Tür war offensichtlich schon vor langer Zeit kaputt gegangen und durch ein Stück Pappendeckel ersetzt worden. Margo öffnete die Tür mit Frocks Schlüssel und Pendergast schob den Rollstuhl in den Lagerraum. Margo schaltete Pendergasts Taschenlampe auf kleine Stufe und legte sie auf den Schließarm außen an der Tür, wobei sie den schwachen Lichtstrahl hinüber auf die Sicherheitszone richtete. Dann stach sie mit einem Kugelschreiber ein kleines Loch in den Pappendeckel vor dem Fenster, sah sich noch einmal im Gang um und ging hinein zu den anderen.

Der Lagerraum war groß, stickig und voller Elefantenknochen. Die meisten Skelette waren auseinandergenommen, ihre großen Knochen lagen aufeinandergestapelt wie überdimensionale Holzscheite in den dunklen Regalen. In einer Ecke des Raums stand ein zusammengesetztes Skelett wie ein düsterer Käfig aus Knochen, aus dem zwei gebogene, weiß schimmernde Stoßzähne hervorragten.

Pendergast verschloss die Tür und schaltete die Bergarbeiterlampe auf seinem Helm aus. Der Lagerraum lag nun in völliger Dunkelheit. Durch das Loch in dem Pappendeckel hatte Margo einen guten Blick auf die offene Tür der Sicherheitszone.

»Sehen Sie auch mal«, sagte sie zu Pendergast und ging einen Schritt zurück.

Pendergast trat an das Guckloch. »Ausgezeichnet«, sagte er, nachdem er kurze Zeit hinausgesehen hatte. »Solange die Batterien der Taschenlampe durchhalten, ist das die perfekte Falle.« Er trat von der Tür zurück. »Wieso wussten Sie eigentlich so genau, dass es diesen Raum hier gibt?«, fragte er neugierig.

Margo lachte schüchtern. »Als Sie uns am Mittwoch in die Sicherheitszone brachten, sah ich das Schild, auf dem ›Dickhäuter‹ stand, und wunderte mich, dass man einen Elefantenschädel überhaupt durch diese schmale Tür bringen konnte.« Sie trat wieder vor. »Ich übernehme die Wache«, sagte sie. »Und Sie halten Ihre Waffe für alle Fälle schussbereit.«

In der Dunkelheit hinter ihnen räusperte sich Frock und fragte: »Mr Pendergast?«

»Ja?«

»Entschuldigen Sie bitte, dass ich Sie so etwas frage, aber wie gut können Sie eigentlich mit diesem Revolver umgehen?«

»Vor dem Tod meiner Frau«, antwortete der Agent, »war ich jeden Winter mehrere Wochen auf Großwildjagd in Ostafrika und der Mongolei. Meine Frau war eine passionierte Jägerin.«

»Ach so«, sagte Frock erleichtert. »Diese Kreatur ist zwar bestimmt recht schwer zu erlegen, aber völlig unmöglich ist es meiner Meinung nach nun auch wieder nicht. Ich war wegen meines Leidens nie selbst auf der Jagd, aber dennoch könnte ich Ihnen vielleicht helfen, die Kreatur zur Strecke zu bringen.«

»Leider bin ich mit diesem Revolver hier ein wenig gehandicapt«, sagte Pendergast. »Er hat zwar für eine Handfeuerwaffe eine ziemlich hohe Durchschlagskraft, aber man kann ihn natürlich nicht mit einem richtigen Jagdgewehr vergleichen. Es wäre mir allerdings eine große Hilfe, wenn Sie mir sagen könnten, wo das Wesen Ihrer Meinung nach am verwundbarsten sein dürfte.«

»Nach den Computerergebnissen können wir annehmen, dass es sehr kräftig gebaute Knochen hat. Wie Sie ja bereits festgestellt haben, sind Schüsse auf seinen Kopf praktisch wirkungslos. Aber auch mit einem Treffer im oberen Schulterbereich oder der Brust kann man es vermutlich nicht töten, denn dort dürfte die Kugel mit ziemlicher Sicherheit in den starken Muskeln und Knochen stecken bleiben, bevor sie ins Herz dringen kann. Wenn Sie es allerdings seitlich erwischen könnten, wäre es eventuell möglich, knapp unterhalb seiner Vorderbeine ins Herz zu treffen, aber auch nur dann, wenn die Rippen nicht so stark ausgebildet sind wie die restlichen Knochen der Kreatur. Wenn ich so richtig darüber nachdenke, komme ich zu dem Schluss, dass wohl keines seiner lebenswichtigen Organe sonderlich verwundbar sein dürfte. Sicher, wenn Sie ihm einen Bauchschuss verpassen, geht es möglicherweise auf lange Sicht gesehen daran ein, aber bestimmt nicht, bevor es sich bitterlich an Ihnen gerächt hat.«

»Auch nicht gerade ein beruhigender Gedanke«, sagte Pendergast.

Frock fuhr in der Dunkelheit rastlos mit seinem Rollstuhl hin und her. »Blöde Geschichte, das gebe ich selber zu.«

Eine Weile sagte niemand etwas. Dann meldete sich Pendergast wieder zu Wort: »Vielleicht gibt es doch eine Möglichkeit.«

»Und die wäre?«, fragte Frock neugierig.

»Vor ein paar Jahren haben meine Frau und ich in Tansania Buschböcke gejagt. Wie so oft waren wir ohne Träger unterwegs und hatten zudem als einzige Waffen nur leichte Jagdgewehre dabei. Da griff uns auf einmal aus dem Unterholz am Ufer eines Flusses ein großer Kaffernbüffel an, der ein paar Tage zuvor vermutlich von einem Wilderer angeschossen worden war. Diese Büffel sind wie Maultiere, sie vergessen nie, was man ihnen angetan hat, und Menschen mit Gewehren unterscheiden sich in ihren Augen nicht allzu sehr voneinander.«

Margo fand es irgendwie irreal und absurd, hier in der Dunkelheit auf die Ankunft einer albtraumhaften Kreatur zu warten und dabei Pendergast zuzuhören, wie der in seiner gemächlichen Art eine Jagdgeschichte zum Besten gab.

»Normalerweise erlegt man so einen Büffel mit einem Schuss in den Schädel knapp unterhalb der Hörneransätze«, sagte Pendergast. »Aber dazu war das Kaliber unserer Gewehre einfach zu schwach. Und so wandte meine

Frau, die eine bessere Schützin als ich war, die einzige Taktik an, die einem Jäger in einer solchen Situation noch bleibt. Sie kniete nieder und schoss den Büffel langsam zusammen.«

»Was meinen Sie mit Zusammenschießen?«

»Man gibt dabei keinen tödlichen Schuss ab, sondern zielt auf die Fesseln, die Vorderbeine, die Knie und versucht so viele Knochen kaputt zu schießen, dass das Tier sich nicht mehr fortbewegen kann.«

»Verstehe«, sagte Frock.

»Diese Methode hat nur einen Haken«, sagte Pendergast.

»Und der wäre?«

»Man muss dazu ein verdammt guter Schütze sein. Präzises Zielen ist dabei das A und O. Man muss ganz ruhig und gefasst bleiben und immer zwischen zwei Herzschlägen abdrücken – und das, während ein wildes Tier frontal auf einen zugerast kommt. Damals hatten wir beide gerade genügend Zeit, um jeweils vier Schüsse abzugeben. Ich machte den Fehler, auf die Brust zu schießen, und merkte erst, nachdem ich zweimal getroffen hatte, dass die Kugeln in den dicken Muskeln dort einfach stecken blieben. Erst dann zielte ich auf die Beine. Ein Schuss ging vorbei und der andere war ein Streifschuss, der keinen Knochen brach.« Pendergast schüttelte den Kopf. »Es war eine erbärmliche Vorstellung.«

»Und wie ging die Sache aus?«, fragte Frock.

»Meine Frau schoss auch viermal und landete drei Treffer, mit denen sie dem Büffel beide vorderen Mittelfußknochen und ein vorderes Schienbein zerschmetterte. Der Büffel fiel hin, überschlug sich und blieb ein paar Meter vor uns liegen. Er war zwar noch am Leben, dafür aber bewegungsunfähig. Schließlich gab ich ihm aus nächster Nähe den Gnadenschuss.«

»Ich wünschte, Ihre Frau wäre jetzt hier«, sagte Frock.

Pendergast schwieg eine Weile, dann sagte er: »Ich auch.«

Danach sagte längere Zeit niemand mehr etwas.

»Nun gut«, ergriff Frock schließlich wieder das Wort. »Jetzt weiß ich, was Sie von mir wissen wollen. Wenn Sie die Kreatur bewegungsunfähig schießen wollen, sollten Sie ein paar Eigenheiten ihres Körperbaus mit ins Kalkül ziehen. Die obere hintere Körperpartie bis hinunter zum Mittelfußknochen dürfen Sie dabei getrost vergessen, denn die ist durch Hornplatten oder Schuppen bestimmt sehr gut geschützt.«

»Verstehe.«

»Sie müssten also ziemlich tief zielen, auf die Phalanx prima oder secunda.«

»Also praktisch auf die Zehen«, sagte Pendergast.

»Ja. Bei einem Pferd wären das die Fesseln. Zielen Sie knapp unter das unterste Gelenk, das scheint mir noch am verwundbarsten zu sein.«

»Das genau zu treffen dürfte aber äußerst schwierig sein. Praktisch unmöglich, wenn das Wesen direkt auf mich zukommt.«

»Das Problem ist«, sagte Frock, »dass es sich möglicherweise auf die Hinterbeine stellen und, wie ein Bär oder ein fleischfressender Dinosaurier, kurze Strecken auf zwei Beinen hinter sich bringen kann. Sie *müssen* also mindestens ein Hinterbein kaputt schießen.«

Einen Augenblick war alles ruhig. Margo blickte weiter durch ihr Guckloch, sah aber nichts.

»Nun denn«, sagte Frock, »ich glaube, dass die Vorderbeine des Wesens etwas verwundbarer sein dürften. Der Extrapolator hat sie als etwas weniger robust beschrieben. Die Fußwurzelknochen, die Mittelfußknochen und die Knie müsste man eigentlich mit einem direkten Treffer zerschmettern können.«

»Nun, das sind alles ziemliche Meisterschüsse, die Sie da von mir verlangen, Dr. Frock«, sagte Pendergast. »Wie oft müsste ich denn treffen, um die Kreatur bewegungsunfähig zu schießen?«

»Das ist schwer zu sagen. Aber beide Vorderbeine und mindestens ein hinteres müssten es schon sein, fürchte ich. Und selbst dann könnte es sich wohl noch kriechend vorwärtsbewegen.« Frock musste husten. »Meinen Sie, dass Sie das schaffen könnten?«

»Um überhaupt eine Chance zu haben, bräuchte ich, wenn das Wesen mich angreift, mindestens hundertfünfzig Meter freies Schussfeld. Am besten wäre es natürlich, wenn ich ihm den ersten Treffer verpassen könnte, solange es mich noch nicht entdeckt hätte. Das würde es von Anfang an etwas langsamer machen.«

Frock dachte einen Augenblick lang nach. »Das Museum hat eine Reihe von langen, geraden Gängen, die drei- bis vierhundert Meter lang sind. Unglücklicherweise sind jetzt die meisten davon durch diese verdammten Sicherheitstüren in zwei Hälften geteilt. Aber dennoch glaube ich, dass es in Zelle zwei zumindest einen noch ganz durchgehenden Gang geben müsste. Er ist im ersten Stock, in Sektion achtzehn, direkt neben dem Computerraum.«

Pendergast nickte. »Ich werde es mir merken, für den Fall, dass unser Plan schiefgeht.«

»Still! Ich höre etwas!«, zischte Margo.

Frock und Pendergast verstummten. Pendergast trat näher an die Tür heran.

»Ich habe gerade am Ende des Ganges einen Schatten gesehen«, flüsterte Margo.

Wieder waren sie alle lange still. Margo konnte das leise Klicken hören, mit dem Pendergast seinen Revolver entsicherte.

»Es ist da«, hauchte Margo. »Ich kann es sehen.« Dann flüsterte sie noch viel leiser: »O mein Gott!«

»Gehen Sie von der Tür weg«, hauchte Pendergast Margo ins Ohr.

Sie trat einen Schritt zurück und traute sich kaum zu atmen. »Was macht es?«, flüsterte sie.

»Es ist an der Tür zum Sicherheitsbereich stehen geblieben«, antwortete Pendergast ruhig. »Ist ganz kurz drinnen gewesen und gleich wieder herausgekommen. Jetzt sieht es sich um und schnüffelt in der Luft herum.«

»Wie sieht es aus?«, fragte Frock in dringlichem Ton.

Pendergast zögerte einen Moment, bevor er antwortete. »Diesmal sehe ich es besser. Es ist groß und breit. Warten Sie, jetzt dreht es sich zu mir her – Gütiger Gott, das ist ja ein grässlicher Anblick – das Gesicht ist ganz flach – kleine, rote Augen. Am Oberkörper ein dünner Pelz. Genau wie bei der Figur von Mbwun. Moment – einen Moment mal – es kommt hier herüber.«

Margo bemerkte, dass sie bis an die Wand zurückgewichen war. Ein schnüffelndes Geräusch war durch die Tür zu hören, gefolgt von dem verrotteten, ekelhaften Geruch. Margo glitt zu Boden. In der Dunkelheit schien das Licht von Pendergasts Taschenlampe draußen im Gang wie ein winziger, weit entfernter Stern durch das Guckloch herein. *Sternenlicht,* sagte eine leise Stimme in Margos Kopf.

Und dann fiel ein Schatten auf das Guckloch und alles war auf einmal stockdunkel.

Etwas drückte sich weich gegen die Tür, deren altes Holz knarzte. Der Türknauf wurde herumgedreht, dann folgte eine lange Stille. Auf einmal gellte ein scharfes Knacken durch den Raum, als sich die Kreatur mit voller Wucht gegen die Tür warf. Die Stimme in Margos Kopf verschaffte sich auf einmal Gehör. »Schalten Sie Ihre Helmlampe an, Pendergast!«, platzte sie heraus. »Los, leuchten Sie dem Monster direkt ins Gesicht!«

»Wovon sprechen Sie überhaupt?«

»Es ist doch nachtaktiv, erinnern Sie sich? Vielleicht kann es Licht nicht ausstehen.«

»Da könnte was dran sein!«, rief Frock.

»Bleiben Sie zurück!«, befahl Pendergast. Margo hörte ein leises Klicken und das grelle Licht der Bergarbeiterlampe erhellte den Raum. Einen Augenblick lang musste Margo die Augen schließen und als sie sie wieder öffnete, sah sie, dass Pendergast sich auf den Boden gekniet und seinen Revolver auf die Tür gerichtet hatte, die jetzt voll im Lichtkegel seiner Helmlampe lag.

Mit einem knirschenden Geräusch wölbte sich die obere

Hälfte des Türblatts so weit nach innen, dass sie mit einem lauten Knall zerbarst.

Pendergast blieb ruhig knien und zielte über den Lauf des Revolvers hinweg.

Mit lautem Krachen gab jetzt der Rest der Tür nach und schwang an seinen verbogenen Angeln nach innen. Margo presste sich so fest an die Wand, dass ihre Wirbelsäule aus Protest knackte. Sie hörte, wie Frock einen gleichermaßen erstaunten wie erschrockenen Schrei ausstieß. Das Wesen blieb geblendet in der Tür stehen, während seine monströse Gestalt von dem gebündelten Licht grell angeleuchtet wurde. Dann schüttelte es den Kopf, gab ein kehliges Brüllen von sich und verschwand.

»Bleiben Sie, wo Sie sind«, rief Pendergast und trat vorsichtig über die Trümmer der Tür hinweg hinaus in den Gang. Gleich darauf hörte Margo einen Schuss, dem unmittelbar ein zweiter folgte. Dann war alles still. Es schien Margo eine Ewigkeit zu dauern, bis Pendergast zurückkam. »Es ist im Treppenhaus am Ende des Ganges verschwunden und nach oben gelaufen.«

Pendergast zeigte auf den Boden des Ganges. Eine dünne Spur aus roten Tropfen führte den Gang entlang und um die Ecke. »Das ist Blut«, sagte Frock und beugte sich ächzend nach vorne. »Sie haben es also getroffen!«

Pendergast zuckte mit den Achseln. »Schon möglich. Aber dann war ich nicht der Erste. Sehen Sie, dass es hier zwei von diesen Blutspuren gibt? Lieutenant D'Agosta oder einer seiner Leute muss das Monster schon vor uns verwundet, aber nicht außer Gefecht gesetzt haben. Es konnte noch erstaunlich schnell weglaufen.«

Margo sah Frock an. »Warum ist es denn nicht in unsere Falle gegangen?«

Frock erwiderte ihren Blick. »Wir haben es hier mit einem Wesen von hoch entwickelter Intelligenz zu tun.«

»Wollen Sie damit sagen, dass es unseren Plan durchschaut hat?«, fragte Pendergast mit einem leicht skeptischen Unterton.

»Wären *Sie* denn auf diese Falle hereingefallen, Pendergast?«

Der FBI-Agent war still. »Vermutlich nicht«, sagte er nach einer Weile.

»Nun«, sagte Frock, »wir haben offensichtlich die Intelligenz dieses Wesens unterschätzt. Wir *müssen* aufhören, von ihm als von einem dummen Tier zu reden. Es kann sich in puncto Intelligenz offensichtlich mit einem Menschen messen. Wenn es stimmt, dass die Leiche in der Ausstellung richtiggehend *versteckt* war, dann ist dem Wesen vermutlich bewusst, dass man es jagt und dass es deshalb sein Opfer nicht offen herumliegen lassen darf. Außerdem –« Frock zögerte einen Augenblick. »Außerdem glaube ich, dass wir es hier mit mehr als dem simplen Verlangen nach einem Hormon zu tun haben. Das ist möglicherweise für den Augenblick sogar befriedigt, schließlich hat dieses Wesen heute Abend ja genügend Menschen den Hypothalamus aus dem Kopf gefressen. Aber man hat auf dieses Wesen geschossen und es dabei auch verletzt. Denken Sie an Ihre Geschichte mit dem Büffel und glauben Sie mir: Das Wesen ist nun nicht mehr bloß gierig auf sein Hormon, sondern darüber hinaus auch noch furchtbar *wütend.*«

»Und deshalb ist es jetzt losgezogen, um seinen Durst nach Rache zu stillen«, sagte Pendergast ruhig.

Frock bewegte sich nicht. Erst nach einer Weile nickte er kaum wahrnehmbar.

»Aber hinter wem ist es jetzt her?«, fragte Margo.

Keiner der beiden antwortete ihr.

55

Cuthbert überprüfte noch einmal die Tür. Sie war verschlossen und wirkte sehr massiv. Er schaltete die Taschenlampe an und leuchtete damit zu Wright hin, der zusammengesunken auf seinem Stuhl saß und mürrisch auf den Boden starrte. Cuthbert knipste die Taschenlampe wieder aus. Das Labor stank nach Whisky. Außer dem Regen, der gegen das vergitterte Fenster prasselte, war kein Laut zu hören.

»Was machen wir mit Wright?«, fragte Cuthbert leise.

»Machen Sie sich um den keine Sorgen«, antwortete Rickman. »Wir erzählen der Presse einfach, dass es ihm nicht gut geht, lassen ihn ins Krankenhaus bringen und setzen dann eine Pressekonferenz für morgen Nachmittag an –«

»Ich rede nicht davon, was wir machen, wenn wir hier *heraußen* sind, sondern von *jetzt.* Wenn das Monster hier heraufkommt.«

»Bitte, Ian, reden Sie nicht so. Das macht mir Angst. Ich kann mir nicht vorstellen, warum dieses Tier das tun sollte. Nach allem, was wir wissen, lebt es nun schon seit Jahren drunten im Keller. Warum soll es ausgerechnet jetzt heraufkommen?«

»Das weiß ich nicht«, sagte Cuthbert, »und genau das macht mir Sorgen.« Er überprüfte noch einmal den Revolver, drehte die Trommel, sicherte und entsicherte ihn. Fünf Schüsse.

Er ging hinüber zu Wright und rüttelte ihn an der Schulter. »Henry?«

»Bist du denn immer noch da?«, fragte Wright und blickte mit verschleiertem Blick auf.

»Henry, ich möchte, dass du mit Lavinia in die Halle der Dinosaurier gehst. Steh bitte auf.«

Wright schob Cuthberts Arm brüsk von seiner Schulter. »Ich fühle mich hier sehr wohl. Ich möchte jetzt ein kleines Nickerchen machen.«

»Dann geh doch zum Teufel«, sagte Cuthbert und setzte sich der Tür gegenüber auf einen Stuhl.

Auf einmal hörte er ein Geräusch an der Tür, ein leises Rascheln, als hätte jemand den Türknauf gedreht und wieder losgelassen.

Cuthbert sprang auf, den Revolver in der Hand. Er trat ganz nahe an die Tür heran und horchte.

»Ich höre etwas«, sagte er ruhig. »Gehen Sie in die Halle der Dinosaurier, Lavinia.«

»Ich habe Angst«, flüsterte sie. »Bitte, lassen Sie mich hier, ich will nicht allein dort hinübergehen.«

»Tun Sie, was ich sage!«

Rickman ging zur Tür am anderen Ende des Labors und öffnete sie, noch immer zögernd.

»Nun gehen Sie schon.«

»Ian, bitte –«, flehte Rickman. Hinter ihr konnte Cuthbert in der Dunkelheit schemenhaft die riesigen Dinosaurierskelette erkennen. Die großen, schwarzen Rippen und zahnstarrenden Kiefer wurden für einen Augenblick von einem Blitz in ein unheimliches, bläuliches Licht getaucht.

»Verdammt noch mal, jetzt gehen Sie endlich hinein!«

Cuthbert wandte sich wieder zur Tür und horchte. Etwas Weiches schien sich an der Tür zu reiben. Er beugte sich vor und presste ein Ohr an das glatte Holz. Vielleicht war es ja nur der Wind.

Auf einmal wurde er von einer unglaublichen Kraft zurück ins Labor geschleudert. Er hörte, wie Rickman hinten in der Halle der Dinosaurier aufschrie.

Wright war schwankend aufgestanden. »Was war das?«, fragte er.

Während Cuthbert den Revolver vom Boden aufhob, dröhnte ihm noch immer der Kopf. Er rappelte sich hoch und rannte ans andere Ende des Raumes. »Geh in die Dinosaurierhalle!«, schrie er Wright an.

Der Museumsdirektor stützte sich schwer auf die Lehne seines Stuhls. »Was riecht denn hier so fürchterlich?«, fragte er mit schwerer Zunge.

Ein weiterer, gewaltiger Schlag erschütterte die Tür und das splitternde Holz krachte so laut wie ein Schuss. Unwillkürlich krümmte sich Cuthberts Finger am Abzug des Revolvers, ein Schuss ging in die Decke und ließ etwas Verputz herunterrieseln. Cuthbert senkte die Waffe mit zitternden Händen. *So was Dummes, eine wertvolle Kugel vergeudet.* Verdammt noch mal, wenn er sich doch bloß mit solchen Dingen etwas besser auskennen würde! Er hob den Revolver und versuchte zu zielen, aber seine Hände zitterten völlig unkontrollierbar. *Ich muss mich irgendwie beruhigen,* dachte er. *Vielleicht ein paarmal tief durchatmen. Und dann auf ein lebenswichtiges Organ zielen. Noch vier Kugeln.*

Langsam wurde es in dem Labor wieder still. Wright stand immer noch erstarrt an seinem Stuhl.

»Henry, du Idiot«, zischte Cuthbert, »geh endlich rüber in die Halle!«

»Wenn du unbedingt willst«, sagte Wright und schlurfte in Richtung Tür. Endlich schien er genügend verängstigt, um sich zu bewegen.

Dann hörte Cuthbert wieder das weiche Geräusch, aber diesmal ächzte das Holz der Tür dabei. Das Ding da draußen drückte sich anscheinend ganz langsam gegen die Tür. Ein weiteres, fürchterlich anzuhörendes Knarren erfüllte den Raum, dann zerbrach die Tür in der Mitte, wobei ein großes Stück Holz durch den Raum wirbelte. Der Tisch, den sie vor die Tür gestellt hatten, wurde zur Seite geworfen. Aus dem dunklen Gang griff eine dreikrallige Klaue durch die Öffnung in der Tür und packte das zersprungene Holz. Mit einem reißenden Geräusch verschwand der Rest der Tür in der Dunkelheit und Cuthbert sah, wie eine dunkle Masse den Türrahmen füllte.

Wright rannte in die Halle der Dinosaurier und warf dabei fast Rickman über den Haufen, die schluchzend und nach Luft schnappend wieder an die Tür gekommen war.

»Erschießen Sie es, Ian, bitte, *bitte* erschießen Sie es!«, kreischte sie.

Cuthbert wartete und zielte. Er hielt den Atem an. *Vier Schüsse.*

Der Commander des Sondereinsatzkommandos kletterte auf dem Dachfirst entlang. Seine dunkle Silhouette hob sich katzengleich von dem dunkelblauen Himmel ab, während ein anderer drunten auf der Straße ihm sagte, wo er hinmusste. Coffey stand unter einer Segeltuchplane direkt neben dem Koordinator. Beide hatten wasserdichte Funkgeräte in der Hand.

»Mutter an Rot eins, noch fünf Meter nach rechts«, sagte der Einweiser in sein Funkgerät und schaute durch sein Nachtglas nach oben. »Sie sind schon fast da.« Er blickte noch einmal auf die Blaupausen, die unter einer Plexiglasscheibe auf dem Klapptisch vor ihm lagen. Die Route, die das Sondereinsatzkommando durch das Museum nehmen musste, war rot eingezeichnet. Unter der schwarzen Silhouette, die sich vorsichtig über das nasse Schieferdach bewegte, glitzerten die Lichter der Upper West Side im Wasser des Hudson. Im Museum Drive blinkten die roten und blauen Lichter der Einsatzfahrzeuge und die Wohnhochhäuser am Riverside Drive sahen wie eine Reihe von länglichen, leuchtenden Kristallen aus.

»Jetzt stopp!«, rief der Koordinator. »Sie sind da, Rot eins.«

Coffey konnte sehen, wie der Commander sich hinunterbeugte und die Sprengladung befestigte. Seine Leute und die Sanitäter warteten hundert Meter weiter hinten auf dem Dach. Unten auf der Straße heulte eine Sirene los.

»Ladung scharf«, sagte der Commander. Er stand auf und ging vorsichtig rückwärts, während er einen langen Draht ausrollte.

»Zünden Sie, wenn Sie so weit sind«, murmelte Coffey.

Er beobachtete, wie sich alle auf dem Dach flach hinlegten. Dann war ein kurzer Blitz zu sehen, erst einen Augenblick später erreichte der scharfe Knall der Sprengung Coffeys Ohren. Der Commander wartete einen Augenblick, dann ging er wieder nach vorn.

»Rot eins an Mutter, wir haben eine Öffnung im Dach.«

»Gehen Sie rein!«, befahl Coffey.

Das Sondereinsatzkommando verschwand, gefolgt von den Sanitätern, durch das Loch im Dach.

»Wir sind drinnen«, ertönte die Stimme des Commanders aus dem Funkgerät. »Befinden uns im Korridor des vierten Stocks und gehen wie besprochen weiter vor.«

Coffey blickte ungeduldig auf seine Uhr. Es war fünfzehn Minuten nach neun. Die Leute waren jetzt schon eineinhalb Stunden ohne Strom da drinnen eingesperrt und diese neunzig Minuten kamen Coffey wie die längsten seines gesamten Lebens vor. Ständig spukte ihm das Bild des Bürgermeisters, der mit aufgerissenen Gedärmen irgendwo tot im Keller lag, höchst unwillkommen im Kopf herum.

»Jetzt sind wir an der Nottür zu Zelle drei im vierten Stock, Sektion vierzehn. Bereit zum Anbringen der Sprengladung.«

»Anbringen!«, sagte Coffey.

»Befestige Sprengladung.«

D'Agosta und seine Gruppe hatten sich seit über einer halben Stunde nicht mehr gemeldet. Und wenn dem Bürgermeister wirklich etwas zugestoßen sein sollte, dann würde sich niemand einen feuchten Dreck drum scheren, wessen Fehler das wirklich gewesen war. Er, Coffey, wäre derjenige, dem man alle Schuld in die Schuhe schieben würde. So war das nun mal hier in dieser Stadt. Mit viel Geduld und Vorsicht hatte Coffey sich in seine jetzige Stellung emporgearbeitet und nun würden die Schweine ihm alles wieder wegnehmen. Das war einzig und allein die

Schuld von diesem Pendergast. Wenn der sich nicht hier im Revier anderer Leute wichtig gemacht hätte, dann –

»Ladung angebracht.«

»Zünden Sie, sobald Sie fertig sind«, sagte Coffey noch einmal. Pendergast hatte die Sache verbockt, nicht er. Er, Coffey, hatte ja erst gestern die Leitung dieses Falles übernommen. Möglicherweise würde man vielleicht doch nicht ihm dieses Desaster zum Vorwurf machen. Besonders dann, wenn Pendergast nichts mehr sagen konnte. Der Bursche konnte einen ja völlig durcheinanderbringen.

Aus dem Funkgerät war eine Weile nichts zu hören und hier draußen auf der Straße, unter der klatschnassen Plane, konnte Coffey den Knall der Explosion auch nicht hören.

»Rot eins an Mutter, wir sind durch«, sagte der Commander plötzlich.

»Dann geht rein und legt das Scheißvieh um«, sagte Coffey.

»Wie bereits besprochen, Sir, ist unsere oberste Priorität zunächst die Rettung der Verletzten«, sagte der Commander mit tonloser Stimme.

»Ich weiß! Aber beeilen Sie sich, in Gottes Namen!«

Coffey drückte wild auf den Sprechknopf des Funkgeräts.

Der Commander trat aus dem Treppenhaus und sah sich vorsichtig um, bevor er seinen Leuten das Zeichen zum Nachkommen gab. Eine nach der anderen erschienen die wegen ihrer schwarzen Overalls in den Schatten kaum sichtbaren Gestalten mit den hoch auf die Stirnen geschobenen Gasmasken im Gang. An ihren M-16 Sturmgewehren hatten sie die Bajonette aufgepflanzt, und weiter hinten trug ein stämmiger Mann einen sechsschüssigen Granatwerfer vom Kaliber vierzig Millimeter. Die schwere Waffe sah aus wie eine zu groß geratene, schwangere Maschinenpistole. »Wir sind jetzt im dritten Stock«, funkte der Commander hinaus zum Koordinator. »Bauen jetzt den Infrarot-Signalgeber auf. Direkt vor uns liegt die Halle der Primaten.«

»Gehen Sie zwanzig Meter in südlicher Richtung in die Halle hinein, dort finden Sie sieben Meter weiter westlich eine Tür in der Wand.«

Der Commander nahm ein kleines, schwarzes Kästchen von seinem Gürtel und drückte einen Knopf daran. Ein roter Laserstrahl, so dünn wie eine Bleistiftmine, schoss aus dem Kästchen. Der Commander ließ den Strahl durch die Halle wandern und las an dem Kästchen die Entfernung ab. Dann ging er vor, blieb stehen und wiederholte die Prozedur, wobei er den Laser nach Westen gerichtet hielt.

»Rot eins an Mutter. Tür in Sicht.«

»Gut. Gehen Sie hin.«

Der Commander ging zu der Tür und bedeutete seinen Männern, dass sie ihm folgen sollten.

»Tür ist versperrt. Ich bringe Sprengladung an.«

Einer seiner Männer drückte rasch zwei kleine Würste Plastiksprengstoff rund um das Türschloss und trat, einen Zünddraht entrollend, zurück.

»Ladung angebracht.«

Mit einem tiefen Knall flog die Tür aus ihren Angeln.

»Die Falltür müsste sich direkt vor Ihnen befinden, in der Mitte des Lagerraums«, dirigierte der Koordinator von draußen.

Der Commander und seine Leute räumten einige Stellwände beiseite und legten die Falltür frei. Der Commander öffnete die Verriegelungen, zog an dem eisernen Ring und hob die Tür nach oben. Abgestandene Luft schlug ihm entgegen. Der Commander beugte sich vor. In der Halle des Himmels unter ihm war alles still.

»Wir haben die Falltür offen«, sagte er in sein Funkgerät. »Sieht so weit alles recht gut aus.«

»Okay«, kam Coffeys Stimme. »Dann sichern Sie die Halle. Schicken Sie die Sanitäter nach unten und bringen Sie schleunigst die Verletzten raus.«

»Rot eins an Mutter, habe verstanden.«

Jetzt war der Koordinator zu hören. »Reißen Sie die Zwischenwand in der Mitte der Nordwand ein. Dahinter finden Sie einen zwanzig Zentimeter starken Balken, an dem Sie Ihre Seile festmachen können.«

»Wird gemacht.«

»Aber seien Sie vorsichtig, dort geht es zwanzig Meter nach unten.«

Der Commander und seine Leute arbeiteten rasch. Sie entfernten die dünne Zwischenwand, wanden zwei Ketten um den Stützbalken und machten Karabinerhaken und eine Rolle fest. Einer der Männer befestigte eine Strickleiter an einer der Ketten und warf sie durch die offene Falltür nach unten.

Der Commander beugte sich wieder über das Loch und leuchtete mit seiner starken Taschenlampe hinab in die dunkle Halle, wo sich ihm ein Bild der Verwüstung bot.

»Hier ist Rot eins. Ich sehe mehrere menschliche Gestalten am Boden der Halle liegen«, sagte er ins Funkgerät.

»Irgendwas von der Kreatur zu sehen?«, fragte Coffey.

»Negativ. Aber zehn bis zwölf Menschen, vielleicht sogar mehr. Strickleiter ist angebracht.«

»Worauf warten Sie dann noch?«

Der Commander wandte sich an die Sanitäter. »Wir geben Ihnen ein Signal, wenn wir so weit sind. Dann lassen Sie die zusammengeklappten Krankentragen hinunter. Wir nehmen sie eine nach der anderen unten in Empfang.«

Er ging zur Strickleiter und kletterte hinunter, wobei er über der riesigen, leeren Halle hin und her schwang. Seine Leute folgten ihm in kurzen Abständen. Zwei von ihnen gingen sofort unten mit schussbereiter Waffe in Stellung, um den anderen notfalls Feuerschutz zu geben, während der Rest der Truppe Stative mit Halogenleuchten aufstellte und an die tragbaren Generatoren anschloss, die von oben an einem Seil heruntergelassen worden waren. Bald war die Mitte der Halle in gleißendes Licht getaucht.

»Ein- und Ausgänge sichern!«, rief der Commander. »Sanitäter, absteigen!«

»Ich will einen Bericht!«, schrie Coffey aus dem Funkgerät.

»Wir haben die Halle gesichert. Keine Spur von irgendeinem Tier. Die Sanitäter steigen eben herunter.«

»Gut. Sie müssen das Ding finden, es töten und dann nach der Gruppe mit dem Bürgermeister suchen. Wir glauben, dass sie durch das Treppenhaus hinter dem Podium nach unten gegangen sind.«

»Verstanden, Mutter«, sagte der Commander.

Als das Funkgerät wieder still war, hörte der Commander einen Schuss, gedämpft zwar, aber unverwechselbar.

»Rot eins an Mutter, wir haben eben einen Schuss gehört. Klang so, als käme er von oben.«

»Dann gehen Sie ihm nach, verdammt noch mal!«, schrie Coffey. »Nehmen Sie Ihre Männer und gehen Sie dem Schuss nach!«

Der Commander wandte sich an seine Leute. »Alle mal herhören. Rot zwei und drei, ihr bleibt hier und sichert mit dem Granatwerfer die Halle. Der Rest kommt mit mir.«

56

Das schlierige Wasser reichte Smithback bereits bis zu den Hüften. Allein das Gleichgewicht zu halten, kostete ihn jetzt enorme Kraft. Seine Beine fühlten sich schon seit Langem ganz taub an und er zitterte am ganzen Körper.

»Dieses Wasser steigt unheimlich schnell«, sagte D'Agosta.

»Na ja, dann müssen wir uns wenigstens nicht mehr allzu viele Sorgen wegen der Kreatur machen«, sagte Smithback hoffnungsvoll.

»Vielleicht nicht. Wissen Sie«, sagte D'Agosta langsam, »Sie waren ganz schön geistesgegenwärtig, vorhin, als Sie die Tür mit der Taschenlampe verriegelt haben. Ich schätze, Sie haben uns allen damit das Leben gerettet.«

»Danke«, sagte Smithback, dem D'Agosta immer besser gefiel. »Aber lassen Sie sich das bloß nicht zu Kopf steigen«, rief D'Agosta über das Rauschen des Wassers hinweg.

»Sind alle noch okay?«, fragte er nun nach hinten gewandt den Bürgermeister.

Der sah ziemlich mitgenommen aus. »Es geht gerade so. Ein paar allerdings leiden unter Schock oder Erschöpfung oder beidem. Wie geht es von hier aus weiter?«, fragte er und blickte D'Agosta und Smithback erwartungsvoll an.

D'Agosta zögerte. »Das kann ich Ihnen noch nicht mit Bestimmtheit sagen«, meinte er schließlich. »Smithback und ich werden mal die rechte Abzweigung probieren.«

Der Bürgermeister blickte zurück auf die Gruppe und

trat dann näher an D'Agosta heran. »Hören Sie«, sagte er mit flehendem Unterton. »Ich weiß, dass Sie sich verlaufen haben, und *Sie* wissen das auch. Aber wenn die Leute dahinten davon Wind bekommen, dann glaube ich nicht, dass sie auch nur einen Meter weitergehen werden. Es ist nicht leicht, in kaltem Wasser zu stehen, das zudem immer höher steigt. Warum also versuchen wir es nicht alle gemeinsam mit der rechten Abzweigung? Es ist ja eh unsere einzige Chance. Selbst wenn wir jetzt zurückgehen würden, dann würden es die meisten Leute gegen die Strömung wohl nicht mehr schaffen.«

D'Agosta sah den Bürgermeister einen Augenblick lang an. »Okay«, sagte er schließlich. Dann wandte er sich an die Gruppe. »Alle mal herhören«, rief er. »Wir nehmen jetzt den rechten Stollen. Alle geben sich die Hände und bilden eine Kette. Halten Sie sich gut fest. Und bleiben Sie so nahe wie möglich an der Wand – in der Mitte ist die Strömung jetzt zu stark. Wenn jemand ausrutscht, muss er rufen, aber er darf unter keinen Umständen die Hände der anderen loslassen. Haben Sie mich alle verstanden? Dann gehen wir.«

Die dunkle Silhouette kam langsam durch die zerschmetterte Tür und stieg behände wie eine Katze über die Holztrümmer am Boden. Cuthbert spürte, wie ihm die Beine weich wurden. Er wollte schießen, aber seine Hände gehorchten ihm nicht mehr.

»Geh weg, bitte!«, sagte er so ruhig, dass es ihn selbst erstaunte. Die Kreatur blieb plötzlich stehen und blickte Cuthbert direkt an, der in dem schwachen Licht nur die große, kräftig gebaute Silhouette der Kreatur und kleine, rote Augen erkennen konnte, die ihm irgendwie intelligent vorkamen.

»Tu mir nichts«, sagte Cuthbert.

Die Kreatur blieb bewegungslos stehen.

»Ich habe eine Waffe«, flüsterte Cuthbert und zielte sorgfältig. »Wenn du jetzt weggehst, dann schieße ich nicht«, sagte er ruhig.

Das Wesen trat langsam zur Seite, hielt aber den Kopf noch immer Cuthbert zugewandt. Dann war es mit einer plötzlichen Bewegung verschwunden. Cuthbert stolperte in Panik rückwärts, sodass der Strahl seiner Taschenlampe wie wild über den Boden huschte. Nach ein paar Schritten drehte er sich abrupt um. Alles war ruhig. Der Gestank der Kreatur erfüllte noch immer den Raum. Ohne darüber nachgedacht zu haben, lief Cuthbert quer durch das Labor zur Halle der Dinosaurier. Als er drinnen war, warf er die Tür hinter sich zu. »Den Schlüssel!«, schrie er. »Um Gottes willen, Lavinia, den Schlüssel!«

Gehetzt blickte er sich in der dunklen Halle um. In der Mitte vor ihm erhob sich das große Skelett eines Tyrannosaurus Rex, davor waren undeutlich die dunklen Umrisse eines Triceratops mit gesenktem Kopf zu sehen. Die großen Hörner des Sauriers schimmerten schwarz im schwachen Licht der Taschenlampe. Cuthbert hörte ein Schluchzen, dann spürte er, wie ihm ein Schlüssel in die Hand gedrückt wurde. So schnell er nur konnte, verschloss er die Tür.

»Gehen wir«, sagte er dann und führte Rickman von der Tür weg und an der ausgestreckten Klaue des Tyrannosaurus vorbei. Sie gingen weiter in die Dunkelheit der Halle hinein. Auf einmal zog Cuthbert die PR-Chefin zur Seite und drückte sie hinunter in die Hocke. Angestrengt starrte und horchte er in die Dunkelheit. Eine geradezu tödliche Stille lag in der Halle der Dinosaurier. Nicht einmal das Geräusch des Regens drang bis hierher ins Allerheiligste des Museums und nur ganz schwaches Licht sickerte durch die Fenster des Lichtschachtes herein.

Um sie herum befand sich eine Herde von kleinen, straußenartigen Skeletten, die man in einer U-förmigen Verteidigungsformation vor dem monströsen Skelett eines fleischfressenden Dryptosaurus aufgebaut hatte, das mit gesenktem Kopf, weit aufgerissenem Maul und gespreizten Krallen auf sie Jagd zu machen schien. Bisher hatte Cuthbert diese dramatisch in Szene gesetzte Skelettgruppe immer sehr gut gefallen, jetzt aber machte sie ihm Angst. Er wusste nun selbst, wie es sich anfühlte, wenn man gnadenlos gejagt wurde. Der Haupteingang zur Halle hinter ihnen war durch die schwere, stählerne Sicherheitstür blockiert. Das darüberliegende Wandgemälde, das fliegende Pterosaurier über einer Küstenlandschaft darstellte, war in dem schlechten Licht kaum zu erkennen. »Wo ist Henry?«, flüsterte Cuthbert und spähte durch die Knochen des Dryptosaurus.

»Ich weiß es nicht«, stöhnte Rickman und packte ihn am Arm. »Haben Sie es getötet?«

»Ich habe es nicht einmal getroffen«, flüsterte Cuthbert. »Bitte, nehmen Sie Ihre Hände weg, so kann ich ja überhaupt nicht richtig zielen.«

Rickman ließ Cuthberts Arm los und kroch zwischen

zwei nahe beieinanderstehende Skelette, wo sie sich mit einem erstickten Schluchzen zu einer embryonalen Stellung zusammenrollte.

»Seien Sie still!«, zischte Cuthbert.

Tiefe Stille kehrte wieder in der Halle ein. Cuthbert blickte sich um und versuchte, die Dunkelheit mit seinen Blicken zu durchdringen. Er hoffte, dass Wright ebenfalls in einer der vielen dunklen Ecken Unterschlupf gefunden hatte.

»Ian?«, hörte er auf einmal eine gedämpfte Stimme leise rufen. »Lavinia?«

Cuthbert drehte sich um und bemerkte zu seinem Entsetzen, dass Wright nicht weit von ihm entfernt am Schwanz eines Stegosaurus lehnte. Er schwankte beträchtlich und konnte sich gerade noch einmal festhalten.

»Henry!«, zischte Cuthbert. »Geh sofort in Deckung!«

Aber Wright taumelte weiter auf ihn zu. »Bist du das, Ian?«, fragte er erstaunt. Er blieb stehen und musste sich an der Kante eines Schaukastens abstützen. »Mir ist so schlecht«, sagte er leise.

Auf einmal raste ein Geräusch wie von einer Explosion durch die große Halle und wurde von Wänden und Deckengewölbe grotesk verzerrt zurückgeworfen. Gleich darauf folgte ein weiteres Krachen. Cuthbert sah, dass die Tür zu Wrights Labor nur noch ein gezacktes Loch war, aus dem eine dunkle Gestalt in die Halle kam.

Hinter ihm schrie Rickman auf und vergrub den Kopf in ihren Händen.

Durch das Skelett des Dryptosaurus hindurch konnte Cuthbert die Silhouette rasch über den Boden der Halle laufen sehen. *Sie kommt direkt auf mich zu,* dachte er – aber dann schlug die Gestalt auf einmal einen Haken und rannte auf den immer noch bewegungslos an dem Schaukasten lehnenden Wright zu. Die beiden Schatten schienen ineinander zu verschmelzen.

Dann hörte Cuthbert ein feuchtes, malmendes Geräusch, einen Schrei – und dann nichts mehr.

Cuthbert hob den Revolver und versuchte durch die Rippen des Skeletts zu zielen. Als sich die Silhouette vor dem Schaukasten erhob, sah Cuthbert, dass das Wesen etwas im Maul hatte. Dann schüttelte es leicht den Kopf und gab ein schlürfendes Geräusch von sich. Cuthbert schloss die Augen und drückte ab.

Der Rückstoß der Waffe riss ihm die Hand nach oben und gleichzeitig mit dem Schuss hörte er ein lautes Klappern. Dann sah Cuthbert, dass dem Dryptosaurus ein Teil einer Rippe fehlte. Hinter ihm schnaufte und wimmerte Rickman erbärmlich.

Die dunkle Silhouette der Kreatur war verschwunden.

Ein paar Augenblicke vergingen und Cuthbert spürte, dass ihn sein Verstand langsam zu verlassen drohte. Dann, als ein Blitz durch den Lichtschacht hereinleuchtete, sah er ganz deutlich, wie das Wesen entlang der Wand neben ihm direkt auf ihn zu kam, seine kleinen roten Augen direkt auf ihn gerichtet.

Er riss die Waffe herum und feuerte wie wild drauflos, drei Schüsse rasch hintereinander, von denen jeder mit seinem Mündungsfeuer Regale voller dunkler Schädel, Zähne und Krallen erleuchtete, sodass sich das wirkliche Monster auf einmal zwischen all diesen ausgestorbenen Bestien zu verlieren schien – und dann klickte der Hammer nur noch auf leere Kammern. Wie in einem Traum, an den man sich am nächsten Morgen nur noch undeutlich erinnert, hörte Cuthbert in der Ferne auf einmal aus der Richtung von Wrights altem Labor das Geräusch menschlicher Stimmen. Wie in Trance rannte er, ohne sich um irgendwelche Hindernisse zu kümmern, hinüber zu der zerstörten Tür, quer durchs Labor und durch die zweite Tür auf den dunklen Gang hinaus. Er hörte, wie er etwas schrie, dann blendete ihn auf einmal das Licht einer starken Taschenlampe und jemand packte ihn und drückte ihn mit dem Rücken an die Wand.

»Beruhigen Sie sich, Sie sind in Sicherheit! Da, seht her, er ist ganz blutig.«

»Nehmt ihm doch die Waffe ab!«, sagte ein anderer.

»Ist das der Mörder, nach dem wir suchen?«

»Nein, das soll doch ein Tier sein. Aber geht kein Risiko ein.«

»Hören Sie auf, so herumzuzappeln!«

Noch ein Schrei löste sich aus Cuthberts Kehle. »Es ist da hinten!«, schrie er. »Es weiß alles und wird euch alle töten. Ich habe ihm in die Augen geschaut. Es weiß alles!«

»Was soll es denn wissen?«

»Sprich nicht mit ihm, er redet doch nur wirres Zeug.«

Cuthbert sackte in sich zusammen.

Der Commander kam nach vorn und rüttelte Cuthbert an der Schulter. »Ist sonst noch jemand dort drin?«, fragte er.

»Ja«, stieß Cuthbert hervor. »Wright und Rickman.«

Der Commander sah ihn mit durchdringenden Blicken an.

»Meinen Sie Henry Wright? Den Direktor des Museums? Dann müssen Sie wohl Dr. Cuthbert sein. Wo ist Wright?«

»Das Monster hat ihn erwischt«, sagte Cuthbert. »Es hat ihm den Kopf aufgebissen und sein Gehirn geschlürft. Es ist noch immer dort drin. In der Halle der Dinosaurier, gleich hinter dem Labor hier.«

»Bringt ihn hinunter in die Halle des Himmels und lasst ihn von den Sanitätern rausbringen«, sagte der Commander zu zwei Männern seiner Gruppe. »Ihr drei geht mit mir.« Er hob sein Funkgerät an den Mund. »Rot eins an Mutter. Wir haben Cuthbert gefunden und schicken ihn raus zu euch.«

»Sie sind im Labor, genau hier«, sagte der Koordinator und deutete auf die Blaupause. Jetzt, wo das ganze Sondereinsatzkommando im Museum war, hatten sich er und Coffey in die mobile Kommandoeinheit zurückgezogen, wo sie besser vor dem noch immer heftig herunterprasselnden Regen geschützt waren.

»Das Labor ist sauber«, kam die monotone Stimme des Commanders aus dem Funkgerät. »Wir gehen jetzt in die Halle der Dinosaurier. Auch die andere Tür ist aus den Angeln gebrochen worden.«

»Gehen Sie rein und machen Sie das Ding fertig!«, schrie Coffey. »Aber passen Sie auf, dass Sie dabei Dr. Wright nicht verletzen. Und halten Sie eine Frequenz frei. Ich möchte alles mithören, was Sie tun!«

Coffey wartete gespannt in seinem Sitz und hörte dem leisen Zischen und Knistern über die offene Frequenz zu.

Dann waren auf einmal das Entsichern einer Waffe und leises Flüstern zu hören. »Riecht ihr das?« Coffey beugte sich näher an den Lautsprecher. Jetzt waren sie fast dran. Vor lauter Aufregung musste er sich an der Tischkante festhalten.

»Ja«, antwortete eine andere Stimme.

Dann war ein Klappern zu hören.

»Macht das Licht aus und haltet euch möglichst in der Dunkelheit. Rot sieben, du deckst die linke Seite dieses Skeletts da. Rot drei, geh nach rechts. Rot vier, Rücken zur Wand, pass auf den Sektor dahinten auf.«

Dann war es lange still. Coffey konnte schweres Atmen und leise Schritte hören.

Auf einmal kam ein scharfes Flüstern aus dem Lautsprecher: »Rot fünf, da drüben liegt jemand.«

Coffey spürte, wie sich sein Magen zusammenkrampfte.

»Ohne Kopf«, hörte er. »Wie hübsch.«

»Hier ist noch jemand«, flüsterte eine Stimme. »Siehst du's? Da drüben bei der Gruppe von Dinos.«

Mehr Klicken und Klappern von Waffen, dazu angestrengtes Atmen.

»Rot sieben, deck unseren Rückzug. Es gibt nur diesen einen Ausgang hier.«

»Vielleicht ist es immer noch hier drinnen.«

»Das ist weit genug, Rot fünf.«

Coffey sprang auf und ballte die Hände so verzweifelt zu Fäusten, dass ihre Knöchel weiß hervortraten. Warum machten sie nicht endlich Schluss mit dem Vieh? Diese Burschen benahmen sich wie ein Haufen alter Waschweiber.

Noch mehr metallische Geräusche.

»Da bewegt sich was! Dort drüben!« Die Stimme war so laut, dass Coffey aufschreckte. Dann war plötzlich das Knattern von automatischen Gewehren zu hören, so laut, dass das Funkgerät automatisch den Kanal abschaltete, weil es ihm sonst den Lautsprecher zerrissen hätte.

»Mist, Mist, verdammter Mist«, schrie Coffey in einem fort. Dann hörte er einen Augenblick lang lautes Geschrei, bevor sich das Gerät abermals abschaltete. Dann eine kurze Salve aus einem Maschinengewehr, gefolgt von Stille. Bis auf ein leises, klirrendes Geräusch. Was mochte das wohl sein? Kleine Dinosaurierknochen, die auf den Marmorboden fielen und herumrollten?

Coffey verspürte eine kühle Welle der Erleichterung. Was immer das Ding gewesen sein mochte, nun war es ganz bestimmt tot. Nichts auf der Welt hätte ein derart massiertes Feuer aus großkalibrigen Militärwaffen überstehen können. Der Albtraum war nun endlich vorbei. Langsam setzte sich Coffey hin und hörte weiter zu.

»Rot fünf! Hoskins! Ach, du Scheiße!«, kreischte auf einmal die Stimme des Commanders aus dem Funkgerät. Kurz darauf ging sie in einem Stakkato aus Gewehrfeuer unter, so laut, dass das Gerät sich kurz wieder abschaltete. Oder war das ein Schrei, der aus dem Lautsprecher gellte?

Coffey sprang auf und drehte sich zu dem Agenten um, der hinter ihm stand. Er öffnete den Mund, um zu sprechen, brachte aber keinen Ton heraus. In den Augen des Agenten konnte er seine eigene Angst widergespiegelt sehen.

»Rot eins!«, rief er ins Mikrofon. »Rot eins! Hören Sie mich?«

Coffey hörte nichts als ein Rauschen.

»Melden Sie sich, Commander! Hören Sie mich? Hört mich denn irgendwer da drinnen?«

Mit zitternden Fingern stellte er den Kanal der Gruppe ein, die sich in der Halle des Himmels befand.

»Wir holen jetzt die letzten Leichen hier raus, Sir«, kam die Stimme eines Sanitäters über den Äther. »Die Nachhut des Sondereinsatzkommandos hat gerade Dr. Cuthbert über das Dach nach draußen gebracht. Eben haben wir von oben Gewehrfeuer gehört. Müssen noch mehr Leute evakuiert werden?«

»Hauen Sie sofort ab!«, schrie Coffey. »Sehen Sie zu, dass Sie da rauskommen, und ziehen Sie die Leiter hinter sich hoch!«

»Und was ist mit dem Rest des Sondereinsatzkommandos, Sir? Wir können die Leute doch nicht einfach –«

»Sie sind alle tot! Kapiert? Und jetzt raus! Das ist ein Befehl!« Er legte das Mikrofon beiseite, lehnte sich zurück und blickte aus dem Fenster. Ein Leichenwagen fuhr gerade langsam auf das Museum zu.

Jemand tippte Coffey auf die Schulter. »Sir, Agent Pendergast möchte über Funk mit Ihnen sprechen.«

Coffey schüttelte langsam den Kopf. »Aber ich will mit dem Arsch jetzt nicht reden. Haben Sie verstanden?«

»Aber Sir, er –«

»Erwähnen Sie mir gegenüber nie wieder seinen Namen.«

Ein weiterer Agent öffnete die hintere Tür des Wagens und kam herein. Sein Anzug war völlig durchweicht. »Sir, sie bringen jetzt die Toten raus.«

»Welche Toten meinen Sie denn?«

»Die Toten aus der Halle des Himmels. Siebzehn Menschen sind bei der Panik umgekommen. Keine Überlebenden.«

»Und was ist mit Cuthbert, dem Burschen aus dem Labor? Ist der schon draußen?«

»Sie haben ihn gerade auf die Straße heruntergelassen.«

»Ich möchte mit ihm reden.«

Coffey stieg aus und rannte hinüber zu den im Kreis aufgestellten Krankenwagen. Sein Gehirn war wie betäubt. Wie hatte das alles bloß passieren können? Wie konnte ein ganzes Sondereinsatzkommando so mir nichts, dir nichts ausradiert werden?

Draußen kamen zwei Sanitäter mit einer Krankentrage vorbei. »Sind Sie Cuthbert?«, fragte Coffey die reglose Gestalt auf der Trage.

Der Mann starrte stumpf vor sich hin.

Ein Arzt zwängte sich an Coffey vorbei, schnitt Cuthbert das Hemd auf und leuchtete ihm in die Augen.

»Sie sind ja voller Blut«, sagte der Arzt. »Sind Sie verletzt?«

»Ich weiß nicht«, sagte Cuthbert.

»Blutdruck im oberen Normalbereich, Temperatur leicht erhöht, EKG kommt in einer Minute«, sagte ein Sanitäter.

»Sind Sie in Ordnung?«, fragte der Doktor. »Ist das Ihr Blut?«

»Ich weiß nicht.«

Der Arzt tastete rasch Cuthberts Beine ab, besah sich seinen Schritt und untersuchte seinen Hals.

»EKG im Normalbereich«, sagte der Sanitäter.

»Er ist in einem stabilen Zustand«, sagte der Arzt. »Fahren Sie ihn zur Beobachtung in ein Krankenhaus.« Die Sanitäter brachten die Trage weg.

»Cuthbert«, rief Coffey, der neben der Trage entlangtrabte. »Haben Sie es gesehen?«

»Was gesehen?«, fragte Cuthbert.

»Na, das verdammte Monster natürlich!«

»Es weiß alles«, sagte Cuthbert.

»Was weiß es?«

»Es weiß alles, was hier vor sich geht. Es weiß genau, was als Nächstes passieren wird.«

»Was, zum Teufel, meinen Sie denn damit?«

»Es hasst uns«, antwortete Cuthbert.

Während die Sanitäter die Türen des Krankenwagens aufrissen, rief Coffey: »Wie hat es ausgesehen?«

»Es hatte traurige Augen«, sagte Cuthbert. »Unendlich traurige Augen.«

»Der Kerl ist komplett übergeschnappt«, sagte Coffey vor sich hin.

»Sie werden es nicht töten«, fügte Cuthbert mit ruhiger Gewissheit hinzu.

Die Türen des Krankenwagens wurden zugeschlagen.

»Und ob ich das werde!«, schrie Coffey dem davonfahrenden Krankenwagen nach. »Sie können mich mal, Cuthbert. *Und ob ich das werde!*«

57

Pendergast ließ das Funkgerät sinken und sah Margo an. »Das Monster hat eben fast das gesamte Sondereinsatzkommando ausgelöscht. Und Dr. Wright dazu, wenn ich das richtig mitbekommen habe. Coffey hat alle Überlebenden abgezogen und er antwortet nicht, wenn ich ihn anfunke. Anscheinend glaubt er, dass ich für das alles verantwortlich bin.«

»Aber er *muss* Sie anhören«, rief Frock. »Wir wissen doch jetzt, wie man mit der Kreatur fertig wird. Sie müssen bloß mit starken Lampen hereinkommen!«

»Ich kann Coffey irgendwie verstehen«, sagte Pendergast. »Er ist einfach überfordert und sucht verzweifelt nach einem Sündenbock. Auf seine Hilfe können wir uns ab jetzt nicht mehr verlassen.«

»Mein Gott«, sagte Margo. »Dr. Wright–« Sie hielt sich eine Hand vor den Mund. »Wenn mein Plan doch nur funktioniert hätte – wenn ich alles nur etwas sorgfältiger durchdacht hätte –, wären diese Menschen vielleicht alle noch am Leben.«

»Aber dafür wären vielleicht Lieutenant D'Agosta, der Bürgermeister und all die anderen Leute im unteren Keller jetzt tot«, sagte Pendergast und blickte den Gang entlang. »Ich schätze, es ist meine Pflicht, Sie beide jetzt in Sicherheit zu bringen«, sagte er. »Vielleicht sollten wir die Route nehmen, die ich D'Agosta vorgeschlagen habe. Falls die Blaupausen überhaupt stimmen.«

Dann warf er einen Blick auf Frock. »Nein, ich glaube, das würde nicht funktionieren.«

»Gehen Sie zu«, rief Frock. »Wegen mir müssen Sie nicht hierbleiben.«

Pendergast lächelte schwach. »Das ist es nicht, Doktor. Es geht um den Gewittersturm draußen. Sie wissen ja, dass bei längeren Regenschauern die Stollen im unteren Keller überflutet werden. Ich habe vorhin über Polizeifunk gehört, dass der Regen draußen schon vor einer Stunde monsunartige Stärke erreicht hat und der Hudson bereits zwei Zentimeter angestiegen ist. Vorhin, als ich die Fasern hinunter in den unteren Keller geworfen habe, war das Wasser schon mindestens einen halben Meter tief und floss mit starker Strömung nach Osten. Jetzt ist es bestimmt noch höher, wir könnten also nicht hinunter, selbst wenn wir wollten.« Pendergast hob die Augenbrauen. »Wenn D'Agosta es bis jetzt noch nicht nach draußen geschafft hat, dann stehen seine Chancen ziemlich schlecht.«

Er wandte sich an Margo. »Vielleicht wäre es das Beste für Sie beide, wenn Sie hier in der Sicherheitszone bleiben würden. Von dieser Tür hier wissen wir wenigstens, dass die Kreatur sie nicht aufbrechen kann. In ein paar Stunden wird es sicherlich wieder Strom geben. Soviel ich weiß, sind noch mehrere Leute in der Sicherheitszentrale und im Computerraum eingeschlossen. Die sind jetzt möglicherweise in Gefahr. Sie beide haben mir eine Menge über die Kreatur erzählt und ich kenne jetzt ihre Schwächen und ihre Stärken. Die Sicherheitszentrale und der Computerraum befinden sich in einem Teil des Museums, in dem es lange, durchgehende Gänge gibt. Wenn ich Sie hier in Sicherheit weiß, kann ich den Spieß einmal umdrehen und nun meinerseits das Monster jagen.«

»Nein«, sagte Margo. »Das können Sie nicht allein.«

»Vielleicht kann ich das wirklich nicht, Miss Green, aber einen Versuch muss ich zumindest wagen.«

»Ich komme mit Ihnen«, sagte Margo bestimmt.

»Tut mir leid, aber das ist völlig unmöglich.« Pendergast stand abwartend an der offenen Tür zum Sicherheitsbereich.

»Dieses Ding ist hochintelligent, das ist Ihnen doch hoffentlich klar. Ich glaube nicht, dass Sie allein dagegen ankommen werden. Und wenn Sie mich nur deshalb nicht mitnehmen wollen, weil ich eine Frau bin, dann –«

Pendergast sah Margo überrascht an. »Miss Green, es schockiert mich geradezu, dass Sie mir so etwas unterstellen. Aber eines dürfte ja wohl zutreffen: Sie waren bisher noch nie in einer solchen Situation. Und ohne eine Waffe können Sie ohnehin nicht das Geringste ausrichten.«

Margo sah ihn kämpferisch an. »Ich habe Ihnen doch vorhin auch die Haut gerettet, als ich Ihnen sagte, Sie sollten Ihre Lampe anschalten«, forderte sie ihn heraus.

Pendergast zog eine Augenbraue hoch.

Aus der Dunkelheit meldete sich Frock zu Wort. »Pendergast, nun spielen Sie nicht den Gentleman aus dem Süden. Seien Sie nicht dumm und nehmen Sie Margo mit.«

Pendergast wandte sich an Frock. »Sind Sie denn sicher, dass Sie hier allein zurechtkommen, Doktor?«, fragte er. »Wir müssten beide Taschenlampen und die Helmlampe mitnehmen, wenn wir auch nur eine kleine Chance auf Erfolg haben wollen.«

»Natürlich!«, sagte Frock und machte eine geringschätzige Handbewegung. »Nach all dieser Aufregung wird mir etwas Ruhe guttun.«

Pendergast zögerte noch einen Augenblick, dann gab er nach. »Na schön«, sagte er. »Margo, schließen Sie den Doktor in der Sicherheitszone ein, nehmen Sie seine Schlüssel mit und das, was von meinem Jackett noch übrig ist. Und dann gehen wir.«

Smithback schüttelte energisch die Taschenlampe. Das Licht flackerte, wurde einen Augenblick lang heller und brannte dann so schwach wie zuvor.

»Wenn diese Lampe jetzt auch noch ausfällt«, sagte D'Agosta, »dann sind wir am Ende. Schalten Sie sie aus und nur dann kurz wieder ein, wenn wir nach dem Weg sehen müssen.«

In völliger Dunkelheit gingen sie weiter. Das Geräusch des rauschenden Wassers füllte das niedrige Gewölbe vollständig aus. Smithback ging voran; hinter ihm kam D'Agosta, der die linke Hand des Journalisten hielt, die nun, wie der Rest seines Körpers auch, vor Kälte fast vollständig taub geworden war.

Plötzlich spitzte Smithback die Ohren. Langsam wurde er sich eines neuen Geräusches bewusst, das aus der Dunkelheit zu ihm drang.

»Hören Sie das?«, fragte Smithback.

D'Agosta lauschte. »Irgendwas höre ich schon«, antwortete er. »Aber ich kann nicht genau sagen, was.«

»Mir kommt es ja vor wie –« Smithback verstummte.

»Wie ein Wasserfall«, sagte D'Agosta definitiv. »Es ist

ein gottverdammter Wasserfall. Aber er ist noch ein ganzes Stück weit entfernt, diese Stollen leiten Geräusche sehr gut weiter. Erzählen Sie bloß den anderen nichts davon.«

Schweigend schleppte sich die Gruppe weiter.

»Licht!«, sagte D'Agosta.

Smithback schaltete die Lampe ein und ließ ihren schwachen Strahl über den leeren Gang vor sich gleiten, bevor er sie wieder ausschaltete. Das Geräusch war jetzt bereits viel lauter und Smithback spürte einen starken Sog.

»Mist!«, sagte D'Agosta.

Hinter ihnen entstand Unruhe.

»Hilfe!«, schrie eine weibliche Stimme. »Ich bin ausgerutscht. Lasst mich nicht los!«

»Haltet sie fest!«, rief der Bürgermeister.

Smithback schaltete die Taschenlampe an und drehte sich um. Eine Frau in mittleren Jahren zappelte hilflos im Wasser, wobei ihr langes Abendkleid sich wie ein Segel blähte.

»Stehen Sie auf«, rief der Bürgermeister. »Versuchen Sie, die Füße auf den Boden zu bekommen!«

»Ich kann nicht!«, kreischte die Frau.

Smithback schob die Lampe in die Tasche und stemmte sich gegen den Strom. Die Frau trieb direkt auf ihn zu. Er sah ihre Arme wild in der Luft herumschlagen. Dann schlangen sie sich auf einmal so fest wie ein Schraubstock um seine Hüften. Smithback wurde nach vorn mitgerissen und der Strahl der Taschenlampe zuckte über die Decke.

»Hören Sie auf zu zappeln!«, schrie er. »Und lassen Sie mich los, ich habe Sie ja!«

Die unkontrolliert zappelnden Beine der Frau schlangen

sich um seine Knie. Smithback musste D'Agostas Hand loslassen und um sein Gleichgewicht kämpfen. Gleichzeitig wunderte er sich über die Kraft der Frau.

»Sie ziehen mich nach unten«, schrie er und wurde bis zur Brust ins Wasser gerissen. Er spürte, wie die Strömung an ihm riss. Aus dem Augenwinkel sah er, wie D'Agosta auf ihn zugewatet kam. Die Frau klammerte sich noch immer in wilder Panik an ihn und zerrte seinen Kopf unter Wasser. Als Smithback wieder nach oben kam, befand er sich mit dem Gesicht unter ihrem nassen Kleid. Er konnte nichts sehen und hatte das Gefühl, ersticken zu müssen. Auf einmal überkam ihn eine tiefe Müdigkeit. Als er ein zweites Mal unter Wasser gezogen wurde, erfüllte ein seltsam hohles Brüllen seine Ohren.

Plötzlich befand er sich würgend und hustend wieder über Wasser. Aus dem Stollen vor ihm erscholl ein markerschütterndes grauenvolles Kreischen. Smithback spürte, wie D'Agostas starke Arme ihn festhielten.

»Die Frau ist verloren«, sagte D'Agosta. »Stehen Sie auf.«

Die Schreie der Frau, die schwächer wurden, je weiter sie sich von der Gruppe entfernte, hallten noch immer durch den dunklen Stollen. Einige aus der Gruppe riefen ihr etwas nach, andere schluchzten hemmungslos.

»Schnell!«, rief D'Agosta. »Drücken Sie sich ganz dicht an die Wand. Gehen Sie langsam weiter und lassen Sie unter gar keinen Umständen die Kette abreißen!« Unhörbar für die anderen murmelte er Smithback zu: »Und jetzt sagen Sie mir bitte, dass Sie die Taschenlampe noch haben.«

Smithback griff in seinen Hosenbund. »Da ist sie«, sagte er und probierte sie aus. Sie funktionierte.

»Wir müssen weitergehen, sonst machen die einer nach dem anderen schlapp«, murmelte D'Agosta. Dann ließ er ein kurzes, freudloses Lachen hören. »Sieht so aus, als hätte ich eben *Ihr* Leben gerettet. Damit sind wir quitt, Smithback.«

Smithback entgegnete nichts darauf. Er versuchte die schrecklichen, angsterfüllten Schreie nicht zu hören, die nur noch verzerrt aus dem Tunnel kamen. Das Geräusch brüllenden Wassers war lauter und bedrohlicher geworden.

Der Vorfall hatte die Gruppe demoralisiert. »Wenn wir uns nur fest an den Händen halten, kann uns nichts passieren«, hörte Smithback den Bürgermeister auf die anderen einreden. »Halten Sie die Kette fest geschlossen.«

Smithback packte D'Agostas Hand so fest er nur konnte. Sie wateten weiter stromabwärts in die Dunkelheit hinein.

»Licht!«, sagte D'Agosta wieder.

Smithback schaltete die Lampe an und auf einmal kam es ihm vor, als verschwände der Boden unter seinen Füßen.

Etwa hundert Meter vor ihm ging die Decke des Stollens in einen schmalen, halbkreisförmigen Trichter über, unter dem sich das dunkle Wasser schäumend im Kreis drehte, bevor es in einem tiefen, schwarzen Abgrund verschwand. Ein feuchter Nebel stieg von dem herabstürzenden Wasser auf und hing schwer über dem düsteren, moosbewachsenen Rachen dieses tiefen Schlunds. Smithback klappte der Unterkiefer herunter, und seine Hoffnungen auf einen Bestseller schienen, ebenso wie alle seine Träume und sogar sein Überlebenswille, auf Nimmerwiedersehen in diesem dunklen, gurgelnden Strudel zu verschwinden.

Dann wurde ihm nach und nach bewusst, dass das Brüllen der Leute hinter ihm kein Angst-, sondern ein Triumphgeschrei war. Er blickte sich um und sah, wie alle über seinen Kopf hinweg nach oben blickten. Dort, wo die gewölbte Ziegeldecke auf die Wand des Stollens traf, gähnte ein dunkles Loch von etwa einem Meter Durchmesser. Und aus diesem Loch ragte das Ende einer alten, rostigen Leiter heraus, die in dem gemauerten Schacht nach oben führte.

Der Jubel legte sich so rasch, wie er aufgebrandet war, als den Leuten eine schreckliche Gewissheit dämmerte.

»Die ist viel zu hoch oben«, sagte D'Agosta enttäuscht. »Da kommen wir nicht ran.«

58

Nachdem Margo und Pendergast ein gutes Stück von der Sicherheitszone entfernt waren, stiegen sie leise und vorsichtig eine Treppe hinauf. Pendergast drehte sich zu Margo um, legte einen Finger auf den Mund und deutete auf die hellroten Blutflecken auf dem Boden. Margo nickte, die Kreatur musste auf der Flucht vor dem Licht vorhin hier vorbeigelaufen sein. Sie erinnerte sich daran, dass sie zusammen mit Smithback tags zuvor diese Treppe auf ihrer Flucht vor dem Wachmann benützt hatte. Sie folgte Pendergast, der seine Grubenlampe ausknipste und vorsichtig die Tür zum Erdgeschoss öffnete. Er legte sich die Jacke mit den eingewickelten Fasern über die Schulter und trat hinaus in die Dunkelheit.

Der Agent blieb einen Augenblick still stehen und prüfte die Luft im Gang. »Ich rieche nichts«, flüsterte er. »Wo geht es zur Sicherheitszentrale und zum Computerraum?«

»Ich denke, wir sollten von hier aus links und dann durch die Halle der frühen Säugetiere gehen. Es ist nicht weit. Gleich um die Ecke bei der Sicherheitszentrale ist dann der lange Gang, von dem Dr. Frock Ihnen erzählt hat.«

Pendergast schaltete kurz die Taschenlampe ein und leuchtete damit den Korridor entlang. »Hier sind keine Blutspuren«, murmelte er. »Die Kreatur muss von der Sicherheitszone aus direkt nach oben zu Dr. Wright und den beiden anderen gelaufen sein.« Er wandte sich an Margo. »Und wie wollen Sie das Wesen hier herlocken?«

»Wir verwenden dazu wieder die Fasern«, antwortete sie.

»Aber darauf ist es doch letztes Mal auch nicht hereingefallen.«

»Aber dieses Mal wollen wir es in keine Falle locken. Wir lotsen es lediglich in diesen Gang, wo Sie mit schussbereiter Waffe am anderen Ende warten. Alles, was wir tun müssen, ist, die Fasern hinzulegen und im Dunklen zu warten. Wenn das Wesen dann kommt, blende ich es mit der Grubenlampe und Sie fangen an zu schießen.«

»Schön und gut. Aber woher wissen wir, dass das Wesen den Gang betreten hat? Wenn er wirklich so lang ist, wie Dr. Frock sagt, können wir es vielleicht nicht rechtzeitig am Geruch erkennen.«

Margo schwieg eine Weile. »Das ist eine schwierige Situation«, gab sie schließlich zu.

Eine Zeit lang standen sie stumm nebeneinander.

»Am Ende des Ganges steht ein gläserner Schaukasten«, sagte Margo schließlich. »Eigentlich sollten dort neue Bücher und Publikationen von Angestellten des Museums ausgestellt werden, aber Mrs Rickman hat es nie der Mühe wert empfunden, auch wirklich welche hineinzutun. Also ist der Kasten vermutlich nicht abgeschlossen. Wir könnten die Fasern dort hineinlegen. Auch wenn das Monster nur auf Rache aus ist, wird es *dieser* Verlockung wohl kaum widerstehen können. Und wenn es den Schaukasten aufmacht, wird es dabei Geräusche machen. Sobald wir die hören, schalte ich das Licht ein und Sie schießen.«

»Tut mir leid«, sagte Pendergast, »aber ich glaube, dass das zu offensichtlich ist. Wir müssen uns auch hier wieder die Frage stellen: Wenn *ich* auf so etwas stoßen würde, würde ich da nicht sofort eine Falle wittern? In diesem Fall müsste die Antwort mit Sicherheit ›Ja‹ lauten. Wir müssen uns schon etwas Subtileres ausdenken. Jede neue Falle, in der die Fasern als Köder verwendet werden, muss doch automatisch das Misstrauen des Wesens wecken.«

Margo lehnte sich an die kühle, marmorgetäfelte Wand des Ganges. »Das Gehör des Wesens ist doch fast ebenso gut wie sein Geruchssinn«, sagte sie.

»Ja, und?«

»Vielleicht ist das einfachste Vorgehen am besten. Verwenden wir doch uns als Köder. Wir könnten laut miteinander reden, dann kommen wir dem Wesen vielleicht wie eine leichte Beute vor.«

Pendergast nickte. »Wie das Schneehuhn, das einen gebrochenen Flügel simuliert, um den Fuchs von seinen Jungen wegzulocken. Aber woher wissen wir, wann das Wesen kommt?«

»Wir werden in gewissen Abständen die Taschenlampe anknipsen und damit im Gang herumleuchten. Wenn wir sie auf niedrigste Stufe stellen, wird sie das Wesen vielleicht irritieren, aber vermutlich noch nicht verjagen. Für uns bietet die Taschenlampe genügend Licht, um das Wesen zu entdecken, wenn es im Gang erscheint, während es selbst annehmen wird, dass wir nach einem Weg aus dem Museum suchen. Dann, wenn es auf uns losgeht, schalte ich die Grubenlampe an und Sie fangen an zu schießen.«

Pendergast dachte einen Augenblick nach. »Und wenn das Wesen aus der anderen Richtung kommt und uns von hinten überrascht?«

»Dieser Gang hört an der verschlossenen Tür zur Halle der asiatischen Völker auf«, erklärte Margo.

»Dann säßen wir also am Ende einer Sackgasse in der Falle«, protestierte Pendergast. »Das gefällt mir nicht.«

»Selbst wenn wir nicht in der Falle säßen, könnten wir wohl kaum entkommen, wenn Sie mit Ihren Schüssen keinen Erfolg haben. Der Extrapolator hat herausgefunden, dass das Monster so schnell wie ein Windhund ist.«

»Wissen Sie, was, Margo«, sagte Pendergast nach einigem Nachdenken, »ich glaube, Ihr Plan könnte funktionieren. Er ist verlockend einfach und schnörkellos, wie ein Stillleben von Zurbarán oder eine Bruckner-Symphonie. Vielleicht denkt das Wesen jetzt, wo es das Sondereinsatzkommando vernichtet hat, dass menschliche Wesen ihm überhaupt nichts anhaben können. Und das macht es vielleicht ein wenig unvorsichtig.«

»Außerdem ist es verletzt und deshalb möglicherweise nicht mehr ganz so schnell.«

»Das stimmt. Ich glaube, dass D'Agosta es erwischt hat, und vermutlich hat jemand vom Sondereinsatzkommando ihm auch noch das eine oder andere Ding verpasst. Viel leicht habe ich es selber auch noch getroffen, aber dessen bin ich mir nicht ganz sicher. Eines aber dürfen wir nicht vergessen, Margo: Dadurch, dass es verwundet ist, ist das Wesen nur *noch* gefährlicher geworden. Lieber mache ich Jagd auf zehn kerngesunde Löwen als auf einen angeschossenen.« Er straffte die Schultern und tastete nach seiner Waffe. »Gehen Sie bitte voraus. Mit diesem Bündel auf dem Rücken längere Zeit in der Dunkelheit herumzustehen, macht mich doch ein wenig nervös. Von nun an verwenden wir nur noch die Taschenlampe und lassen die Grubenlampe aus. Und seien Sie bitte äußerst vorsichtig.«

»Warum geben Sie mir nicht jetzt schon die Grubenlampe, damit Sie im Falle eines Falles sofort schussbereit sind?«, fragte Margo. »Wenn wir unerwartet auf das Wesen stoßen, brauchen wir das Licht, um es zu vertreiben.«

»Wenn es wirklich ernsthaft verwundet ist, glaube ich nicht, dass es irgendetwas gibt, womit es sich vertreiben lässt«, meinte Pendergast. »Aber nehmen Sie trotzdem ruhig die Lampe.«

Leise gingen sie den Korridor entlang, bogen um eine Ecke und betraten dann durch einen Personaleingang die Halle der frühen Säugetiere. Es kam Margo so vor, als hallten ihre vorsichtigen Schritte wie Gewehrschüsse über den polierten Steinfußboden. Der Schein der Taschenlampe schälte eine lange Reihe von in Glaskästen stehenden, ausgestopften Tieren aus der Dunkelheit: riesige Elche, Säbelzahntiger, abgemagerte Wölfe. In der Mitte der Halle standen Skelette von Mastodons und Mammuts. Als sie sich vorsichtig dem Ausgang näherten, zog Pendergast seinen Revolver und machte ihn schussbereit.

»Sehen Sie die Tür dort drüben, auf der steht ›Nur für Personal‹?«, flüsterte Margo. »Dahinter ist der Gang, an dem sich die Sicherheitszentrale und der Computerraum befinden. Und um die Ecke ist der lange Korridor, in dem wir das Wesen stellen können.« Sie zögerte. »Aber was machen wir, wenn es bereits in dem Gang ist –?«

»Dann werde ich mir wünschen, dass ich besser in New Orleans geblieben wäre, Miss Green.«

Sie gingen durch die Tür in Sektion Achtzehn und befanden sich in einem schmalen Gang, von dem zu beiden

Seiten mehrere Türen wegführten. Pendergast leuchtete ihn mit seiner Taschenlampe ab. Der Gang war leer.

»Hier ist die Sicherheitszentrale«, sagte Margo und deutete auf eine Tür links von ihnen. Im Vorbeigehen konnte sie hinter der Tür das Gemurmel von Stimmen vernehmen. Gleich darauf passierten sie eine weitere Tür, auf der »Computerzentrale« stand.

»Die sitzen da drinnen wie auf dem Präsentierteller«, sagte Margo. »Sollten wir nicht –«

»Nein«, antwortete Pendergast knapp. »Dazu ist jetzt keine Zeit.«

Sie gingen um die Ecke und blieben stehen. Pendergast leuchtete den Gang entlang.

»Was macht denn dieses Ding hier?«, fragte er.

Etwa auf der Hälfte des Ganges glänzte die massive Sicherheitstür stählern im Licht der Taschenlampe.

»Der gute Doktor muss sich geirrt haben«, sagte Pendergast. »Die Grenze von Zelle zwei läuft offenbar doch mitten durch den Korridor.«

»Wie viel Platz haben wir hier?«, fragte Margo tonlos.

»Ich würde sagen dreißig, höchstens vierzig Meter.«

Margo drehte sich um zu Pendergast. »Und reicht das aus?«

Der Agent rührte sich nicht. »Nein, eigentlich nicht. Aber es muss reichen. Kommen Sie, Miss Green, nehmen wir unsere Position ein.«

Die Luft in der mobilen Einsatzzentrale wurde immer stickiger. Coffey knöpfte sich den Kragenknopf auf und lockerte energisch den Krawattenknoten. Die Luftfeuchtigkeit hier drinnen musste an die hundert Prozent betragen. Einen solchen Wolkenbruch hatte Coffey seit zwanzig Jahren nicht mehr erlebt. Die Gullys blubberten wie Geysire und die Rettungsfahrzeuge standen bis zu den Achsen im Wasser.

Die Hecktür ging auf und ein Mann im schwarzen Overall des Sondereinsatzkommandos kam herein.

»Sir?«

»Was wollen Sie?«

»Meine Männer wollen wissen, wann wir wieder reingehen.«

»Wieder *reingehen?*«, schrie Coffey. »Sind Sie denn übergeschnappt? Sechs von Ihren Leuten wurden da drinnen vor ein paar Minuten zu Hackfleisch verarbeitet.«

»Aber Sir, da sind noch immer Leute im Museum eingeschlossen. Wir könnten doch –«

Coffey starrte den Mann mit weit aufgerissenen Augen an. »Haben Sie's denn noch immer nicht kapiert?«, geiferte er. »Wir können da nicht mehr hineingehen. Wir haben die Leute hineingeschickt, ohne zu wissen, womit wir es zu tun haben. Erst müssen wir wieder Strom haben und das Sicherheitssystem in Ordnung gebracht haben, bevor irgendwer –«

Ein Polizist steckte den Kopf in den Lieferwagen. »Sir, wir haben eben die Meldung erhalten, dass eine Leiche im Hudson treibt. Jemand hat sie vom Bootssteg aus gesehen. Sieht aus, als wäre sie aus der Kanalisation gespült worden.«

»Und was kümmert mich das, zum Teufel –«

»Sir, es ist eine Frau im Abendkleid. Möglicherweise gehörte sie zu der Gruppe von Leuten, die noch vermisst wird.«

»Wie bitte?«, fragte Coffey verwirrt. Das war doch nicht möglich. »Meinen Sie, die Frau hat zur Gruppe des Bürgermeisters gehört?«

»Vermutlich war sie im Museum eingeschlossen. Die einzigen Frauen, die auf der Party waren und noch vermisst werden, sind vermutlich vor zwei Stunden hinunter in den Keller gegangen.« »Mit dem *Bürgermeister* meinen Sie wohl?«

»Das könnte möglich sein, Sir.«

Coffey spürte eine Schwäche in seiner Blase. Das durfte doch nicht wahr sein.

Dieser Scheiß-Pendergast. Und dieser Scheiß-D'Agosta. Es war alles ihre Schuld. Sie hatten ihm nicht gehorcht, hatten seinen Plan sabotiert, hatten all diese Leute in den Tod geschickt. Auch den Bürgermeister. Und ihm, Coffey, würde man dafür den Arsch aufreißen.

»Sir?«

»Raus mit Ihnen«, flüsterte Coffey. »Alle beide.« Die Tür schloss sich wieder.

»Hier spricht Garcia«, tönte es auf einmal aus dem Funkgerät. »Hört mich jemand?« Coffey wirbelte herum und drückte auf die Sprechtaste.

»Garcia! Was ist los bei Ihnen?«

»Nichts, Sir. Der Strom ist immer noch nicht da. Aber ich habe Tom Allen hier bei mir. Er möchte mit Ihnen sprechen.«

»Er soll losschießen.«

»Hier spricht Allen, Mr Coffey. Wir werden hier langsam ein wenig unruhig. Solange der Strom nicht wieder da ist, können wir hier überhaupt nichts machen. Außerdem werden die Batterien an Garcias Funkgerät immer schwächer, sodass wir es schon zeitweilig ausschalten müssen, um Saft zu sparen. Wir hätten es gerne, wenn Sie uns hier herausholen würden.«

Coffey lachte so schrill auf, dass die anderen Agenten in der Kommandozentrale einander beunruhigt ansahen. »Sie wollen, dass *ich* Sie raushole? Hören Sie mir mal genau zu, Allen. Ihr Universalgenies habt uns diesen ganzen Mist doch überhaupt erst eingebrockt. Und jetzt ist der Bürgermeister tot und ich habe schon mehr Leute verloren als – hallo?«

»Sir, hier ist wieder Garcia. Es ist stockdunkel hier drinnen und wir haben nur zwei Taschenlampen. Was ist denn aus dem Sondereinsatzkommando geworden, das Sie hereingeschickt haben?«

Coffeys Lachen hörte abrupt auf. »Wollen Sie das wirklich wissen, Garcia? Umgebracht ist es worden, Ihr Sondereinsatzkommando. Haben Sie mich verstanden? *Umgebracht.* Irgendwo da drinnen hat sich das Monster die Gewehre als Geburtstagsgirlanden aufgehängt. Und das alles ist Pendergasts Schuld und D'Agostas Schuld und die Schuld von diesem Idioten Allen und vermutlich auch *Ihre* Schuld. Wir versuchen jetzt von draußen, das Museum wieder mit Strom zu versorgen. Angeblich soll das gehen, aber es dauert ein paar Stunden. Okay? Ich werde mit diesem Scheißvieh da drinnen schon fertig, aber auf *meine* Art, kapiert? Also bleiben Sie auf Ihren vier Buchstaben sitzen. Ich werde nicht noch mehr meiner Leute umbringen lassen, bloß um Ihren fetten Arsch zu retten.«

Wieder klopfte es an der Tür. »Herein«, schnauzte Coffey und schaltete das Funkgerät aus.

Ein Agent kam herein und ging neben Coffey in die Hocke. Das Profil seines Gesichts hob sich scharf vor dem leuchtenden Monitor ab. »Sir, ich habe soeben erfahren, dass der Stellvertretende Bürgermeister auf dem Weg hierher ist. Außerdem ist das Büro des Gouverneurs am Telefon. Sie wollen einen Bericht über den Stand der Aktion.«

Coffey schloss die Augen.

Smithback blickte die rostige Leiter hinauf, deren unterste Sprosse sich gut eineinhalb Meter über seinem Kopf befand. Wenn kein Wasser in dem Stollen gewesen wäre, hätte er vielleicht versuchen können, sie durch Springen zu erreichen, aber jetzt, wo ihm die Fluten bis an die Brust reichten, war das ein Ding der Unmöglichkeit.

»Können Sie da oben irgendwas erkennen?«, fragte D'Agosta.

»Nein«, antwortete Smithback. »Dazu sind die Batterien schon zu schwach. Ich kann nicht sagen, wie weit die Leiter nach oben führt.«

»Dann schalten Sie die Lampe wieder aus«, keuchte D'Agosta. »Und lassen Sie mich einen Augenblick lang nachdenken.«

Es folgte eine längere Stille. Smithback spürte, wie das Wasser schon wieder gestiegen war. Noch dreißig Zentimeter, und sie würden alle weggespült und – Smithback schüttelte verärgert den Kopf und verdrängte seine düsteren Gedanken.

»Wo, zum Teufel, kommt bloß das ganze Wasser her?«, fragte er mehr sich selbst als die anderen.

»Diese unteren Kellergänge befinden sich unter dem Wasserspiegel des Hudson«, antwortete D'Agosta. »Bei einem heftigen Regen laufen sie regelmäßig voll.«

»Aber ich hätte nie gedacht, dass das so schnell passiert. Dass die Stollen mal einen halben Meter unter Wasser stehen, kann ich mir ja zur Not noch vorstellen«, keuchte Smithback. »Aber wir ertrinken hier ja fast. Da draußen sind sie vermutlich schon dabei, eine Arche zu bauen.«

D'Agosta antwortete nicht.

»Mir reicht's jetzt langsam«, sagte eine Stimme von hinten. »Los, steig mir jemand auf die Schultern. Wir klettern einer nach dem anderen hinauf.«

»Aufhören!«, fauchte D'Agosta. »Dazu ist die Leiter zu hoch oben.«

Smithback hustete und räusperte sich. »Ich habe eine Idee«, sagte er.

Alle waren still.

»Diese Stahlleiter kommt mir ziemlich stabil vor«, sagte er eindringlich. »Wenn wir alle unsere Gürtel zusammenknoten und dann über die unterste Sprosse werfen, können wir uns an ihnen festhalten, bis das Wasser so hochgestiegen ist, dass wir die Leiter zu fassen kriegen.«

»So lange kann ich nicht mehr warten«, rief jemand.

D'Agosta machte ein böses Gesicht. »Smithback, das ist die schlechteste Idee, die ich in meinem ganzen Leben gehört habe«, knurrte er. »Außerdem trägt die Hälfte der Männer zum Smoking keinen Gürtel, sondern einen Kummerbund.«

»Aber *Sie* haben einen Gürtel an, das habe ich gesehen«, gab Smithback zurück.

»Habe ich auch«, antwortete D'Agosta. »Aber wieso nehmen Sie an, dass das Wasser so hochsteigen wird, dass wir die unterste Sprosse erreichen können?«

»Schauen Sie mal da hinauf«, sagte Smithback und leuchtete an die Wand nahe der untersten Leitersprosse. »Sehen Sie die Verfärbung an den Steinen? Für meine Begriffe dürfte das so eine Art Hochwassermarke sein. Mindestens einmal muss das Wasser in letzter Zeit so hoch hinaufgereicht haben. Wenn der Sturm nur halb so schlimm ist, wie Sie annehmen, dann könnte es heute wieder so weit steigen.«

D'Agosta schüttelte den Kopf. »Nun, ich halte es zwar für ziemlich verrückt, aber vermutlich ist es immer noch besser, als hier darauf zu warten, dass wir alle ertrinken. Hey, ihr Männer da hinten!«, rief er. »Ich brauche Ihre Gürtel. Reichen Sie alle Ihre Gürtel vor zu mir!«

Als D'Agosta die Gürtel hatte, schnallte und knotete er sie alle aneinander. Dann gab er sie Smithback, der sie sich über die Schultern legte. Der Journalist stemmte sich gegen die Strömung, beugte sich zurück und warf das schwerere Ende – an das D'Agosta den Gürtel mit der dicksten Schnalle geknotet hatte, hinauf in Richtung der untersten Stufe der Leiter. Der erste Versuch ging daneben und das gut vier Meter lange Lederband fiel klatschend ins Wasser. Smithback versuchte es noch einmal und warf wieder daneben.

»Na los, geben Sie schon her«, sagte D'Agosta. »So was ist Männerarbeit.«

»Ach was«, sagte Smithback, beugte sich gefährlich weit nach hinten und warf noch einmal. Diesmal musste er sich ducken, denn die Gürtel fielen über die Sprosse und die schwere Schnalle schwang wieder zurück in seine Richtung. Er schob das andere Ende des improvisierten Seiles durch die Schnalle und zog es an der Leiter fest.

»Okay«, sagte D'Agosta. »Das wär's dann. Sie müssen sich jetzt alle an den Armen unterhaken und dürfen nicht loslassen. Wenn das Wasser weiter steigt, trägt es uns nach oben zu der Leiter. Wenn wir mit dem Wassertreten anfangen müssen, geben wir das Seil nach hinten zu Ihnen durch. Ich hoffe bloß, dass das Ding nicht reißt«, murmelte er und warf einen kritischen Blick auf die aneinandergeknoteten Gürtel.

»Und ich hoffe, dass das Wasser hoch genug steigt«, ergänzte Smithback.

»Wenn es das nicht tun sollte, bekommen Sie es mit mir zu tun, Mister.«

Smithback drehte sich um und wollte etwas darauf erwidern, ließ es dann aber doch bleiben. Das Wasser stieg an seiner Brust langsam immer höher. Nun stand es ihm schon an den Achseln, und er spürte, wie ein langsamer, aber unerbittlicher Sog ihm von unten immer mehr die Füße von dem glatten Steinfußboden des Tunnels löste.

59

Garcia schaute zu, wie der Strahl von Allens Taschenlampe langsam über die toten Kontrollpulte schweifte. Nesbitt, der eigentlich Dienst an den Monitoren hatte, hing am mit Kaffeeflecken übersäten »Panikpult« in der Mitte des Raumes herum. Neben ihm saßen Waters und ein dürrer, unsympathisch aussehender Programmierer aus dem Computerraum. Sie hatten vor zehn Minuten an der Tür der Sicherheitszentrale geklopft und die drei Männer drinnen fast zu Tode erschreckt. Jetzt saß der Programmierer still in der Dunkelheit, knabberte an den Fingernägeln herum und schniefte ab und zu. Waters hatte seinen Dienstrevolver auf den Tisch gelegt und ließ ihn nervös herumwirbeln.

»Was war das?«, fragte Waters plötzlich und hielt den Revolver mitten in der Drehung an.

»Was meinst du?«, fragte Garcia mürrisch.

»Ich dachte, ich hätte draußen im Gang gerade ein Geräusch gehört«, sagte Waters und schluckte geräuschvoll. »Als wäre jemand vorbeigegangen.«

»Ach, du hörst doch immer irgendwas, Waters«, sagte Garcia. »Deshalb hocken wir ja auch alle seit Stunden im Dunklen herum.«

Es folgte eine kurze, ungute Stille.

»Bist du sicher, dass du Coffey richtig verstanden hast?«, fing Waters dann wieder an. »Wenn dieses Ding das Sondereinsatzkommando ausradiert hat, kann es sich doch mit Leichtigkeit auch uns schnappen.«

»Denk nicht dran«, sagte Garcia. »Und *rede* um Himmels willen nicht mehr davon. Das ist drei Stockwerke über uns passiert.«

»Ich kann mir einfach nicht vorstellen, dass Coffey uns hier drinnen einfach unserem Schicksal überlässt –«

»Waters, wenn du nicht augenblicklich den Mund hältst, dann schicke ich dich zurück in den Computerraum.«

Waters verstummte und fing wieder an, mit seiner Achtunddreißiger zu spielen.

»Funk doch Coffey noch mal an«, sagte Allen zu Garcia. »Wir müssen hier raus, und zwar schnell.«

Garcia schüttelte langsam den Kopf. »Das hat keinen Sinn. Ich hatte vorhin schon den Eindruck, als wäre er kurz vor dem Durchdrehen gewesen. Vielleicht war das alles etwas zu viel für ihn. Ich schätze, wir müssen es hier noch eine Weile aushalten.«

»Wer ist denn der Vorgesetzte von Coffey?«, bohrte Allen nach. »Gib mir doch mal das Funkgerät.«

»Auf keinen Fall. Die Notbatterien sind fast leer.«

Allen wollte protestieren, hörte dann aber abrupt auf und sagte: »Ich rieche etwas.«

Garcia setzte sich auf. »Ich auch.« Dann nahm er so langsam wie in einem Albtraum seine Schrotflinte in die Hand.

»Das ist das Monster!«, schrie Waters laut. Die Männer sprangen fast gleichzeitig auf. Stühle wurden umgeworfen und fielen klappernd zu Boden. Ein Rumpeln, gefolgt von einem Fluch, zeigte an, dass jemand gegen eine Tischkante gerannt war. Bruchteile von Sekunden später zerschellte mit ohrenbetäubendem Krachen ein Monitor auf dem Boden. Garcia packte das Funkgerät.

»Coffey! Das Monster ist hier!«, schrie er hinein.

An der Tür hörte er ein Kratzen, dann rüttelte jemand laut am Türknauf. Garcia spürte, wie ihm eine warme Flüssigkeit die Schenkel hinunterfloss, und begriff, dass sich seine Blase entleert hatte. Plötzlich wölbte sich die Tür nach innen und unter einem wuchtigen Stoß begann das Holz zu splittern. In der Dunkelheit hinter sich hörte Garcia, wie einer der Männer laut zu beten begann.

»Haben Sie das gehört?«, flüsterte Pendergast.

Margo leuchtete den Gang entlang. »Ja.«

Um die Ecke war deutlich das Geräusch von splitterndem Holz zu vernehmen.

»Es bricht eine der Türen auf!«, sagte Pendergast. »Wir müssen es auf uns aufmerksam machen.« Dann rief er laut: *»Hey!«*

Margo packte Pendergast am Arm. »Aber rufen Sie nichts, was das Monster nicht verstehen soll«, zischte sie.

»Miss Green, ich glaube nicht, dass das die richtige Zeit für einen Witz ist«, fauchte Pendergast. »Außerdem versteht es bestimmt kein Englisch.«

»Das kann man so nicht sagen. Natürlich gehen wir ein Risiko ein, wenn wir den Daten aus dem Extrapolator vertrauen. Aber das Wesen hat ein hoch entwickeltes Gehirn und hält sich wahrscheinlich bereits seit Jahren im Museum auf. Da kann es schon sein, dass es ab und zu ein paar Worte aufgeschnappt und sich gemerkt hat. Auf jeden Fall sollten wir kein Risiko eingehen.«

»Wie Sie wollen«, flüsterte Pendergast. Dann sagte er laut: »Wo sind Sie? Können Sie mich hören?«

»Ja!«, rief Margo. »Aber ich habe mich verlaufen! Helfen Sie mir! Hallo, ist da sonst noch jemand?«

»Das muss es gehört haben«, sagte Pendergast leise. »Jetzt können wir nur noch warten.« Er kniete sich hin und hielt die Fünfundvierziger mit beiden Händen schussbereit vor sich. »Leuchten Sie mit der Taschenlampe an die Ecke des Ganges und bewegen Sie den Strahl hin und her, als suchten Sie nach dem richtigen Weg. Wenn ich das Wesen sehe, gebe ich Ihnen ein Zeichen. Dann schalten Sie die Grubenlampe an und halten sie auf das Wesen gerichtet, ganz gleichgültig, was geschieht. Wenn es wütend ist – wenn es jetzt nur noch aus Rache Jagd macht –, dann müssen wir es mit allen uns zur Verfügung stehenden Mitteln stoppen. Wir haben nur gute dreißig Meter Gang zur Verfügung, dann müssen wir es geschafft haben. Wenn es so schnell laufen kann, wie Sie gesagt haben, dann braucht die Kreatur für diese Entfernung höchstens ein paar Sekunden. Sie dürfen also nicht zögern und auf gar keinen Fall in Panik geraten.«

»Ein paar Sekunden«, sagte Margo. »Ich habe schon verstanden.«

Garcia kniete vor den Monitoren, die Wange am Kolben seiner Schrotflinte, deren Lauf in die Dunkelheit zielte. Vor ihm waren undeutlich die Umrisse des Türrahmens zu erkennen. Hinter Garcia stand Waters, den Revolver schussbereit. »Wenn es hereinkommt, schießt du drauf, solange du Munition hast«, sagte Garcia. »Ich habe nur noch acht Schuss. Die versuche ich mir so einzuteilen, dass du mindestens einmal nachladen kannst, bevor es uns erreicht. Und mach die Taschenlampe aus oder willst du dem Monster unsere Position verraten?«

Die anderen in der Sicherheitszentrale – Allen, der Programmierer und Nesbitt – kauerten an der hinteren Wand unter der jetzt dunklen Kontrolltafel für das Sicherheitssystem.

Waters zitterte am ganzen Körper. »Das Ding hat ein Sondereinsatzkommando ausgelöscht«, sagte er mit bebender Stimme.

Wieder warf sich etwas gegen die Tür, die krachend aus den Angeln platzte. Waters schrie auf und rannte nach hinten, wobei seine Waffe polternd zu Boden fiel.

»Komm sofort zurück, Waters, du verdammter Feigling!«

Garcia hörte das schreckliche Geräusch von Knochen, die gegen Metall prallten. Waters musste sich wohl beim Sprung unter einen der Tische furchtbar den Kopf angehauen haben. »Haltet es auf!«, schrie er. »Lasst es nicht zu mir kommen.«

Garcia zwang sich, wieder zu der Tür zu sehen, und versuchte seine Flinte ruhig zu halten. Als sich das Wesen ein weiteres Mal gegen die Tür warf, schlug Garcia sein ekelerregender Geruch mit voller Wucht entgegen. Eigentlich wollte er gar nicht sehen, was sich da gewaltsam Zugang zu dem Raum zu verschaffen versuchte, er hätte am liebsten die Augen zugemacht. Er fluchte und wischte sich mit dem Handrücken über die Stirn. Auf einmal ging ihm unvermittelt ein alter Kinderreim im Kopf herum, den ihm seine Mutter vor vielen Jahren beigebracht hatte:

Bist du still, du böses Kind
hörst du auf, so laut zu schrei'n?
Still, sonst könnte es gut sein,
dass Bonaparte kommt geschwind
Und er schlägt dich, und er schlägt dich
und er schlägt dich gleich zu Brei
und er brät dich, und er brät dich,
brät dich wie ein Spiegelei.

Als Garcia bemerkte, dass er das Lied laut vor sich hin sang, hörte er sofort damit auf. Er horchte in den Raum. Alles war still, bis auf Waters Schluchzen.

Margo leuchtete mit der Taschenlampe den Gang entlang und versuchte den Strahl so zu bewegen, als suche jemand nach einem Ausgang. Das Licht huschte über die Wände und den Boden und wurde von den Schaukästen matt zurückgeworfen. Margos Herz klopfte ihr bis zum Hals und ihr Atem ging in kurzen, abgehackten Stößen.

»Hilfe!«, rief sie noch einmal. »Wir haben uns verlaufen!« Ihre Stimme kam ihr ungewöhnlich heiser vor.

Von um die Ecke waren jetzt keine Geräusche mehr zu hören. Vermutlich stand die Kreatur still und horchte. »Hallo?«, rief Margo, die sich dazu überwinden musste. »Ist da jemand?«

Ihre Stimme hallte von den Wänden des Gangs wider und verlor sich in der Stille. Margo wartete und starrte angestrengt ins Halbdunkel.

In der Entfernung, wo der Strahl der Taschenlampe nicht mehr hinreichte, schälte sich langsam ein schwarzer

Umriss aus der Dunkelheit. Er kam ein paar Schritte näher, dann blieb er stehen. Das Wesen hob den Kopf und ließ ein seltsam feucht klingendes Schnüffeln hören.

»Noch nicht!«, flüsterte Pendergast.

Der Schatten schob sich noch ein wenig weiter um die Ecke. Das Schnüffeln wurde lauter und dann stach Margo der Gestank, der den Gang entlanggeweht kam, in die Nase.

Das Monster tat einen weiteren Schritt auf sie zu.

»Noch nicht!«, flüsterte Pendergast abermals.

Garcias Hand zitterte so sehr, dass er kaum auf den Sprechknopf des Funkgeräts drücken konnte.

»Coffey!«, zischte er. »Coffey, um Himmels willen! Hören Sie mich?«

»Hier ist Agent Slade in der vorderen Kommandozentrale. Wer spricht da?«

»Garcia aus der Sicherheitszentrale«, sagte Garcia, der flach und rasch atmete. »Wo ist Coffey? *Wo ist Coffey?*«

»Special Agent Coffey ist momentan nicht zu sprechen. Ich habe vorübergehend die Leitung der Operation über nommen, bis der Regionalleiter eintrifft. Agent Coffey ist mit dem Stellvertretenden Bürgermeister auf dem Weg hierher. Wie ist die Lage bei Ihnen?«

»Wie die Lage bei uns ist?« Garcia lachte verzweifelt. »Wir stecken bis über beide Ohren in der Scheiße, das ist unsere Lage. Das Monster ist vor der Tür. Es bricht sie auf. Schicken Sie uns jemand zur Hilfe, ich flehe Sie an!«

»Mist!«, war Slades Stimme aus dem Lautsprecher zu hören. »Warum hat man mir nichts davon gesagt?« Garcia hörte, wie jemand Slade etwas zuflüsterte. »Garcia?«, sagte der Special Agent dann. »Haben Sie eine Waffe?«

»Was nützt schon eine Schrotflinte gegen dieses Ding?«, flüsterte Garcia, den Tränen nahe. »Da bräuchte man schon eine Panzerfaust oder etwas Ähnliches. Helfen Sie uns, *bitte!*«

»Hören Sie, Garcia, ich bin gerade dabei, wieder etwas Ordnung in die Operation zu bringen. Hier in der Kommandozentrale geht es drunter und drüber. Halten Sie noch einen Augenblick lang aus. Wie soll das Monster überhaupt durch die Tür der Sicherheitszentrale kommen? Die ist doch aus Metall, oder etwa nicht?«

»Sie ist aus Holz, Slade, da hat man wohl wieder am falschen Ende gespart!«, sagte Garcia, dem jetzt die Tränen die Wangen herunterliefen.

»Aus Holz? Was ist das nur für ein Saustall hier? Garcia, jetzt hören Sie mir mal genau zu. Selbst wenn wir jetzt gleich jemanden ins Museum schicken würden, könnten die Leute frühestens in zwanzig Minuten bei Ihnen sein.«

»Bitte –«

»Sie müssen mit der Situation selbst fertig werden. Ich weiß nicht, was bei Ihnen los ist, Garcia, aber Sie müssen sich jetzt zusammennehmen. Wir holen Sie raus, sobald wir können. Bis dahin müssen Sie Ruhe bewahren, und wenn das Monster kommt, zielen Sie –«

Garcia sank zu Boden und sein Finger glitt vom Knopf des Funkgeräts. Es war hoffnungslos. Sie waren alle verloren.

60

Smithback packte die aus den Gürteln zusammengeknotete Leine und schob der Gruppe hinter sich wieder ein paar Zentimeter davon zu. Das Wasser stieg jetzt sogar noch schneller als zuvor, falls das überhaupt möglich war, alle paar Minuten kam nun ein starker Schwall von hinten, und obwohl die Strömung selbst nicht stärker geworden zu sein schien, war das Rauschen vor ihnen zu einem ohrenbetäubenden Brüllen geworden. Die ältesten, schwächsten und die schlechtesten Schwimmer der Gruppe klammerten sich direkt hinter Smithback an die Gürtel; neben ihnen hielten sich die anderen aneinander fest und versuchten verzweifelt, sich durch Wassertreten an der Oberfläche zu halten. Alle waren sie jetzt still, niemand hatte mehr die Kraft zu weinen, zu stöhnen oder zu sprechen. Smithback blickte nach oben. Es fehlten noch gut fünfzig Zentimeter, bis er die unterste Sprosse der Leiter erreichen könnte.

»Da draußen muss ja ein fürchterlicher Sturm toben«, sagte D'Agosta, der direkt neben Smithback eine ältere Frau über Wasser hielt. »Man kann wirklich sagen, dass die Eröffnungsparty ins Wasser gefallen ist«, fügte er mit einem schwachen Lachen hinzu.

Smithback blickte lediglich auf und schaltete das Licht ein. Noch fünfundvierzig Zentimeter.

»Hey, Smithback, hören Sie doch auf damit, ständig die Taschenlampe an- und auszuknipsen, okay?«, sagte D'Agosta ärgerlich. »Die Batterien sind auch so schon schwach genug. *Ich* sage Ihnen, wann Sie wieder nachsehen sollen.«

Smithback spürte erneut einen starken Sog, der ihn gegen die Ziegelwand des Tunnels drückte. Einige aus der Gruppe stöhnten auf, aber niemand ließ los. Wenn das Seil aus Gürteln riss, dann würden sie alle in spätestens dreißig Sekunden den Wasserfall hinuntertreiben. Smithback bemühte sich, nicht daran zu denken.

Mit zittriger, aber bestimmter Stimme erzählte der Bürgermeister den anderen Anekdoten über bekannte Persönlichkeiten der Stadt. Obwohl Smithback wusste, warum der Bürgermeister das tat, wurde er beim Zuhören müde und immer müder – was, wie er wusste, auch an der Unterkühlung lag.

»Okay, Smithback, jetzt können Sie wieder nach der Leiter sehen.« D'Agostas barsche Stimme ließ ihn sofort hellwach werden.

Er schüttelte die Lampe so lange, bis sie einen schwachen Strahl von sich gab, und leuchtete hinauf. In den vergangenen fünfzehn Minuten war das Wasser um fünfundzwanzig Zentimeter gestiegen, sodass sich die Leiter nun schon fast in Griffweite befand. Mit einem kleinen Triumphschrei konnte Smithback wieder ein paar Zentimeter Gürtelleine nach hinten zu den Leuten geben.

»Also, wir gehen folgendermaßen vor«, sagte D'Agosta. »Sie, Smithback, steigen als Erster hinauf, ich helfe den anderen und komme dann als Letzter nach. Okay?«

»Okay«, sagte Smithback und schüttelte sich, damit er wieder wach wurde.

D'Agosta zog das Gürtelseil straff, packte Smithback am

Hosenbund und hob ihn nach oben. Smithback streckte sich, bis er mit seiner freien Hand die unterste Sprosse der Leiter ergreifen konnte.

»Geben Sie mir die Lampe«, sagte D'Agosta.

Smithback reichte sie nach unten, dann packte er auch mit der anderen Hand an die Leiter. Als er sich ein wenig hochgezogen hatte, fiel er mit krampfartig zuckenden Hand- und Armmuskeln wieder nach unten. Er atmete tief ein und zog sich noch einmal hoch. Dieses Mal schaffte er es bis zur zweiten Sprosse. »Jetzt greifen Sie nach der Leiter«, sagte D'Agosta zum nächsten in der Reihe. Smithback hielt einen Moment inne, um Atem zu schöpfen. Dann blickte er nach oben und zog sich auf die dritte und schließlich auf die vierte Sprosse. Mit den Füßen tastete er sich vorsichtig auf die erste Sprosse.

»Treten Sie bloß niemandem auf die Finger!«, warnte D'Agosta von unten.

Smithback spürte, wie eine Hand seinen Fuß auf die Sprosse stellte, und nun konnte er sein Gewicht nach unten verlagern. Wieder etwas Festes unter den Füßen zu spüren, kam ihm wie der Himmel auf Erden vor. Er griff nach unten und half einem älteren Herrn, dessen grau melierte Haare ihm nass am Kopf klebten, hinauf auf die Leiter. Dann wandte er sich wieder um, spürte, dass seine Kraft zurückgekehrt war, und stieg weiter nach oben.

Die Leiter endete an einem dicken Rohr, das dort, wo die gewölbte Decke des Tunnels an die Wand stieß, in horizontaler Richtung nach vorn führte. Behutsam kletterte Smithback in das Rohr hinein.

Sofort stieg ihm ein fauliger Geruch in die Nase. *Das*

muss die Kanalisation sein, dachte er. Unwillkürlich hielt er einen Moment inne, bevor er in dem Rohr weiterkroch.

Es endete in völliger Dunkelheit. Vorsichtig bewegte Smithback seine Füße nach vorne und streckte sie ins Freie. Etwa dreißig Zentimeter unterhalb der Mündung des Rohres trafen sie auf festen Lehmboden. Er konnte es kaum glauben: Da gab es doch tatsächlich einen Raum noch unbekannter Größe zwischen dem oberen und dem unteren Keller. Vielleicht war er ein architektonisches Überbleibsel von einem der vielen Umbauten des Museums. Smithback kletterte aus dem Rohr und machte langsam ein paar Schritte nach vorn, wobei er mit den Füßen vorsichtig über den dunklen Boden tastete. Der Gestank um ihn herum war fürchterlich, aber es waren nicht die Ausdünstungen des Monsters und dafür war er zutiefst dankbar. Etwas Trockenes – Zweige vielleicht? – knirschte unter seinen Schuhen. Hinter sich konnte er das Keuchen der anderen hören, die durch das Rohr auf ihn zukamen. Das schwache Licht von D'Agostas Taschenlampe im unteren Keller drang nicht bis hier herauf. Smithback ging zurück zum Rohr, kniete sich nieder und half den anderen heraus. Er ließ sie sich neben dem Rohr an die Wand stellen und warnte sie davor, sich zu weit in den Raum hineinzubegeben. Einer nach dem anderen kamen die Leute aus dem Rohr und tasteten sich vorsichtig an der Wand entlang, wo sie vor Erschöpfung niedersanken. Bis auf ihr schweres Atmen war es völlig still im Raum.

Schließlich hörte Smithback D'Agostas Stimme aus dem Rohr. »Gott im Himmel, was ist das für ein Gestank?«, murmelte er an Smithback gewandt. »Die verdammte Taschenlampe hat nun endgültig ihren Geist aufgegeben, also habe ich sie ins Wasser fallen lassen. Okay, Leute«, sagte er mit lauter Stimme und richtete sich auf. »Bitte mal durchzählen.« Als Smithback das Geräusch von tropfendem Wasser hörte, bekam er einen Augenblick lang starkes Herzklopfen, aber dann begriff er, dass es lediglich D'Agosta war, der sein nasses Jackett ausgezogen hatte und es auswrang.

Einer nach dem anderen sagten die Leute mit schwacher Stimme ihren Namen.

»Gut«, sagte D'Agosta. »Und jetzt wollen wir mal herausfinden, wo wir sind. Für den Fall, dass das Wasser weiter steigt, müssen wir möglicherweise noch höher hinauf.«

»Also mir wäre das recht«, sagte jemand aus der Gruppe. »Hier stinkt es mir zu sehr.«

»Ohne Licht wird das ziemlich schwierig werden«, sagte Smithback. »Wir müssen uns im Gänsemarsch durch die Dunkelheit tasten.«

»Ich habe ein Feuerzeug«, sagte eine Stimme. »Soll ich einmal schauen, ob es noch funktioniert?«

»Aber vorsichtig«, sagte ein anderer. »Wenn Sie mich fragen, riecht es hier nach Methangas.«

Smithback zuckte zusammen, als eine flackernde gelbe Flamme den Raum notdürftig erleuchtete.

»Großer Gott!«, schrie jemand.

Die Hand ließ das Feuerzeug fallen und der Raum war wieder in Dunkelheit gehüllt. Aber bevor das geschah, hatte Smithback rasch einen schreckenserfüllten Blick auf das Innere des Raumes werfen können.

Margo starrte angestrengt ins Halbdunkel und ließ den Strahl der Taschenlampe langsam durch den Gang wandern, wobei sie es vermied, das Monster direkt anzuleuchten, das sich an der Ecke zusammengekauert hatte und sie beobachtete.

»Noch nicht – warten Sie, bis es sich völlig zeigt«, murmelte Pendergast.

Das Wesen hockte eine kleine Ewigkeit lang bewegungslos und stumm da wie ein Wasserspeier an einer gotischen Kathedrale. Margo konnte sehen, wie sie aus der Dunkelheit heraus zwei kleine, rote Augen aufmerksam beobachteten. Hin und wieder, wenn das Wesen blinzelte, verschwanden die Augen, nur um einen Augenblick später wieder aufzuleuchten.

Dann machte es einen weiteren Schritt nach vorn und blieb wieder stehen, als würde es sich überlegen, was es als Nächstes tun sollte. Sein geduckter, kräftiger Körper wirkte sprungbereit und angespannt. *Der auf allen vieren geht,* dachte Margo.

Dann bewegte es sich plötzlich und kam in einem seltsamen, furchterregenden Galopp direkt auf sie zu.

»Jetzt!«, schrie Pendergast.

Margo griff nach oben an den Helm und schaltete die Grubenlampe an. Der Gang wurde in helles Licht getaucht. Praktisch gleichzeitig ertönte ein ohrenbetäubender Knall, als Pendergasts großkalibriger Revolver neben ihr losging. Das Wesen blieb kurz stehen und Margo konnte sehen, wie es blinzelte und geblendet vom Licht den Kopf schüttelte. Dann beugte es sich zurück, als wollte es sich in den Hinterschenkel beißen, in den die Kugel eingedrungen war. Margo spürte, wie ihr Bewusstsein sich langsam von der Realität verabschiedete: von dem gedrungenen, blassen Kopf der Kreatur, auf dem Pendergasts erster Schuss oberhalb der Augen einen langen, weißen Strich gezogen hatte; den mächtigen Vorderpfoten, die mit dichtem Fell bewachsen waren und in lange, starke Krallen übergingen; den faltigen Hinterschenkeln und den fünfzehigen Pfoten. Der Pelz der Kreatur war mit verkrustetem Blut verklebt und auf den Schuppen des Hinterteils glänzte hellrot frisches Blut.

PENG! Das rechte Vorderbein des Wesens wurde nach hinten geschleudert und Margo hörte ein fürchterliches, wütendes Brüllen. Der Kopf des Wesens fuhr herum und blickte sie an. Dann machte es einen mächtigen Satz nach vorne, wobei ihm lange Speichelfäden aus dem Maul hingen.

PENG! machte der Revolver noch einmal – die Kugel ging vorbei – und die Kreatur kam mit schrecklicher Bestimmtheit immer rascher auf sie zu.

PENG!

Margo sah wie in Zeitlupe, dass das linke Hinterbein des Wesens nach hinten gerissen wurde und es leicht ins Straucheln geriet. Aber es erholte sich rasch wieder und stürzte sich mit grässlichem Geheul und gesträubtem Fell wieder vorwärts.

PENG! gellte ein weiterer Schuss, aber die Kreatur wurde nicht langsamer und in diesem Augenblick erkannte Margo ganz klar und deutlich, dass ihr Plan gescheitert war. Pendergast blieb gerade noch Zeit für einen einzigen, letzten Schuss und damit konnte der Angriff der Kreatur nicht mehr aufgehalten werden. »Pendergast!«, schrie sie und stolperte rückwärts, wobei die Grubenlampe irgendwo an die Decke leuchtete. Sie wollte nichts weiter, als aus dem Blickfeld dieser roten Augen gelangen, die mit einer fürchterlich wirkenden Mischung aus Wut, Gier und Triumph direkt in ihre eigenen starrten.

Garcia hockte auf dem Boden und horchte angestrengt. Er fragte sich, ob die Stimmen, die er auf einmal hörte, echt waren – ob sich draußen wirklich jemand befand, der ebenfalls in diesem Albtraum gefangen war – oder ob das nur ein letzter Streich war, den ihm sein überreiztes Gehirn spielte.

Dann knallte es auf einmal draußen im Gang, gleich darauf noch einmal und noch einmal.

Garcia rappelte sich auf. *Das darf doch nicht wahr sein.* Hektisch hantierte er am Funkgerät herum.

»Hast du das gehört?«, fragte eine Stimme hinter ihm.

Es knallte noch zweimal, dann, nach einer kurzen Pause, ein drittes Mal.

»Ich könnte schwören, dass da draußen im Gang geschossen wird!«, rief Garcia.

Dann entstand eine lange, fürchterliche Stille. »Es hat aufgehört«, flüsterte Garcia.

»Haben sie es erwischt?«, wimmerte Waters. »Haben sie das Monster endlich erwischt?«

Die Stille draußen dauerte weiter an. Garcia legte den Finger an den Abzug der Schrotflinte, deren Repetiergriff nass vor Schweiß war. Fünf oder sechs Schüsse, mehr hatte er nicht gehört. Und das Monster hatte bereits ein ganzes, schwer bewaffnetes Sondereinsatzkommando niedergemacht.

»Haben sie es erwischt?«, fragte Waters noch einmal.

Garcia horchte angestrengt, konnte aber kein Geräusch aus dem Gang vernehmen. Das war das Allerschlimmste: wenn die Hoffnung erst kurz geweckt und dann wieder brutal zunichtegemacht wurde. Er wartete.

Dann war ein Rütteln am Türknauf zu hören.

»Nein«, flüsterte Garcia. »Es ist wieder da.«

61

»Geben Sie mir das Feuerzeug!« schnauzte D'Agosta. Smithback taumelte nach hinten und als er die Funken des Feuersteins sah, hielt er sich instinktiv die Augen zu.

»O Gott«, hörte er D'Agosta stöhnen. Dann spürte er, wie derbe Hände ihn an der Schulter packten und kräftig schüttelten. Smithback zuckte zusammen.

»Hören Sie, Smithback«, zischte D'Agosta ihm ins Ohr. »Sie können jetzt nicht einfach schlappmachen. Ich brauche Ihre Hilfe, um die Leute hier zusammenzuhalten.«

Smithback würgte und zwang sich, die Augen zu öffnen. Der Lehmboden vor ihm war voller Knochen: kleine, große, manche von ihnen zerbrochen und morsch, andere noch mit Fleischfetzen, die zäh an ihren knorpeligen Enden hingen.

»Das waren gar keine Zweige«, murmelte Smithback immer wieder vor sich hin. »Nein, nein, keine Zweige.« Das Licht ging wieder aus. D'Agosta wollte offensichtlich Gas sparen.

Als es wieder anging, sah Smithback sich hektisch um. Worauf er vorhin getreten war, das waren die Überreste eines Hundes gewesen, eines Terriers, wie es aussah – glasig starrende Augen, helles Fell, kleine braune Brustwarzen über dem ausgeweideten Bauch des Tieres. Auf dem Boden verstreut lagen noch andere Tierkadaver: Katzen, Ratten und andere Geschöpfe, die zu stark zerfetzt oder schon zu lange tot waren, als dass man noch hätte erkennen können, was sie einmal gewesen waren. Hinter Smithback schrie eine Frau.

Die Flamme ging aus, dann war sie ein paar Schritte weiter entfernt wieder zu sehen. »Smithback, Sie kommen mit mir«, sagte D'Agosta, der in der Dunkelheit ein paar Schritte nach vorn gegangen war. »Der Rest folgt uns im Gänsemarsch. Und schauen Sie dabei nur geradeaus.« Als Smithback vorsichtig einen Fuß vor den anderen setzte und angestrengt nach unten sah, um nicht auf etwas am Boden Liegendes zu treten, nahm er am Rand seines Gesichtsfeldes etwas wahr. Er drehte seinen Kopf zu der Wand rechts von ihm. Dort war wohl früher auf Schulterhöhe einmal eine Leitung oder etwas Ähnliches entlanggelaufen, die nun allerdings schon längst verrottet war. Ihre Überbleibsel lagen, halb von Eingeweiden bedeckt, auf dem Boden.

Die Haken aber, an denen die Leitung befestigt gewesen war, ragten noch immer aus der Wand. An diesen Metallstücken waren mehrere menschliche Leichen aufgespießt, die im flackernden Licht der Feuerzeugflamme ein wenig hin und her zu schwanken schienen. Smithback sah, dass alle diese Leichen enthauptet waren, begriff aber nicht sofort, was das bedeutete. Die Köpfe der Leichen, die am Fuß der Wand auf dem Boden lagen, wiesen alle Löcher in der hinteren Schädeldecke auf.

Die von Smithback am weitesten entfernten Leichen hingen wohl schon am längsten an der Wand, denn sie waren nur noch Skelette. Smithback wandte sich ab, konnte aber nicht mehr verhindern, dass sein Gehirn ein entsetzliches Bild des Grauens registrierte: Die Leiche direkt neben ihm trug am Handgelenk eine unverwechselbare Armbanduhr in Form einer alten Sonnenuhr. Dort an der Wand hing George Moriarty.

»O mein Gott – o mein Gott«, stammelte Smithback immer wieder. »Der arme George.«

»Kannten Sie den Burschen?«, fragte D'Agosta düster. »Verdammt noch mal, dieses Ding verbrennt mir langsam die Hand.«

Die Flamme ging zuckend wieder aus und Smithback blieb abrupt stehen.

»Was ist das hier für ein furchtbarer Ort?«, rief jemand hinter ihnen.

»Ich habe nicht den Hauch einer Ahnung«, murmelte D'Agosta.

»Ich schon«, sagte Smithback etwas hölzern. »Es ist eine *Vorratskammer.*«

D'Agosta zündete das Feuerzeug wieder an und ging weiter nach vorn, diesmal allerdings etwas schneller. Smithback konnte hören, wie der Bürgermeister mit mechanischer Stimme die anderen zum Weitergehen aufforderte.

Plötzlich ging das Licht wieder aus und der Journalist blieb wie angewurzelt stehen.

»Wir sind jetzt an der gegenüberliegenden Wand«, hörte er D'Agosta zu ihm in der Dunkelheit sagen. »Es gibt hier zwei Gänge. Einer führt nach oben, einer nach unten. Wir nehmen den, der nach oben führt.«

D'Agosta knipste das Feuerzeug wieder an und ging weiter nach vorn und Smithback folgte ihm. Nach ein paar Augenblicken verflüchtigte sich der Gestank und der Boden wurde feucht und weich. Smithback spürte den Hauch eines kühlen Luftzugs an seiner Wange und hoffte inständig, dass er ihn sich nicht bloß einbildete.

»Gott im Himmel, das fühlt sich aber gut an«, sagte D'Agosta mit einem Lachen.

Der Stollen führte so lange nach oben, bis er an einer weiteren Leiter endete. D'Agosta trat an sie heran und hielt das Feuerzeug in die Höhe. Smithback, der ihm rasch gefolgt war, sog die frische Luft in seine Lungen. Von oben kam plötzlich ein surrendes Geräusch, dann ein kurzes Klappern, gefolgt von einem Schwall Wasser.

»Ein Kanaldeckel!«, rief D'Agosta. »Wir haben es geschafft, verdammt noch mal, ich kann es kaum glauben. Wir haben es geschafft!«

Er kletterte die Leiter hinauf und drückte sich mit dem Rücken gegen den runden Deckel.

»Festgeschraubt«, stöhnte er. »Nicht mal zwanzig Männer könnten den hochheben. – Hilfe!«, schrie er dann nach draußen, wobei er seinen Mund direkt an eines der Löcher in dem Deckel hielt. »Hört mich jemand? Wir brauchen Hilfe, verdammt noch mal!« Dann fing er an zu lachen, musste sich an der Leiter festhalten und ließ dabei das Feuerzeug fallen. Auch Smithback sank unten im Gang zu Boden, lachte und weinte zugleich und schien völlig die Kontrolle über sich verloren zu haben.

»Wir haben es geschafft, Smithback«, sagte D'Agosta noch immer lachend und kletterte die Leiter wieder hinunter. »Na los, geben Sie mir einen Kuss, Sie verdammter Journalist, ich liebe Sie und hoffe, dass Sie mit dieser Story mindestens eine Million Mäuse machen.«

Smithback hörte eine Stimme, die oben auf der Straße fragte: »Hast du auch gerade jemanden rufen gehört?«

»Hey, Sie da oben!«, brüllte D'Agosta hinauf. »Wollen Sie sich eine Belohnung verdienen?«

»Da, hör doch! Da ist ja *wirklich* jemand unten. Hallo!«

»Haben Sie mich gehört? Holen Sie uns hier raus!«

»Wie viel kriege ich dafür?«

»Zwanzig Mäuse! Rufen Sie die Feuerwehr an, sie soll uns sofort heraufholen.«

»Fünfzig Mäuse, Mann, oder wir gehen einfach weiter.«

D'Agosta konnte nicht zu lachen aufhören. »Na schön, fünfzig. Aber jetzt schwingen Sie die Hufe, verdammt noch mal!«

Er drehte sich um und öffnete die Arme. »Smithback, holen Sie die Leute nach vorn. Leute, Bürgermeister Harper, herzlich willkommen in New York City!«

Abermals wurde am Türknauf gerüttelt. Garcia presste den Gewehrkolben leise weinend fest an seine Wange. Das Monster versuchte schon wieder hereinzukommen. Garcia atmete tief durch und bemühte sich, den Lauf der Schrotflinte ruhig zu halten.

Dann fiel ihm plötzlich auf, dass sich das Rütteln am Türknauf in ein Klopfen verwandelt hatte.

Es klopfte noch einmal, diesmal lauter, und Garcia hörte eine gedämpfte Stimme.

»Ist jemand da drinnen?«

»Wer ist da?«, fragte Garcia schwerfällig.

»Special Agent Pendergast vom FBI aus New Orleans.«

Garcia konnte es kaum fassen. Als er die Tür öffnete, sah

er einen großen, dünnen Mann mit gespenstisch weißem Haar, der ihn aus dem dunklen Gang freundlich anlächelte. In einer Hand hielt er eine Taschenlampe, in der anderen einen großkalibrigen Revolver. Blut rann ihm an der Seite seines Gesichts nach unten und bildete auf seinem Hemd verrückte Muster, die ein wenig an die Zufallsklecksereien eines Rorschach-Tests erinnerten. Neben ihm stand eine kleine, junge Frau mit mausbraunen Haaren, die auf dem Kopf einen gelben Helm mit einer Grubenlampe trug. Ihr Gesicht, ihr Haar und ihre Schultern waren voller dunkler, nasser Flecken.

Pendergast lächelte und sagte lediglich: »Wir haben es geschafft.«

Erst Pendergasts Grinsen machte es Garcia klar, dass das Blut, das an den beiden klebte, nicht von ihnen stammen konnte. »Wie denn?«, stammelte er.

Die beiden schoben sich an ihm vorbei in den Raum, wo die anderen nebeneinander unter dem dunklen Diagramm des Sicherheitssystems an der Wand standen. Auch sie starrten die Besucher ungläubig und noch immer starr vor Furcht an.

Pendergast leuchtete mit seiner Taschenlampe auf einen Stuhl. »Bitte, setzen Sie sich doch, Miss Green«, sagte er.

»Vielen Dank«, entgegnete Margo, wobei der Helm auf ihrem Kopf leicht verrutschte. »Sie sind ein echter Gentleman.«

Auch Pendergast setzte sich. »Hat jemand von Ihnen vielleicht ein Taschentuch?«, fragte er.

Allen zog eines aus seiner Hosentasche und gab es Pendergast. »Vielen Dank«, sagte der FBI-Agent und reichte das Taschentuch an Margo weiter. Sie wischte sich damit das Blut vom Gesicht und gab es Pendergast zurück, der sich damit nun seinerseits sorgfältig Gesicht und Hände säuberte. »Das war sehr freundlich, Mr –?«

»Allen. Tom Allen.«

»Mr Allen. Das Monster ist tot.«

»Haben Sie es getötet?«

»Wir haben es getötet. Oder sagen wir besser, Miss Green hat es getötet.«

»Sagen Sie doch Margo zu mir. Und es war Mr Pendergast, der den Schuss abgegeben hat.«

»Ja, aber Margo hat mir gesagt, wo ich hinschießen muss. Darauf wäre ich nie gekommen. Fast alle großen Tiere, auf die man normalerweise Jagd macht – Wasserbüffel, Nashörner, Elefanten und so weiter –, haben die Augen *seitlich* am Kopf. Wenn sie einen frontal angreifen, würde man nie an das Auge als wunden Punkt denken.«

»Aber das Wesen«, erklärte Margo, »hatte ein Gesicht wie ein Menschenaffe, der die Welt stereoskopisch sieht und die Augen vorne hat. Und die Augen sind direkt mit dem Gehirn verbunden. Bei einem so unglaublich dicken Schädel wie dem des Wesens muss eine Kugel, wenn sie erst einmal eingedrungen ist, drinnen so lange von Wand zu Wand prallen, bis sie ihre gesamte Energie verbraucht hat.«

»Dann haben Sie das Monster also mit einem einzigen Schuss ins Auge getötet?«, fragte Garcia ungläubig.

»Ich hatte es schon ein paarmal zuvor getroffen«, antwortete Pendergast, »aber es war zu stark und zu wütend, um sich davon aufhalten zu lassen. Ich habe mir das Wesen zwar noch nicht richtig angesehen – das hebe ich mir für später auf –, aber ich möchte behaupten, dass kein anderer Treffer es noch rechtzeitig gestoppt hätte.«

Pendergast rückte mit zwei schlanken Fingern seinen Krawattenknoten zurecht, was Margo übertrieben penibel fand, besonders in Anbetracht des Blutes und der Spritzer von grauer Materie auf seinem weißen Hemd. Margo würde nie den Augenblick vergessen, in dem das Gehirn der Kreatur in einem dicken Strahl aus der kaputt geschossenen Augenhöhle gespritzt war. Es war ein gleichermaßen fürchterlicher wie erleichternder Anblick gewesen. Die Augen, diese grauenvollen, wütenden Augen der Kreatur, hatten Margo draußen auf dem Gang, noch während sie vor dem verrotteten Geruch und dem widerwärtigen Atem des Wesens zurückgetaumelt war, urplötzlich die verzweifelte Idee durch den Kopf schießen lassen, der sie schließlich ihre Rettung verdankten.

Auf einmal begann Margo wieder zu zittern.

Pendergast gab Garcia ein Zeichen, woraufhin dieser sofort seine Uniformjacke auszog und sie dem Mann aus dem Süden reichte. Pendergast legte Margo die Jacke über die Schultern und sagte, während er sich neben sie kniete: »Beruhigen Sie sich, Margo, es ist ja alles vorbei.«

»Wir müssen Dr. Frock holen«, stammelte sie mit blauen Lippen.

»Machen wir gleich, machen wir gleich«, sagte Pendergast beruhigend.

»Wollen Sie einen Bericht absetzen?«, fragte Garcia. »Die Batterien haben gerade noch Saft für einen einzigen Funkspruch.«

»Ja, und außerdem muss ich veranlassen, dass sofort eine Suchmannschaft nach Lieutenant D'Agosta ausgeschickt wird«, sagte Pendergast und runzelte die Stirn. »Das bedeutet wohl, dass ich mit Coffey reden muss.«

»Das glaube ich kaum«, sagte Garcia. »Offensichtlich hat inzwischen der Oberbefehl über die Operation gewechselt.«

Pendergast hob die Augenbrauen. »Tatsächlich?«

»Sie können mir das ruhig glauben«, grinste Garcia und reichte Pendergast das Funkgerät. »Ein Agent namens Slade ist jetzt der Boss. Funken Sie ihn doch an, Ehre, wem Ehre gebührt.«

»Wenn Sie meinen«, sagte Pendergast. »Ich bin nur froh, dass es nicht mehr Special Agent Coffey ist. Wenn der noch der Leiter der Operation gewesen wäre, hätte ich ihn mir ordentlich zur Brust nehmen müssen. Auf Beleidigungen reagiere ich nämlich allergisch.« Er schüttelte den Kopf. »Das ist eine sehr schlechte Angewohnheit, aber sie ist nur schwer abzulegen.«

Vier Wochen später

62

Als Margo in Frocks Büro kam, waren Pendergast und D'Agosta bereits da. Pendergast betrachtete gerade etwas, das auf dem niedrigen Tisch lag, während Frock angeregt auf ihn einredete. D'Agosta ging rastlos im Büro auf und ab. Er wirkte gelangweilt und nahm dieses oder jenes Ding in die Hand, nur um es gleich wieder auf seinen Platz zurückzustellen. Der Latexabguss der Kralle lag wie ein Briefbeschwerer des Grauens auf Frocks Schreibtisch und der Zuckerguss eines großen Kuchens in der Mitte des Raums, den Frock für Pendergasts Abschiedsfeier spendiert hatte, begann unter den warmen Strahlen der Sonne schon etwas zu schmelzen.

»Als ich das letzte Mal unten in New Orleans war, habe ich dort ganz vorzügliche Langusten mit Gumboschoten gegessen«, sagte Frock und packte Pendergast am Ellenbogen.

»Ah, Margo!« Frock drehte sich um. »Kommen Sie herein, sehen Sie mal.«

Margo ging quer durch das Zimmer hinüber zu den beiden Männern. In der Stadt war nun endgültig der Frühling angebrochen und durch die großen Fenster konnte sie den weiten, blauen Hudson auf seinem Lauf nach Süden in der Sonne glitzern sehen. Auf der Uferpromenade liefen in einer langen Reihe die Jogger.

Auf dem niedrigen Tisch lag neben Frocks fossilen Fußabdrücken aus der Kreidezeit ein großer Abguss von den Füßen der Kreatur. Frock fuhr die Vertiefungen in dem Stein mit der Hand liebevoll nach. »Wenn schon nicht aus derselben Familie, so doch ganz bestimmt aus derselben Ordnung«, sagte er. »Und dass die Kreatur fünf Zehen an den Hinterläufen hatte, ist eine weitere Verbindung zur Mbwun-Figur.«

Margo sah genauer hin und fand, dass sich die beiden Abdrücke nicht im Geringsten ähnelten.

»Konvergierende Evolution vielleicht?«, schlug sie vor.

Frock sah sie an. »Das wäre möglich. Aber um das genau zu sagen, bräuchte es Jahre gewissenhaftester Untersuchungen.« Er verzog das Gesicht. »Und das ist ja nun leider nicht mehr möglich, seit uns die Regierung die Überreste des Wesens weggenommen hat. Gott weiß, wozu sie die wohl benötigt.«

Margo nickte. In dem Monat seit der Ausstellungseröffnung hatte sich die Öffentlichkeit, die zunächst schockiert und ungläubig auf die Katastrophe und ihre Ursache reagiert hatte, langsam an die Tatsache gewöhnt, dass eine seltsame Kreatur für die Morde im Museum verantwortlich gewesen war.

In den ersten beiden Wochen waren die Spalten sämtlicher Zeitungen noch voll von Geschichten über das Monster gewesen, wobei die unterschiedlichen Aussagen der Überlebenden gehörig für Verwirrung gesorgt hatten. Der einzige Gegenstand, der die kontroverse Diskussion hätte beenden können – der Kadaver der Kreatur –, war in einem großen, weißen Transporter der Regierung weggebracht und seither nicht wieder gesehen worden. Selbst Pendergast sagte, dass er nichts über seinen Verbleib wisse. Dann wandte sich die Presse der menschlichen Seite der Tragödie zu, den Prozessen, die auf den Hersteller des Sicherheitssystems zukamen und, wenn auch nicht im selben Ausmaß, auf die Polizei und das Museum selbst. Das *Time*-Magazin brachte eine Titelstory zum Thema: »Wie sicher sind unsere nationalen Institutionen?«

In den letzten Tagen allerdings hatten die Kommentatoren begonnen, das Wesen als eine singuläre Erscheinung zu betrachten: ein Rudiment, wie die Dinosaurier-Fische, die Hochseefischer ab und zu in ihren Netzen zutage förderten. Langsam ließ das öffentliche Interesse an der Katastrophe nach. Die Überlebenden der Eröffnungsparty wurden nicht mehr zu Talkshows eingeladen, die geplante Comicstrip-Serie in den Samstagvormittagsausgaben einer Tageszeitung war wieder abgesetzt worden und die Museumsmonster-Actionfiguren standen unverkauft in den Regalen der Spielwarengeschäfte herum.

Frock blickte in die Runde. »Verzeihen Sie, ich habe meine Pflichten als Gastgeber sträflich vernachlässigt. Möchte vielleicht jemand einen Sherry haben?«

»Nein, danke«, murmelten die meisten.

»Nur wenn Sie ein Seven-Up zum Verdünnen haben«, sagte D'Agosta. Pendergast schaute D'Agosta strafend an.

D'Agosta nahm den Latexabguss der Kralle von Frocks Schreibtisch und hielt ihn hoch. »Sieht ziemlich übel aus«, sagte er.

»Außergewöhnlich übel sogar«, gab Frock ihm recht. »Sie ist teils von einem Reptil, teils von einem Primaten. Ich möchte Sie nicht mit technischen Einzelheiten langweilen – das überlasse ich Greg Kawakita, dem ich die Daten, die wir haben, zur Analyse gegeben habe –, aber es scheint so, als hätten die reptilischen Gene der Kreatur die Kraft, Geschwindigkeit und Muskelmasse gegeben. Die Primatengene hingegen verliehen eine hohe Intelligenz und machten das Wesen möglicherweise endotherm – das heißt, zu einem Warmblüter. Alles in allem eine ziemlich furchterregende Kombination.«

»Ist mir klar«, sagte D'Agosta und legte den Abguss wieder hin. »Aber was für eine Art von Vieh *war* es denn nun?«

»Mein lieber Freund«, kicherte Frock, »wir haben einfach noch nicht genügend Daten, um zu sagen, was das Wesen *genau* war. Und da es sich bei dieser Kreatur offenbar um die letzte ihrer Art handelte, werden wir das womöglich niemals erfahren. Wir haben kürzlich eine Satellitenaufnahme des *Tepui* bekommen, von dem das Wesen herstammte. Dort ist so gut wie alles zerstört. Die Pflanze, von der sich das Wesen ernährte, die wir übrigens *Lilicea mbwunensis* getauft haben, wurde für alle Zeiten ausgerottet, denn der Bergbau hat die Sümpfe um das *Tepui* herum total verseucht, und davon, dass die Hochfläche am Anfang mit Napalm bombardiert wurde, um sie von Pflanzen und Tieren zu säubern, will ich erst gar nicht reden. Nirgendwo anders im Regenwald wurden bisher vergleichbare Kreaturen beobachtet. Normalerweise finde ich solche Umweltzerstörung entsetzlich, in diesem speziellen Fall aber hat sie die Welt möglicherweise vor einem furchtbaren Unheil bewahrt.« Frock seufzte. »Als vorbeugende Maßnahme – und gegen meinen ausdrücklichen Rat, das möchte ich betonen – hat das FBI alle Fasern des Packmaterials und sämtliche Pflanzenproben der Whittlesey-Expedition vernichtet. Also kann man davon ausgehen, dass die Pflanze nun wirklich ausgestorben ist.«

»Woher wissen wir denn, dass das Wesen das letzte seiner Art war?«, fragte Margo. »Könnte es nicht irgendwo noch ein weiteres davon geben?«

»Das ist nicht allzu wahrscheinlich«, antwortete Frock. »Dieses *Tepui* war eine ökologische Insel – ein in jeder Hinsicht einzigartiger Ort, wo Pflanzen und Tiere über Millionen von Jahren eine genau aufeinander abgestimmte Biosphäre gebildet hatten.«

»Und hier im Museum gibt es ganz bestimmt keine weitere Kreatur«, sagte Pendergast und kam nach vorn. »Mithilfe der alten Blaupausen aus dem Stadtarchiv waren wir in der Lage, die unteren Keller Zentimeter für Zentimeter zu durchsuchen. Wir haben dabei jede Menge Dinge von Interesse für Architekten und Stadtarchäologen gefunden, aber keine weitere Spur von einer Kreatur.«

»Als dieses Wesen starb, sah es so traurig aus«, sagte Margo. »So einsam, dass es mir fast ein wenig leidtat.«

»Es *war* einsam«, sagte Frock. »Einsam und verloren. Viertausend Meilen weit entfernt von seiner Heimat im Dschungel musste es den letzten Überbleibseln der Pflanze hinterherjagen, die sein Lebenselixier war und seine Schmerzen linderte. Aber das Wesen war auch sehr böse, sehr gefährlich und fürchterlich zäh. Bevor sie den Kadaver abtransportierten, konnte ich noch mindestens zwölf Einschusslöcher zählen.«

Die Tür ging auf und Smithback kam herein. In der einen Hand hielt er theatralisch einen großen, braunen Umschlag vor sich, in der anderen trug er eine Magnumflasche Champagner. Er zog ein paar Seiten Papier aus dem Umschlag und hielt sie mit seinem langen Arm für alle sichtbar in die Höhe.

»Das ist ein Vertrag für ein Buch, Freunde!«, sagte er grinsend. D'Agosta blickte finster drein, nahm den Abguss der Klaue vom Schreibtisch und wandte sich ab.

»Der Verleger ist auf alle meine Forderungen eingegangen und hat meinen Agenten damit zu einem reichen Mann gemacht«, krähte Smithback.

»Und Sie selbst bestimmt ebenfalls«, knurrte D'Agosta, der aussah, als wolle er mit der Klaue auf den Journalisten losgehen.

Smithback räusperte sich dramatisch. »Ich habe mich entschlossen, mit der Hälfte meiner Tantiemen einen Fond zur Unterstützung von Officer John Baileys Familie einzurichten.«

D'Agosta wandte sich an Smithback. »Nun hören Sie aber auf«, sagte er.

»Nein, wirklich. Die Hälfte meiner Tantiemen. Aber natürlich erst, nachdem mein Vorschuss abgegolten ist«, fügte er eilig hinzu.

D'Agosta wollte auf Smithback zutreten, blieb dann aber abrupt stehen. »Meine Unterstützung haben Sie, wenn Sie darangehen, das Buch zu schreiben«, sagte er leise, wobei sein Unterkiefer unbeholfen zuckte.

»Danke, Lieutenant, die kann ich gut gebrauchen.«

»Seit gestern heißt das ›Danke, Captain‹«, bemerkte Pendergast trocken.

»Captain D'Agosta?«, fragte Margo. »Dann sind Sie also befördert worden?«

D'Agosta nickte. »Und angeblich mit vollem Recht, wie mir der Polizeipräsident in einer blumigen Ansprache versicherte.« Er deutete mit dem Finger auf Smithback. »Aber was Sie über mich schreiben, möchte ich lesen, *bevor* es in Druck geht, verstanden?«

»Hey, Moment mal«, sagte Smithback, »es gibt da so etwas wie ein journalistisches Ethos, dem ich –«

»Quatsch«, sagte D'Agosta heftig.

»Das wird bestimmt eine aufregende Zusammenarbeit«, flüsterte Margo zu Pendergast. Dieser nickte.

Es klopfte leise an der Tür und Greg Kawakita streckte aus dem Vorzimmer seinen Kopf herein. »Oh, tut mir leid, Dr. Frock, Ihre Sekretärin hat mir gar nicht gesagt, dass Sie Gäste haben. Wir können uns die Ergebnisse ja auch später ansehen.«

»Unsinn!«, rief Frock. »Kommen Sie rein, Gregory. Mr Pendergast, Captain D'Agosta, das ist Gregory Kawakita. Er ist der Autor des Extrapolationsprogrammes, das uns ein so genaues Bild von der Kreatur geliefert hat.«

»Ich bin Ihnen sehr dankbar«, sagte Pendergast. »Ohne Ihr Programm wäre wohl heute keiner von uns mehr am Leben.« »Vielen Dank, aber eigentlich ist das Programm Dr. Frocks Idee gewesen«, sagte Kawakita bescheiden und schaute auf den Kuchen. »Ich habe bloß das getan, was er mir gesagt hat. Außerdem gab es ja auch eine Menge Informationen, die der Extrapolator Ihnen *nicht* gesagt hat. Dass die Augen nach vorne blickten, zum Beispiel.«

»Der Erfolg hat Sie zu bescheiden gemacht, Greg«, sagte Smithback. »Nun, jedenfalls«, fuhr er, an Pendergast gewandt, fort, »habe ich noch ein paar Fragen an *Sie.* Diesen Champagner hier gibt es nämlich nicht gratis, müssen Sie wissen.« Er sah den FBI-Agenten erwartungsvoll an. »Wessen Leichen haben wir in der Höhle des Monsters denn nun wirklich gefunden?«

Pendergast zuckte kaum merklich mit den Achseln. »Ich schätze, das kann ich Ihnen wohl ohne Einschränkungen sagen – obwohl das nicht veröffentlicht werden darf, bevor es nicht offiziell bekannt gegeben wurde. Außerdem sind bisher erst fünf der acht Leichen identifiziert worden. Zwei von ihnen waren Landstreicher, die sich vermutlich vor der Winterkälte im Keller des Museums verkrochen hatten. Eine weitere Leiche war die eines ausländischen Touristen, dessen Namen wir auf der Vermisstenliste von Interpol gefunden haben. Und dann war da noch die von George Moriarty, dem Assistenten von Ian Cuthbert.«

»Der arme George«, flüsterte Margo. Wochenlang hatte sie es vermieden, an Moriartys letzte Augenblicke, an seinen Todeskampf mit der Kreatur zu denken. So sterben zu müssen und dann wie ein Stück Rindfleisch an einen Haken gehängt zu werden –

Pendergast wartete einen Augenblick, bevor er fortfuhr. »Die fünfte Leiche wurde anhand des Zahnbildes vorläufig als ein Mann namens Montague identifiziert, ein Angestellter des Museums, der vor einigen Jahren spurlos verschwand.«

»Montague«, sagte Frock. »Dann stimmten die Gerüchte also doch.«

»Ja«, sagte Pendergast. »Es sieht so aus, als hätte die Verwaltung des Museums – also Wright, Rickman und Cuthbert, möglicherweise auch Ippolito – schon seit Längerem vermutet, dass sich etwas im Keller des Museums herumtrieb. Als man eine große Blutlache im alten Keller fand, ließen sie sie beseitigen, ohne die Polizei zu verständigen. Auch als kurz danach Montagues Verschwinden bekannt wurde, taten diese Leute noch immer nichts, um den Vorfall aufzuklären. Sie hatten vermutlich Grund zur Annahme, dass die Kreatur irgendwie mit der Whittlesey-Expedition in Verbindung stehen musste. Warum sonst hätte Cuthbert die Kisten in die Sicherheitszone bringen lassen sollen? Im Nachhinein betrachtet war das eine schrecklich dumme Entscheidung, die eigentlich all die Morde überhaupt erst verursacht hat.«

»Da haben Sie recht«, sagte Frock und fuhr mit seinem Rollstuhl wieder zum Schreibtisch. »Jetzt, wo wir wissen, dass das Wesen hochintelligent war, wissen wir auch, dass es verhindern wollte, dass seine Anwesenheit im Museum bekannt wurde. Vermutlich hat es seine gewalttätige Natur jahrelang unterdrückt, um nicht entdeckt zu werden und in den Kellern überleben zu können. Als das Wesen hier im Museum ankam, war es vor lauter Verzweiflung total wild und hat wohl deshalb Montague getötet, als es ihn eines Tages über den Kisten mit den Pflanzenfasern fand. Aber danach wurde es vorsichtig. In den Kisten hatte es einen Vorrat an Nahrung, zumindest so lange, wie das Packmaterial reichte. Vermutlich schränkte es seinen Konsum ein, schließlich kamen die Hormone in den Fasern ja in einer sehr hohen Konzentration vor. Dazu besserte das Wesen nebenbei ganz unauffällig seinen Speisezettel auf, indem es in den Kellern Ratten jagte. Ab und zu riss auch mal eine Katze aus der Abteilung für Verhaltensforschung aus und ein, zwei Mal geriet anscheinend auch ein bedauernswerter Mensch auf der Suche nach einem trockenen Schlafplatz zu tief in die geheimen Gänge des Museums. Aber weil das Wesen immer sorgfältig darauf bedacht war, dass seine Beutezüge niemandem auffielen, konnte es mehrere Jahre so gut wie unbemerkt im unteren Keller überleben.« Frock rutschte knarzend in seinem Rollstuhl herum.

»Und dann passierte es. Die Kisten wurden fortgebracht und in der Sicherheitszone eingeschlossen. Erst bekam die Kreatur Hunger, dann packte sie die schiere Verzweiflung. Vielleicht wurde sie auch von einer mörderischen Wut gepackt auf diejenigen, die ihr seine Pflanzen weggenommen hatten – menschliche Wesen, deren Gehirne einen, wenn auch unzureichenden, Ersatz für diese Fasern boten. Als die Wut in ihm übermächtig wurde, begann die Kreatur, diese anderen Wesen zu töten. Und dann gab es kein Halten mehr. Sie tötete immer wieder.«

Frock tupfte sich mit dem Taschentuch die Stirn ab. »Aber dieses Wesen verlor nicht *vollständig* den Verstand«, fuhr er fort. »Denken Sie nur daran, wie es die Leiche des Polizisten in der Ausstellung versteckt hat. Obwohl sein Blutdurst geweckt war und seine Gier nach den Fasern fast übermächtig wurde, war es noch in der

Lage zu erkennen, dass die Morde eine für es höchst unwillkommene Aufmerksamkeit bedeuten mussten. Vielleicht hatte es die Leiche von Beauregard ebenfalls in seinen Bau schleppen wollen, aber vermutlich war das ein zu schwieriges Unterfangen. Die Ausstellung befand sich ja weit außerhalb seiner gewohnten Jagdgründe und so versteckte es die Leiche stattdessen an Ort und Stelle. Schließlich war es hauptsächlich auf die Hypothalamusdrüse scharf, der Rest war lediglich Fleisch für ihn.«

Margo erschauderte.

»Ich habe mich schon mehr als einmal gefragt, warum das Monster wohl in die Ausstellung gegangen ist«, sagte Pendergast.

Frock hob den Zeigefinger. »Das habe ich auch. Und ich glaube, ich kenne den Grund dafür. Denken Sie mal dran, Mr Pendergast, was *sonst* noch in der Ausstellung war.«

Pendergast nickte bedächtig. »Natürlich. Die Mbwun-Figur.«

»Genau«, sagte Frock. »Die Figur war ein Abbild des Wesens selbst. Und sie war seine einzige Verbindung zu einer Heimat, die das Wesen für immer verloren hatte.«

»So weit, so gut«, sagte Smithback, »Aber wie konnten Wright und Cuthbert wissen, dass das Ding etwas mit der Whittlesey-Expedition zu tun hatte?«

»Das, glaube ich, kann ich Ihnen beantworten«, sagte Pendergast. »Sie wussten nämlich, warum das Schiff, das die Kisten von Belém nach New York brachte, so lange aufgehalten worden war – und zwar auf demselben Weg, wie Sie es auch herausgefunden haben, Mr Smithback.«

Smithback wirkte auf einmal nervös. »Nun, ich –«, begann er. »Und außerdem haben Wright und die beiden anderen Whittleseys Tagebuch gelesen. Als dann auch noch Montague verschwand, dem man aufgetragen hatte, den Inhalt der Kisten zu katalogisieren, und eine Blutpfütze in der Nähe der Kisten entdeckt wurde, brauchte man kein Hellseher zu sein, um zwei und zwei zusammenzuzählen. Und außerdem« – Pendergasts Miene verfinsterte sich – »hat mir dies alles Cuthbert mehr oder weniger bestätigt. Natürlich nur, soweit er dazu in der Lage war.«

Frock nickte. »Die drei haben einen schrecklichen Preis bezahlt. Henry und Lavinia sind tot, und Cuthbert ist im Irrenhaus – das ist wirklich unbeschreiblich schlimm.«

»Stimmt«, sagte Kawakita. »Aber es ist ein offenes Geheimnis, dass Sie damit der oberste Anwärter für den Posten des Museumsdirektors sind.«

So was kann ja nur von Kawakita kommen, dachte Margo.

Frock schüttelte den Kopf. »Ich bezweifle, dass man ihn mir anbieten wird, Gregory. Wenn sich die Aufregung erst einmal gelegt hat, werden ganz realistische Überlegungen wieder die Oberhand gewinnen. Ich bin im Kollegenkreis viel zu umstritten für einen Direktorenposten und außerdem bin ich auch gar nicht scharf darauf. Ich habe hier viel zu viel neues Material, als dass ich mein nächstes Buch noch länger auf die lange Bank schieben könnte.«

»Eines wussten Dr. Wright und die anderen allerdings nicht«, fuhr Pendergast fort, »niemand hier wusste das übrigens, und das war die Tatsache, dass die Kreatur in New Orleans nicht zum ersten Mal getötet hat. In Belém geschah ein ähnlicher Mord, und zwar in dem Lagerhaus, in dem die Kisten zum Weitertransport untergebracht gewesen waren. Das habe ich erfahren, als ich die Morde an Bord des Frachters untersuchte.«

»Dann war Belém wohl die erste Zwischenstation des Monsters auf dem Weg nach New York«, sagte Smithback. »Ich schätze, das rundet die Geschichte irgendwie ab.« Er führte Pendergast hinüber zum Sofa. »Gibt das eigentlich auch Aufschluss darüber, was aus Whittlesey geworden ist, Mr Pendergast?«

»Es dürfte ziemlich wahrscheinlich sein, dass die Kreatur ihn getötet hat«, sagte Pendergast. »Sagen Sie, Dr. Frock, könnte ich jetzt vielleicht ein Stück von diesem Kuchen haben?«

Smithback hielt seinen Arm fest. »Woher wissen Sie das?«, fragte er.

»Dass es Whittlesey umgebracht hat? Das vermuten wir deshalb, weil wir ein Souvenir von ihm in der Höhle der Kreatur gefunden haben.«

»Im Ernst?« Smithback riss sein Diktiergerät aus der Tasche.

»Bitte, stecken Sie das wieder weg, Mr Smithback. Ja, es war etwas, das Whittlesey offenbar um den Hals getragen hat, ein goldenes Medaillon in Form zweier gekreuzter Pfeile.«

»Also dasselbe Wappen, das auch auf den Einband seines Tagebuchs geprägt war!«, sagte Smithback.

»Und als Briefkopf auf dem Brief war, den er an Montague geschrieben hat!«, ergänzte Margo.

»Beides ist richtig. Es handelt sich dabei um das Familienwappen der Whittleseys. Wir fanden das Medaillon, oder sagen wir besser, einen Teil davon, im Bau der Kreatur. Warum dieses Wesen es vom Amazonas bis hierher mitgeschleppt hat, werden wir wohl nie erfahren.«

»Wir haben noch andere Gegenstände in dem Bau gefunden«, sagte D'Agosta, der sich gerade ein Stück Kuchen in den Mund gesteckt hatte, kauend. »Das Wesen hatte eine regelrechte Sammlung davon.«

»Was denn, zum Beispiel?«, fragte Margo, trat an eines der großen Fenster und blickte hinunter auf die Stadt.

»Dinge, die Sie dort niemals vermutet hätten. Autoschlüssel, zum Beispiel, eine Menge Münzen und Wertmarken für die U-Bahn, sogar eine schöne, goldene Taschenuhr. Weil ein Name eingraviert war, konnten wir ihren Besitzer ausfindig machen. Dem war die Uhr vor Jahren bei einem Museumsbesuch von einem Taschendieb gestohlen worden.« D'Agosta zuckte mit den Achseln. »Vielleicht ist der Taschendieb eine von den nicht identifizierten Leichen, vielleicht finden wir ihn aber auch nie.«

»Die Kreatur hatte die Uhr an einem Nagel an der Wand seines Baus aufgehängt«, sagte Pendergast. »Offensichtlich mochte sie schöne Dinge. Ein weiteres Anzeichen von Intelligenz, würde ich sagen.«

»Sind denn alle gefundenen Gegenstände im Museum gestohlen worden?«, fragte Smithback.

»Soweit wir das sagen können, schon«, antwortete Pendergast. »Es gibt keinerlei Anzeichen dafür, dass die Kreatur das Museum verlassen konnte – oder wollte.«

»Nein?«, sagte Smithback. »Und was ist mit dem Ausgang, zu dem Sie D'Agosta per Funk führen wollten?«

»Den hat er auch ohne mein Zutun gefunden«, sagte Pendergast nur. »Glück muss man haben.«

Smithback stellte D'Agosta eine weitere Frage und Pendergast ergriff die Gelegenheit, um aufzustehen und sich ein Stück Kuchen zu holen. »Es ist wirklich sehr nett von Ihnen, Dr. Frock, dass Sie diese Party für mich veranstalten«, sagte er, als er mit einem Teller in der Hand zurückkam.

»Nun, schließlich haben Sie uns allen das Leben gerettet«, sagte Frock. »Da kann man schon mal einen kleinen Kuchen springen lassen, um Ihnen Lebewohl zu sagen.«

»Dann fürchte ich, dass ich mich unter Vorspiegelung falscher Tatsachen in diese Party eingeschlichen habe«, meinte Pendergast.

»Wie das?«, fragte Frock.

»Möglicherweise gehe ich nämlich nicht für immer aus New York fort. Sie müssen wissen, dass der Posten des hiesigen FBI-Direktors neu vergeben werden soll.«

»Und Coffey wird es nun ja wohl nicht mehr werden«, stellte Smithback mit einem hämischen Grinsen fest.

Pendergast schüttelte den Kopf. »Der arme Mr Coffey«, sagte er. »Ich hoffe bloß, dass ihm seine neue Stelle drunten in Texas gefällt. Nun, jedenfalls hat der Bürgermeister offensichtlich an unserem Captain D'Agosta hier einen wahren Narren gefressen und daher rechne ich mir gute Chancen auf den Posten aus.«

»Dann gratuliere ich«, rief Frock.

»Es ist noch nicht sicher«, wehrte Pendergast ab, »und außerdem weiß ich noch nicht, ob ich wirklich hier oben bleiben will. Auch wenn die Stadt zweifelsohne einiges für sich hat.«

Er stand auf und trat ans Fenster, wo Margo noch immer hinunter auf den Hudson und die grünen Hügel der Palisades blickte.

»Und was haben Sie jetzt vor, Margo?«, fragte er.

Sie drehte sich um zu ihm. »Ich habe mich entschlossen, am Museum zu bleiben, bis ich meine Dissertation zu Ende geschrieben habe.«

Frock lachte. »In Wirklichkeit war es so, dass ich sie nicht gehen lassen wollte«, sagte er.

Margo lächelte. »Ich habe ein Angebot von der Columbia Universität bekommen. Nächstes Jahr kann ich dort Assistenzprofessorin werden. An der Columbia hat auch mein Vater studiert. Also *muss* ich meinen Doktor machen, verstehen Sie?«

»Das sind ja tolle Neuigkeiten!«, sagte Smithback. »Die müssen wir heute beim Abendessen feiern.«

»Beim Abendessen? Heute?«

»Im Café des Artistes um sieben Uhr«, sagte er. »Hören Sie, Sie müssen einfach kommen. Ich bin jetzt ein weltberühmter Schriftsteller oder zumindest werde ich bald einer werden. Aber der Champagner wird ja warm«, fuhr er fort und griff nach der Flasche.

Alle standen um Smithback herum, während Frock Gläser aus dem Schrank holte. Smithback richtete die Flasche an die Decke und ließ den Korken knallen.

»Worauf sollen wir trinken?«, fragte D'Agosta, als die Gläser gefüllt waren.

»Auf mein Buch«, sagte Smithback.

»Auf Special Agent Pendergast und eine glückliche Heimreise«, sagte Frock.

»Auf das Andenken von George Moriarty«, sagte Margo leise. »Auf George Moriarty.«

Sie waren alle still.

»Gott sei mit uns allen«, tönte Smithback dann und Margo rammte ihm spielerisch den Ellenbogen in die Rippen.

EPILOG

63

Long Island City, sechs Monate später

Das Kaninchen zuckte zusammen, als die Nadel in seinen Schenkel drang. Kawakita sah zu, wie das dunkle Blut langsam in die Spritze floss.

Dann setzte er das Kaninchen behutsam wieder zurück in den Käfig und trug das Blut hinüber zu den drei Testzentrifugen. Er öffnete die erste davon und ließ das Blut in kleine Glasröhrchen laufen, die er danach in den Halter der Zentrifuge stellte. Nachdem er den Deckel geschlossen hatte, betätigte er den Schalter der Zentrifuge und hörte zu, wie sie zu rotieren begann und damit das Blut des Tieres in seine einzelnen Komponenten zerlegte.

Kawakita lehnte sich auf seinem hölzernen Stuhl zurück und ließ die Blicke durch das Labor schweifen. Es war staubig und schlecht beleuchtet, aber das war ihm ganz recht so. Kawakita wollte keine unnötige Aufmerksamkeit erwecken.

Am Anfang hatte er es nicht leicht gehabt. Zunächst hatte er geeignete Räumlichkeiten finden und die benötigte Ausrüstung zusammentragen müssen. Und es musste auch die Miete bezahlt werden. Es war einfach unglaublich, wie viel die Leute heutzutage für ein heruntergekommenes Lagerhaus in Queens verlangten. Die meisten Schwierigkeiten aber hatte Kawakita der Computer bereitet. Da er sich keinen kaufen konnte, hatte er sich per Modem in den Computer einer Institution einschleichen müssen. Nach langen, fruchtlosen Versuchen war es ihm schließlich gelungen, den großen Hauptrechner am Sokolov College für Medizin zu knacken. Dort konnte er sein Extrapolationsprogramm laufen lassen, ohne dabei großartig aufzufallen.

Kawakita spähte durch das verstaubte Fenster hinunter in den Verkaufsraum. Die hohe Halle war dunkel und fast leer, nur die Aquarien auf ihren Metallgestellen an der gegenüberliegenden Wand warfen einen schwachen, grünlichen Schimmer über den Boden. Selbst hier oben konnte Kawakita das blubbernde Geräusch der Filteranlagen hören. An die zwei Dutzend dieser Aquarien hatte er bereits aufgestellt und bald würde er noch mehr davon brauchen. Aber Gott sei Dank war Geld in zunehmendem Maße kein Problem mehr für ihn.

Es ist schon erstaunlich, dachte Kawakita, dass die einfachsten Lösungen oft auch die elegantesten sind. Ist man erst einmal draufgekommen, liegt alles vollkommen klar auf der Hand. Aber gerade diese Fähigkeit, eine solche einfache Lösung zu *erkennen,* war es ja, was einen genialen Wissenschaftler von einem lediglich begabten unterschied.

Das Mbwun-Rätsel war das beste Beispiel dafür. Er, Kawakita, war der Einzige, der die richtige Lösung dafür gefunden hatte, und er würde es auch sein, der diese Lösung schließlich beweisen würde.

Das Heulen der Zentrifuge bekam einen etwas tieferen Ton und bald begann eine rote Lampe langsam zu blinken, die verkündete, dass die Maschine ihre Arbeit getan hatte. Kawakita stand auf, öffnete den Deckel und holte die Röhrchen heraus. Das Kaninchenblut hatte sich in seine drei Komponenten aufgeteilt: Oben schwamm das durchsichtige Serum, in der Mitte war eine dünne Schicht weißer Blutkörperchen zu sehen und ganz unten in dem Röhrchen befanden sich die roten Blutkörperchen. Kawakita nahm mit einer Pipette sorgfältig das Serum auf und platzierte einzelne Tropfen davon in Testschälchen, in die er noch diverse Reagenzflüssigkeiten und Enzyme gab.

Die Flüssigkeit in einem der Testschälchen nahm eine violette Farbe an.

Kawakita lächelte. So einfach war das.

Alles hatte damit begonnen, dass Frock und Margo auf der Eröffnungsparty der Ausstellung wirres Zeug von einem Wesen geredet hatten. Erst im Nachhinein, als er vom Strom der anderen hysterischen Gäste hinaus auf den Riverside Drive gespült worden war, hatte Kawakita begriffen, was sie damit gemeint haben könnten, und seine anfängliche Skepsis hatte sich rasch in echte Faszination verwandelt. Dann, nachdem sich alles ein wenig beruhigt hatte, hatte er begonnen, über die Kreatur und alles, was mit ihr zusammenhing, ernsthaft nachzudenken. Als Frock dann später verkündet hatte, das Rätsel sei gelöst, hatte das Kawakitas Neugier erst so richtig geweckt. Vielleicht, das musste er der Fairness halber zugeben, hatte er auch ein wenig mehr Abstand zu der Sache als die Leute, die in jener grauenvollen Nacht zusammen mit der Kreatur im stockfinsteren Museum eingeschlossen gewesen waren. Aus welchem Grund auch immer,

Frocks Erklärungen hatten jedenfalls etliche Unstimmigkeiten beinhaltet, die seltsamerweise niemandem aufgefallen waren.

Niemandem, außer Kawakita.

Er war schon immer ein sehr gewissenhafter Forscher gewesen, der bei seiner Arbeit zwar vorsichtig, aber doch getrieben von unersättlicher Neugier vorgegangen war. Diese Kombination war ihm bereits in Oxford und in seiner Anfangszeit am Museum sehr zugutegekommen und jetzt profitierte er abermals davon. Seine Vorsicht hatte ihn ins Extrapolatorprogramm einen Routineschritt einbauen lassen, der sämtliche über die Tastatur getätigten Eingaben in einem Protokoll festhielt. Einerseits hatte er das zur Datensicherung bei den in der Anfangsphase recht häufigen Abstürzen des Programms getan, andererseits hatte es ihn aber auch interessiert, was andere mit seinem Programm so alles anstellten.

So war es nur natürlich, dass er sich angesehen hatte, was Frock und Margo vom Extrapolator hatten wissen wollen.

Kawakita hatte dazu lediglich die richtigen Tasten drücken müssen und schon hatte das Programm ihm jede Frage, die Frock und Margo damals eingetippt hatten, ebenso auf den Schirm gezaubert wie die Ergebnisse, die ihnen der Extrapolator dazu geliefert hatte.

Und diese Daten waren es dann auch gewesen, die ihn auf den Weg zur *wirklichen* Lösung des Mbwun-Rätsels gebracht hatten. Auch Frock und Margo war diese Lösung zum Greifen nahe gewesen, sie hätten dem Programm bloß die richtigen Fragen stellen müssen. Da sie das nicht getan hatten, war ihnen eine geradezu umwerfende Entdeckung entgangen.

Es klopfte leise an der Tür zum Lagerhaus. Kawakita stand auf und ging, ohne einen Augenblick zu zögern, mit fast lautlosen Schritten die Treppe hinunter zum Eingang der dämmrigen Halle.

»Wer ist da?«, flüsterte er mit heiserer Stimme.

»Ich bin's, Tony«, sagte die Stimme.

Kawakita schob den schweren Riegel zur Seite, öffnete die Tür und ließ eine Gestalt eintreten.

»Dunkel hier drin«, sagte der Mann. Er war klein und drahtig und rollte beim Gehen mit den Schultern. Nervös blickte er sich in dem Raum um.

»Lassen Sie das Licht aus und folgen Sie mir!«, sagte Kawakita scharf.

Sie gingen ans andere Ende der Lagerhalle. Dort stand ein langer Tisch, über dem ein paar Infrarotstrahler von der Decke hingen. Auf der Tischplatte waren Pflanzenfasern zum Trocknen ausgebreitet. Kawakita nahm ein wenig davon und wog sie auf einer Präzisionswaage, die ebenfalls auf dem Tisch stand, genauestens ab.

Dann steckte er die Fasern in ein kleines Plastiksäckchen und blickte seinen Besucher erwartungsvoll an. Der Mann griff in die Hosentasche und zog ein Bündel abgegriffener Geldscheine hervor, die Kawakita rasch zählte. Es waren fünf Zwanziger. Er nickte und gab dem Mann das Plastiksäckchen. Kaum hatte dieser es in seinen Händen, wollte er es gierig aufreißen.

»Nicht hier!«, sagte Kawakita scharf.

»Tut mir leid«, entschuldigte sich der Mann und ging,

so rasch er es in dem halbdunklen Raum konnte, zur Eingangstür.

»Versuchen Sie es doch einmal mit einer etwas höheren Dosis«, schlug Kawakita vor. »Und tauchen Sie die Fasern vorher in kochendes Wasser, das erhöht die Konzentration. Ich könnte mir vorstellen, dass Sie die Ergebnisse recht zufriedenstellend finden werden.«

Der Mann nickte. »Zufriedenstellend«, wiederholte er, als wolle er sich das Wort langsam auf der Zunge zergehen lassen.

»Am Dienstag habe ich dann wieder was für Sie«, sagte Kawakita.

»Danke«, flüsterte der Mann und ging.

Kawakita schloss die Tür und schob den Riegel vor. Er hatte einen langen Tag hinter sich und fühlte sich hundemüde, aber dennoch versetzte ihn der Anbruch der Nacht in eine Art freudige Erregung. In letzter Zeit hatte Kawakita die Stunden, in denen die Geräusche der Stadt nachließen und die Dunkelheit so vieles verbarg, richtiggehend lieben gelernt.

Nachdem er all das nachvollzogen hatte, was Margo und Frock mithilfe seines Programms herausgefunden hatten, war es ihm auf einmal wie Schuppen von den Augen gefallen. Er hatte dann nur noch eine der Fasern finden müssen, was sich allerdings als eine ziemlich schwierige Aufgabe herausgestellt hatte. Die Sicherheitszone war bis auf den letzten Quadratzentimeter penibel sauber gemacht worden und die Kisten waren, nachdem alle in ihnen verpackten Gegenstände herausgenommen worden waren, zusammen mit dem gesamten Verpackungsmaterial und Whittleseys Pflanzenpresse verbrannt worden. Auch das Labor, in dem Margo früher gearbeitet hatte, hatte man gründlichst gereinigt. Aber niemand hatte daran gedacht, Margos Umhängetasche zu säubern, die in der gesamten anthropologischen Abteilung für ihre geradezu legendäre Unordnung berühmt war. Erst Margo selbst hatte sie einige Tage nach der Katastrophe als eine Art Vorsichtsmaßnahme in den Verbrennungsofen des Museums geworfen, aber da hatte sich Kawakita die Faser schon längst herausgeholt gehabt.

Danach allerdings hatten Kawakitas Mühen erst so richtig begonnen. Eine seiner Hauptschwierigkeiten war gewesen, aus einer einzigen Faser eine neue Pflanze entstehen zu lassen. Es hatte all seines Wissens in Botanik und Genetik und seiner gesamten Energie bedurft, sodass Kawakita unbezahlten Urlaub auf unbestimmte Zeit hatte nehmen müssen, um sich voll und ganz auf diese Aufgabe konzentrieren zu können. Seine Hoffnungen auf eine reguläre Kuratorenstelle am Museum hatte er damit begraben müssen, aber das war ihm gleichgültig. Und dann, vor knappen fünf Wochen, war ihm der große Durchbruch gelungen. Er erinnerte sich noch genau an das Triumphgefühl, das in ihm hochgestiegen war, als er das erste grüne Knötchen auf dem Nährboden in der kleinen Glasschale entdeckt hatte. Und jetzt wuchs in seinen Tanks bereits eine reiche Ernte von Pflanzen heran, die alle mit dem seltsamen, fünfundsechzig Millionen Jahre alten Reovirus infiziert waren.

Die Pflanze hatte sich perverserweise als eine sehr attraktive Art von Seerose herausgestellt, die fast ständig üppige Blüten mit großen, roten, von vielen kleinen Äderchen durchzogenen Blütenblättern und hellgelben Staubgefäßen trug. Das Virus aber kam am konzentriertesten in den faserigen Stängeln vor. Momentan erntete Kawakita zwei Pfund Fasern pro Woche und hoffte, seine Produktion rasch um ein Vielfaches steigern zu können.

Die Kothoga müssen alles über diese Pflanze gewusst haben, dachte Kawakita. Was ihnen ursprünglich wie ein Segen vorgekommen war, hatte sich schließlich als ein Fluch für sie herausgestellt. Sie hatten versucht, die Macht der Pflanze in den Griff zu bekommen, und waren dabei kläglich gescheitert. In den alten Legenden wurde das sehr gut beschrieben: Der Teufel hatte seinen Teil des Handels nicht eingehalten und Mbwun, das Kind des Teufels, war Amok gelaufen und hatte sich gegen seine Herren gewandt. Und nichts hatte ihn wieder unter Kontrolle bringen können.

Kawakita aber würde das nicht passieren. Die Tests mit dem Kaninchenserum waren der Beweis dafür, dass er den richtigen Weg zum Erfolg beschritten hatte.

Das letzte Mosaiksteinchen zu seiner Theorie hatte ihm dieser D'Agosta geliefert, als er auf der Abschiedsparty für den FBI-Agenten erwähnt hatte, dass man Julian Whittleseys Amulett mit dem Doppelpfeil im Bau der Kreatur gefunden habe. Es sei der Beweis dafür, hatten sie gesagt, dass das Monster Whittlesey umgebracht habe. Ein Beweis war das Amulett tatsächlich. Aber nicht für das, was sie dachten!

Es war der Beweis dafür, dass Whittlesey das Monster gewesen war.

Kawakita erinnerte sich genau an den Tag, an dem alles für ihn auf einmal einen Sinn ergeben hatte. Damals war ihm die Erkenntnis wie eine Offenbarung direkt aus dem Himmel vorgekommen. Die Kreatur, das Museumsmonster, Der auf allen vieren geht, war Whittlesey! Und den Beweis dafür konnte Kawakitas Extrapolationsprogramm erbringen. Kawakita hatte nur menschliche DNS und die DNS des Virus durch den Extrapolator jagen und die sich aus der Mischung ergebende Lebensform berechnen lassen müssen.

Der Computer hatte ihm daraufhin ein perfektes Bild der Kreatur ausgegeben: Der auf allen vieren geht.

Das Reovirus in der Pflanze, das möglicherweise ziemlich unverändert seit dem Mesozoikum existierte, hatte erstaunliche Eigenschaften. Wenn es in genügend hoher Konzentration auftrat, konnte es die morphologischen Eigenschaften des von ihm infizierten Wirtsorganismus grundlegend verändern.

In den dunkelsten, abgeschiedensten Regionen des Regenwaldes gab es bestimmt noch viele, bisher unentdeckte Pflanzen, deren Entdeckung für so manchen Wissenschaftler die Krönung seines Lebenswerks bedeuten würde. Kawakita aber war einem noch viel sensationelleren Geheimnis des Dschungels auf die Spur gekommen: Indem Whittlesey dort die Fasern der mit dem Reovirus infizierten Pflanze gegessen hatte, hatte er sich in Mbwun verwandelt.

Mbwun – dieses Wort benützten die Kothoga für die

wundervolle, aber auch Furcht einflößende Pflanze – *und für die Kreaturen, zu denen diejenigen wurden, die davon aßen.* Kawakita glaubte, die geheime Religion der Kothoga nun weitgehend verstehen zu können. Die Pflanze war für sie ein Fluch, den sie gleichermaßen fürchteten, wie auch für ihre Zwecke auszunützen verstanden. Durch die mithilfe der Pflanze erzeugten Kreaturen konnten sie ihre Feinde in Schach halten, allerdings um den Preis, dass diese Monstren gleichzeitig eine ständige Bedrohung für die Kothoga selbst darstellten. Vermutlich hielten sie sich immer nur eine Kreatur, denn mehrere wären zu gefährlich gewesen. Der Mbwun-Kult musste sich wohl hauptsächlich um Anbau und Ernte der Pflanze gedreht haben. Die heiligste aller Zeremonien aber dürfte für die Kothoga zweifelsohne die Erschaffung einer neuen Kreatur gewesen sein, die damit begann, dass irgendein bedauernswerter Mensch mit den Fasern der Pflanze zwangsernährt wurde. Anfänglich war vermutlich eine große Menge an Fasern nötig, um durch die sich ständig erhöhende Konzentration des Virus im Körper des Opfers dessen Verwandlung in Gang zu bringen. Wenn die Transformation erst einmal abgeschlossen war, brauchte das Opfer nur noch geringere Mengen der Fasern – und natürlich eine normale Zufuhr an eiweißhaltiger Nahrung. Wenn diese Menge dann allerdings nicht regelmäßig eingenommen wurde, drohten der neu erschaffenen Kreatur enorme Schmerzen, ja Geisteskrankheit, weil ihr Körper dann nämlich versuchte, die Verwandlung wieder rückgängig zu machen. Natürlich hätte niemand diese Rückverwandlung überleben können, aber die verzweifelte Kreatur hätte schon lange zuvor alles getan, um einen Ersatz für die Pflanze zu finden. Zum Beispiel den menschlichen Hypothalamus, der in dieser Hinsicht noch das Beste war.

In der tiefen, angenehmen Dunkelheit der Halle, in der die Aquarien leise vor sich hin gurgelten, stellte sich Kawakita vor, was für ein Drama sich wohl im Dschungel am Oberlauf des Xingú abgespielt haben mochte. Die Kothoga hatten vor Whittlesey möglicherweise noch nie einen weißen Mann zu Gesicht bekommen, denn Whittleseys Kollegen Crocker hatte vermutlich die Kreatur der Kothoga entdeckt und getötet, nicht Leute aus dem Stamm selbst. Vielleicht war die Kreatur damals alt oder irgendwie krank gewesen oder vielleicht hatte ihr Crocker mit dem Revolver der Expedition einen tödlichen Schuss verpasst, während die Kreatur ihm die Gedärme aus dem Leib gerissen hatte. Als die Kothoga dann später Whittlesey fanden, war das für sie eine Gelegenheit, auf die sie schon lange gewartet hatten.

Kawakita fragte sich, wie Whittlesey sich wohlgefühlt haben mochte, als man ihm mit viel zeremoniellem Brimborium die Fasern einer seltsamen Pflanze in den Mund stopfte, die er selbst vor wenigen Tagen für die Wissenschaft gesammelt hatte. Vielleicht hatten die Kothoga aber auch aus der Pflanze einen Trank gebraut und ihm diesen eingeflößt. Jedenfalls mussten sie mit diesem weißen Mann das versucht haben, was ihnen bei Leuten ihres eigenen Stammes noch nie gelungen war: endlich ein Monster zu erschaffen, das sie auch wirklich unter *Kontrolle* halten konnten. Ein Monster, das die Straßenarbeiter, Geologen und Bergwerksleute, die in immer größerer Anzahl aus dem Süden kamen, von der Zerstörung des *Tepui* abhalten konnte. Ein Monster, das die Stämme der Nachbarschaft in Angst und Schrecken versetzen würde, ohne gleichzeitig auch seine eigenen Herren zu terrorisieren. Kurzum, eine Kreatur, die die Sicherheit und Abgeschiedenheit der Kothoga für immer garantieren würde.

Aber dann schlug die Zivilisation mit all ihren Schrecken erbarmungslos zu. Kawakita stellte sich vor, wie das Ding, das einmal Whittlesey gewesen war, im Dschungel kauerte und zusah, wie flüssiges Feuer vom Himmel fiel und das *Tepui,* die Kothoga und vor allem die Pflanze vernichtete, die es zum Überleben so dringend brauchte. Es war vielleicht das einzige Lebewesen, das dem flammenden Inferno entkam. Und es wusste, wo es die Fasern, die es im zerstörten Regenwald jetzt nirgendwo mehr gab, doch noch finden konnte. Es wusste es deshalb, weil es sie selbst dort hingeschickt hatte.

Es war natürlich auch möglich, dass Whittlesey schon fort gewesen war, als das *Tepui* bombardiert wurde. Vielleicht hatten die Kothoga die von ihnen erschaffene Kreatur doch nicht unter Kontrolle halten können. Vielleicht hatte Whittlesey in seinem bedauernswerten, schrecklichen Zustand seine eigenen Pläne gemacht und war nur wenig darauf erpicht gewesen, für die Kothoga den Racheengel zu spielen. Vielleicht hatte er aus eigenem Antrieb die Kothoga verlassen und sie dadurch hilflos dem Fortschritt ausgeliefert, der sie dann schließlich vernichtet hatte.

Wie dem auch gewesen sein mochte, Kawakita interessierten die anthropologischen Aspekte der Geschichte ohnehin nur am Rande. Was er viel spannender fand, war die Macht, die in der Pflanze steckte, und die Möglichkeiten, sich diese Macht zunutze zu machen.

Man musste die Pflanze unter Kontrolle bringen, bevor man ihre Kreaturen kontrollieren konnte.

Und deshalb, dachte Kawakita, *werde ich auch dort Erfolg haben, wo die Kothoga gescheitert sind.* Er hatte Kontrolle über die Pflanze, denn nur er wusste, wie man diese schwierig zu handhabende, höchst empfindliche Sumpflilie aus den Tiefen des Dschungels behandeln musste. Nur er kannte den richtigen pH-Wert des Wassers, die richtige Temperatur, das richtige Licht und die exakte Mischung der benötigten Nährstoffe. Und nur er wusste, wie man der Pflanze das Reovirus einimpfte. Allein deshalb war man von ihm abhängig. Und außerdem hatte er durch das genetische Splicing, das er in dem Kaninchenserum vornahm, die Stärke des Virus erhöht und ihm ein paar seiner unangenehmen Nebeneffekte genommen. Zumindest glaubte er, dass ihm das gelungen war. Das alles waren geradezu revolutionäre Entdeckungen. Wie jedermann weiß, bringen Viren ihr Erbgut in die Zellen des von ihnen infizierten Wirtsorganismus ein, damit diese dann immer neue Viren produzieren. Das war bei allen, der Menschheit bisher bekannten Viren so: vom Grippe- bis zum Aidsvirus. Dieses Virus aber war anders. Es transportierte ein ganzes Bündel von Genen in die Zellen seiner Opfer, und zwar Reptiliengene, die fünfundsechzig Millionen Jahre alt sind und die man heute nur noch im Gecko und in ein paar wenigen anderen Tieren finden kann. Außerdem hatte sich das Virus im Laufe der Zeit auch Primatengene – menschliche Gene, ohne jeden Zweifel – angeeignet. Dieses Virus konnte Gene aus dem einen Wirtsorganismus stehlen und sie in den nächsten einbauen. Und diese Gene verwandelten dann, anstatt neue Viren zu produzieren, den Wirtsorganismus langsam, aber sicher in ein groteskes Monster. Die von den Viren eingeschleuste Erbinformation wies den Körper des Opfers an, seine Knochenstruktur, seine Drüsenfunktionen, seine Gliedmaßen, Haut, Haare und inneren Organe grundlegend zu verändern. Die Gene bestimmten Verhalten, Gewicht, Schnelligkeit und Geschicklichkeit des Opfers, verhalfen ihm zu einem unheimlich ausgeprägten Geruchssinn und enorm scharfem Gehör und ließen gleichzeitig seine Sehfähigkeit und Stimme verkümmern. Obwohl das Opfer immense Körperkraft und Masse entwickelte, blieb sein hoch entwickeltes menschliches Gehirn größtenteils intakt. Kurz gesagt, die Droge – oder besser das *Virus* – verwandelte das Opfer in eine fürchterliche Mordmaschine. Eigentlich war ja das Wort *Opfer* nicht die richtige Bezeichnung für jemanden, der mit diesem Virus infiziert wurde. *Symbiont* wäre ein viel besseres Wort dafür. Schließlich war es ja ein Privileg, dieses Virus verabreicht zu bekommen. Das Virus war ein Geschenk. Ein Geschenk von George Kawakita.

Es war schön. Es war geradezu erhaben.

Mit dem Virus eröffneten sich unendliche Möglichkeiten zur Genmanipulation. Kawakita hatte schon viele Ideen, was man damit alles anfangen konnte. So könnte das Reovirus zum Beispiel auch andere Gene in die Zellen seiner Wirtsorganismen befördern. Menschliche ebenso wie die von Tieren. Und er, Kawakita, konnte bestimmen, welche Gene das Reovirus übertragen durfte. Er konnte festlegen, zu was der Wirtsorganismus mutieren sollte. Er war nicht wie die primitiven, abergläubischen Kothoga, denn er konnte das Virus kontrollieren, weil er Wissenschaftler war.

Ein interessanter Nebenaspekt der Pflanze war ihre narkotisierende Wirkung, ein wunderbarer, »sauberer« Kick, ohne den unangenehmen Kater, den viele andere Drogen nach sich zogen. Vielleicht hatte die Pflanze auf diese Weise dafür gesorgt, dass sie gegessen und damit weiterverbreitet wurde. Für Kawakita allerdings bedeutete dieser Nebeneffekt eine Einnahmequelle, mit der er seine Forschungen finanzieren konnte. Ursprünglich hatte er die Pflanze nicht als Droge verkaufen wollen, aber seine finanzielle Lage hatte es schließlich doch unvermeidbar gemacht. Bei dem Gedanken daran, wie reibungslos das von Anfang an geklappt hatte, musste er unwillkürlich lächeln. Die handverlesene Gruppe von begeisterten Konsumenten hatte auch schon einen Namen für die neue Droge erfunden: *Glaze.* Die Abnehmer waren ganz wild darauf und Kawakita konnte so viel davon verkaufen, wie er nur produzieren konnte. Schade, dass er nicht mehr von dem Zeug hatte.

Mittlerweile war die Nacht hereingebrochen, und Kawakita nahm seine dunkle Brille ab und sog genüsslich die würzige Luft des Lagerhauses ein. Er roch den zarten Duft der Fasern, des Wassers und des Staubes, vermischt mit Spuren von Schimmel und Schwefeldioxid und einer Fülle von anderen Gerüchen. Kawakitas chronische Allergien waren alle verschwunden. *Das macht wohl die saubere Luft hier auf Long Island,* dachte er mit einem Grinsen. Er zog seine engen Schuhe aus und bewegte genüsslich die Zehen.

Er hatte den wichtigsten Fortschritt in der Genetik seit Entdeckung der DNS gemacht. Der Nobelpreis wäre ihm dafür sicher, dachte er mit einem ironischen Lächeln.

Wenn er diesen Weg gewählt hätte.

Aber wer brauchte schon einen Nobelpreis, wenn einem die ganze Welt wie ein reifer Apfel in den Schoß fiel?

Da klopfte es wieder an der Tür.